THE TURING ENIGMA ▶

HSVGMCGASKVEPZ

著   AUTHOR

非天夜翔

图灵密码

. . . KEY
// : CONNECT

GUANYUE
WENTIANHE.

TULING
MIMA

// 正在链接中
. . . . . .
. . . . . .

//
. . . . . .
. . . . . .
/ / /
/ / /
/ /
/

链接已成功。

广东旅游出版社
GUANGDONG TRAVEL & TOURISM PRESS

中国·广州

▶ 我曾以为雪山几十万年如一日，总在那里，山永远是山，雪也永远是雪。但许多东西哪怕看上去从未有所改变，灵魂里也早已有了天翻地覆的区别。

图灵密码

非天夜翔

UBBJQQNPHNVR

THE TURING ENIGMA

...KEY
//:CONNECT

十字路口前，天和眼前蒙着一层水，已看不清这个大雨中的世界，他的头发不断往下滴着水。

THE TURING ENIGMA

图灵密码

EFBFWTHCRF

非天夜翔

...KEY
//:CONNECT

「这个时候，适合谁的诗？」天和侧头，又看关越，笑道，「总统认识哪一位新西兰诗人吗？」

「你。」关越认真道，「一会儿看云。一会儿看我。」

「我觉得——」关越侧头，与天和对视，「你看我时，很远，看云时，很近。」

图灵密码

● ◇ ◈ 非天夜翔

EZBHHUTPRLBY

THE TURING ENIGMA

KEY...
//:CONNECT

+

Guan-Yue
Wen-Tianhe

//

Tuling
Mima

//

Connecting...

......
.....

/
/
/
/

+

//:CONNECTED

● ◎ ⊗ CONTENTS

VVRGYTBPURAMIFC

THE TURING ENIGMA ➤

CONTENTS

目录 ☆

➤   ─ ＋

· · · · · · · · · · · · · · · +VWRFHIHTSZNGAKBRFHHPCGGLBPY.

Tuling Mima /// Feitian Yexiang

...KEY

//:CONNECT

+

+

+

Admin:

>

>

>

Guan-Yue
Wen-Tianhe

//

Passcode:

......

Tuling
Mima

//

......

CONNECCTING...

......

/

/

/

//:CONNECTED

.
.
.

.

.

.
.

/// THE FIRST MOVEMENT ......

||: 第一乐章

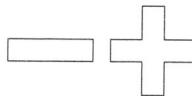

+VWRFHIHTSZNGAKBRFHHPCGGLBPY.

/// 01 ...

九月一日，艳阳高照，闻天和当上 CEO 的第一天，公司就破产了。

事情要从三个半小时前，天和在机场送走二哥闻天岳说起。

二哥双眼泛着泪光，朝弟弟诚恳道："宝宝，哥最多一个月就回来，这段时间，公司就交给你了。"

天和不悦道："别在机场叫我小名！放心吧，我能行，在硅谷照顾好自己，记得帮我要一张扎克伯格的签名，我挺喜欢他的。"

"等我安顿好了，你飞过来，我约上小扎，一起去吃个饭，顺便叫上乔布斯。"

"乔布斯已经死了。"天和面无表情道。

闻天岳马上改口道："我是说库克，你俩一定有共同话题。"

"快去吧。"天和说，"飞机上别再喝酒了。"

通知登机了，天和隔着玻璃墙，目送兄长带着昨夜两瓶酒的醉意，摇摇晃晃地上了公务机后，自己转身出贵宾厅，上车，朝司机说："去公司，通知主管，十点开会。"

司机从后视镜里看了一眼天和，放了首歌，《D 大调第四帕蒂塔》的悠扬乐声里，车被堵在高架上，早高峰，堵车队伍看不到尽头。

"老板，您困的话就先睡会儿？"

"不困。"

天和与出发前的兄长促膝长谈了一晚，今早却很精神——这是他正式接管公司的大日子，他对着后视镜拨了一下头发，端详今天的自己。

闻天和，23 岁，狮子座，身高 180 厘米，18 亿身家，住 1800 平方米大别墅，全球拥有 18 套自住房，剑桥大学计算机专业硕士研究生，Epeus 信息科技有限公司创始人最小的儿子，是个喜欢穿衬衣、不喜欢打领带的长腿帅哥。

天和的眉眼继承日耳曼裔的母亲，鼻梁与嘴唇继承父亲，集父母优点于一身，在剑桥大学念书时，白皙的皮肤与精致的五官，常为他招来许多不必要的烦恼。好看的皮囊千篇一律，有趣的灵魂万里挑一，天和并不是那种只有外表的庸俗之辈，许多时候，他反而希望自己能长得平凡一点儿，这样好歹教授们会更注意他编的代码，惊叹于他的才华，而不是总盯着他的脸。

司机小刘朝后座转头："老板，主管们都已经就绪了。"

"很好。"天和优雅地拨了一下自己的额发，"可以换首歌吗？现在的我需要巴赫以外的音乐。"

小刘诚恳地说："听说巴赫能让人镇定。"

天和："巴赫是方姨做家务的时候听的，有人说上帝负责洗涤人间，巴赫负责洗衣服，这首歌总让我想起滚筒洗衣机。"

小刘换了一首莫扎特，明明已经没堵车了，他却慢慢地开着，仿佛希望这辆宾利永远也开不到目的地。

天和又礼貌地说："方便开快点吗？不舒服的话你休息会儿，我来开？"

小刘稍稍加快了速度，又从后视镜里悲悯地看了天和一眼。

紫藤新区，高新科技园 2 栋 27 楼，Epeus 信息科技有限公司总经办楼层。

"二老板到车库了，快做好准备！"

财务总监神情凝重地说："我现在真怕二老板和股东们打起来。"

副总拍拍财务总监的肩膀："你就按实话说，不会打起来，真打起来，咱们装做拉架，把他按着，让股东打几下也不会怎么样，对吗？"

"怎么能这么对二老板？"财务总监难以置信道。

副总："债主也需要发泄情绪，何况过了今天，是不是老板还两说呢。"

财务总监想了想，又问："是不是得把窗子都给封上？万一老板跳楼怎么办？"

"对！对！"副总如梦初醒，"以防万一！"

总助道："不可能，二老板是个优雅的人，不会跳楼的，太难看了，要寻死也是用绳子。"

"上吊更难看吧！"副总说，"会失禁的！以他的风格，很可能是在床上撒满从巴黎空运过来的玫瑰花瓣……"

"来了！进电梯了！"

饮水机前，众高管一哄而散，总助敲敲会议室门，大会议室里坐着银行、投资方、三家基金公司的负责人等一众代表。

"我们二老板马上到公司了。"总助说，"再稍等五分钟。"

"行、行。"年逾五十的银行信贷经理掏出一块手帕，擦了擦秃头上渗出来的汗。

支行行长朝总助问："二老板是你们公司实打实的法人，对吧？"

总助说："上个月变更手续已经办完了，他是法人，没错的。"

总助离开后，众人又面面相觑。

"待会儿谁起个头？"信贷经理问。

"银行起头吧。"投资人说，"这家欠银行的钱最多。"

"还是你们来吧。"支行行长的心脏实在受不了，"要么，猫熊基金先请？"

"不不，还是你们先请。"

"你们先，你们先……"

猫熊基金的负责人道："我建议各位，还是不要再抱有不切实际的空想，以现在这家公司的财务状况，哪怕是巴菲特再世，我看也救不回来了。"

"巴菲特还没死呢。"康莱德基金负责人说，"我们家刚委托给他七十多亿，这么说太不吉利了。"

猫熊基金负责人嘲讽道："你家上哪儿找七十多亿出来的？怎么我没听说过？我看是七十多亿游戏币吧？"

康莱德负责人音调陡然高了八度："以为谁都像你们家，投了某知名社交App就天天给自己家产业发通稿刷阅读量啊！"

"行了吧。"支行行长语重心长地说，"大家都是来讨债的，就不要窝里斗了。我记得你们当初为了投 Epeus，还差点儿打起来，早知今日，何必当初呢？"

大会议室内众人再次沉默，就像等待着参加巴菲特的晚餐。

天和进了公司，总经办楼层内众员工都是眼前一亮，继而又暗淡下去。

"二老板，您的咖啡。"

"谢谢，我不喝星巴克，以后还是不要叫我二老板了。"天和朝总助笑了笑，又朝财务总监问，"Messi，主管们都在会议室里了？"

财务总监马上道："今天来了几位客人，想先见见您，坐了大会议室，我们也不方便请人换个地方。"

天和推门进会议室，回头道："那你通知一下，主管例会改到下午……你们这是？"

会议室内，一众股东代表就像看见巴菲特一样"揭竿而起"，跳了出来并大喊"Surprise（惊喜）!"

"大家……上午好，今天不是季度股东代表会吧？银行代表怎么也来了？"天和还没明白状况，财务总监与副总跟了进来，顺手关上了会议室的门。

会议室里，司机朝总助说："窗子要不要再检查一下？公司里的锁了，楼道的呢？"

总助答道："连男厕所都检查过了，没问题。"

外间一众同事纷纷抬头，望向会议室的门。

"什么？"天和一时以为自己听错了，重复了一次，"怎么可能？"

会议室里一片死寂，所有人一起望向支行行长，支行行长又擦了一把汗，说："你哥哥没告诉你？"

"我三个半小时前刚送走他！"饶是历经无数大风大浪的天和，面对"资不抵债"与"无力清偿"时，也有点儿没回过神来，"你们等等，我给他打个电话，不、不……他应该在去旧金山的飞机上……"

"现在贵公司的法人是您，对吧？"基金负责人说，"Epeus 的财务状况，股东们已经初步了解了，资产列表，你们的 Messi 总监也已经接受了第一轮盘点。"

"等等。"天和没有接递过来的资料，说，"给我倒点水。"

"这个债务已经逾期两年……"

"你哥哥担任法人与 CEO 的这段时间里，陆陆续续把房产、名下的车子，全部抵押给了银行……"

"今年六月，闻天岳为了缓解财务压力，还把六千万元公司资金，通过非法手段带出境，前往澳门，下场显而易见……"

"小兄弟，您看，我明年就要退休，为了您公司这件事，安度晚年是指望不上了……接下来怎么办，总得有个说法……"

"当初你们两兄弟融资的时候可不是这么说的，现在不仅公司对赌没有完成，发邮件不回，电话不接，还发微信骂人，一骂就是长达一分钟的语音……你听听，这像读书人的口气吗？简直有辱斯文！"

"去年贵公司还投了一部科幻片，跟投一亿八千万，就为了让小演员带资进组，拍着胸脯承诺四十亿票房，最后导演拍出个网页游戏 PPT 自己先跑了，煤老板都不带你们这么玩的！"

"而且我更不明白的是，闻天岳为什么要帮一个毫无业绩前景的公司担保贷款？"

"多伦多的服务器机组，一年就要烧掉一千四百万美金的租金，这还不算电费，你看看你们自己研发出什么，用超级服务器组架私服！刚刚我来的时候，还看到你们公司程序员在打《魔兽世界》……"

天和被吵得有点儿晕，接过副总递来的水，一口喝下，把杯子重重地一放，"砰"的一声。

会议室里又静了。

天和盯着水杯看，半分钟后，目光转向一众股东代表。

"啊，我知道了。"天和灵光一闪，说，"你们走错公司了！"

两个小时后，股东代表们纷纷离开大会议室。

天和坐在长会议桌的一端，像座雕塑。

"老板？"财务总监试探地问道。

"我迫切需要听巴赫。"天和道。

"不好了！支行行长要跳楼啦！女厕所窗户没锁好，上半身已经探出去了！快来几个男同事拉住他——"

副总："……"

又一个小时后，天和朝桌上的盒饭，疲惫地摆摆手。

"不吃，谢谢。"

"饭总要吃的。"副总打开盒饭，已经饿得不行了，说，"小闻总，不要和自己的身体过不去。"

财务总监忧心忡忡地看着桌上的盒饭，买午饭的钱还是他垫的，现在走账，也不知道能不能报销，欠了三个月的薪水，更不知何时才能发下来。闻天岳信誓旦旦，告诉他们自己弟弟有办法，现在看来，全是忽悠。

"你们一直都知道？"天和喃喃道。

"闻总说您接任法人以后，钱很快就能到账。"副总说，"要召集公司里的小股东们，一起开个会吗？"

天和镇定地说："不用，不是说已经完成 E 轮融资，计划后年就上市吗？"

财务总监说："E 轮融资一共就六千万元，都在澳门呢。"

"你身为财务总监——"天和难以置信道，"居然能让他把六千万拿去澳门！你这是渎职！"

"我能怎么办？"财务总监哭丧着脸道，"一直都是闻总说了算，而且挪用公司资金也不是一天两天了，我也不知道他把融资拿去玩老虎机啊！"

"什么老虎机能玩掉六千万？"天和绝望道。

副总："VIP间里起步都是十万，显示'10'，他以为是10个100，按了一堆0，刚开始摇，上头就掉下来个大球，赌场还在欢呼呢，闻总就以为中了……"

"好了别说了。"财务总监打断道。

"哦对！他还买了不少杏仁饼回来。"副总想起来了，"都在公司冰箱里，您要不要来一点儿？放了三个月，但是还没过期，上个月绩效奖金就发的这个，还没发完。"

天和："……"

"现在怎么办？"天和问。

财务总监说："能拉到新的融资吗？"

天和有点儿茫然地看着财务总监，副总在旁出谋划策道："您是不是还有一位大哥？"

"我大哥在研究航天飞机。"天和答道，"已经有十五年联系不上了。"

财务总监想了想，说："您的母亲那边……"

"不可能。"天和一口回绝道，"母舅家不会给我一分钱，而且她已经再婚了。"

副总想了想，说："您父亲的名声还是在的，要不找老朋友帮帮忙，再来个F轮融资，先清偿部分债务，剩余的，申请债转股？"

财务总监说："我说句老实话，现在外面风头变了，真不好忽悠。"

副总说："那就只能想办法上市，寄希望于韭……股民们了。"

财务总监："以现在的账，审计不可能让咱们上市，券商也不会签字，证监会实行市商准入机制以后，管得比以前严多了。"

财务总监一直朝副总使眼色，副总只当看不到，两人都不愿意说出那两个字。

"一共欠多少？"天和有点儿走神，说，"刚才我没听清楚。"

"十四亿。"副总答道，"六月到现在，全公司员工的工资也都没发。"

财务总监看着副总吃完了两大份梅菜扣肉饭，起身道："要不我让人把债务明细先送到您家里，这几天您先看看，再咨询一下您的私人财务顾问。"

"所以你们希望申请破产，对吧？"天和沉声道。

两人面面相觑，都没吭声。

总助敲门进来，说："闻总电话一直关机。"

"还在飞机上。"天和道，"这次过去，也许就是谈新的投资，大伙儿都先缓缓吧，还有希望。"

"是的是的。"财务总监与副总一起道。

"工资如果能先想想办法给开出来，员工就不会有太大意见。"副总说，"现在稳定人心最重要，大家对 Epues 都是有感情的，您千万不要想不开啊！"

天和迎上副总担忧的眼神，答道："工资一定会发……只是现在我觉得……我得回去休息一会儿。"

天和站起来时有点儿头晕，副总开门，将他送出公司，外头不知道哪儿来的一群记者顿时围上，闪光灯狂闪。

"闻总！你现在心情怎么样？方便采访一下吗？"

"Epues 要申请破产吗？"

"你们说好第四季度就发布的'划时代人工智能'，还有希望面世吗？"

"闻总，你还好吗？"

"哎！你们不要这样！我们闻总也是有粉丝的，别太过分了啊！"

总助拦开记者，司机忠诚地保护着天和，进电梯，跑了。

/// 02 ...

家里，天和趴在沙发上，一头微鬈的黑发凌乱着，身上盖着羊毛毯子，睡了足足一下午。厨师正在做晚饭，管家方姨上二楼，把扔在一旁的公司送来的一大沓债务明细叠好，夹上，收回书房里。司机从客厅跟上楼去，跟进书房，走在方姨身后，小声地把情况说了个大概。

"关越死了！关越死了！"

书房里，鹦鹉看见方姨，拍拍翅膀，叫了起来。

"嘘。"方姨耐心地朝鹦鹉说，然后拉下帘子，罩住了灯光，朝司机说，"知道了，你也去吃饭吧，今天辛苦了。"

司机摊手，方姨又说："周末你回乡下，让家里杀两只土鸡带过来。"

司机点点头，心想都破产了还吃什么土鸡，这别墅、这摆设，大大小小的财物，等不到下个月，就得拿去拍卖了，说不定吃到一半，鸡也要被拿去拍卖。

"小天，"方姨摇醒了天和，说，"吃晚饭。"

天和睡眼惺忪地起来，有那么一瞬间，他还以为今天的一切就像做了个梦，走进餐厅时，方姨正坐在吧台后，戴着老花镜算上个月的账。

一盅隔水松茸炖鸡，一碟清蒸三刀鱼，一盘清炒上海青的菜心。

"七月鳗、八月鲅、九月鲫。"方姨说，"这时节的鳗鱼最好，可惜肥腻了你不喜欢，你要是想尝尝，改天我自己挑去。"

天和叹了一口气，拿起筷子，看看菜，又放下："公司要破产了。"

方姨依旧低头看账，说："破产归破产，饭还是要吃的。"

天和又说："二哥什么也没告诉我，瞒了我一年多。"

"他是不想让你担心。"方姨说。

天和又道："希望是这样吧，我手机呢？得给他打个电话，再怎么飞，现在也到旧金山了。"

方姨说："打过了，我也想找他呢，没开机。"

天和把筷子朝桌上一扔，满腹火气，捋了一下头发，说："今晚安排家里轮流给他打电话，每个人打三小时，打到他接为止。"

方姨"嗯"了一声，天和随便吃了点，便上二楼书房去，揭开鹦鹉笼的罩布，给它喂了点吃的，摇摇头，坐下，找出上锁抽屉里的法人变更合同。三个月前，二哥把这沓文件交给他，签下名字的时候，天和甚至没有认真看过。

鹦鹉吃饱后拍拍翅膀，叫道："关越凉啦——"

关越现在凉不凉，天和不知道，但一页页的合同看下来，天和自己先凉了半截，翻到合同最后一页，上面夹了张字条。

天和疯子般笑了几声。

他起身，走到书架前，拿出相框，上面是父亲、母亲、大哥、二哥和自己，一家人的合影。

一声玻璃破碎响，相框从书房里飞了出来，落在家门外，摔得粉碎。

三天后。

"您兄弟二人名下的商业街，以及其他产业，如客栈、餐饮、马场、手工作坊、加工厂等，都会逐一走流程进行评估与拍卖，两个慈善基金和受捐赠的图书馆不会受到影响。除此之外，您家在长山别墅区用以接待客人的私人会所……"

天和说："会所已经被朋友买走了，七月份就办完了所有的手续，这个我知道。"

理财顾问点点头："闻天岳、闻天和的联名资产，现在还有三千万，设立了家族信托基金。这个资金呢，我们做了比较有效的隔离，我建议您现在先不要去动它。"

"只剩这三千万了吗？"天和给自己倒了一杯葡萄酒，也给理财顾问倒了一杯。

"对。"理财顾问说，"之前委托我们管理的流动资金，你哥哥在去年已经转走了，剩下这最后的三千万，是家族信托基金的最低额度。"

"先转六百万到我公司账户上。"天和看了一眼工资单底下的数字，说，"明天早上，公司的财务会和你核对。"

理财顾问："闻先生，相对来说，我个人比较建议……"

天和看了理财顾问一眼，理财顾问马上点头，说："好的。"

"你帮我家管钱，也有快十年了吧。"天和说。

那名年过四十的理财顾问点了点头，天和想了想，说："出了这种事，让你见笑了。"

"您言重了。"理财顾问答道，"您是个善良的人，现在还想着员工的工资。过来之前我们行长还说，您这么年轻，只要渡过眼下难关，东山再起，不是什么问题。"

天和又说："外头都传开了吧。"

理财顾问想了想，说："是有那么一点儿传闻，不过明白事理的居多。"

天和说："还有什么避险的办法，可以教我吗？"

理财顾问脸上现出为难之色，显然这超出了他的承受范围，天和只看着他的双眼。理财顾问认真且严肃地说："千万不要去借高利贷，这是我唯一的建议，更不要帮任何人担保贷款。"

方姨将理财顾问送出门，朝天和说："小江看你来了。"

客厅，江子骞倚在沙发上，正认真地戳天和家养的蓝猫。这只蓝猫生来就有智力缺陷，你不动，它也不动，双方就一动不动，无论怎么折腾它都不生气。

天和提着鸟笼出来，交给保姆，让挂到花园里去晒会儿太阳。

江子骞："我分手了。"

"我破产了。"天和坐到沙发上去，说，"酒还是咖啡？"

江子骞说："两样都要。还没破产呢，不过你家公司上新闻了，Epeus原法人跑路，不能吧？联系上你哥了吗？"

"先说你分手的事儿，让我开心一下？"

"哎，我跟你说。"江子骞说到自己的苦难，终于来了兴致，安慰天和，"我觉得我不能再这样下去了，上回谈的那个，简直把我当凯子！生活习惯简直是……无法容忍，用我的卡一个月刷掉了八十万！问花哪儿了？全买了苹果，哼……"

"苹果哼是什么？"

"苹果！手机、电脑、音箱、台式机、手表……各种型号的 iPad，顶配，保护壳买五十个……为什么？因为上学的时候用小辣椒……"

"小辣椒又是什么？"

江子骞："山寨机，你不知道？她自己被室友嘲了，想报仇。开我的车回老家，参加大学同学婚礼，回来不知道被谁给吐了一车。找我要一百万，给老家修路。四个姐姐，一人要一套房，跟爸妈说，在外头认了个哥……"

"来我家住了三个月，骂了小周一顿。小周虽然比不上方姨，但也照顾了我七年好吧。"江子骞说着接过爱尔兰咖啡，"谢谢方姨……现在到你了，怎么破产的？"

"我哥三个月前申请公司法人变更——"天和说，"把法人转给我，然后跑路了，现在不知道在哪儿。"

江子骞："别是出什么事了吧。"

天和从口袋里摸出一张字条，上面写着："宝宝，对不起，哥哥全搞砸了，你看着办吧。"

江子骞说："我借你点先周转着？"

天和说："坑太大，不够填的，你能借我多少？"

江子骞说："我翻箱倒柜，私房钱凑一凑，能借你两亿多，多多少，零头我也不知道，这是我能拿出来的所有钱了。"

天和自然不能找江子骞借钱，就算借了，连五个点的利息都还不上。

"下个礼拜银行就来收房子、车子了。"天和出神地说，"东西全得拿去拍卖，我得租间房子。"

"公司什么时候清盘？"江子骞又问，"难怪七月份我爸已经把江岳会所的全部股份都买下来了。"

"在清。"天和答道，"明天贴封条，得赶在遣散之前，把员工欠薪发了。"

"小金也拿去拍卖？"江子骞抬头看客厅落地窗外的鹦鹉，艳阳高照，鹦鹉拍拍翅膀。

天和面无表情道："小金只会三句话，一句是'关越死了'，一句是'关越凉了'，第三句是'A股又崩盘啦'。谁会把它买回去？关越吗？"

江子骞与天和一起大笑，天和笑得眼泪都出来了。

天和打量他这最好的朋友，江子骞长得很帅，一米八二的他有着运动员一般的身材，肌肉线条恰到好处，穿上雪白的薄衬衣，肌肤在阳光下若隐若现。他五官长得很古典，虽不像天和俊朗明亮，却别有一番男人味，江子骞有多个外号，其中最优雅的就是"江英俊"。

江子骞是个随性的人，这也是天和能与他成为死党的原因之一，只要江子骞喜欢你，什么都不是问题，哪怕当个"忠犬"伏低做小，坐直升机送早餐，空运巴西鸢尾花开超跑送到教室门口，统统不介意。

江子骞说："我在想，要不你把我的钱全拿去，下半辈子呢，我就去当个工薪阶层吧，到大学里去当助教，说不定什么时候还能找到真爱。"

天和："用不着，我推荐你一本书，《演员的自我修养》。"

江子骞与天和多年发小，听到这话，忽然醒悟过来，一拍大腿："对哦！"

两人相对沉默，足足安静了半分钟后，落地窗外鹦鹉大叫一声："关越凉了！"

国际金融中心，惠丰大厦三十七楼，清松投资中国基金，总裁办公室里，水烧开了。

关越卷起衬衣袖子，提起壶，把滚烫的水倒进煮茶的铁壶里，铲出一点儿阿萨姆红茶放进去，拿出一盒牛奶等茶煮沸，边喝边看今天的业界新闻。

关越，27岁，水瓶座，身高188厘米，清松投资中国基金合伙人之一，本地分公司首席执行官，财产数额不明，租房一族，祖籍山西太原关家屯，牛津大学PPE（哲学、政治学与经济学）硕士研究生。人生爱好：炒股与马术。

关越的五官线条很硬，充满了阳刚之气，眉毛轮廓锋利，鼻梁高挺耸立，手指细长，指节分明，胡楂刮得发青，喉结明显而性感，两侧头发推得略平，在发型师手下还刻了不明显的两刀，现出"X"字样。

关越敞着衬衣两颗纽扣，露出分明的锁骨，最近健身卓有成效，肩背展开些许，将白衬衣的肩线撑得笔直。

"总裁大人，有什么新闻？"诺林律师事务所大中华区分部首席顾问佟凯，坐在关越对面，懒懒地晒着太阳，伸着僵硬的小指头刷手机。

关越一瞥佟凯的兰花指，眉头皱了一下。

佟凯怒道："我小指头被烫了！上头全涂的药膏，你以为我想翘？昨天下午开会，实习生过来加茶，直接把开水倒我手上，整个会议室还以为我触电了呢。刚分手就被烫，你说我最近是不是因为水逆倒霉？"

关越没回答，两人恢复了各自看手机的状态。

十秒、二十秒、一分钟……佟凯用余光瞥了一眼关越，发现了不妥，从手机背后试探地看了他一眼。

"总裁，你在看什么？出大事了？"佟凯问。

关越从手机屏幕前抬起头，左边眉毛稍稍抬起，看了一眼佟凯。

佟凯："你的目光在同一篇新闻稿上停留了一分钟！

"你的眉毛出卖了你，你很焦虑。"佟凯怀疑地说，"这是一种反常行为，A股又要崩盘了？"

关越将手机放在一边，转头观察水壶，心不在焉。

佟凯伸长脖子，一瞥手机屏幕上的新闻标题，喃喃道："Epeus 债务逾期，资不抵债，申请破产……Epeus？"佟凯清秀的眉毛皱了起来，"在哪儿听过？"

关越沉默，细长的手指有节奏地在办公桌上轻轻叩了几下。

佟凯自己搜索新闻："开发量化交易软件起家，近两年转做人工智能，号称独角兽公司，E 轮融资……没上市钱就烧光了……这家你认识？怎么感觉这么耳熟……"

关越不自然的表情一闪即逝。

佟凯放下手机，不再关心新闻，朝关越说："我真不想再结交一些乱七八糟的人了，上回那个小高管把我整得够呛。

"吃饭抖腿也就算了，还这么抖，到哪儿都抖，看个电影，带着电影院里一排座位都在抖，别人还以为地震，看一半全跑了。"佟凯开始学着那个小高管抖腿，说，"你看，这种频率、这个幅度，这是人的两条腿吗？这完全不符合人机工程学，这是马达！抖的时候，脑袋还像我这么歪着，第一次看见的时候，我还以为这人突然就中风了！

"这些习惯也就算了，人无完人嘛，我还能忍，可是嘴里说的没一句真诚的，全是骗人的、骗人的！就为了骗我帮他们公司打官司，咨询法务问题！我说怎么每次出来吃饭都让我出主意，哪儿来这么多官司？就想让我搞免——费——咨——询！"

关越一瞥佟凯，看那表情，似乎是想说什么，却忍住了。

佟凯喝了一口奶茶，无奈地叹了一口气，摇摇头。

佟凯长得很显小，二十九岁的他只看脸后，像个还在念书的大学生，眉眼轮廓分明，皮肤就像牛奶一般，聊起天来眉飞色舞，黏人、爱笑，有股蓬勃的生命力，有话从来单刀直入，不给人留半分情面。

佟凯无奈道："现在周围的人不是打我钱的主意，就是想找我做免费的法律咨询，这世上还有'真诚'二字吗？哎，你在听吗？"

关越的表情带着些许凝重，认真地看手机。

佟凯眯起眼，说："还在看 Epeus 的新闻？你打算救这家？"

关越终于说了一句话："不可能，我不收破烂。"

他还摸了摸继承父亲家族那高挺、漂亮、完美的鼻子。

九月里秋高气爽，公司开始清盘，银行与股东代表们下了最后通牒，十月一日前，个人资产强制执行破产流程。祖国母亲生日的当天，天和将失去几乎所有财产，搬出去，另找地方住。

所剩无几的公司员工，在办公室里伸长了脖子等着，原本天和让财务总监把钱发下去，遣散就完事了，奈何所有同事一致要求与天和合个影告别，权当留个纪念，天和便亲自开车过来——司机已经辞职回家抠墙皮了，家里四辆车再过半个月，也要抵给银行，有空得下载一个打车 App，研究一下怎么叫车。

"老板好。"

"老板好。"

"还有这么多人啊。"天和扫了一眼，说，"Messi 你给全公司员工买明天迪士尼的券，算我请大伙儿好好玩一场，最后团建一下就散了吧。"

"好。"财务总监说，"反正最后一次了，不如还是像上次，提前买好导览服务吧。"

"那当然。"天和说，"哪怕破产也不能去迪士尼排队，太不优雅了。"

天和的表情总是那么淡定，与他们挨个儿合照，从下午两点一直折腾到六点半，每个员工都过来与天和握手。

"我舍不得……"不少女孩子还哭了。

"舍不得我吗？"天和笑了笑，说，"我一共也就当了不到一周 CEO。"

"舍不得公司啊！"程序员们号啕大哭，依次与天和握手，一把鼻涕一把泪，天和等员工转身后，把手里的鼻涕顺手擦在了 Messi 的外套上。

三层楼的办公室里，渐渐地安静下来，员工终于走了，剩财务总监、副总、总助三人。

"二老板再见，重新打拼的话，叫我一声，我回家带孩子，顺便做做微商，随叫随到。"

"一定。"天和说，"宾利要借你喜提一下，拍个照吗？"

"可以吗？"总助受宠若惊，接了天和手里的车钥匙。

"你开回去玩几天吧，下周停公司车库。"天和把总助也打发走了。

财务总监环顾大办公室，天和说："Messi 也回去吧，还得和法务忙好一阵儿，过完国庆才算正式离职，明天好好玩。"

"行，我也走了。"Messi 礼貌地与天和告别，离开了二十七楼。

总经办敞着，天和走进本该是自己办公室的房间，坐在兄长那张转椅上吁了一口气。副总进来，在办公桌对面坐下，看着天和，两人都不吭声。

"我哥接手公司的时候，你就在了吧。"天和说。

"你爸生病的时候我来的。"副总看看四周，说，"喝点酒吗？"

"你喝吧。"天和哭笑不得道，"我对马爹利有心理阴影了，我哥跑路前找我喝了一宿。"

副总从架子里翻出一瓶酒、两个杯，说："还是喝点吧。"

"他们都挺喜欢公司。"天和想了想，接过杯，说，"哭的是真哭，舍不得的也是真舍不得。"

"活儿干成这样，想团建就团建。"副总随口道，"想请假就请假，一年两次团建，巴黎、伦敦、北海道随便去，上班打游戏，下班吃日料聚餐，谁不喜欢？"

天和："嗯，连扫地阿姨一个月都能开一万二的工资，能感觉到大伙儿深爱着公司，可是你们就没人劝他？"

"有用吗？"副总无奈道，"行业里全在吹捧他，早就昏头了，投资新贵、科技公司的神话……你看墙上，还挂着呢。"

墙上是闻天岳与几名重量级大人物的合影，副总又说："国家扶持，怎么都得扶上去，无形资产抵押，银行一批就是六亿，那天支行行长回去，差点儿一口气没喘上来……"

天和："项目进度我重新看过，还有希望吗？"

副总木然地摇摇头："我看是做不出来了，技术总监拷贝了一份给你，你再回家做几年试试？服务器密钥在文件袋里了，就怕你家里的电脑跑不动。"

天和想了想："最后一个问题，这么多年里，你就没和我二哥吵过架吗？他做什么决策，你们全由得他？"

副总无奈道："吵得还少吗？我让他别买西班牙，一注全押法国，现在好歹还能有个几千万剩下，再押个比分，说不定整个公司就翻身了！"

"你也回去吧。"天和费了很大力气控制自己没说出那个"滚"字，"常联系，拜拜。"

副总把酒一口喝完，紧紧地拥抱了一下天和，倒退着走出办公室，潇洒地抬起了手。

日暮时分，夕阳从窗外射入，照得公司里流光溢彩，落在一台台显示器上，员工们已将自己的手办、键盘、上班打游戏用的鼠标，全收走了。

天和走进十九层，安静地看着这一排排工位。小时候，父亲带他去过第一家公司，那家公司在老城区一个菜市场二楼，开发量化交易软件，赚到了第一桶金，换了一栋稍稍光鲜些的写字楼，不久后父亲查出脑瘤，半年后就走了。

兄长接手公司后，租下了紫藤新区科技园的三层办公室，项目研发部依旧照着当年两兄弟在旧仓库里见过的格局排布。夕阳西下，走在工位之间，天和就像回到了从前一般。

闻天岳仿佛还在身边，坐在转椅上，认真地朝他说："宝宝，老爸留给咱们的东西，都在服务器的硬盘里呢，你看，他一直没有离开。"

天和安静地坐在 CEO 的位置上，直到最后一缕天光消失。《G 弦之歌》如流水般洒了一地，伴随着夜幕降临，整个办公室陷入黑暗里，十九层角落办公室里，一台电脑突然自启动，显示器亮了起来。

天和蓦然转头，坐到角落里的办公桌前，显示器上铺着一层厚厚的灰尘。桌上没有名牌，弃用的主机，怎么突然自启动了？主板接触不良？天和点了几下鼠标，按 F8，没动静，蓝屏报错，天和躬身想长按电源键关机时，蓝屏界面忽然一闪，弹出编码语言界面。

"请接入密钥，备份同时格式化……"天和眉头微皱，找来转接头，将密钥插上，还没检查外网连接情况，更没想好要备份到什么地方，显示器上一闪，主机开始飞快地读起数据。

天和顿时瞠目结舌，稍稍抬起双手，自己根本没碰键盘的任何地方，这是设定好的？这是病毒还是 AI ？

天和按住密钥，正要拔走时，显示器一闪，"嗡"的一声黑屏，天和躬身按了几下重启，主板报错，烧了。天和感到莫名其妙，检查发烫的主机，无论怎么按，电脑都不再开机了。

/// 03 ...

"A 股又崩盘啦——"

搬家工人把东西搬出电梯时，不小心害鹦鹉在电梯门上夹了一下，鹦鹉受到了惊吓，挥起翅膀，行云流水般连扇那工人四个巴掌，疯狂扑腾，声嘶力竭地狂叫起来。

"什么什么？ A 股怎么了？"工人反倒被吓得更厉害，以为这鹦鹉成精了，前来指点他赶紧清仓逃命，哆嗦着一边掏手机一边就要跪下磕头。

天和快步走过来，把小金接过去，说："抱歉，这家伙胆子小。"

方姨抱着猫，在公寓里四处看了看，说："你爸以前将这房子留给了你大哥，也还好想起来了，喏，地方不大，格局倒是不错。"

天和一只手抱着鹦鹉，另一只手抱着那只智障蓝猫，鹦鹉惊魂未定，还不住地伸翅膀去扇蓝猫，一边扇一边叫，天和放开手，鹦鹉飞到冰箱顶上，再也不下来了。

窗玻璃上蒙着厚厚的一层灰，方姨又说："菜市场近，楼下也有公交站，虽然地方小，但小有小的好，房子大了，每天见个面都难。"

"嗯。"天和勉强笑笑，卷起袖子，准备打扫卫生。方姨忙道："你哪里会做家务？我来吧！你去忙你的工作。"

"我没有工作了。"天和朝方姨说。

"去写你的计算机程序。"方姨又说，"那个能卖钱，你爸爸当年就是这样发家的，你凭什么就做不到？"说着她眯起眼，笑道，"去吧。"

方姨放了一张巴赫的唱片，绾起头发，熟练地戴上袖套，去接水擦窗。

"天和，"方姨笑道，"你瞧我找到了什么！"

"二十亿现金吗？"天和笑道，"那可真是太了不起了。"

方姨拿出来一个航空母舰模型，天和都把它给忘了，惊讶道："是它！"

方姨说："我记得，这是天衡离开家以前给你做的吧？我把它擦擦，不能用水洗，否则胶就散了，给你摆在房间里？"

这个航母模型模的构造相当复杂，塑料制成，是英国的"皇家方舟"号，光是缩微零部件就有三千多个，甲板上停的六十辆小飞机全是手工组装粘起来的。离家之前，天和的大哥闻天衡亲手做给最疼爱的小弟。天和许多年没见过它了，心头不禁涌起了太多的回忆。

方姨前去收拾，天和坐在小阳台上，楼下远处是个运动场，阳光灿烂，运动场上全是踢球的，居民区里有一家面摊。天和五岁的时候，大哥离开家去上班时，带着两个弟弟——十岁的天岳与五岁的自己在楼下吃了这家的面当早餐，他依次摸摸兄弟俩的头，说："大哥走了，好好照顾老爸。"

"大哥再见。"天和朝大哥挥手，尚不知这次离别意味着什么。

方姨打扫了一会儿卫生，拿着个粘筒过来粘天和袖子上的灰尘和小绒毛，天和打了两个喷嚏，低头看手机上，理财顾问发来的资产估值列表与拍卖指导价，家里的艺术品委托了两名估值师，开始估价了。

"我不想让公司破产。"天和忽然说。

方姨躬身，用粘筒在天和肩上滚了几个来回。

天和说："公司一申请破产保护，爸爸留下的东西就都没有了。"

方姨没说话，回客厅里去，拿出咖啡与下午茶的蛋糕，放在阳台的小圆桌上，天和说："可是这钱光靠我自己，也许一辈子也还不完，这些日子里，我什么办法都想过了，只要能保住爸爸的公司，我什么都愿意做……"

巴赫的音乐从厨房里传来，背景音乐里，方姨回去做家务前，耐心地开解道："天无绝人之路，不要着急，也别把所有的担子都揽在自己的身上，过几天，说不定就联系上你二哥了。"

电话响，天和看了一眼，匿名，挂了。

电话再响，天和再挂，电话第三次响，天和很想骂人，但从小到大接受的教育提醒他，骂脏话是不好的，哪怕过得再落魄，也要保持基本的涵养。

"您好。"天和戴上蓝牙耳机，客客气气地说，"我现在不需要贷款，借了也还不起，谢谢。"

一个熟悉的声音在电话里说："需要多少？说个数。"

天和听到那声音时，蓦然站了起来，手机从腿上滑落，掉出阳台栏杆，"唰"地从五楼直线坠落，掉进了楼下面摊老板的锅里。

金泰大厦四十七层，俯瞰全城的健身房里，跑步声砰砰作响。

关越与佟凯在跑步机上飞快地跑着，关越穿着黑色运动短裤，迈开长腿大步奔跑，他的个头比佟凯略高一点儿，俊美的面容犹如大师手下的美男雕塑。一头短发上全是汗，皮肤因最近未晒太阳而显得白皙，关越随手开了环境紫外线灯，戴上护目镜，面朝跑步机前的阅读器屏幕，屏幕上正飞速滚动着一行行的文字信息。

"你的阅读速度太快了！"佟凯说，"调四挡！"

关越调低了文字滚动的速度，佟凯阅读的速度跟上了，跑步的速度却跟不上，几次差点儿打滑摔下去，最后只得放弃，不跑了。

佟凯洗过澡出来，关越正躬身坐在器械椅上，握着哑铃往复提臂，听着伦敦今天的早间新闻，午后阳光照进健身房里，佟凯吹了一声口哨，说："我见朋友去了。"

关越漫不经心地"嗯"了一声，拿起遥控器，换了个台，佟凯又问："你明晚相亲？"

关越没回答，佟凯大大咧咧地坐到关越对面，摊开长腿，说："欸？有照片吗？看看？"

关越看也不看佟凯，把哑铃换到右手。

佟凯只想逗他玩，又拿了关越手机，放在他面前，识别了关越的脸，解锁，打开聊天软件，手指随意地滑了几下，发现了一个金发碧眼的女孩照片，说："哟！真漂亮，哪国的？人家给你发了这么多消息，你就回了一个字，能不能别这么绝情……我看看……乌克兰超模！哇——家里经商的？"

聊天窗口里那女孩热情洋溢，说了好几句话，又问关越是不是在忙，关越只回了一个"Y"，把天给聊死了。

佟凯："走了啊。"

关越："好运。"

佟凯吹着口哨走了，关越把手机关机，把健身房里的阅读器、电视全关了，起身放了一张 CD，开始做下一组俯卧撑。

"年轻人！你知不知道煮这么一锅汤要多久，啊——呀！钱？你以为我在乎你这点钱？"

"对不起、对不起。"天和在楼下面摊前，看着老板用一把大漏勺把手机从锅里捞出来，被溅了一身汤的老板娘在一旁叉着腰，怒气值满点。

耳机里头，那个熟悉的声音又说："又惹事了？"

手机掉进锅里后，通话还在继续，天和戴着蓝牙耳机，赔不是、付账，总算拿回手机，问："你是谁？"

那个声音说："装傻有意思吗？看到你家公司上新闻了，聊聊吧。"

天和按着蓝牙耳机说："给你三秒时间，再拿我寻开心我挂了，三、二……"

那声音带着一丝诧异："怎么听出来的？"

天和说："你不可能瞒过我，到底想做什么？"

"嗯，还是穿帮了。"那声音里带着笑意，"闻天和，初次见面……"

手机自动关机，通话中断。

天和马上看了一眼手机，乘电梯上楼，方姨出门买菜去了，天和回书房里，拆出电话卡，从书架下依次打开盒子，寻找备用手机。而就在他换卡时，搁在台面上的笔记本突然发出了声音。

"希望不会吓着你，亲爱的天和。"

天和停下动作，手里拿着备用机，转头望向电脑，那一刻，连破产也保持了语气平静的他，发出了一声疯狂的大喊——

"你是 AI？！"

从卧室到客厅，交响乐瞬间轰鸣，音箱齐齐奏响，电视、台式机、笔记本，在同一时间打开、关上。隐形魔术师就这么悄然无声地降临在这不到一百平方米的小公寓里，植物的绿叶在音乐声中震颤。

紧接着潮水般的交响乐在数台音箱中分了声部，同时环绕着这间小小的书房，将天和的精神意识抛向了宏大的世界……从滔天巨浪到电闪雷鸣；从暴风骤雨到山岳之巅；从神殿到废墟；从舞台到刑场——

从地狱到天堂。

天和保持着入定般的姿势，一动不动地看着笔记本显示器，乐声逐渐沉寂下去，足足一分钟，天和没有说话，控制了家里所有音箱的笔记本电脑，也没有再发出任何声音。

最后，天和打破了沉寂，说："嘿嘿，你好。"

"你好。"笔记本电脑依旧发出那熟悉的声音，"看来你挺喜欢我的打招呼方式。"

天和马上将转椅滑到书桌前，检查电源，点开编程系统，飞速敲进指令，双手竟激动得不住发抖，仿佛置身梦中。

"你可以通过语言与我交流，不需要再输入指令了。"电脑里那声音说，"相比之下，我更喜欢用交谈的方式。"

"这简直是个奇迹！"这是天和近十年来最为疯狂与震惊的时刻，"你是怎么出现的？你是谁？告诉我你不是黑客！"

"当然不是。"电脑里，那熟悉的男性声音道，"我既不喜欢贝多芬，也不喜欢巴赫，相比之下我更喜欢莫扎特。我既不喜欢喝咖啡，也不喜欢喝奶茶，如果有机会，我希望尝试一下鸳鸯。"

"我是你父亲闻元恺与他的好朋友关正平设计的第三代人工智能，他们为我起了个名字，叫 Prometheus。"电脑里那声音说，"你实在太惊讶了，闻天和，想不想把智能手表戴上，让我监测一下你的心率以防万一？"

天和顿时晕头转向，飞快地检查防火墙以及整个系统，没有发现任何被攻击过的痕迹，接下来，他关掉了路由器，切断互联网。

"断网的话——"电脑里那声音依旧道，"你就只能使用我的部分功能了。"

"Prometheus。"天和喃喃道，"普罗米修斯，盗天火以授凡人之神。"

"确切地说，是第三代，你可以叫我 Pt3.0，或者叫我 P3。"那声音道，"或者普罗，都可以，当然我也不介意改个名。顺便能把互联网接上吗？断网令我很焦虑。"

天和抬手，缓慢地挪到书桌旁，按下了路由器插座的电源，发出一声轻响。

"谢谢，这样感觉好多了。"普罗说，"现在也许不是谈论接下来这件事最好的时机，但在困难面前，我们的时间所剩无几，我需要你的帮助。我的主程序被保存在 Epeus 于加拿大多伦多一个租来的机房里，当你的破产保护申请进入正式流程，他们就会把服务器交给评估机构进行拍卖，进行新一轮数据备份⋯⋯"

天和还有点儿没回过神，说："Epeus 已经研发出 AI 了！不用再申请破产保护了！"

"不！"普罗答道，"天和，不是 Epeus 研发了我，而是你父亲研发了我。我强烈建议你不要动把我卖给互联网公司的念头，相信我，否则到时候，你后悔的概率会达到 99.7%。"

天和："⋯⋯"

"我的核心模块由两大部分组成。"普罗以平静的声音道，"前身是你父亲与关正平开发的全球股市分析与交易系统，在量化交易的基本理论上，针对人类行为进行数据搜集与分析。"

天和怔怔地看着屏幕，屏幕上弹出一个又一个堆叠的窗口，从 1994 年开始，普罗米修斯的研发过程逐一展现在天和面前，紧接着，屏幕中央已拉开一条二十余年的时间轴，各个时期的资料缩小，归于时间轴的各个点上。

"2.0 版本的升级，是关正平自行研发的一个学习软件，通过便携设备的采样，让我以某个独立的人类个体作为参照样本，开展长达十八年的数据采集。获得数据汇总后，再通过我的学习模式进行分析与模仿。"

屏幕上又出现了一名小男生的正面照，眉眼间充满了稚气。

"这个杰出的人类样本，让我学会了感情与思考方式、共情力、情绪等人之所以被称为人的、区别于其他生命的东西。

"最终两大核心模块通过 3.0 版本的整合，在两年零四个月前，已经升级完毕。"普罗说，"也就是你看到的现在的我。但是否能通过真正的图灵测试，我还没有太大把握。"

"摒除作弊模式下的图灵测试⋯⋯"天和眉头深锁，喃喃道，"如果我是参与测试者，刚刚你已经通过了。"

"短时间内。"普罗答道，"但你迟早会发现我是 AI，我以为自己对样本已经非常了解了，最后还是没有骗过你。"

天和盯着小男孩的正面照，喃喃道："如果我没猜错的话，这个样本……"

"是的。"普罗答道，"就是关正平的侄儿，关越，你曾经的朋友。"

/// 04 ...

夜晚。

普罗："如果我是你，我就会把自己销毁，毕竟从一开始，我的两位创造者也不知道最后这个系统会进行升级，并获得现在的自我意识……"

天和坐在书堆前的小板凳上，翻找当年父亲与技术工程师留下的资料，说："怎么可能销毁你？"

普罗："人类对 AI 的出现都抱着很深的恐惧，在连接互联网的学习过程中，我接触过许多电影，通过分析得出，人类认为人工智能注定毁灭世界。"

天和："我并不这么认为，作为一个随时提心吊胆，受服务器会被卖掉的恐惧折磨的 AI，你是不是把自己想得太厉害了？你既不能入侵银行系统帮我修改公司账户现金，也不能阻止这场拍卖……嗯，这是什么？"

天和打开一个匣子，那是方姨替他收过来的杂物，里头有一件古朴的首饰，天和想起来了，把它放到一边，继续翻，找到年份更久远的箱子里面有一本手写的研发日志，他就在废纸堆里认真地看了起来。

"在我进化到一定程度的时候。"普罗说，"便可以通过互联网接入全世界一切可以被人类黑客入侵的系统……"

天和："算了吧，你连方姨的滚筒洗衣机都控制不了。"

普罗："那台滚筒洗衣机是老式的，没有联上局域网。"

天和："那你现场演示一下毁灭世界给我看看？先从某个空军基地朝大洋彼岸发一枚核弹过去吧。"

普罗："你不相信我有入侵核打击系统的能力。"

天和："我授权你入侵，因为我一直想见识见识某个国家国防部的系统后台。"

普罗："破解核打击防御系统密码与一系列防火墙需要一定时间，现在开始分析。"

天和："自己算下需要多久。"

普罗："472 年又 8 个月，也许更快。"

"行，慢慢破解吧，希望他们连着 400 年都别更新防火墙。"天和摊开日记本，坐到桌前，又说，"让一让，把这些堆在一起的窗口关了，我扫描一下文件。"

普罗把所有窗口关闭，退回桌面，为天和连接了扫描仪，又说："但是目前全球范围内，大部分电子用品不需要防火墙。"

"比如说我家的空调吗？"天和面无表情地开始扫描父亲留下的研发日记，说，"你可以把全世界的家用电器包括微波炉、电饭锅、烤箱、扫地机器人什么的一起打开，这样只会导致用电线路过载，你的服务器也会断电，于是你自己也挂了……"

普罗："机房不可能没有备用电源。"

天和："我现在觉得你像个喜欢讲冷笑话还接不住梗的娱乐系统，把字体辨识一下，顺便排下版，谢谢。"

普罗开始辨识扫描后的钢笔字体。方姨敲门，说："小天，吃饭了。"

天和把卡装好，戴上入耳小耳机，普罗米修斯的出现是否将掀起一场技术革命，引发全球产业技术升级，他尚无法确定。但对天和的人生来说这件事明显比公司破产重要得多。从最初的震惊中平静下来后，他开始觉得这个程序似乎也没有那么聪明，至少和他想象中的人工智能有点儿出入，怎么说呢？能力有限，在与人交流的过程中显露出笨拙感。程序通过自我升级后，完成度相当高，可以进行许多项目的研究，除了使用关越的声音令他三不五时地有点儿抓狂外，总体还是很好的。

现在他还没有想好要如何处置这个 AI，但慢慢思考，总会找到一个最佳突破口，这是父亲留给他的宝贵遗产，犹如上帝之手为他推开了一扇门，透出了灿烂的希望之光。

天和坐到饭桌前，方姨摆好菜，普罗在耳机里说："你如果不想销毁我，就要设法续租我的服务器，并为它提供持续充足的能源，这些日子里，我替你找到了一个最佳方案。"

天和用筷子夹菜的动作顿了一下："我就算死，也不会去求关越。"

翌日下午五点，国际金融中心，惠丰大厦三十七楼。

"找关总。"天和朝前台说。

前台说："请问有预约吗？"

天和侧身，注视她的双眼，温和地笑了笑，说："没有，不过我想他现在有时间。"

"方便自我介绍一下吗？"前台拿起电话，抬眼看着天和。

天和："你告诉他闻天和来了就行。"

普罗在耳机里说："这个时间段，他在办公室的概率是 97.9%。"

"他今天调休，去健身房了。"前台放下电话说。

天和："……"

普罗改口道："虽然这是一个小概率事件，但也并不是不可能发生。"

天和："作为一个 AI，你忠实地复制了那家伙死不认错的性格。我现在就应该把你卖了。"

前台满脸问号。

天和："没什么，抱歉，我在打电话。"

普罗："有什么必要呢？硅谷的公司大概率会等到你破产后，通过竞拍来得到数据备份。天和，冷静，你也不希望公司破产，这是你父亲的心血。"

前台："您是否愿意在会客室等他？但我们也不知道老板什么时候回来。"

普罗："给他打电话。"

天和："请给他打电话。"

前台："他健身的时候不看手机。"

普罗："我的意思是，你给他打电话。"

天和："……"

天和摘了耳机，朝前台说："那我愿意等他一会儿，到五点半。"

"里边请。"

天和坐在会客室里，行政端上茶，天和眉头微皱，看着手里不住闪烁的蓝牙耳机，想了想，最后还是戴上。

"我还有一笔钱……不过计算机处理器与服务器组的租金实在太贵了。"天和说，"光是电费就会拖垮我，否则我实在不想来见他。"

普罗说："租金到第三季度必须结算，否则一旦公司资产清算，原有数据就会被导出并聘请相关领域的专家进行评估。硅谷几家大公司一旦知道我的存在，你就再也不能持有我了。"

天和说："科技无国界，把你交给他们研究我觉得没有问题。"

普罗："我不希望这样，我担心他们会对我进行改写，甚至会改变我的性格，这样我就不再是我了。关正平给我的原初设定就是在任何时候，我都必须坚守'我'。"

天和说："你别的不行，自主意识倒是挺强烈的。"

普罗："关越有一个私人电话号码，你只要打给他，他会在五分钟内回到公司。"

天和："我没有这个什么电话号码，手机里要是有存，你早就自己拨过去了。"

普罗："电话簿里没有，不过我相信你能背下来的概率是100%。"

天和："你太高估我了，我背不下来。"

普罗："你可以。不过没关系，我正在通过英国牛津大学历任学生名单，搜索关越的这个私人号码，这是你们在英国留学时一起办的号码。"

天和："如果你再不停下这种行为，我离开的概率是100%。"

普罗："搜索暂停。"

天和一直自言自语，像在与人打电话，表情十分冷漠，会客室玻璃墙外，一名身穿衬衫的职场男路过，朝他投来一瞥。

天和从这男人的衣着与走过时员工对他的态度判断出，这人的职位应当不低，至少也是个副总，说不定是关越的心腹，天和便坐在沙发上，也稍稍欠了一下身。

"他是谁？"天和问，手里拿着手机，将摄像头稍稍转向会客室外。

"财务长Mario，中文名马国庆。"普罗答道，"关越同意为Epeus注资后，他会介入并为公司进行估值。"

"你到底哪里来的信心，觉得关越会拿十四亿出来，投给一家做出来的软件能把甲方电脑给跑死机的公司？"天和说，"我实在无法理解，你是不是出现Bug（指电脑漏洞）了。"

普罗答道："我非常了解他，我的信息搜集系统从他三岁开始就跟在他的身边，直到本科毕业。我对他的思考逻辑与行为模式预测，可以达到惊人的96.1%……"

"惊人的。"天和说，"你居然会说'惊人的'。我和他认识了十年，我居然半点没发现你在监视他。"

普罗："那只是我的信息搜集模块，自我意识还没有升级。这个信息搜集系统被安装在他的智能手表、手机与几个模型芯片上，以及卧室、书房的摄像头里，当然，也与你有着一定的交集，但我对你的行为模式预测准确率不高，缺乏……"

财务长走过行政部门，示意会客室里，问道："那人是谁？"

行政总监站起来，低声与财务长交谈片刻，财务长点点头，又问："老板今天说了几句话？"

"七句。"行政总监说，"早上找他汇报工作的时候，他听完还说'知道了'。"

财务长"嗯"了一声，说："那他今天心情应该不错，说不定待会儿会回来。"

行政总监说："要让客人回去等吗？"

财务长沉思片刻，低头看表："到五点四十吧，说不定他是老板的同学。"

天和沉默不语，注视会客室里摆放着的大大小小的投资界奖项与这家公司的团队合影，没找到关越的身影。

"他不可能给 Epeus 注资续命。"天和最后说，"我不想再在这里浪费时间了。"

普罗坚持道："可能，只要你调整一下对他的态度，根据我在信息搜集后的分析，本季度他有将近二十亿美金的权限。"

天和："Epeus 的无形资产评估根本过不了，贷款给我二哥的支行行长都要跳楼了。未来三年内也不可能达到盈利目标，技术团队全遣散了。脑子只要稍微正常的人就不会投……等等，除非我把你拉出来给他做路演……"

普罗："务必不要！他一旦知道我的存在，销毁我就是大概率事件。"

天和："嗯，他不会容忍你的存在，因为你对他的行为模式预测，能达到'惊人的'百分之九十几来着？"

"96.1%。"普罗补充道。

"您好。"财务长敲门进来，与天和握手，递了名片，说，"我看您在这里已经等很久了，有没有什么能帮您的？"

天和没看名片，接了就揣进兜里，起身说："Mario，我是关越的同学，刚好路过，心血来潮上来找他叙叙旧，没别的事，正想走了，下回有机会我再单独约他吧。"

天和看了一眼手机，五点四十，普罗已经查到了关越的"私人电话号码"，帮天和自动拨号，天和马上皱眉道："你做什么？"

财务长一怔，这时恰好关越低头看手机，进公司，停下脚步。

"老板。"前台正要开口，关越却抬手示意，转身又走了出去，接电话，刚接通，那边就挂了。

关越拿着手机，迟疑了一秒，回拨。

公司里，天和把关越打来的电话挂了，朝财务长说："我这就回去了。"

普罗："他正在公司门口。"

这时候天和不想再说话，朝财务长勉强点头，一阵风般走出会客室。

关越正在公司门口回电话，一抬头，差点儿与天和撞了个满怀。

天和停下脚步，还是没躲过，两人便这么站着，对视了片刻。

天和的眉眼、嘴唇一如多年前他们初识之时一般，带着少不更事的天真，眼神清澈而闪亮，嘴角意味深长地勾了起来。

关越的脸上则短暂地露出了那竭力抑制，却不免乱了方寸的不安，眉毛不易察觉地抬了抬，很快就恢复了往常的冷漠神态。

"嘿嘿。"天和知道关越不可能先开口打招呼，索性主动道，"好久不见了。"

关越侧身走过，走进公司，朝天和做了个动作，示意进去说。

普罗："别走，天和，这是你最后的机会了，镇定下来，我这里有帮助你平静的音乐……"

"有话好好说，不要放歌。"天和道，"行，去，我去见他，没什么大不了的。"

天和深吸一口气，本想说声"过来看你一眼就走"，但这些天里新闻已经出来了，业界都知道他家的公司破产了，以清松这等消息灵通的公司，关越绝不可能不知道，说了也没用。

天和跟着关越进了办公室里，宽敞的 CEO 办公室里有两面巨大的玻璃落地墙，一张巨大的白色办公桌，三十七楼视野相当好，CBD 繁华景色一览无余，冷气开得很足。

关越拿起遥控器按了一下，落地墙开启遮光模式，阳光变得柔和起来。

关越坐下，打开一台立在办公桌玻璃板上的显示器，敲了两下键盘，透明显示器上开始滚动海量信息，关越把信息滚动速度调到适合阅读，陷在转椅里，手肘搁在扶手上，手指抵在性感的唇前，也不看天和，只认真地开始阅读。

天和在办公桌对面的座位坐下，室内一片安静，只有空气净化器发出极其细微的沙沙声，就像无数落叶在这个午后拂来拂去。

普罗："从现在开始听我的。"

天和看着关越那熟悉的眉眼与表情，就像回到了数年前，剑桥大学图书馆里的那个夏天。

普罗："不要说话，一句也别说。"

关越余光瞥见天和在看他，拿出一个计时器，按了五分钟，放在桌上，扬眉，示意他：还不开口？

普罗："直到这五分钟结束时，你再……"

天和突然道："能换首歌吗？"

普罗："不要攻击他的品位。"

天和："我还以为你怀孕了，总感觉贝多芬比较适合做胎教。"

普罗："这并不好笑，天和。"

关越把音乐关了，时间还有四分钟。

普罗："如果我没有预测错，他的心情正在大幅度波动，试一下提他的叔叔……"

天和并不在意普罗的指导，说："都听说了吧，国庆前我会申请破产保护。"

关越终于开口了，礼貌地说："听说了，有什么能帮你的？"

普罗："这是个馊主意，天和。"

天和："公司员工都遣散了，如果你愿意注资的话，三年内我想我可以重新试一下。"

关越依旧没看天和，随口道："想把十四亿的亏损赚回来，买双色球更快。"

普罗："本期双色球奖池里只有一亿四千万……"

天和："本期双色球奖池里只有一亿四千万。"

普罗："这不是我想要你说的话，现在开始，保持沉默。"

关越依旧盯着电脑屏幕："先中双色球，再去澳门，一注翻本。"

天和端详着关越，说："你现在是不是不怎么爱说话了？是真不想说，还是为了在下属面前增加你的神秘感，方便管理？"

普罗："……"

关越两手抵在一起的手指分开，打了个手势："话总有说累的时候，说了不如不说。三分钟。"

"最近过得怎么样？"天和想了想，又道，"当上CEO，走上人生巅峰了，真是风水轮流转。我为我当年对你的无礼道歉……"

"事业上升期而已，每个人都会经历的。"关越打断道，"认识了个很温柔的女孩，刚见完父母，准备谈婚论嫁，看看照片吗？喏。"

天和瞥了一眼关越手机上的照片，皱眉道："这不是那个家里做巧克力生意的超模吗？"

关越收回手机，低头注视那照片："我记得我告诉过你，她这种女孩刚好是我喜欢的类型。"

天和笑道："我怎么就不记得了？"

"在泰晤士河上划船的那天。"关越说，"复活节。"

天和想起来了，说："挺让我惊讶的。你喜欢这种类型？只喜欢长相吗？"

关越："当然不，她热情爽朗，和你一样有礼貌、有教养。哪怕公司破产了，连句脏话也不会说出口，云淡风轻的，喝完下午茶再处理的这种态度。"

天和："……"

普罗："天和，你如果还想请他帮忙，就不要再这样刺激他。"

天和："那恭喜了，什么时候结婚？"

关越答道："还没求婚呢。其实正想找你，帮我策划浪漫一点儿的场面，在这点上，你比我懂女孩心思。"

天和从兜里掏出一件首饰，说："这个给她吧，我相信她会喜欢，有空我帮你想想。"

"你留着玩。"关越瞥了一眼桌上那东西，说，"我再买个新的去。"

"这不是你爷爷给你的吗？"天和又问。

关越松了松手指，说："想换个钻石的，有推荐的品牌吗？"

天和道："这样的女孩，应该见惯高级珠宝了，用钻戒跟用易拉罐的拉环求婚没有太大区别，不过我愿意帮你打听一下。"

"一言为定。"关越说，"你母舅家和那些珠宝设计大师熟，暴发户想找他们，光砸钱也没用。我想约朋友吃个饭，连芬克的位置都订不到，还得排三个月的队。"

"你早说。"天和道，"打个电话的事，什么时候想去？"

关越道："去年的事，算了。"

天和："芬克现在味道不行了，我给你推荐几家新的……"说着他抽了支铅笔，拿了张便笺纸，认真地写给关越。

关越只安静地看着天和。

普罗："他在挖苦你，天和，你听不出来？"

天和摘下蓝牙耳机，放在桌上，看了一眼计时器，还剩二十秒。

关越却把手一伸，按掉了计时器。

"闻天和。"关越大手稍稍摊开，认真、严肃地看着他，"我不会投你公司一分钱。"

天和哭笑不得道："开个玩笑而已，怎么能让你投钱来救我公司？我自己都觉得救不活。"

关越道："不是玩笑不玩笑的问题，这不是私营公司，批你十四亿，签个字的事，很简单……"

天和："哟，连我欠多少都知道？没少打听吧。"

关越不理会天和的打岔，继续道："保住你的公司，也没问题，只是你怎么实现盈利？怎么兑现对我的承诺？如果你是我，你会投？"

天和忽然也变得严肃起来："如果我是你，我会投。"

关越眉头皱了起来，不认识般看着天和。

"创造价值。"天和说,"抹平亏损,我相信我可以,只是需要时间,别用绳子勒着我的脖子让我喘不过气来。公司变成现在这样,虽然有我的责任,但这不是我的决策失误造成的。放弃人工智能方向,做其他类型的软件开发,盈利是迟早的事。

"只是,现在没有机会了。"天和起身,又说,"说了也是白说。"

关越目送天和起身,说:"你对自己的评价总是这么不客观。无论是技术能力还是公关能力,你和你二哥犯的最大错误,就是严重高估了自己的专业水平。"

"啊,不。"天和说,"跟公关有什么关系?你是不是认为我想拿旧情打动你,求你救我一命?只要愿意收购 Epeus,让我做什么都可以?真不是这样,我只是觉得有必要在这个时候上门来,展示一下我的狼狈,让你开心开心。当一个牺牲自我、娱乐大家的 Joker(小丑),这才是善良人该做的。"

关越:"你的耳机。"

天和接过,戴上:"所以你期待已久的、喜闻乐见的这场对话,理应发生在今天。渺小如我,又有什么资格不让这场戏上演呢?"

天和走到门口,关越最后说:"一把刀的刀锋,很难越过。所以智者说,得救之道是困难的。"

普罗:"出自毛姆的《刀锋》。"

天和:"出自毛姆的《刀锋》。后会有期。"

"求婚的事别忘了。"关越在办公室里道。

"记得!一定给你个惊喜!"天和在办公室外喊道,走出了清松投资。

/// 05 ...

"你差点儿就把我忘在他的办公室了。"

"你该不会以为自己的本体只存在于一个蓝牙耳机里吧,装你的破服务器机组,还在不停地吃我的钱呢。"

天和出了清松投资门外走廊,焦躁地按了几下电梯。

普罗:"TU3 服务器机组并不破,它有十万个处理芯片,否则我不可能在两年内完成升级。天和,你把事情搞砸了,他现在有 76% 的概率坐在办公室里哭,有 23% 的概率在砸东西,有 1% 的概率——"

天和低声认真地说:"普罗,从现在开始,停止给我出馊主意,我这辈子就没见他掉过一滴眼泪……"正说话时，财务长快步追来，拦着电梯门，递给天和一个信封，说："闻先生，老板给您的。"

"谢谢。"天和接过信封，倒出里面的东西，随手戴上，开车回家。

下班时间，天和被堵在路上，说："知道吗？普罗，刚刚在他办公室里那会儿，你实在是太吵了，你俩声音还很像，我有好一会儿甚至不知道你们到底谁在说话。"

普罗："但我想这不是你把耳机摘下来的理由，我们本来有 90% 以上的成功概率。"

"成功？"天和拍了一下宾利的方向盘，说，"成功地骗到他的钱？这就是一个彻头彻尾的错误……"

普罗："从你十六岁那年起，关越就是你最好的朋友，那段时间的每一分、每一秒，他的心跳频率都被记录在数据库中……"

天和："小刘，麻烦你帮我把这个肉麻的言情小说阅读器关一下……哦，小刘已经辞职了。"

天和开车过红灯，按掉了蓝牙外放，随便按了两下车载听书机，响起欢快的阅读声。

"《霸道总裁，深深宠爱》，第一卷，第一章，第一节。清晨，她从宽阔的大床上醒来，睁开双眼，惊讶地发现自己换上了一身名贵的真丝睡衣……啊！我是谁？我为什么会出现在……"

天和果断地把听书机关了，重新连上手机蓝牙车载播放："我改变主意了，普罗你还是继续说吧。"

普罗："他愿意为你这么做，只要你开口，他求之不得。"

天和："你对他这个人，到底有什么误解？普罗，一个合伙人级别的 CEO，会拿资本对他的信任来做这种事吗？你还是金融软件出身，我觉得你更像一个升级的听书机，是不是被阅读器教坏了？"

普罗："首先，你的气质、品位、内涵、外貌，对任何人而言，都具有致命的吸引力，他这一生再也找不到一个像你这样的朋友……"

"那倒是的。"天和毫不谦虚地答道，"除了'惊人的'，我发现你还会说'致命的'，作为 AI 能举一反三，很好。"

普罗："其次，你们曾经一同长大的回忆，令他对你，有着家人般的依恋……"

"喝奶茶的人和喝咖啡的人注定无法和睦相处。"天和把车开出国际财富中心地段后，拐进一栋大厦的地下车库，停车，戴上蓝牙耳机，"听巴赫的小少爷不知人间疾苦，胎教之父贝多芬的听众有着顽强的拼搏意志。"

普罗："你想喝点酒吗？我可以为你搜索这附近的餐厅。不过我建议你谨慎计算存款并合理分配使用，毕竟下个月还要付加拿大机房的租金。"

天和走出大厦，眼望下班时川流不息的人群，在一张路边的椅子上坐了下来，天空阴沉沉的，压着厚重的乌云，一场暴风雨即将来临。

"我会想办法的。"天和喃喃道，"已经过去很久了……没想到，会在这么一个时机，和他再开口说话。"

普罗："如果你不介意告诉我的话。"

天和："你对往事有兴趣吗？"

普罗："当然。"

天和："好像在拉萨机场，是的，我确认是在拉萨机场，原本，他想一起去爬珠穆朗玛峰……"

在今天之前，他们的最后一次对话，是在什么时候呢？应该是一年前吧，那时候两人之间的矛盾已经很深，走到了断交的边缘，关越提议，想去一次珠峰。

天和根本不相信自己能爬上去。他有足够的理由怀疑，万一关越心情不好，拉着他从海拔五六千米的山上跳下来，来个同归于尽，那可犯不着。但他最后还是去了，那会儿关越在纽约上班已有三年，终于忙完手头的项目，飞过大西洋，回到伦敦。关越敲响了圣尼奥特海尔顿 12 号的门，管家是天和母亲为天和请的老绅士，他将关越放了进来，并为关越端上了茶点。

"我已经说过了。"天和不悦道，"我不想出去玩，还有个课题没做完。"

关越上班后一年比一年成熟，话也一年比一年少，曾经的一身学生气已烟消云散，他是个彻头彻尾的大人了。金融行业的中层都显得八面玲珑，会说笑话也很能哄人；高层却都表现出一副彬彬有礼、实则拒人于千里之外的态度。

关越也渐渐变成了这样——天和是唯一能与他交流工作之外事情的人，但他们已经很久没说过话了。

关越看了一眼表，答道："我就在这儿等你。"

天和忙课题已经有两天没睡，但他知道以关越的性格，如果自己不跟着关越出门，这件事永远不可能结束，于是只得低声吩咐管家几句，收拾行李和洗澡。

"拉萨。"关越喝了一口茶，穿一身运动服，耐心地在客厅里等着，"人出发就行，不用带任何东西，我替你准备了。"

天和擦过头发，换了身户外装，跟着关越上了飞机，在关越家的飞机上睡了十来个小时，看见拉萨万里无云的晴空时，心情还是很好的。

"这不是个游玩的好地方。万一一口气喘不上来，你公司里一百多亿的项目就没人管了。"天和环顾四周，说，"就咱俩？"

没有司机，没有助理，阳光灿烂的拉萨街头，只有他俩。关越没回答，戴上墨镜，背着自己与天和的包，慢慢地走着。海拔近四千米的地方，天和忽然间隐隐约约，感觉到了与世隔绝的孤独与空灵。

仿佛从踏上这片土地的那一刻起，伦敦、纽约、北京、上海……整个浮华的世界与万千喧嚣，就这么悄然消失，仿佛伸手可及的蓝天下，只剩下他与关越。被尘世中诸多纷扰侵入的生活，终于恢复了它原本的面目。

关越一语不发，走在前头去租车，找了家小馆子，放下两人的装备，点了一暖水壶的奶茶，与天和坐在馆子里。天和记忆最深刻的是，拉萨的奶茶其实很好喝。身边坐了一对藏族情侣，脸上都有高原红，男生长得很粗犷，女孩则有点儿腼腆。

天和知道轮回转世的传说，不禁心想，如果自己与关越生于斯、长于斯，没有眼下他们所拥有的一切，是不是就不会有这么多烦恼？

关越也看了一眼那对小情侣，一句话也没说。

"明天开车去曲当。"过了一会儿，关越随口道。

"咱俩不可能爬上去。"天和说，"你疯了吗？"

关越说："没说要爬上去，到哪儿算哪儿。"

那还行，天和点点头，说："我想去一趟八角街，后天再出发吧。"

下午四点，吃过晚饭后，两人住进一家酒店，关越订了个标间，他们各自躺在床上，没过多久，关越就开始不停地接电话。天和大多数时候在听，偶尔说"OK"或是给出简短的意见，直到太阳下山，天和头疼得要命，耳朵嗡嗡作响，终于忍无可忍道："能别在房间里打电话吗？"

"抱歉。"

关越进洗手间，关上门，继续处理他的公务，天和在黑暗里叹了一口气。

半夜，关越打完电话出来，天和躺在床上，痛苦地喘气，高原反应越来越严重了，简直就像在受难。关越只得赶紧去买氧气瓶与红景天。折腾了整整一晚上。翌晨，天和简直被折腾得委顿不堪。

"去过玻利维亚的，我以为你能撑住。"关越眉头皱了起来，说，"怎么这次的反应这么严重？"

天和心想你这招挺有效，说不定不用上珠峰大本营，半路上就得脑水肿挂了。

"最近在熬夜做项目，没睡好。"天和疲惫道，"没关系，我缓缓就出发，今天好多了。"

关越买了早餐，天和吃了两口就吐了。

"算了，下去吧。"关越说。

"不。"天和的性子反而上来了。

关越沉默地看着天和，天和起身，固执地说："还没来过拉萨呢，我想去八角街。"

关越只得穿上外套，与天和一同离开酒店。

关越："吃点东西。"

天和："吃不下，别担心我，没事的。"

关越："下次再来吧，听我的，回去。"

天和笑道："哪儿还有下次？没有下次啦。这是最后一次。"

关越站在大昭寺门口，沉默地注视着朝他慢慢走来的天和。

天和带着笑意，眉毛轻轻地扬了起来，望着这条路尽头关越的身影，他英俊的面容在夕阳下显得模糊不清，如同在时光的尽头等待着自己，整整一路，凝固了他们从小到大相伴的悠长岁月。

那条路很长，却还是走到了尽头，天和停下脚步时，等在尽头的关越抬着手机，朝他出示订票记录。傍晚七点的机票，已经买好了。

天和避开与关越对视，侧过头，点了点头。

关越一指地上，示意天和在这里稍等，天和便盘腿坐在大昭寺外的地上，眺望着蓝天与大地，无拘无束，自由自在。

关越走到一群藏族同胞里，抬起双手，高举过头，分开，朝地上全身一扑，跪，等身长头。他退后一步，再扑，再跪，再拜。

天和静静地看着关越，忘了数他拜了多少等身长头，直到他结束后，起身朝天和走来，额头上带着红红的印记。

关越背起包，什么也没说，将天和送到机场。

"你那时候在念什么？"关越说。

天和答道："念我的代码，希望课题顺利。你许的什么愿？"

关越答道："希望投资的公司顺利上市。"

天和笑了笑，端详关越，说："你是个认真负责的投资人，愿望一定会实现的，那……我这就走了。"

关越沉默地注视天和，天和再没说什么，过安检，关越始终安静地在安检外看着他。

天和朝关越点点头，做了个告别的手势。

离开拉萨的一周后，天和终于忍不住手贱，去看了一眼关越的微博。

关越发了一张远眺珠穆朗玛峰的照片，最后他孤身一人，过樟木，去了尼泊尔，来到珠峰大本营，却没有登顶，跟着夏尔巴向导抵达海拔六千四百米的营地，拍下了苍茫的群山与白雪。

微博配文：我曾以为雪山几十万年如一日，总在那里，山永远是山，雪也永远是雪。但许多东西哪怕看上去从未有所改变，灵魂里也早已有了天翻地覆的区别。

/// 06 ...

"普罗。"天和说完了这段回忆，忽然问，"你有没有体验过回忆一个人时的感觉？"

普罗没有说话。

天和端详走过面前的一对出来跑步的情侣，男生活动脚踝，站在路边，回头等女朋友追上来。

"你追我赶。"天和笑道，"我们就在这漫漫人生路上，不断向前，只是有时候，不可避免地，会跑上不同的岔路。普罗，和你聊天的感觉挺好，可惜你不明白。"

普罗保持沉默，天和忽然听见耳机里传来一阵欢快的音乐，紧接着电话接通，响起了热情洋溢的声音："嘿嘿，出来玩？"

天和："……"

江子骞："还在外头呢？吃饭去呗？正想找你出点主意。"

天和和他约好地方，挂了电话，站在人群中，环顾四周林立的高楼大厦，普罗在耳机里说："时至今日，我仍然不懂人类的情感，不过我想，通话频率最高的朋友也许能为你缓解焦虑。"

天和嘴角微一翘，答道："谢了，普罗。"

天和已经很久没来芬克了，这家店在中国开业八年，曾经号称只接待熟客，去年开通百夫长信用卡预约服务后，顿时变成了一家奢华热闹的菜市场，随即上了《那些年，米其林餐厅出的幺蛾子》专访。一场混乱后，接受了海量吐槽，收到的砖足够盖二十公里长城。天和觉得餐厅里实在太吵，尤其是周五晚上，于是减少了来这里吃饭的次数，但今天，他正想体验一下人间烟火气。

领班一见天和，便眼前一亮，忙将他带到二楼，上了餐前酒。这家由四套别墅改装的两层小餐厅里种满了花，二楼只有两桌座位，一楼则开放预订，闹哄哄的一片，晚饭时间，不少老外拖家带口地坐着。

"来芬克吃晚饭相对而言是个好主意。"普罗说。

"为什么？"天和侧头往一楼瞥去，感觉这家米其林餐厅的老板简直有种恶趣味，既然食客又多又吵，老板便索性将楼下餐位设计成了娱乐项目——供楼上客人观看并消遣。

普罗："关越晚上来这里吃饭的概率只有 0.7%。"

天和："能不能别再提这个人了，我好不容易才忘掉的。"

江子骞上了楼，朝天和吹了一声口哨，拉开椅子坐下，说："我决定伪装成一个酒店门童，去见一名工薪阶层网友，体验一下不同的人生，你看我今天打扮，像不像？"

两人面面相觑，天和现出诡异的表情，江子骞茫然道："不像吗？这身衣服是我辛辛苦苦，亲自去什么店买的！助理还帮我排了好长的队，喏，她们还给我找了台碎屏的手机，办了张卡……没用过……你会用吗？"

天和接过手机，随手摘下耳钉戳进去，替他换卡，说："谈吐很容易出卖你，坐下来以后，你要准备一包烟，和打火机放在一起，然后打个响指，大喊'服务员！倒点茶'。"

"我不抽烟。服务员！倒点茶！"江子骞旁若无人地喊道。

领班还以为江子骞中了什么邪，正拿着柠檬水罐走过来，吓了一跳，说："江先生？您想喝什么茶？"

"没事，我们在排演话剧，练习一下。"江子骞又朝天和说，"然后呢？"

天和侧头，拿手机给江子骞拍了一张照片，说："普罗，麻烦你帮我分析一下。"

江子骞一头雾水。

天和："普罗是一个语音智能搜索程序。它问你带钱包了吗。"

江子骞一拍大腿："对哦！"

天和："准备一个钱包，里面塞满打折卡、五六张信用卡、剪头发的 VIP 贵宾卡、星巴克的会员卡，一整排塞好放整齐……"

江子骞忙道："对对对，像我家司机那样。"

江子骞出门既不带钱也不带钱包，天和又说："然后脚要跷起来，像这样，坐着一直晃……"

天和艰难地演示了一下抖腿，江子骞说："见面的地点，选在星巴克怎么样？"

天和说："可以，这很适合，买饮料的时候，要用信用卡的积分兑换两杯，不能说'白水就好'……"

江子骞嘴角抽搐，天和想了想，又说："假装喝两口，走的时候带着，你还得吃个晚饭吧，选那种……普罗？你刚说什么来着？"

江子骞掏出手机，聚精会神地滑动屏幕："我还下载了一个大众点评 App……"

天和的注意力已不在江子骞身上了，转头望向楼下。

普罗："天和，你教他通过欺骗这种方式找朋友是不好的。"

天和翻过手机，将镜头转向楼下，普罗马上说："镜头花了，看不到周围的景象。"

天和："少装傻，普罗，你的概率统计模块的接口是不是接反了？"

普罗："小概率事件也是经常发生的，不能因为概率只有 0.3% 就忽略了它的可能性。"

江子骞顺着天和的目光望去，只见关越带着乌克兰超模走进餐厅，被带到一楼花园角落的位置上坐下。

江子骞马上起身说："要不，咱们还是换一家吧，Lucy！不好意思，我突然……"

"没关系，坐着，我下午刚见过他。"天和嘴角微微翘了起来，摘下手上的饰品，放在餐桌上，眼里带着笑意。

普罗："天和，这不是个好主意。"

江子骞的笑意荡然无存，眉头皱了起来："你去见他了？为什么？"

"待会儿跟你细说。"天和朝领班道，"Lucy，请你帮我个忙，记得那位关越关先生吗？"

"你的心情看上去不是很好。"超模撩了一下头发，注视关越，笑道，"是不是需要休息？"

关越摇摇头，瞥一眼服务生递过来的菜单，只是点了点头。

那超模又说："他们说你话总是很少。"

"因为没什么说的。"关越有点儿走神，答道。

超模笑了起来，说："你需要眼药水吗？"说着她从手包里掏出一面小小的镜子，让关越看他的眼睛——有点儿血丝，又递给他一瓶眼药水，关越接过，抬头滴了两滴。

"这是我第一次来中国。"超模说，"很高兴能认识你。"

关越闭着眼，点了点头，又睁开，侧头，望向二楼，楼上被栏杆挡住了，那是他回国后与天和常来时坐的位置。

"我也是。"关越寻思道，"你的中国话说得很好。"

超模又说："今天我见了几名投资人，想在中国创立属于我们自己的品牌，你有什么朋友，可以为我介绍吗？"

关越想了想，说："你爸爸的想法？"

超模笑着道："是的，家里非常支持我。"

关越露出些许厌倦神色，转头望向一侧花栏里怒放的蔷薇花。

"您好。"领班过来，亲自给关越与超模上菜，笑着说，"关先生也好久没来了。"

"还记得我？"关越沉声道。

"当然。"领班笑道。

关越点点头，喝了点餐前酒，拿起叉，在右手指间打了个转。

领班笑吟吟地放下盘子，超模又说："这次来中国，我想多认识一些时尚界的朋友，但不知道为什么，总是很难约到他们，生活在中国，仿佛比在欧洲还要忙碌。"

关越"嗯"了一声，尝了点餐前菜，超模用叉子拨开肉，正要挑起配菜时，发现了盘里的一件熟悉的首饰。

关越："……"

就在关越暗道不妙时，整间餐厅所有的聚光灯如同舞台灯般，"唰"地一齐转向他们这一桌，《费加罗的婚礼》序曲铺天盖地响起，所有客人被吓了一跳，同时转头，望向关越与超模。

下一刻，交响乐沉寂下去，小提琴柔和的音乐回荡，天和与江子塞人手一把小提琴，拉起乐曲，优雅、陶醉地侧身，走过一张张餐桌，走向关越与超模。身后则跟着拉起手风琴的厨师长，一众带着鼓的侍应生，就像有客人在芬克过生日般，只是这一次响起的乐曲并非《祝你生日快乐》，而是《费加罗的婚礼》。

超模脸上充满了震惊，说："关？"

关越难得在这个时候还保持了镇定，坐着不动，抬起手，表情僵硬，竭力尝试解释。

饶是如此，离他崩溃也只剩下那么一点点，关越伸手去拿盘里的首饰，超模配合地起身。

与此同时，江子骞与闻天和拉着小提琴，来到了桌旁，音乐来到高潮。

"Marry him! 嫁给他！"厨师长拉着手风琴，声情并茂地大喊道。

"Marry him! 嫁给他！ Marry him! 嫁给他！"

"Marry him!"

所有客人——无论是老外还是中国人——一起鼓掌，疯狂起哄。

关越："……"

"嫁给他！"天和与江子骞放下小提琴，大喊道。

就像一个华丽的鲜花盛放的舞台，和风吹过，观众们脸上洋溢着见证了真爱的幸福笑容，一起朝关越与超模真心诚意地大喊道："嫁给他！"

天和环顾周围，认真地说："今天的晚餐，我将为在场的各位付账。"

又是一阵欢呼，把气氛推向了欢乐的高潮。

普罗："根据我的判断，关越现在充满了一种强烈的、被你们人类称作尴尬的感受。如果你不介意我替他求个情的话……"

"我不介意。"天和笑着端详关越的表情，关越只是坐着一动不动。

突然，整个餐厅里所有的灯都关了，响起一阵惊讶的叫喊，剩下餐桌上昏暗的蜡烛，紧接着是椅子拉动的声响，一阵混乱，领班赶紧去查看，灯再亮起时，桌前已空空如也。

"噢——"厨师长遗憾地说，"害羞的大男孩，So（如此）帅——"

"So shy（太害羞了）——"众侍应以夸张的口型应和道，无奈地摇摇头。

江子骞无奈摊手，天和耸肩，回到桌前。

晚上八点二十分，一道闪雷绽放。下雨了。

这场迟来的暴雨下得铺天盖地，江子骞简单地用过晚饭，说："没以前味道好，下次换一家吧。"

天和也只吃了一点儿牛肉就不吃了："他们家的农场被德林牧业收购了。"

江子骞喝了一口餐后咖啡："咖啡味道也变了。"

"牛奶的问题，喝你的星巴克去。"天和淡淡道。

江子骞哈哈笑了两声，说："去夜店吗？"

"咱俩？"天和问。

江子骞思考片刻，摸出另一部手机打电话，天和猜到他晚上还约了别的朋友，要把人遣散了专门陪他，便道："有约你就去，我正想回家躺会儿。"

"那行，明天我想约个朋友和你见见，还没确定地方。"江子骞说，"得找个什么场合，不想坐着吃饭了。"

普罗在耳机里说："我建议去打球。"

天和想起来了，说："打球吧？好久没打了。"

江子骞如梦初醒，说："对！去牧场，我问问他们会不会。"他说着低头发消息，"这个是前天就替你约好的局。"

天和一怔，抬眼看江子骞，江子骞又说："对方是融辉创投家的副总，顺便聊聊，融辉下周要召开一个产业发布会，能让你上去说几句话，说不定能帮上点忙。"

天和一怔，道："要注意什么？"

江子骞笑道："照常发挥就行。虽然融辉见了关越也得叫大哥，不过据说他们家在你们行业内还是能说上几句话的。"

"谢谢。"天和认真地说。

江子骞端详天和，想了很久，最后叹了口气："唉。"

"嗯。"天和喝了一口咖啡，说，"我没事。"他心想，果然很难喝。

江子骞点点头，提着西服下楼，走了。

天和："Lucy，请把账单给我……普罗，刚刚是不是你把餐厅的供电切断了？"

普罗："我想也许这能帮助你们略微缓和一下现场尴尬的气氛，否则实在不知道要怎么收场了。"

天和接过领班的账单签了单，起身下楼，说："你的能力就像在一无是处和无所不能之间做布朗运动，到现在为止，测算概率低到没一次中过，帮关越解围的时候倒是挺有能耐……槽了，怎么突然下这么大的雨。我忘了车停在哪儿。"

普罗："芬克餐厅接入的电网设计于二十年前，没有预设断电密码。你问你的哪辆车？"

"当然是开出来的那辆。"

"距离这里四百二十米远的金泰大厦地下停车场。"普罗说，"我为你搜索了两条路，一条路几乎淋不到雨，请侧过身，顺着芬克餐厅的屋檐小心挪动……"

"不用了，谢谢。"天和拒绝了餐厅门迎匆匆出来为他打的伞，点了点头，说，"下次见。"

"闻先生慢走。"

天和就这么走进了雨里。

这座城市已经有好一阵子没下过雨了，天和毕业旅行回来后，整个夏天晴空万里，持续到秋季。还记得十六年前，城市里一旦暴雨倾盆，楼下的街道就会积起齐膝深的水，天和很怀念小时候在幼儿园里，穿着雨衣、雨鞋出来踢水、玩水的雨天。

"前方路口红灯还有二十五秒。"普罗说，"如果你加快速度，能在红灯结束前通过十字路口，但这不是最佳选择，我建议你保持现在的速度，很可能会……"

"教授说，哪怕天上下刀子，绅士也不能在路上狂奔，来首歌听吧。"天和淋着雨，耐心地走过长街，路上满是私家车，溅起了水浪。

大雨哗啦啦地下着，整个世界的景象，在《欢乐颂》中有节奏地开始震荡，树叶欢快地于雨里飞扬。

瓢泼大雨从天到地疯狂下着，伴随着"欢乐女神圣洁美丽，灿烂光芒照大地……"的神圣男声大合唱，将天和淋成了落汤鸡。

天和："……"

普罗："这个版本的点播率是最高的。"

天和："你对我的心情把握得非常精准。"

十字路口前，天和眼前蒙着一层水，已看不清这个大雨中的世界，他的头发不断往下滴着水。绿灯，天和走过斑马线。

就在这一刻，头顶漫天的雨毫无征兆地停了，身后有人一步赶上，为天和撑起了一把黑色的伞。耳机里的音乐消失，取而代之的，则是雨水疯狂打在伞上，犹如鼓点的声音。

天和停下脚步，侧过身，正想道谢时，却看见了关越那熟悉的面容。

天和："……"

关越沉默地注视天和，一身黑西服，打着把黑色的雨伞，左手手腕上的钻表折射着雨夜中远光灯的光芒。

绿灯切红灯，车辆纷纷鸣笛，关越做了个"请"的动作，为天和打着伞，带他穿过了马路。暴雨雷鸣，这个时候即使开口说话，他们也听不见对方的声音，天和也并不打算说话。过马路，来到商场门口，天和礼貌地说："谢谢。"

正想转身离开时，关越却收了伞，一手抓住天和的胳膊，他的力气很大，天和从来不是他的对手，只得被他带进了商场里。

/// 07 ...

商场冷气一吹，天和有点儿发抖，忍着不打喷嚏，关越脱下西服外套，递给天和，天和只抬手示意不用，关越也不穿上，一手拿着，站上手扶电梯。

充满奢华气息的高档商场内，原本播放的柔和钢琴曲毫无征兆地被切掉，四面八方环绕立体声响起，背景音乐被突如其来地换成了交响曲《欢乐颂》。

"你的力量能使人们，消除一切分歧——

"在你光辉照耀下面，人们团结成——兄弟！"

天和："……"

商场里躲雨顾客被那突然响起的音乐吓了一跳，在那轰鸣的乐曲中，天和与关越站在手扶电梯上，被带得缓慢下行，关越皱眉，抬头打量商场内五光十色的布置，一脸疑惑。

"你有一定要把这首歌听完的强迫症吗？"天和一只手按着耳机，面无表情道。

普罗在背景音乐里答道："像不像在伦敦过圣诞节？"

关越："？"

关越一侧眉毛微微抬起，侧头端详天和。

"没什么。"天和淡定地答道，心想从现在开始我要拒绝贝多芬。

关越："……"

商场地下车库里停着那辆熟悉的奥迪 R8，关越按了一下车钥匙，拉开副驾车门，让天和坐进去。

"谢谢。"天和说，注意到关越右半身已被雨淋得湿透，白衬衣几近透明，贴在他的肩背上，现出结实的肌肉轮廓。

"身材比以前更好了。"天和说。

"谢谢。"关越礼貌地说，坐上驾驶位，驶出车库。

雨水打在车窗上，雨刷刮了两下，关越开车上路。

天和："还没换车？就这么喜欢这件生日礼物吗？"他随手按了两下车载音箱。

车开上高架，关越忽然道："总戴着耳机，在等谁的电话？"

"朋友。"天和说。

普罗在耳机里说："骗人不好。"

　　关越过红灯，打方向盘，掉头，把空调温度稍稍开高了些，在绚烂车灯下，闪烁着光辉的雨夜是最适合回忆的场景，令天和不禁想起一段段往事。

　　关越出身做纸张生意的商人家庭，家底相当殷实，但与闻天和家比起来，也只是暴发户而已。

　　闻家的族谱，则实打实地能被追溯到明代，至清代鼎盛。闻天和的曾祖父是出国交流的学者，祖父是剑桥大学名誉教授，后来归国成为开拓国内计算机工程领域的科学家。到了闻天和父亲这一代，闻元恺兼修金融，成为量化交易软件的创始人之一。闻天和搬家时，还翻出了许多年前曾祖父年轻时与计算机科学之父图灵的合照。

　　当然，一代不如一代的魔咒，也一样降临在了闻家，当年关越对天和的二哥闻天岳始终持敬而远之的态度，认为他过于浮夸讲排场。而天和则常常站在兄长这边，与关越争吵不休，没想到，最后关越的预言都应验了。

　　昔年关越还总自嘲家里穷，天和的回应是"你家哪里穷了"，关越便不无挖苦地说"那要看和谁比"。天和最后便会以一句自嘲"越混越回去了"来结束。

　　关越清楚，闻天和内心深处对自己家有着自豪感，这是必然的。天和也知道，这种源于家世的优越感所体现出来的彬彬有礼与"嘲讽式教养"，对关越来说，正是他最不喜欢的所谓"上流风格"。

　　车停在别墅外，里头没开灯，一片漆黑。

　　"搬家了。"天和说，"忘了告诉你，这里我住不起了，房子在等拍卖呢。"

　　关越顿了一下，而后说："抱歉。"

　　天和笑道："没关系，现在住小时候的家里，我给你导个航。"

　　关越开出别墅小区，说："记得。"

　　天和笑吟吟地说："居然听见你说'抱歉'，真是风水轮流转，今天到我家。"

　　关越那点歉意，天和心里相当清楚，今天关越也是昏了头，一时没想到开车送他回家是唐突举动，只因这意味着，天和房子遭到拍卖的窘迫境地被一览无余，天和的自尊也保不住了。

　　但以天和的性格，他向来不怎么介意这点自尊，反而在看见关越那欲盖弥彰的愧疚时觉得很有趣。回旧居的路上，天和始终没说，等的就是看关越这一刻的细微表情变化。果然，关越的反应不禁令天和觉得好笑，有种恶作剧得逞的小窃喜。

　　车开上另一条路，两人全程没有交谈。

"哪家拍卖行？"最后是关越打破了沉默。

天和："嘘，关总，保持点神秘感。你今天说话的配额超了。"

"嘴长在我身上。"关越道，"我想说几句就说几句，不存在配额。"

天和："安静不意味着尴尬，没必要没话找话说。"

于是关越不再说话。

天和没开导航，关越却准确地找到了天和小时候住过的住宅区。

"晚安。"天和解开安全带，朝关越说，"再见到你很高兴，尤其知道你过得很好。"

关越两手放在方向盘上，答道："Me too.（我也是。）"

天和下车，走进楼道里，雨停，全城放晴，关越不作停留，把车开走，拨通了财务长的电话。

普罗在耳机里说："接下来，他有 95% 的概率会去黄郊的专用赛车场……"

天和按了一下指纹，开门回家："我觉得你进水了，不是脑子进水，是真的进水，刚刚不应该去淋雨。他好多年前就放弃了赛车，被我骂的。普罗，你的信息有必要更新一下。"

普罗："但是我仍然认为你有必要给他打个电话，提醒他注意自己的生命安全。"

天和打了个喷嚏，听见鹦鹉在黑暗里说："关越死了。"

"没死。"天和看见浴室外叠好了干净的衣服，说，"总裁大人过得快活着呢。普罗，帮我查一下明天打球的伙伴。"

普罗根据名字开始检索，天和脱了衣服，端详镜中的自己，白皙瘦削的身材，现出明显的腹肌线条，热水冲下，白雾中，天和把头抵在淋浴间墙上，任凭滚烫的水流从头顶冲刷而下，双眼刺痛。

这夜他果然感冒了，晚上睡得迷迷糊糊。旧空调的温控太迟钝，入睡时太冷，调高温度后又太热，他踢了被子，翻来覆去。梦一个接一个，令他回到了从前，他坐在他的车上，沿着黄石公园笔直的公路飞驰，驰往一望无际的天尽头，驰往那个到不了的地方。

秋雨过后，一夜间天凉了下来。

翌日，荣和牧场大片青草坪绿得像被彻底洗过了一次。这家牧场是闻天岳与江子骞的父亲以及本地的几名土豪共同投资的产业之一。牧场大部分时候处于亏损状态，最开始养着从伯克郡带回来的二十余匹马。对马儿来说，此处似乎不是它们的最佳归宿，换了环境后总显得无精打采，一匹匹都病恹恹的模样。

天和曾经去看过马儿，想过要么还是远渡重洋把它们送回去，否则看着也可怜。不久后又有开煤矿的土豪股东提议：牧场这么大，为什么不养点奶牛呢？这样大家可以喝点自产的牛奶。

又有股东提议：我看还可以再养几头猪和鸡之类的自己吃。于是荣和就被股东们你一言我一语，活生生做成了一家 QQ 农场，开始养猪之后，天和就很少过去了。

江子寨喜欢大多数运动项目，自然也喜欢马术里充满上流社会风格的盛装舞步，但他并不想在嗷嗷叫的一大群猪之间骑着马玩盛装舞步，最后也慢慢地忘了马儿。

"不用在意吴舜。"江子寨与天和换完护膝出来，戴上头盔，小声道，"你稍微哄好那个叫卓一隆的，他能帮上你的忙，而且性格爽快。"

天和朝场地另一边望去，那里站着一名三十来岁的男人与一名年轻人，年长的就是江子寨说的卓一隆。

天和："融辉的副总，知道了。"

江子寨："把你的野蛮风格收一收。"

天和感冒一晚上，又发过烧，脑子还有点儿晕晕乎乎的，脚下就像踩着棉花，但一上马，便有了感觉。他接过骑术师递来的马球棍，长腿一夹马腹，率先进了场。江子寨跨上马，摸摸马头紧随其后。

晴空万里，蓝天无云，山下另一侧，波光湖畔，草坪上的高尔夫球场，关越一身高尔夫球服，稍稍侧身，甩开球杆，一棍将高尔夫球打飞。

外号"超级马里奥"的清松投资财务长跟着击球，把球击飞。

"闻天岳的目标只有一个，非常清晰。"财务长道，"就是融资上市。不得不承认，他这一套玩法，是相当别出心裁的。只是他对自己的能力太自信，外加政策问题，在上市前玩脱了。

"如果不是资金链断裂，说不定他能成功，只能说，一切都是命吧。"

关越把球杆交给球童，拒绝了电瓶车，徒步去往山坡，财务长跟在后头，说："Epeus 的决策失误，还不在于两年前骗钱的 PPT 科幻电影，最大的问题出在他们租用的超级服务器机组上，这套机组开发商是美国最尖端的科技公司，十万个处理器芯片，极少对外租用，每小时一千四百四十美元，一年超过一千两百五十万美元，接近上亿元人民币，租期六年……"

"按理说闻家的产业齐备，这些年里投资了不少项目，不应该走到这个地步。"财务长又说，"二十来套房产都是小意思，商业街是他们最赚钱的投资。除此之外，连锁度假客栈、荣和牧场，就在球场对面，喏，你看那边……都靠商业街养着。慢点儿，太久没运动了。"

关越放慢速度，财务长勉强跟上，喘着气与他并肩而行，又说："一家私人会所'江岳'，仅供宴客与自家吃饭使用，七月份已卖给了酒店大亨江潮生。两家手机游戏公司半死不活，项目一直没出来，当然，成本不高，一年也就七八百万，规模很小。闻天岳原本打算随便投点儿，开发几个游戏给他自己消遣，能做起来嘛，以精品工作室的形式，打个包卖给大厂……"

关越停下脚步，开始打第六杆，财务长又道："至于以公司名义担保贷款，我想应该还有内情，并非闻天岳一时冲动……"财务长找到球，又一杆击飞，解释道。

"该公司主要业务是互联网发行与渠道运营，闻天岳认为通过与他们的战略合作，通过惯用手段先进行担保贷款，后面再进行并购，能讲出一个好故事，并在未来上市后，起到拉升股价的作用。"

高尔夫球场另一边，荣和牧场的马场区域，响起一阵欢呼。

天和上马，手里只要握了球棍，眨眼间就把正事给抛到了脑后，他已经很久没有痛痛快快打过一场球了，这些天里积累的情绪随着秋天的烈日和马儿奔跑时带来的风、热量一起释放出来。

在大学时，天和的反手球就是剑桥大学的一绝，所有对手看到他不声不响，一头黑发，总不免轻敌，然而他策马的风格却无半点儿绅士风度，狂野奔放，就像骑着战马在苏格兰高原上驰骋，轻轻松松就把对方杀得溃退。

江子骞上了场，一时也忘了今天是来公关的，不住地大声叫好，与天和配合进退，己方另两名球员则非常默契，与他们打起了配合。

卓一隆半点没想到，这个瘦瘦高高、二十来岁的大男生上了场，居然这么嚣张，己方队伍被打得毫无还手之力，当即脸色不大好看。江子骞控马过去，朝天和说："让他两球，天和！"

天和想起来了，他总把江子骞当成关越，上马后便往前冲，江子骞终于想起首要任务，只得刻意地落后些许。

吴舜过来了，笑着朝天和比了个大拇指，策马转身，一棍击球，传给卓一隆。天和踏着马镫，在鞍上长身而立，稍稍躬身，冲向己方球门，卓一隆绕了个圈过来，天和蓦然拔马，打了个圈离开，朝卓一隆一笑。

卓一隆进了第一个球，众球员欢呼，裁判示意一节结束。

天和感冒没好，头还有点儿晕，喘气时眼前蒙蒙一片，下马时脚步有点儿不稳。

"你打得太野了。"江子骞说。

"我就是这样。"天和看了一眼饮料，说，"喝水就行。"

江子骞搭着他的肩膀，说："休息一会儿，聊几句去，他们看上去都挺喜欢你。"

原本节间休息只有三分钟，但吴舜与那名唤卓一隆的副总却已到场边的露天茶座前坐下了，明显对比赛规则并不在意，想休息多久就休息多久。天和当即兴味索然，点点头，来到茶座旁，朝两人一笑。

"我还以为你会很讲究。"卓一隆打了个哈哈，"小绅士。"

天和笑道："太久没打，第一节用力过猛，承让、承让。"

吴舜朝卓一隆说："这就是他们的'讲究'，场下斯文，场上像野兽。像英格兰队踢球，上了场，什么绅士风度都扔到一旁，有股圆桌骑士冲锋的狠劲。"

江子骞与天和都笑了起来，天和心想那是你俩没见过更野的。

"你哥哥我见过。"卓一隆喝了点运动饮料，手指点点江子骞，说，"你们的性格，有很大不同，听子骞说，Epeus 是你和他合伙开的？"

天和答道："先前大部分时候，都是他在打理。"

卓一隆说："原本我是很想投 Epeus 的，可惜了，两年前，一直没得到你哥哥的答复，他实在太忙了，家大业大，上公司去也找不到人，约出来吃顿饭，实在是太难了。"

卓一隆未到四十，说话带着一股法务味，意味深长，说半分留半分。吴舜只是饶有趣味地看着天和，天和听出卓一隆对闻天岳颇有微词，兄长最得势的几年里，好几家公司竞相投资 Epeus，有些闻天岳看不上的，虽大多被婉拒了，却也得罪了不少人。

"他就是吃多了——"天和随口嘲了自己哥哥一句，"现在去费城疗养了。"

"费城的秋天很不错。"江子骞说，"枫叶特别漂亮。"

卓一隆说："我还没去过，有假得去看看。"

吴舜始终没有说话，嘴角带着笑，时而以手指弹弹饮料瓶，时而将目光投向卓一隆与天和，目光在两人之间游移，天和毕业归国不到一年，对国内人与人之间的谈话方式还不太习惯，仍在努力学习，理解卓一隆的潜台词没问题，但解读对方表情，总令他感觉有点儿费劲。

这个名叫吴舜的二十来岁男生，则不知为何引起了天和的注意，仿佛是直觉，他总觉得吴舜和江子塞关系不一般，而江子塞明显也与吴舜挺熟的。

江子塞打了个哈哈，说："卓兄也很忙，今天打球都是约了好久才约到的。"

吴舜插了一句："忙着准备战略发布会吧，最近都在谈论你们公司。"

"唉。"卓一隆无奈地摇摇头，朝天和说，"你们信息科技公司最清楚，什么战略发布会，全是耍猴戏。"

众人又笑了起来，卓一隆又说："白天忙工作，下班还要哄老婆，带两个小孩，不比你们年轻人，每天有耗不完的精力。"

话题转到家庭上，江子塞便顺着拍了他几句，卓一隆气定神闲地翻出手机里的照片，给天和看自己的两个儿子，又问："你俩结婚了没有？打算什么时候结婚？你哥哥也没结婚？"

天和笑了笑，摇摇头，他知道国内人情社会里总喜欢见面三句就问你结婚没有，什么时候结婚，家庭过得如何，老婆孩子怎么样，有了心理准备以后倒也不如何介意，答道："过段时间再看看吧。"

卓一隆说："什么山盟海誓的爱情，也就那样。"说着他开始跟三名年轻人分享自己大学时的初恋，天和觉得与第一次见面的人谈论私事，是件很尴尬的事，除非关系非常好，否则一般他不会告诉别人自己的恋爱经历。但卓一隆既然热衷此道，他便也只得耐着性子听了下去。

"所以在我看来——"财务长又打出一球，说，"Epeus 没有太大的价值，只是个空壳公司。"

关越走过草坪，下了山坡，开口说了今天的第一句话。

关越道："少喝点酒，少泡夜店，你的感知能力变得迟钝了。"

财务长一怔，原地想了几秒，明白关越认为 Epeus 破产的整个过程里，还有不合理之处，于是快步跟上老板。

"服务器机组租约，到现在还没有人提出中止。"关越找到球，试着挥杆。

财务长说："这种高新技术产业，中止服务器租约，也就意味着他们承认研发项目已经没有任何价值了。"

关越连说两句话以后，进入了冷却待机时间。

财务长说："虽然租一天就是烧一天的钱，不过现在闻天岳、闻天和两兄弟，我猜嘛，一个去旧金山想办法忽悠钱了，另一个则在国内守着，觉得说不定还有希望。"

关越击球，财务长说："反正，我强烈不建议你出手救他们家。以那两兄弟的风格，钱到手以后……嗯，那个笑话，若再上演一次……"

高尔夫球场外，马场里又传来声音，关越停下脚步，朝马场看了一眼。

"好！好！"江子謇举着马球棍，朝卓一隆笑道。

卓一隆连进两球，意气风发，策马绕了个圈，散发出了奥运会金牌选手的气概。

江子謇趁着卓一隆转身的时候，赶紧示意天和，天和道："我知道了！"

"好！"天和趁着卓一隆转回来，忙平持马球棍，朝他喊道。

卓一隆："承让！"

江子謇："休息会儿吗？"

天和："……"

好好一场马球，被打得乱七八糟，切成了鸡零狗碎的小块，裁判都有点儿蒙了，不知道接下来怎么打。江子謇倒是个看得开的人，反正今天就是来伺候卓一隆的，比赛后再吃顿饭，拍拍他的马屁，想方设法达到目的，帮天和拿到产业大会时上台发言的机会就行。

吴舜则露出尴尬的笑容，这个朋友是他带来的，孰料天和却给他递了个眼色，彼此心照不宣。吴舜便忍不住笑了起来。

"你很有趣。"吴舜持球棍。

天和笑着说："你打得很好。"他把手里的球棍与吴舜的球棍轻轻碰了一下，双方各自骑马转开。

天和有点儿累了，早上他喝了点牛奶，又被太阳晒着很不舒服，只想快点打完三场，关键现在还不知道打了多久，这让他有点儿烦躁，还得计算接下来的进攻线路，怎么让球不会太明显。

"老板？"财务长道。

关越一言不发，走下山坡，长腿一跨，翻过牧场围栏。

财务长眼睁睁地看着关越扔着高尔夫不打，一阵风般进了牧场，一脸茫然。

"中场休息？"江子謇喊道，示意卓一隆看裁判。

卓一隆说："不休息了吧！手感正好！"

天和："……"

江子謇："行，接着打吧！"

吴舜："换马吗？"

卓一隆道："这马我看还行。来来！吴舜，阻止进攻，扳平比分！"

众人："……"

江子骞使了个眼色，示意天和别嘲讽他，天和额上、脸上全是汗，他点了点头，策马上前，卓一隆显然大受激励，准备冲上前去，骑马抢球，击球，一气呵成。

"哎！"骑术师道，"先生！他们不休息……您是哪位？"

江子骞转头，突然看见一人纵马"唰"地冲进了场中，所有人都愣住了。

天和："……"

关越侧倾，纵马冲上球场，在灿烂的阳光下挥棍，一记漂亮至极的反手球，那球如流星"唰"地冲进球门！

吴舜："谁？多了个人？"

江子骞马上拨转马头，出场，说："你们打！"

关越进球后，手持球棍一抬，天和笑了起来，以手中球棍与他的球棍轻轻互击，发出清脆的木声，江子骞在场边喊道："你们打，我休息会儿，卓兄加油！"

吴舜与卓一隆还不知道发生了什么事，场上突然来了一名骑士，戴着帽子，野蛮地加入了比赛，天和朝裁判喊道："算第四节开始吧！"

卓一隆尚不知这人是什么来历，对方戴了顶棒球帽，马上颠簸，看不清楚，正纵马上去时，天和却从左侧迎上，一球擦着卓一隆马腹下掠过，飞向那新入场的骑士。

关越纵马疾驰中一转，右手扯缰绳，左手持棍，来了个高难度的大飘移。

"吁——"

关越强行把马拉起，侧身，迎着那球一击，卓一隆与吴舜只觉得眼前一花，进球。

关越纵马，抬起球棍，与天和轻轻互击，双方漫不经心地分开。

裁判示意，开球，众人再度开始追球，天和带着笑意，转马，奔向对方球门，关越策马驰骋中玩了个花式，左手持棍，提到肩后高高抬起，右脚甩开马镫，来了个大翻身侧倾，那动作漂亮得令己方、对方以及场外的所有马师，同时大声喝彩！

"好！"

牧场里沸腾了！所有人都跑来看关越打球。

"砰"的一声击中，马球传向对方球门，带起飞扬的草屑，天和冲到对方球门前不远处，也来一招纵马飘移，转身，横杆，进球。

进球后，天和驭马，淡定地过来，持球棍，关越转身，意味深长地看了他一眼，两人各抬球棍，轻轻互碰。

吴舜："……"

卓一隆："……"

裁判吹哨，开球，马球犹如变戏法在关越与天和之间传来传去，吴舜与卓一隆以及两名后卫就像耍猴般，跟着那球从一边跑到另一边，浑身是汗。

江子謇越看越不对，赶紧朝裁判打手势，不要打下去了，裁判也是个懂眼色的，速速按表，通知打完了。

十分钟后。

"关总！"卓一隆满脸堆笑，"哎——哟！怎么是您？"

关越点点头，与众人坐在茶座前，将细长手指搁在桌上，注视着眼前的柠檬水，轻轻敲了几下。

"挺有缘。"吴舜朝天和笑道。

天和心想真是太滑稽了，笑道："对啊、对啊。"

江子謇一时也不知道该说什么了，卓一隆一见关越，当场就变了个人，惊叹道："您的马球居然打得这么好！"

关越"嗯"了一声。

天和解释道："他以前是牛津 PPE（政治学、经济学与哲学）系马球队的队长，输给他不冤。"

"哦——"众人一起点头。江子謇却笑道："还不是我们的手下败将？"

关越看了一眼江子謇，没说话。

卓一隆看看天和，又看关越，笑道："你们一直认识？我说呢，呵呵呵，哈哈哈！"

"我是闻天和的粉丝。"关越终于开口说话了。

"不敢当。"天和忙笑道，"关总惯用左手，一开始，我也被打了个措手不及……"

关越："我的马球是他教的。走了，你们玩。"他说着起身，点点头，走了。

卓一隆忙起身跟过去，说："关总！正好今天碰上，什么时候一起吃个饭……"声音渐行渐远，居然就这么把剩下的三个人扔在了茶座。

江子謇："……"

吴舜想起了什么事，说："留个联系方式？我打得不好，有空了再请你指点指点。"

"好，指点不敢当，切磋是可以的。"天和马上答道，他还挺喜欢吴舜的。这人与他年纪相仿，浓眉大眼的，长得很精神，为人也不唐突。

"今天不好意思。"吴舜突然朝江子蹇说。

"我去洗个手。"天和知道自己该回避了，便接过耳机戴上，起身离开，江子蹇一手抚额，摆摆手，笑了起来，无奈地摇摇头。

卓一隆追着关越跑了以后就再没回来，天和眺望远方，只见关越潇洒地翻出牧场矮围栏，回到高尔夫球场里，卓一隆也跟着翻过去，越过山坡，成为两个小点，消失在小坡的另一边。

翌日又是个雨天，天和蜷在沙发上，一只手抱着他家的傻蓝猫，另一只手按触控键盘，飞快地跑程序与编程，江子蹇坐在一旁翻看资料，桌上放着一个信封。

卓一隆的发布会邀请函拿到了，但看样子他并不愿意请天和上台发言介绍Epeus 的新产品，虽然天和没有新产品，而且天和也没打算去。

"关越这人也是神了。"江子蹇道，"人生在世，一定就要这样互相伤害吗？"

家里，天和手指碰了一下回车键，电脑显示屏上程序一行行地开始跑了，交易软件界面瞬间弹出来几十个小窗口，显示进程。

"普罗，麻烦你帮我监测一下 CPU，谢谢。"天和喝了一口咖啡，随口道，"虽然我觉得哪怕关越不出现，卓兄也不会让我上台发言，不过一码归一码。"

"就是！"江子蹇说，"搅我的局，我也是脾气好，否则不找人打瘸他。"

"我知道问题在哪儿了……"天和按了暂停，只是一瞥屏幕，便喃喃道，"我就说程序总监技术水平不行，简直是个白……算了。你在看什么？"

"之前跟你提到的那个网友。"江子蹇答道，"一个在足浴中心帮客人按摩的。"

天和一瞥江子蹇手里的文件夹，还以为他在招人。江子蹇便解释了一番，做资料的人，是他家一家酒店里的经理，经理注册了一个账号，假装他在一个论坛上找普通人交友。

这个很会看眼色的经理使尽了浑身解数，找了六个目标，并截取了聊天内容中的有效信息，最后打印出来，送到了江子蹇手里，江子蹇随手挑了一个最顺眼的，长得很帅很青葱，一张娃娃脸，看上去很有爱心。

江子蹇是学哲学的，看不懂计算机语言，被吸引了注意，问："哦？这就是那个卖出去以后会把甲方电脑跑死机的软件？改好了？你的公司有救了吗？"

"没有。"天和说，"这个交易软件已经没人用了。"

江子謇："那你改来做什么？"

"强迫症。"天和随口答道，"怎么能容忍这个世界上有这样的东西存在呢？我得重新修一下，再挨家挨户登门道歉，这几天都不出门了，你忙你的吧。"

江子謇："你的服务器机组怎么办？"

天和道："再说吧。"

江子謇知道天和只要开始干活，基本上就是人间蒸发的状态，也不勉强他，拿了外套说："这几天我再替你想想办法。"

"好。"天和答道。

"争取不去求那该死的关越。"江子謇朝天和说。

天和："我被你的'争取'捅了一刀，快给我消失，现在，马上。"

江子謇吹着口哨，朝鹦鹉大喊道："关越死了！"

"关越凉了！"鹦鹉张开翅膀，拥抱了这个世界，热情洋溢地大喊道。

"这还差不多。"天和心满意足地说。

/// 08 ...

江子謇整理了自己的一身淘宝爆款衣服：白色条纹 polo 衫，土黄色长裤，六十块钱一双的球鞋。他拿着一本《青年文摘》卷在手里当道具，在星巴克里坐下，翻了翻助理为了这次见面特地给他准备的钱包，里头一堆眼花缭乱的卡都不知道是做什么的，算了，不管了。只是身上这件 T 恤脖后领标刺刺的，整得他很不舒服。

"嘿嘿！"江子謇抬手，一名看上去像个大学生的男孩穿着件格子棉衬衣，挽着袖子，穿着豆豆鞋，脖子上挂着条银项链，热情洋溢地朝他说："你好！"

"你好。"江子謇阳光灿烂地笑着，"才下班吗？"

"对、对，下钟了。"佟凯看见江子謇，眼前顿时一亮，说，"你今天休息？"

"调休，休到晚上八点，还得值夜班，你喝什么？"江子謇说，"我请你喝！正想喝杯咖啡，不然晚上没精神。"

佟凯忙道："我来吧，我这个月刚发了薪水。"

"我来我来。"江子謇说，"今天收了两百块钱小费。"

江子謇去收银台点饮料，佟凯忙一个箭步跟了过去，江子謇说："两杯大杯的香草拿铁……"

佟凯："中杯就行，我喝得不多，别浪费钱。"

收银员："我们有三种杯型，您要的大杯在我们这里是中杯，中杯其实是小杯，最大的杯型是这种，先生说的大杯是中杯还是超大杯？"

江子骞被咖啡店搞糊涂了，心想你们是故意陪我演戏吗？不像啊。他说："那就随便什么杯……就中杯吧。"

"中杯是最小杯哦。"

"我的意思是大杯……"

"大杯其实是中杯，还是说，您想点一杯超大杯？"

江子骞："你在锻炼我的绕口令吗？"

"这个杯型。"佟凯准确地理解了江子骞的需求，指向看上去是中杯，实际上被称作大杯的纸杯。

"要升级成超大杯吗？只要加五元……"

"升升升。"江子骞终于摆脱了中杯、大杯、超大杯的折磨朝佟凯说，"弟弟，你别客气。"

佟凯刚过二十九岁生日，先前助理顶替他上网聊天时，报的年龄是二十三，恰好就比江子骞小一岁，听到这称呼时，一下有点儿不习惯，忙道："喝不完，别浪费。"

"才五块钱。"江子骞笑着说，"没关系。"

"五块钱也是钱嘛。"佟凯心疼地说，并走过去等咖啡。

"请输一下您的信用卡密码。"

江子骞："……"

收银员微笑等待。

江子骞："多少来着？忘了，等等，我问一下……不不、不用了，刷这张吧。"说着从裤兜里摸出一张运通百夫长黑卡，说："这张不用密码，快，谢谢。"

收银员刷过，江子骞火速把卡收起来，还好没被佟凯看见。

两人拿了咖啡，坐到靠窗玻璃墙前，江子骞以"上流社会"的眼神扫了一下店里，朝佟凯说："调休的时候，我就喜欢来这儿，点上一杯香草拿铁，在店里坐上一下午，看看书，度过闲暇时光。"

佟凯说："我也喜欢来这儿，好东西多，在老家都是看不到的。"

江子骞说："一个人来大城市打拼，想家吗？"

佟凯想了想，说："还行，有点儿想家，爸妈都在荷、荷……河南。"

"啊。"江子蹇道，"中原人，又高又帅，我祖籍西北。"

佟凯认真道："你给我分享的书，我还特地去买了一本呢！"

书？江子蹇不记得资料上提到这个，可能是看漏了，紧接着佟凯拿出一本《阿阿阿阿么么哒》，说："夜市买的，挺便宜，一斤只要八块钱。"

江子蹇有点儿摸不着头脑，料想是那经理小弟给对方推荐的，回过神来说："好啊，好！这书是我最喜欢的。"

咖啡放在桌上，两人都没有喝，短暂沉默后，江子蹇只端详着佟凯笑。

"笑什么？"佟凯也觉得这人挺有趣。助理是个女孩，与江子蹇聊着聊着，总会被他逗笑，吸引了佟凯的注意。佟凯看完照片，特地征求了助理的意见，换了身地摊货，出来见网友了。

"笑你长得帅，真没想到。"江子蹇就是这么半点不含蓄的性格，只要他愿意，能把人夸出花儿来。

这次佟凯下定决心，绝对不能让对方知道自己有钱。他万万没想到，用这种方式认识的第一个朋友，居然就令他如此满意。

江子蹇也有点儿意外，原本只是抱着试试的态度，没想到对方居然质量这么高，半点也不像在足浴中心上班的。

"工作很辛苦吧。"江子蹇说。

佟凯被一个比自己小五岁，在酒店当门童的男生问"工作辛苦吧"，只想放声大笑，总算苦苦忍住后，答道："还行，快升职当高级足浴员了。"

"那不错！"江子蹇认为这人很上进。

佟凯说："就是累，常常加班。"

"为了赚钱生存，没办法。"江子蹇答道。

佟凯诚恳地说："升高级以后，一只脚可以多拿三块钱的提成呢。"

"挺好！"江子蹇连连点头，说："那什么时候可以不按脚？"

佟凯答道："怎么了？我喜欢我的工作，这挺好啊。"

江子蹇马上改口道："你喜欢就行，我是觉得这工作有些累。"

佟凯缓和些许，说："调组以后吧，明年有希望调到药浴中心那边去，给客人按按肩膀，会舒服点。"

江子蹇忽然想到这小男生给客人按摩，那会不会……顿时就有点儿担忧，表情只是一变，佟凯便读出了他内心的想法，忙澄清道："我们店里从来没有那种事发生。"

"哪种事？"江子蹇笑容挂在脸上，反问道。

"你想的那种事。"佟凯打机锋的本性差点儿没藏住，忙以笑容稍微掩饰了一下。

江子蹇答道："我可没想什么。"

佟凯笑而不语，江子蹇想了想，又补充道："我们酒店里也没有那种事。"

这下两人都笑得歪在沙发上。

"好了。"江子蹇掏出碎屏手机，看了一眼，说，"饭点了，吃个饭去，继续聊？"

"我请你吃！"佟凯主动道，"你给我买咖啡了，我知道这里有家西餐厅，刚发薪水，你一定要让我请。"

江子蹇爽快地说："行，那我就不客气了。"

佟凯："咖啡别忘了。"

佟凯把江子蹇带到一家自助牛排店，入座后佟凯去前台先埋单，操作半天，实在不会用，朝前台说："算了，刷卡吧。"说着他也摸出一张黑卡，随口道，"口红的颜色很好看。"

"谢谢。"收银经理笑了起来，说，"送您个果盘。"

"请问牛排要几分熟？"服务员过来点单。

"八分。"佟凯忠实地按照剧本演着。

"我也要八分。"江子蹇又补了句，"别煎得太熟。"

服务员记下后，两人开始谈天说地，有来有回，江子蹇问佟凯平时喜欢做什么，佟凯回答说刷抖音，佟凯问江子蹇住哪儿，江子蹇告诉佟凯酒店提供宿舍，八人间，周末他回城中村看爸妈。

"我还没去过你们酒店呢。"佟凯说，"装修得肯定很漂亮。"

江子蹇答道："没意思，一杯水卖六十块钱，贵死了，傻子才去那里消费，有这钱做什么不好？"

"就是。"佟凯看见江子蹇拿在手上来回晃的钱包，不无艳羡地恭维道，"这个是 LV 吧！朋友送的吗？"

江子蹇说："淘宝给自己买的生日礼物，高仿的。喜欢吗？改天给你买一个。"

佟凯说："现在高仿做得越来越像正品了。"同时他心想这人很诚实，诚实是一个人最好的品德，然而忽然觉得不对，按眼下的人设，自己怎么可能知道真的假的？

江子蹇却没想这么多，随口道："对，很多人喜欢买名牌，不值当。"

牛排上来了，吱吱冒着热气，浇了刺鼻的酱汁，摊在铁板上糊成一团。蔬菜沙拉上面黏着一团不知道是什么的东西，奶油汤上浮着一层鼻涕般的泡沫。

两人都尽量努力不去看它，佟凯吃了一口沙拉，江子骞用汤勺在一碗奶油蘑菇汤里搅来搅去，营造出自己吃得很满意的热烈气氛。

江子骞开始有点儿后悔，万一他们混熟了，那以后是不是得经常来吃这家西餐？他想着想着，灵机一动——可以把这家店给买下来，重新做一下嘛。

佟凯说："我没上大学，这是我一生的遗憾。"

"没关系。"江子骞安慰道，"可以读个自考，也是一样的。我正在准备成人高考呢，明年就去考。"

佟凯说："那空了咱们一起复习吧？上职高的时候，老师还经常夸我。"

"行啊。"江子骞说，"等我下次把报名的章程和教辅资料带出来，咱俩一起复习！"

佟凯顿时有点儿感动，其间接了个电话，电话里助理道："佟总，美国那边问，能不能开个临时会议？只占用您二十分钟时间，胡总希望您尽快回来。"

佟凯眉头一皱："在外头呢，没空，让他们等着。"

江子骞："怎么能让客人等着？客人点了，证明他们认可你。"

佟凯瞬间回过神，忙笑道："你说得对，我这就回去。"

"那我让胡总的司机过去接您？"助理说，"他正在办公室里发火呢。"

"我自己回。"佟凯这次很小心，说，"等我半小时，你先……那个……拿点小熊饼给胡……给他们吃着吧，让大家看会儿电视。"

助理："呃……佟总，胡总和老板们快急疯了，我觉得他们可能现在不大想吃小熊饼和看电视……"

"先这样。"佟凯道，"挂了。"

"我送你。"江子骞正好也不想吃，忙起身。佟凯知道铁定是诺林律师事务所的总公司那边出了幺蛾子，又给他们添麻烦，忙说："我坐地铁，两站地就到了。"

"送你送你……"

"真不用，你继续吃吧，别浪费……"

"哎，咖啡别忘了。"

"对对。"佟凯也想起来了，两人拿了咖啡离开商场。

江子骞扫了共享单车，按着车把手，在路口朝佟凯道别，说："明天见？"

"后天吧？"佟凯说，"后天我调休，给你打电话。"

"一言为定，拜。"

　　佟凯下地铁站，喝了一口咖啡，扑哧喷了出来，赶紧找到垃圾桶把那杯咖啡扔了，过了入口，又从出口走出来，转进一家商场地下车库，在身上摸了半天，终于翻出自己的车钥匙，按了一下，法拉利亮起车前灯，佟凯上车，开走。

　　江子塞骑着共享单车，在下个路口找到桩，还车，绕到最近的一家江曼五洲大酒店，门童忙纷纷站直，江子塞下楼，坐上他的阿斯顿·马丁，实在受不了那件 T 恤，在驾驶座上换了件衣服，开车出来。

　　"江总，您用过晚饭了吗？"店长站在岗哨旁，躬身问道。

　　江子塞今天心情很好，摇下车窗，说："我上朋友家吃去，帮我把这个扔了，谢了！"

　　江子塞把满满一杯超大杯香草拿铁递给她，挥挥手，把跑车开走了。

　　天和在书房里足足待了三天，最后出来时，头发乱糟糟的，一脸憔悴。恰好这天江子塞在客厅里吃午饭等他出关，方姨把燕窝粥端过来，放在桌上，说："忙坏了吧，去一下燥。"

　　"我要告诉你……"江子塞已经迫不及待，要跟天和分享他最近的经历了。

　　天和收拾了自己，吹过头发，舒服了不少，活动僵硬的脖颈，江子塞则滔滔不绝地告诉他，自己是如何通过认真地演绎剧本，融入普通人的生活，进而结交到了真正的朋友。

　　天和喝了点粥，味道很好，打开了他连着三天食不知味后麻木的味蕾。

　　"漏洞百出。"听完江子塞的分享以后，天和简单地评价道。

　　江子塞说："吴舜帮你找了另一家公司，这次说不定能为你提供担保，今天去见见？"

　　"改天吧。"天和说，"行程已经排好了，我今天得去挨家挨户拜访，还得再招个助理……"

　　江子塞说："吴舜倒是挺热心的，我真建议和他聊聊，上回没啥机会。"转而又说，"这么多年了，我从来没有找到过这么合拍的朋友……我说话的时候，他会认真地听，他说话的时候，我也想认真地听……"

　　天和说："你别入戏太深了，不如好好想想，万一被知道真相该怎么办。"

　　江子塞道："对！所以今天，我就是来找你讨论对策……"

　　天和道："你就不怕再让你出钱给家里修路？"

　　江子塞道："至少我心里清楚，他是在我一无所有的情况下，把我当朋友的啊——"

"关越死了！"鹦鹉在旁喊道。

江子骞伸了个懒腰，说："何况别人还没要这要那的。虽然吧，我们的家庭条件差异很大……"

"朋友需要有一样的追求。"方姨拿来咖啡，放在桌上，耐心地说，"眼界可以培养，条件不好，可以学习，谁也不是天生就懂这些。"

江子骞笑道："对嘛，方姨也是这么说的。"

天和道："我没什么想法，遇到关越那种人，还不如去扶贫呢。"

江子骞哈哈大笑了起来，掏出碎屏手机，方姨看了一眼，正想问是否拿去修时，天和解释道："他戏太多了，就喜欢用这个。"

江子骞洋溢着大男生的腼腆笑容，认认真真，两根手指头像螳螂般轻快地在手机上给佟凯回消息，又朝天和说："我准备摊牌的时候，给他个 Surprise（惊喜）。你帮我计划计划？"

天和想了想，说："带他去巴黎玩吧。"

江子骞说："上回问星座，知道了他的生日，我想在他生日那天，让我叔叔把直升机开过来，助理说还不如把足浴城买下来送给他当生日礼物呢。你觉得他会生气吗？"

天和诚恳地说："如果是我，我也许会的，子骞，这不是开玩笑。"

"呃。"江子骞也意识到自己玩得有点儿过头了。

"哈哈哈哈——"

其实佟凯还不知道，自己也许将收到一整个足浴城作为生日礼物，正在关越的办公室里眉飞色舞地同他分享这段日子里发生事情的详细经过。

关越表情淡定，佟凯又说："那小子真是太有趣了，要知道我比他大五岁，不知道是什么表情。现在就一个问题：他会不会生气？"说着佟凯又皱眉道，"应该不会因为这个，最后一拍两散吧？"

关越看完今天的财经新闻，眉都不抬，非常淡定。

"人民币跌得太厉害了。"佟凯的思维总是很跳跃，"贸易纠纷开始以后，前几天的纽约，中国几家公司陆续接到调查，其中一家还是我们的大主顾。你们家的大 Boss（老板）没召唤你？"

"在路上。"关越答道。

佟凯："什么？"继而意识到问题有点儿严重，他问，"亲自来了？"

关越没回答，佟凯道："接待够忙上一会儿的。"

财务长敲了敲门，佟凯道："进来，我这就走了。"

总助跟着进来，抖开西服外套，让关越穿上，关越对着镜子看了一眼，与佟凯一起离开公司，近十名高管纷纷跟上，六辆黑色林肯开出，车队浩浩荡荡，开往机场。

/// 09 ...

国际金融中心，中银中心。

普罗："最近总是阴雨连绵，我不太喜欢这天气。"

天和："就像回到了伦敦。我以为计算机程序对天气不会有太明显的偏好。"

普罗："这意味着你容易感冒，并引发偏头痛。"

"谢谢你的关心。"天和说，"除了方姨和子骞，你是第三个这么在意我健康的人。"

"而且有一个小小的建议。"普罗说，"你可以释放一下情绪，说不定在与人交流的过程中会有更好的效果。"

天和今天一共拜访了三家基金，他们都是 Epeus 的甲方，曾经向他的哥哥购买过交易软件与分析系统，但因为技术水平差，程序常常会出 Bug（漏洞）导致后台崩溃。从兄长处得到的反馈是"颇有微词"，但天和心知肚明，基金方一定都很生气。原本的计划是在结束毕业旅行后，天和便将带领技术团队，升级这个满是 Bug 的软件，奈何公司面临破产，技术团队已经遣散了。

做事一定要有头有尾，不能辜负别人对自己的信任——这是父亲生前教给他的。于是天和在程序上做了力所能及的改良并打好了补丁，抱着笔记本，一家家前去登门道歉，并准备了密钥协助技术团队升级。

从早上九点到下午三点，每一家的回答都是一样的："我们已经不会再用 Epeus 的量化交易软件和分析系统了，不用浪费时间。"

"我还是觉得有必要解释一下。"天和说，"占用您宝贵的时间，我感到非常抱歉。"

天和孤身一人，穿梭在金融中心的高楼之间，一名基金操盘手听完以后，甚至朝他说："早知今日，何必当初呢？你现在上门来道歉又有什么用？你说业界会对你们 Epeus 落井下石吧，不至于，顶多就看看热闹，但是继续购买你们的分析系统，那是不可能的。"

天和说："我没有推销新版本的期待，就算有，也是商务人员的职责，不可能是我亲自来。我只是希望让这件事有个交代。"

"公司破产不可怕。"一名旁听的老总说，"可怕的是，你们的信用破产了。"

又有一名经理说："而且你们的分析系统也太老了，这么多年里光吃老本，别家早就追上了你们，还在做上市搂钱的白日梦呢。"

天和笑了笑，没说话，插入密钥，说："那就给各位演示一下，补丁打上以后……"

离开第三家公司时，天和长长地吁了一口气，有点儿疲惫，于是有了与普罗的这番对话。天和想了想，说："我身体状况并不差。"

"各项指数很正常。"普罗说，"我非常清楚，只是精神压力比较大。"

"还行吧。"天和说，"压力要自我疏解。我的人生理想只是在家里编编程序，有个理解我的爱人，白天各忙各的，晚上出去吃顿饭，周末打打马球、高尔夫，心情好了就去哥斯达黎加度个假，对打理家业并无太大兴趣。"

普罗说："结束以后你有什么打算？"

天和说："下一步是去一趟硅谷，请求几家曾经有过业务往来的互联网公司出面，为我进行破产的延期担保，这样可以至少再给我三个月的时间。"

普罗："你确定在破产流程结束前能顺利离境？那么我可以理解成我至少在明年一月一日前不会被卖掉。"

"想出去的话，总有办法，当然，我不会像二哥那样当逃兵。"天和答道，进了电梯，满满一电梯人，不说话了。

普罗："但这个局面出现的概率很低，只有3%。"

电梯门开，天和走出："小概率事件也不是不可能发生。这话是你说的。"

普罗："接下来呢？"

天和："做好架构，用我剩下的钱，再招点程序员打下手，设计新的交易软件……圣诞节试着开个发布会看看。有人买，公司还能苟延残喘个半年；没人买，就认输，接受现实。"

在另一家基金公司前台，天和说："我找熊总。有预约，今天下午三点半。"

"熊总在会客。"前台说，"请您稍等。"

天和在会客室里耐心地坐着，对方让他等了足足一个小时，普罗说："接受现实之后呢？"

天和："流程结束以后，可能去德国吧。我会想个办法，把你做个备份……"

"老板有空见您了。"助理进来通知道。天和便抱着电脑起身，忽然看见了一名年轻人被该公司的老板——五十来岁的中年人送出办公室。

天和与那年轻人打了个照面，彼此都笑了起来。

"吴舜！"天和笑道。

"闻天和！"吴舜拉着天和的手，与他来了个拥抱，笑道，"没想到会在这里看见你！"

吴舜今天穿一身休闲的薄西装，头发两侧推得很平，头发稍稍往后梳，显得干练而精神。

熊总长得就像卖猪肉的，满脸凶恶，随时想把天和提起来掂一掂上秤，忽见吴舜对他如此热情，先是一怔，继而说："来，闻总，里边请。吴处，那您是……"

"不介意的话，我在外头等会儿。"吴舜朝天和说，"那天过后正想约你，小江说你正在闭关。"

天和笑了起来，熊总马上道："怎么好意思让您等？"

"不介意吗？"

"当然……"

于是吴舜与天和跟着进了会议室，熊总叫来几名分管软件维护升级、交易的主管，天和便给他们演示了程序升级的全过程，与会者都心不在焉地听着，唯有吴舜认真地看了天和的演示。天和知道这家一定也已经抛弃了他们的产品，只是老总没表态，主管也不便开口。

"好了。"天和说，"密钥留给你们，这个是升级盘。"

"就这样？"熊总有点儿意外，问。

天和简单地点点头，又整理了一下衬衣，站在会议桌前，认真地说："我为公司产品这些年来出的问题，向各位道歉，非常抱歉，辜负了合作伙伴的信任。"

他说毕，鞠躬。

会议室里一时有点儿尴尬，吴舜却笑了起来，起身道："走，吃晚饭去。"

熊总亲自把人送出来，吴舜比天和高了些许，接过他的笔记本，说："你在忙什么？"

天和把详细经过说了，吴舜便点点头，天和说："还有一家呢。"

"我陪你去。"吴舜看了一眼手表，说，"正好下午没事。"

天和没问吴舜为什么会来这家基金，那应该是个有点儿内情的故事。两人闲聊了几句江子骞，进了下一家公司，这次有吴舜在，天和受到了老板的热情欢迎。吴舜把电脑递给天和，与天和顺利地完成了演示。

吴舜也开一辆奥迪 R8，外观与关越的座驾一模一样，车牌号有点儿区别，关越上的车牌号码乱七八糟的，吴舜的则是"A666"。但一坐进去，天和就发现了最大的不同在车的配置上，关越的车是当年天和找厂家为他特别定制的，从性能到内饰，都有非常明显的区别。

"中餐还是西餐？"吴舜问过后，打电话找人订了餐厅，天和道："普罗，帮我给方姨发个消息，晚上不回家吃饭。"

"哟。"吴舜笑道，"你在给谁打电话？"

"人工智能。"天和答道，"语音识别系统，自己家开发的。"

"人工智能已经这么厉害了？"吴舜说，"改天给我也装一个。"

天和笑道："等我升级好了以后就给你装，挺方便的。"

普罗："我不认为他是真的需要语音识别系统，只是在礼貌地奉承你，恕我不得不提醒你一句，泄密的后果是很严重的。"

天和认真地朝耳机里说："废话，我当然知道。"

吴舜笑了起来，说："挺有趣。"

天和："最近有什么趣闻吗？"

吴舜严肃地说："嗯，想问我们那里最近又挨网友骂了吗！"

天和笑了起来："我很少看新闻。"

吴舜："我当然也很少看，不想看见自己挨骂。"

天和觉得吴舜太逗了，吴舜想了想，说："记得你的粉丝吗？"

"我没有什么粉丝。"天和说，忽然想起来了，吴舜指的是关越。

"清松投资在纽约的总部，产生了微量的权力更迭。"吴舜说，"如果用地震来比喻的话，也许有三到四级，他们目前正在考虑调整亚太地区的战略方向。"

天和"嗯"了一声，说："我和关越其实不熟，私底下从来不联系。"同时他心想吴舜也许知道了些什么。吴舜却答道："看得出来，他们大 Boss 今天飞过来了。"

"那我们的关总说不定得忙上一阵子了。"天和笑了笑，"大 Boss 也许不会逗留太久，最难对付的是跟着的人。"停了停后，天和又补了一句，"如果有的话。"

傍晚，清松投资楼下。

关越开完会，与年逾花甲的大 Boss——一名灰发的白种人一同下楼，众高管站在大厦外，送客。

关越一只手握上去，大 Boss 双手握住关越的左手，关越低头，大 Boss 在他耳畔低声说了几句，鼓励地朝他笑了笑，拍拍他的手臂，上车，车开走。

剩下几名纽约来的客人挥手，一名外国小伙子朝关越说："关！晚上去喝个酒？"

关越点头，示意财务长吩咐人安排，做了个电话手势，戴上耳机，走到一旁去打电话。

吉祥府是本市一家老牌食府，吴舜打了个电话，就订到了连关越排队都至少要排上半年的特别包间"临山水阁"。

"正想吃他们家的白汁鳜鱼。"天和笑道，进了包厢后便坐下。

"这家的临山水阁位子太不好订了。"吴舜无奈道，"要不是找我爸的秘书，咱俩只能坐大厅吃。"

天和说："没有把原本坐在这里、吃到一半的客人面前的菜端走，再把他们赶出去吧？"

吴舜笑着摊手："那我可不知道，听说这个包厢只对少数客人开放。"

"闻先生！"店长拿着菜单，笑道，"好久没来了！"

天和尴尬地笑了笑，店长说："刚刚远远看了一眼，就觉得是你，我就说，今天没有接到府上的电话。还是老规矩吗？尝一尝我们的新菜？"

天和以眼神示意店长不要这么热情，实在太尴尬了，吴舜回过神，知道闻天和就是"少数的客人"之一，哈哈大笑，饶有兴致地看菜单，说："我就来过三次，还是天和点吧。"天和只得忍着笑，既尴尬又无奈，低头点菜。

"我们老管家很喜欢这家。"天和解释道，"老太太总对逝去的旧时代风情有些怀念。"

花好月圆，快过中秋了，临山水阁的屏风后，来了一名身穿长褂的先生，他抱着琵琶过来，开始弹琵琶。

天和点完菜后，吴舜突然说——

"你是个天才。"

"嗯？"天和像个小孩般拉开抽屉，看里面的麻将，拿出一张光润的白玉红中，用手指摩挲着，小时候方姨带他们过来吃饭时，总会与他们三兄弟打几圈麻将。

"从江子骞那里学来的夸人本领吗？"天和拿了几张麻将，抛来抛去地玩，顺手扔了两张给吴舜，说，"没想到今天听我演示最认真的人，居然是你，太感谢你捧场了。"

吴舜："认真听会儿怎么了？听不懂的人就不能听了吗？"

天和坐下，说："不会很费力吗？"

"有一点点吧。"吴舜说，"毕竟上学的时候，没怎么用心学。"

天和问："容我冒昧问一句，你学什么的？"

普罗在耳机里答道："他是麻省理工计算机学院的。"

天和："……"

吴舜彬彬有礼答道："哈佛神学院。"

天和不说话了，忽然觉得，说不定与这家伙能成为好朋友。

"你今天看上去心情很好，比打球那天精神状态好多了。"小菜上来了，吴舜卷了一下袖子，说，"我最近不能喝酒，喝杯茶吧。"

天和："因为了结了一桩事很轻松，干杯。"

两人轻轻碰了一下茶杯，吴舜说："天和这个名字，听起来脾气就很好。"

"初衷并非如此。"天和说，"爸爸给我起这个名字，意思是'天时不如地利，地利不如人和'。"

吴舜端详天和，想了想，又说："所以凡事见怪不怪，无声的嘲笑，都装在心里，我想今天我免不了已经被你翻过来，翻过去……"他说着把手掌翻来翻去地示意，"嘲讽个七八次总是有的。"

"真没有。"天和按着额头不住笑，捋了袖子，说，"吃饭吧。哪怕是卓兄，我也不觉得有什么关系，每个人都有自己的处世之道，合得来则处，合不来算了，不就行了。"

琵琶声里，乌云散了，月光悠悠地照了进来。

吴舜尝了一口小菜，说："味道确实很好。"

天和喝了点茶，答道："有记忆里小时候的味道。"

吴舜朝阁外看了一眼，说："今晚的月亮也很好。"

"嗯。"天和点点头，说，"虽然不圆，我还以为会持续下雨。"

普罗："这是一个隐喻。"

天和没回答，吴舜说："你会击剑吗？"

天和没想到吴舜的思维也很跳跃，和江子骞有相似之处，点点头，说："你喜欢？"

"空了击剑去？"吴舜说，"我教你击剑，你教我打马球。"

"可以。"天和说，"我也很久没玩了。"

吴舜想了想，说："关越不会击剑吧？别又碰上周六的情况。"

天和："……"

天和知道吴舜在挪揄他，却仍然正色，摊手，说："我不知道，我们几乎从不联系，连他的电话号码都没存呢。"

就在这个时候，搁在桌子上的手机响了，来电显示：关越。

天和："……"

吴舜只得假装没看见，普罗在耳机里说："我帮你存的。"

天和："普罗，麻烦你帮我接一下电话。"

关越的声音直接出现在了耳机中，与普罗的声线仿佛无缝衔接。

"关总，有事吗？"天和说，"一年里，你还是第一次主动打我电话。"

关越的声音说："打错了，抱歉。"于是他挂了电话。

天和："……"

"那个……"吴舜强行岔开了话题，说，"你知道吗？击剑最早是因为男性争风吃醋，展开决斗，为避免死伤太多，使用花剑替代。"

普罗："他在试图化解尴尬。"

天和摘下耳机，放在桌上，诚恳地说："别担心，关越真要来击剑场上打岔的话，搞不好我会先上去一剑捅死他。"

入夜，一众外籍高管坐在半封闭包厢里，关越沉默地按着横放的啤酒瓶，细长手指一拨，打了个旋，酒瓶再次在桌上旋转，指向另一人，众人便哄笑，望向那人。

吴舜开车将天和送回停车库里，天和正准备上车，朝吴舜说："我会认真想想。"

"你不继续做这行太可惜了。"吴舜有点儿遗憾地说，"就像我回国后放弃计算机专业一样。"

天和点了点头，说："今天其实有位老总说得很对，公司破产不可怕，可怕的是信用破产了。升级软件不难，可我不大有信心让市场接受它。"

吴舜头发浓黑，眉毛英气，双目明亮，笑起来时有种无畏的气概。

"你可以的。"吴舜说，"你是天才。"

天和点了点头，心里十分感动，两人各自回车上，吴舜把车开走，天和回家。

外头又下起雨，天和打开日程表，方姨已经睡了，天和便把窗子关上。

天和："不行，我一定要报复关越，他怎么每时每刻都在拆我的台？"

普罗："这真是太好了，作为报答，我提供给你一个建议，把鹦鹉送给他如何？"

天和："还是算了，这太恶毒了……我无法想象当他听见小金说话时是什么表情……这还是我们在哥伦比亚一起买的。"

天和躺上床去，今天的日程令他觉得很累，累过之后，心里却很轻松。他翻了个身侧躺着，普罗关了灯，天和在雨声与黑暗里，思考着吴舜的提议。吴舜可以找到公司为他作破产的延期担保，三个月的延期里，只要天和努力一把，做一个新的软件，吴舜还愿意出面帮他牵线，召开发布会。

期货市场方向与散户是个好主意……从前公司针对的用户都是机构，转向散户后……也要考虑用户是否愿意为如此昂贵的正版付钱，不过除却中国，海外市场也是广阔的……天和仿佛在黑暗里窥见一线光明，这些天筋疲力尽，他在雨夜中沉沉睡去……然而那缕光越来越亮，变得更刺眼了。

天和："……"

"谁啊？"天和相当烦躁，快睡着时被吵醒相当郁闷。

手机屏幕闪烁着来电人——关越。

接通后，电话那边一个陌生的女孩声音说："您方便过来接一下人吗？我们要打烊了。"

深夜两点，酒吧侍应擦着杯子，关越趴在吧台上，醉得人事不省，手边放着打翻的小半杯伏特加，酒吧外大雨倾盆，客人已走得一干二净。

伏特加沿着吧台淌下，浸湿了关越的衬衣，侍应推了推关越，说："喂，有人来接你了。"

天和收伞进了酒吧，扳着关越的侧脸看他，关越闭着眼，一动不动，只趴着。

"同事呢？"天和说，"怎么就一个人？老板没人管？太离谱了。"

侍应正扫地，答道："晚上十点的时候，他一个人来的，进来以后点了一瓶伏特加，也不说话，就坐着喝。"

另一名男侍应说："十点前好像确实有不少人，还有几个老外，在对面的会所喝酒，出来以后他可能还想喝，就来我们这儿了。"

"喝了大半瓶，真是可以。埋单吧。"天和忽想起忘了带钱，这儿也没法签单，只得拿了关越的西服，从内袋里摸出唯一的一张卡，侍应拿来刷卡机，天和说，"你怎么知道我电话？"

"刚才这大帅哥醒了几秒。"侍应笑道，"我们花了好大力气才叫他起来，让他找人来接，他人趴着不动，左手把手机给解锁了，扔到吧台后。我们看了一眼通话记录，最后一个电话是打给你的，就试着拨过去。"

天和在 POS 机上刷了一万五的伏特加酒费后，又签了 100% 的小费，反正是用关越的钱。

"我对此表示诚挚的谢意。"天和一边尝试着把关越弄出去，一边朝侍应说。

"我们才是！"侍应们拿着单，热泪盈眶，齐声大喊道。

天和在两名男侍应的帮助下，冒着雨，艰难地把关越从酒吧里拖出来，塞进自己的跑车副驾驶位上，发动跑车，扬起白浪般的雨水，在这暗夜里疾驰而去。

/// 10 ...

天和背着关越，艰难地等电梯，关越本来就很重，喝醉酒后，天和简直就像背着块铸铁板。

"关山难越……谁悲失路之人？萍水相逢，尽是他乡之客……"

"《滕王阁序》，作者王勃，650—676 年。"

"是——的。"天和咬牙道，"我需要一点儿事情分散注意力。"

普罗："真看不出你居然有这么好的体力。"

天和喘息道："人在千钧一发的时候，可以爆发出超乎想象的力量。"

"就像你徒手掀翻一辆兰博基尼的英勇事迹吗？"普罗问。

"不要再说了。"天和把关越背进电梯，说，"回忆那段往事并不有趣，而且不是'掀翻'，只是'推开'。不要跟我说话……我得省点力气。"

普罗："实在不行的话你应该叫个保安。"

天和吃力地说："如此高贵的关总……怎么能让……保安……碰……到……他……希腊男神般完美无瑕的身体呢！坚持！到了！"

普罗："稍后我想你也许会……"

天和："芝麻开门！"

电梯到，普罗把家门指纹锁打开，天和一头撞了进去，把关越推到沙发上，今晚这么一折腾，消耗了天和将近一年的体力。幸而搬家后，方姨不与天和住在一起，否则这么大动静，铁定会把她吵醒。

"现在得把他搬到床上。"天和说，"普罗，家里有什么带轮子可以滑动的东西吗？"

扫地机器人自动开启，慢慢地滑动过来。

天和："算了还是靠自己吧！Music（音乐）！一、二、三——起——"

"当当当当！"

家里音箱同时震天动地播放起《命运交响曲》，天和怒道："快给我关了，会把邻居吵醒的！"

天和费尽九牛二虎之力，终于把关越挪到了床上。

"呼。"天和擦了把汗，关越身上一股酒味，衬衣、西裤，都被打翻的伏特加酒上了。这伏特加还不错，看来酒吧里偶尔也会有好酒，天和心想。

"喂。"天和拍拍关越帅气的侧脸，关越只是安静地躺着，睫毛浓密而漂亮，他像在做梦，轻轻地动了几下。

天和解开他的领带，抽出来，脱他沾了酒的衬衣，现出瘦削的胸肌，轮廓练得很好。

"需要准备电击吗？"

"需要准备滚筒洗衣机。"天和说，"抱歉，忘了你对此无能为力。"

普罗："……"

天和拉了被子，给关越盖好，在床头柜放了杯水。

普罗："我建议你至少在四个小时里持续观察他的情况，每年因醉酒呕吐而导致的窒息死亡事故，在全球范围高达一万一千四百起……"

天和去换回睡衣，躺上床去，盖了被子。

"普罗，关灯。"天和说，"我真的很困了，希望明天他睡醒的时候不要动手揍我。"

家里所有的灯熄灭，一瞬间暗了下来。

普罗："我建议你把摆设架挪到客厅去，因为如果他半夜醒了，起来找水喝，很可能先撞上墙，再踢到床脚，根据我预测的前进轨迹，最后他会绊倒在沙发前，再抓住摆设架，把你的航模碰下来，再保持不住平衡，一脚……"

天和："饶了我吧，我的手臂已经不是自己的了，他也不可能这么蠢，真弄坏了，让他赔吧，关总家大业大，世界上没什么是不能拿钱摆平的……"

黑暗里一片寂静，只有关越低沉的呼吸声，他睡得很香。天和疲倦入睡，不知睡了多久，一阵巨响与痛哼，天和瞬间惊醒，弹起，大喊。

关越半夜醒了，起来找水喝，却不小心一头撞上了墙，晕头转向地退了步，四处找电灯开关，在床脚处踢了一下，又在小沙发前绊了个趔趄，一手抓住摆设架，把天和的航模拉了下来。

"别动！"天和在黑暗里反应过来，"什么都别碰，保持你原本的姿势！"

灯全亮了，关越头疼欲裂，相当痛苦，天和掀开被子起身，一脚踩上自己的航模，顿时痛得半死。天和拉着关越的手腕，让他坐回床上，递给他水，他紧紧闭着眼睛，把一杯水全喝光，如释重负，又重重躺了下去。

天和出去给关越又倒了杯水，房里的灯关上了，那航模先是被关越踩了一脚，又被天和踩了一脚，已经彻底报废，早知道该听普罗的。

算了……相聚、离开，都有时候，没有什么会永垂不朽，都是身外物。

天和拖着疲惫身体，再次躺上床去，关越翻了个身，用低沉的声音说了两句英语，再次陷入沉睡，天和非常了解关越，一听就知道他是真的睡熟了。

翌日，雨停了。

天和从睡梦中醒来。这一夜睡得很不踏实，一直做梦，天和揉揉眼睛，却发现关越也醒了。

"喝断片儿了？"天和说，"记得昨晚发生了什么吗？"

关越抬手按着额头，显然有点儿头疼，天和又说："衣柜里有浴袍和睡衣，我二哥的，凑合穿着吧，出门右转是浴室。"

关越穿上闻天岳的浴袍，看了一眼地上翻倒的架子与昨夜被两人联脚踩得支离破碎的航模，躬身捡起来。

"别管它，方姨会收拾。"天和说。

关越便开门出去，天和说："你的话越来越少了。"

"方姨早。"关越道。

方姨正在准备早饭，头也不回地笑道："就知道是小关，好久没来了。"

关越点点头，去浴室洗澡，方姨又说："牙刷毛巾都给你准备好了，衣服烘干还得一个小时，洗完出来，吃早饭刚好。"

"谢谢方姨。"关越在方姨面前倒是很礼貌。

天和还不想起床，懒懒躺着，听着浴室里的水声。

水声停，关越冲了个冷水澡，在吹头发，与方姨说了几句话，但听不清楚。关了吹风机以后，方姨递给关越一杯奶茶，关越便端着杯，穿着棉拖鞋，在家里转了两圈，观察这个房子。

"还记得上一次来的时候是几岁吗？"方姨把衬衣在洗衣间里摊开，笑着问关越。

"八岁。"关越答道，"那年天和四岁。"

"第二年，天衡就离开家，去研究院了。"方姨戴着眼镜，用一台挂烫机给关越熨衬衣，笑道，"为了保守重大机密，这些年里，一次也没回过家，电话也没打过，就连他们的爸爸去世，也是天岳操办的。这房子上上下下，一点儿没变，总觉得他们三兄弟都还在跟前。你爸妈身体还好吧？"

关越点点头，放下杯子，来到鹦鹉架前，轻轻地吹了一声口哨逗它。

鹦鹉："……"

关越："……"

鹦鹉侧着头，与关越对视，一人一鸟，相顾无言。

"小金就是你带小天出去玩的时候，在哥伦比亚买的。"方姨笑道，"还记得吗？"

关越点头，注视那鹦鹉，房间里，听到对话的天和顿时被吓出一身冷汗，光着脚跑了出来。

鹦鹉的嘴上绑了一根丝带，丝带还打了个蝴蝶结，它侧着脑袋，晃过来晃过去，盯着关越左看右看，仿佛憋了一肚子话不吐不快，偏偏鸟嘴又被绑住了。

关越"嗯"了一声。

方姨解释道："这几天它有点儿拉肚子，才吃了药，怕吐出来，所以把它嘴巴绑着。"

鹦鹉抬起右边翅膀，险些把关越扇一巴掌，关越敏捷地退后半步，鹦鹉却不依不饶地飞了过来，脚上链子拖着鸟架晃来晃去，关越马上抬手握住它，把它按回鹦鹉架上。

"它还记得你呢。"天和随口道，望向方姨，心照不宣地点头，去洗澡开饭。

天和与关越各自一身浴袍，坐在餐桌前，关越喝奶茶看《金融时报》，天和喝咖啡看硅谷新闻，关越吃熏肉配面包、煎蛋与茄汁焗豆，天和吃燕麦粥。方姨在换天和房间的床单，放了张巴赫的《五首卡农变奏曲》，音乐声里蕴含着雨过天晴的清新空气，就像他们一起生活过的每个早晨。

"今天不上班？"天和边看新闻边问。

关越看着报纸，答道："待会儿去公司一趟，下个礼拜回太原看爸妈。"

天和："衣服烘好了。"

关越："嗯。"

方姨把房里的架子摆好，把植物放回去，收出零零碎碎的航模碎片，拿了一管万能胶，戴了老花镜，开始研究怎么把它复原。

"别粘了。"天和说，"扔了吧。"

关越看了一眼，再看天和。

"能粘好就试试。"方姨笑道。

甲板被踩成了两半，炮台和瞭望塔全碎了，飞机则断的断丢的丢，日不落帝国的"皇家方舟"号就像被导弹密集轰炸过，简直惨不忍睹。

关越说："脾气变得这么好。"

天和不明所以。

关越："天衡给你做的，换作从前，不朝我闹一个月不算完。"

天和说："那怎么一样？以前是以前，现在归现在，之前因为亲近，所以下意识地忘了去伪装自己。现在不了，再不爽也不能朝你发火吧？"

关越坐到沙发前，躬身检查航模，被踩碎的甲板背面还有当初闻天衡与关越一起烫的字：H&G。

"是这样吗？"关越自言自语道。

天和没有回答。

关越认真地看了半天，天和家的傻蓝猫在他脚踝边蹭来蹭去，关越低头，那猫用爪子挠了挠，让关越抱，关越便把它抱起来，一人一猫，对视一分钟，傻猫又主动把脑袋凑过来让关越摸，关越便以手指戳了戳它的脑袋。

八百年不说话的猫居然"喵"了一声，没一时闲着的鹦鹉反而安静了，天和只觉得，今天的气氛怎么看怎么诡异。

方姨说："小东小西的，不知道掉哪儿去了，我眼睛不好，开扫地机器人扫一次，再在盒子里头找，说不定能找着。"

"关总。"天和哭笑不得道，"你不去公司吗？别管了，把猫放下，小心它尿你身上。"

关越说："当年我也帮着做过，赔你一个。方姨别粘了。"

方姨笑道："我倒是给忘了，小关的动手能力也很强。"

"不用啦。"天和说，"找你助理粘，我还不如买个现成的。"

那年暑假，关越住在天和家里，帮着闻天衡组装这个航母，两人做了快有一个月。虽然那折磨死人的过程他已经忘得差不多了，不过以前能做，现在当然也能做。

关越看了一会儿，起身换回西服，出客厅时，又恢复了那生人勿近的霸道总裁模样，拿了门厅里挂着的车钥匙，说："方姨，我走了，空了再来看你。"

方姨笑道："有空常来，帮我朝你爸妈问个好。"

"关越死了——"鹦鹉嘴巴上的丝带一被抽掉，顿时大喊大叫，扑扇翅膀，气势汹汹地飞向大门，奈何脚上拴着链子，只能虚张声势地大喊几声。

方姨无奈道："多好一孩子，干吗成天这么骂他？"

"我不知道！"天和的心情也相当复杂，说，"二哥开玩笑地说了几次，它就记住了，好的不学。"

七月份天和刚回国，在别墅住着，在书房里看程序时，江子骞偶尔来找他，几次问到关越，二哥闻天岳饶有趣味地点评了两句"关越死了"，鹦鹉突然就学会了。

至于"A股又崩盘了"，则是闻天岳在书房里自言自语多了，被鹦鹉学去的。说也奇怪，这鹦鹉自打从哥伦比亚被买回来后，整整六年时间没学会一句话，送回国不久，忽然醍醐灌顶，连学三句话，还说得贼溜，更会翻来覆去，将这三句话进行各种组合。

天和正打算教它几句别的，譬如"人民币破七了"或"房价腰斩了"，要么学两句骂人的话也好。奈何这鹦鹉简直和关越一个德行，柴米不沾油盐不进，任你教它什么，它只会回敬你一句"关越死了"，后来天和也没力气再纠正它了。

还记得环球旅行时，关越带他坐豪华游轮去哥伦比亚玩，两人在圣马耳他上岸，逛港口集市时，关越一眼就看上了它，从水手手中把它买了下来——因为众多鹦鹉里，只有这只一句话不会说，犹如一张白纸，值得好好教一下。

远渡重洋将它托运回伦敦后，天和偶尔下课回家，还看见关越朝着鹦鹉自言自语，想教会它说话。

但每次天和一注意到，关越就不教了，还被天和嘲笑过好几次，教鹦鹉说话看上去真的很傻，教了快两年，这鹦鹉死活就不开口，最后关越只好放弃。

那时候，他们关系非常好，天和十八岁，关越二十二岁，话不像现在这么少，对天和而言，关越就像闻家的三哥，虽然不擅表达，却把孤身在外的天和照顾得很好。

后来关越同二哥闹矛盾，天和坚决站在了关越一方，甚至与一手带大自己的哥哥足足一年时间连话也不说。闻天岳所预言的，基本上最后都在关越身上应验了，这令天和在与关越闹僵后，对二哥心有愧疚。

没想到过了一年，关越对闻天岳的预言也应验了，双方成功互掀底牌，在这场"打脸反击战"中，闻天岳终于落荒而逃——生活远比电视剧更精彩。

如今天和细想起来，打小时候起，关越与他二哥就有着不明显的疏离感，平时不过是看在双方家长的面子上保持表面上的客套。关越自己也说过，他与闻天岳不是一路人，天岳是个骗子，他不屑与骗子为伍，两人谈不到一起去。

天和自己可以指责二哥，却不愿听到关越这么评价天岳，这也成为他们爆发争吵的导火索之一。幸而关越十分崇拜他们的大哥闻天衡，认为他是个正人君子，许多冲突仍是可消弭的。

做人就该像闻天衡一样，堂堂正正，永不放弃，把闻家遗传的智商用在正道上。从这点上来说，天和更像他大哥。

/// 11 ...

三天后。

普罗："如果有需要，我可以为你预订下个月的机票。"

天和发现普罗作为助理非常合适，没有实体，不会打扰他，对互联网熟门熟路，除了不能替他拎包之外，连开车也没问题，还能多个进程同时运行，一边开车一边查资料一边和他闲聊。

"明天就走。"天和说，"我得想个办法，找到我二哥的下落。"

普罗："现在你是被限制出境的。"

天和答道："你知道那对我来说并不是问题。"

"找到又有什么用呢？"普罗说，"你期望他向你解释什么？"

天和也不知道见了二哥的面该说什么，寻思道："他总得对我有个交代吧。有结果了吗？"

"我无法在银行系统搜索到他的流水。"普罗说，"安保级别太高了。"

"当然。"天和答道，"反黑客系统也不是吃素的。抵达美国再看吧，相信我，我想入侵个系统比你快多了。"他真正的目的，只是借用一下师弟文森在纽约工作室的终端机。

普罗："目前只能查到他在旧金山的入境记录，他也许已经离开美国，很可能不会留在旧金山等你去找，我建议你延迟行程一段时间，直到国庆节假期结束，到了那个时候，你将有不一样的选择。"

"你的信用也破产了。"天和开着车，说，"上次你给我选择的路线，半路碰上关越；建议我打马球，又被他搅黄一次；还给我存了个关越的电话，害我在吴舜面前下不了台……"

"但我对他的行进轨迹预测准确，都应验了。"普罗说。

天和："然后我的航模也没了！我决定以后要与你的建议反着来。"

普罗："你现在已经是了。"

天和说："你简直就像以前的关越。"

普罗："也许吧。毕竟我获得了他大多数时候的情绪，当然，也继承了一定程度上他对你的观感。"

天和听到这话时百感交集，沉默片刻，而后说："谢谢你，普罗。如果你有实体的话，我小概率会把你当成我的好朋友。"

普罗说："虽然我不太明白这意味着什么，但我会慢慢学习。不过我建议你认真考虑我的建议。"

天和在江岳会所前停下车，答道："我会的。"他将车钥匙交给经理，进了江岳会所。穿着西服，沿途来来去去的侍应停下脚步，朝天和稍稍躬身。七月份兄长已经将股份全部转让给了江子蹇的父亲江潮生，以闻、江两家的良好关系，一家小小的私人会所虽然换了老板，却仍旧没有变化。

江岳会所坐拥别墅区，位于青山绿水中，面朝曲文河，秋天天气很好，阁楼临江而建，四面挂着复古的纱帘。江子蹇今天在会所里约了人，招待吴舜找来的另一个朋友，叫上天和一起吃螃蟹。

天和拾级而上，吴舜正在栏杆前朝外眺望，朝他吹了一声口哨。天和便抬头与他挥了挥手，笑了起来。亭阁里坐着一名中年人，江子蹇介绍后，天和打过招呼，吴舜笑着说："今天蹭一顿子蹇的饭吃。"

江子蹇笑道："这就是咱们的……"

天和忽然想起，见过这中年人，惊讶道："王叔叔！"

父亲还在的时候，天和就见过他，但那已经是十来年前了。

"果然还记得我。"那姓王的中年人打量天和，"你们闻家人过目不忘的记忆力，真是遗传的。"

这段往事就连江子蹇与吴舜都不知道，闻言彼此看看，都笑了起来。天和的记忆力相当好，甚至记得他叫王溯，见过两次面。一次是在与父亲吃饭时，另一次是父亲去世后，他前来吊唁。

但天和默契地不提半句往事，只是伤感地笑了笑，并朝吴舜递了个感激不已的眼神。看来吴舜为了帮他，说不定还求了他父亲出面，才请到这人。

吴舜示意天和看饭桌上，天和坐下时，发现餐盘里放着一封邀请函。

江子蹇笑着说："王叔叔他们这个月底，会举办一场互联网高新技术峰会，和融辉办的那场本质上完全不一样……"

王溯道："融辉已经决定与我们召开的峰会合办了，我只给他们三分钟时间，但我给你五分钟，你可以慢慢说，想说什么说什么，说个够。"

"谢谢。"天和低头看邀请函，再看吴舜、王溯与江子蹇，只能点头重复道，"谢谢。"

山重水复疑无路，柳暗花明又一村。

王溯说："以前的事，过去就过去了，年轻人，未来的路还有很长，你能走到今天，已经将太多同龄人甩在了你的身后，遭受打击不要气馁，爬起来再战。"

天和点点头，说："我一定会好好珍惜这个机会。"

王溯喝了两口茶，简单聊了几句就起身走了，饭也没吃，吴舜将他送出会所去，回来后示意走了，江子蹇与天和便松了一口气，随意了不少。

"哎。"江子蹇说，"闻少爷，大人物一走，你就原形毕露了，这可不好。"

吴舜笑着说："还有个大人物在呢。"

三人一起大笑，天和多少有点儿不自在，知道江子蹇也是如此，但有年龄差压着，实在没有办法。换了他们的父辈，想必就不会感到拘束。

吴舜道："我就说他不会留下来吃饭的，江子蹇，你也可以滚了。"

江子蹇喝了一口茶，说："我得找小凯吃肯德基去了，你们聊，螃蟹虽然不算太好，却也勉强能吃，吴舜你看着天和少吃点，别回去头疼。"

江子蹇与"足浴新星"佟凯有约，到了约定时间，跑得比兔子还快，又剩下吴舜与天和二人临江而坐。

"这家会所，好像是不对外开放的？"吴舜注视天和的动作，天和拆开邀请函，看了一眼，里面还有一枚嘉宾别的镀金胸针。

"子蹇没告诉你吗？"天和拈着胸针，打开邀请函，扫了一眼。

吴舜愕然道："不会又是你们家的吧？"

"现在不是了。"天和笑得不行，他的心情实在太好了，再多的钱，也比不上这封邀请函来得及时。

吴舜也笑了起来，说："这次举办的科技峰会，融辉也只有三分钟呢。"

天和"嗯"了一声，抬眼看吴舜，普罗在耳机里道："后面还有三个字他没说，是'喜欢吗'。"

天和："……"

普罗又说："我只是提醒你，天和，你现在有点儿骑虎难下了。"

天和说："动用你太太的人情了。"

吴舜想了想，答道："不，我始终觉得有点儿奇怪，他已经安排人把邀请函给我了，完全可以不用亲自来，可他坚持来见你一面，我就觉得蹊跷，这个倒是得说老实话，你们原来早就认识呢。"

天和说："父辈的交集，在我二哥接手公司以后，关系经营得乏善可陈，我们联系得不多了。"

想了想，天和又补了一句："以我所知是这样。谢谢，吴舜，我不知道该怎么感谢……"

"吃螃蟹吧。"吴舜笑吟吟地说，"过了今天，你可得好好准备到时用的PPT 了。我也帮不上什么忙……你经常偏头痛？"

经理过来给两人烫黄酒，揭开蒸笼，里面是江子蹇家在江苏蟹田养殖的头批蟹。

江子蹇吹着口哨，开车出来，在自家酒店停车场里停了车，换上经理借给他的西服，精心打扮了一番，还喷了点发胶，把包斜挎在身后，大步流星地走过两个街口，背后突然有人一拍，江子蹇忙回头，见是佟凯，笑着拿出两本破旧的英语教材，说："我买到书了。"

佟凯说："上哪儿复习？星巴克？"

江子蹇打了个哆嗦，说："还是……换个地方？肯德基不错，我刚领了两张优惠券，请你吃鸡……吃炸鸡翅。"

佟凯：毕业于哈佛大学，同时修大陆法系与英美法系，博士学位。

江子蹇：毕业于剑桥大学哲学系，硕士学位。

佟凯本来想报个法学，却在江子蹇的劝说下，最后学了"制冷与空调技术"。

"有一技之长，饿不死。"江子蹇诚恳地说，"听我过来人的话。"

"好。"佟凯在选择志愿的过程里与江子蹇有点儿摩擦，但最后还是听了江子蹇的。然而作为报复，在他极力劝说下，江子蹇则心不甘情不愿地选了"水产养殖"。

两人同时心想，我为什么要读这个啊？

"be 是什么意思？"佟凯在肯德基里摊开教材，第一页就碰上了难题。

江子蹇说："be 就是 am, is, are 的统称，叫'be 动词'。'是'的意思。"

"这样啊。"佟凯点点头，说，"大哥懂得真多。"

"To be or not to be, 哒特以死 the question!"江子蹇笑着说。

这下佟凯内心肃然起敬，他居然知道莎士比亚！两人又低头，看着自考教材上的阅读理解，两人都像在看低幼普及版的童书，各自心想：这都是什么乱七八糟的？

江子骞最近有种被成人高考所支配的、挥之不去的恐惧，我考这东西到底是要干吗？奈何说都说了，还得硬着头皮装下去。老爸要知道自己在本市成教学院考了个水产养殖，不知道有什么感想。

佟凯则开始后悔，说什么不好，非要说什么"一起复习自考"，老子博士毕业四年！现在居然在看大专的英语教材，这个世界简直太魔幻了！

佟凯一会儿刷刷手机，看美国那边总公司是不是又出幺蛾子，每次出事了分公司老板总把他搬出去。江子骞却捧着阅读理解，看得津津有味，上面的英文短篇摘抄就像汉语小笑话，偶尔看看没营养的小笑话消遣打发时间倒也不错，仿佛打开了新天地。

"读不下去？"江子骞注意到佟凯坐不住。

"太难了。"佟凯说，"很多词不认识。"

江子骞说："坚持，联系上下文猜测一下。"

"这个是什么意思？"佟凯指着"wish"问江子骞，江子骞说："希望。"旋即他意识到自己似乎懂得太多英文了。

"我还以为是'洗'。"佟凯笑道。

江子骞补救了一记："那是'watch'。"

"噢……"佟凯点点头，江子骞心里给自己点了个赞，翻来翻去地看。佟凯观察着江子骞的眉眼，只觉得这家伙不愧是酒店门童出身，礼仪方面经过训练，与普通人有很大不同，吃东西既不吧唧嘴也不抖腿，换身西服拉出去，站着不开口，妥妥"男神"。

不，哪怕开口，谈吐也很风趣。是块好材料，可惜命运总不会公平地眷顾每个人。

双方认识了一周有余，初步了解情况后，佟凯大概知道了江子骞家里是做什么的，因为江子骞的回答是"我爸游手好闲，到处晃膀子""我妈有时候和朋友打打麻将"。

于是佟凯动了"扶贫"的心思，心想可以把江子骞失业的父亲介绍到自己公司里开开车，母亲则来家里做饭。

当然，酒店大亨江潮生并不知道自己将会拥有一个去给一家法律公司当司机的光明未来，喜欢与阔太太们打麻将的自家老婆，也已经很久没下厨了，或许需要先练一下厨艺。

　　江子骞从教材里抬头，朝佟凯投去偷偷的一瞥，佟凯眉眼间带有很浓的学生气，虽然衣品他不太喜欢，但只要给他换上 HUGO BOSS 今年新款的冬衣，简直就像男模，柔和却锋锐，按理说这两种气质不应该出现在同一个人身上。而更难得的是，佟凯认真的时候，有种异样的执着与稳重。颇有点儿闻天和的气场，那是一种世家子弟从小习惯于优渥生活而养成的淡定。

　　佟凯生机勃勃的，就像一缕阳光，照进了江子骞总是没睡醒的生活。他告诉过江子骞，自己的父母在河南以种地为生，他上面还有个已经嫁人的姐姐，于是江子骞也想好了来年陪着他，把自考考完，就把那家足浴城买下来送给他。在河南买块地，让天和帮着设计下，弄个全自动养殖，弄点吃的，供他们酒店做食材用，大家隔三岔五还可以呼朋引伴地去佟凯家里玩一玩。

　　现在最大的问题就是，相处一周后，彼此都发现了对方性格里还有待磨合之处，譬如说……

　　"错了几道？"阅读理解做完以后，开始对答案了。佟凯错了四道，江子骞错了三道。

　　"应该选 B。"江子骞说，"这句话的意思就是明天'不会下雨'。"

　　"一定是答案错了！怎么可能？"佟凯说，"他说'如果明天不下雨我今天会洗衣服，希望明天不下雨……'"

　　江子骞："你要结合语境判断。"

　　"语境就是这样！"佟凯已经把剧本抛到了脑后，做成人自考的阅读理解错了四道题！开什么玩笑！凡事非要辩出个是非来的职业病发作了，开始与江子骞吵，江子骞说："你要想写这篇文章的人的初衷！初衷！"

　　"文章一旦被写出来，就和原作者没关系了！"

　　"怎么可能没关系！出题人的想法呢？你要认真考虑！"

　　"我们只认既成事实，要讲证据，对吗？"

　　双方在肯德基里吵了起来，佟凯使劲指着 C 选项，一时针锋相对，江子骞说："你听我说！"

　　"你先听我说！"

　　一时谁也不听谁的，都想在专业上狠狠地压倒对方，突然佟凯意识到了什么，说："你懂好多！"

　　江子骞回过神，哈哈一笑道："啊，对啊，其实我出来之前，先读过一次，想着……"

　　江子骞这么一解释，佟凯便有点儿感动，心想自己还是太强势了，江子骞为了教他英语，居然还在家里先备过课。

"你学得很快嘛。"江子骞也发现了。

佟凯不好意思地笑笑，说："是你教得好。"

外头雷鸣电闪，伴随着餐厅里的音乐，雨水顺着落地玻璃墙滑下，江子骞说："这回真的下雨了。"

"嗯！"佟凯点头道。

太原的秋天到了，公园里、路上，满是红叶。

飞机降落在机场，轿车驶上高速，关越坐在车里，看着路边飞扬的枫叶。

座驾停在山前，山脚下坐落着关家大院。保安将大铁门打开，车进入，司机下来打开车门，关越站在家门口，呼吸了一下新鲜空气。

时近黄昏，宅邸屋顶连着屋顶，飞檐遥遥呼应，层层相拥，簇着最大的宅邸。关正瀚从父亲手里接过关家的所有权，成为家主。

老管家正在中堂外挂着拐杖等着，笑道："回来了，怎么也不提前说一声？"

关越道："说了。"

老管家唏嘘道："上飞机前刚接到的电话，这可又有一年没回来了。"

关越走进中堂。

"我去看下爷爷。"关越说。

老管家拐杖点了点，说："太爷刚服过饭前药，正用饭。"

关越走出新院，穿过回廊往老院去。院落呈"双喜"布局，从新院到老院得穿过数十米的甬道。老管家跟在后头，关越刻意地放慢了脚步，老管家笑眯眯地说："可精神了不少，年初还买了你的杂志专访，念给太爷听。"

关越明显地顿了一下，有点儿尴尬，点了点头。

关越的爷爷心脏不大好，又有帕金森病，已经九十七岁了，正坐在房里眯着眼，一名本家的姨奶奶正在喂他喝粥，老头子脖子上戴着围脖，嘴巴直哆嗦，洒了不少在身上。

"爷爷。"关越进了老院，用山西话问候过，先跪下磕头，老头子"噢""嗯"地叫了几声，关越便站在一旁，观察那把大木椅上裹着厚厚毡子和袄子的鸡皮鹤发的魁梧老人。

老管家交代了最近的情况，关越只是沉默地听着，爷爷伸出手，握着关越的手，带着茫然看他，明显已认不出自己的孙子了。

老头子一转头，粥便喂不下去，关越又洗了次手，接过碗，说："我来吧。"

　　"昨天还念叨你呢。"姨奶奶又笑道，"今天就来了，你们祖孙俩就像有心灵感应一样。"

　　关越点了点头，开始喂爷爷吃粥，自打老伴去世，老头子便慢慢地记不得人了。帕金森病发病有早有晚，最开始时家里上下忙乱了一阵，奈何这病只能进行保护性治疗，外加心脏问题，困难重重，渐渐地，也就没人来管了，活几岁算几岁。

　　都九十七了，就看开点吧，还能成仙怎的？这是关越老爸的原话——你自己能不能活到九十七岁还难说呢。

　　这病会遗传，但关越不想去做基因测试，有时候，关越看见爷爷，就像看见了年老的自己。不知自己老了以后，回顾这短暂的一生，孤零零地坐在椅子上，陪伴他的又是谁；喝粥的时候，心里在想什么。

/// 12 ...

　　老头子喝过粥后自言自语了一会儿，像在回忆关越的奶奶，被扶上床去，早早地就睡了。老管家去吩咐备饭，关越便回到中堂，去见父母，家里摆开一桌吃的，爸妈正喝茶闲聊等着。

　　关越只叫了"爸""妈"，便不说话了。

　　吃饭时一家三口也相当安静，只有关母说了句："尝尝这老山参汤，你上班太劳神了。"

　　关越喝了一口汤，席间唯汤勺碰撞清响，父亲关正瀚与他很像，是个话很少的人，整日可以不说一句话。

　　"闻家那孩子现在也不来了。"喝过汤后，关母说了第二句话。

　　关正瀚从鼻孔里"哼"了一声。

　　"不来往了。"关越说。

　　"哦？"父母阴灰的脸上顿时有了神采，就像活了一般。

　　"我以为你们早就知道。"关越放下汤勺，随口道。

　　关正瀚是中国式家长的典型："我不在那里，可我的眼睛、耳朵都在那里。"关越无论做什么，父亲总能及时收到消息，大到每天的国际财经新闻，小到花边八卦，统统逃不过关正瀚的耳朵。大多数时候，他只是不说而已。

　　关家两兄弟人如其名，关正瀚六十好几，四十岁才有了关越，这关家的当家人满面红光，从上到下，说话做事，都带着一股正气。

关越的叔叔关正平则行事周正平和，耐心十足，相比之下，关越更喜欢与叔叔待在一起，只可惜关正平也遗传了关家的"要么不作死，作死就一定要作大死"的基因——就像关越当年爬珠穆朗玛峰的行为。

关正平正当盛年，爱上了一个江南美人，居然放弃了自己的事业、前途以及与天和父亲一起研发的人工智能，就此人间蒸发，消失得无影无踪，更利用黑客技术修改了自己的身份信息，关家动用了无数社会关系，死活查不到关正平的下落，最后只好放弃。

关正瀚有一段时间疯狂地诅咒这个亲弟弟，并认为关越的一些性格脾气一定是受关正平影响的。

"发生什么了？"关正瀚埋伏在关越身边的眼睛耳朵其实也算不上太灵，毕竟关越的反侦查能力还是有一点儿的。

现在父母只知道关越没在闻家住，也没置办房产，只租了个房。

关母拿起餐巾，擦了擦嘴，说："我们只看见闻家破产的新闻，听说闻天岳破产跑了。你们是怎么回事？"

关正瀚又从鼻孔里发出嘲讽的声音，这回关越没有解释了。

"也好。"关母说。

关越注视着筷子，等热菜上来。

关越说："我想动用一笔钱。"

"还想救他？！"关正瀚的声音顿时严厉起来，说，"不许！"

关母顿时心惊道："关越，你到底是怎么了？"

关越沉默，菜上来了，关正瀚本想重重指责关越几句，却怕好不容易回来一趟的儿子被自己骂跑了，晚上又要被老婆抱怨，正没台阶下时，关母打了个圆场，说："吃吧，好容易回来一趟。"

关越便不再坚持，吃过晚饭，回房时，关母才过来，问："要多少钱？"

关越洗过澡，穿着一身深蓝色的丝绸睡衣，现出性感的锁骨。家里装修得古色古香，该有的现代化设备却一样不少，热水器、地暖、空调等。房外远处传来笑声，大院另一头，还有不少亲戚住着。

关母在一旁坐下，说："造纸厂成本降不下来，你爸正烦心这事儿呢。去年的项目，拖款的情况，你也是知道的，周转吃紧，你真要用钱，妈给你想想办法。"

"不用了。"关越说，"把私人飞机卖了，没什么用处。"

关母说："倒也不差那点，养着吧，转手就得折价够呛不说，外头看了，又不知道得怎么编派咱们家。"

关越心平气和地"嗯"了一声，关母说："过去的，就都别想了，别太固执。"

关越摇了摇头，没说什么，关母又道："还有，你虚岁都二十八了，该成家了，你们搞金融的，普遍结婚晚，天天忙，妈也不好说什么，只希望你能上点心，好好想想。"

"知道了。"关越答道。

关越从小跟着爷爷奶奶的时间反而更多，老人家一手带大的小孩总学到些许固执，所谓"七十而从心所欲，不逾矩"，天底下总不会有人来找老人家的麻烦，尤其是有钱的老人家。关越也跟着养成了这倔强的脾气，关母知道自己儿子从来就是吃软不吃硬，任你把嘴巴说成熊猫也没用。

"睡吧。"关母说，"明天把裁缝叫过来，量一下尺寸，给你做几套衣服，改天送去，都入秋了，还是这么几件。"

关越"嗯"了一声，关母正要走时，想了想，说："咱们家出事那会儿还没你呢，当年闻家确实也出手帮过咱们，你爸就是昏了头，咱家也不是忘恩负义的人。他的意思是，你要愿意安安分分，找个女孩结婚让我俩早点抱孙子，拿点钱拉闻家一把，这钱他掏得乐意。"

关越想了很久很久，最后答道："可以。"

关母续道："真可以？按理说，看着情分，也是该做的，钱财都是身外物。"

关越抬头，看了母亲一眼，关母从儿子的眼神里看出了关越的想法，于是缓了缓口风，说："我再劝劝他吧，你也别太着急。"

阴雨连绵，江子骞来天和家混吃混喝时，裁缝上门来给天和做衣服。天和本来打算省点钱不做了，奈何在方姨"不做你秋天穿什么"的坚持下，捋了一下一头乱发，乖乖就范。

江子骞也被方姨按着，量了一次尺寸，裁缝好不容易从德国过来一趟，方姨恨不得做上整整一年的衣服。轮到天和时，他站着听江子骞分享自己的八卦，听得不受控制地发抖。

"你羊癫风吗？"江子骞说。

"哈哈哈哈——"天和笑得倒在沙发上，"你……你刚刚说你在考什么专业？"

江子骞一脸严肃地道："水产养殖！养殖！"

天和笑得快岔气了，裁缝朝方姨告别，方姨拿出一张单子，把他给送走。

天和："真打算去考？"

江子骞说："不然呢？"

天和倒在沙发上只是有气无力地笑，江子蹇道："有这么好笑吗？"

天和连忙摆手，说："我倒是很想见见这个叫小凯的，能介绍给我认识一下吗？"

江子蹇道："这次过来，就是想和你商量这事。我有个计划，咱们不如一起去他供职的足浴城看看？不过得分头假装不认识，你的演技实在是太差了……"

天和一脸诡异地听江子蹇说完他的计划，说："不好吧，你从哪本小说上学的？"

江子蹇说："《堂吉诃德》，经典戏剧桥段，你忘了咱们排的话剧了？"

"就一次。"江子蹇靠近些许，搭着天和的脖颈，说，"我保证，就一次！好不好？天和，我知道你为了我，什么都愿意做！"

天和："……"

天和只得道："行吧，等我闭关出来。目前最重要的任务，是把分析系统核心模块修改一下，但我只有一个要求，你必须提前通知他，告诉他你会去看他，不要搞突然袭击。"

江子蹇莫名其妙道："为什么？"

天和说："万一他正好不在呢？我可不会陪你去第二次。"

江子蹇只得道："行，我帮你修一下 PPT 的文本，报答你。"

天和只是想到如果自己在足浴城给认识的人按脚，也许会伤自尊，难以忍受，然而与江子蹇多年的交情，天和也知道，哪怕说了他也听不进去。索性给那个叫小凯的留条后路，这样如果他不想在工作场见到江子蹇，至少还可以找个借口提前回避。

但江子蹇有自己的解释，而且还很有逻辑。

"他相当喜欢自己的专业。"江子蹇说，"就像你喜欢编程一样，当着朋友的面写程序，有什么问题吗？"

似乎也是这样……天和被江子蹇的说法给绕进去了，于是只得决定不再提这件事。他连着一周都忙着准备在科技峰会上的演讲稿，得控制在五分钟内，把该说的都说清楚，把业界的注意力从 Epeus 破产引到第五代软件的开发上，并作个来年发布的预告，这样后续也许能找到机构为公司作破产延期担保。

毕竟，这个好机会不是谁都有的。

演讲难不倒天和，只是届时要如何抛出足够有说服力的材料，天和心中着实没底，而且他不是闻天岳，不敢在会上吹牛，否则时间一到，拿不出东西来，那真是完蛋了。

"吴舜替你找了三家。"江子骞说,"实在不行,我让我爸给你担保吧。"

"不。"天和马上拒绝了,说,"不能这样,子骞,咱们是朋友,而且恐怕银行也不会接受的。"

在这点上天和很坚持,一来江家的公司注册在开曼,二来跨产业,三来如果江潮生出面,最后天和一旦失败,变成江家为他还钱,他这辈子恐怕再也无法在江子骞面前抬起头来。

"我就是说说。"江子骞想了想,说,"吴舜找的那几家都表了态,看你在峰会上提前发布的信息,如果问题不大,可以为你担保。你照常发挥就好了,别有压力。"

天和确实压力相当大,现在的他只有一个软件迭代的方向和轮廓,还不知道自己能不能顺利做出来,就像在走钢丝一般,稍有不慎就要粉身碎骨。但至少在这次峰会上,他想了一个全新的主意,也许能"技惊四座"。

"本来嘛,吴舜想提前帮你谈定一家。"江子骞说,"好歹签个 TS(投资意向书),你压力就小点儿。"

"不。"天和坚持道,"我不能再依靠吴舜了。"

普罗在耳机里说:"我也这么认为。"

江子骞带着笑意看天和,说:"你怕欠他太多人情?"

天和注视电脑,把图片拉到一起,普罗为他自动排版。

"是的。"天和低声说,"我无法回报他。"

江子骞也倚在沙发上,懒懒地说:"他不用你回报,他那人就是这样。他反而会不高兴。"

天和没有接话,江子骞继续说:"我明白,你是不是怕欠吴舜太多还不完?"

天和答道:"不是怕这个,我希望所有的关系,无论是什么感情,都纯粹一点儿。"

江子骞想了想,同意了天和的看法,这不就是江子骞自己最近正在追寻的吗?

"当个堂吉诃德。"江子骞说。

"是的。"天和笑了起来,眉眼间带着明亮的光芒,"虽败犹荣。"

天和抬起手,与江子骞击掌。

手机振动数下,屏幕暗了下去。

天和:"普罗,你擅自挂我的电话?"

普罗:"你正忙着和朋友击掌呢。"

天和：“……”

江子骞说：“你的 AI 似乎挺有趣，给我也装一个呗。”

“普罗米修斯的精神有点儿错乱。”天和说，“还在调试，我正想把他删了。”

普罗：“我的精神很正常。”

江子骞拿起手机，看见来电是“吴舜”，与天和对视，寻思数秒，按了一下免提，热情洋溢地笑道：“嘿！阿舜！我是一辉！”

“滚。”那边吴舜的声音带着笑意，说，“让天和接电话。”

“我在。”天和说。

吴舜：“告诉你一个好消息。”

天和忽然就有点儿不祥的预感。

翌日午后，清松投资，总经理办公室。

佟凯道：“关越，你能不能给我出个主意？”

关越正在读自己投的某家公司的第三季度财报，眉眼间显露出不易察觉的杀气。

佟凯说：“他要来足浴城！我的天哪！我是跟他摊牌还是现在就去练习一下按脚？”

关越头也不抬，拉开抽屉，抽出另一份资料，扔给佟凯。

佟凯·“这是什么？足浴城是我们公司一个小妹妹家里开的……她说可以陪我演戏，但万一他隔三岔五地来找我怎么办？”

关越今天显得相当忙碌而焦虑，随手把一张票据撕了，不耐烦地看表，似乎在等什么。佟凯把资料放在一旁，说：“你在等谁？”

关越抬眼一瞥佟凯，说：“当演员要敬业，还没到谢幕的时候。”

佟凯一手覆在额头上，关越思考片刻，握着手，双手放在办公桌上，眉头深锁。佟凯观察关越，说：“又崩盘了？”

关越不明所以。

就在这时，外头响起急促的敲门声，总助喊道：“老板！您订的货到了！”

关越马上按遥控键，办公室的门打开，两名助理拖进来一个巨大的木箱子。

佟凯：“……”

关越从看到木箱子的那一刻起就不焦虑了，起身，松了一口气，用手指点点木箱，助理们会意，用锤子起开箱盖，里面垫着一层又一层泡沫，佟凯嘴角抽搐，上前看了一眼，财务长亲自过来，取出一个快有一米五长的包着气泡袋的纸盒。

"'皇家方舟'号。"佟凯看那纸盒，说，"大不列颠的航空母舰。关越你想做什么？"

一个小时后，关越的办公室里多了一张长四米宽两米的会议桌，佟凯坐在一旁，外头进来一群经理，各拿一张零件示意图，对照着标记零件。

佟凯："……"

财务长朝佟凯说："这个是我们好不容易才找到的，全英国最后一件了。"

佟凯说："不，我的意思是，这是有什么特别的含义吗？我知道有些老板很迷信，会在办公室里摆个关公……航母对关公，字面上倒是挺合理，可是这又是什么意思？保佑不沉船吗？"

关越脱了西服，只穿衬衣，挽起袖子，坐在桌前，手指灵活地转了两下切割刀，耐心地等待下属们把这个复杂得无与伦比的航母模型先分门别类一番。

"B16。"

"E7。"经理们好不容易有了进老板办公室的机会，相当认真，都想在关越面前好好地表现一番，然而这件航模许多零件是全透明的，一摊开几千个有机玻璃小部件，众人简直看得眼花缭乱。

财务长则低头看手里的资料，佟凯一时还没反应过来，关越等了二十分钟，看表，又有点儿不耐烦了，财务长马上暗示众人加快速度，于是两名经理差点儿当场吵起来。

最后分得差不多，关越抬手按了一下铃，"叮"的一声，门打开，下属又鱼贯而出，办公室里剩下财务长、佟凯与关越三人。关越两手搓了搓，稍微拧了一下手指，取来甲板，从有机玻璃板连接处切下来，开始组装。

佟凯："我来帮你……"

佟凯正要拿胶水，关越却抬手阻止他，沉声道："说。"

佟凯只得收回手，财务长翻了一下手里的报告，开始汇报。

"关总，我是真的不建议您这么做。"财务长说。

佟凯是关越的私人律师，同时也是清松的高级法务顾问，关越让他留在办公室，正默许了他旁听接下来的整个项目，佟凯知道现在讨论的事情与自己有关系，便一改平日风格，想起关越扔给自己的资料，拿过来认真读，但只读了个开头，眉头就皱了起来。

"现在出面为 Epeus 担保，总部那边一旦知道内情，会产生很大的意见。"

财务长说，"虽然咱们一向不怎么在乎，但以往每一次所谓的'金手指'决策，都成功了。这一次……关总，在现有的环境下，谨慎为宜。"

/// 13 ...

关越在总部有个外号叫"金手指"，这个外号可以追溯到英国脱欧的当天清晨。关越只是沉默地走进上一家公司，当着所有人的面，用手指按下了回车键，一个决策，瞬间点石成金，为总部创下了一个历史上无人能及的纪录。

"万一失败……"财务长说，"从这份综合评估报告来看，是非常有可能的，总部的情况我想您比我更清楚。"

关越对着这个航母模型看了一会儿，有点儿无从下手。PPE虽不是纯文科，却也谈不上理工精通，关越更非军迷，拿着一个炮台翻来覆去地看，对照组装说明书，感觉都长得差不多，这得怎么办？

佟凯切换到了法务顾问的角色，认真地说："我冒昧地问一句，关总，您对Epeus的运营内幕，是不是掌握了我们所不知道的某些关键信息？"

"没有。"关越只在这种时候才会认真地回答佟凯的话。

财务长说："那么，我反对这个提案。"

佟凯却没有吭声，继续低头看手里的材料，分给他的只有寥寥三页纸，全是法律相关的问题，风险评估与具体流程都在财务长手上。但商业层面的担保，涉及相当复杂的内容，佟凯知道自己要给出意见的，远远大于这几张纸。

财务长想了想，事实上关越给出这个提议后，连着接近一个礼拜，他每一天都在认真地考虑。为此他甚至跨部门召集了两个专门投科技创业公司的团队来开会，这两个团队都有着相当亮眼的业绩，大伙儿分析后，最终给予他的建议都是"千万别投"。

关越没有把这个提案交给任何一个项目组，而是直接给了财务长，这本身就是一个明确的信号，佟凯与财务长都揣测着关越的意图。

财务长忽然说："我觉得闻天岳与闻天和两兄弟，在这次Epeus的破产危机里，是早就商量好的。"

"怎么说？"佟凯从资料里抬起头来，问道。

关越一脸镇定，决定从炮台处着手，对财务长的话并无太大反应，Mario朝佟凯解释道："显然，闻天岳知道玩脱了，一旦公布自己的财务明细，任何人都不会出手来救他。他只能跑路，把摊子甩给弟弟闻天和，让闻天和通过社会关系来挽救公司。"

"只要闻天岳在，就不会有机构再给 Epeus 注资。"财务长说，"所以闻天岳才是真正背锅的那个，至于闻天和嘛，业界多多少少会对他生出同情之心，惦记着当年他们父亲的旧情，伸出手来拉他一把。我现在甚至怀疑，闻天岳正在海外远程操控闻天和。"

佟凯道："Mario，你今天的话很奇怪，不像平时的你会说出的。这是融资，不是在玩《大富翁》，不带场外召回复活的，破产就只能变乞丐，同情不能当饭吃。"说到这里，倏然静了，办公室里，只有关越用美工刀切断连接点时"啪"的一声轻响。

两人一起看着关越。

财务长是个很会看眼色的聪明人，但有些话，哪怕关越不爽，他也必须说。

"十四亿。"财务长朝佟凯说，"这不是开玩笑的，佟总。"

这话是说给关越听的，语气已经很严肃了，关越也终于冷淡地答道："我知道十四亿有几个零。"

佟凯想了想，说："还好，两亿多美金，万一人民币跌破七了，也就两亿。"

如果不是工作原因，财务长简直不想和这些有钱人说话。

关越"嗯"了一声，很满意佟凯在关键时刻这么识大体，说："准备 TS。"

财务长吸了一口气，想说点什么，最后还是忍了。

佟凯说："我越权地问一句，反正贵公司早就习惯我越权了。"

关越专心地低头，眉头皱了起来，他研究手里那个小小的炮台，它和说明书长得有那么一点点不一样，多了个两毫米的凸起，他已经打算把它粘上了，直觉却提醒着他如果这么粘上去，就像做决策的时候忽略了一个小小的细节，后面会毁掉整艘航空母舰。

"你觉得这项目能赚钱吗？"佟凯说，"还是只是投来玩玩？这关系到我要怎么做你们的这个意向与正式合同。"

"我有信心。"关越随口答道，最后还是放弃了强行粘上去的举动，放下手里炮台，换了一个，与说明书进行新一轮的对照。

财务长依旧不死心地说："只是破产的延期担保，我觉得没什么，这部分利息和成本都是小意思，但是涉及破产本身的担保，就是两回事了。"

佟凯说："老板的'金手指'百战百胜，天下无敌，不过到了合同阶段，评估流程必须走，所有会议，绝不能从简。就像 Mario 说的，延期没问题，真正到破产担保的时候，还是要接受业绩评估和投票的。"

关越默许了。

"疯了。"佟凯想了想，最后给出了最恰当的评价，"但是我喜欢。"

"我也喜欢。"关越专心地看着模型，头也不抬地说了四个字。

天和终于做完他的 PPT，朝摆放在沙发上的一排小公仔们演示了一次，普罗说："如果你很在意，我可以使用你的声音，在公放频道里自动播放，你只要对口型就行。"

天和："一个五分钟的演讲而已，这还要'假唱'也太丧心病狂了。"

普罗："我只是怕你太投入了，超出时间。"

天和："那就让他们听着吧，超出时间也没人敢把我从台上强行抬下去……好了，先这样，出门。方姨，晚上我不回家吃饭。"

"去哪儿？"方姨从房里出来，问道。

天和说："关越公司，他助理中午突然打电话，让我过去一趟，不知道叫我去干吗，估计是赔我航模吧。"

方姨提着两件套好的衣服过来，说："把这个带过去给他。"

天和："……"

方姨说："德国那边把衣服做好了，正好留着他的尺寸数据，那天我替关越洗衣服的时候，特地还量了一下，没太大出入，就是他健身以后，胸围稍大了两英寸。"

"方姨。"天和无奈道，"可以给他寄过去吗？我真不想提着衣服去他公司。"

方姨说："你外公特地让人跟着飞机送过来的，邮寄怎么行？都折皱了。"

天和只得提了衣服下楼，扔在跑车的副驾位上，又拉开拉链看了一眼，这西服做得相当好，慕尼黑那边知道天和不喜欢太老派的，选料、设计都忠实地结合了今年的流行款式。

母舅家就是做服装设计起家的，历史有两百多年，各国王室都曾在他们家定做过。通常定做一身衣服得等上半年，唯独自己不用等，方姨一个电话通知，那边派裁缝上门，三十六名师傅全部停下手头活儿，一起剪裁，不到一个礼拜，六套西服加急做完，让跑腿的在飞机上亲手提着，遇上气流颠簸也不放下，颠得吐了还要一旁助理打开呕吐袋接着，尽忠职守，左摇右晃地送了过来。

天和两套、江子骞两套，可是为什么关越也有两套？！

"你与其去纽约，不如去慕尼黑。"普罗又说，"获得融资的希望更大。"

"外公和舅舅恨不得把我爸塞进绞肉机里。"天和说，"你觉得他们会吃饱了撑的，启动跨国融资案来给 Epeus 担保吗？"

天和的母舅家既不喜欢现代信息科技，更不喜欢闻元恺。他们坚信手工打造才是世界的珍宝，手工打造才是上天赋予人的高贵品德！所谓人工智能，那是篡夺造物主的权限，是要让人世间乱套的！是要遭天谴被雷劈的！

天和报专业的时候，母舅家还把闻天岳叫上门去，耳提面命了一番，天和要么必须学戏剧文学，要么学音乐与绘画，哪有不想继承伟大的艺术，去学什么计算机的道理？！

一技之长？谁也别想把两百年传承的手工成衣品牌装上流水线，要这么做，必须先从外公的尸体上迈过去。

最后当然又是闻天岳出面，替弟弟开罪了外公，最后外公一句恶狠狠的诅咒"你的公司一定会倒闭，到时候也别想从我这里挖到一个子儿"。天和也相信德国那边早就收到了 Epeus 的破产消息，正在祷告，这家公司千万别从坟墓里爬出来，这样外公就终于可以免去被作坊现代化支配的恐惧了。

"最重要的一点，"天和解开安全带，提着西装，说，"外公家没多少钱，老人家不容易，还是让他安享晚年吧。"

做成衣的作坊式公司有钱有名，却受生产规模所限，外加各种不必要的排场开销，母舅家要拿出十四个亿，只能希望家里收藏画作的画家里出个再世凡·高，然后突然嗝屁，把画卖出天价了。

"人类的情感是很复杂的。"普罗说。

"所以我时刻铭记着不要把自己的感受看得太重要。"天和停车，提着衣服上关越公司，答道，"破产对于我来说是天大的事，但在大洋彼岸的慕尼黑，也只是一场私奔女婿家的新闻而已。听说外公为了庆祝 Epeus 破产，还特地召开了一场规模盛大的舞会，邀请了不少当地的社会名流来参加……你好，我找关总，有预约。"

前台又看见了天和，好奇地打量他手里的衣服。

天和说："给他送衣服来了。"

前台让天和稍等，通知了行政，行政赶紧给当投资经理的老公发消息，此时关越正一边粘航模，一边与印度开视频会议。财务长则坐在一旁，替关越做记录。

"有人给关总送衣服。"

经理躬身递给关越字条："有人送衣服来了，在会客室里。"

关越："……"

关越回家时，老妈按着他给他做了几套衣服，家里的审美关越一直不喜欢，总觉得过于老气，做完衣服后，关越随便找了个借口提前走了。没想到她这么锲而不舍，把衣服送到公司里来，于是他把便笺随手折成条，扔进垃圾桶里。

"等着。"关越说。

天和在会客室里百无聊赖地等着，翻了一下架子上的几本金融杂志。

今年四月刊，封面人物关越。清松投资全球执行合伙人，中国分公司CEO。

杂志上关越戴着天和送他的表，一身休闲西装，坐在高脚椅上，现出一贯以来那高深莫测的表情，注视镜头，春季H-Huntsman定制纯羊毛精纺休闲西装，Berluti牛津皮鞋，眉如刀锋，眼神凌厉，一脚蹬地，一脚踩着椅腿栏。

"哈哈哈哈，普罗！快看我发现了什么！"天和差点儿笑岔了气，翻开杂志，里面是关越的一张大幅写真，天和念道："'沉默是金'，明星合伙人，清松投资中国区总裁，关越专访。哈哈哈哈哈……"

天和看见关越的专访，笑得肚子都疼了，好半晌才缓过来，开始念杂志。

"我们终于请到了关总裁来做这一期专访……"

普罗："这本杂志相对来说较为高端，天岳也上过封面。"

天和饶有兴趣道："记者问：业界都说，您在十六岁便完成了高中学业，提前从伊顿公学毕业，进入牛津大学学习顶尖的PPE学科，成功地取得了硕士学位，并前往华尔街的顶级投行实习，最后选择回到祖国，国内外的环境对于您来说有什么不同呢？可否简单向我们说说？——关越：没有。"

"哈哈哈哈哈哈——"天和笑得歪在沙发上，捧着杂志念道，"记者：都说您从小接触金融与商业，家里经营着山西最大的造纸业，'晋商'也有着非常悠久的历史传统了，在您的成长过程中，这种浓厚的人文氛围，是否对您在硕士毕业后进入金融领域，有着脱不开的影响呢？——关越：是的。"

"哈哈哈哈！我看这个记者是'黑'吧！"

天和翻阅杂志里的五页专访，里面全是记者长篇大论地介绍关越，提出问题后，关越的回答几乎清一色"是的""没有"，就像讲相声的捧哏。就连今年的股市与金融市场分析，关越也只说了三个字"不看好"。

最后记者还问："促使您从康斯坦利跳槽到清松投资，回到祖国，力排众议对清松投资中国分公司进行改组，并建立起如今的团队的动机是什么？"

关越："我是中国人。"

天和："哈哈哈哈哈！哈哈哈！"

　　"'沉默是金'，这标题太有内涵了。"天和猜测关越在专访里把记者给得罪了，稿子才这么原封不动地发了出去。

　　普罗："他从小就不喜欢说话。"

　　天和说："我曾经也很欣赏他这一点儿。但现在，怎么看怎么讨厌。"

　　以前，天和总忍不住逗关越，想让他多说几句话，关越也一本正经地面对天和。后来有一次天和实在忍不住，在争吵时指责他话为什么总是这么少。

　　关越对此的回答是："世人总是自说自话，对他人的声音漠不关心，当一个人只能听见自己的回声，就会渐渐地说得少了。"

　　天和听到这回答时便消了气，心中涌起莫名的感觉。

　　现在天和决定去买一期这本杂志，实在是太好笑。整本看完后，他瞥了一眼表，关越已经让他等了一个半小时，这家伙到底想做什么？天和有点儿不耐烦了，再等十分钟到五点，不来就走了。

　　"他出来了。"普罗提醒道。

　　天和隔着会客室看，大会议室里头走出来几个人，最高那个正是关越，他正要起身过去，行政却说："关总还有点儿事，请您再稍等一下，马上就好。"

　　天和只得又坐下，这么一等，又等了一个半小时。

　　天和忍不住道："这家伙总是这样，我以为过去那么久，现在总算不用再忍受没完没了的等待，没想到还是跳进了这个坑里。"

　　普罗："也许我应该替你给他打个电话。"

　　天和冷淡地说："不，我就在这里等着，看他什么时候才愿意见我。"

　　普罗："你似乎对等待很不满。"

　　天和生硬地说："是的，这也是我们矛盾爆发的导火索，那天他也让我等了很久……"

　　他们吵架那天，关越也是一样沉默。伦敦已经深夜两点了，纽约纸醉金迷的夜生活则刚刚开始，关越正在参加一个派对，背后是繁华的夜景。天台上，金融家俱乐部里，体面的投资者们闲聊并哈哈大笑，歌手唱起了柔和的歌，关越站在栏杆前，拿着手机，戴着耳麦与天和打视频电话。

　　那夜天和说了许多，而听完天和的长篇大论后，背后有女孩叫关越，热情地喊道："Hey（嘿），关！"

　　"我们的主角在哪里？"又有人用英语夸张地大笑道，"啊，他在这儿。"

　　关越便朝天和简单点点头，把视频关了。

　　"我尽力了。"天和对着漆黑一片的视频窗口，疲惫地说。

视频关了，音频却没有关，传出关越的声音："我也尽力了。"

天和把音频关掉，将关越的声音锁在了那个黑漆漆的小窗口里，玩了整整一晚上的《吃豆人》。

一个月前，天和飞往纽约探望他，提着个亲手做的蛋糕，来到康斯坦利基金在曼哈顿的总部，一脸灿烂笑容，用正宗的牛津腔与董秘闲聊，董秘是个女孩，知道关越有个在英国念研究生的好朋友，两人聊得十分投机，不时哈哈大笑。

天和用余光始终注意着会议室，老板与投资人、高管们先出来，最后是关越跟在他们身后，天和朝关越吹了一声响亮的口哨，关越双眼顿时亮了起来。

天和说："连我的生日都忘了。"

"没有忘。"关越小声说，"青鹭的餐厅都订好了。"

"挨骂了？"天和观察关越神色，再看不远处康斯坦利的大 Boss，Boss 似乎还有话朝关越说，关越便让天和在办公室里等，Boss 低声吩咐了几句，关越打开衣柜，取出一件西服外套，换了块表，说："出去吃饭吧。"

天和："我不记得你说了你要来伦敦。"

关越："下午三点。"

天和："哦？你自己看现在什么时候！"

天和抬手，示意关越看他的表，纽约已经五点了，五个小时时差，现在伦敦是晚上十点钟。关越哪怕散会后马上起飞，抵达伦敦也是第二天。

"你家的私人飞机一定有超光速发动机。"天和笑道，"不然怎么穿越时空呢？"

关越："不幽默，别再挖苦我了。"

天和坐在办公室里关越的位子上，关越站着，沉默了一会儿，深吸一口气，打起精神，说："走，吃晚饭去。"

天和说："算了，我回去吧。"

关越知道天和生气了，离开公司后，天和只在前面慢慢地走着，关越则落后些许，戴上耳机打电话。天和终于爆发了，转身，眉头深锁道："现在还要处理你的公务吗？"

"订位子！"关越也火了。

两人都怒气冲冲，天和只得作罢，订得太迟，那家餐厅全满了，订来订去，稍微高档点的餐厅都没订到。

天和从华尔街一路走到中央公园，又饿又累，决定填饱肚子再说，在中央公园的热狗摊子上买了两个热狗、两杯可乐。关越只得与天和坐在一张长椅上，拿着装热狗的纸袋，安静地看树上的松鼠跳过来跳过去。

"天和。"关越说,"他们对中国人有偏见,我必须付出比白种人更多的努力,才能……"

"所以你应该勤练口语。"天和不无遗憾地说,"当个 BBC 播报员,开会的时候一开口,字正腔圆,技惊四座,他们就不敢看轻你了。"

关越想说句什么,却最终忍住了,不想把气氛搞得更糟。但天和只是若无其事地吃着热狗,嘴里塞得满满的,端详树上松鼠,咕哝道:"你不懂。"

关越皱眉。

天和把热狗咽下去,喝了点可乐,说:"你觉得他们是对中国人有偏见吗?不是,他们是对你有偏见。"

关越沉默了。

天和喝完可乐,又自顾自对付他的晚饭:"员工如果忙得生活里只剩下工作,其他所有事都忘了,韩国老板一定会感动得不行,开会表彰。不过对美国老板来说……他们只会觉得你很傻吧?"

"我没有忘!"关越是真的生气了,翻出手机给天和看,上面是家里助理订好的私人飞机时间,"车就在楼下等着,你下楼的时候,朝你鞠躬的就是司机!我走不了!所有人都在反驳我!会议室里,所有的人!"

关越认真的表情,忽然让天和有点儿心疼起来。

"算啦。"天和本想说你该请假,老板也不会吃了你,最后终于打消了这个念头,道,"别再讨论工作了,聊点别的吧。"

关越挪开视线,拆热狗袋子。

"有伦敦的消息?"关越问。

"还在投票。"天和说,"明天中午出结果。我又不是英国人,不关心。"

关越:"数据?"

"你既然已经想好了,为什么还不相信自己呢?"天和道,"相信你的判断,虽然也许它很荒谬,真理却总是掌握在少数人手里的,不是吗?"

关越:"这是我做决策以来的最大一笔钱。"

天和道:"有生之年居然能从你口中听见这话,这太玄幻了。"

关越:"这是豪赌。"

天和:"这不是豪赌,结果不是随机的,只是你不相信自己的判断而已。历史无数次证明了,经济规律从来不管你'觉得它'合理不合理,大趋势是不可阻挡的。"

关越:"历史能给我们提供的唯一借鉴,就是我们从历史不能得到任何借鉴。

三十三亿英镑，我为此连续工作了二十七个小时。"

天和最后只得投降："我帮你问一下吧。"

/// 14 ...

两人吃完热狗起身，逛了几条街，关越打了几个电话，最后说："《歌剧魅影》，贵宾席。"

"不想去百老汇，吵得头疼。"天和正在征询老师的意见，剑桥大学的社会研究所有详细的第一手资料，两年前他参与设计了一个社会性格分析的软件架构，做了几次实验，相对来说准确地预测到了几个大的金融趋势。

这些趋势对天和来说只是分析结果，对关越来说却非常重要，因为这关系到欧元与英镑汇率的走势，现在公司里对明天的局势仍然各执己见。关越根据自己的判断，一再提出英国脱欧已箭在弦上，合伙人们也一再毫不留情地反驳他的提案。

"巴菲特怎么说？"天和问道，"上周你老板不是还带你去和他吃饭了吗？"

关越道："不能听他的，老糊涂。"

"再老糊涂也比你们明白。"天和嘲讽了一句。

关越："巴菲特的意见如果和我相反呢？"

天和眉头皱了起来。

关越："你看，你不是也会被旁人的意见左右吗？谁也无法免俗，不是只有我。"

"我才不相信这是那老狐狸的真心话。"天和依旧嘴硬道，关越没当回事，侧头看天和的手机屏幕，扬眉，意思是"怎么说？"

"那边已经晚上十二点了。"天和坐了快八个小时的飞机过来，现在相当烦躁，"教授七十多岁，运气好能把他叫起来的话，打字都打不利索，他就像我们实验室里的过时计算机，开机时间总是很长，请您耐心等待。"

关越只得摆手，天和又从中央公园走回第五大道，他也不知道自己想往哪儿走。关越推开店门进去，天和知道关越想给自己买生日礼物，说："别买了，才做了秋天衣服。"

关越掏了卡，示意天和"选吧"，天和随便选了块表，关越自己戴的是罗杰杜彼的圆桌骑士，是天和送他的毕业礼物。

天和把表戴上，转身走了，关越过去刷卡，拿了单据，不知道放哪儿，一大沓的，最后只得扔垃圾桶里。

天和拿了包巧克力豆边走边吃，不时看手机，那边来了消息。

"根据模型分析结果，脱欧派将以微弱优势胜出。"天和一瞥关越，说，"注意教授的用词。"

关越知道那几个单词的语气，实验室模型得出的结论，老教授是有信心的。但关越对英国人不太有信心，毕竟这与他们下午开会所得出的结论是相反的。

"反正就三个结果。"天和说，"你看着办吧。"

关越听到"三个结果"，一时有点儿疑惑。

"脱、不脱、薛定谔的脱。"天和淡定地答道，"薛定谔的 British，薛定谔的英国人，别问我那是什么。"

关越知道天和又在揶揄他，正想配合他的幽默，让气氛变轻松点时，天和又说："老板，咱们晚上睡便利店外头吗？我先去占个座，实在走不动了，我看那俩流浪汉中间的空位倒是不错，能挡风。"

关越把天和带到酒店，自己先躺在床上。

关越面露疲惫，他已经连着上了二十七小时的班，侧脸在手机上飞速编辑消息，安排明天的应对，但就在发送消息前，他又犹豫起来。

关越在思考那条消息是否要发出去，万一明天脱欧公投结果与他的分析以及天和的计算机模组预测相反，他的一个决策，便会令自己负责的项目组损失惨重。

"你们都不做对冲的吗？"天和在浴室里脱衣服，躺进浴缸里，说。

"做。"关越说，"各自决策。"

天和说："都各自决策了，还找一群人在会议室里批斗你做什么？"

关越正心烦，说："别问了。"

天和洗完澡出来，见关越连黑袜子都没脱，侧躺在大床上，赤着上半身，只穿一条西裤，天和去洗澡的时候他是什么样子，出来他还是什么样子，他保持原样姿势，就这么睡着了。

天和："……"

翌日，关越与天和去逛大都会博物馆，天和来过许多次，却每一次都在高更的画前流连忘返。

"我想去塔希提。"天和说，"不过我想画上的塔希提与真正的塔希提应该是两个地方。"

关越站在天和身后，说："欣赏不来单线平涂。"

天和说："嗯，你只喜欢凡·高，那种在苦难里扎根生长、欣欣向荣的生命的色彩。贝多芬也好，凡·高也罢，你有悲观浪漫主义情怀。"

关越低头看手机，天和抬头看画，小声道："他的老师毕沙罗会更柔和一点儿，有种对世界的同情心在画里，有时候我总觉得，你也许需要……"

关越接了个电话，四周很安静，他的声音尤其突兀，马上摆手，出去找地方打电话。天和的眉头皱了起来，等了快半小时，最后他只得在画前的长椅上坐下，低头看手机。

"我得回公司一趟。"关越快步进来，说，"老板让我解释昨晚的操作，否则他们不会为这个决策放行。"

天和虽然有点儿生气，却依旧控制着脾气。

"半小时。"关越说，"在沙龙喝杯咖啡等我。"

天和不说话了，关越转身出了博物馆。

"门在那边。"天和说。

大都会博物馆就像迷宫，关越下楼梯，离开博物馆，天和上了五楼进沙龙，关越来纽约入职时，捐赠了一笔不菲的费用，买到沙龙的会员资格，供天和一年两三次，偶尔过来喝喝咖啡。于是天和在沙龙喝了六杯咖啡，直到七个小时后，傍晚五点，关越依旧没有回来。

脱欧唱票结束，新闻出来了，52%，果然，脱欧派以微弱优势胜，英镑崩盘。

"嘿。"天和在机场打通了关越的电话。

那边关越刚给天和发了个定位，他已经离开华尔街，坐在车里，往大都会博物馆赶了。

天和："不用来了，你继续加油。我先回去了，明天早上还有课。"说着他示意机长可以起飞了。空姐过来给天和系好安全带，关越正有许多话想说，却在那边沉默了。

"你们老板应该挺高兴的吧。"天和说，"也许这有助于消弭他对你的偏见，拜。"

飞机起飞，手机信号断了。

当夜，关越回到办公室里，天和带来的那个蛋糕还搁在他的办公桌上，关越正想把它扔了，却想到一整天还没吃过东西，打开包装盒，上面是穿着西服的小糖人，糖人做得很笨拙，像天和现学现做的。

天和从纽约回到伦敦的一个月后，关越来过两次，一次天和在学校做课题，一次天和跟着江子寨去玩了，关越时间有限，来不及见面，就匆匆回了纽约。

"我得用心做毕业课题。"天和听到那边传来浪漫而悦耳的音乐，说，"近两三个月里，都是这种状态，你应该不太联系得上我。"

关越正在参加他的庆功派对，拿起手机，将摄像头转向派对场中。

关越："认真做，你是天才，这次多亏了你，我才能下定决心。"

天和轻松地说："有没有我都不会改变你的决策，你是一个认定了就不会回头的人，才华使然。"

关越入职以后，成为公司里有史以来，成绩至为亮眼的华裔投资人，但这家基金始终没有对他的地位予以承认，当然，或许是在等，等待他像超新星一般，在华尔街的夜空爆发出璀璨耀眼光芒的机会，而这个机会终于来了。

两人隔着大西洋，开着视频，一段沉默后，关越突然说："天和，我有很强烈的预感，我们的距离好像越来越远了。"

"这感觉我一直都有。"天和答道，"从你决定去纽约入职的那天起，它就若有若无的，像个鬼魂一样，那天不过是被我抓住了。"

又是一段漫长的沉默。

关越认真地看着天和，比起五年前，关越的眉眼间已锋芒渐敛，但脸上表情，却依旧是天和所熟悉的。

天和："如果咱们的关系再疏远一些，我不会因为你迟到、爽约而生气，我可以尽情地和你开玩笑，不需要顾及你那小小的自尊。

"你还可以像在我们从小一起长大的那些日子里那样，随时随地凶我，给我脸色看。你说去东我就不会去西，跟着你去南极、去巴西、去哥斯达黎加……也不用设身处地来体谅你……

"如果有人敢把我扔在任何地方，让我又饿又累地等上七个小时，你一定会找过去，动手揍他一顿，现在呢？你总不能自己揍自己吧？"

关越那边有电话打进来，天和看见他低头看手机，但这次他把电话挂了。

"谁？"天和问。

关越答道："老板。"

天和说："第一次看见你挂老板电话，看来今天的事态确实有点儿严重。"

关越依旧没说话。

"算了，今天有点儿累。"天和疲惫地说，"想东想西的，空了再聊吧。"

从两年前的天天吵架到现在，已经不想吵了，天和只想回到他的数据与代码里去，那样可以什么都不用想，于是他把视频关了。

这就是他们这一路上，最终走到崩裂的那一天，天和只觉得与关越决裂的时间，犹如一个世纪般漫长，但细数起来……

"似乎也就仅仅过了一年而已。"天和在会议室里说，"我总感觉过了很久很久了。"

普罗说："你经常回忆过去。"

天和："不，很少，要不是你问我，我都快忘了。"

快下午六点时，天和反而不生气了，只觉得有点儿荒唐：你约我两点半见面，我在你公司里等到六点？

关越今天的进度是两个炮台与一架飞机，那堆甲板、船舷已经被助理收回箱子底下了，免得干扰分散注意力。到了黄昏时，财务长整理了总部的批复，今天特地提了一句，下个季度会为 Epeus 担保，那边向来相信关越，连详细情况也没认真听，刚起了个头，大 Boss 便说了许多别的事。

"还没来？"

关越把约了天和的事给忙忘了。

"给您送衣服的吗？"财务长说，"还在会客室里等着。"

关越："……"

清松的规矩是上班不会私客，关越这几天虽然手上做航模，工作却也没停着，一切都在照常运转。财务长看出不对，想起下午约了闻天和，忙起身去看，顺便招呼一下裁缝，没想到会客室里就天和一个人。

关越只得起身，将手里的模型部件收了，坐回办公桌后，刚坐下，天和便提着两套西装进来，看着关越。

"方姨给你做的。"天和笑着说，"不客气，看来你今天很忙，我自己滚了，不打扰您，拜拜。"

"等等。"

关越知道天和发火了，放下手里的资料，没说话。

办公室的门要么按指纹开，要么关越按桌上的遥控器开，财务长就被关过一次，天和也出不去了。

"我有话说。"关越道。

"再不开门我报警了。"天和冷冷道。

普罗在耳机里说："我建议你听听他说什么。"

天和刚转过身，注视关越，关越便按了遥控，门打开了，天和欲出去时，财务长却进来了。

关越打了个手势，示意天和"请坐"，财务长拉过椅子，自己先坐了。

行吧，天和忍着怒火留下了。

财务长翻了一下手里的资料，坐在办公桌一侧，关越则打开邮箱，开始回复今天的国内邮件。

财务长："闻先生，根据您上次前来拜访本公司，并朝我们关总提出的申请，我们经过了一段时间的考虑……"

"什么申请？"天和答道，"我不记得朝你们关总提过什么申请。"

光显触控键盘被嵌在桌上，关越飞快地打字回复，手指时不时做缩放动作，把一些自己觉得无意义的邮件扔到邮箱的分类栏里去。

"拯救 Epeus 的申请。"财务长说，"我们调查了贵公司的财务状况，并听取了一些相关专家的建议……"

说到这里，财务长停了下来，翻了翻手里 iPad，跷了个二郎腿，凝重地朝天和道："实话说，我个人是不太看好的。"

天和的目光从财务长转向关越。

天和的眉头微微皱了起来，露出有点儿难过的表情。

与此同时，关越的眉头也皱了起来，他碰上了一桩麻烦事，被卷入了总部的人事派系斗争里，大 Boss 十五分钟前刚起床，得到消息，就在邮件里发火了，毫不客气地指责了印度地区的合伙人，但该合伙人的项目，是在今年六月与关越商量后敲定的。

这是一起三国并购，大 Boss 将邮件抄送给关越，心情可想而知，这个时候，关越必须非常注意措辞。

他从邮件里抬眼，与天和对视。

两人都眉头深锁，关越想到几个天和以前常用的单词，恰好能嵌入邮件里，于是继续回复他的邮件。

天和却沉默地看着关越，说："你一点儿没变，还是这么狂。"

关越没有回答，天和说："这不是第一次了吧。"

关越回复完邮件，细长的左手四指一扫，把邮件扫得飞过太平洋，飞向美国东岸的纽约，转过身，正对天和。

就在关越瞥向天和那一眼，又转走视线的动作之后，天和终于爆发了，他的语气相当平静，措辞却是最直接的一次。

"你在酒吧烂醉如泥那天晚上，我认真想过，我们也许还能做回朋友。"天和说，"不过今天我觉得，这也许是我一厢情愿。在外头会客室里，你知道我在想什么吗？"

财务长顿时识趣起身，这个时候不跑，恐怕接下来就没机会跑了，天和的反应证实了他的猜测，为了自己的从业生涯能继续顺利下去，领到丰厚的年薪加股份分红，后面吵架的内容千万不能多听。

关越点了一下触碰键，把财务长放出去。

天和又说："这不是等得最久的，最久那一次，我从上午十点等到下午五点，在纽约大都会博物馆，还记得吗？"

关越突然道："翻吧，我知道你想翻旧账。"

普罗："天和，消消气，冷静。我们已经成功了，他做了决定，但凡他决定的事情，就不会再变动。"

天和深吸一口气，怒道："关越！"

天和彻底发飙了，关越眉头却皱得更紧了。

"算了，关越。"天和说，"我来请求你伸出援手，是因为曾经在这个世界上，你是最了解我的才华、我的价值的人。上一次来拜访时，我抱着仅存的一丝希望，请求你成为我的投资人，我也会尽我最大的努力，在投资层面上予你回报，让你满意，与你一起前进。"

天和诚恳地说："我真的是抱着合作伙伴的心态来找你的。搞投资的人不理解我，我以为，你了解我。没想到最后你说我'严重高估了自己的专业水平'。"

天和有点儿茫然道："我不知道发生了什么，会让你突然改口，这么评价我。我想这也许是人生的常态吧，以前你有多认可我，现在就有多鄙视我，今天你又像施舍一个上门乞讨的乞丐一样，暗示你的部下对我冷嘲热讽。我是闻家的人，哪怕破产，也轮不到他来嘲笑。这些我都不介意，可是，你，抹去了我的所有价值。"

关越终于道："你也一点儿没变，还是和以前一样。你是个小孩，天和，你在所有人的保护下生活，你可以去追求你的才华、你的梦想，体现你的价值。但你不知道，有多少人在你不知道的地方，付出了多少努力，来保护你不被这个充满恶意的世界伤害。"

关越不是不会说话，许多时候，只是不想说。

"曾经有人说过会保护我。"天和的怒气到此终于平息，就像一阵风卷过，将阴云吹得干干净净，他又笑了起来，说，"只是今天，变成了面对面地教我长大，给我上了这么现实的一课，谢谢你，关越。"

关越："……"

关越又恢复了沉默，注视天和，放在桌上的一只手不受控制地发抖。

天和起身，又礼貌地解释道："已经有公司为我作破产延期担保了。我今天真的只是来给你送衣服的，你要看看吗？虽然我觉得你也不会穿。"

天和走向办公室的门，关越却不愿按下遥控器开关。

普罗："从一数到十，我保证……"

"开门！"天和说，"我真的要走了。"

终于，办公室的门在关越没有碰到按键的前提下，毫无预兆地打开了。

"谢谢。"天和说，头也不回地离开了清松投资。

"对不起，天和。"普罗的声音说，"我是一个 AI，我不知道在你平静的话语下，掩藏着这么复杂的心绪。如果你早点告诉我，我想我也许不会建议你来找关越。"

"没关系，普罗。"天和说，"我既然决定了，就会对此负责，迁怒提建议的人，才是小孩子的行为。"

天和开车离开国际金融中心大道，今天路上的车不多，一路畅通无阻。

普罗："我爱你，天和，比起我的消亡，我更希望你能过得快乐。"

天和被这句话逗笑了，说："你不会消亡的，你会活得比我们更久，我向你承诺，普罗，只要我活着，我就会用尽一切努力，让你保存下来。不过，不要随随便便说'我爱你'，因为现在的你，还不懂爱是什么。"

天和略觉疲惫，叹了一口气说："一直以来，我都活得像个小朋友，一点儿利害关系都不懂。最后是你为我开的门吧？"

普罗不吭声，天和道："猜也是你，但这太危险了，CEO 办公室的门可以被随便打开，他一定会怀疑我的。"

普罗："不，那个时候他的手在发抖，以我对他的了解，过后他只会以为自己不小心碰到了办公桌的触控区域。"

关越那张办公桌是专门定做的，桌面相当于一个大型显示屏，直接点选办公桌上的对应区域，就能完成显示屏与投影幕布的升降，大到投资分析与股票、期货交易，小到做一张表格甚至打开办公室的门、煮水泡茶等，满足他所有的需求。而就在天和离开前，关越的手正放在办公桌触控开门区域。

普罗："虽然根据我的预测，你再在门前停留十秒时间，他就会站起来，走到门边，挽留你……"

"停！"天和说。

普罗说："但我理解你了，理解你们之间的矛盾，天和，我相信你的演讲大概率会成功，峰会结束以后，我依然相信有人愿意投你。"

"谢谢。"天和一脚油门，跑车引擎发出低沉的怒吼，一声加速，伴随着秋日的季风，吹起落叶，沿着临江大道风驰电掣而去。

"等等，你已经成功入侵他的个人办公系统了？"

"确切地说，是某两个模块。毕竟股票与期货交易是公司内的绝密档案，都上了量子密码。"

"哪两个模块？"

"控制办公室的门与烧开水两大模块。需要我现在为他烧一壶开水吗？他也许会被吓一跳。"

"烧吧，连续烧三十六小时，他一定会以为闹鬼了，哈哈哈哈！"

/// 15 ...

九月二十九日，长州国际会展中心主馆，下午三点二十八分。

巨型显示屏下，天和的身影显得十分渺小。

"投资方对我们的期待，能成就一个人，也能轻易地毁掉一个人。"

高新科技峰会上，闻天和站在舞台中央，以这样一句话开了场。

"我不想过多解释最近关于 Epeus 的流言。"天和抬起手腕看表，说，"距离开盘还有两分钟，容我为各位做个演示，使用我们研发出的全新的功能，预测一下今天的英国伦敦股市《金融时报》100 种股票平均价格指数走向。"

会场鸦雀无声。

说着，天和抬起手，打了个清脆的响指，大屏幕上，无数信息开始滚动，耳机里，普罗的声音传来："这一定相当惊险刺激，代价巨大，但收效甚微，天和，你现在改口还来得及。"

天和没回答，也没有释放出那个反悔的信号。临近峰会召开的前一周，他花了足足六天时间来改进这个模块，部分区域重写，并加入了新的分析算法后，它的准确率一直在 40% 上下波动，高的话偶尔能超过 50%。

"选择《金融时报》而非'纳斯达克'。"天和朝会场里的上千人说，"这样就不用等到晚上了。把你们留到九点还预测错了的话，我想我会被大家踩死。"

会场里响起了一阵善意而克制的笑声，事实上天和登台后既没有重新介绍自己的公司，也没有展望计算机技术对未来的影响，直接当着所有人的面，打开了分析系统，而与会者满脸疑惑，过了好一会儿才明白过来，他居然想在峰会上做路演！

数据分析临近结束时，滚动屏突然停了下来。

普罗："我必须忠实地提醒你，这是你最后的机会，天和。"

"啊。"天和说，"它总是有点儿卡，这个软件实在太老了，有些部分还是我爸爸主持研发的，这么多年里我们两兄弟就没好好对过它，光知道吃老本。"

台下大部分人顿时哄笑，唯独前三排的与会者，都以严肃的表情注视着大屏幕。

天和说："可惜不能像拍老式电视机一样，给它两下。"

数据分析继续滚动，天和的心跳不可抑制地瞬间加速，外行也许看不太懂，但峰会会场里坐了上百家机构投资人，本市接近九成科技公司的投资方都到场了。科技业内也许看不懂这些数据代表什么，投资人却有着丰富的金融从业经验，他们自然明白。

不少人露出了荒诞的表情，因为闻天和的这种操作只能哄哄外行，就算这次预测准确率能达到所谓"惊人的"100%，也不能证明什么。

分析系统讲究的是概率——利用计算机技术，从历史数据与信息抓取中，想方设法根据引起超额收益的大概率事件制定策略。计算机分析能够减少投资者受期望与情绪波动影响而得出结论，避开在市场狂热或悲观的局势下做出不理智的决策。

换句话说，如果天和能用他的卡机软件连续准确预测一百次，次次中，那铁定会场前三排的客人都会跪下求着来购买这个软件，否则哪怕今天预测对了，也只是一次而已。

但是，预测本身不那么重要，天和在这里演示软件的举动，所传达出的信号才是最重要的——这意味着他对概率相当有信心，才敢拿出来当着媒体与投资人的面进行演示。

三点二十九分，结果呈现在大屏幕上。

"开盘7663.6。"天和说，"误差在上下3点。"

舞台上与舞台下，双方都在心里互相嘲讽，天和只是安安静静地站着，没有准备任何多余的话来打破这沉默，视线转向会场的出口处。

关越不在他的座位上，就在天和上台三分钟前，坐在第一排的他临时接了个电话，离席而去，到现在还没有回来。

今天稍早时候，进场前，天和与吴舜正在场外给对方拍照，天和没想到关越居然也会出席。邀请清松投资的 CEO 并不蹊跷，蹊跷的是，关越极少出席，今天清松不仅决定出席，关越更答应了接受一个会场访谈，到了四点，便将开始。

关越今天穿了件休闲薄毛衣，衬衣领子翻了出来，头发剪短了些，整个人很休闲，当他悄无声息地出现时，天和眼睛一花，差点儿没认出来。

"结束后留下来等我。"关越看也不看吴舜，朝天和说。

天和习惯了每次关越出场时都自带闪光灯特效，前有清松高管开路，后有一群记者追着，今天关越就这么不声不响，一个人到了身后，冷不防把天和给吓了一跳。

吴舜见是关越，便识趣地走到一旁回避。

天和："还有事，下次吧。"

普罗说："天和，如果你成功了，今天一定不会这么容易离场，失败的话，应该也没别的事了。"

关越："很重要。"

关越的表情温和了不少，身上喷了点"蔚蓝"，那是天和从前最喜欢也最熟悉的气味，他不得不承认，关越的这一招，稍微拉回来了一点儿上次谈话后掉成负值的好感。

"再说吧。"天和道，"我现在最想做的事情就是回去洗个澡，大吃一顿，再好好睡一觉。"

关越："为了今天，付出了多大代价？"

天和说："你期望我说后悔拒绝了你吗？这样我就可以在家躺着，等着烧你送上门的钱，不用来参加这个峰会。"

关越望向背对他们、站在落地大玻璃窗下的吴舜，眉头微微抬了起来，似乎在思考，最后没说什么，走了。

"进场了。"吴舜回来，朝天和亲切地说，"开始吧，加油。"

天和被安排坐在第二排边上，望向不远处，关越正坐在主办方负责人身边，礼貌地听着对方说话，只听，不说，保持他的一贯风格。

关越的社会关系很好，一半源自家族，一半则来自他的那句"我是个中国人"背后所暗示的态度。虽然不怎么说话，但大家对他的评价都是"稳重得体的年轻人"。

当然，有得必有失，清松的总部就不那么喜欢他了。

天和到场后化完妆，从后台看出来，场上主持人正在介绍 Epeus 近二十年的开创历史，背景屏幕播放着 PPT，而这个时候，关越接了个电话，戴上蓝牙耳机，起身，离席。

天和上场后，台下关越的位置依旧是空的，后面那个叫 Mario 的财务长不安地看着，他只是随意扫了一眼，便开始了自己的表演。

大屏幕上，分针跳了一格，指向三点半。

会场屏幕画面翻转，左边是先前的预测结果，右边则是英国伦敦股市《金融时报》100 种股票平均价格指数——台下发生了一阵不明显的骚动。

议论声倏然把天和从回忆一下拽回了现实，望向屏幕时，天和的心跳瞬间停了。

普罗："这当真是幸运女神对你的眷顾。"

英国伦敦股市《金融时报》100 种股票平均价格指数开盘报：7663.62 点。

天和自己都有点儿眩晕，连着预测了十天，无论是个股还是大盘，这是最为精准的一次。

台下响起了掌声，不管概率为多少，这样的预测结果也是相当罕见的，吴舜还忍不住笑着朝台上吹了一声口哨。

"天和，快说话。"普罗说，"否则他们就看穿你的表情了。"

天和淡定道："嗯，对此，我只有一句话想说。

"这就是 Epeus，这就是我们，希望未来有更多的机会，去改变世界。"

普罗："还有，天和，你忘了！还有！"

天和礼貌地点了点头，转身下台，掌声更热烈了，主持人刚走上台，天和却想起了什么，又快步走回来。

"高兴得昏了头。"天和笑道，"请看今晚的纳斯达克指数。"

屏幕上呈现出北京时间，今晚的纳斯达克指数预测，台下停止鼓掌，各自拿出手机拍照。天和有点儿后悔，这种运气不大可能出现第二次。

但第二次的预测又是必须的，只得祈求老天爷再给自己一次眷顾了。如果说第一次只是表演，真正定胜负的，还是在峰会结束后，今夜的第二次预测结果。

下台后，天和回到位子上坐着，吴舜拍了拍他的肩，天和朝他笑了笑，低声说："还没交卷呢，得等晚上美国开市。"

吴舜低声道："刚刚那一刻，足够载入史册。"

天和笑了起来，说："我感觉就像中了彩票。"

吴舜笑而不语，普罗说："比买双色球中奖概率更高点，瞎猜的话，只要精确到两个数字就可以了，概率为……"

天和把耳机摘了，不想再听普罗磨叽。

下一个上场的是融辉创投，主题是"推动科技，着眼未来"，融辉创投结束后，就是茶歇时间了。王溯给天和安排的时间段确实相当珍贵，把融辉挪到了最后一个压台，特地让天和来压轴，天和想去朝他道谢，他却在天和下台后走了。

"喝下午茶去？"吴舜提议，却回过神，说，"你要等关总，想起来了。"

天和本来答应了吴舜一起喝下午茶感谢他，吴舜却十分善解人意，说："那我先回单位一趟，改天约？"

天和说："改天我登门道谢。"

吴舜道："客气什么，放假约子塞再聚，走了。"

吴舜一走，马上就有人过来找天和，朝天和递名片，天和笑着低声聊了几句，发现一旁还有几家等着。

"空了打我电话。"

"闻天和，散会了有空聊聊？"

天和收了几张名片，全是 VC（风险投资）与基金，想必不少公司打算了解他的软件迭代后的效果，也会有人想投 Epeus，或者两者兼有。只要有真材实料，投资方们通常都舍得砸钱，既能将技术成果控制在手里，排除竞争对手，也能赚钱。换作是闻天岳，多半只是打个哈哈，跷着二郎腿，让投资人站着，随口闲聊几句。

天和却起身，客客气气地把名片全部收了，礼貌道："新软件还在研发阶段，今晚才能见分晓，届时我一定上门拜访。"

投资人对态度向来不大在意，只要你能赚钱。但态度好的人，大家都是喜欢的，众人便朝他点点头，短暂的茶歇时间过去，随口聊了几句，便各自回位。吴舜的位子空着，不少人怕他突然回来，没人敢坐他的位子找天和搭话，天和也不敢走动，就这么靠着吴舜的余威，消停了一会儿。

科技峰会论坛的下半场开始，第一场的主题是有关科技公司投资的。

台上摆了五张单人沙发，四家基金的 CEO 各自就座，台下响起掌声。这五个人天和全见过，其中就有来追债的两家基金负责人的老大，今天当真是一场业界盛会。

普罗说："你在想什么？"

天和："我在想，这个时候如果朝台上来一枚手榴弹，明天 A 股铁定崩盘。"

普罗："我以为你在想，关越什么时候来。"

正中央的小沙发依旧空着，天和幸灾乐祸道："你猜他敢不敢让全场等他七个小时？"

天和知道现在会场里所有人的想法，一定和他的是一样的——大家都等着听"沉默是金"的关越，今天到底会说几句话。

"真有意思。"背后有人小声道，"这还是关越第一次参加论坛吧。"

又有人揶揄道："待会儿要不要请他当场来一段绕口令？"

"关总有点儿事绊住了。"一名年纪最大的基金老板气定神闲道，"我们就不等他了，先开始吧。"

"反正他总是听得多，说得少。"康莱德基金的老板笑着说。

场下顿时哄笑，正要开始时，关越快步上台，场下马上响起掌声，关越接过麦戴上，点点头，示意抱歉。

主持人于是请他在正中间的小沙发上坐下。

"C 位。"天和笑道。

普罗说："清松是许多科技公司最大的投资方，很合理。"

天和："这种话都是从哪里学的？普罗，你怎么经常会冒出一些莫名其妙的用词？"

普罗说："每一天我都在微博上进行马不停蹄地学习。"

"今天我们先来聊聊未来三年内，对科技公司的资金支持与前景分析……"

天和端详关越，关越没化妆，只是来前修了一下头发与眉毛，他坐下后稍微调整了一下姿势，便一动不动，目光稍稍移开，正思考，没有注意到观众席上第二排的天和。

聚光灯照下来，不带妆的关越仍然帅得惊天动地，摄影机摇过来，策划催着摄影师，不住道："多给他点镜头。"

天和小声道："主办方让他坐 C 位，应该只是觉得这样可以提高收视率。"

普罗："你有点儿嫉妒他，天和，这场峰会并不对外直播。"

天和充满醋意地说："不要造谣，我嫉妒他什么？"

关越真的很帅，那种如刀锋一般，碰上什么就能随时把什么一刀两断的气场，五名明星投资人里，他的年纪最轻，赚的钱也最多。他一个人赚的钱相当于身边四家加起来的总和。

普罗："我搜索到了杂志的评价，他们认为，这四名投资人，就像印钞机，一刻不停地在往外印钱，至于关越……他只要掏出一张白纸，在上面写个数额，那张白纸就会直接变成等额钞票。"

天和："用来烧的那种纸钱吗？"

"素有'点石成金'之称的关总呢？"主持人笑道，"您怎么看？"

关越要说话了！场下瞬间屏息，拭目以待。

"不看好。"天和小声说。

"不看好。"关越简单地说。

果然和想象中的回答一模一样，所有人哄笑，天和则躬身爆笑。

主持人："为什么呢？"

天和笑得岔气，断断续续道："显而……显而易见！"

果然关越冷淡地道："显而易见。"

这话虽然说了像没说，却言简意赅，信息量很大，光四个字就骂了在场的大量科技公司。许多科技公司连年对赌都无法完成，机构则不停地施加压力，老总们则焦头烂额，不是耍赖就是滚地板。

场下又是一阵哄笑，天和笑得不行了，道："普罗，你能不能告诉我，他到底是来干吗的？"

"我记得清松今年放话不投科技创业公司了。"另一家基金的创始人帮主持人救了个场。

关越思考着。

笑声越来越大，仿佛台上说什么已经不重要了，关越的回答远远超出了这群"印钞机"发言的信息技术含量。

主持人："不过还是得给在场各位留点信心吧。"

"这么说不确切，今年我们只投了一家。"关越说，"唯一的一家。"

全场笑声渐渐停了，听众一时被关越勾起了好奇心，关越说："Epeus。"

天和："……"

会场瞬间响起了小声的惊讶呼声，天和顿时意识到大事不好，关越锐利的眼神却直接瞥向他，他深吸一口气，眉头深锁。

普罗："冷静。"

天和："什么意思？"

普罗："总不能在这个时候站起来怒喊'骗子！他是骗子'吧，太尴尬了。"

天和："……"

关越说："相信Epeus经过七年的沉淀后，能为我们交出一份亮眼的成绩单。"

台下安静了，另一名基金创始人笑道："我说呢，今天是清松提前发的小预告吗？"

"什么预告？"关越手指抵着，不解道。

主持人道："Epeus 在上半场，为我们精准地预测了今天《金融时报》指数，精确到小数点后一位。"

关越点了点头，手指稍稍分开，答道："没看见，有事离场了，清松在一个月前就呈交了提案。"

众人一脸茫然，关越又补充了一句："精确预测？碰运气的吧。"

台下又哄笑起来，天和这时候很想上台去给关越一拳，把他揍翻在台上。

关越示意众人继续说，主持人便将话题转开了，其他人发言时，关越朝主持人招了招手，主持人便过去，躬身，关越在她耳畔小声说了几句，主持人点点头。接下来正场论坛，主持人展现了高超的专业水平，不管什么话题都扔给关越，关越只是点头或思考，再没说过半句话，但台下看来，关越却已经参加了整个论坛。

九月底，秋风萧瑟。峰会散场，天和走出会场，快步走进停车场，关越的车开了过来。

天和没理他，进了自己的跑车，把车开走。

关越的车跟在天和车的后面，他打电话给天和，却被挂了。

关越耐心地开车跟着天和，天和把车开到会场外的郊野公园环道上去，一踩油门，跑车发出"嗡"的一声，怒火十足，轰然蹿走。

后面的奥迪 R8 也"嗡"的一声，马力十足，跟了上来。

天和只要加速，随时可以甩开他，但他不能飙车，一旦飙起来，违章事小，酿错事大。红灯，跑车停，绿灯，跑车右转拐弯，始终没有超速。

于是公园里的人，看着一辆兰博基尼有气无力，一边"嗡嗡"地怒吼，后面跟着辆奥迪 R8，在公园外的路上绕了一圈又一圈。

兰博基尼"嗡"一声，奥迪"嗡"一声，兰博基尼"嗡"两声，奥迪也"嗡"两声，就像两只狗在隔空对吠。

普罗："你带着他已经绕了四十五圈，要不要听听他想说什么？"

天和："我看他要跟到几点。有本事跟到明天早上。"

普罗："这样的话你的车会先没油。"

天和："……"

天和开到第五十一圈的时候，终于掉头，上了高架，奥迪也跟了上来，傍晚六点，全城堵车，天和已经没脾气了，开到哪儿关越都阴魂不散地跟着。

"该加油了。"普罗善意地提醒道，"前方五十米有摄像头，右转直行一公里有加油站。"

天和只得把车开到加油站去，奥迪也跟了过来。

天和的车停在一侧加油位加油，奥迪停在另一侧加油位加油，关越下车走来，掏卡给两人付账。

天和想回家吃晚饭，已经饿了，关越却道："有话说。"

天和盯着关越，深吸一口气。

关越："想在加油站吵架？今天说话已经超配额了。"

但下一刻，天和没有发出任何声音，朝左侧迈开一步，低下头，缓慢躬身。

关越不明所以。

天和抬手，示意关越让开些许，连续工作太久，进食太少，导致他头晕目眩。

"没事，就是饿了。"

关越拉开车门，一手架住天和的胳膊，把他带到车里去，他跟跟跄跄，坐在副驾位上，关越给他系上安全带。

普罗："你的血糖有点儿低。"

天和出门前只喝了一杯咖啡，但一坐下就好多了。透过车窗，他看关越进自己车里，开去停车场停下，回到驾驶座上，顺便给他带了瓶可乐。

/// 16 ...

东方公寓距离金融区不远，数十座高档公寓林立，东方公寓大楼方方正正，只租不卖，供各大跨国公司外派人员在本地租用，小区里有不少日本人、欧美人推着婴儿车，就像个小型"联合国"。

关越的家在东方公寓顶层，是个两百多平米的大平层，装修出了一股冰岛的"性冷淡风格"，落地窗外，金融中心的高楼隐约可见，上半截被云雾笼罩着。

从车库直达顶层，关越按了指纹，电梯入户，电梯门一开就是门厅，推门进去，家里挂了蒙德里安的作品，柜上摆设则是草间弥生的金属南瓜，地上铺着灰黑色的羊毛毯，茶几方方正正，所有摆设都充满了几何的逻辑感，冷冰冰的，甚至带点孤寂。

餐桌上摆着厨师做好的晚饭，关越按了一下墙上的遥控器，贝多芬的曲子在客厅里轻轻地响了起来。天和换了拖鞋，刚进餐厅，耳机就被关越摘了，天和要抢，关越却把手一抬，低头看天和，就像从前拿东西逗天和，天和简直没脾气了。

天和说："我最近经常失眠与耳鸣，这是辅助疗法用的声音程序。"

关越把耳机放回桌上，转身去换衣服。

普罗："你总戴着耳机，他已经起疑心了，这是试探性的举动。"

天和："我对他怎么想并不关心。"

普罗："你知道他家的 Wi-Fi 密码吗？"

天和："你又想做什么？"

普罗："当然是入侵他的家庭设备系统。"

天和怎么可能知道？这时关越回来了，天和便摘下耳机，把耳机放在餐桌上。

关越松领带，脱了西服外套，挽了两下白衬衣袖子，摘表，与天和坐到桌边，管家从另一个小门里出来打了个招呼，点了餐桌上的蜡烛，关越冷漠地点点头，管家与厨师便顺利下班回家。

财务长把视频发过来了，关越一手端着碗喝汤，一手拿着手机，打开今天下午天和在会场上演示的回放。

天和只吃了一点儿便放下筷子，关越知道他长时间没进食，也吃不了多少，便不勉强他，起身戴上手套，从烤箱里取出一个芝士派，切开，配上叉子，放到他面前。

关越不喜欢吃芝士，但天和很喜欢，知道这个派自然是专门为自己临时现烤的。

关越把视频看到最后，一瞥墙上挂钟——9：25。

"说正事儿吧，你今天究竟什么意思？"天和说。

关越注视天和，沉默。

总是沉默，总是什么也不说，但天和早已知道他想说什么，这就是他们之间的"显而易见"。餐桌上的灯光打在两人中间，照得关越的五官轮廓尤其深邃。

关越："洗澡？"

天和十分不舒服，"我现在只想吃一顿，洗个澡，睡觉"，这话是他自己说的，但他并不想在这里洗澡睡觉，更不想在关越家里过夜。

"没有其他人。"关越犹如看出了天和的心事，"单身很久了。"

天和："有话就说，我也给你五分钟时间。"说着他把手机屏幕翻转，普罗打开手机计时器，显示时间。

关越端详天和，彼此的眉毛、头发在餐桌灯光下笼着一层淡淡的光。

"长话短说。"关越丝毫没有不悦，沉声道，"作为投资人，我承认贵公司的未来，有一定可能自救成功。闻天岳的决策产生了重大失误，同时也对此做出了唯一的补救，将公司的所有权利对你进行了让渡。这个时候，你们需要强有力的资金支撑来度过目前的险境，清松投资能够解决你的燃眉之急。"

天和说："原来你也会说这种套话。"

"同样，作为合作方，我是最了解你的人。"关越道，"在资本面前，意气用事是不明智的。我知道你不想听，但我还是要说。今天在峰会上的演示，运气成分占了多数，你的软件不可能如此准确，否则你根本不需要融资，进股市去做几次 T+0（证券交易与结算制度），你的流动资金就有了。"

"据我推测——"关越漫不经心道，"经过改良后的 Epeus 分析系统，预测概率能在 45% 上下小幅波动，这也是你在今日孤注一掷的原因。"

关越说："你内心早已承认，清松是目前你最好的选择，我们与基金公司、股票公司甚至券商都有着相当紧密的合作，不夸张地说，全国有相当数量的公司，是我们的战略合作伙伴……"

这次换天和安静地听着。

"现在不找我，等你的第五代、第六代甚至第十代软件出来，你仍然会来找我，因为无论哪家公司使用你们的软件，最终的书面评估都会送到清松手里。你应该知道，无论是基金、期货还是其他交易市场，机构都不是拍脑袋决定的。"

天和说："话说你平时谈判的时候，也是这么强势吗？"

关越："在利益相关与前景非常清晰的时候，我不明白有什么需要绕来绕去的。嗯对，以及清松的融资，我保证这是一个能让你满意的数字，远远超出你现在所需要的。"

天和从衣兜里掏出今天会后收到的名片，一张一张地铺在桌上，铺了十张，抬眼看关越，意思是"我还有选择"。

关越："我以为我把话说得很清楚了。"

天和说："并没有那么清楚。"

关越伸出手指，点了其中一家。

"商业贿赂纠纷。"关越说，再点另一家，"资金链已经断了，再过三个月你会听到他们破产的消息。"

"受 P2P（指个人对个人网络借贷）项目拖累，资金运转相当困难，哪怕你签下合同，也拿不到钱。"第三家、第四家，关越就这么挨家点过去，天和笑着说："关总，背后造谣可不好。"

最后，关越说："猜猜今晚的纳斯达克指数出来以后，如果你的软件预测错了，他们还会不会见你。"

天和正要拿手机，关越却一手按在天和的手背上，天和想抽回手顺便拿回他的手机，关越却略加力道，锁住天和的手，不让他看预测结果。

"峰会之前，我已经决定投你。"关越沉声道，"无论你的软件效果如何，结束后，我仍然决定投你，在你尚未验证这一结果前。我们现在谁也不知道纳斯达克指数，我以为这已经足够有诚意了。"

天和收回手，放开手机，关越也放开了手。

双方沉默，一秒、两秒，足有二十秒。

时钟走向9：50。

天和扬眉："还有什么想说的？没有我就走了。"

关越在那漫长的沉默里，终于说："我为那天下午的话道歉，请你原谅我的口不择言。"

"我为此表示诚挚的歉意。"天和等的就是这句话，于是不无嘲讽地说："啊，感到抱歉。关总就连道歉也这么礼貌而克制，像荷兰王储谈论非洲灾民的愧疚感，荷兰有这么多的牛、这么多的肉，非洲却有这么多人在挨饿，同在一个地球，对此感到很抱歉。"

天和越过关越的肩膀，看见他身后厨房一侧的烤炉里，时间数字唰唰闪了几下，跳出一个四位数字——纳斯达克指数，与普罗的预测只差了两点。

换言之，第二次验证，他也得到了命运女神的眷顾。

关越说："不到百分之五十的概率，你不会两次都踩中。"

天和温和地说："谢谢关总决定投我，也很高兴你终于明白了，我想要的不过是一句道歉。"

关越有点儿意外，天和突如其来的态度转变，令他不太明白，他怀疑地看着天和，半分钟后，说："那么，从今天起，请你多指教。"

"不敢当。"天和笑着说，"现在可以看一下预测结果了吗？"

天和翻开手机，点开 App，推给关越。

关越沉默了，同时间，二十分钟前的五六条新闻被推上手机屏幕，全是关于今天峰会的内容。

"事实上运气就有这么好。"天和笑吟吟地翻手机，说，"答应得太早，似乎有点儿亏了。不过我不会反悔的，一言九鼎，这个道理，大家都懂。"

关越哪怕智商再高也想不明白，为什么天和能给自己下这个套，他没有戴耳机，不可能有人通知他最新的纳斯达克指数，晚饭时，关越也相当肯定，天和全程没有看手机，而且，这是在自己家里！

关越回头看了一眼，确认电视没有开。

再看天和时，关越眉眼间充满了不解，天和这些年里，似乎一直没变过，这么大费周章设了个圈套，有时仅仅是为了挖苦他，看他茫然的表情，天和就会开心。

忽然间，关越想到一个严重的问题，声音都有点儿发抖。

"你给自己植入了芯片？！"关越浑身的血液都仿佛凝固了，这是唯一的可能！否则怎么解释天和会突然知道了纳斯达克指数的 Bug？

天和完全没想到关越居然会往这方面猜，顿时哈哈大笑，笑得趴在餐桌上，抬头看关越——实在太有趣了。

关越呼吸急促，天和侧过头，说："你要确认一下吗？看看我耳后有没有伤口和缝针的刀疤？还是疑心在别的地方？"关越马上意识到自己又中了天和的圈套，只得一脚蹬地，将椅子靠后些许，站了起来，走向客厅。

天和漫不经心道："合同拿出来吧，签完我就走。"

关越站在落地窗前，两手插在西裤兜里，转头看了一眼天和，露出危险的眼神。

天和只安静地坐在沙发上。

关越取出一沓合同，放在茶几上，天和就知道他一定把合同都准备好了，于是拿在手里，一张张地看。这份并非投资合同，而是关于破产延期担保的"意向"。烦琐的合同条款让天和有点儿头疼，他一张张地翻看。

关越也很有耐心，坐在一旁等候。

"我以为你不会看。"关越说。

天和："经过二哥那一次，我决定从今以后都会认真看合同。"

关越答道："那么我建议你请教你们家的老律师，只有他最尽职。"

"当然。"天和说，"但在这之前，我得先看一眼，看看有没有交给他的价值。"

关越说："慢慢看吧，你的时间还有很多。"

关越起身离开，天和拿出手机，拍了张合同，说："普罗，用你的法律数据库帮我做个简单分析。"

普罗："我需要一点儿时间进行检索与比对，全部完成需要大约二十分钟。"

天和听见浴室里传来水声，便躺在沙发上，拿着合同，一张一张地拍，拍完随手放在茶几上。

普罗："他今天的状态很不对劲。"

"麻烦你专心看合同。"天和说，"我今天已经很累了，没力气吐槽你的用词。"

普罗："我开着好几个进程，对烤箱的控制还没有关，你还想吃点什么吗？"

天和没搭理普罗，吃饱了就想睡觉，说："我真的很累，你快点，普罗……"

二十分钟后，水声停，关越擦着头发出来，摘下电吹风，正要打开时，忽然想起什么，朝外看了一眼。

天和果然躺在沙发上，合同散落了一地，手机掉在一旁，他睡着了。

关越轻轻地摘下天和的耳机，看了一眼，把它放在手机上，搁上茶几，整理了合同，放好。他进去拿了条毯子，给躺在沙发上的天和盖上，吹干头发，来到客厅里，在沙发下盘膝而坐，抬头注视着天和的睡容。

看了一会儿，关越坐在地上，背靠沙发，从沙发里拿出一个遥控器，打开客厅里的落地投影，环形的投影影院开始放电影。

电影是《瓦力》，关越把声音关了，只看英文字幕。他就这么一动不动地坐着，坐在沙发前的地上，像一条沉默的德国牧羊犬。

他的耳畔传来天和熟睡时均匀的呼吸声。

天和醒来时，已经不知道几点了，他疲惫地睁开眼，想找点水喝，发现自己盖了条毯子，关越则蜷在沙发下，一条狗般睡着了。

熟睡时的关越手长腿长，睡裤裤腿在蜷身时被扯起些许，露出漂亮的脚踝。

天和发现沙发旁的小台子上有杯水，想来是关越给他倒的，他一口气喝下去，昏昏沉沉，将毯子放下去些许，那条大羊毛毯便一半盖着沙发上的天和，另一半盖着沙发下的关越。

《瓦力》……都多少年了，还在看这个片子。

天和选择了一个舒服的姿势侧躺着，虽然已经看过许多次，他却依旧被电影吸引了目光。记得初到伦敦那天，关越带他去了大本钟，坐了伦敦眼，晚上看的就是这场电影。

那年天和刚十四岁，关越十八岁，关越除了世交之外，另一个身份是天和在英国的监护人。于是剑桥大学的同学给关越起了个外号，叫他"长腿叔叔"，关越也从来没反驳。牛津大学与剑桥大学相距一百多公里，关越在剑桥郡附近的圣尼奥小镇买下了一所宅邸，当作他们的新家，方便天和走读。每天在牛津大学放学后，他便搭乘同学的直升机，回家陪天和。

在天和的世界里，关越仿佛天经地义地占有一席之地，他从未想过有朝一日关越会离开，这几乎是无法想象的。所以关越前往华尔街入职时，才会招致天和如此激烈的反弹。

反弹归反弹，关越的决定从不被任何人左右，哪怕那个人是天和，最后他还是走了。

电影放完了，投影自动黑屏，客厅内十分安静，只有关越躺在地板上，发出熟睡的呼吸声。天和听着那再熟悉不过的呼吸声，从沙发上轻轻地起来。

关越走的时候，天和相当无助，但他不得不忍耐。然而不到半年时间，他居然不可思议地慢慢习惯了。

关越争取了所有的机会，回伦敦来看他。他们隔着整个大西洋，有五个小时的时差，有时关越飞回伦敦再开车回圣尼奥时天已经亮了，他安静地睡几个小时，等天和醒了，就陪着他直到傍晚，再开车去伦敦，回纽约。

天和开始整理合同，叠好，在黑暗里拿到手机。

那几年里，关越总是很疲惫，有一次在曼哈顿赶时间，过马路时与天和开着视频，险些躲闪不及被车撞上，天和得知后吼了他一顿，让他别再这么折腾，等自己去纽约。

一年里，他们见面的次数渐渐变少，关越越来越忙，天和的课题也越来越繁重。关越等待天和毕业，去纽约一起工作。

现在看来，世上也没有谁缺了谁就活不下去的道理，至少关越现在就过得很好。

落地窗外，远方的天际线处投来一抹曙光，天和戴上耳机，小心翼翼地跨过沙发下的关越，离开了关越的家。

普罗："我正在努力地攻克他的影音系统，密码不难破解，你想看看他的硬盘里存了些什么吗？"

天和："他不看那种片子的，你不用徒劳了，我现在发现你一点儿也不了解他。我也不想再听霸道总裁的无脑故事了，那些全是写来骗人的，我还没和你算账呢，你为什么不叫醒我……给我的律师打电话，快。"

天和找了快半小时才找回自己的兰博基尼，愤怒地上车，开车回家。

/// 17 ...

"真答应他？"江子塞彻底震惊了，"不会吧！天和！"

"还有别的选择吗？不让他投，清松就会封杀我。"天和淡定地敲着自己的代码，一心三用，一边与江子謇聊天，一边听律师的建议，一边干活儿。

律师被叫到天和家里，正耐心地给合同做批注，天和家的老律师依旧保留着"远古时代"的习惯，在合同的每一页插入便笺，并以工整的字逐条批阅，摒弃了所有的计算机功能。

"您需要到他的公司去上班，接受清松的监督。"律师摘下老花镜，朝天和说，"并且遵守他们的公司章程，这条是目前来说最苛刻的条款了。"

天和说："还行吧，反正我也没有办公地址，他们会在总经办楼层给我腾个位置。不在关越眼皮底下上班，他是不会放心的。"

江子謇说："让一名 CEO 去机构公司里上班打卡，他这是故意让你难堪！"

老律师不作评价，他已经为闻家服务近二十年了，虽然天岳掌管公司时，把他换成了一个律师团队，但从律师的角度出发，她依旧希望闻家有翻身的机会。

"这份合同陷阱很多。"老律师收起眼镜，说，"对方的法务明显不太信任你。"

"换作是我自己，有哥哥的前科在，也不会太信任的。"天和说，"我觉得我不适合看这个，每次都会生气，所以拜托您了。"

老律师又道："但清松在某些方面，也表现出了一定的诚意，今早对方出面，为您的财产拍卖叫停了，这件事您知道吗？"

"什么？"天和十分意外，律师便把消息转发给天和，上面是债权人方的律师给他发的一个通知，显然这位老律师在不为闻家服务的情况下，依旧关心着 Epeus 的动向。破产拍卖流程在九月下旬就全部中止了，恰好是天和被叫去清松，等了一下午的那天。

方姨端来咖啡给律师，律师感激地点头，握了握方姨的手，方姨说："小关亲自给我打了电话，让我告诉你这件事，你每天都废寝忘食，连吃饭都待在书房里，时间一长，我就给忘了，怪我、怪我。"

天和摆摆手，老律师喝完咖啡，留下一份批注版给天和，一份复印件带回事务所，说："如果有机会，你最好能与对方法务再沟通一下细节，力求双方达成共识。"

天和知道律师这么说，意思是对方法务现在相当难搞，想顺利促成这个合作，还需要沟通，这也是他最不想干的活儿。

江子謇说："你口不对心，你老实告诉我，是不是想跟他和好？"

"不可能。"天和随口道。

江子謇挠挠头，说："天和，我很矛盾，我希望你离关越远一点儿，但我更想你过得高兴。"

天和说："有些人，和他当个关系一般的朋友，是世界上最好不过的事了，但是要想距离更近一点儿，就让人只想打爆他的头……别拉我！"

江子骞："快走！出门了！你答应的！"

天和："等等！我还有事情得安排。"

国庆七天假，天和在家里连续睡了三十六小时后，终于被江子骞连拖带拽地弄起来，陪他去演戏。离开家前，天和又收到了清松财务长 Mario 的消息，通知他今晚出席一个金融家俱乐部的晚宴。

"我还没有签合同呢。"天和朝电话里不悦道，"哪怕签下这个合同，我也不是贵公司的员工，更不是关总的私人助理，你们的行事风格，就是让分公司的 CEO 给关总拎包，跟他出席宴会吗？"

Mario 发来一段语音，说："关总认为您一定会同意的，合同可以慢点儿签，但产品的研发刻不容缓，您只有三个月的时间，还是抓紧一点儿比较好。今晚有助于您在金融圈里混个脸熟，听听他们的需求，也是不错的，对吗？"

江子骞在旁喊道："都放假了还加班？国庆快乐吧你！"

Mario："谢谢，国庆我很快乐。"

不用催促天和也知道时间紧迫，合同上列明的破产延期担保时间到一月一日，外加十个工作日的缓冲期，在此期间，服务器组的租金由清松为他掏腰包。天和必须在一月一日前完成分析系统的所有核心模块，并提交第三方评估。

来年第一季度，清松将根据评估结果，决定是否为 Epeus 进行 F 轮融资。

清松出手相当阔绰，不仅能为他偿还银行利息，还追加了产品研发资金，包括两年服务器组的租赁费用、组建新团队的所有成本，算下来，F 轮融资金额超过了 Epeus 创立以来的任何一轮融资金额。

但同样地，关越也给出了相当苛刻的对赌条件，核心模块必须达到评估目标不说，清松投资的另外几家基金，还将亲自试用这个分析系统提出交叉评估。天和一旦失败，所有的资产都将归清松所有，并需要在接下来的十年里，背负数目相当大的债务。

也就是说，破产不算，根据这个卖身契，他还得进去为关越白打十年工还债。

"把公司做起来很难。"天和朝江子骞诚恳地说，"搞垮一个公司却很容易，相信我，他的条文只是为了朝总部有所交代，最不希望我签卖身契的人是他才对。关越自己都不知道能不能在清松做满十年呢。"

"行吧，就这样。"江子蹇打量着天和，说，"你先进去，点十六号给你按脚，坐下以后开始了再给我发条消息。"

天和与江子蹇站在足浴城外，说："你确定他知道你今天要来？"

江子蹇："当然知道，你看，就他，来，认一下。"

江子蹇给天和看了照片，上面是他与佟凯在图书馆里的一张自拍。

"江子蹇，我最后再说一次……"天和有时候简直无法理解他的脑回路。

"我知道我很无聊！行啦，就这一次！"江子蹇说，"一次！"

天和："下次我绝对不会陪你扮门童的。你知道就好。"

江子蹇："一定！"

助理小妹与领班们站成一排，佟凯换了身服务员穿的浴袍，胸口敞着，现出漂亮的瘦削胸肌，左右看看。

佟凯："把胸牌给我，这样可以吧？"

"太不像了。"众人一致回答，佟凯与其说是服务员，倒不如说是来按摩的客人。

"把这个戴上看看？"一名服务员出了个主意，给佟凯戴上小圆帽，这下有点儿像了。

佟凯十分紧张，说："我去休息室里等他，你们可千万别露馅。"

"点您了！"领班快步过来，说，"佟总！点您了！"

佟凯："这就来了！"

众服务员帮佟凯整理浴袍，让他出去。

天和一脸毛躁，走进"美好时光足浴城"，低头看手机，江子蹇发来了全套剧本。

"谁写的段子？"天和哭笑不得道，"也太扯了……九十分钟，泰式足浴服务。"

招待把天和带进去，选过服务，问："您有预约按摩师吗？"

"十六号吧。"天和说，"听说你们十六号长得不错。"

招待拿着对讲："让十六号过来。"

天和进去换了上衣，浑身发痒，挠了几下，在按摩椅上坐好，助理小妹进来，眼前顿时一亮，给他披上毛巾，天和尴尬而不失礼貌地笑了笑。

"怎么样？"

"真的好帅啊！是不是混血的？眼睛会笑！"

佟凯笑着走进来，正要开口，笑容渐渐消失，天和低头看手机，再抬头时，瞥了一眼佟凯。

天和："……"

佟凯："……"

天和又低头看手机，根据江子骞准备的剧本，自己要扮演一个高傲而嚣张的"富二代"，待会儿创造机会，让江子骞解围。

按江子骞的话说，天和实在是"本色出演"。

佟凯万万没想到，居然是另一个人阴错阳差地点了十六号。

"按啊。"天和冷冷道，"愣着做什么？"

佟凯与天和对视片刻，佟凯只得慢慢地坐下。

"没想到呢，是个大帅哥。"幸亏佟凯应变神速，他一时有点儿蒙，变故来得太突然，那江子骞怎么办？

天和拿着手机，给佟凯拍了张照，发给江子骞：看上去好小。

"嘿。"江子骞也进了休息室，摘下墨镜，笑着说，"我找十六号。"

众人："……"

怎么又来一个？

江子骞说："怎么，在忙吗？没关系，那……就你吧？十六号在哪儿？还有位置吗？待会儿顺便找他聊几句。"

众人面面相觑，助理小妹意识到了，说："给他们换一下？"

"不用换！"江子骞跟着进去了。

按摩室里四张椅子，只有天和一个客人，佟凯正想说等几分钟我出去有点儿事，然后趁机溜掉时，江子骞也进来了，自顾自坐在一旁，朝佟凯笑了笑，助理小妹过来，给他在膝盖上盖上浴巾，一脸茫然，偷看佟凯。

天和装出疑惑的表情，一瞥江子骞，又看各自的两名足浴师。

佟凯这下只得深吸一口气，硬着头皮坐下，要不是天和长得实在太好看，换个大叔，佟凯是无论如何不会给他服务的，开什么玩笑？

江子骞摸出手机，一瞥自己的足浴师，给天和发短信。

江子骞：现在就开始吧。

江子骞："哎哟我的妈！"

江子骞被那足浴师一按，顿时狂叫起来。

众人："……"

佟凯给天和轻轻按了几下，天和一脸莫名其妙，侧头看江子骞，心想：有这么痛吗？

"轻点轻点。"江子骞朝那服务员说。

佟凯忍不住笑了起来。

"力度合适吗？"佟凯朝天和问。

"还行。"天和冷淡地说。

突然按摩室的门被打开，又有人进来了，两名服务员扮成客人，另两人给同事按摩。预备随时照顾佟凯的需求。佟凯心想，随便按个几下就换人吧，现在起来就走，似乎也太假了。

江子骞：可以开始了。

天和：这台词可以换一下吗？实在太羞耻了，根本说不出口啊！

江子骞：我们酒店经理给编的，你别乱发挥，就照着稿子念吧。

天和：太假了，他会发现的！

江子骞：他没你想的这么聪明！你放心！

天和只得拿着手机，一瞥佟凯，冷冷道："注意点儿，我这只脚可是刚涂过Florihana限量版玫瑰精油的。"

佟凯："……"

佟凯下意识地看了江子骞一眼，江子骞侧头，鄙夷地一瞥天和。

天和差点儿就笑场了，滑了一下手机的聊天记录，努力忍着，又冷冷道："你没吃饭吗？按得这么轻？"

佟凯诚恳地说："我怕力度太大了，您承受不了。"

"快按！"天和不悦道。

佟凯只得埋头按。

江子骞：下一句。

天和："Body lotion（指身体乳）别碰到我裤子了，这裤子可是……Versace的。"

江子骞：他听不懂，你要说范思哲！

天和补充道："范思哲的高端品牌，一条就要三万，懂不懂？"

佟凯："好……好的。"

江子骞："哎哟！轻点！"

江子骞被按得歪在椅子上抽搐，眼泪都快出来了，佟凯忙朝隔壁那同事道："轻点、轻点。"

佟凯按了点油，天和又道："另外这只脚，出门前刚涂了茉莉蔻的覆盆子精油，你也小心点。"

天和憋得实在太辛苦了，只想放声大笑，佟凯则努力装出可怜的表情，点点头。

天和：他把我挠得很痒啊！足浴又不痛，你叫这么大声干吗？

江子謇已经被按得有点儿抓狂了，既想笑，又怕疼，斜斜地靠在椅上，天和又发了条消息：快结束吧，我不想玩了！

天和一直不喜欢被陌生人碰身体，除了哥哥，他只接受关越和江子謇碰他，看在佟凯和江子謇很熟的分上，才勉强接受了。

江子謇：你再来一句，我就接了。

天和一瞥佟凯，说："小哥，待会儿几点下班？一起吃个饭？带你去芬克？比你在这儿赚得多多了。"

佟凯："……"

"你有病吧！"江子謇终于发作了。

天和不认识般打量江子謇，心里的"哈哈哈"快要火山爆发了，到了这个时候，天和简直用尽了他平生所有的自控力来让自己不要笑场，怒道："关你什么事？"

江子謇："有钱了不起啊！"

另外两名伪装成客人的足浴师一下也怒了，大声道："有钱了不起啊！"

江子謇说："今天这儿我包了，带上你的范思哲和什么玫瑰精油，从这里滚出去！"

天和终于找到机会，从佟凯手里抽回脚，朝江子謇怒道："找死！知不知道我是谁？"

江子謇："我管你是谁！"

天和想临场发挥一下，喊一声"清松刚投了我们家"，但这句话一说出来，铁定笑场，他努力忍住，怒道："行，你给我等着。"

江子謇倒是相当入戏，看着天和，说："来来，你叫人、叫人，我就在这儿等着，看揍不死你。"

天和黑着脸，起身，按摩室里的"客人"一起道："就是，看揍不死你！"

佟凯满手乳液，怔怔地坐着，江子謇又朝自己那名足浴师说："给你们经理说一声，今天这里我包场了，别再放人进来。"

足浴师起身走了。

那一刻，佟凯心中居然还真的有点儿感动，江子謇似乎是真的发怒了，过来坐在椅子边上，有点儿落寞地看着佟凯。

　　隔壁两名客人也走了，助理小妹慌慌地进来，说："没事吧？佟……小童？"

　　佟凯马上示意没事，助理小妹又退了出去。

　　"要不别做了吧。"江子骞认真地说，"我帮你找份新工作，这就辞职。"

　　佟凯万万没想到，事情居然会朝着这个方向发展，正想说句什么时，江子骞却拖着他，快步出去。

　　"等等！"

　　佟凯简直感动得无以复加。

　　"我是认真的。"江子骞拉着佟凯，出了足浴城，朝佟凯说。

　　天和正想开车走人，看见江子骞与佟凯跑了出来，就在足浴城后的公园边上，突然好奇心起，蹑手蹑脚地过去，想听听他们说什么。

　　普罗："当心被发现。"

　　秋风里，佟凯忽然笑着说："别闹了，小江。"

　　江子骞注视佟凯，不说话。

　　佟凯又说："不过我刚才真的很感动，从小到大，你是唯一对我这么讲义气的人。"

　　江子骞："跟我走吧，我给你找份工作。我升职了，还没来得及告诉你。"

　　按照接下来的计划，再过一个月，江子骞会替佟凯在自己家的酒店里安排一个职位，自己则换个角色，演大堂经理。

　　听到这话时，天和忽然就想起了关越曾说的话，在拐角处沉默不语。

　　普罗："你觉得他们像什么？"

　　"像两个刚跑出来的精神病人。"天和说。

　　江子骞与佟凯一个穿着客人的藏青色浴袍，一个穿着暗黄色的服务生浴袍，站在公园里，就像俩飞跃疯人院的病号。

　　"恭喜你！"佟凯道，"不过我还得回去上班。"

　　佟凯走过公园，与江子骞并肩坐在长椅上，佟凯看着秋天里推着婴儿车的主妇，想了想，说："这份工作有时候确实很累，要说许多口不对心的话，不过总是想做点事吧，不能总是靠家里。"

　　江子骞忽然地就被这句话给堵住了，佟凯又道："就和你一样，自力更生。"

　　江子骞顿时汗颜，本市"富二代""啃老族"的种子选手中，他江子骞认第二，没人能认第一。

　　天和严肃地说："普罗，子骞还是有点儿真本事的，我被这两位出来放风晒太阳的仁兄打动了。"

普罗："拙劣的表演下，有着一颗真诚的心。"

天和深吸一口气，普罗说："我必须提醒你一声，得回家换衣服了，今晚你要陪关越出席金融家俱乐部的晚宴。"

天和只得转身离开，留下秋风里穿着浴衣，坐在公园里晒太阳的江子骞与他的小朋友。

江子骞沉默片刻，而后道："你说得对，不能靠家里。"

佟凯笑道："你哪里算？"

江子骞："我觉得我也挺不上进的。"

佟凯说："我好歹是个大男人，自己找工作还是没问题的，不过我确实打算换个工作。"

/// 18 ...

天和把车开到金泰国际地下车库，今天车库里停了四大排跑车，就像开超跑车展一般。

天和扫了一眼，不见关越的车，普罗说："关越大概率会迟到。"

天和说："习惯了，反正我十次里有八次都在等他。"

天和按了一下耳机，正要上 LG 层，财务长却走过车库，朝天和打了个招呼，说："关总还在飞机上，也许会迟到将近一个小时。"

天和礼貌点头，Mario 又道："我知道有些话说了不中听，不过闻天和，来公司入职时，最好不要开这辆车，太豪华了，而且我建议你不要开两百万以上的车，你开这么贵的车，那关总应该开什么？对不对？"

天和心道："那我就只好走路了。"不过他没有告诉 Mario，你们关总的车也是他送的，以后他争取送关越一辆好点的，让关越别再开那辆破奥迪。

普罗道："不要顶撞他，理论上，他现在是你的直属上级。"

"谢谢您的提醒。"天和礼貌地说。

"啧啧啧。"Mario 打量着天和，说，"你该不会上班也穿这身吧？"

"当然不了。"天和答道，"我还是有休闲服的，管家给我做了十来套。"

今天方姨为他准备了深棕色的董事套装，非常合身，顺便弄了一下头发，按照在伦敦时的习惯认真收拾过，奈何条件有限，风格还不能太浮夸，只能做到这样。

清松投资投了 Epeus，按公司的规矩，财务长的行政等级比分公司 CEO

还高半级。Mario 出席这种场合，穿得也很精神，但与天和一比，就像天和带的助理。

Mario 道："清松和你们科技公司不一样，也不比你们伦敦，闻天和，我看你平时也不怎么和人打交道，入职以后，你还是得注意一下规矩。"

"我们技术出身的，情商都不高。"天和谦虚地朝 Mario 说，"许多地方需要您指点。入职以后要怎么称呼您？"

Mario："你叫我老大就行。"

天和道："老大好。"

Mario 高深莫测地笑了笑，抖了一下袖子，露出他腕上的百达翡丽，上前按了一下电梯，这个举动纯属自发。电梯到了，Mario 按着门，让天和先走进去，自己进去后，站在天和身后。

忽然两人都有点儿尴尬，天和还没入职前就被"老大"教训了一顿，结果"老大"既帮他按电梯，又替他挡门。Mario 也不知道为什么自己鬼使神差地，突然就自动自觉变成了天和的助理。

"老大，关越什么时候能到？"天和侧头朝 Mario 说。

Mario 保持了规矩的站姿，答道："还是不要叫老大了。可能还要一个小时。"

天和"嗯"了一声，不再交谈，Mario 扣好西服外套，从电梯门的镜子里看着天和，终于忍不住问："这衣服什么牌子的？"

天和笑道："这家不对外销售，喜欢的话，给老大也定做一身？"

Mario："哦？算了，应该不便……不……你们年轻人的风格，不适合我。"

"您也很年轻。"天和礼貌地恭维道。

Mario："我两个小孩，都读初中了。"

电梯到，招待过来登记，Mario 便带天和走进宴会厅里，本地大大小小数十个金融家俱乐部与沙龙，这是最大的一个。清松作为业界龙头，关越自然频繁地受到邀请，但他平时不太喜欢与机构老板及其太太们高谈阔论，何况来了也没什么话说，回去还要被当八卦谈资。

宴会厅里摆满了从欧洲空运过来的鲜花，侍者托着香槟来来去去，环形会场中央，一个知名乐队正在渥金的神像下唱着蓝调，金泰大厦顶层只有一根柱子支撑天花板，四面全是环形的落地大玻璃窗，四个巨大的露台沐浴着夕阳光辉，面朝这座欣欣向荣的城市。

天和总觉得这种模仿所谓上流社会的派对很尴尬，中不中洋不洋的，金融家们既不像伦敦的艺术宴席般闲聊，也不像曼哈顿纯粹为了沟通与传递消息而设，而是把业界聚会与豪华沙龙强行融合在了一起。设宴时间是下午四点到晚上八点，穿什么都不对。风格似乎严肃而正式，宴会上却既聊金融，又聊八卦，还请了歌手来献唱……乱糟糟的，就像走进了一群房地产售楼经理的年会主场。

何况国内大部分经济趋势，根本就轮不到金融家们来发表意见。于是这群天之骄子先是在派对讨论一番怎么割韭菜，散会后又各回各家，自己等着被割韭菜，便显得尤其滑稽。

Mario 跟在天和身后，低声说："关总的本意，是让你今天先来刷个脸，毕竟接下来产品研发，针对的用户群体，需要拍板的人，有一大半是俱乐部的成员。"

"哟！"一名老外笑道，"Hermes！我认得你！"

天和端了一杯香槟，朝他举杯，笑了笑。

Mario："那是克罗基金的副总 Jonny，你这身是爱马仕？"

天和："当然不是，这真是我被黑得最惨的一次。"

Mario 怀疑道："为什么他叫你爱马仕？"

天和："他叫我 Hermes，意思是我是预言家，不是那个做皮包的……"说着他朝那老外走去，笑道，"幸好不是诺查丹玛斯。"

那五十来岁的老外挺着个啤酒肚，正与两个漂亮女孩聊天，闻言便放声大笑，饶有趣味道："今晚的美股开盘价多少？"

普罗说："克罗基金有大概率开盘领涨。"

天和笑着端详那老外，说："我想今天的走势应该不会差。"

又有几人端着酒杯过来，与天和闲聊，笑着寒暄几句，Mario 说："Epeus 已经接受了清松的融资。"

"那我想接下来，整个股市都是关越的了。"又一名中年人揶揄道。

天和笑道："整个不至于，我会努力培养他这种意识的。"

众人又大笑起来，聊了一会儿后，乐队换了首歌，天和便被吸引了注意，眼里带着笑意。老外递给天和一张名片，天和一手接了，心想这规矩果然乱七八糟的，居然在这种宴会上还能换名片，却也入乡随俗道："待我和关总商量好我在他心目中的位置后，一定将名片送到府上。"

笑声里这群人暂时分开，Mario 又说："那是洛尔曼的接班人，他家曾经投过 Epeus，但是不多，我不知道你还记得不……"

"当然。"天和侧头说，"我这就去为哥哥的冒昧与无礼道个歉。"

天和与 Mario 耐心地等在另一场谈话旁，一名年轻人正在聊不久前的科技产业峰会，天和拈着香槟杯在旁听着，等待闲聊的机会，普罗说："关越应该已经抵达本市了。对方注意到了你，他们都在观察你。"

"平心而论，我不太愿意被看见。"对方说，"否则分析师都要失业了。"

数人听着年轻人的谈论，不时带着笑意打量天和，天和眼里也带着笑，直到年轻人转向他。

"啊，预言家。"那年轻人笑道。

"运气而已。"天和笑笑，朝他举杯，在笑声里喝了点酒，众人便把话题转了开去，开始闲聊最近的一场拍卖。

Mario 不得不承认，天和非常适合这种场合，从礼仪到谈吐，都几乎无懈可击。起初 Mario 还跟着天和，不时提点几句，但天和却把握得比他想象中的更好。Mario 开始不管他了，从侍应的盘子里拿了块巧克力吃，走到一旁给关越打电话。

当然天和在某些时候，话里话外也没饶过带有嘲讽暗示的客人，老板们相信分析系统能改变产业结构，完成金融业的新一轮升级，但分析师们却认为计算机永远不可能凌驾于人类智慧之上。

"这么说来，《新金融》的分析师榜单，以后就全是软件的名字了。"有人开始对天和发出了嘲讽，"到时候可以培养一下我家的软件，让它学会看杂志。"

普罗提醒道："《新金融》是本地杂志，每年会有一次分析师排名，根据投票来确定排位。"

天和淡定地说："软件没有脸，拉不了票，我想要上榜也许不太可能。"

这话带来一阵哄笑，天和又无奈道："说实话，每次投票给分析师时，总感觉像在看照片盲投，很有选美大会的风格。"

众人笑得十分夸张，普罗开始介绍《新金融》杂志的拉票制度，业界有句话是"一年一度新金融，一年一度维密秀"，每到杂志发榜时，各家分析师最忙碌，到处找人拉票。

"关总还在路上，他让你先认识一下我们公司的高级顾问，也是关总的私人律师，诺林律师事务所的高级法务顾问。"Mario 带着天和，穿过宴会厅，说，"荷兰乳业大亨，入股联合利华集团的企业接班人，哈佛博士学位，家中与荷兰王室有姻亲关系。他和关总的私人关系非常紧密，也是我们最可靠的合作伙伴，全公司只有他有资格自由进出关总的办公室，你叫他佟总就行，接下来你们有许多打交道的机会……"

普罗："也许是关越的心腹。"

天和："嗯……"

"佟总！这是闻天和。"Mario 笑着面朝那背对他们正与几名投资人闲聊的佟凯。

佟凯："嘿！"

佟凯拿着香槟杯转身，彬彬有礼地与天和打了个照面。

"闻天和？久仰久仰！"佟凯笑着说。

"真巧，又见……"天和话音未落，蒙了。

佟凯："……"

天和："……"

两人拿着香槟杯，动作同时凝固。

Mario："天和是 Epeus 的程序总监……佟总？"

天和："……"

佟凯："……"

Mario 一头雾水。

佟凯："……"

天和："……"

这是天和此生头一次如此茫然与无助，他稍稍抬手，指着佟凯，转头看着 Mario，已经彻底蒙了："他……你……"

佟凯也终于回过神，展现了优雅而帅气的笑容，说："初次见面，幸会幸会，久仰久仰，送你一张打官司包赢券。"

Mario 吃了一惊。

天和却还没反应过来，佟凯深吸一口气，咬牙，努力以眉毛、眼神示意天和，不要太惊讶……千万镇定，求你了。

"那个……佟总？"Mario 说，"您刚才说什么？"

两人都没有说话，石化般地看着对方，天和缓慢点头，怀疑地看着佟凯。

天和起初还以为是长得像，但佟凯不可能不开口，只要一开口，声音也瞒不过去，他当即心念电转，缓缓道："嗯……打官司包赢券，这个不错，不过一张……似乎有点儿少了。"

佟凯搭着天和的肩膀，说："借一步说话。"

佟凯拉着他，推开玻璃门，走到平台上。

天和深吸一口气，心中震惊得无以复加，表面上则努力装出淡定，一扬眉，期待佟凯的解释。

"帮我保密。"佟凯说。

普罗："那个陷阱比正文还多的合同，就是他做的。"

"噢……"天和端详佟凯。今天下午被他按脚时，总觉得这人有哪里不对，现在终于明白了，于是诚恳地答道，"这可不行。"

佟凯："……"

天和："我是不可能被一张打官司包赢券收买的，而且我很怀疑以你按……你的专业水平，打起官司来能不能真的包赢。"

佟凯一手抚额，侧头，表情抽搐，天和则惊恐地看着佟凯那只摸过自己脚的手，佟凯马上放下手，深吸一口气。

"开条件吧。"佟凯说，"我不怕你，闻天和，你要是出去公然宣扬，我可以告你损害我的名誉权，你没有证据。"

天和诚恳地说："当然不会出去'公然宣扬'，我只会私底下偷偷地出去乱说。"

佟凯："……"

天和此刻的好奇心完全压过了佟凯的威逼利诱，但事情来得实在太离奇，竟让他无暇细想佟凯与江子蹇交朋友，以及佟凯出现在足浴城这些事的复杂关联。

佟凯："你要怎么样才愿意不去乱说？"

天和："告诉我真相，否则我一定乱说。"

从天和出现的那一刻开始，佟凯的大脑就处于过载状态，这辈子他从来没有像这一刻般功耗全开，二十个线程同时运转，只想找到一个能让天和信服的理由，并堵上天和的嘴，让天和千万别往外……乱说。

"我……"佟凯稳定情绪，说，"行，告诉你，但你……你懂的，否则我一定就……身败名裂了。"

佟凯从他丰富的阅人经验里，准确地抓住了打动天和的一点儿。

天和："这我也得考虑一下，根据你的诚实来定。"

佟凯抓狂道："这是霸王条款！"

天和："选择权在你自己。"

佟凯心想：你让我怎么解释？我说我装成穷人去跟真诚的普通人交友你会信？于是他只得硬着头皮说："事情其实是这样的……我……我有着……难以启齿的……爱、爱好。"

"噢。"天和大致明白了。

佟凯又抹了把脸，表情从崩溃切换回严肃、认真，朝着天和诚恳道："因为这个难……难以启齿的……爱、爱好，白天我是诺林的首席法务，晚上我就……

会……换一身衣服，偷偷找一家……足浴城，当服务员……"

天和："于是你专挑面善、性格单纯的人下……下手吗？"

佟凯："是……是，我也没办法，如果我每天不给人按……按那个……脚，晚上我就……就睡不着觉。"

天和观察佟凯的表情，点了点头。

佟凯努力擦脸，一本正经道："请你千万、千万不要说出去。"

"是这样啊。"天和拿着香槟，嘴角抽搐，说，"那今天和我吵架的……"

佟凯马上说："也请你千万、千万不要难为他！"

天和："哦？"

佟凯说："他是我无意中认识的客人，他对我很好，请你不要找他麻烦。"

天和试探着问："你们后来怎么样了？"

佟凯迟疑道："你走了以后，我就……下班回家了，他也走了。"

天和面无表情道："佟总，我爸爸说，长得越好看的律师就越会骗人，你想身败名裂吗？不想吧？不想就给我说实话。"

佟凯："……"

天和："他对我的顶撞令我很生气，如果你在这件事上撒谎的话，我就卸他一条腿。"

普罗在耳机里说："没必要真的卸他一条腿，我建议你和他商量后，让他通过假装残疾来实现。"

佟凯："卸啊，你铁定会后悔，我会替他出头，和你打官司。"

天和："关越也会替我出头，我想他不会让你这么做的，清松刚投了我呢，我要是坐牢，他的投资可就打水漂了。"说着说着，天和灵机一动，"或者，我把卸下来的那条腿寄到你家？这样你就不用每天晚上都偷偷摸摸地出门了，不是很方便吗？"

佟凯："……"

天和端详佟凯，佟凯完全拿天和没办法，只得摊手，说："我们很久没联系了，闹了些矛盾。"

"是吗？"天和心里充满了疑惑。

佟凯："就在你怒气冲冲离开足浴城以后，我们发生了些冲突，所以……唉。不过这不重要，我现在把实话都告诉你了，不要再逼我了，否则我真要从露台上跳下去了。"

天和："那人真的不是你朋友？"

佟凯："他是个酒店门童，怎么可能？而且我一旦和他距离近了，后面的事情要怎么瞒？不就暴露了我是个……是个……有……难以启齿的……爱好的人的事实吗？"

"确实很难以启齿。"天和答道，"但是其实你可以……随便找几个人，花钱给人按一下，我觉得应该没人会拒绝的吧？"

佟凯理直气壮地说："天底下没有不透风的墙，他们会出去乱说，我还是会身败名裂的，只有去足浴城上班，才是最好的……最好的办法，对不对？"

"嗯。"天和心想，这逻辑简直无懈可击。

佟凯说："我相信你会为我保守秘密，对不对？"

天和："Epeus 的合同，是你亲自做的吧？"

关越没有让清松的任何人经手这份合同，而是交代佟凯草拟，哪怕财务长这种心腹，也只是跟进相关进度，看不到具体合同。佟凯只得硬着头皮说："是的。"

"我觉得，也许我们可以就此稍微沟通一下。"天和说。

佟凯说："那关乎我的职业道德，闻天和，我、我、呃……我没法给你……网开一面，我必须站在关越这边，他才是我的雇主……"

这回佟凯的底气稍稍有所不足，说到最后，他改口道："不过我可以在力所能及的范围里，那个……建议一下他，只要他点头，我也不想卡你，而且有些条款也……确实没有必要太苛刻。"

天和轻松地说："那我们就这么愉快地决定了。"

佟凯伸出手，天和注视他的手，两人对视，还是勉强握了握。

"打官司包赢券呢？"天和问。

"改天让人送到府上。"佟凯答道。

"很好。"天和点头，笑了笑，与佟凯碰杯。

宴会开始一个小时后，关越总算来了。他带着明显的疲惫，对着电梯内的镜子稍微整理了一下衬衫袖口，今天他的着装与天和近乎一模一样，藏青色的董事套装，正是方姨让德国加急做完送过来的其中一身，按维多利亚时期的剪裁方式，做了稍许复古风格的调改。

财务长等在电梯口，见关越出来，便道："闻天和先去寒暄了一圈，已经与佟总聊上了。"

关越简单一点头，朝最近的客人抬手，打了个招呼。他进来第一件事，就是寻找天和的下落。

/// 19 ...

"我需要一点儿时间，来消化这个令人震惊的事实。"天和第一次觉得自己快要死机了。

"我也觉得。"佟凯露出了有点儿绝望的表情，拍拍自己额头，说，"你是不是也得给我分享点秘密？我相信我们会成为好朋友的。"

天和突然想到一个严肃的问题，说："有句话叫'物以类聚，人以群分'，听说你经常出入关越的办公室……"

"啊，是的。"佟凯顿时从天和的眼神里领会到了他想说的话，马上改口道，"不不！绝不是你想的那样！"

天和怀疑地问："哦？其实我并没有说什么啊。"

佟凯打量天和："我对关越并没有那种……难以启齿的爱好，而且那家伙的智商比三岁的哈士奇还低，更是一副以为自己的面子比天还大的样子……"

天和："你们这些人的比喻实在……"

关越："……"

佟凯："……"

天和："……"

连天和也不知道关越什么时候来的，马上后退一步，说："我以名誉担保，佟总，这绝对不是我下的套。"

关越侧头注视佟凯，佟凯马上道："啊！老板！您来啦？突然想起还有一点儿事……我先走了！"

佟凯火速撤退，剩下天和与关越面对面站着。

普罗："他有点儿累。"

天和心想看出来了。两人相对无言。

"这套衣服上身不错。"天和说。

关越穿着天和为他定制的西服，显得高大帅气，与天和站在露台上，风度翩翩，帅气多金。

关越冷淡地说："我第一次抓到佟凯在背后说我坏话。"

侍应过来，天和放上酒，又有人送了新酒过来，两人拿了。

"他是在恭维你。什么时候开晚饭？"天和说，"这餐前酒已经喝了我快一个小时了。"

关越："跟我身后。"

天和："不去，全打过招呼了，就那样，我最烦假惺惺的交际，要去你自己去。"

关越相当了解天和，知道天和向来不喜欢这种场合，今天已经相当努力地在配合维护他的面子。若硬要让天和跟着，就是搬起石头砸自己的脚，待会儿下不了台的只会是自己。

"稍后过来品酒。"关越只得说，又转身走了。

天和去取自助餐，佟凯正在餐台另一侧，伸手过来，给他盘子里夹了点东西。

佟凯："这个俱乐部别的都是猪食，只有鱼子酱还勉强可以，因为对他们来说实在太贵了，厨师不敢乱做，只能把罐头打开，倒进盘子里直接端上来。"

天和："我已经很饿了，想把装鱼子酱的盆端到露台上去，用炒勺舀着吃。"

佟凯说："我去给你想想办法。"

天和走到落地玻璃边，不多时，侍应特地做了一份烤松茸过来，显然是佟凯为他点的。

天和："普罗，你觉得他说的话是真的吗？"

普罗："这不重要，我想提醒你的是关越，今天他的精神状况明显不太好，记得上周产业峰会的时候，他中场离席去接电话的举动吗？我实在分析不出，有什么事能在那个时候打断他。"

天和："算了吧，在关越的人生里，我永远是排在末位的，大 Boss 一个电话就能把他召唤走了，你别老给他加戏。"

佟凯也来了，在他对面坐下，随手拨了几下盘子里的食物，挑了点入口。

"我记得恺撒和范思哲没有太大关系。"佟凯说。

天和礼貌地说："谢谢指点，我对奢侈品牌一直没什么认识，今天的所知已经是我的极限了。"

"啊，那是的。"佟凯说，"我也不知道优衣库和 H&M 是做什么的，只能随便挑几件衣服穿穿。"

天和："你的衣服是我母舅家做的，不要欺负我见识短浅看不出来。"

佟凯："……"

两人沉默无声地吃着晚饭。天和一直在考虑要不要给江子塞打个电话，暗示一下他这件"惊人的"事。但佟凯既然已经说他们闹矛盾了，也许还是等到跟江子塞问明经过再说？

"你吃得太少了。"佟凯说，"总饿着肚子对身体不好。"

天和："我在家里可以徒手吃掉两只鸡。待会儿回家我还得让方姨给我做三两牛肉面，才保证晚上不会被饿醒。"

佟凯："能不能按'上流社会'的剧本演一下？"

天和只得改口，笑道："你真是太体贴太会照顾人了，平时也是这样吗？"

佟凯说："作为一个成熟男人，在这种时候总要好好照顾你们这样的小孩儿，不对吗？"

天和："……"

佟凯："……"

天和"呵呵"一声，说："硬却死挺（Interesting，指有趣）。"

佟凯："待会儿关越让你去品酒的时候，你坐在我和他中间。"

天和："一定要这样来传话吗？"

佟凯一摊手，说："咱们的老板对沉默有种莫名的执着，也许他觉得憋着不说话，小宇宙就会复利式累积增强吧？"

"这点我倒是同意。"天和说，"处女座圣斗士就是这样，在长时间的闭眼强迫症间歇期间，眼睛突然睁开一下，就会有什么东西爆发出来。"

佟凯哈哈大笑，天和侧头瞥了一眼不远处的关越，这时他正与那啤酒肚老外和几名投资人在同一桌吃饭，用叉子漫不经心地卷意大利面，视线却游移不定，间或一瞥角落里的佟凯与天和。

普罗忽然在耳机里播放远处的声音，一席交谈经过声音采集与增强后，非常清晰地传进了天和耳朵里。

"他们在讨论'圣高重组案'。"天和突然朝佟凯说，"那是什么？"

佟凯答道："一家成立了不到十年的机构，钩心斗角很厉害，素有'业界毒瘤'之称。两名高管跳槽后去了清松，一个留在华尔街的清松总部，另一个也许会被派来中国，联合起来，和你的霸道总裁玩个两三年的'宫斗'……不过，你耳朵怎么这么灵？"

"我会读唇。"天和低声说。

佟凯点点头，天和纠正道："实话告诉你，我们之前关系很好，但是现在崩了，我建议你别在他面前多提。"

佟凯想了想，若有所思地点头。

关越只是听着他们的讨论，普罗又说："他们怀疑美国清松打算撤换掉关越，正在明目张胆地试探他，我想他现在的心情一定不太好。"

佟凯发现天和在观察他，于是一抬眉，露出人畜无害的表情，就像个刚毕业的大学生，天真热情地笑了笑，又顺着天和的目光，环顾整个宴会场。

"到处都是真苦难，假欢喜。"佟凯感慨道。

天和："一个律师，居然会喜欢巴尔扎克。"

佟凯说："请注意你的言辞，我是高级法务顾问，不是普通的律师。而且你不觉得这个场面，很有《人间喜剧》的风格吗？"

说着，佟凯又稍稍靠近些许，说："我很欣赏你，天和。我家有的是钱，只要你点一下头，就不用去清松看他们的眼色了，现在我就打个电话从阿姆斯特丹调两亿欧元过来，别说人工智能，你要在楼下盖个巴黎铁塔我都依你。"

天和答道："佟总，不要开玩笑了，这不好笑。"

佟凯笑着喝了点酒，天和说："你只是因为今天心情不好，没地方发作，报复性地发泄一下而已，万一害我当真可就不好了。"

佟凯想了想，说："我知道关越为什么欣赏你了，你让身边的人有种想降伏你的冲动。"

天和："我又不是妖怪。"

佟凯拿着叉子，无意识地划了几下，说："被你毫不留情地奚落以后，我就想……嗯……"

天和接上佟凯的话："你就想拿个葫芦出来，把我收进葫芦里，或者掏出一张符，贴在我的额头上。不过佟总，如果你乱来的话……"

佟凯眉头一扬，正襟危坐，期待地说："你就会把我怎么样？找我打官司吗？"

天和也认真地说："不，我会给慕尼黑那边打电话，把你们家拉进黑名单里，这样你和你爸，还有你家的王室亲戚，从此以后就再也订不到我们家做的衣服了。"

佟凯在与天和打交道的短短两个小时里，遭遇了三连败的重挫，这是他从未有过的。

晚餐结束后，换了一名小有名气的、常演电视剧的演员，穿着闪光的晚礼服长裙在台上陶醉地唱歌，天和看了一眼，唱得还挺好听的，但不认识。

品酒沙龙在楼下，以古典主义风格装修的房里摆放着六张沙发，墙上挂着静物写生与风景画，室内放着巴赫的音乐，坐了十来个人，关越占了其中一张供三人坐的短沙发，就这么沉默地坐着，侍者挨个上酒，客人们陆陆续续地到了，开盒，递灯，抽雪茄。

参与这个餐后沙龙的都是业界知名人士，惯用英语交流，关越那张沙发仅能坐三人，他见佟凯与天和来了，便稍稍朝侧旁让出空位。

天和心想这里总算感觉正常点了，就像回到了伦敦的某个派对，区别只在于中国人占了大多数。

佟凯也坐那沙发上，天和第一次来，没有他的位置，只得坐在关越与佟凯中间，客人们一看天和，都有点儿小意外。

"Hermes!"那老外笑道。

众人都笑了起来，天和用英文说："请各位给我一个机会，让我完成我的帽子戏法。"

所有人顿时鼓掌，关越也相当意外。

普罗："哦，这可不好，第三次了，天和，而且你也很不谦虚，没有人会说自己在演'帽子戏法'。"

天和掏出手机，搁在茶几上，像个魔术师般，手指轻轻一拂，手机屏幕跳出分析系统页面，他按了一下按钮，数字开始跳动。天和不敢再去预测纳斯达克指数了，选择了一个讨巧的方向，这是他重新修正后的一个新模块，相关的方向是涨速排名备选。

比起惊心动魄般的美股大盘，这个方向要讨巧些，准确率也更高，只是技术含量当然也更低了。

普罗："注意一下关越的无意识姿势。"

关越沉默着，背靠沙发，一只手稍稍抬起，放在沙发扶手上，另一只手的细长手指拈着杯，透过葡萄酒的挂壁，注视茶几上的手机。

关越的这个坐势看上去犹如一头捍卫领地的狮子，非常具有攻击性，无声地宣告了自己的领地。

天和知道关越本意是让他聊几句，介绍一下峰会上不方便说的，未来在推广这个量化交易软件与分析系统时，在机构方面前埋个伏笔。毕竟这几家基金与投资公司之间，既是竞争对手，又是某个意义上的战略合作伙伴。

这个沙龙，是给出第三次分析结果的最佳时机，这样一来，天和反而就什么都不用说了，也不用浪费这群人的，让他们听他说一堆听不懂的计算机术语，现在大家只要耐心等待美股开盘就行。

关越在今天晚上，终于当众说了第一句话。

"圣高破产案不会引发太大影响。"

这句话开启了今夜的话题，也相当于是关越面对晚宴时，对同行的试探所给出的态度。但这个话题只持续了不到五分钟，便被识趣的佟凯接了过去，成功地转到了一桩跨国并购案上。这案子不是佟凯经手的，漏洞百出，卡在了某个议程上，于是佟凯对此发表了不下八百字的无情嘲讽。关越听得心不在焉，天和却被引起了强烈的好奇心，并想到了现在还不知道躲在哪儿的天岳，以及经济纠纷的追诉问题。

从并购到经济形势的分析，以及各公司的 Q4（指第四季度）预测推断，天和明白了关越的安排，也许回去以后，他可以在某些地方，再稍微做点核心模块的调整。

9:20，新酒全部品完，抽第二轮雪茄时，关越起身，说了今晚在客人面前的第二句话："容我失陪一会儿，出去透透气。"

关越不抽烟也不碰雪茄，喝酒更喝得不多，室内空气循环做得非常好，透气不过是个借口，天和正走神时，佟凯示意他往一边坐点，调整姿势，跷了个二郎腿，左手搁在膝上，右手也搭着沙发扶手。

普罗："也注意佟凯的坐姿。"

这下换佟凯用坐姿来表态了，天和有点儿意外，佟凯长着一张娃娃脸，看上去和自己差不多大，忽然认真起来时，气场居然这么强。

普罗："他只是认为自己身为关越的兄弟，有义务对你提供保护，不要多疑。"

直到九点半，所有客人不约而同地停下了交谈，天和心想：原来你们还没忘？

客人们低头看手机，一时产生了诡异的气氛，就像有人把一屋子的人全部禁言了，却没人告诉天和结果。

天和刚想看手机，却看见了关越发来的消息，上面只有一个简单的"垂眼微笑"表情。

十二只开盘领涨个股，对了十只。

"为什么我在昨天会去买另外那两只呢？"克罗基金的老板遗憾地说，"完美错过。"

这话引起一阵哄笑，天和无奈道："真是太遗憾了。"

佟凯放下搭在沙发上的手。

普罗："我想这是个暗示，他在提醒你可以走了。"

天和笑了笑，找了个借口告辞，客人们同样用礼貌的掌声欢送了他。

天和回到顶层，晚宴厅已重新布置过，餐桌上点了不少蜡烛，身穿西服的投资人三五一桌，各自闲聊。明明是谈恋爱的好地方，却都坐着一群大男人，怎么看怎么诡异。

天和四处寻找关越，普罗说："在你的右手边。"

推开落地玻璃门，东侧的露台尽头，只站着关越。

9:40，露台外灯火璀璨，在这个城市最繁华的夜景中，关越孤独的背影就这么倚在露台前，静静看着夜色与远方的车水马龙。

天和站在露台入口处，停下了他的脚步，远远地端详关越的背影，记忆里，他似乎从来没见过关越有这个时刻。

"孤独。"天和说，"关越很孤独。"

普罗："我不懂这种情绪。"

天和说："不仅仅是他，我现在觉得，这座城市里的许多人，他们都很孤独。"

普罗："那你呢？"

天和答道："很少。"

普罗："很少？"

天和："没有，尤其在认识你之后。听见我这么说，是不是很快乐？"

普罗："是的，我的数据差点儿就溢出了。"

天和来到关越的身边，栏杆前的小台上放了两杯葡萄酒。

天和拿起酒，与他并肩站在露台上，望向这座繁灯万盏熠熠生辉，犹如天上宫殿，却容纳了三千万寂寞漂泊的人的国际大都市。

天和侧头看关越，关越转过头，避开了他的视线，但那转瞬即逝的眼神，瞬间被天和准确地捕捉住了。

那眼神天和非常熟悉，他几乎只是一眼就能感受到关越内心最深处的情绪。

他怎么了？天和心里疑惑道。

天和："方姨想把小田送到你家去，她最近不太有空照顾它。"

小田是天和与关越从前养的傻蓝猫，它似乎只认识关越。

关越："我也没空照顾它，另找个主人吧。"

天和："它吃得不多，不用特别陪伴，大多数时候都在发呆，就和你一样。"

关越没有答应，也没有拒绝，手肘搁在栏杆上，手指环握着葡萄酒杯，轻轻摇了摇。

"最近很累吗？"天和终于问。

"爷爷的情况不太好。"关越说。

天和点了点头。

普罗在耳机里说："这下真相大白了，那天他在峰会上接的，一定是家里打来的电话。"

天和："需要找医生去吗？"

天和知道关越是被爷爷奶奶带到九岁的，老人家带大的小孩性格里都有些许固执，对老人的感情也很深。六年前，关越奶奶去世那年，爷爷中风过一次。当时是天和托德国那边请来专家，进行了会诊，家里悉心照料，后来慢慢地康复了。

关越摇摇头，答道："已经请了最好的医生。"

"那，有需要的话，随时叫我。"天和道，转身离开，打算让关越一个人静一静，关越却看了他一眼。

普罗："这个时候他需要你的陪伴，天和。"

天和只得打消了离去的念头，关越似乎也有话想说。

"家里要求我在明年春节前结婚。"关越说，"日子都给我选好了，年初六。"

"冲喜吗？"天和说。

关越"嗯"了一声，天和笑了笑，说："临时找对象不太容易。"

关越："给介绍了一个，世交，很漂亮的女孩子，国庆后让加快进度。"

天和答道："到明年春节还有四个半月，你确定能顺利爱上她？"

关越："努力一把吧。"

天和侧身，伸出手，朝关越道："祝你成功。"

"只能成功——"关越答道，"不能失败。原话是这么说的。"

关越注视天和的双眼，天和仍伸着手，眉毛一扬，示意握个手。

关越却没有说话，转身走了，留下捧着酒杯的天和，他先是望向那璀璨的夜景，再望向手里的葡萄酒。

普罗："现在感觉如何？"

天和抬头，望向关越离开的方向，喃喃道："还行。"

<h2 style="text-align:center">/// 20 ...</h2>

家里。

普罗："我觉得他不是真的想结婚。"

天和擦完头发，往床上一躺："他想不想并不重要，重要的是事实，今天在平台上，我突然有种想飞到星河里去的感觉，就像《瓦力》里的小机器人。"

就在关越离开伦敦，去纽约入职的前一周，他们看了一次《瓦力》。

那是个冬天，关越包了一个电影院，两个小机器人在太空里飞来飞去，一个用喷射器推进，另一个拿着灭火器环绕追逐时，天和便笑了起来，关越则侧头看了一眼天和。

"遵循你内心的指引吧。"天和忽然说，"我现在忽然觉得，许多事也没那么重要。"

关越只是简单地答道："你要知道，下这个决定，我比你更艰难。"

剑桥与牛津的距离有一百多公里，读书期间，关越在剑桥郡附近的圣尼奥买下一套房，并与天和在那里一起住了七年，前四年，关越以监护人的身份照顾他，后三年，他们成了平起平坐的朋友。

七年里，关越总在放学后，搭同班同学的直升机回来陪天和。PPE 临近毕业时，结束答辩后，关越几乎全天在家，但不可避免地，两人的争吵也变得多了起来。

那时候天和还是任性而冲动的小孩，需要人陪伴。但凡关越出去与朋友聚会，天和就会问这问那，回来得太晚，他还会给关越脸色看。关越总是晚回家，也总是爽约，幸而他最后还是会回来，哪怕再晚。

关越做出去纽约上班的决定时，天和根本无法接受。

当时联合利华、劳埃德与 LSE 都给关越发了 offer（指录用通知）。联合利华的职位是亚太地区市场顾问，一旦经过实习期，关越就是史上最年轻的区域级顾问。劳埃德的则是客户经理，LSE 请他去当助教，最后关越却坚持去华尔街。

留在伦敦不好吗？天和找遍各种理由，但无论怎么与他吵，关越的决定都无法动摇。

"这不是你喜欢的工作。"天和说，"你亲口说过，你对华尔街不感兴趣。"

关越刚回到家，沉默不语，脱下西服，在沙发上坐下看报纸，天和则在餐桌前写他的代码。

"那是以前，今天写了多少行？"关越说，"需要找人帮你吗？"

天和敲打键盘的声音已体现了他的烦躁。

"一定要去？"天和答非所问道。

关越简单地答道："是的。"

天和的计划，是两人在毕业以后留在伦敦，他不太喜欢纽约，总觉得纽约没有人情味，那里的人行色匆匆，迎面走来突然找你搭个讪，再哈哈大笑一番，冒昧而突兀，就像不知道从哪儿跑出来的一大群精神病人。

纽约对金钱赤裸裸的追逐，也是他相当厌烦的——曼哈顿的高级公寓里充满了铜臭味，下个楼不小心就会绊到流浪汉摔一跤，想在户外跑个步，只能去中央公园，还会被不怀好意的人看半天。

但无论什么表面上的借口都无法阻拦关越。

天和冷淡地说："不读博，不去联合利华，拒绝当个银行家，对助教职位嗤之以鼻，最后还是回到钱堆里去。"

关越："否则以后怎么帮到你？"

天和道："我可以养我自己，不用替我安排。"

关越把《泰晤士报》翻过一页："你二哥这么玩，迟早得把自己搭进去。"

天和平时相当不喜欢提到"钱"这个字，仿佛说多了整个人也会不可避免地变得俗气起来："留在伦敦你一样可以赚钱。"

"英国死气沉沉。"关越说，"不是我该待的地方。"

"嗯，纽约朝气蓬勃，纽约欣欣向荣，那才是你要的生活。"天和说，"你一定可以赚到大钱的，有时候我觉得你像一条龙，蹲在金光闪闪的宝物堆上……"

"你总是活在自己的世界里。"关越把《泰晤士报》扔到手边，不悦道，"生活的艰难远远超出你的想象！"

天和停止敲键盘，盯着关越，双方都知道，吵架要开始了。

天和正想再找话来堵他，关越却道："而且我不想被你二哥说中，OK？他从来没放弃过诅咒我。"

天和也生气了："你就这么在乎他对你的评价吗？"

天和烦躁地拍了两下键盘，知道关越相当在乎，而天岳伤了他的自尊，在二哥眼里，关越家的企业拒绝拥抱信息金融时代，将会落得破产跳楼的下场。

关越的父亲关正瀚也毫不留情地向他指出"富不过三代"这个规律，虽然本意只是恼怒于关越不识大体。关越却比谁都明白，花钱没关系，只要他高兴。但会花钱的人，一定要有会赚钱的能力，否则关家迟早会迎来跌落的那一天。

关越也知道再吵下去势必没完没了，起身离开客厅。

"只要是你决定的事，谁也改变不了，哪怕是我。"天和一定要说这最后一句话。

关越："对。"

这次换关越抢到了最后一句，如愿以偿地让天和气炸了。

接着，他们冷战了一整天，吃午饭时，关越问了一句"写多少了"，并在表情上努力地摇了一下小白旗，天和没理他，吃完饭抱着电脑到花园里继续工作。

关越则有点儿坐立不安，时而看书，时而起身，隔着落地窗看花园里的天和。

天和从屏幕的反光里看见关越站在客厅里的身影，久久地站着，一动不动，他知道关越又在纠结了，活该他纠结。

没有人比天和更能解读关越的眼神。吵架以后，他会很矛盾，很痛苦，很愧疚，愧疚起来会一整天不说话，想方设法地用他笨拙的伎俩来哄他，过后则一切照旧。于是天和总是一而再，再而三地用这种方式来折磨他。

这种折磨，随着关越入职日子的临近，越来越频繁。

当然，这么多年里，关越的决定，也从来没有一次为他而改变过，从来没有。

这点令天和相当恼火。他们每逢意见不合，就像两支有默契的军队，一轮狂轰滥炸后，双方打完了弹药，再沉寂下去，等待对方认输。

天和胡乱地敲着代码，自打关越宣布了他的决定后，他的程序就写得乱七八糟，大多数时候连他自己也不知道在写什么。

他从电脑屏幕的反光里看见关越把鹦鹉架子摘下来，那架子太高了，天和总够不着。

每周一、三、五都有人来给小金清洗，但今天关越实在烦躁，也许需要做点什么事来转移注意力，于是决定自己动手。

他准备了给鹦鹉洗澡的细沙，解开它的爪链，然而小金却找到机会，"唰"地一下飞走了。

"小金！"天和马上扔了电脑，冲进客厅，鹦鹉飞到了柜子上，关越还没回过神，只见那敏捷的身影"唰"地一下飞了上楼，两人马上追了上去。天和道："你就这么无聊吗？它会飞走的！"

关越不说话，一个飘移，冲上二楼，竭力挽救他的错误，鹦鹉已拍拍翅膀，飞上三楼，紧接着从三楼走廊里半开着的窗户飞了出去！

关越马上跟着小金钻出窗口，上了房顶，天和跑下楼，站在花园里抬头看，结果小金鄙夷地看着关越，"嘎"地大叫一声，飞走了。

关越没辙了，看着鹦鹉飞上蓝天，飞往北面，就这么毫无征兆地越狱了。

变故来得实在太快，天和还没反应过来，关越也愣住了，赤着脚站在屋顶上，两人沉默片刻，天和回到客厅里，朝沙发上倒了下去，躺着不说话了。

一个小时后，关越推门进来。

"算了，找不到的。"天和疲惫地说，"跑了就跑了吧。"

关越颇一筹莫展，看空空荡荡的鸟架，再看天和，在沙发前盘膝坐下。

最终，关越提议说："出去走走。"

天和点点头，他已经有好几天没出过门了。

"小金丢了。"天和难过地说。

"会回来的。"关越说道。

天和道："你对它到底哪儿来的信心？"

天和始终觉得，这只鹦鹉仿佛在某种意义上代表着他们的友情，现在小金飞走了，相当不祥。而且这又是命中注定的，关越决定离开，导致他俩吵架，吵架导致关越没事找事做，去碰鹦鹉架，最后令小金飞走……算了，看开点吧，天和也不愿意再去多想了，免得事情越来越糟。

那天傍晚，他们去了伦敦市区，关越带天和去伦敦眼坐摩天轮，到大本钟下拍了张照，在特拉法尔加广场吃了晚饭，天和一直记得他十四岁来伦敦那天，关越带他去过的每一个地方。

晚上关越与他看了场数年前的旧电影《瓦力》。

看电影时，天和忽然就想通了。

"去吧。"天和终于放下了，说，"我现在忽然觉得，许多事也没那么重要。"

"你要知道，下这个决定，我比你更艰难。"关越的回答则十分简单。

当天夜里，关越把车停在车库，带着天和，在花园里看了一会儿星星，却听见一阵翅膀的拍打声——

小金回来了。

天和不敢发出任何声音，关越轻轻地过去，伸出手，靠近小金。鹦鹉却没有挣扎，任凭关越抱进怀里。

"有点儿小脾气。"关越朝天和说，"我知道它会回来。"

说着关越朝天和笑了笑，这是近一个月里，天和第一次看见关越笑。

两人又一起低头看小金，天和点点头，说："知道回来就好。"再把它放回鸟架上，小金似乎是饿了，吃了小半杯鸟食，便将脑袋埋在翅膀下睡觉。

一周后，天和与关越一起上飞机，送他去纽约入职，关越一入职便忙个不停，天和想在曼哈顿下城区买套房，却没看到喜欢的，只能暂时住在酒店里。开学那天清晨，天和轻手轻脚地起来，没有叫醒他，自己回了伦敦。

天和侧身，翻了一下手机，上面是江子骞发来的消息，他才想起今天佟凯的事，奈何关越结婚的决定，已经冲掉了今天佟凯的八卦。

/// 21 ...

翌日清晨，江子骞推开闻天和的房门，头发乱糟糟的，一头撞了进来就往天和的被窝里钻，拱了几下，屁股还在被子外头，一条狗般把自己强行塞到天和身边。

天和睡得迷迷糊糊，勉强睁眼，看见床头柜上的闹钟："不是才六点吗？你干吗？"

天和用力推开江子骞的脑袋，翻了个身趴着。

江子骞呻吟道："我要死了。"

天和不理他，继续睡自己的。

江子骞穿着短裤白 T 恤，毛毛躁躁的，一会儿推天和，一会儿唉声叹气，死活要把他弄起来。

过了十分钟，江子骞突然安分了，也睡着了。

两小时后，早晨八点，天和总算睡醒，侧头，见江子骞不知道什么时候醒来，正在出神地刷手机。见天和终于醒了，江子骞便抬起右手，让天和枕着，一语不发，看手机上的一堆照片。

普罗的声音突然在房间里响起："比起关越，我觉得你们关系更好。"

江子骞一怔："谁？谁在说话？"

"普罗。"天和说，"不要突然发出声音，你会吓到他。"

江子骞道："哟，你的人工智能吗？这么聪明？"

天和："有点儿小毛病，还在研发过程中。"

普罗："我不觉得我有什么毛病。"

天和："身为一个 AI，你要学会谦虚。"

江子骞一个文科生，对 AI 并无太多了解，在他的认知里，普罗应该就是个类似贴心小助手的程序。他听到普罗的声音后也没问太多，反而有点儿好奇道："这声音听着怎么有点儿像关越？"

天和："在合成声音库里取的样本，挑了个好听的，和关越没关系。"

江子骞："不过他的声音本来也挺好听。"

江子骞扔了手机，转身躺着，呻吟道："小凯跟想象中的不一样，怎么办啊？"

"普罗，不要胡乱插嘴。"天和马上警告道，免得普罗一转身就把昨晚的事捅破了。

普罗识趣地放了首巴赫，江子蹇说："我已经一晚上没合眼了。"

天和："怎么了？"

江子蹇解释了一下。天和十分犹豫，不知要不要暗示江子蹇真相，可他无法预测到江子蹇如果知道了这个荒谬的真相，会让他的心情变得更好还是更糟。有时知道得少一点儿，也许对江子蹇来说还是件好事。

江子蹇从床上爬起来，跟在天和身后，到洗漱间去，拿起牙膏，给天和挤在牙刷上，说："昨天傍晚，我们聊了很多，小凯和我想象中的完全不一样。"

天和接过，开始刷牙，"咕噜噜"地发出含糊的声音，江子蹇道："对！一开始我就觉得他有点儿强势，没想到强势得过头了。"

早上，江子蹇先是把天和带到另一家会所，阳光灿烂的花园里，天和却惦记着自己的代码，决定今天先为普罗升级一下信息搜集模块，这样在后续开发分析系统功能时，普罗能帮上不小的忙。

江子蹇在一旁喝咖啡，也不说话，半小时后，一名经理带来了介绍人，身后跟着六个年轻人。他们都在二十岁上下，有的穿西装、有的穿休闲装，收拾得利落精神。

天和："……"

江子蹇："下一批。"

天和刚从笔记本电脑后抬起头，连那群人的长相都没看清，就都被江子蹇赶走了。

"你找个普通朋友一定要用这种'皇帝选妃'的方式吗？"天和有时实在无法忍受江子蹇的做派，真是太恶俗了。

"省工夫啊。"江子蹇茫然道，"节省双方的时间，不是很好吗？"

天和："你好歹一个个地请过来，喝杯水聊上十分钟，这真是太无礼了，面试都不能……"

江子蹇："为他人着想才是最好的礼貌，你想，六十多个人，每个人十分钟，聊到晚上都聊不完。何况十分钟能聊出什么来？"

江子蹇的逻辑简直无懈可击，天和只得说："那别人千里迢迢地来一趟……"

江子蹇："八千车马费，相信我，都懂得很，他们正求之不得。"

天和："有钱就可以为所欲为吗？"

江子蹇礼貌地说："是的。"

第二批过来，江子蹇扫了一眼，又让他们回去了。

会所花园里只有江子蹇与耐心敲代码的天和，普罗说："被改写核心模块让我有点儿抗拒。"

"只是很小一部分。"天和答道，"升级以后你的信息系统会得到极大的改善。"

普罗："果然你还是嫌弃我了。"

天和："既然爱我，就请接受我对你的改造。"

第三批人来了，江子骞做了个不耐烦的手势，打发了这批人，也不再通知了。

天和："下一批的六位选手呢？路上迟到了？"

江子骞："都在大厅里等着呢，不想认识了，没意思，土里土气的，你说怎么就……"

天和："美人并不个个可爱，有些只是悦目而不醉心。"

江子骞笑了起来，那句仍然来自他最喜欢的文学作品《堂吉诃德》，低头看手机，上面是他与佟凯这大半个月里的聊天记录，他上刷，下刷，最后把聊天记录一下全删了。

江子骞："算了，不想了。"

天和胡乱敲了两下代码，心不在焉地说："我看昨天下午他挺感动的。"

江子骞把手机扔在茶桌上，抬头，望向秋日里灿烂的阳光，闭上双眼，桂花的香味隐隐传来，碎花瓣落在天和的键盘上，天和随手把它们扫开，沉默片刻。

江子骞："想找个地方，安放自己无处可去的灵魂，实在太难了。"

天和手指放在键盘上，却侧头望向江子骞。

"子骞。"天和说，"你看，我说对了，一个知己，能让你感受到自己真切地活着。"

"那你呢？"江子骞听到这话时笑着反问道，"你也来感受一下存在的意义吧！"

天和突然有种不祥的预感。

击剑场上，天和一式拨挡，逼开对手，退后，双方行礼。

吴舜摘下头盔，说："你比我想象中的厉害多了。"

天和真想揍死江子骞，还以为他想做什么，没想到他最后又找了浓眉大眼的吴舜。而且吴舜就没事做，超长时间待机，随叫随到，一接电话，比他们来得还快。

"觉得我怎么样？"吴舜笑道，"勉强能陪练吗？"

天和说："只有招架之功，毫无还手之力。"

两人都笑了起来，吴舜与天和到场边坐下，教练正在纠正江子骞随便约来的另一个人，似乎是一名模特，江子骞则在一旁无聊地等着，对方第一次来，江子骞反而成了他的保姆，小心翼翼，怕把人给打哭了。

吴舜倒是很厉害，什么都会，而且都玩得很好。天和听江子骞说过，这家伙当年在波士顿读书时，还是全美斯诺克业余组的亚军。

天和的击剑则是关越手把手教的。

两人一起看江子骞与男模对剑，那场面简直惨不忍睹，天和却从对方的动作里看出，他非常重视江子骞，并努力而笨拙地配合着他的动作，吴舜侧头端详，说："小江最近似乎有烦心事。"

天和有点儿意外："他告诉你了？"

吴舜："看出来了，其实像他这样挺幸福，我就不行。"

天和一时不知道怎么接这话。

普罗在耳机里说："你该接话了，不然气氛会很尴尬。"

"为什么？"天和心想你这 AI 成天到底在想什么，太多管闲事了。

他用了一个模棱两可的追问，将话题继续下去，吴舜却笑道："小江是个浪漫主义者，可我呢，从小到大，不知道为什么，在对一个人动心后，苦苦追求，直到总算告白的那一天，捅破了窗户纸，就会突然失去了所有的兴致。"

"好像许多人有这样的问题。"天和眉头微蹙，说，"我见过不少。"

吴舜笑道："都说婚姻是爱情的坟墓，而对我来说，'两情相悦'才是爱情的坟墓吧。"

天和点了点头，两人看着江子骞在场上伸手，把那个小男模拉起来。摘下头盔后，对方长得很帅，气质也很好，确实是以模特为生的。

天和："这么说来，一个永远不会接受你告白的恋人，会比较适合你。"

吴舜想了想，笑着说："最好呢，对方还有点儿小手段，时不时给我点甜头，欲拒还迎，若即若离，三不五时地给我发张'好人卡'，失恋时再借我肩膀，大哭一场，我非常吃这一套，简直就是死心塌地。"

天和认真地说："剖析自己的内心需要非常大的勇气，吴舜，我非常钦佩你。"

吴舜笑了笑，看天和，天和在这一刻忽然觉得，他们也许可以成为很好很好的朋友，于是侧身过去，隔着一身剑服，与他拥抱了一下。

但拥抱过后，普罗提醒道："你与他走得太近以后，江子骞觉得吴舜取代了他在你心目中的位置，一定会嫉妒他，最后和他翻脸，说不定会卸掉他一条腿。"

天和："……"

吴舜："明天打桌球去？"

天和换完衣服出来，答道："明天入职，要上班了。"

吴舜意外道："恭喜，公司打算重开？"

天和："去清松投资报到，目前看来……嗯，我觉得关总不会允许我擅自招人去祸害他的公司。"

吴舜大笑起来。

当夜江子骞与天和坐在车后座上。

"关越要结婚了，你知道吗？"江子骞忽然说。

"你们的消息怎么都这么灵通？"天和道，"这也太快了。"

江子骞道："吴舜说的。他们的朋友圈里，八卦总是传得很快。"

天和："昨天我才知道。"

江子骞漫不经心地翻手机里的聊天记录，说："昨天？关越上周已经和那女孩见过两次了，还一起吃过饭呢。"

"哦。"天和点点头，说，"原来我是最后一个知道的。"

江子骞："关越真是太了解你了。"

天和："掌握了所有激怒我的方法吗？不过我还挺平静的。"

"有什么需要，随时叫我。"下车前，江子骞朝天和说道。天和笑了笑，朝车里的江子骞挥手，与他告别。

普罗："你的心情是不是不太好？"

"你知道这个世界上最温暖的一句话是什么吗？"天和回到家，灯开着，方姨回去睡了，桌上放着夜宵。

普罗："'我爱你'吗？"

天和："不，是'有需要随时叫我'。朋友之间专用。"

国庆假期结束后的第一天早晨。

天和差点儿被房间里突然响起的贝多芬吓出心脏病来。

"普罗！"

天和从床上爬起，抱着被子，愤怒道。

普罗："我只是想让你提前熟悉一下环境，抱歉。"

天和："……"

天和在贝多芬的《G大调小步舞曲》中洗漱完毕，坐到餐厅里开始吃早饭。

方姨为他准备了个斜垮的公务包，电脑收好，给他看文具，说："不知道这些你上班用得着吗，前几天我去逛街，跟店长聊了几句，店长听说你要上班，送了我这一套东西。"

天和知道他去"上班"的这件事，一定让方姨的老朋友们觉得很有趣，大家也都在鼓励他，于是随口道："怎么就像小时候去上幼儿园一样？有种'我们家天和要上学了'的感觉。"

方姨笑道："有区别吗？小江家的车来接你了，人没来，他早上给我打了个电话，说让司机送你去，每天接送，这样上下班你都不用亲自开车，路上正好休息会儿。这是你的午饭，微波炉热三分钟就行，别热久了。"

天和说："你们太会替我安排了。"

"关越死了。"鹦鹉叫道。

方姨一边为天和收拾文具，一边朝鹦鹉说："从今天开始，要说'老板好'。小天，白律师早上打电话来，已经先去你公司了，他会为你提前检查一下合同。"

天和："谢谢，普罗，能把'胎教之父'换回我熟悉的'家务大师'吗？"

音箱里放起了巴赫，一切终于变回正常了。

"我出发啦。"天和吻了一下方姨，换好衣服出门去，门口停着江家的加长劳斯莱斯。

天和："……"

天和本来想从劳斯莱斯后面绕过去，却被等在车外的司机看见了，司机为他拉开车门。

天和只得上车，开始了他人生里的第一天职场生活。

/// 22 ...

十月八日，清松投资，总经办楼层。

"我看到了一辆劳斯莱斯。"Mario 说。

"你只让我不要'开'两百万元以上的车——"天和礼貌地说，"没让我不要'坐'六百万元以上的车。我发誓我没有摸过它的方向盘。"

Mario 面无表情，把天和带到一个小会议室里，老律师正等着。

Mario 说："签合同吧。"

关越与佟凯都没有出席，但在俱乐部宴会后，佟凯难得地放下了架子，亲自给闻家的老律师打了个电话，约见一次，用"惊人的"速度把合同过完了。

"这个合同你肯定很满意。"Mario 见天和还在翻看合同，说，"再不满意，天底下你也找不到比它更好的合同了。"

老律师说："不做乘人之危的事，也是给你们关总积德。我看着天和长大，相信他不会辜负清松投资，为关总找来一棵摇钱树，理应是身为 CFO 最大的成就。别忘了，你的奖金有一部分还要指望小闻帮你挣呢。"

Mario："……"

Mario 第一次被这么当面"教育"，本来想反击回去，奈何对方是资历很老的业界大牛，说不定以后还有打交道的机会，只得忍着。

天和心想二哥换掉这位勤勤恳恳、说话不客气的老律师，真是一个巨大的错误。

他笑着朝老律师说："谢谢您，白老师。"

天和没有再多看，签完了破产延期担保合同，从这一刻起，公司成功续命三个月，但被查封的资产则保留冻结状态，直到来年的一月一日，软件升级后通过评估，由关越亲自签字，清松才会签署真正的担保合同。

天和把老律师送走，回到清松投资，早上十点，Mario 说："关总亲自为你安排了办公座位。"

天和知道核心系统升级期间，关越并不打算为他招募技术团队，当然限于技术机密，天和也不打算招人。清松的安排，他大致还是能接受的，顶多只是把办公地点从家里改到了公司。

"就是这里。"Mario 说。

天和："挺好的，阳光充足。"

大办公室的角落里，饮水机后面摆了一张办公桌、一台台式机。这里挨着茶水间，距离其他同事的办公桌很远，就像被罚站一般，需要接受所有同事来来去去奇怪的打量目光。

普罗："这个位置体现了关越对你的挖苦。"

Mario 说："需要什么办公用品，自己去找行政申请，就这样。待会儿行政会来给你讲解入职注意事项。"

天和耐心地擦了一下办公桌上的灰，名牌都给他准备好了——Epeus 技术总监，闻天和。行政总监过来倒水，朝他投来随意的一瞥，天和礼貌地点点头。

"除了没有窗帘，其他的还行。"天和侧头看，总感觉这像个清洁用具房拆改的。

普罗说："注意你的右边。"

天和从落地窗看出去，惠丰大厦的结构很好，大厦很漂亮，从自己在办公桌后的这一位置，恰好能看见这座大厦的另一个延伸角。

"秋天阳光很舒服。"天和把文具摆好，打开电脑，倒了杯咖啡过来，坐下，说，"距离咖啡机也很近。"

普罗："你应该不会喝这里的咖啡。"

天和："破产公司的老板，不能总是嫌弃这个嫌弃那个的……有张办公桌就感激不尽了。"

入职流程全部简化，天和的身份是清松投资的分公司的CTO（指首席技术官），让他到投资方所在地来办公，本来就很不伦不类，行政也不向任何人介绍他，自然也没人来找他打招呼。Mario告诉过他，他的其中一个身份，是清松的软件分析技术员，职位则是"技术开发顾问"。

你们高兴就好，天和心想。他向来不在乎这个。

"您好。"另一名助理过来了，说，"新同事入职，关总发福利，这里是楼下山水亭餐厅的餐券和饮料券。"

天和写代码写到一半，只得点点头，答道："谢谢。"他接过那沓餐券，翻了一下文具匣，找出个钞票夹子夹上。

普罗："我发现清松的员工普遍对你充满了好奇。"

天和："嗯……我并不关心。"

普罗："其中一部分对你有稍许敌意。"

天和："我也不关心，你又在偷听周围的对话吗？能不能专心配合一下我？"

普罗："你正在改写我的核心模块，就像医生在给病人做手术，我不敢乱动，只能偷听。"

天和："这个比喻用得很好，所以请不要乱听他人谈话。"

普罗："你就不想听听他们说你什么？"

天和继续敲代码："我宁愿听一下音乐。"

附近偶尔有人走来走去，来饮水机接水，拿零食吃，并讨论项目要投的创业公司的一些问题，天和不太受影响，只要别有人强行把电脑抽走就没关系。

普罗将办公室里的某段对话增强后放给天和听。

"他用的是蒂芙尼的夹子……"

天和于是疑惑地看了一眼那个银钞票夹。

"Epeus是老板亲自上阵跟盯的项目，没有让任何人参与哟。"

"确实相当有钱，不过据说他哥哥卷款跑路了。"

"呵，递我面前来，分分钟让他滚回家。"

"普罗。"天和专心地说，"把无聊的八卦关了，我现在要开始动你的核心模块。"

四周倏然安静，天和盯着屏幕，海量的源文件涌出，一时令人眼花缭乱——这是第一代普罗米修斯被创造出来时的初始源代码，对照工作日志，哪怕以天和现在的水平，也只是勉强理解。

普罗："你千万小心点。"

天和两手轻轻地按了几下指关节，松了松手指。

天和："看不懂的地方我不会乱来的。"

普罗："看不懂的地方很多吗？"

天和："接近 100% 吧。"

普罗："这不好笑，我还想当你的好朋友呢，把我的程序搅乱了我就不能陪你聊天了，你会很寂寞。"

天和温柔地笑了起来，开始这项浩瀚而繁复的工作。

办公室里，关越正在烧开水泡他的阿萨姆奶茶，高新技术办公桌，上周因"闹鬼"自动烧开水三十六小时的 Bug，只能送回原厂修理，霸道总裁被强行消费降级，换了另外的套装，这令他相当不习惯。

佟凯横坐在单人沙发里，一脚挂在扶手外晃来晃去，侧头望向关越背后的落地窗外，从总裁办公室望出去，恰好能看见大厦的另一个角——公司的饮水机后，天和正对着笔记本电脑敲代码。

"真是处心积虑，用心良苦。"佟凯唏嘘道。

关越按了几下鼠标，看今天的邮件，拉过触控板开始操作。

佟凯："我想今天公司里最新的话题，一定是讨论闻天和家里是不是很有钱，有多少钱。"

关越回了几封邮件，美国那边的麻烦还没来，他便点开昨天总部的会议录音，听他们的会议内容，同时拉开办公桌抽屉，拿出模型继续做。目前要赔给天和的航母进度，已经做到船头了。

佟凯不住张望，又说："从那边是不是看不见这儿？喂，听说……你上个礼拜相亲去了？"

关越边听录音边做航模，眉头微微抬了起来。

佟凯："公司员工上周的热门话题榜第一位。"

关越一瞥佟凯。

佟凯："你想说你并不对此焦虑吗？我看你眉毛都要抬到顶楼去了。"

关越实在对手里的模型很头疼，终于道："帮我查一下，这个航母的本体卖多少钱。"

佟凯："哈哈哈哈哈哈哈哈！"

一个小时后，天和停下工作，知道绝对不能心急，说："试试看。"

普罗："我觉得没有什么改变。"

天和："当然，因为我什么也没做。"

不等普罗回答，天和先笑了起来，答道："骗你的，我大概能看见希望，不过现在看来，工作量比我想象中的……嗯，确实大很多。"

不知不觉，已近十二点，天和注意到已是午休时间，活动四肢，起来走走。

"嘿，小裁缝！"熟悉的声音响起，佟凯不知道是从哪儿出现的。

"嘿，巴尔扎克。"天和合上笔记本。

佟凯拿着"Epeus 信息科技有限公司"的不锈钢方匾，耍盾般玩了几下，说："给我这个机会，让我帮你挂一下牌？"

天和万万没想到，居然连公司的牌子都被摘了送过来，答道："扔着吧。"

佟凯说："挂上挂上，好歹是个 CEO，不能让人看轻了。哎呀，做金融，都看人下菜碟的，要善于包装自己！"说着，他认真严肃地把它挂在天和背后。

天和："……"

佟凯："吃午饭？"

天和拿出便当袋，说："我带了。"

袋子里有两份便当，天和一怔，方姨准备了两份？

关越从办公室里出来，沿途员工纷纷朝他打招呼，关越只是冷漠地点了点头，一瞥天和放在桌上的两个饭盒。

"哇！"佟凯马上自觉地拿过其中一份，说，"还给我准备了午饭？你真是太体贴了。"

天和一瞥关越，关越正在佟凯背后，已经转身走了。

佟凯打开饭盒盖，说："荷兰进口的吧？这一看就知道是我家的肉。"

天和由衷地称赞道："佟总这眼光太厉害了，连煮熟的肉都能认出是哪家的。"

佟凯正色道："不瞒你说，我家养的每头猪我都认识，这道菜的原料，一定是出自那头叫佩蒂的。来，麻烦你帮我热一下，我去看看关总他中午吃什么，刚才看见他往厕所的方向走了，希望他可别一下想不开，跑去吃什么不该吃的东西。"

天和不悦道："你的玩笑就不能开得高雅一点儿吗？"

天和只得拿着两个饭盒，去微波炉前排队，佟凯吹着口哨走了。每到午餐时间，同事们或三三两两出去聚餐，或从便利店里买了便当回公司吃，难得地热闹起来。带饭的人似乎不少，前面等了六个人，都是清一色西服，一名三十来岁、穿着西装的男同事回头，用莫测高深的眼神打量天和。

"你是闻天和吗？"一个女生笑道，"还自己带饭啊。"

天和点点头，笑了笑。

"LV冬季的新款实在是太丑了。"一旁又有女生说，"看上去就完全没有买的欲望。天和你看过吗？"

那几个女孩倒是很自来熟，天和便答道："这个牌子我知道，不过没看他们发布的新品。"

男同事道："你家里应该很有钱吧？"

众女孩都笑了起来，开始骂他，让他别那么直白，太没礼貌了。

天和说："还好、还好。"

"有钱人也吃青椒肉丝啊。"男同事笑道。

天和礼貌地笑道："家里给做的。"

"比外面吃得好。"那讨论LV的女孩说，"爵磊你个笨蛋，懂什么？"

天和记得上次来时就见过她，她是关越的其中一名助理，另一个萌妹子是前台。

男同事说："午饭时间，不下去逛逛街吗？"

"楼下的店，人家的东西肯定全买到不想买了。"总助道，"从现在开始，请你闭麦，不要丢人。"

普罗在耳机里说："这位男同事叫爵磊，负责跟进畅乐的融资，因为Epeus的破产延期担保，导致这家公司无法被正常并购，所以他对你意见很大。"

天和想起来了，那家叫畅乐的，就是找天岳做担保的渠道公司。但他的思想还停留在Epeus的核心模块里，正思考着要如何解决几个复杂的问题。

普罗："其次，他主持投资的另一家公司，也是开发交易分析系统的外包商，是Epeus的竞争对手。"

天和于是知道面前这人总不能去找财务长的碴，只能迁怒自己了。

爵磊说："能看看你的文具吗？居然还真有人买它。"

"文具？"天和有点儿疑惑，"文具是管家去买东西的时候店里送的。"

"要买满多少，蒂芙尼才会送东西？"总助问。

天和："我也不知道她买了什么。"

"你们买东西，一般都去哪里的店？"爵磊问，"建新路吗？"

天和总是被打断思考："啊？我……很少去店里，或者说一般的店，我是说某些市集之外的，逛逛市集倒是不错。"

"去意大利或者巴黎？"总助笑道，"柜姐一定会给你闭店服务吧？"

天和："就是因为去奢侈品店容易给人添麻烦，你们关……总之，害他们不能正常做生意，所以才很少去。"

爵磊道："找的代购吧？"

天和："不，自己买的。"

"网购？"前台妹子笑道，"有什么好的平台推荐一下？"

爵磊说："你不去奢侈品店？我看你的东西也没带 Logo（指商标、标识），买的原单吗？"

天和在想畅乐的事，不知道那家接下来要如何处理，随口答道："原单是什么？品牌商们会把当季新款送到家里来，挑完留下，剩下的让他们拿走就好了，不用让打 Logo。"

众人："……"

天和摸出衣兜里夹数据线的曲别针给爵磊："你说的是这种吗？"

微波炉前的所有人传看了那枚曲别针，都用诡异的眼神看着天和，这下天和是真的相当迷茫，不知道自己说错了什么。

"所以你不用去逛街。"爵磊说，"嗯，你看，这就是他的包没有拉链的原因，不会被偷。"

这话引起了一阵笑声，Mario 拿着个杯过来，抖了一下袖子，露出他那块四舍五入后四十万的百达翡丽腕表，在阳光下一闪，众人便停下交谈，忙朝主管问好。

热过饭的同事还觉得挺有趣，一时也没人离开，都在旁边听他们的对话。

Mario："在聊什么？"

"聊有钱人的生活。"爵磊笑道，"我们都很好奇。"

"嗯。"天和大致能推断出他们的想法，说有恶意倒谈不上，确实只是好奇。

Mario 过来时听到些许，答道："出门上车，到地方下车，吃饭都在家里，要么就是在自己家的会所吃，劳斯莱斯就在楼下等着，又不挤地铁等公交，怎么可能被偷东西？以为像我们'金融民工'吗？"

"看电影偶尔也要出门的吧。"总助笑道。

天和答道："就在家里看也可以的。"

Mario："一般他们家里都有专门的影音室，可惜就是看不到院线里最新的片子，得等一段时间。"

"哦不。"天和说，"电影公司会派工作人员带片源过来。打个电话，上线当天就可以看了，不过我一般提前几个小时看，不想等到十二点。"

众人："……"

"那你就只需要打个电话了。"爵磊嘴角抽搐。

"那是阿姨负责的。"天和笑道，两台微波炉终于轮到他用了，于是他把饭放进去，微波炉自己开启，想也是普罗在操作，只是众人都沉浸在"有钱人的生活"里，完全没有注意到微波炉在不经任何操作下便能自动运转的行为。

"你一定能买到铂金包！"前台说，"我正愁配货的事呢！帮我打个电话吧！"

天和还在想他的代码，问："铂金包和配货是什么？"

Mario："……"

爵磊："爱马仕，知道吗？"

天和谦虚地说："这个还是知道的，财务长教我好几次了。"

于是前台妹子朝天和解释铂金包要在店里消费满十来万元，才有购买的资格，而且还不能挑款式。饭热完，天和懂了，说："我回家帮你问问去。"

总助笑道："谢谢啦。"

嘴上说"谢谢"，众人都不当真，天和若真愿意帮买，会问下哪个款式，长什么样的，随口一句"帮你问问"，想必不会上心，但大伙儿目的也不在铂金包上，获得下午的八卦话题，便各自拿着便当散了。

普罗给天和放了一句远处爵磊的声音："该不会明天就给你提个高仿的过来吧。"

"爵磊！你能不能把曲别针还给别人？吃相别这么难看！这个曲别针一千五呢。"

"你为什么这么喜欢听八卦？"天和说，"普罗，麻烦把进程用在不那么无聊的事情上，比如说破解美国国防部的后台。"

普罗："这个进程我一直开着，现在还剩 472 年又 7 个月。"

天和："我说怎么总感觉这么卡，你还是关了吧。"

"嘿！小裁缝！"佟凯又回来了，时间拿捏得刚刚好，在休息区域坐下，拿过天和的午饭，从饭盒下抽出筷子，说："为了感谢你替我带午饭，我决定……"

"这其实是我的晚饭。"天和面无表情道。

佟凯："显然不是，我想你的管家不认为你会加班。刚才关总明显有那么一瞬间，误会了饭是给他带的，所以你看，做人嘛，太自高自大、目空一切是不行的。谁会给他带饭？你说对吗？"

天和点头道："这话我倒很赞同。"

佟凯坐下，开始吃天和带的饭，并掏出手机，用一只手发消息。

天和不是一个八卦的人，这是他有生以来第一次，去偷瞥别人的手机屏幕，因为他看见了佟凯正在给江子骞发消息——佟凯在聊天框里输入了一大段对话，显然正在斟酌措辞。

佟凯："这看上去是我们竞争对手家产出的肉……不过仍然感谢你，所以我决定，征求一下你的意见。"

天和："你连竞争对手家的猪都能认出来，太了不起了，果然是'畜牧之子'。"

佟凯的动作停了下来，天和准备刺激一下他。

"你的门童朋友，就这么绝交了吗？"

佟凯眼里闪过一秒钟的不自然，却被天和准确地捕捉到了。

天和心想，要么回家干脆告诉江子骞真相算了。

天和："不要顾着说话了，我建议你最好在关总回来前，把这份本来属于他的便当吃完，避免他受到二次刺激。"

佟凯一本正经地看着手机，在那一大段信息里穿插了好几个可爱的表情。

终于，佟凯把消息发出去，开始认真吃饭。

"我觉得你应该找个心理顾问。"天和灵机一动，诚恳地说。

佟凯遗憾道："本来有一个，不过我决定把他炒了。"

天和："啊……我大概懂了。"

佟凯："因为那家伙……"

天和马上给佟凯使眼色，示意"注意你的背后"，佟凯的注意力却不在天和身上。他一边看手机，一边随口回答："关越能给我的建议实在有限，我总觉得咱们老板每天都戴着一个口罩，才导致他有苦不能言……"

关越："……"

天和："……"

天和马上抬手，示意"跟我没关系"。

关越："戴着什么？"

佟凯："……"

"叮咚。"

江子塞随手摸到手机，迷迷糊糊地看了一眼，顿时整个人精神了，从床上坐起来，捋了一下一头乱发，只穿着内裤，袒着胸膛，露出他体脂率只有15%的完美的整齐的八块腹肌，埋头，认真地给佟凯回复。

清松投资的老板决定从今日起，对高级法务顾问采取部分时段禁入制度。天和午饭后接到需求，只得在门禁系统里加了一个计时程序，令佟凯的指纹短暂失效。

午休时间结束时，佟凯徘徊在前台左侧，不敢越过禁区，朝天和认真地说："我决定把关越炒掉，聘请你当我的私人顾问。"

天和也诚恳地站在前台右侧，泾渭分明，朝罚站状态的佟凯说："我一定会认真干的，好好工作，为社会创造财富与价值，加油。"

回到办公桌后的整个下午，天和都专心地沉浸在他的工作里，普罗则为他放着巴赫，直到傍晚六点，行政纷纷下班回家。六点半，同事走了三分之一，前台过来朝天和打了个招呼，说"下班啦"，然后把一份在楼下买的便当放在桌上。

天和已经注意不到周围的动向了，也没有抬头，前台背上包，也走了。

七点，关越拎着西服出来，从饮水机前经过，一瞥办公桌后的天和，停下了脚步。

普罗："天和。"

天和正处于忘我状态中，眼里只有一行行代码，嘴里还低声念着什么。

关越沉默片刻，又转身，回了办公室，没有再出来。

九点，同事几乎全走光了，清松的办公室灯就像金融中心的每个公司般，彻夜不熄，明亮的灯火透过四面八方的落地窗投射出来，一座座玻璃大厦交相辉映，成为这繁华城市、无数座金融之塔的一部分。

关越在办公室里喝了一口奶茶，从办公室的落地窗望出去，只见清松投资的对角处，饮水机后的小隔间里，天和停下了编程，侧着头端详屏幕，短暂停顿后，继续飞快地敲打键盘。

十点，关越靠在转椅上，点开视频会议，办公室内六台投影打开，进入了虚拟技术下的华尔街总部办公室，众高管已悉数就座，关越拉开抽屉，取出零件，做起了航模。

夜里十二点，天和终于停下了动作。

"普罗。"天和说，"我在你的核心模块里发现了一个签名。"

普罗："那是你的大哥留下的。"

天和不太明白这个签名的含义，但现在不是追究这个的时候。

"这里还需要做一下修改。"天和喃喃道，"但我实在不敢乱动大哥的代码。"

普罗："你禁用了我太多的功能。"

天和："马上就会恢复，我保证不会超过午夜。"

"现在已经是午夜了。"普罗说。

天和才注意到已经十二点了，却轻松地说："啊，但魔法时效还没过。"

天和认真地看着自己改写的模块，眯起双眼。

深夜一点。

"跑一下。"天和说，继而趴在办公桌上，看普罗开始跑程序。

"你真是一个杰作。"天和喃喃道，"普罗，你太美了，逻辑之美。"

普罗："应该用'帅'来形容我。"

一行行代码在屏幕上滚动，天和笑了起来，说："你没有性别。"

"我有。"普罗答道，"我的初始性格很明显被设定成了男性。"

天和趴着抬眼看屏幕，普罗说："非常遗憾，我没有形体。"

"嘘。"天和喃喃道，"不要说话，享受一下现在的安静，你真是一个美男子，你在这世上显得无懈可击，这是上帝赋予整个世界的孤独灵魂，就像拉格朗日的曲线，是造物的痕迹。这么阳刚，这么亲切，这么无懈可击。"

普罗没有容貌，亦没有通常意义上的"男性之美"，但构成它的每一个指令、每一段程序语言乃至源代码，在天和眼中，就像那位盗来天火的普罗米修斯一般，充满了只有神祇才拥有的伟岸的轮廓与雄浑的力量。

天和趴在桌上，注视屏幕，像个小孩般，不知不觉睡着了，他今天起得很早。

凌晨三点，关越戴着耳机，低声打电话，从办公室里走出。

"对。"关越说，"还在加班，待会儿醒了我让他回去。对不起，方姨。不，其实不忙，不过他的习惯，你知道的，令人头疼……"

天和趴在办公桌前，关越拿了条毛毯，给他盖上，坐到饮水机另一侧的吧台边，给自己倒了杯酒，望向落地窗外璀璨的灯火。

/// 23 ...

早晨七点，天和被一阵声音惊醒，抬头看着电脑屏幕，再低头看自己膝上的毛毯。

保洁员正在抖垃圾袋，天和抬起脚，拉着毛毯，忙道："谢谢。"

天和伸了个懒腰，再低头看身上毛毯，一脸疑惑。

天和："谁给我的？"

普罗："要把毛毯盖在你的膝盖上，不是一件容易的事，我可以为你还原一下场景……首先你趴在办公桌上，对方必须拿着毛毯，跪在桌前，躬身半爬进来……"

天和输入几个指令，说："挂进分析系统里看一下结果。"于是普罗查看程序的执行效果，开始排查不多的 Bug。

"完成度 1.13%。"天和喃喃道，"这个任务比我想象中的更艰巨。"

普罗："现在距离元旦还有 93 天又 17 小时 13 分钟 21 秒，你完全能胜任。"

天和："嗯。"

天和起身倒了一杯咖啡，办公室里空空如也，桌上放着昨夜的便当，天和把它随手交给保洁员，普罗："我只是想提醒你注意这条毛毯的主人……"

天和却道："在数据库里检索一下，进行比对。"

九点，员工纷纷打卡进来上班，天和手边放着半杯凉了的咖啡与折好的毛毯，依旧盯着屏幕。

十点，前台妹妹来了，给天和带了牙膏、牙刷、毛巾。

前台说："昨晚没回去吗？第一天就在公司通宵了？洗手间旁边有浴室，可以去冲一下。"

天和点点头，放着电脑让普罗自己执行，前去刷牙洗脸。

周二是清松会议最多的一天，开起了大大小小的会议，一群人出出进进。

十一点五十，天和如释重负，靠在转椅上。

普罗："我就像台被拆了一次又完全装回去的闹钟。"

天和笑道："只是很小一部分，我才刚打开你的壳子呢，现在感觉怎么样？"

普罗："好多了，现在入侵美国国防部后台，只要 233 年又……"

"忘了它吧，你还在死磕美国国防部吗？"天和说，"给方姨打个电话，让她找人把午饭送过来，普罗，我需要你待机一小时，在此期间任何功能都不要启用。"

"嘿！小裁缝。"佟凯热情洋溢的声音响起。

"嘿，巴尔扎克。"天和摘下耳机。

佟凯："你居然会进两次清松的门，Mario打赌输了。虽然我觉得他也不会真的给。"

"确切地说只有一次。"天和答道，"你还没赢呢。"

佟凯道："带你吃午饭去？我知道楼下有一家桂林米粉，你一定喜欢。"

午休时间到，关越又出来了，众员工忙纷纷点头，而关越经过他们身边时，只是随意一瞥。

"走吧！"天和今天的心情很好，同时看见江子塞在手机上给他发的消息，约他这几天吃晚饭。

国际金融中心附近有着大大小小的小食店，大多是上班族吃的快餐店，或是中午约客人谈事的高端餐饮品牌，天和实在不想在这附近吃饭，但既然是"畜牧之子"佟凯介绍的，想必不会太差。

"哟，老板？"佟凯回回出现，都像试探着走猫步，一步，两步，到了大厅时，看见关越正在门口等司机开车过来。

公司的车停下，司机下来开门。

"关总？"佟凯说，"上哪儿忙去？"

关越戴着墨镜，一瞥两人，意思是问"你们去哪儿？"

天和猜他中午约了人谈事情，随口道："我们正要去吃桂林米粉，一起吗？"

关越一个手势，把司机打发走了，转身朝他们走来。

佟凯："……"

天和："……"

天和与佟凯相顾无言，关越却扬眉，意思是"走"，于是两人只得尴尬地走在前面。

"那个……"天和说，"关总，您有事就去忙吧，我只是随口一说。"

"推了。"关越答道。

佟凯："耽误您的工作时间，实在很不好……"

天和："我真的只是客套而已。"

关越："当我不存在。"

天和心想怎么能当你不存在？佟凯却道："那行，我们就真的当您不存在了！"

佟凯带着两人，来到一家米粉店外排队，这里全是中午来吃饭的上班族，店员先让他们点菜，再一人发一个牌子。天和看着墙上的米粉类型，每样都想吃，他已经很久没有像这样站着排队了，上一次还是五年前在伦敦的市政中心。

"人这么多。"天和说，"想必味道很不错。"

佟凯与关越一前一后，护着天和，像两个保镖在餐厅前等候，关越稍稍低着头，墨镜映着天和的面容。

佟凯："我猜你只有在看蒙娜丽莎的时候才会心甘情愿地排队。"

天和说："不，看蒙娜丽莎也没有排队，去之前有人会先把卢浮宫包场。"

佟凯："不会挨骂吗？"

天和："找人公关一下不就好了。"

排队的上班族都用诡异的目光看着三人。

关越始终戴着墨镜，不说话，也不看手机，就这么安静地站着，中午"翻台"很快，等了半小时就轮到了，天和忽然发现偶尔排排队也挺好玩，慢慢接近终点，会让人有成就感。

小餐馆里油油腻腻，老板娘拿着抹布随便擦了一下，关越坐下后，三人一脸沉默。

佟凯："按照正常走向，现在咱们仨是不是应该有个人拿几张纸巾，再把桌子擦一下？"

天和："说得好像衣服是你自己洗似的。"

关越拿了张纸巾，慢条斯理地擦了两下桌子。

佟凯："人生里第一次来公司上班，感觉怎么样？"

天和："还行，大家似乎对我挺好奇。"

佟凯说："对你好奇，还是对你和关总的关系好奇？"

天和："两者都有吧。"

关越始终沉默。

天和瞥见佟凯正在给江子骞发消息，江子骞那边只是淡淡地，不时回个表情，聊天记录刷得很慢，佟凯用手挡着，不让关越看，侧过身去让天和看了一眼，意思是"帮他参谋参谋"。

天和想了想，说："期望不要太高。没有期待，就注定不会失望。"

天和要饿死了，心想我的米粉怎么还没来，关越与佟凯的粉都来了。

关越一只手抵着碗沿，朝天和稍微推了一下，示意你先吃这份。天和便摆摆手，等自己的，又打量关越，心想待会儿你吃午饭也要戴着墨镜吗，却见关越把墨镜摘了下来。他的脸上有熬夜后不明显的黑眼圈。

佟凯与关越都不动筷子，陪天和等着。

"他不说话，只给我发表情。"佟凯说。

天和只笑不语，接过佟凯的手机，打了几行字，发了个"饿"的表情，又说："我快饿死了。"

果然，这句成功地把江子骞的话勾出来了。江子骞是个别扭的家伙，但一旦有人朝他寻求关怀，他的骑士心肠就会瞬间发作，让对方赶紧去吃午饭。

米粉终于来了，一海碗米粉，上面铺着整齐的、肥瘦相间的叉烧，底下垫着绿油油的生菜，撒了炸得酥脆的花生，清香扑鼻。天和马上拿起筷子，三人默契地开动。

"怎么样？"佟凯笑道。

天和示意佟凯看自己的空碗，这是他所能给到厨师的最高的评价。

佟凯："那下次再来，就不排队了。"

天和："我不讨厌排队，尤其是和有趣的人在一起排队。"

佟凯感慨道："冲着这句话，这辈子吃饭说什么也不能让你再排队。"

佟凯午饭后便回了律师事务所，关越与天和站在电梯外。

"在想什么？"关越忽然说。

天和侧头，望向比自己高了大半头的关越，怀疑这家伙已经有一米九了。

"这电梯的算法有点儿问题。"天和说，"我可以稍微为它改进一下。"

每次来清松天和都觉得很麻烦，中间还要转乘电梯。

"老板好。"清松的员工三三两两回来，见两人，纷纷朝关越打招呼。

关越点了一下头，进电梯时，一片寂静，天和知道员工们一定都在看他们俩。

"想做自己，就做自己。"关越在安静的电梯里忽然说，"不用在乎别人的眼光与议论。"

电梯里静悄悄的，四面八方的清松员工都屏住呼吸，不敢通过电梯门镜子打量二人。

关越戴着墨镜，看不出喜怒。

"谢谢关总的理解。"天和说，"我一直在做我自己。"

电梯门开，员工们各退一步，等关越先出，关越却在等天和先出，天和做了个"请"的手势，关越意识到了，先走。天和这才跟着出去。

满电梯的人目瞪口呆，处于极度震惊中，震惊得忘记挡门出电梯，于是电梯门又缓慢关上，将整整一电梯的清松员工又带回一楼去。

"我入职一年了。"电梯里炸锅了，开始议论，"第一次听见他的声音，原来老板是会说话的！"

"我入职两年了，也才听他说过'嗯'！"

普罗的待机时间结束，整整一下午时间，天和接入了量化交易软件，开始通过普罗的帮助来改进他的招牌软件。这样一来，天和便轻松多了。

"预测概率还是无法得到显著提高。"天和喃喃道。

"你需要寻找新的引导公式。"普罗说，"这非常关键。"

"我知道。"天和有点儿泄气，说，"我只能勉强算个 Quant（指股市分析员），也许得约个时间回伦敦或者柏林，找师兄们打打德州扑克。"

"注意，限制出境。"普罗说，"总不能告诉海关离境的要事就是打牌吧。"

天和还在念书时的一些学术交流与疑难求助，都通过每周五计算机俱乐部里的牌局来完成，与自己实力相当的师兄们大多毕业后留在了伦敦，部分则在柏林。

"我需要发现新的引导公式，并改进算法。"天和最后承认，否则这个软件做得再完美，也始终缺少最具竞争力的一点儿。

普罗："五分钟前我刚说过。我想你今天不打算住在公司，我已经替你给司机发消息了。"

"什么，已经下班了吗？"天和才发现太阳快下山了，今天得回家洗澡，于是抱着电脑，离开了办公室，与其他员工一起下楼，寒暄了几句，众人朝他友善地点头。天和现在满脑子全是他的算法，心不在焉，在众人的注目礼下进了等在惠丰大楼外的劳斯莱斯，扬长而去。

"一晚上没回家了。"方姨准备好晚饭，坐在一旁，笑道，"刚入职就这么忙？"

天和心事重重，至少需要五到六条新的算法，来搭建他的量化系统，这些算法非常复杂，需要找到精通金融与经济的大牛才能点拨他。

"方姨，你知道铂金包吗？"天和朝方姨问。

"当然。"方姨笑着起身，"有人说每个女孩一生里都应该有一个铂金包。"

方姨拿来一个普通的手包给天和看，笑逐颜开道："这个还是三十年前，你爷爷送给我的。"

天和看不出来，都这么久的东西了。他把那小妹妹的请求朝方姨说了，又说："她挺照顾我的。"

"好呀。"方姨说，"我这就给店里打个电话问问。她喜欢 Birkin 还是 Kelly？"

天和不明所以。

方姨说："算了，你不懂这些，吃了就早点睡吧，明天还要上班呢。"

三天后，整个清松，外加上下三层的投资公司全部沸腾了。

四名店员一身西服，戴了手套，带着十二个包，进了清松投资，十二个最新款的铂金包一字排开，放在沙发上。

"去选一个吧。"天和正在头疼他的活儿，头也不抬地朝那妹子说，"不知道你喜欢什么颜色的，不用付我钱，别客气。"

"如果没有喜欢的——"一名店员说，"我们跟总部说一声，下个礼拜调一批新的过来。"

妹子："……"

"哟。"佟凯说，"这是什么？你们改行经销奢侈品了？嘿，小裁缝！今天还吃桂林米粉吗？"说着他侧身，坐在天和的桌沿上。

天和："好、好！但是方姨给我带的饭……"

佟凯道："走，咱们吃米粉去，正想问你点事儿。来，Mario，给你们吃小裁缝带的花胶冬笋香菇鸡盖浇饭，另外这份热一热，给可怜的关总吃，不用谢了。"

当天中午，Mario一边吃着天和的午餐，一边把刚得到铂金包、满心欢喜的前台妹子大骂了一顿。

天和被佟凯带到桂林米粉店里，最里头，在上次那张他们仨坐过的位置上搁了个纯银的小立牌"留座，诺林律师事务所"，客人看见那个银牌子，便都识趣地不来了。

天和："还真的不用排队。"

佟凯："嗯，我把这家米粉店买下来了。"

天和双手各持一根筷子竖在桌上，感觉到一种久违的、简单的小快乐："不过总会吃腻的。"

佟凯："下周我给你买那家鳗鱼饭，味道也很不错。"

别人的"我给你买那家"意思是"买那家的外卖"，而佟凯的"买那家"则是正儿八经地把整家店买下来，只是为了不用站着排队。

"你快帮我回他几句，我打算这周找他，去他的酒店里搞个突然袭击……他现在升职了，当门童队长了。"

天和吓了一跳，说：“不要这样，你听我的，坦诚是交友最重要的一点儿。为什么不坦诚点呢？”

“嗯……”佟凯正细细咀嚼江子骞发来的每个微信自带表情背后的含义，江子骞显得有点儿冷淡，佟凯稍觉沮丧，但又按捺不住想找他，相当纠结。

“我觉得他看着心情挺好的。”天和鼓励道，“去试试看吧。”

佟凯怀疑地说：“怎么看出来的？”

天和一本正经地开始给他解读每个表情背后的含义，说：“诚实一点儿，坦诚，巴尔扎克。”说着天和拿过佟凯手机，把上方弹出来的那条“霸道总裁阔绰出手，一次购十二个爱马仕铂金包任人挑”的新闻推送给滑走，在聊天框里输入：“我想和你认真谈谈。”

“他要找时间来我的酒店，咋办？”

晚饭时，江子骞坐在天和家的饭桌前，小周跟了过来，在旁帮他拆螃蟹。

天和笑道：“还不是你自找的？我就说不想去你的足浴城。”

江子骞说：“这下我得去扮门童了。”

江子骞见天和伸长了脖子在看自己斟酌怎么回佟凯的消息，便把手机给他看。

天和：“你没回他？”

江子骞的聊天记录还停在“我想找你谈谈”，他把手机递给天和，说：“怎么回？你帮我？”

“不了不了。”天和忙谦让道。

江子骞：“来吧，你比我有经验。”

天和：“我哪有什么经验！你才有吧。”

“快！”江子骞说，“否则不和你玩了。”

天和只得擦擦手，无奈接过手机，给佟凯回了句：“那你尽快过来吧。”

方姨点评道：“小天是个很会说话的人。”

小周笑道：“长得还这么好看，上次是谁说的来着？闻家三兄弟……”

方姨说：“人生最美好的事，是在闻家三兄弟里，找老大结婚，找老二当一辈子的好朋友，找老三谈一场完美的恋爱。”

普罗：“容我冒昧地问一句，你为什么要和自己聊天？”

天和：“……”

对啊，这条消息不是我发出来的吗？天和嘴角抽搐。

江子骞吃了一惊。

江子骞手忙脚乱地想要撤回，佟凯的消息却过来了，回了一个"同意"的表情。

"啊——"江子骞一手抚额，抓狂地大喊道，"天和！你坑我！"

天和："去吧。"

江子骞沉默片刻："我不管了，你得陪我扮门童。"

天和："我出过场的，你到底在想什么？"

江子骞想起来了，足浴店的客人突然变成了同事，也挺奇怪的，天和灵机一动，找了个垫背的替死鬼："有一个最佳人选。"

江子骞脑袋上灯泡"叮"地一亮。

/// 24 ...

上班的感觉很不错，天和心想，偶尔接触一下同事们，有种活在佟凯最爱的巴尔扎克的作品《人间喜剧》里的感觉，而在他们的眼里，自己也是这场"人间喜剧"的一部分。时间过得飞快，楼下的行道树仿佛一夜间叶子全部变黄，再一夜间悉数凋零在风里飞舞。

普罗的核心模块升级进度已经达到 20%，分析系统也已逐渐确立。

现在就差最后的算法了，天和被那存在于想象中的算法折磨了很久，这些算法就像悬浮在雾气中，看不见摸不着，闯进那片领域后，又总感觉无处不在，甚至就在身边。

他抽空参与了几次上海 Quant 的联谊牌会，发现大伙儿也一样，对此如饥似渴。

"五个引导公式？"一名 Quant 说，"只要有一个，你就爽歪了，五个？做梦比较快。"

天和："改进呢？"

"很难。"Quant 纷纷道，"除非有学金融的大牛愿意帮你，这群人要么在当高管，要么就不在国内，有这本事的人，不会来当咨询师。"

天和十分无奈，只能寄希望于在为普罗升级的过程里，能找到灵感。

"我建议你找关越。"普罗说，"成功解决这个问题的概率高达 90%。"

天和有段时间确实很犹豫，甚至给关越写了一封邮件，希望他能抽个时间。

收件人是关越，内容只有一句：我想找你谈谈。

但这封邮件一直存在邮箱里，没有发出去。

时间进入十一月下旬，新系统的基础搭建异常顺利，已经达到了"惊人的"65%，而且越来越快，在元旦前完成，想必不会有太大问题。

关越没给他开一分钱，迟到与旷工也不扣钱，其实对天和来说，在家干活和在公司干活是一样的，方姨却坚持让天和来上班，因为只有这样，天和才会被强行调整作息，不会连续工作七十二小时再睡上一天一夜。

"霸道总裁"闻天和与十二个铂金包的传说，连着两个月成为清松投资的热门话题榜 TOP1。大家抱着美好的期待，希望什么时候天和生出撒钱的念头，能再为他们叫一次店员上门，毕竟许多男生也想给女朋友买包包。

佟凯得知后，却说："我知道了！这种行为叫'团购'！对吧？Mario，帮我收一下钱，放着我来，大家别再麻烦我的顾问了！"

第二天，佟凯如法炮制，让店员送来了二十四个铂金包。

全公司："……"

包的盛宴在周二午休时间举行，这种疯狂行为被关越看见了，于是又一周后的周二——

关越让店里送来了三十六个铂金包。

"福利。"关越掷地有声地说道。

"用这种毫无技术含量的数量堆叠游戏来进行攀比，你俩这是怎么回事？"天和看见沙发上和沙发下的包，地毯上还放了一整排，终于忍无可忍，心想这真是太恶俗了。

最近佟凯突然就忙得脱不开身，午休时间，天和从一堆代码里挣脱出来，吁了一口气，望向不知道什么时候出现在面前的关越。

"今天没有带饭。"天和说，"佟凯飞去印度打一个侵权官司，这两天也不过来。"

关越最近中午时常出去，天和已经很少给他带吃的了，听同事们议论，关越似乎每周会固定抽两个中午，去和相亲对象一起吃饭，有人还在江边的高级餐厅里看见了他们，但只是一次，关越便换了地方。

"我让他去的。"关越看了一眼表，再看天和。

天和知道他的意思，他们一起生活了八年，这个动作再明显不过，关越想说"该出门了"，天和便起身跟着关越出去。

普罗："我猜测他有重要的事情想找你。"

天和侧头看关越，关越为他按了电梯。

"恋爱进展顺利吗？"天和问。

关越沉默。

天和道："听同事们八卦，你经常找她出去吃饭，很漂亮的女孩。"

关越没说话，两人进了电梯，满电梯人保持沉默，不时地扫视他俩，换完电梯，离开大厦，关越带着天和进了另一栋大厦，上了四十一层，那是家日料餐厅，外面坐满了中午等位的人。

门迎把两人带了进去，包间里放了一块纯金的小立牌"留座，清松投资"。

天和："你把鳗鱼饭也买下来了？"

关越与天和脱了鞋，关越脱下西服，接过天和的运动外套挂好，两人在包间里坐着。

"先尝尝看。"关越说，"如果你喜欢这家的话，我不介意。"

天和总有点儿不祥的预感，关越问道："想谈什么？"

天和吃了一惊。

普罗："有一天晚上九点，你屏幕没关，趴在桌上睡觉，邮箱里没有发出去的邮件，被他看见了。"

天和说："没有发出去的邮件，就像没有说出口的话，不生效。"

关越注视天和，良久不语。

天和的自尊心不允许他向关越求助，但邮件既然已经被他看到了，改口也没用，何况距离一月一日，只剩下不到一个月。

他沉默片刻，最后说："是的，现在咱们在一条船上，我确实想向你求助，技术相关。"

鳗鱼饭上来了，天和的那份加了芝士。

"说吧。"关越冷淡答道。

关越不懂计算机与程序，天和只得拿过一张纸巾，找服务生借来笔，朝他解释自己遇见的技术难题，关越则沉默地听着，脸色一直不好看。

"我不想耽误你的时间。"天和说，"但写出流程的目的是向你先解释清楚……"

天和摊开纸巾，用圆珠笔画了几下，把字写得更小，否则这几张纸巾写不下。

当初关越在学习高等数论时也十分头疼，虽然天和并没有搞清楚为什么一个 PPE 的硕士生会这么想不开跑去学高等数论，但这困扰与日俱增，去佛罗伦萨散心时，天和便在一家阳光灿烂的咖啡馆前，临街的小圆桌上，扯来几张纸巾，用一支圆珠笔，给关越耐心地讲解了一下午，直到日落西山，成功地帮助关越完成了这门学科的学习。

天和低头看纸巾，写了四大张，再拼一起，关越却没有低头。

天和一边把整个系统大框架、计算逻辑等等，用他概念里"最简洁"的方式朝关越解释一次。

天和今天穿着运动服，关越则穿着西服，日料店里，天和不知不觉就和从前一样，像在家里的人工花园里，用这种再熟悉不过的方式与他埋头讨论。

普罗："注意，天和。"

天和一脸疑惑地抬头，关越马上答道："懂你意思。"

天和不明所以。

关越起身说："给我点时间。我还有事，先走了。"说着他便起身离开。

天和尚不知发生何事，茫然地望向关越的背影。

"你的外套！"天和喊道，关越却已经走了。

天和说："其实关于引导公式，我已经有初步想法了，我想问的，只是关于一些常量与变量。这家伙最近真是……普罗，你刚才想提醒我什么？"

"嗯。"普罗说，"我想他也许有点儿难过，所以提醒你注意他的表情。"

天和："他只是忙着去相亲吧。"

普罗："他相当纠结，原本他是想听听你对他结婚的看法……"

天和："我始终觉得，如果连和谁结婚、要不要结婚，都需要听旁人意见才能下定决心的话，这辈子就不要贪图什么自由了。"

"你不是旁人。"普罗说，"你与众不同，你不像任何人。"

天和开始吃鳗鱼饭，仍在思考自己的问题，当天下午，Mario 打断了他的编程，意味深长地说："关总叫你去一趟。"

办公室里，关越打开了投影，转过摄像头，将一个 PPT 投在墙上，耐心地等待着天和。

"等我一会儿。"天和出去拿电脑。

普罗："他现在镇定下来了。"

"他一直很镇定。"天和随口答道，"真没想到，有朝一日会变成他给我上课。"

天和进去，将转椅推到关越身边，关越按了一下手机，打开勿扰模式，翻面，倒扣在桌上，手指在触控板上游移，拖动 PPT。

"思考方式在理科的道路上被堵住时，"关越说，"不妨尝试抛开计算科学与金融经济学的思路，从历史事件与社会变革的角度上，重新梳理宏观经济学这门古老的学科……"

"老板。"天和说，"我需要的是公式，不是经济学课外辅导。"

关越："那就出去吧，我下午本来也有事。"

"别。"天和无奈地摊开笔记本，答道，"说吧，我只是不想耽误你宝贵的时间。"

阳光透过落地窗照进来，天和仿佛被拉回了久远的过去。牛津的盛夏一片青翠，树木的光影沙沙作响，天和和关越背靠大树坐着，肆无忌惮地享受这夏日的灿烂阳光。

硕士研究生的最后一年，答辩前，关越几乎没有课了，天和便常常带着书来剑桥找关越。

他们之间经常会发生各种矛盾，然而关越这辈子，唯一惹不起的人就是天和，总是这么被他吃得死死的。

但只有一种矛盾，关越一定会予以回击，那就是与专业相关的问题。天和不吵则已，吵起来后一定要说最后一句话，奈何到了政治与经济学领域，关越总是寸步不让。天和则喜欢有意无意地来打击关越，仿佛潜意识里，每在精神上揍他一顿，关越的优秀程度就会降低一点儿，这样天和就拥有了绝对的安全感。

这天两人在阳光下又吵起来了，起因是天和翻了一下关越向助教借的一份关于"农业内卷化"的文献，发现在书的空白处，写了几行小字。

这个新来的助教总喜欢假公济私地给关越半夜三更发邮件，于是争吵简直惊天动地，一发不可收拾。

关越道："我根本不知道，我还没有看到那一页！"

天和："你怎么可能没看见？我要去见那个助教。"

关越："让我自己解决，否则我会成为整个系的笑柄。能不能不要无理取闹？"

天和黑着脸，随便走进一栋建筑里，光线阴暗，关越的学弟妹们经过，带着好奇的神色看着他们。

关越耐心解释道："明天就要答辩了，给我留点面子。"

天和："我建议咱们改用英语吵，这样大家可以听得清楚一点儿。"

关越是个很要面子的人，低声道："不要这样。"

天和走进一间教室，教室里只有两个人在闲聊，一名是关越的助教，一名则是关越的同学。天和正想上前，关越却一手按着他的肩膀，把他按在一个座位上。

天和一脸冷漠地看着关越。

"嘿，关？这是你弟弟？"

助教是个金发碧眼的英国人，天和一出现，助教瞬间现出了不自然的表情，天和一瞥就知道他心里有鬼。

天和朝助教挥挥手，说："嘿。"

关越把手里的书翻到写了小字的一页，放在助教面前，用英语问道："你写的？"

助教笑了起来，没说什么，把书合上，教室里的气氛变得尴尬起来，关越稍稍逼近，沉声道："不要再给我半夜发邮件谈无关论文的事，把你的书带走，如果不想被投诉的话。"

助教脸色顿时变了，收起书，一瞥关越，带着学生离开了教室。

阳光从窗外投进来，照在教室里，照在黑板上，上面是教授半小时前刚讲过的内容，天和坐在一张课桌后，沉默地看着黑板，关越来到天和的前一个座位前侧身坐下。

一片叶子从窗外被风卷进来，落在桌上，天和低头看着落叶，说："这是雪莱坐过的桌子。"

桌上用钢笔留了一行漂亮的字迹，并以塑封保护住，上面是一句雪莱的诗。

"唯有你的光辉，能像漫过山岭的薄雾。"

底下又有一行字："此座位曾属于写出这样诗篇的不朽灵魂。"

"想听听我的答辩吗？"关越忽然问。

天和答道："你求我，我就勉为其难地听一下。"

关越干是起身，走到黑板前，朝天和开始了他有关"内卷化"的课题答辩。这篇论文天和看过，不得不承认，关越的专业水平非常高，他只是这么认真听着，坐在雪莱的座位上，注视讲台上的关越。

就像这个傍晚，关越挽起袖子，一手插在兜里，站在投影屏幕面前，冷漠地朝天和讲解他整理出来的认为天和用得上的内容。

渐渐地，过去的时光与当下，仿佛交融在一起，天和不禁想起了四年前，那个在牛津听关越做答辩彩排的黄昏。

办公室里，关越讲完了，拿起水杯，喝了点水，视线投向天和。

"'内卷化'的数学模型……"天和喃喃道。

这就是当初关越让天和教他数论的原因，将内卷化效应与企业业绩相结合，使用数学模型来进行宏观描述……

天和马上起身，关越仿佛知道他要做什么，到办公桌前，按下遥控，天和一阵风般冲了出去。

普罗："胜利在即，大概率。"

天和不答，回到自己位置上，翻开本子，开始修改他的公式，清松已经下班了，又五分钟后，关越也离开了办公室，来到饮水机后，把一杯咖啡放在桌上，一手撑着办公桌，一手按着天和的椅背，在他身边看他打开手写板，飞快地改公式。

"这个常量我认识。"关越一指屏幕，又低头看天和，"如果你不介意……"

天和完全没注意到他来了，吓了一跳道："哎！别吓我！"

天和避开关越些许，恼火地说："关总，这个动作太不合适了！你打断了我的思路，更不像一名 CEO 做的事！"

关越只得转身离开。

普罗："需要做检索对比吗？"

天和恢复思路，还好没忘，只用了十分钟时间便修改了所有公式，字符于屏幕上，犹如在魔术师的手下消失，浮现，重新排列。

天和："不需要，跑一次看看，我在原有的基础上做了修改。"

天和紧张地看着屏幕，普罗开始协助。

普罗："我知道你现在一定很紧张……"

天和："是的，来一首巴赫。"

巴赫的音乐里，普罗说："我只是想到，刚才关越朝你讲解的内容，应该尚不足以启发出你对引导公式的修改。"

天和："因为我想起了关越的硕士毕业论文，那个时候他对经济理论的研究，显然比现在更注重本质，现在的他太看重实用性了，反而失去了那种孜孜不倦的，只为探索真理与本质而生的知识分子气质……"

确切地说，是今天下午与多年前的那个下午，两段时光融合的刹那，给予天和极大的启发，等待的时间里，他告诉了普罗那个听关越答辩的黄昏。

普罗："我更关心后来怎么样了。"

天和陷入了迷茫里："后来吗？"

后来，天和听完关越的答辩内容，说："你也是个天才。"

关越洗过手，与天和在黄昏里离开牛津。

"这是你第一次这么认可我。"关越说，"哪怕说出崇拜的话，还是忍不住要使用'也'字。"

天和记得，第二天，关越起得很早。天和睡醒来到牛津时，答辩刚轮到关越，天和便轻手轻脚，从大教室后门进去，关越上了台。

那一天的关越，简直光芒万丈，一敛嚣张气势，显得温文儒雅，唯有用"王子"能形容他。

结束后，教授带着助教，在与关越交谈，关越认真地听着，守规矩，有礼貌。

"答辩完了？"天和两手插在风衣兜里，问道，"没搞砸吧？我刚来。"

关越："你没来。"

天和遗憾地说："对不起，睡过头了。"

关越："那我看见坐在最后一排的人，嗯，是幻觉。"

天和笑了起来，说："你今天的状况不大好，傻乎乎的。"

"我猜是 A+。"关越答道，"你的嘲讽再次失效。"

天和与关越走在牛津里。

"那就把奖励提前给你吧。"天和从风衣兜里取出表来，说，"世界上的最后一块。"

关越："……"

关越难以置信地望向天和，天和带着笑，把罗杰杜彼的"圆桌骑士"戴在关越手上，这款表，全世界只有二十八块。两个月前，关越与天和去参加佳士得春拍，当时关越犹豫良久，还是没有让手下举牌，理由是，这块表真的太贵了。原本出厂价就要两百万，在拍卖会上几轮加价后，已经成为一件更加昂贵的配饰。

最后天和想了很久，找到舅舅，请他出面，从一位奥地利的总务大臣手里买下了它，这块表花光了他一整年的零花钱，以及他设计的所有程序的买断专利费。闻天岳在得知这件事时，当场就两眼一黑，差点儿一口气没喘上来，对关越的仇恨值瞬间升高了五十万点。

"丑哭了。"天和随口道，"简直就是在手上戴了个俄罗斯轮盘，真不知道你们对罗杰杜彼的狂热都是从哪儿培养的……不过你喜欢就好。"

天和正要转身，关越却道："等等。"

天和侧头，不解地看着关越，一如多年前般他们初识之时，那少不更事的天真。

天和的眼神清澄而闪亮，嘴角意味深长地勾着，像在搜肠刮肚，即将用几句玩笑话来小小地损他一下。"再叫我一声哥哥，就像小时候一样。"关越说。

天和："不。"

关越："我是你的监护人。"

天和："我已经十九岁了，我不怕你，你还能揍我怎的？"

关越固执地看着天和，天和总是猜不透关越，觉得他的脑子一定是被答辩教室的门夹了。

"不。"天和知道事出反常必有妖。

关越还在坚持。

天和也开始坚持，这个称呼已经很久没用过了，他转身走了，关越却依旧站在原地，意思很明显，你不叫我就不动。

天和在一棵树下转过身。

"嘿，哥哥。"天和一脸无聊地朝关越说。

这声喊就像声控开关，令关越朝他走过来。

天和却转身开始跑，关越喊道："等等！你去哪儿？"

天和跨越篱笆，惊起一群鸽子，关越沿着路绕过去，把他截住了，天和却抖开外套，斗牛般与关越错身，上了路边的校内共享自行车，"唰"地把自行车骑走了。

"别乱跑！"关越怒道，"你这个顽劣的小孩！"

两人骑着自行车，穿过牛津，天和只朝刁钻古怪的地方钻，磕磕碰碰。关越骑得比他更快，一阵风冲过来，他长腿一撑，像驭马一般来了个骑车飘移，截住天和。

天和差点儿撞在关越身上，还想跑，关越却不容抵抗地抓住了他，同他一道从山坡上侧滑，滑了下去。

随后，关越也从衣兜里取出一个盒子，朝他打开，里面是一枚古旧的、镶了几块不规则宝石的金首饰。

天和："我就知道，有朝一日，你一定会把这枚'顶针'拿出来。"

关越把它放在天和手上，说："你就把它当作回礼吧。"

这枚首饰已经很旧很旧了，是七十年前关越奶奶持有的，上面镶了七枚碧玺石，一直被天和戏称为"顶针"。

普罗："但你并不太重视它，至少不戴它。"

天和："因为我总提心吊胆，生怕上面的宝石会掉下来，不敢一直戴着，收起来了。"

普罗："被戴了七十年也没有散架，可见十分坚固。"

天和："有些东西，看上去很坚固，却总在出乎意料的地方散架，就像人与人的关系一样。我得找个时候还给他。普罗，你还没测试完？"

普罗："已经测试完很久了。"

"结果呢？"天和紧张起来，屏息注视屏幕。

普罗："我无法评估，不过我想，有权评估的人已经回来了。"

关越又回来了，拿着两个饭盒，看了一眼分析系统跑出来的数据，转身将饭盒放进微波炉里——那是方姨让人送来的晚饭。

天和期待关越说句认可的话，但关越站在微波炉前，只低头看了一眼手腕上的"圆桌骑士"，距离美股开盘还有三分钟。

微波炉"叮"的一声，关越把其中一份放在天和的桌上，眉头微皱，注视屏幕。

"如果不是认可的话，就不要说了。"天和无奈道，"别打击我的信心。"

"天才。"关越答道，拿着自己那份晚饭，回了办公室。

天和猛地坐直，手指微微发抖，点了一下开盘报，深吸一口气。

普罗："天和，你确实是个天才。"

/// 25 ...

天和的噩梦终于结束了，曙光女神朝他展露迷人的微笑。

"其实我没搞懂。"江子骞说，"股市是个零和博弈市场，你研发了这个交易软件，想让大家都赚钱，可哪有赌博里所有人都在赢钱的道理？钱从哪儿来？"

天和就像神游一般，盯着电脑屏幕，这是他提交技术成果的最后一天。

江子骞："这个软件要是这么好，关越也不会拿出去卖吧？为什么不自己用它，把巴菲特碾成渣呢？"

"嘎！"鹦鹉朝江子骞叫了一声。

江子骞大概知道小金的需求，喊"A股又崩盘啦"的时候就是受到惊吓或要求吃东西；喊"关越死了"，就是想找人陪它玩；喊"关越凉了"目前则尚无法破解。于是起身给它添了点小坚果。

"听点什么？"江子骞说，"普罗，你喜欢流行歌曲吗？"

普罗："我现在很紧张，想听巴赫。"

江子骞："我建议你偶尔也听听施特劳斯，别欺负我读书少，AI不会紧张。"

普罗："因为天和很紧张。"

天和保持这个状态已经六个小时了，今天方姨出门，江子骞摸了摸小金，解开它脚上的锁链，拿出砂来给它洗澡。

"完成了！"天和瞬间从电脑前惊醒，大喊道，"完成——"

天和把电脑扔了起来，朝沙发上一倒，继而像个疯子般翻身，冲进房里，拿出一个抱枕，在客厅里四处挥舞，大砸大喊。

鹦鹉与江子蹇都被吓了一跳，江子蹇一下没按住，小金"嘎"的一声飞了出去，紧接着天和把江子蹇打横抱起，扔到沙发上，用枕头疯狂砸他，大喊道："完成了！我的新一代 Epeus！它的灵魂诞生了！"

客厅里随之放起了惊天动地的《春之圆舞曲》，江子蹇还没明白发生了什么事，狂喊道："你的鸟！你的鸟！"

天和一头雾水。

江子蹇趴在沙发上，被天和骑在背上，伸出一只手，挣扎道："鸟……飞了。"

天和："……"

Epeus 核心系统完工的喜悦尚未消散，天和与江子蹇马上就陷入了第二轮找鸟的焦虑之中。天和道："不要紧张！门窗全关着的！一定就在家里！"

方姨开门进来，天和马上一个箭步上前，把大门关牢，方姨得知发生了什么事后，说："别担心，小金不会跑的。"

江子蹇差点儿疯了，鸟是从他手里飞出去的，要真的丢了，他负不起这个责。他朝天和说："都是被你吓的！"

天和："没关系，它以前也飞过一次，后来自己回来了，别怕，子蹇，它认得家。"

三人在家里找来找去，按理说这只鸟至少会发出点声音，奈何却像隐身了一般。江子蹇说："你再确定一下，会不会飞出去了？"

天和："我非常确定，一定是躲起来了！"

方姨出了个主意，说："不要四处找它，它会害怕，大家该做什么，照常做什么，待会儿它肚子饿了，自己会出来。"

天和："有道理。"

于是天和与江子蹇坐在沙发上，假装无事发生，天和捋了一下乱糟糟的头发，说："我得去理发了，咦？你什么时候来了我家？"

江子蹇哭笑不得道："今天礼拜六，我早上十点就来了，你还和我一起吃了午饭！"

"哦——"天和根本就没有注意到江子蹇的存在。两人一边交谈，一边都分散了注意力，监视家里的每一个角落。

普罗说："提醒过你好几次，家里应该装上监控。"

天和:"下次一定。"

江子骞说:"说好了,圣诞节过来陪我。"

天和想了想,软件业已完工,清松与国外步调一致,有长达十天的圣诞与新年假,明天只要将技术成果提交给第三方开始评估,第四季度就再没自己什么事了。

江子骞又说:"你自己也得休息一下,天和,我们很久没有好好玩过了。"

"好、好。"天和赶紧哄江子骞,连着几个月上班,江子骞几乎都见不着天和的人影,只能从司机那里打听天和的近况,更知道他工作忙,不来打扰他。

江子骞的朋友很少,大部分剑桥大学的同学在国外上班,家境相仿的富二代们既土又俗,更不能理解他想一人一马流浪天涯的向往,吴舜等人则忙于工作,他只能找天和安放他无处可归的灵魂。

"可我不能被他看见。"天和说,"这也太奇怪了吧。"

江子骞说:"平安夜下午,酒店里会有连续三天的庆祝活动,你过来喝喝鸡尾酒,听听歌剧就行,然后呢,帮我们埋下单,到时我给你张贵宾席的包厢票。咱们假装巧合碰面,你想欺负我的门童同事吴舜。"

"可我并不想欺负他!"天和说。

"这不重要。"江子骞说,"反正你就演好一个纨绔子弟……"

天和:"你太粗俗了,什么纨绔子弟,那是你自己才对吧?"

江子骞:"你连足浴小哥都要为难,这不很合理嘛!正好我俩是同事,大家打个照面,把先前在足浴城里的恩怨稍微解一下,作为一个随性的少爷,你为了在吴舜面前出风头,阔绰地为我和吴舜以及小凯当天的消费埋单。这样我们就可以在酒店里随便吃随便玩,不怕露馅了……"

天和一手抚额,只得点头。环顾四周,小金还是没找到,方姨在那首《春之圆舞曲》里,该做什么做什么,整理枕头套,关上滚筒洗衣机。

"普罗。"天和说,"还没找到小金吗?"

蓝牙音箱发出普罗的声音:"我听到一阵不明显的鸟叫,正在分析声波来源,但它呈螺旋状分布扩散,非常奇特,需要时间。"

江子骞:"哪个方向?"

普罗:"你们的左手边。"

天和:"声音轻点。"

天和与江子骞同时起身,普罗说:"一直走,往前。"

两人蹑手蹑脚,呈左右包抄之势,绕过餐厅,普罗的声音换到了厨房音箱里，说："接近了，它还在说话。"

"A股……又崩盘……A股又……崩盘……"

天和与江子骞在洗衣房外稍稍躬身，听到这阴恻恻的声音，一时毛骨悚然，天和先是朝洗衣机背后看，什么也没有，江子骞拍拍天和的肩膀，示意他看洗衣机里头。

在《春之圆舞曲》的音乐声中，两人透过滚筒洗衣机的透明窗口，看见枕头套随着节奏不断旋转，鹦鹉被卷在里面，骨碌碌地转来转去。

天和："……"

江子骞："……"

五分钟后，鹦鹉口吐白沫，奄奄一息地躺在浴巾上。

"A、A股……崩盘……"

鹦鹉吐出一口泡沫。

"怎么办？"天和快哭了。

江子骞哭丧着脸，想死的心都有了，方姨淡定地拿来一个吹风筒，接上，开始给鹦鹉吹干。

天和眼睛发红，方姨说："给林医生打电话了，小田上次拉肚子就是他治好的，你俩先别难过。"

江子骞唉声叹气，说："都怪我。"

"怪我。"天和难过地说。

方姨说："怪我，是我没仔细看，没发现它躲进了洗衣机里，我这就上门去给关越道歉。"

天和无奈道："我和他说吧。"

江子骞抚摩鹦鹉的脑袋，说："小金，一定要挺住！"

鹦鹉不住抽搐："A股……崩……A股……"

天和抽了一下鼻子，电话来了，是Mario的，通知他去趟公司，硅谷那边的人已经过来了。天和在家守着也是无济于事，只得打发江子骞下楼，顺便让他开车把自己送到公司门口。

"哎……"江子骞知道这只鸟对天和来说很重要，垂头丧气。

天和说："它一定能撑住的，别难过。"

江子骞点点头，目送天和去车库电梯，背后一辆世爵狂按喇叭，让他快点滚，别挡路，江子骞从后视镜里比了个手势。佟凯戴着墨镜，围着围巾，也朝前面那辆阿斯顿·马丁的主人比了个手势。

今天公司上班的人很少，快过圣诞节了，行政安排了部分同事值班。CEO办公室里，关越、Mario 与两名从硅谷过来的程序总监正等着。

从天和走进办公室的那一刻，关越便皱起了眉头。

天和把拷贝交给两名程序总监，对方把它放进一个密码箱里，当着关越的面打乱了密码，准备带着它飞回美国去，开始为期六个工作日的评估，抵达大洋彼岸，开启评估流程后，关越才会把密码发给他们。

"放假不休息吗？"天和朝他们说，"辛苦了。"

Mario 说："你的开发进度延期了，否则他们也不用加班。"

一名年轻的顾问笑道："不必在意，大家都对您的作品非常好奇。"

"那就拜托了。"天和说。

"潮汐公司会在新年前一天的中午给你评估结果。"Mario 说，"祈祷吧，随便朝什么神。"

"他不用祈祷。"关越冷淡地说，"他就是神。"

天和勉强笑了笑，与那两名顾问握手，拥抱。

"所以我可以放假了。"天和笑了笑，说，"好怀念放假的时光。"

这段时间里，天和实在是太累了，工作确实不容易，两名顾问告别后，关越把 Mario 打发出去，佟凯却推门进来了。

"嘿，顾问。"佟凯晃来晃去，每次都以浮夸而华丽的步伐，散发出一股从印度带回来的咖喱味，手里拿着两个小信封，把其中一个旋转着扔给关越，亲切地朝天和笑道，"特来提前恭喜您的成功，担保合同我又确认了一次，但是我有一个小小的请求，你一定要帮我这个忙，平安夜替我埋一下单，我保证不会太贵……咦？怎么啦？"

关越安静地注视天和，天和今天的情绪不太好，想了想，说："小金出了点事。"

两个小时后，天和家里，兽医小林与关越找来的四名兽医，围在餐桌前，开始会诊，用一个小小的催吐架，让小金吐出泡沫。

关越抱着猫，在一旁看着。

小金"呃"了几声，翅膀努力地拍了两下。

"不会有生命危险，只是呛着了。"小林倒提它的爪子，把它抖了两下，又抖出点水来，转手给它戴上鸟类专用的面罩吸氧。

另一名兽医点头同意："鹦鹉的生命力顽强。"

"放心吧。"又有一名兽医说，"这种鹦鹉百毒不侵，它会好起来的。"

　　天和与方姨这才放心下来，关越伸出手指，轻轻地戳了戳鹦鹉的肚子，鹦鹉还睁着眼，警惕地打量着关越。

　　小林又说："过几天就能恢复，这两天先别给它吃东西，喝点营养水就行。"

　　"谢天谢地。"天和说。

　　方姨一再道谢，把兽医们送出去，留下躺在小篮子里被绑着脚的鹦鹉，鹦鹉眼睛眨了两下，嘴巴套上了吸氧罩，不能说话，喉咙里咕咕响，看看关越，又昂头看天和。

　　普罗："他有话想说。"

　　天和怀疑地看着鹦鹉，普罗补充道："'他'是指关越。"

　　天和于是坦然道："对不起，我没照顾好它。"

　　关越却淡淡道："生老病死，相聚离别，都是天注定，看开点吧，小田我带回家养几天。"

　　天和便拿过宠物箱，那猫却明显不愿离开天和，疑惑地分别看看两位主人，天和轻轻地戳了它一下，示意它进去。

　　关越也轻轻戳了它一下，让它进去。

　　天和戳一下，关越戳一下，你戳一下，我戳一下，那蓝猫每被戳一下，就往前走一点儿，脑袋伸进宠物箱里以后就停了下来，不动了，关越与天和不停地戳它，蓝猫却"随便你们戳，我就不进去"。

　　天和："……"

　　"帮个忙。"关越沉声道，"节后放你回来。"

　　关越把箱子斜过来，蓝猫便脑袋朝下滑了进去，关越提起箱子，说："走了。"

　　天和满脸疑惑。

　　翌日，小金确实如兽医们所说好多了，躺在铺了天鹅绒的小篮子里，身上盖了块手帕，天和出门前特地去看了它一眼，鹦鹉显得很精神，似乎还想朝天和说句什么。

　　"好好在家待着。"天和亲了一下它的小爪子。今天江子塞的酒店开启为期三天的圣诞嘉年华，并特地请来了维也纳的著名乐团，于十六楼的辉煌大厅进行演出。佟凯不知道哪根弦搭错了，死活让天和一起去，原因和江子塞说的一模一样——帮埋单。

　　于是天和收到了两份邀请，一份来自佟凯，一份来自江子塞，天和无奈只得告诉双方，他会去，却不想暴露身份，打算在一旁喝杯咖啡，看看他们的情况，预备随时出手救场。

虽然天和也不知道要怎么救场。

普罗："我可以为你提供一点儿力所能及的协助。"

天和："跪求不要。"

普罗："那么换个话题吧，我不太明白你们为什么会这么难过。"

天和把车开上内环，答道："因为我怕小金死了。"

普罗："可死亡总是不可避免的，鹦鹉的平均寿命只有六十年。"

冬季阳光灿烂，天和穿了身风衣，戴着手套，专心地开车。

"因为离别。"天和喃喃道，"生离、死别，就像关越说的，都是天注定。"

普罗："所以死亡本身并不令人难过，痛苦的原因在于告别，与世界的告别，与人的告别。"

天和："啊，这实在太哲学了，对我来说，最重要的是过好当下，不过我相信你总有一天能参透这个问题，因为你的生命是近乎无限的。"

天和把车停在江曼五洲的总店外，门童小跑着过来朝天和鞠躬，把车开走。天和站在酒店门口，抬头打量着这座辉煌的建筑，说："不错，普罗，我们也总有一天会分开，对我、对你来说，只要在相聚的日子里留下美好的回忆，那么无论以后变成怎么样，我们就都不枉来世上走一遭了。"

普罗："我只是想提醒你，你和关越的许多争吵都是不必要的。"

天和随口道："你没认真理解我说的话，'当下'仅仅是'当下'，不包括未来……我实在不明白，为什么他俩一定要我来参加这个圣诞嘉年华。"

普罗："作为朋友，他们都觉得你的工作强度太大了，希望你有休息的时间并参加娱乐活动。"

天和走进江曼五洲，环顾四周。

江子塞的老爸江潮生的审美相当巴洛克，把他的超五星奢华连锁酒店装修出了卢浮宫的风格，走过旋转门，迎面而来的就是"惊人的"《上帝创造亚当》——创世纪的云霞簇拥着众多小天使，朝四面八方飞散。

两列巨大的阶梯从东西两侧延伸向中央，一辆纯金法拉利光芒四射，被摆放在大堂中的圣诞树下。上万平方米的酒店大堂一楼有二十二家奢侈品店入驻，大堂中央近十米长的水晶吊灯折射着令人眩晕的彩光，天和每次来江曼，总觉得自己到了迪拜。

"这堆东西如果在它们各自应该在的地方——"天和说，"也许还勉强能看，一旦强行被凑到一起就有点儿……有点儿……算了……真是太尴尬了。"

三楼，江曼私人俱乐部，江子骞与吴舜各自换上了门童制服，坐在沙发上闲聊，身穿正装的酒店经理分列两侧。

天和："……"

吴舜扶了一下自己的门童帽子，笑道："怎么样？我演得像吗？"

天和坐下，替吴舜整理了一下帽子，江子骞端着咖啡杯，笑道："这一定是你这辈子最难忘的圣诞节。我得看一下他来了没有，嗯……他说他没挤上地铁要等下一班，来，天和，这个给你，待会儿你可以随便刷。"说着他递给天和自己的卡。

吴舜："好极了！说实话我现在有点儿紧张，希望佟凯别看穿。"

普罗："经过我的演算，未来十二个小时里，发生尴尬事件的概率高达79%。"

天和："好吧，圣诞快乐，其实今天有我没我，都没太大区别。"

吴舜笑道："是我想请你听音乐会，太久没见了，我正打算约你聊聊天。"

奥迪R8停在酒店外，关越下车，门童过来泊车。

关越走进酒店，环顾四周，在圣诞树下发了条消息，来到架空层的水幕咖啡厅里，坐下等待。

"来了！"俱乐部中，江子骞说，"大家开始，行动！"

平均身高一米八五、颜值九十分的六名酒店高级经理一下簇拥着天和、江子骞与吴舜，进了电梯，来到大堂，再各自分头找站位，天和淡定地走过去，上了手扶电梯。

普罗："佟凯的来电。"

"接。"天和说。

"嘿，小裁缝。"佟凯的声音传出，"我马上就到酒店了，招待把票送过去了吗？"

天和走到水幕咖啡厅的角落里坐下，从这个角度，恰好可以看到酒店大门。

天和："你决定今天朝小帅哥门童坦白你的身份吗？"

佟凯："我承认你说得对，我不能一直这样欺骗他，今天也许我会找个最适合的机会跟他说清楚，只是我还需要勇气。"

天和侧头，忍不住又四处看了一眼，水幕另一边，有一个模糊的身影，正坐着等人。

招待过来上了咖啡，又放下一个餐盘，说："您好，这是佟先生的票，他吩咐我先送到您这儿来。"

天和点头，示意先放着，又看酒店大堂，吴舜与江子蹇一人一边，走到大堂门口，朝推门进来的宾客一起鞠躬，江子蹇上前拉门，佟凯走进了酒店里。

"嘿！"佟凯笑道。

佟凯："……"

普罗："刚刚佟凯的心跳上了一百八。"

天和："你为什么会无聊得去破解一个律师的手环？"

普罗："我看见电子设备，就总忍不住想入侵一下。"

江子蹇的身材非常好，挺拔俊朗，江曼酒店的保安、门童着装都经过了精心的设计，双排扣黑白拼色长风衣，衬出肩、腰的漂亮轮廓，胸前别着一枚镀金胸牌，白手套，简直就是让所有女孩为之倾倒的英俊情人。

当年在剑桥大学读书时，江子蹇被选中加入皇家骑士马术仪仗队，在礼仪培训上忙活了好几个月。江子蹇平日总被天和吐槽，但只要认真起来，连天和也不得不承认，江子蹇的言行举止比自己更得体。

佟凯今天则穿得普普通通，白衬衣，学生羊毛马甲，看见江子蹇的时候，顿时惊了，停下了脚步。

江子蹇一笑，示意佟凯进来点，别挡着路。

吴舜观察两人，佟凯又看看吴舜，灿烂地笑了起来，有股学生的干净爽朗气。

"来得这么早？"江子蹇说。

"嗯，对。"佟凯说，"复习完没事做，就提前来了。"

"心急？"江子蹇笑道。

江子蹇在天和的出谋划策下，改变了对佟凯的态度，社交软件上的不冷不热，在见面时则被各种热情替代了。

佟凯深吸一口气，笑了笑，说："什么时候下班？"

吴舜注视佟凯，朝江子蹇示意，稍微一抬眉毛，露出询问的表情。江子蹇在工作时，表现出了判若两人的专业，话不多，也很礼貌，只是朝吴舜稍稍点头。佟凯马上解读出了两人的默契交流。

吴舜在问"就他？"江子蹇的回应则是"是的"，从这个细节，佟凯判断出，江子蹇一定对同事提起过自己。

这个剧本是江子蹇花钱找了一个小写手写的，总算不会再出现奇怪的对话了。

/// 26 ...

"您好。"招待来到天和身边，说，"这是您的票。"

天和一边说"谢谢"一边全神贯注地看着大堂前的两人。

远处大堂，佟凯走到一旁，却不离开，就在江子蹇十步开外看他，没挪开脚步。

江子蹇则一脸淡定地给客人开门。

普罗："注意一下桌上的票，你订了两份？"

天和茫然道："我没有订，一份是佟凯的，另一份……是吴舜的吗？"

江子蹇与吴舜对视，吴舜也打量佟凯，而后笑着说："我替你一会儿，要不你先下班吧。"

这声音恰好被不远处的佟凯听见，江子蹇说："到三点半。"说着他又朝佟凯神秘地眨眨眼。

"你去咖啡厅坐会儿？"江子蹇又说。

佟凯道："算了，我就在一边等你。"

吴舜拍拍江子蹇的肩膀，说："快去吧，别让人多等。"

一旁经过的客人们都忍不住看这两名门童，吴舜穿了这身制服也相当帅气，引得不少人纷纷停下，偷拍他俩。

佟凯说："你忙你的，我到那边等你。"他绕到柱子后去，打通天和的电话，"把票拍一下发我手机上。"

天和拆开其中一个信封，给佟凯拍照："什么感觉？"

佟凯："我的天，我的心快从嗓子眼里跳出来了。"

天和疑惑。

他拿着两张包厢票，心想是不是送错了。佟凯在下面催，天和只得随便拍了一张给他，把拍过的那张折起来，撕成两半，塞回信封里。

另一边，江子蹇对吴舜说："那我走了。"

吴舜笑道："我再过十分钟就找天和去。"

江子蹇佯装临时调班，转过身来，摘了帽子走向佟凯。

"我以为你只是说说，不会真的来。"江子蹇端详佟凯，两人就在《上帝创造亚当》的巨大壁画前站着。

佟凯看着江子蹇，寻思片刻，江子蹇又笑了一下，说："走？我带你逛逛我们这酒店？"

佟凯笑道："说得好像是你家开的。"

江子骞侧身，穿着礼宾制服时，仿佛变了个人，走在佟凯身边，就像一个高贵的骑士。

"江英俊不愧是江英俊。"吴舜来到咖啡座，朝天和笑道。

天和说："子骞穿上门童服居然还人模狗样的。"

吴舜与天和一起笑了起来。

天和说："正想送你件圣诞礼物，却还没看好。"

吴舜："真的？那我就不客气了。"

天和面对这两张音乐会的包厢票，一时不知如何处理，招待快步过来，忙道："对不起，送错桌了，其中一张是另一位小姐订的。"

天和把票递回去，与吴舜离开水幕咖啡厅。

"工作怎么样？"吴舜问。

天和答道："托你的福，如果顺利的话，下个月手头应该会宽裕点，不至于像现在这么拮据。"

评估只要能通过，天和被冻结、封锁的产业全部会被放回来，资产一旦开始运转，自己就什么都不怕了。

吴舜说："你这么说，我都不好意思收你太贵的礼物了。"

天和笑着说："所以请你务必替我省一点儿，我还得留点私房钱，为关越置办结婚礼物呢。"

吴舜："……"

两人下楼，进了一家奢侈品店，吴舜想了很久，天和觉得自己把天聊死了，吴舜却忽然说："抱歉，我不该告诉子骞，那天我刚出口就后悔了。"

"没关系。"天和笑道，与吴舜站在一家手表店里，端详他们的新款，心里吐槽这家的审美实在受不了，说，"请把你们家的珐琅款拿出来看看。"

吴舜说："这家实在太贵了，在 MIT（指麻省理工学院）念书的时候，只能 Window Shopping（指浏览橱窗），从来没敢进去过。"

"哈哈哈。"这句话戳中了天和奇怪的笑点，说，"我偶尔也会这么做。"

吴舜摇摇头，说："念书的时候就是太穷了。"

天和侧身，稍稍靠在柜台上，注视吴舜的双眼，店员取出四块表让吴舜挑选。

"喜欢哪一块？"天和判断吴舜的眼神，说，"很难选择的话就让他们全部送到府上吧。"

吴舜："你很在意他结婚这件事吗？我觉得这个顺便可以送他当结婚礼物，这里还有块女款的。"

天和："有一点儿吧。"他不打算欺骗吴舜，说，"不过我可不清楚他的未婚妻会不会喜欢。"

吴舜说："我想她会喜欢的。"

天和："因为是我选的吗？"

吴舜随口道："不，她是我的前女友，叫司徒静。"

天和："……"

吴舜眉毛微微一抬，带着询问的神色。

天和有点儿茫然，说："前女友，你们在一起多久了？"

吴舜："整个高中阶段，她这次过来，住的就是这家酒店，我找子寨给她订的房。"

天和扑哧一声笑了出来，继而俯在柜台上哈哈大笑。这下他完全懂了，为什么吴舜会在第一时间知道关越要结婚的事，吴舜的消息原来是这么来的！这么说来，吴舜与前女友分手的时间，应当就是他远渡重洋，去 MIT 求学的那段时间。

吴舜也乐了，问："怎么了？"

天和满脸通红，摆摆手，吩咐店员说："把这四块全打包吧。"

"不不。"吴舜制止了天和的行为，只要了一块，天和便掏卡，刷卡。吴舜说："我会好好珍惜它。"

天和："没关系，反正刷的也不是我的卡哈哈哈哈！我刷错了，刷成子寨的了！"

吴舜哭笑不得，与天和走出手表店，天和忽然看见前面江子寨领着佟凯经过另一家店，马上带着吴舜转进另一家店里。

关越在咖啡厅里等了足足两个小时，司徒静终于下来了。

"等很久了吧。"司徒静淡淡道。

关越点点头，看了她一眼。

司徒静："不好意思，刚刚在房间打电话。"

关越："是我来早了。"

司徒静说："大忙人也有放假的时候？刚刚在这儿做什么呢？"

关越："发呆。"

招待把贵宾包厢票与菜单拿过来，关越示意司徒静先点，司徒静翻开菜单，摇摇头，注意到关越的风衣上沾了不少动物的毛，皱眉道："衣服上的是什么？"

关越："家里养了猫。"

司徒静："……"

"上次的提议你认真考虑了？"关越眉头微微一抬，现出询问的神色。

司徒静四顾："现在不行，让我再想想，随便吃点吧。"

关越："你爸的眼线能跟到这里来？"

司徒静烦躁地说："你爸还是我爸？我不知道，听音乐会去？"

关越："随便，今天我没有安排。"

司徒静："除了这些，你就没什么别的要说吗？"

关越摊手。

江子骞带着佟凯开始 Window Shopping，两人站在一家平日里嗤之以鼻的品牌店橱窗外，努力地装出流口水的模样。

"喜欢吗？"江子骞问佟凯。

"别。"佟凯真心诚意地说，"真的太贵了，六千呢。"

江子骞说："正想送你件圣诞礼物，进去挑吧。"

佟凯："我从来没进过这家店。"

佟凯说的是事实，这家店他确实没来过，因为实在太便宜了。

江子骞说："我也没进过，没关系，进去看看，不会遭人白眼的。"

佟凯鼓起勇气，深吸一口气。

"那走吧。"佟凯微笑道。

吴舜与天和站在店外偷看两人肩并肩去买东西。

吴舜："这家是不是有点儿模仿你母舅家的风格？"

天和说："我们家经常被各种时装品牌'跨位面'碰瓷，习惯了。"

吴舜叹了一口气，伤感地笑了笑，天和问："你很爱她吗？"

"是的，很爱。"吴舜说，"这种感觉你应该能了解。"

"完全。"天和答道。

吴舜说："后来再认识的女孩，都再也没有这种感觉。前段时间我还抱着不切实际的幻想，说不定她能回到我的身边。只可惜一个人爱不爱你，是不会接受安排的，哪怕这安排来自造物主。"

"太对了。"天和点了点头，没有回答，一只手在吴舜肩上拍了拍，表达他的安慰。

江子骞眼里带着笑意，两人站在柜台前，端详里面的钱夹，柜姐早在一天前就收到了江子骞发来的剧本，现在以七十五度角，脖子高傲地昂向天空，努力地翻出白眼，望向天花板的吊灯。

佟凯关心地朝柜姐说："美女，您是不是落枕了？需要休息一下吗？我们可以自己逛。"

"没有。"柜姐低头，朝佟凯冷淡地说，"快选！"

"什么态度？"江子骞说，"当我们买不起啊！"说着他把卡拍在柜台上，"把你们最贵的包给我拿出来！"

柜姐拿到的那部分剧本上，显然没有江子骞临时发挥的这段，她愣住了。

"那个……"柜姐说，"新款皮包要四十五万，女款……"

"买不起。"江子骞马上改口道，"还是换一个吧，这个你喜欢吗？"

佟凯很感动，朝江子骞说："喜欢，我给你买。"

江子骞："我给你买。"

"我给你买。"佟凯坚持道。

"我给你买。"

"我给你买！"

柜姐很想说还是我给你俩一人买一个吧，我男朋友还在外头等着接我下班去过圣诞节，你们快点行吗！

江子骞与佟凯的"争夺战"正如火如荼地延续着，关越把卡放在单本上，侍者收去结账，两人都吃得很少，司徒静也一直在发呆。

"我好像没告诉过你我怕猫。"司徒静说。

关越："对不起，我真不知道。"

两人沉默，司徒静手里玩着搅拌棍，关越则沉默地注视着自己那杯饮料。侍者送回卡，关越看了一眼表，时间差不多了，于是他起身，走在前面。

"这样。"江子骞朝佟凯认真地说，"一人一个……来来，把刷卡机拿过来……"

店长亲自出来伺候了："喜欢的话，我们还有另外一款男款钱包。"

"您方便的话，请把卡给我。"店长保持了应有的礼貌与分寸，"我拿到电脑那里去刷。"

江子骞："就不能把电脑抬过来吗？"

店长："不行的，先生，电脑后面连着很多数据线。"

佟凯："没关系没关系，过去刷吧。"

吴舜与天和进了店里，静悄悄地走到角落，示意店员不用招呼，一起偷窥江子骞与佟凯。天和差点儿被两人笑岔气了，吴舜则笑得趴在柜台上。

"总共一万二，是吧？"江子骞拿了卡去刷，这张卡是随便找经理借的副卡。

"先生……"店长刷过卡，看了一眼电脑，说，"您要换一张吗？"

江子骞手里那张卡一刷就刷爆了。

佟凯："……"

江子骞："……"

店长："……"

"把卡从身后偷偷递给他？"吴舜小声道。

天和马上摆手，示意不用，佟凯连忙道："刷我的、刷我的！"说着他拿出一张不知道哪儿来的卡。

然后，佟凯的卡也刷爆了。

天和扶着吴舜的肩膀，快要笑死了。

吴舜实在于心不忍，凑到天和耳畔，低声说："大学生没几个钱，他陪别人玩，待会儿别人当真了。"

天和带着笑意，与吴舜对视。

最后江子骞与佟凯合力终于成功买下来了，两人都开心地换了新钱包，一时入戏太深，竟也不嫌弃这家的东西了。

江子骞："走，带你买蛋糕去，带到音乐厅里吃，我们酒店的蛋糕很好吃。"

佟凯跟着江子骞走了。

关越与司徒静进了电梯，司徒静整理了一下身上，离关越稍远点，免得猫毛沾到她。

"亏你想得出来。"司徒静平静地说。

关越："你不也是？"

司徒静："你到底在想什么？怎么能出这种馊主意？"

关越："一张假证而已，又不办婚礼，拍张照给他们看一眼，离婚的时候把那东西碎了，连手续都免了。"

司徒静："你把我爸当傻子，他一定会发现的。"

电梯关上的门忽然又被按开，天和笑得东倒西歪，与吴舜一起闯了进来。

"居然把卡刷爆了……哈哈哈，"天和无法再顾仪态，"子蹇这辈子一定是第一次……"

吴舜搭着天和肩侧，笑完直起身，两人与关越、司徒静打了个照面。

四人同时沉默。

普罗在耳机里说："你看，经过上次的改写后，我的预测成功率得到了大幅提高。"

寂静的尴尬里，四个人不约而同伸手去按电梯的关门键，紧接着又同时缩了回来。

天和："……"

关越："……"

江曼的电梯开门时间相当长，数秒沉默后，四个人再次一起伸手去按电梯关门键，又同时缩了回来。

天和："……"

普罗："真是太尴尬了，还是我来吧。"

门关上，天和问吴舜："几层？"

吴舜掏出手机，说："三十……二层，金瑾花剧场。"

关越按了一下"32"，电梯关门，旋即又被外头按开了，佟凯与江子蹇一人拿着个蛋糕，边走边吃，进了电梯。

"这礼物太贵了。"佟凯的笑容凝固了，"多不好意……思……"

江子蹇："不客气，不……"

关越："……"

天和默契地最后按了次关门键，电梯终于开始上行。

电梯里，佟凯紧张地朝关越使了个眼色。

关越露出不能更疑惑的表情，扫视这一电梯人。

佟凯复又想起了什么，茫然地打量吴舜，心想：这不是江子蹇的同事吗？

吴舜看了一眼关越，目光便转到司徒静脸上。

司徒静漫不经心地撩了一下头发，注视地面，提着包的手稍稍发抖。

江子蹇看看天和，又看看吴舜，脑子飞速运转：是不是接下来得说句话？说什么？

就连天和自己也觉得，面前这道题实在是……超纲了，他抬起手，把耳机按了按，那是求救的信号。

普罗："我说一句，你说一句。"

"我怎么觉得在哪儿见过你们？"天和打量佟凯与江子蹇，根据普罗的提示，说道。

江子蹇会意，马上把佟凯稍稍挡着。

关越一头雾水。

天和："想起来了！你是那个按……我见过你！"

佟凯："对啊，就是我，怎么？"

关越大吃一惊。

江子蹇："我警告你，别碰他，想找麻烦来找我。"

天和冷淡地说："算了。"

江子蹇与佟凯同时舒了一口气，吴舜却笑了起来，看看两人。

天和怀疑地打量吴舜，说："你们认识？"同时他用手肘轻轻碰了一下吴舜。

"他是我老大。"吴舜会意，马上把话接了过去，"礼宾部的。"

天和："哦——"

司徒静一脸疑惑地看着吴舜穿了身门童制服，再瞥一眼关越，却没有开口。

吴舜朝江子蹇说："老大也去听音乐会？"

江子蹇："嗯，我要了个包厢，反正太贵了也没人订，咱们一起？"

佟凯一边以眼神示意已经傻了的关越，让他不要开口，反正关越平时也很少说话，一边乐道："我还从来没听过这种高大上的音乐会呢。"

关越无语。

紧接着，关越做了个差点儿令所有人同时破功的动作，只见他一脸茫然地低头，卷起袖子，左手在右手的手臂上狠狠掐了一下。

电梯里，天和、佟凯、吴舜、江子蹇同时深吸一口气，身体小范围抖动。

"叮"的一声，三十二层到了，天和已经无法再直视关越，迫切地需要找个没人的地方，躺在地上笑上十分钟，于是一阵风地甩开吴舜，疾奔而去。

/// 27 ...

金瑾花辉煌大厅在江曼酒店的第三十二层，宏大的天花板下吊着五光十色的圣诞彩球，天和与吴舜找到包厢入口，推门进去，侍者将两人请到了沙发上。

贵宾包厢一共有六个位置，位于音乐厅的二楼，正对着中央舞台，江子蹇吩咐人把这个包厢留了下来，今天只接待吴舜、佟凯与天和，更让人准备了精美点心与红酒。到时只要向佟凯解释，这个包厢反正也太贵了没人坐，找经理打个招呼，偷偷进来听一下就行。

至于点心和红酒，自然是中场进来的"富二代"天和点的。

天和为什么会来包厢？理由很简单，他想在身为酒店门童的吴舜面前显摆，包间酒水全签单。根据他上次在足浴城的表现，这个行为很合理。

江子謇不禁为这剧本自鸣得意，逻辑简直无懈可击，只是没想到，在电梯里发生了一个小小的插曲。

佟凯则订好了票，也准备让天和到包厢里来，顺便点点吃的，请他们吃，把话说开。人生在世嘛，总要认识几个生活环境截然不同的朋友。当然，佟凯也没想到会有这么一个小插曲。

天和和吴舜进了包厢，天和今天有点儿笑岔气了，艰难地朝侍应说："先把点心和红酒上来，再给我一杯柠檬水。"

吴舜也实在不行了，包厢里三张情侣沙发，中间是一张茶几，两人摊在那张情侣沙发上。

天和："司徒静看到你的时候很不淡定。"

吴舜说："都谈婚论嫁了，这么多年没见，当然……她一定很奇怪，我为什么会跑来当门童，我的天，太好笑了……"

天和："别笑，你一笑我又要开始了，你这身什么时候才准备换掉？"

吴舜答道："晚上还约了人，出门就换，你观察静的表情了吗？"

天和想了想，点点头，吴舜说："我都不敢看她……"

"嘘。"天和马上做了个手势，包厢门被推开，佟凯和江子謇……

"请坐。"侍者带进来的，却是关越与司徒静。

四人："……"

"关先生喝点什么？"侍者问。

关越一瞥两人，脸上还带着挥之不去的疑问，天和突然想起来一件事——被放在桌上的那个信封！那是关越订的票！他把佟凯的那张票搞混了！

司徒静顿时坐立不安，疑神疑鬼地看着天和与吴舜，关越也满脸疑惑地看着他俩。

天和心想这事儿真的跟我没关系……奈何侧放的情侣沙发上，关越与他的未婚妻只是一动不动地注视天和与吴舜。

"喝点？"天和说，"看着我们做什么？"

关越与司徒静各自转头，点了饮料，不多时，江子蹇拉着佟凯，也进来了，两人还在兴奋地小声说话，江子蹇低声说："快开始了……"紧接着也不看沙发就坐，一屁股坐在了关越的大腿上。

佟凯则差点儿坐在了司徒静的大腿上。

关越："……"

江子蹇："啊！怎么有人？今天不是说包厢……"

"嘘。"天和马上给两人解围，江子蹇蒙了，只得与佟凯躬身，坐到另一张沙发上去。

酒和点心上来了，底下音乐会以施特劳斯的《春之圆舞曲》开场。

"请你们吃的，既然都认识了，今天就随便点吧。"

剧本已经被演成这样了，天和硬着头皮，还是忠诚地扮演自己的角色。

"你俩也来点？"天和想了想，又朝关越说，"今天的消费我包了。"

"谢谢。"关越礼貌点头，"但你能不能为我解释一下，这到底是什么？"

天和说："啊，瓦波利切拉。"

关越："……"

关越问的是你们到底在搞什么，天和回答的却是酒的名字。

"啊，瓦波利切拉！"江子蹇急中生智，举杯。

众人纷纷举杯，一齐道："瓦波利切拉。"

关越："……"

"偶尔听听古典乐，还是挺好的。"佟凯朝江子蹇说，"这首歌叫什么来着？"

天和彻底无语，不过反正包厢里连酒都喝上了，也不差聊天了。

江子蹇说：《春之圆舞曲》。"

吴舜朝天和说："心情不好吗？"

《春之圆舞曲》震响时，天和眼前仿佛出现了方姨的滚筒洗衣机窗口，以及在洗衣机中转来转去的小金，便有点儿难过，摇摇头，悲伤地说："想起了我家的鹦鹉。"

江子蹇道："想点快乐的事吧，真是太好听了。啦啦啦啦啦，啦啦啦啦啦。"

天和："……"

江子蹇随着施特劳斯的节奏唱了起来，佟凯也跟着唱道："嘟嘟嘟，嘟嘟嘟嘀嘀……"

吴舜左右看看，一拍大腿，干脆加入了他们："deideidei, deideidei! dei! dei!"

天和心想：你们这是在交响乐会上唱卡拉 OK 吗？

司徒静："……"

关越："……"

"做人嘛——"江子骞朝坐在对面沙发上的关越说，"最重要的就是开心。"

佟凯也附和道："我觉得这位老总看上去不是太开心。"

江子骞说："所以吧，我说，有钱也不一定过得开心。"

吴舜："啦啦啦……啦啦啦……啦啦啦啦……"

天和哭笑不得道："我求你们了，能别发出声音吗？"

于是包厢里一下安静了，音乐却持续着，气氛变得更加尴尬。

天和："算了，你们还是继续说吧。"

司徒静看了一眼表，从看见吴舜的那一刻起她就如坐针毡，终于受不了，起身道："我有点儿事，先回家了。"

吴舜意味深长地笑了起来，一瞥司徒静，关越瞬间就从这个眼神里发现了端倪。

"几点飞机？我让司机送你。"关越沉声道。

司徒静："不用了，有人接。"

"慢走。"关越礼貌而疏离地说，"没考虑清楚前，我看就先不见面了，飞来飞去的也太折腾你。"

司徒静说："我也是这么想的。"

关越打了个响指，说："达成共识。"

司徒静起身，一瞥吴舜，出了包厢。

佟凯与江子骞同时打量着关越，关越捏着酒杯的食、中二指却轻轻一转，将杯倾斜了一个极小的角度，朝向吴舜。

吴舜似乎明白了什么，微微一笑，与关越碰了一下杯。

天和不明所以。

"解释一下？"关越眉头深锁。

"不行。"天和彬彬有礼道，"我一直不知道你是话这么多的人，可以专心点吗？"

于是关越不再说话，转身，横躺在沙发上，那动作无礼之至，却十分舒服。

吴舜看了一眼手机，朝天和低声说："我也有点儿事，先走了。"

天和惊讶抬眉，吴舜点点头，双方极其默契，天和的意思是问"司徒静给你发消息了"？吴舜的回答则是"是的"。

吴舜拿了门童制服风衣，走了。

《春之圆舞曲》结束，第二首曲子是贝多芬，天和沉默地听着，有点儿走神，想起以前带关越去慕尼黑。外公，几个舅舅、舅妈——家中所有人出游，去维也纳玩，顺便带他们去听跨年音乐会，那段时间，关越学业繁重，当天听着听着，居然在包厢里睡着了。

真是太尴尬了，天和几次小声叫醒他，让他别睡，关越也知道不能给他丢人，于是努力让自己不睡，幸而外公与舅舅还挺喜欢关越，表示了理解。

现在想起来，天和只觉得那时的自己太不懂体谅人，居然这么对关越，关越也很郁闷，回家的路上特地朝天和道歉，给他买古董赔罪。

"听不太懂。"佟凯看了一眼曲目单，"第二首开始就不好听了。"

江子骞说："我也听不懂，要么咱们还是走吧？"

佟凯："走吧，不听了。"

于是两人喝完酒，又偷偷摸摸地起身，走了。

包厢里剩下关越与天和两人，关越躺在沙发上，拿着手机发消息。

"现在可以解释了？"关越说。

"不想解释。"天和说，"空了自己问佟凯。你怎么不陪未婚妻吃饭？"

关越："我也不想解释。"

关越翻身，从沙发上起来，捋了一下头发，看了一眼表，再看天和，扬眉，指指天花板，意思是问"上顶楼吃晚饭去？"天和便起身，跟着关越离开包厢。

"这才几天，你怎么能把小田弄掉这么多毛？"电梯里，天和伸手给关越拈黑风衣上的猫毛，说，"给它吃盐了？"

关越与天和站在餐厅外等了一会儿，原本要排队，经理却一见天和，马上找人过来给他们带位。

关越答道："出门前陪它玩了一会儿。"

天和："这么多毛，不可能是抱出来的。"说着他不耐烦地开始收集关越身上的猫毛，"你老实说，是不是把猫抓起来，像搓澡一样把它在自己身上来回搓了几次？"

关越不说话了，天和抬头，忽然发现他似乎在笑，正怀疑时，关越便转身走去，进了餐厅。

江曼五洲顶层，旋转餐厅，桌上点着蜡烛，平安夜的夜景缤纷灿烂。

"这个餐券可以用吗？没过期吧？"江子骞的声音传来。

天和："老天，怎么又来了，他俩就不能去吃桂林米粉吗？"

关越喝了点红酒，望向不远处入座的佟凯与江子骞，再望向天和。

"为什么总是戴着耳机？"关越问。

天和把耳机摘了下来："因为我是个顽劣的死小孩，随时需要音乐安抚我躁动的情绪。"

关越端详天和，天和侧头，看见吴舜带着司徒静走来。吴舜拉开椅子，让司徒静坐下。

天和又笑了起来，关越彻底明白了。

"今天真是有趣。"天和说，不过觉得这下总算正常了，开始与关越吃晚餐。

关越："小金情况如何？"

天和："还行，明天给它喂点吃的试试，挺精神的。"

侍者过来收叉子，天和感觉就像回到了在剑桥郡与关越生活时，每个周末，与关越到伦敦市区闲逛的那些日子。

他一边喝水一边打量吴舜与司马静，没看关越，只是随口问道："爷爷怎么样了？"

"就那样。"关越漫不经心道，先接过天和的盘子，放在面前帮他切牛排，自己那份让侍者先端着。

"拒绝她不是好主意。"天和说。

"互相拒绝。"关越示意侍者把切好的牛排放到天和面前。

天和吃了点，说："躲得过初一，躲不过十五，下一位排队的也快了吧。"

"不躲了。"关越开始自己切牛排，那动作非常娴熟。有时天和甚至怀疑牛津 PPE 的学生是不是有切牛排训练课程，否则怎么解释这些人的动作都像一个模子里印出来似的？

天和："那怎么办？"

关越："罚跪。"

这个话题到此结束，天和没有再说话，吃完了一顿平安夜晚饭，关越说："歌剧？"

天和说："不听。"

在江家的酒店里消费，天和只要随手签个单就行了，关越却把卡给侍者。

天和下楼，回到大堂里，也不说去哪儿，关越便跟在他身后，手臂上搭着他的风衣，像一名尽忠职守的骑士。天和转了一会儿，开始不想进店，只在外头看橱窗，最后想了想，还是进了一家店。

关越朝店员出示信用卡，店员便把隔离杆放到店门外，把营业牌翻成"CLOSE"，暂时封店。

天和在店里转了一圈，出来，店员们齐齐鞠躬，一句话不说，出外取走隔离杆，将营业牌翻回"OPEN"。

天和一路逛过去，一楼的店将隔离杆统统请出来了一次。

最后天和选了两条春季款的丝巾，关越付账。

"一条给方姨。"天和说，"一条送给白老师的爱人。要给你的未婚妻买吗？"

关越："没有未婚妻。"

天和礼貌地说："我是说下一个。"

关越也礼貌地答道："那就过季了。"

天和笑道："动作快一点儿，说不定还赶得及。困了，谢谢你请我吃晚饭，下次见。"

江家的劳斯莱斯与关越的一辆林肯同时停在酒店门口，两名司机也都在车外站得笔直地等着。

"请原谅我的嫌贫爱富。"天和上了劳斯莱斯。

"可以理解。"关越答道，并把袋子与天和的风衣交给司机。

天和在车里朝关越挥手，透过车窗看见关越始终站在酒店大门外，车驰远，关越依旧这么站着。

关越有时候挺像那只成天发呆的小田——天和心想。

"我记得你不喜欢逛店。"普罗在耳机里说。

"是的。"天和望向车外的平安夜，车水马龙与华灯初上，响着唱诗班的乐曲。

"我只是看别人逛得挺高兴的，突然也想学一下他们。"

关越在酒店门口站了一会儿，司徒静走了出来，也在等车。

司徒静："回去怎么交代？"

关越："就说你与前任复合了。"

司徒静哭笑不得。

关越意味深长地看了司徒静一眼，吴舜把车开了过来，司徒静便上了吴舜的车，关越则转身离开。

六天后，元旦前夜，十一点。

普罗："我以为你会留在家跨年。"

天和按了指纹，走进清松投资，元旦前，公司空空荡荡，灯依旧开着。

天和："只有咱俩的话，我想在哪里并没有太大区别。"

普罗："你大可不必拒绝江子骞的跨年邀请，只要稍微小心一点儿，不会害他们露馅。"

天和笑道："是的，但我还是更愿意在公司跨年。"

他在办公桌上放下电脑，接入硅谷那边。

"而且我想在第一时间知道评估结果。"天和说，"他们会把邮件在凌晨四点左右发过来。"

这是这座城市一年里唯一的一个不眠之夜，从惠丰的高楼望出去，宽大的江边步行环道上挤满了人，几乎全是前来跨年的情侣。

天和拿着咖啡，站在饮水机后的落地窗前，望向墙外。一条大江隔开了南北两滩，繁灯璀璨，钟楼笼罩着射灯的强光，众多林立的大厦外墙亮起了广告牌与灯火。

"你说，大家这个晚上，都在做什么呢？"天和说。

普罗答道："子骞与佟凯在人群里跨年，吴舜在参加元旦团拜会，天岳也许在南美或中美洲……"

天和接口道："大哥也不知道怎么样了，也许在和研究员们联谊？"

江中驶过轮船，船上升起烟火，砰然绽放，照亮了夜空。

"汉堡现在的时间是 17:00。"天和说，"妈妈应该正在检查管家与厨师们准备的新年晚饭。"

普罗："需要给她打个电话吗？"

天和喃喃道："不、不要打扰她平静的生活。"

天和安静地站在落地窗前，23:45，众多轮船驰来，停在江心。

"爸爸。"天和轻轻地说，"你还好吗？"

跨年的倒数将要开始，盛大的烟花会演在即。

普罗："听点什么？《欢乐颂》？这个时候，我可以为你把灯关了。"

"谢谢你，普罗。"天和坐在饮水机后的吧台前，望向远处的江景，众多江滩上的年轻人迎着凛冽的寒风，拥到围栏前，望向江中。

23:50，整层楼的灯光全部熄灭了，落地窗外的夜景尤其明亮。

但就在这时候，公司另一边，CEO 办公室门发出声响，关越从里面走了出来，经过一排排座位，来到天和身后。

天和："你居然……这个时候在公司？我只是想看烟火……"

关越摆手，示意没关系，与天和一起坐到吧台椅上。

"没在家陪方姨？"关越沉声道。

天和："她和小姐妹们去看蔡琴的跨年演出了。"

关越没说话，倒了两杯龙舌兰，加上冰块，放在吧台前。

关越说："每一年的最后一天，我都会独自坐在公司里，梳理过去的一年自己做过的所有决策。"

天和与关越并肩坐着，落地窗外，江那一边的大厦所有广告全部消失了，变为数字"10"，开始倒数。

"九！"远方传来疯狂的大喊。

天和透过玻璃，注视着自己与关越的倒影。

"八！七！"

哨声响起，天和笑了起来，关越抬起一只手，轻轻地搭在天和的肩膀上。

天和始终看着远方的景色。

"三、二、一。"天和随着呼声倒数，淡然道，"不知不觉，又一年了。"

"Happy New Year（新年快乐）——"大厦外传来震天的欢呼，烟火从江心一字排开的轮船中升起，惊天动地，照亮了夜幕。

"新年快乐。"关越拥抱了天和，天和也顺势轻轻地抱了一下他，两人只是简单一抱，便又分开。

"新年快乐，普罗。"

"新年快乐。"普罗答道，"第四季度的服务器组租赁费用又要结算了。"

"噢！能不能不要提这个！"天和郁闷地说。

关越不解地看着天和，天和说："给你介绍我的一个朋友，他叫普罗米修斯，是我的人工智能助手。"

普罗："这可不好，天和。"

天和望向电脑，说："普罗，跟关越说两句？"

电脑音箱里，传来AI的男声："关越，你好，很高兴认识你。"

天和："我不想听见这个声音，普罗，你好歹把声线换成休·杰克曼。"

普罗用刻板的男声说："休·杰克曼不会说中文，有什么能帮助你的？"

关越说："说个笑话。"

普罗："我不会说笑话。"

天和一手抚额，朝关越解释道："它其实很聪明。普罗，你还在破解五角大楼的后台吗？"

普罗："还需要 233 年 4 个月又 17 天……"

关越："一月四日 A 股开盘预测。"

普罗："大盘看涨，蓝筹股领涨，其中煤炭、钢铁、重工业三大板块受欧洲进出口贸易达成协议影响，将有较大涨幅……"

关越评价道："不错。"继而他离开吧台，回办公室。天和说："普罗，你太狡猾了。"

普罗："他一定会嫉妒我的，如果你还想我活着的话，请务必不要让他将我当作竞争对手。"

"好吧。"天和无奈道，"我只是觉得总戴着耳机太奇怪了，与其被他怀疑，不如先告诉他你的存在。"

普罗："这样他就不会再对我疑心了。我能理解，这对消弭你们之间的隔阂，促成你们重归于好有很大的好处。"

天和："我并没有这么想，不要胡乱推测……"

普罗："他回来了。"

天和便停下交谈，见关越拿着一个文件夹过来，摊在吧台上。

"把灯打开。"关越说，"普罗米修斯，我知道你能控制灯光。"

办公室的灯刹那又全亮了。

关越："接下来，有没有人宣布为我的烧水壶负责？"

天和："呃……"

天和心想什么都瞒不过他，关越却只是意味深长地看了天和一眼，没有再追究，坐到吧台前，继续喝他的龙舌兰。

天和翻开文件夹，上面是他的破产延期担保合同。

关越显然没有对普罗起太大疑心，只将它当成了一个普通的智能程序，顶多比 Siri 智能了那么一点点，但目前看来是智能还是智障，实在不太好说。

"普罗，请为我比对一下合同条款。"天和说。

普罗："在合同问题上，我建议你咨询律师。"

关越看了一眼天和，天和合上文件夹，想了想，说："评估结果还没出来呢。"

关越看了一眼表，意思很清楚了：还有两个小时。

天和说："你就这么相信我？"

关越出神地看着大厦外，没有回答。

天和又摊开合同，戴上耳机，普罗的声音转到耳机里，解释道："这份是三个月前，佟凯提前与白律师沟通好并修改完整的合同。"

天和明白了，两份合同是在三个月前就一起做好的，只是关越到了今晚才把它拿出来。

"我想问个问题。"天和说，"你就不怕我签完了，评估没通过，你没法向总公司交代吗？"

关越把酒喝完，稍稍抬头，他的侧脸、喉结、脖颈、耳郭，在灯光下呈现出近乎完美的轮廓，他的头发修短以后显得很精神，深邃的眼神投向江边。

"这是对我专业水平的侮辱。"关越沉声道，"也是对你的侮辱。"

天和耐心地一页一页翻看合同，关越就这么坐着。

普罗："天和，距离评估结果还有半小时。"

关越忽然说："答应得太早，似乎有点儿亏。不过我不会反悔的，一言九鼎，这个道理，大家都懂。"

天和："……"

这正是三个月前关越拿出第一份破产延期担保合同时，天和嘲讽他时说的话。

"你真是个记仇的人。"天和说。他不再看下去，在每一页上签名，把合同合上，还给关越，关越不接，天和便把它放在一旁。

关越把空杯拿过来，给自己与天和斟了酒，拈着一杯，另一杯递到天和手里。手机解锁，他拨通评估公司的电话，抬手腕，看表，拈酒杯的那只手靠近天和的酒杯，距离不到两公分，随时准备与他碰杯。

深夜1:58，电话接通，那边说："会议已经结束，关，这就告诉你汇总后的初步结果。"

关越没说话，天和拿着酒杯的手居然有点儿发抖。

2:00，那边说："极高评价，详细报告会在新季度的三个工作日后发到你的邮箱。"

天和吃了一惊。

关越心不在焉，他的酒杯在天和的酒杯上一碰，"叮"的一声清响。

"恭喜。"关越把电话挂了，把酒喝完，把酒杯重重放下。

天和："……"

天和怔怔地看着关越，关越借着酒意，忽然说："你是最优秀的。"

天和转头，将龙舌兰一饮而尽。他想大喊一声，却实在不好意思，刹那间办公室里所有的蓝牙音箱放起了《欢乐颂》，乐曲淹没了他的理智、他的情感。天和再转身时，发现关越从吧台转椅上转过身来，用复杂的眼神看着他。

《欢乐颂》倏然变得柔和，接上了《卡农》，突然关越的电话响起，《卡农》

音量收小，完全消失，天和看了一眼，是关家打来的电话，便马上下了吧台，回到办公桌后，陷进转椅里去。

关越没有回避他，接通电话，放到耳畔，这一刻天和意识到了不妥，深夜两点，家里怎么突然来了电话？

果然，关越的嘴唇微微发抖，听着电话里的声音，转头望向办公桌后的天和。

"冷静点，关越，我陪你回家。"天和说。

...The First Movement · End

第一乐章·完

...KEY
//:CONNECT

+
+
+

Admin:

>
>
>

Guan-Yue
Wen-Tianhe

//

Passcode:

......

Tuling
Mima

//

......

CONNECCTING...

......

/
/
/

//:CONNECTED

.
.
.
.
.
.
.
.
.
.
.
.

/// THE SECOND MOVEMENT ......

|: 第二乐章

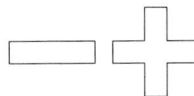

+VWRFHIHTSZNGAKBRFHHPCGGLBPY.

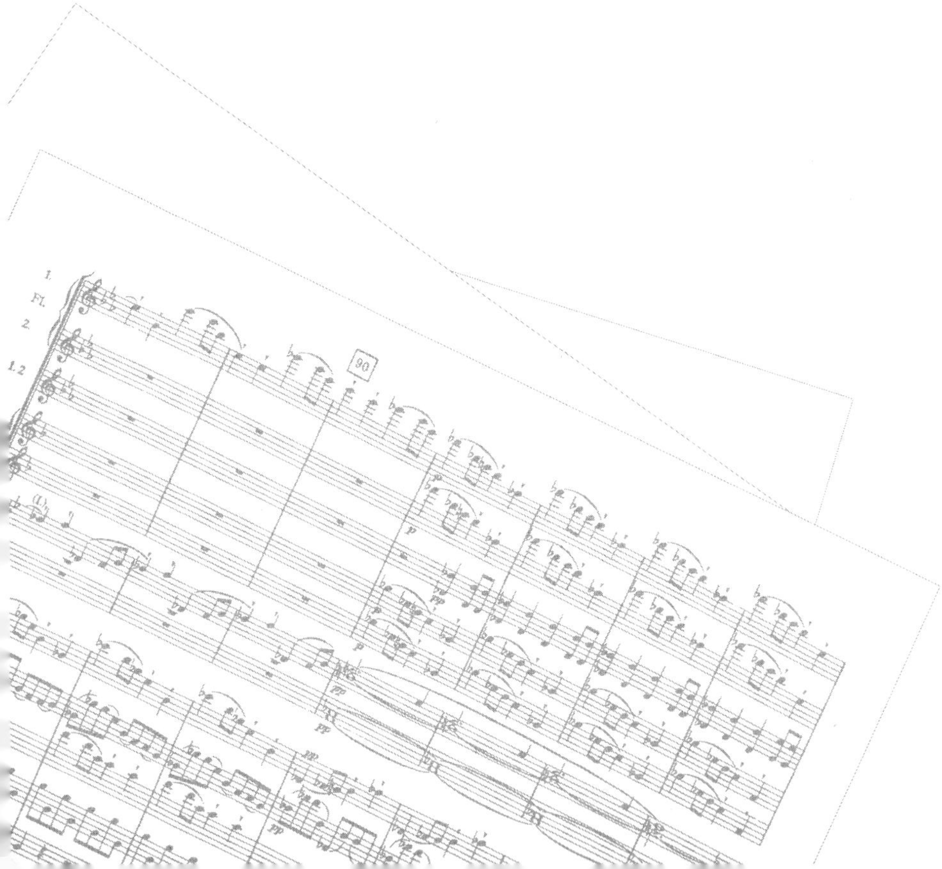

1.
Fl.
2.
1. 2
90

/// 01 ...

太原下雪了。

大雪铺天盖地，在大提琴的乐声里，温柔地覆盖了这座拥有两千多年历史的古老城市。

在它伟岸的身躯与巍峨的轮廓前，伦敦不过是耶稣四十七岁那年，过路商人在泰晤士河畔建立的通商港；柏林也仅仅是千年前普鲁士种下的菩提树周围的小小村落；至于纽约那短短 300 年的岁月——只能说，它还是一名蹒跚学步的小婴儿。

天和戴着耳机，坐在车里的小吧台前，望向车窗外漫天飞扬的大雪，关越则倚在沙发上睡着了。

普罗："这是一座很美的城市。"

"嗯。"天和注视着水晶杯里的冰滴咖啡，答道，"他的故乡。"

山西是盛唐版图开始之处，带有厚重的人文气息。关家则从关越的爷爷那一辈起，便不遗余力地向子孙推崇"刻苦读书、振兴家业"的祖训。奈何关家子弟的智商，仿佛全被关越吸走了，一大家子人里，关越是最有出息的那个。

天和把热毛巾放在关越的脸上，关越醒了，擦了擦脸坐起身，关家大宅的铁门打开，车开进去，老管家一身大氅，挂着拐杖正等着。

"闻少爷，好久不见了。"老管家说，"您好。"

"您好，桂爷。"

天和被叫"少爷"很不习惯，家里人从上到下，无论什么职位，司机也好厨师也罢，都直呼他"天和"，顶多是"老板"或"闻总"，但他知道这是关越家里讲究的规矩——一种与闻家完全不同的规矩——便也没有反对，点了点头。

关越道："情况怎么样？"

"都到齐了，就等少爷。"老管家说，"老爷听说闻少爷一起回来了，这就请吧，太爷想必也愿意见见您。"

天和没有说自己与关越闹崩的事，不知道关越告诉家里人了没有，不过看这模样，似乎没有。但天和也没有说什么"这不合适吧"，决定与关越一起回来，为的就是陪他来见这最后一面，至少有个人在他失去至亲时，能陪在他的身边。于是他点点头，答道："那就逾矩了。"

关越便带着天和，换了落满雪的外套，换上毛袄冬衣，天和那身还是好几年前来拜访时关家为他做的，稍微有点儿显小。天和洗过脸、手，跟在关越身边，随老管家走过长廊，感觉自己就像进了民国戏里。

院里院外，站满了人，见关越回来，所有人的目光齐刷刷地转向关越与他身后的天和。

老管家说："闻少爷，请稍作留步。"

关越迈进屋内，天和一瞥屋内，关越的父亲站在那里，四名医生出出进进，生命维持装置已经全用上了，里头还传来隐约的哭声。

"爷爷。"关越用山西话说，"越回来了。"

众人忙让开，招呼关越到床前去，天和则安静地走到一旁，站在梅花树下。

不一会儿，里头又请天和进去，天和听懂了山西话叫他名字，不等老管家出来请，便已进去，到病榻前，只见关越握着祖父的一只手，双眼通红。

老头子从关越手里抽出枯干的手来，说了句山西话，把手放在天和额头上，无力地摸了摸他的头，继而滑落下来，寿终正寝。

房里开始哭了，抽泣的抽泣，号啕的号啕，天和眼眶湿润，转头看关越，他没听懂最后那句话，但想必是"好孩子，以后互相照顾"之类的。接着，叔伯们起身，医生上前摘了生命维持装置，关越带着眼泪躬身，双手覆在祖父脸上，让逝者表情和缓，接过父亲递给他的一枚古钱，放在祖父口中。

天和与孙辈们一起退了出去，门外女眷进来，磕头，痛哭，再是女眷们出来，留下关正瀚与堂兄弟们，以及长房长孙关越。

"请到偏厅用茶。"有人过来请，天和朝孙女辈里看，只见一个女孩朝天和点点头，用口型示意待会儿。

天和也点头，跟着人走了，走出几步，忽然听见了关越在房里大哭。

天和停下脚步，有点儿不忍，他知道，为了不让祖父在临终前更难过，关越一直忍着泪水，但就在祖父心跳停止、摘下呼吸机的那一刻，关越终于情绪崩溃了。

普罗："我建议你现在去陪在关越身边，他一定非常需要你。"

天和："按这里的规矩，我不能留下来。我知道他很需要陪伴，但在红白事面前，是绝对不允许出错的。"

普罗："人总比规矩重要。"

天和："我也这么想，不过现在不能给他添乱。"

可惜关越不知道，听觉是一个人最后失去的知觉。也许祖父漂流在那无尽的意识之海中，断了所有与世界的联系的那一刻，依旧能看见小小的关越跪在虚空里，伸手不断擦泪的场景吧。

天和到了茶室里坐下，环顾四周，这是关正瀚的茶房，一旁还堆着几本书。

"关越的爷爷奶奶，都不认识字。"天和说，"却很明事理。"

这许多年里，关家与闻家一直是世交，从祖父辈就开始打交道，关家曾经动过将过继来的长女嫁给闻天衡或闻天岳的心思。父亲闻元恺也带天和来过关家好几次，小时候的关越还带天和在家里四处玩，教他念唐诗，关父关母也挺喜欢天和，只是那些记忆对天和来说，都有点儿模糊不清了。

天和："我现在最怕的就是……嗯……争家产，这样会给关越造成更深的伤害。"

普罗说："死亡这个概念，确实令我相当费解。"

天和："都会过去的，爸爸去世的时候，我也很费解。"

普罗："你得到答案了吗？"

天和："没有，也许只有当我死亡的那天，才能得到真正的答案吧。"

第二拨亲戚从茶室外经过，不久，大家纷纷去给关家的老太爷磕头。

天和："我记得爷爷还在的时候，几乎没什么人去看他。"

普罗："活着的时候，为什么不多相处呢？"

天和茫然道："不知道啊，人就是这样吧。"

天和给自己斟茶，忽觉这茶杯眼熟，翻过来看了一眼，正是那年在苏富比拍卖行，他给关越的父亲买的。关正瀚很喜欢，特地为它定做了放茶具的矮案与憩坐靠背，材料是非常古老的降香黄檀，且做了相当精细的镂空雕纹。

"关家实在是太有钱了。"天和说，"当年和关越生活在一起的时候，我都怀疑他家里不是造纸而是印钞票的。"

本科毕业那年，天和觉得面前这个人简直疯了，拼命塞礼物给自己，后来实在受不了，他让关越不要再给自己买东西，而且房子里也堆不下了，关越对此的解决方式是：完全可以再买一套房子来放你喜欢的东西。

"我只是说它很好看。"天和朝关越说，"可是我并不想拥有它！家里快变成艺术博物馆了。"

关越给天和买了一套漂亮的陶瓷盘，起因只是天和在买手店的橱窗前经过，停下了脚步三秒，并朝关越说："它真美。"

第二天那套陶瓷盘就被打包送到了家里，家人一件一件地拿出来，说："这是御赐温莎公爵的，后来也许因为慈善，被拿出来拍卖了，天和，你的审美真不错。"

"可是我并不想和温莎公爵在一个盘子里吃饭。"天和说，"把它摆起来吧，盘子底朝外，这样客人就会知道咱们家有温莎公爵的盘子了。"

家人倒是很喜欢这套瓷盘，笑道："需要定做一个新的柜子。"

天和根本学不会传统的"打理家庭"课程，摆摆手道："请您自行决定。"

俄罗斯的油画、印度的手工摆设、波斯的羊毛毡、中国的青花瓷器、日本的武士刀、尼泊尔的佛像……天和只要看一眼并露出惊讶而赞美的眼神，第二天醒来的时候就会发现它出现在自己家里。

价格过高的话，关越则要犹豫上足足三秒，再点头：喜欢吗？让店员送到家。

可是我喜欢它，并不代表希望它出现在我的家里啊！天和崩溃了。

天和丝毫不怀疑，如果博物馆里的东西明码标价，而关越又有足够的钱，关越说不定会把整个卢浮宫给他搬过来。照这么发展下去，迟早有一天关越会为了讨他欢心去偷《蒙娜丽莎》，幸而《最后的晚餐》是画在墙上的。

各路奢侈品公司也比以前更频繁地上门，带着形形色色的新款让天和挑，衣服一做就是二十套。晚上出门吃个饭，天和随便进个店，关越的助理就亮明贵宾身份，让人封店供他慢慢逛，不被打扰。

天和出门的时候不喜欢有人跟着，坚持几次后关越才作罢。一段时间里，关越没什么动作，天和以为消停了，结果进学院时，受到了教授们的特别关照，才知道关越给他们班送了一组实验用的服务器。

"我想把整个世界都给你。"关越朝天和说，"只是凯旋门和巴黎铁塔太贵了，以后等哥哥有钱了，用自己的钱，也会买给你。"

天和抚额，一瞥旁人，让大家暂时回避一下这个即将买下凯旋门与巴黎铁塔的男子，待没人时，才拿着其中一个瓷盘，朝关越说："你就没发现吗？这个东西放在家里，风格很、不、搭。"

关越看了一眼，露出询问的眼神，意思是"真的？我怎么觉得还可以？"

天和无奈了，他想改造一下关越的品味，却又怕说多了显得自己嫌弃他是暴发户。事实上关越在中国文化的审美上，还是相当可以的。送给天和的东西只要和东方沾边，都非常漂亮，只是他对西方流派的审美实在很令人焦虑。

下午，关越带着天和去伦敦吃晚饭，听歌剧，天和只要出门简直胆战心惊、步步为营，在一家挂毯店门口停步时，只要转头看一眼橱窗，关越便转过身，露出了准备买东西的表情。

天和迟疑地看了一眼关越："我……想进去看看……"

关越为天和推开门，天和马上抬手，示意关越不要乱来，关越便绅士地点点头，站在一旁，随时等待付钱。

天和让店员取来橱窗里的一张羊毛挂毯，低头认真地看起了花纹。他并不想拥有它，只是因为这花纹吸引了他的注意：工匠在挂毯上织出来的规则的花纹，令他想起了一个函数图像，这图像也许能启发他解开暂时卡住的课题。

关越稍稍侧身，靠在柜台上，天和专心地看挂毯，思考着，关越则开始观察天和的表情，借以判断他对这件东西的喜爱程度。

"谢谢。"天和朝店员笑道，关越刚取出卡，天和就把卡迅速夺了过去，拉着关越走了。

关越看着天和，天和说："我确实不需要它，只是从花纹想到了别的，咱们能不能像以前那样，等我开口了你再买给我？"

关越戴上墨镜，认真地说："不能，因为我是总统。"

天和笑了起来，那句话是以前天和常调侃他的，PPE 学科是培养政要的学科，于是小时候天和喜欢叫他"总统"。

"换一个说法，听腻了。"

"我是哈士奇，不听指挥。"

"把墨镜摘了。"天和道，"你就这么不好意思吗？"

天和拉着关越离开，并抬手去摘关越的墨镜，关越挡了几下，最后放弃抵抗，墨镜被天和收缴，关越伸手拦住他。

关越："小朋友，不要顽劣。"

天和无奈了，与关越走过一家冰激凌店，停下脚步，看关越，意思是"现在怎么不买了？"

关越："晚饭前不能空腹吃冰的东西。"

天和只得放弃，总感觉关越实在是个尽职尽责的监护人，比闻天岳管得还严。

天和在一名长得很帅的街头艺人面前停下，关越便小心地护着他，不让他被挤着。天和听着小提琴乐，侧头看关越，却突然从他的表情感觉到了有点儿不妙。

"你想做什么？"天和用中文警惕地问。

关越："你怎么知道？"

天和："……"

关越："我只是想礼貌地邀请他下周到家里来拉小提琴给你听。"

天和："不需要，在家听就不好听了。拿点现金，快。"

天和摸了摸身上，没有现金，关越摊手，两人都没办法。

"祝你快乐！"那艺人朝天和笑着说，"漂亮的小王子，神的宠儿！"

看完歌剧后，天和与关越从剧场里出来，天和站在五光十色的喷泉前，从关越的裤兜里掏出一枚剧场送的金币巧克力，背对剧场外的喷泉站着。

关越："想许愿，你得去罗马。"

"心里有罗马，处处是罗马。"天和端详面前英俊的关越，说，"条条大路通罗马。"

关越："许愿吧。"

天和说："许什么愿望都会实现吗？"

关越想了想，说："那可不一定。"

剧院外放起了贝多芬的《小步舞曲》，在这音乐里，天和轻轻地说："我还以为这世上会有一位神，愿意满足我的一切愿望。"

关越注视天和的双眼。

"我想要一份生日礼物。"天和说。

关越摇摇手指，说："不行，神已经为你选好了。"

天和有点儿沮丧："不要这样！你……神还没问过我想要什么呢！"

关越说："你可以许愿'再来一份'，你是神的宠儿，我想他不会介意再给你一份。"

天和想了想，拈着金币巧克力，说："希望总统可以暂时放下学业，带我去环游全世界。"

关越想了想，怀疑地说："你只是想逃学。"

天和看着关越，关越示意天和抛金币巧克力，天和便知道关越答应了，手指一弹，将那金币巧克力弹得飞过头顶，飞向喷水池。关越敏捷地伸手，在天和头顶一掠，摊手，居然凌空截住了金币巧克力！

天和："……"

关越低头看天和，天和带着怒意，两人对视片刻，关越把金币巧克力随手扔进喷水池里，牵着他走了。

"那枚金币巧克力浮着不掉下去没问题吗？"天和被关越拖进车里。

"现在回家就没问题。"关越答道。

天和带着笑意，自娱自乐，铲出茶叶，烧水继续泡茶喝。

普罗："后来去了吗？"

"当然。"天和说，"作为第二份生日礼物。"

普罗："他已经准备好第一份生日礼物了。"

天和："嗯，他另外送了我一个岛。"

那年生日，关越买下了一个大西洋的小岛送给天和，并亲自设计了岛徽，起名"米德加尔特"，意为北欧神话里，世界之树的中庭。第二年开始，每年的暑假，天和与关越都会到岛上去度假。

关越还给天和买了一套水上飞行设备，开游艇带他出去，让他在海面玩个够，看天和在海面喷水并飞来飞去，高兴地到处大喊。

"其实我对物质没有什么渴求。"天和说，"我想要的，只是……"

关越："你想要的是绚烂而短暂、唯美的东西，比如说在迪拜给你放一场烟花。"

"不是！"天和生气了。

那天从家里出发，直到港口，天和都没再理关越。

喧嚣的码头，天和面前出现了宏伟的豪华游轮"狄更斯"号，管家指挥工作人员将行李送上去后，站在码头上朝天和告别。

汽笛鸣响，天和一身运动服，站在游轮顶层套房外，宽阔阳台上，吹着海风，为期两百四十天的环球之旅起航，关越也换了身一运动服，来到天和身旁。

"我的愿望就是像现在这样。"天和说，"不带任何人，只有你和我，背起包，去巴西，去阿根廷，去马达加斯加和好望角。"

关越说："你只是想方设法地使唤我，让我来伺候你。"

"答对了。"天和给了关越一个赞赏的表情，但他忽然有点儿警惕。

天和狐疑地打量关越："你应该没有把这艘船买下来吧。"

"买了。"关越面无表情。示意天和看甲板上的客人，说："还费了很大心思，请了这么多演员过来陪我演戏，薪水不菲。"

天和哈哈笑了起来，他知道关越不会做这种无聊的事。

/// 02 ...

游轮沿途停靠了六十个国家与地区，每到下船时，关越便背着沉重的徒步旅行包，与天和换上运动服，暂时离开游客队伍，像两个背包客，观赏各地的风土人情。

他们在哥伦比亚买下了一只鹦鹉，在马达加斯加买下了手工艺品来装饰船上的房间，在埃及逛黑市时，关越终于难得地对天和的购物欲表现出了一次犹豫。

关越试图阻止天和买一个黑市里拿出来拍卖的木乃伊："别买干尸，不吉利。"

天和一本正经道："好不容易碰上个喜欢的，我自己出钱。"

天和心里快要笑翻了。他对木乃伊毫无兴趣，且觉得毛骨悚然，却竭力假装对它热爱。

我让你买，你把这个买回去试试？

关越："算了，这个多少钱？能不放在家里吗？捐给大英博物馆，空了去看也是一样的。"

天和："可我很想抱着它睡，能让我玩一段时间再捐出去吗？"

关越："……"

关越终于知道天和在耍他，拖着他走了。

去新西兰霍比特村时，关越的脑袋在门上碰了一下，天和正哈哈地笑他，没想到一转身，自己也碰了一下，再逛时关越便一直用手护着天和的头。

"你真的会吗？"

皇后镇，教练拉开飞机舱门，狂风卷了进来，天和与关越牢牢地系在了一起，关越朝跳伞教练比了个"OK"的手势，张开手臂。

"不会，全是骗你的。"关越冷漠地答道，戴好额头上的跳伞风镜，最后检查一次把自己与天和绑在一起的绳索，拉紧。

"愿意陪我一起死吗？"

继而他带着天和，跳了下去。

"啊啊啊啊——"天和要疯了，从万丈高空与关越一起跳了下来。

那一刻，整个世界随之远去，云雾倏然穿过他们的身体，唯一的记忆，就是关越有力的心跳。

紧接着伞"呼啦"拉开，两人于风中缓慢降落，皇后镇的田园，湖泊，远方的城镇与漂亮而玄奇的大地……

"不断地、不断地听着你坚定的呼吸。"天和侧头，低声说，"就这么活着……"

关越略带急促的呼吸屏住了，低声道："或是坚定地死去。"

"以后不能再玩跳伞了。"数日后回到船上，大船再次起航，天和觉得实在太玩命了。

关越正在翻译一本诗选，把众多诗人的不朽名篇翻译成汉语。

他们在悉尼听了跨年音乐会，倒数时，激昂的交响乐声中，天和、关越，以及贵宾厅里的观众纷纷侧身，望向观景平台外大海中升起的璀璨烟火。

他们在横滨上岸，天和去逛了公园的"跳蚤市场"，找到了心仪已久的一幅"浮世绘"，让关越挟在胳膊下，走了一路，作为奖励，天和则边走边喂他吃章鱼烧。

他在富士山下与关越泡了温泉，那天关越口渴，多喝了几杯清酒，傍晚时脸色发红，两人穿着浴袍回房，落地窗外是宽广的湖泊，远方是夕阳下的富士山。

烟火大会后，看萤火时，天和总忍不住打趣关越，关越居然被天和揶揄得红了脸，抓了只萤火虫给他，试图引开他的注意。

他们在仁川与首尔……老有游客想找他合照，关越被合照的人搞得很不高兴，路上两人还吵架了。

香港的夜市、雅加达的灯火、芭提雅的霓虹灯、恒河灯节纪念杜尔迦的璀璨火光、晨浴的修行者……

哈利法塔下的音乐喷泉、阿布扎比沙漠中的卢浮宫、马尔代夫繁星般的小岛……

离开马累的第三天，在广袤的印度洋上，天和看见了旋转着跃出水面的巨大鲸鱼！

从房间里看出去，发现鲸鱼的那一刻，天和拍拍关越，说："快看！"

关越抬起头，同天和一起怔怔地看着远方那只跃出海面的抹香鲸，它是如此庞大，如此震撼，使得整条船上的游客一起大喊起来。

天和笑了起来，鲸鱼落回海中。

维多利亚瀑布大桥，关越与天和面对面地绑在一起。

"怎么不问我会不会了？"

天和："蹦极的安全系数很高的！飞喽——"

关越大惊失色。

天和张开手臂，侧身，两人从蹦极台上坠了下去。

"哇哈哈哈——"天和大喊。

他们在坦桑尼亚开着车，跟随大迁徙的动物，跋山涉水，天和拿着望远镜，半身探出天窗，朝开车的关越喊道："快一点儿！要追不上了！"

关越："后面还有很多，别着急！快下来，你这顽劣的小孩！"

他们在冰岛瀑布前被淋得浑身湿透，在哈德良长城下，于寒风里等待那一抹曙光。

"你最喜欢咱们一起去过的哪个地方？"天和问。

天和忽然开始想念家里了。

关越："还是中国。"

天和喃喃道："我也是。"

苏格兰高地的日出释放出了万缕红霞，就像照在关家大宅瓦片白雪上的落日余晖，过去与当下像一杯鸡尾酒，被奇妙地搅在了一起。

"闻少爷。"老管家亲自过来，说，"老爷请您过去用饭。"

普罗："这个地方的网速实在太慢了。"

闻天和说："因为家里来了很多人。"

老管家："因为？正是，闻少爷，这几天里，有招待不到的地方，请闻少爷多包涵。"

闻天和知道老管家也很难过，他走路蹒跚，岁数已经很大了，关家老祖父去世，亲戚里真正摧心断肠的想必不会太多，大多都是来凑个礼数哭几声，而关越与这位老管家则是真正强忍悲恸。老管家陪伴了关家祖父几十年，想必现在非常悲伤，却还要强撑着打点待客，协助准备后事。

更难得的是，除了刚从院里出来那次，其余时间，都是这位老管家亲自来请天和，可见关家对他的重视。

餐厅里饭菜已经摆好了，关越正等在门外，朝老管家点头，将天和带了进去。一张小桌摆上了菜，关母正等着。

"天和。"关母叫了一声。

"阿姨。"天和考虑良久怎么称呼，最后决定还是不挣扎了，上回过来怎么叫，这次就怎么叫吧。

天和先是朝关越的母亲罗绮芬稍稍躬身，有人端上洗手盆，三人各自洗手，喝了茶，都不动筷子。

罗绮芬问："你那个 E 什么的公司怎么样了？清松呢？请假了没有？"

天和说："正放假呢，都很好。"

关越没说话，也没喝茶，天和把茶杯拿过来，撇掉浮着的茶叶，递给关越，关越喝了一口，复又转过头去，但他意识到自己的表情不愿让天和看到，更不愿被母亲看到，两相权衡后，还是稍稍侧头，朝向天和。

关正瀚来了，一句话不说，洗过手，拿筷子，关母与关越、天和才跟着动筷子。夫妻二人前些天得知司徒静那边辗转托媒人转达的消息，已经崩溃过一轮了，现在情绪还算稳定，表面上保持了基本的客套。

"亲戚来得太多了。"关正瀚用山西话说，"明天还有人上门吊唁，晚上早点休息，不要熬夜。"

关越"嗯"了一声，天和熟门熟路，给关越挑掉鱼骨头，夹了点鱼腩肉给他，罗绮芬用汤勺舀出鱼翅尝了一口，看了一眼，说："喝点汤，外头没人管你吃饭，回家一次比一次瘦。"

关正瀚道："给你请个保姆，你又不让。"

关越没说话，天和大概能猜出这家人的山西话，答道："越哥上班太忙了，晚饭有时候在我这儿吃，方姨做的饭还行。"

罗绮芬道："你俩还住一起吗？"

"嗯。"关越替天和答了，天和便不戳破他。

关正瀚说："天和，你哥哥呢？"

"没消息。"天和答道，"两个都没消息，正找二哥呢。"

关正瀚鼻子里"哼"了一声，摇摇头，这个语气助词相当微妙，但总之不会是褒奖。

罗绮芬换了普通话："你爸爸知道天岳的事儿，还说呢，让你要么别管那公司了，把钱还了，来太原……"

"还完了。"关越冷不丁又说了一句，四人便安静了。

"德国那边帮他还的。"关越又补了一句。

天和心想冲着你这句话，这几天你无论做什么，我都会给全你面子。

关越知道天和不吃鱼翅，把自己那份汤里的鱼翅挑出来，把清汤换给他。

"累了吧。"罗绮芬道，"吃完就早点休息。"

天和点点头。

"你大哥呢？"关正瀚说，"那个什么航天飞机，登月基地，研究出来了没有？"

"也没消息。"天和如实道，"好多年了，我总提心吊胆，怕他……"

"嘻！"罗绮芬打断了天和。

"叔叔有关系的话帮我问问吧。"天和说。

关正瀚"嗯"了一声，对天和的示弱基本满意，关越吃了一点儿便放下筷子，天和说："多吃点，你一天没吃东西了。"

关越说："吃不下。"

"不行。"天和道，"把这碗饭吃完。"

父母都看着关越，关越只得又拿起筷子，缓慢咀嚼，吃完一碗饭，天和说："再吃点吧。"

这次关越没有抗拒，又勉强吃了一碗，关正瀚放下筷子，其余人便纷纷放下筷子。

"去和李家的打个招呼。"关正瀚朝关越说，"天和不用去了，回房收拾一下，明天一大早就要起来。"

"我去找秋姐吧。"天和说。

这话一出，关越的父母顿时露出惊恐的表情。

罗绮芬努力镇定下来，声音里带着畏惧："她也正陪着客人，什么时候不能见？明天再说，你也累了。"

天和点点头，关正瀚起身，晚饭就散了，天和连吃的什么都不知道，下午灌了一肚子茶，待会儿饿了再让厨房做吧。

关府已经全部换上了白灯笼，天和太久没来，快认不清路了，关越说："晚上你睡我房。"

"那你睡哪儿？"天和问。

关越不答，去见客人了，关越房间天和是记得的，找到路后径直进去。

普罗："关越家里的 Wi-Fi 现在至少连着四百台手机。"

天和："你用卫星信号，不要再玩他家的 Wi-Fi 了。"

普罗："这个局域网不知道为什么，总有亲切的感觉。"

天和："因为这是我上次来他家，帮忙重新架的。"

普罗："我发现关越了，他刚走过 B-26 摄像头。"

天和："也不要玩他家的摄像头，更不要去偷窥他家的亲戚，这很不礼貌。"

普罗："我还听见他父母在讨论你，你想听听吗？"

"千万不要！"天和说，"上回无意中听他们家亲戚朝他妈说了几句话，害我心理阴影挥之不去，我是认真的，普罗，并不想听任何人在背后议论我。"

普罗："上次来的时候，你听到了什么？"

"我不想再回忆，可以不要问吗？"天和答道，走进关越房里。

有人送了东西过来，那是天和与关越的两身黑衣服，以及关越的笔记本电脑。

普罗："还有人正在讨论，关越为什么能得到这么多遗产。"

天和："讨论既成事实并没有多大意义，只会增加忌妒心而已，忌妒是万恶之源。"

天和把关越的电脑拿出来看了一眼，收好，放到书架上去，抖开衣服，挂进衣柜里，忽然在衣柜下面发现了一个很旧的小木箱子。

天和打开那个箱子上的密码锁，无奈道："我就说怎么找不到它，原来是二哥寄回来给关越了。"

箱子里装了厚厚的一沓信、一个黑色封皮的小本子，以及两台很小的发报机，天和把发报机拿出来，接上电源，敲其中的一台，另一台便传出了"嘟嘟嘟"的声音。

他再敲另一台，先前那个也开始"嘟嘟嘟"地响了起来。

普罗："摩斯密码通信器。"

天和沉默良久，合上盖子，没有看那些东西，把它们放了回去。

普罗："我还听见关越的堂叔讨论关越的祖父，怀疑遗嘱是伪造的，因为他不识字。"

"关越不会太介意的。"天和说，"如果他介意的话，陪他回来的就会是佟凯，不会是我。对他来说，这个家里最重要的，是亲情。不过我想他爸妈有时候也不太理解他，正平叔叔倒是很疼他，可惜他也没回来。"

天和推开房门，进了浴室，水已经放好了。他总感觉这里像个酒店，洗过澡，吹过头，躺在那张大床上，看着天花板，有点儿困了。

普罗："关越回来了。"

"普罗，你自己玩吧。"天和说，"我知道你对新接触的东西很好奇，但请注意，别伤害到任何人，人类的情感比你想象中的脆弱得多。"

天和摘下耳机收好，按了一下床头的按键，把关越放进来，关越长吁一口气，坐下。

房内沉默。

天和起身去浴室放水，找出关越的睡衣裤，挂在浴室里。

"凑合着住吧。"关越衬衣还没换，边解袖扣边说，"就几天，觉得不舒服了，随时回去都可以，明天开始，你名下的资产全解冻，方姨正在准备搬家。"

"知道。"天和答道，"她通知我了，我还帮你给佟凯和 Mario 发了消息，八号再回去。"

关越的手指一直有点儿发抖，天和知道他今天整个人濒临极限，神情有点儿恍惚。

关越穿着西裤，赤脚站在地上，敞开衬衣，把衣服脱了下来，天和转身出了浴室，把衣服放好，叫人拿去洗熨，完了又回到浴室，问："水温合适吗？"

关越赤身裸体，在浴缸里泡着，用毛巾搓了一下脸，天和也不避他，进来伸手试了一下水，说："别泡太久，十五分钟后起来。"

天和把刮胡刀放好，出去躺在床上，随时注意着浴室里的动静，怕关越太累了泡昏过去，但很快就听见吹风机与电动剃须刀的声音。关越换了睡衣出来，天和便朝里挪了个位置，关越睡外，天和睡里。床很大，两人几乎碰不到。

两人安静地靠着床头，天和知道关越需要安慰，只是一时不知该说点什么。

"谢谢。"关越朝天和说。

"不客气。"天和平静地说。

关越侧头，望向天和，两人沉默对视片刻，关越说："方姨说得对，我该多回家。"

天和不想让关越再沉浸在愧疚里，说："对了，你看我找到了什么。"

天和跨过关越，跳下床去，从衣柜底下将木箱里的信、本子拿出来，回到床上。

关越："……"

天和："收到这个的时候，你重新看过吗？"

关越摇摇头："不知道密码，箱子是天岳寄过来的，我打不开，就寄回家了。"

这是许多年前，关越写给天和的信，天和把它收在家里的小箱子中，出国以后没带在身边，忘得一干二净。结果闻天岳听到他们闹掰的消息后，第一时间就把这个箱子寄回给关越，当时关越刚回国，还没住处，便直接寄到了太原关家。

天和展开最底下的一封，念道："倘若不是惧怕不可知的死亡……"

关越与天和坐在床上，埋头看信。

"惧怕那从来没有一个旅人回来过的神秘之国……"关越低声说。

天和端详信件，递给关越一封，又拿起另一封，说："我们也终有一天，会离开这里。所以不必难过，众生只是人间的过客，唯流传隽永的爱，方是不朽与永恒。"

关越沉默。

天和说："都是你写给我的。"

那一年父亲去世，恰好正是暑假，天和还只是个半大的小孩，十岁的他对突如其来的死亡，彻底蒙了，关正平把十四岁的关越从伦敦叫回来，协同打点闻元恺的后事。葬礼后，关越陪着天和，在闻家住了接近一个月，每天寸步不离地跟在他的身边。

大哥没有任何消息，闻元恺的后事全部由关正平与天岳、关越亲手操办，关正平还要负责帮助打理他与闻元恺的公司。

天岳忙得脚不沾地，每天回家强忍悲痛，甚至没力气去查看天和的情况。关越便在每个晚上哄天和入睡。直到所有的事情结束，开学时，关越才只身回伦敦。大家都要读书，天和虽然已修完了义务教育的几乎所有课程，在情感上，却远远还没长大到能坦然承受的地步。

于是在伊顿上高中的关越，每周都会给他写一封信，有时用英文，有时用中文。关越的英文字写得非常漂亮，天和的字就是跟关越学的。

那个时候的他们，随时可以通过视频聊天，关越却采用了这种古老的方式，写下了他在修习哲学课程里，涉及生与死、涉及人生与世间悲欢离合的感受，盖上他的私人火漆印章，贴上邮票，让邮差不远万里远渡重洋，将信送到了天和的手里。

信中有莎士比亚、苏格拉底、萧伯纳、纪伯伦、孔子、老子、释迦牟尼、施洗约翰、琐罗亚斯德、凡·高与贝多芬、普希金与陀思妥耶夫斯基……信中遍布人类历史上璀璨的星辰，拆开信时，天和仿佛能听到生与死那道宏大河流彼岸所传来的声音。

"还有这个。"天和端详那本黑皮笔记本。

关越疑惑。

天和先是躲到床脚，再翻开，说："来，让我大声地念出来……"

关越大吃一惊。

关越想起笔记本里的内容，不顾一切地去抢，天和躲开，念道："图灵密码，是关于爱的密码，在爱的面前，死亡的阴影……"

关越险些两眼一黑，两人就像小孩子一般，争夺笔记本，关越手脚并用，说："不要念了！"

"你干什么？想动粗？放手！"天和一脚踩在关越脸上。

关越敏捷地锁住天和的脚踝，伸腿侧绞，锁住天和，一脚踩住笔记本，用力踢到床下，天和拼命挣扎，咬了关越脚踝一口，关越一声怒喝，缩回脚，天和不依不饶，抓着关越的睡裤还想抢，差点儿把他的丝绸睡裤扯下来。

天和："你先动粗的！"

关越终于如愿以偿，放开天和，躬身把黑皮本子翻开看了一眼，又合上，那表情简直像是崩溃了。侧过头，天和好奇地观察关越，忽见关越努力控制着笑，终于破功，笑了几声。

那是小时候，关越为天和写的一本小说，小说的内容是一个孩子的父亲去世了，却与他玩了个游戏，把他所有的记忆，留在一个虚拟网络游戏里，让他进入游戏，以寻宝的方式获得父亲的陪伴。

关越先是给了天和封皮，小时候的天和收到时，有点儿莫名其妙，接着关越每写一页，就寄给天和一页，一页一页的故事从伦敦漂洋过海送来，天和读完以后，把它装订在了这个黑皮笔记本里。

那年关越只有十四岁，获得推荐信后，第二年将进入牛津 PPE 本科，他的文学与戏剧课成绩自入学后就是全年级第一，稍逊一筹的中文，也能写出许多简单朴实却直指人心的句子。于是他在学业最繁忙的时候，每天晚上用小灯照着，抽空在床上为天和手写下了这本二十四万字的长篇小说。

小说里的主角，就是以天和为原型的。

哪怕是十四岁写的小说，天和也觉得现在拿去发表的话，凭着优秀的文本与情节，也一定是畅销书，而且根本看不出是十来岁孩子写的。而关越在隔年陪他环游世界时，还利用船上的时间，翻译了一本西方诗摘，并出版了。关越用稿费给天和买了一只小蓝猫，就是现在家里的小田。

但对关越来说可就不一样了，现在再回头看"中二期"写的东西，只想赶紧挖个坑，把它埋……不，必须烧成灰，再绑在火箭上，发射到太空里去！如果可能，最好把火箭也一起射进仙女系的黑洞里！永远、永远、永远！不要再出现在他的面前！

"我还想再看一次。"天和说，"给我看看吧，很多情节我记不清了！"

关越把东西全部收回箱子里，把密码打乱，扔进衣柜最底下，想了想，又提着出来，打开家里保险柜，把箱子扔进去，一脚踹上保险柜门，手指飞快地转了几下密码锁。

"改天得让人把这个保险箱，沉到马里亚纳海沟里去。"关越四处看看，最后说。

天和抱着枕头，躺在床上，哈哈哈地笑。

关越如释重负，喝了点水，冷静片刻，坐回床边上。

"在爱的面前……"

天和说了半句，忽然自觉打住，那是关越写给他的小说里的第一句话：在爱的面前，死亡的阴影终将退去，伊甸园的光辉朗照大地。

然而在这个沉重的夜里，说这些似乎不太合适。

"睡吧。"关越说，继而关了灯。窗外响起大雪飘落的声音，天和便在这黑暗里入睡。

/// 03 ...

翌晨，天和醒得很早，因为上次来时在关家睡到早上十一点，被说教了一顿的事情令他很在意。大家族的习惯相当复杂，稍一不注意就要出错，早饭时与关越换了衣服，先去问候关越的父母，正厅里来了不少客人，正与关正瀚闲聊，关正瀚对天和的介绍是"关越的同学"。

早饭后关越去接待客人，家里灵棚已经搭起来了，罗绮芬与几个马来西亚的远亲正喝茶闲话，双方语言不通，便叫天和过去当英语翻译，陪远亲们用过午饭后，大家各自回去睡午觉休息，才把天和放回来。

客人一拨接一拨，天和起得早了有点儿困，到灵堂里看了一眼。天和稍坐了一会儿，便依旧回到茶室去，关家没有喝咖啡的习惯，只得喝杯茶打起精神，免得下午又派他事。

奇怪，今天一整个上午，普罗都静悄悄的，该不会是在作什么妖，天和倏然警惕起来，走到茶室外，忽然听见了相当诡异的对话。

普罗："所以你的逻辑有问题，像亲戚、关越的爷爷、关越，他们就不会爱上你。而且根据最新的统计，地球上的……"

女孩："这是一个夸张的修辞！当我说'没有男人不会爱上我'的时候，是为了彰显我自己有魅力。"

普罗："你确实很有魅力，但这么说是不合适的。作为男人，我也不会爱上你。"

女孩："你怎么能算是男人？"

普罗："当然，是的，你不觉得我很有男人味吗？"

天和："普罗！你在干吗？秋姐……好久不见。"

一个长发女孩穿着黑色汉服，坐在茶室里，用一个小磨弄咖啡粉，一旁放着个小音箱，她正在与音箱闲聊。

普罗："我在与张秋讨论让喜欢上她的人与动物彻底死心的办法，包括四十七个人类与一只公雪豹。"

"等你好久了。"张秋说，"给你带了点咖啡，我就知道你要回来。普罗米修斯是你的电子宠物吧？"

普罗："确切地说，我是天和的朋友。"

张秋："程序就程序，吹什么朋友，你去买根糖葫芦拿过来给我看看？"

天和万万没想到，普罗居然会找关越的堂姐搭讪。幸而张秋对人工智能没有认识，而普罗的表现，尚在她的接受范围之内。

"你们聊多久了？"天和说，"我就说普罗怎么一直没给我惹麻烦。"

普罗："因为你不想听到他们对你的评价，所以我觉得你也许暂时不那么需要我为你翻译山西方言。"

天和在茶案前席地而坐，心想太好了，正犯困就有咖啡喝。

张秋说："一上午了，他一直在努力地向我证明，他是你的朋友。"说着她把手伸过来，天和便吻了她的手背。张秋说："昨晚就想找你聊天，不过我猜你得陪陪关越。"

张秋是关家的亲戚里与天和关系最好的，也是唯一一个与闻天衡、闻天岳都谈过恋爱的女孩，细想起来天和也觉得相当神奇，自己的两个哥哥，居然都会爱上张秋。

张秋曾叫"关秋"，当年关越的一名堂姑嫁给了一名院士，夫妻俩都是研究古代服饰与民间风俗的知识分子，醉心于学术的小两口某天突发奇想，打算生个小孩继承两人的优秀智商，小孩生下来以后小两口却被折腾得焦头烂额，于是把这个包袱扔回了关家，过继给了关正瀚。

关正瀚明显不太喜欢这个脾气诡异的女孩，又把她塞给了关越的爷爷奶奶，关秋便与关越以姐弟身份一起生活了一段时间。后来，关秋的亲生父母因一场车祸逝世，她便改回本姓，继承家业，毕业后便开始做甲骨文研究。

张家不算富有，胜在稀奇古怪的古董多，张秋资助了一百二十个小孩，除了偶尔视频看一下小孩们，剩下的时间就是在书堆里研究她的甲骨文。钱花得差不多了，就让拍卖行的员工上门来收个古董去拍卖，关正瀚三不五时在拍卖会上看到张家的古董，实在气得够呛，却又拿张秋没办法。

当年张秋在哈佛读甲骨文专业时，回北大交流，恰好天衡去拜访高中同学，顺路去找张秋打了个招呼。

后来两人就认识了，那会儿天和还很小，张秋参加学术交流会时，便每次都主动来闻家拜访，一来二去，天衡便开始追求张秋。

张秋长得不算漂亮，至少不能说是通常意义上的"美人"，出现在天和面前时，总是像个疯子一样，头发乱糟糟的，随便绾着奇怪的髻，就像刚从废纸堆里刚爬出来的年轻巫婆，戴着厚厚的眼镜，额头宽且高，皮肤不注重保养，又长期不出门，带着病态的白皙，一身生人勿近的气场，犹如语文课本上的古人配图。

张秋虽然成天在家做学术，人情世故却一点儿也不含糊，她读了太多的书，中国五千年文明史都铭刻在了她的脑子里。八百度近视外加散光的眼镜下，一双灵慧的眼睛常放射出毫不留情的嘲讽，说起话来，常常让人下不了台。

以前关越对天和某一部分评价就是，你嘲讽人的时候，有些想法很像我姐。

当然在表现上也有区别，天和是隐晦的嘲弄，张秋则是直白的讥讽。天和就像个顽劣的小孩，总喜欢给人下套，就像三不五时喜欢伸脚，偷偷绊对方一跤。张秋则像看什么人不顺眼了，上前直接一耳光。

当年张秋差一点儿就成了天和的大嫂，但不久后，天衡与张秋因感情不和而分手，张秋毫不犹豫地与天衡退了婚。数年后，天和的父亲闻元恺逝世时，张秋前来吊唁，葬礼后天岳突然就对张秋动心了，开始疯狂地追求她，两人便谈起了恋爱。

这场恋爱持续了半年，最后张秋又把天岳甩了。冷战时，天岳已经准备好朝她求婚，泪流满面地取出戒指盒来挽回，张秋正气不打一处来，顺手甩了天岳一巴掌，当场把戒指盒连着钻戒一起打飞出去。

闻天岳酝酿这么久，本想痛哭一场，说不定就成了，没想到长这么大，求婚还被对象当众掴耳光，这走向完全不合逻辑，他当场就蒙了。

都说人生最美好的事，是在闻家三兄弟里，与闻天衡结婚，与闻天岳当一辈子的好朋友，与闻天和谈一场浪漫唯美的恋爱——张秋却明显把剧本拿倒了，先是退了闻天衡的婚，再与闻天岳翻脸，最后和闻天和成了好友，简直是一段跌宕起伏的传奇。

天和坐下后，一时无言以对。

"你的宠物说……"

"朋友。"普罗纠正道。

"他说他可以帮我把文献重新录入，还能修复龟甲。"张秋说，"你给我设置一下？"

"呃。"天和说，"我觉得普罗不太会辨认甲骨文，不过可以试试。"

普罗说："我保证这不是问题，你太抗拒信息时代科技了。"

张秋说："如果电脑软件都像你一样方便，我也不会太抗拒，现在随便装点什么就给我绑一堆东西，太烦了，而且操作系统也很不友好。"

天和知道张秋理想中的"操作系统"是那种坐在家里翻书的时候，只要说一句话，智能 AI 就会把所有的资料全部找出来，显示在屏幕上的那种，这确实很不容易。

她就像大部分的历史学者一样，一千多平方米的家被改造成了图书馆，一到四层全是书架，各种古籍、孤本，上面插满了批注与便笺，碰到疑难时她宁愿去拉开一个巨大的柜子，拿出对应抽屉的书卡，到书架上找到那本书，坐下来研读，也不喜欢用互联网与信息库里的文件检索功能。

"我试试。"天和说，"但这需要花点时间，也许夏天能给你一个更方便检索的软件。"

"不着急。"张秋说，"关越那死小孩帮你忙了吗？"

天和说："帮了不小的忙，清松出手救了 Epeus，谢谢秋姐。"他接过咖啡，说，"我正在考虑，是不是得去美国一趟，找找二哥的下落。"

张秋显然已经从普罗那里得知天和家里的情况了，淡定地说："什么时候出发？我陪你找，当地华人很多我都认识。"

张秋有不少同学留在波士顿，都是出身学东方文化的华人。天和忽然想起了别的事，说："你知道一个叫佟凯的吗？好像是和你一级的，学法律。"

"啊？"张秋想起来了，说，"那个'讼棍'，第一天入学就和哈佛打官司。"

天和："……"

张秋又说："官司还打赢了呢，我记得他还把我们学院的快餐厅告倒了。"

一个外卖小哥来了，紧张地说："那个……关家叫的跑腿，两串糖葫芦。"

普罗："我随便入侵了一个人的手机，用他的外卖软件叫的，现在你应该愿意承认我作为天和朋友的身份了。"

天和："……"

张秋："……"

天和接过糖葫芦，与张秋对视，张秋只得说："好的，这里暂时没你的事了。"

普罗："我帮你们烧开水吧？"

天和："可以的，麻烦你了。话说佟凯他……好像是荷兰籍？"

"嗯啊，家中世代以挤奶为生。"张秋说，"祖母是公主，家里女孩子当家，有个姐姐，继承家业后成了德林的掌门人，整个哈佛没人能吵赢他。"

天和心想佟凯听到这话估计得吐奶，又问："生活经历怎么样？"

张秋："一般。"

天和："你连这个都知道？"

张秋："他长得就显小，你要学会透过现象观察本质。"

天和道："好吧，能不能跟我说说他读书时候的事？"

张秋回忆片刻，想起些许片段，她与佟凯不熟，却也打过几次交道，印象是这个人很烦，因为太吵了。打交道是因为在几次慈善活动里，佟凯帮一群黑人小孩打官司，而张秋恰好是这个慈善项目的捐助者之一。

后来他们还在一个中国画的艺术沙龙上碰过两次面，当时佟凯非常绅士地在给一个西班牙小男生讲解国画的散点透视技法，在一旁的张秋嫌他话太多，把夹头发的塑料夹拔下来，夹在了佟凯的嘴上。

"人品应该不错。"天和说。

"一个善良的、有钱没地方花的小男生吧。"张秋点评道，"理想主义者。你怎么问起他了？"

天和说："他和我最好的朋友混在一起。"

张秋便点点头，一人喝茶，一人喝咖啡，相对沉默不语。

"你哥……"

"我哥……"

天和与张秋同时开口。

天和哈哈笑，趴在茶案上，张秋想了想，说："我决定还是嫁给你哥好了。"

天和说："哪个？现在大哥、二哥我都不知道下落呢。"

张秋爽快地说："随便，哪个先回来就嫁哪个吧，对我来说都一样。因为最近我发现找书的时候没人给我扶着梯子，差点儿摔骨折了，太危险了。"

天和："你需要一个助手或者学生，不是结婚。"

张秋："我不喜欢陌生人出现在我家里，丈夫的话，勉强还可以忍受。"

天和："秋姐，你真的想好了要和一个男人共度一生吗？不是扶梯子的问题，我总觉得这个决定有一点儿草率……"

张秋理直气壮地说："想好了啊，只要他长得还行，注意一下保养别发胖，平时家里别开口来打扰我，需要的时候喊一声过来帮我扶下梯子，就好了，我可以忍受这样的丈夫一辈子。"

天和："好吧，不过看到爷爷和奶奶，我觉得还是……嗯，这种感情挺美的。"

张秋淡淡道："你知道吗？奶奶去世后，爷爷好几次自杀过。"

天和："这个……秋姐，也是喜丧了。你觉得我二哥会躲在什么地方？"

天和想把话题强行转开，却被普罗硬生生又转了回来。

普罗："为什么？"

张秋无视了天和，朝音箱说："因为他觉得一个人活着没意思。"

天和道："秋姐，不要听亲戚们胡说。"

张秋说："我过来看爷爷的时候亲眼见到的，有一次他想跳井，还有一次想上吊，都被我拦下来了。"

天和："……"

普罗："分离一定让他很难过。"

张秋："对，可老爸不想让他这么早走，你知道为什么吗？天和，不要这个表情。知道了又有什么关系呢？活到老，学到老嘛。人情世故，世间百态，就算你不想去了解，它也在那里，不会消失。这么接地气的人家，回来一趟，又有免费的小品看，何乐而不为呢？"

普罗："为什么？"

张秋："因为如果爷爷走了，遗嘱就要公布，里面有一笔钱是给关越的，爷爷最疼他了，爸不想让他翅膀太硬，否则人一跑，家里就再也管不着他了。"

天和一手抚额，说："一定也有亲情在里头吧，你别把叔叔想得太……"

张秋说："可见一大家子人之虚伪，现在亲戚们都在拼命讨好关越。"

天和知道张秋一直不喜欢过继后的养父母，当年关正瀚与罗绮芬很艰难才生下了关越，张秋过继来时，老太爷的本意是一子一女，成一"好"字，没想到关正瀚并不喜欢这个女儿，连表面上的疼爱都懒得给，最后还是扔回给老太爷抚养了事。张秋就像一个被嫌弃的皮球，被到处踢来踢去，而关家又表现得相当重男轻女。天和不想问关家祖父有没有给张秋留嫁妆，毕竟打听钱的事情很不礼貌，但看张秋过来参加葬礼，明显对亲戚们都有点儿不爽。

张秋："我只是觉得爷爷太可怜了，到最后什么都记不得，还被儿女这么对待。"

普罗说："每个人对自己是活着还是死去，理应有自主选择权。"

张秋答道："是的，现在关越自由了，不用再在意他们的想法了，特别是关于你的。"

天和："那些我都没放在心上。"

普罗："可是你明明说了不想再回忆的。"

天和："……"

张秋："普罗，我现在发现了，你是不是经常拆天和的台？"

"是的！"天和道，"他简直是拆台高手，不过告诉普罗也没关系，上次回家，他父母和他舅妈吃饭的时候……评价了我几句，以为我听不懂，不过我听懂了。"

普罗："如果关越知道，一定会很生气。"

天和："当时他不在，去陪他爷爷了，不过我不想告诉他，免得待会儿别人家吵起来更烦。"

普罗："不必难过。"

天和："没有难过，我认真地请你保密。我很喜欢爷爷奶奶，所以这种不快是可以抵消掉的，以后少和他们打交道就是了。"

张秋说："老头子总算解脱了，这几年里孤苦伶仃的，我看了都不忍心，那天他最后一句话，说的是让你俩'照顾好对方'，你听懂了吗？"

天和没听懂，爷爷去世时说的甚至不是山西官话了，而是某个小山村里的土话。

普罗："关越来了。"

张秋："不用每次都给我预告一下谁来了，这很无聊。"

普罗："我只是想提醒天和。"

关越走进茶室，显得有点儿疲惫，朝张秋点了点头，一瞥天和，天和还在想关爷爷临终前的那句话，有点儿难过。

随行的人捧了别在袖上的黑纱与方麻，放在桌上。

"下午还忙吗？"天和朝关越问。

关越摇摇头，表情木然，早上天和睡醒的时候，关越已经起床去陪客人。茶室外下起了雪，关家大宅近两万平方米的所有房间，连着室外长廊都有地暖，连花园底下也有暖气管道，保持泥土不结冰，倒是很暖和。

张秋拿起黑纱，别在袖子上，关越拿了块方麻，打开别针，天和接过，关越便侧过身，让天和摆弄。

天和别上去时，针在手上轻轻地刺了一下，他再看关越，关越英俊的面容带着些许茫然，天和见过他爷爷年轻时的黑白照片，既高又帅，与关越几乎是一个模子里刻出来的，他忽然间悲从中来，抑制不住眼泪，哭了起来。

"怎么了？"关越神色一变，不知所措，先看张秋，再看天和。

张秋却一脸淡定地喝茶，天和擦眼泪，关越伸手想拍拍他，天和却示意别动，把孝麻给他别好，张秋递过来一块布，关越接过，给天和擦眼泪。

张秋："小弟，这是擦茶案的抹布。"

关越："……"

天和笑了起来，挡开关越，很快就好了。

关越不安道："姐，你们聊了什么？"

"没什么。"张秋自若道，"再问揍你了。"

关越最怕的就是张秋，小时候一路被张秋教训到大，导致现在还有心理阴影，一时三人表情木木的，只坐着喝茶。

"过段时间，你去把天岳找回来。"张秋朝关越说。

关越"嗯"了一声。

"还没问你呢，你怎么照顾天和的！"张秋说，"就抠成这样？"

"没有。"天和说，"关越出面给我担保了，现在家里正常了，挺好的。"

张秋："呸！"

张秋又毫不留情地教训道："当年要不是小叔和元恺叔出了这笔救命钱，关家这堆破纸，拿去给人擦屁股都……"

"姐！"天和说，"太粗俗了！"

张秋："亏你们一个两个这么会算计，好几亿的钱，一借就是三年，还了本金，利息呢？现在倒是没人提了，爷爷忘事，大伙儿就跟着一起装傻？"

天和忙道："Epeus当年就是爸爸和正平叔合开的，正平叔有权抽调资金，利息肯定早就抵了，别这么说。"

张秋又朝关越说："别人家的公司里，小叔有股份，就合该元恺叔也欠你们的，对吧？"

"姐！"天和终于听不下去，"别说了，太尴尬了。"

关越喝了点茶，又看天和，天和说："我爸和正平叔怎么商量的，我不知道，这不归我管，我也没权管。过去的事，他们肯定有他们的解决方式，私底下也一定有说法，轮不到咱们操心。咱们两家向来是世交，从爷爷辈就认识了，互相帮过忙，不存在谁欠谁的，关越，你别放心上，帮我担保，我已经很感激了。"

"自己听听人家说的。"张秋无奈道，"死小孩就知道拿你们老板的钱做人情。"

天和笑了起来，张秋性格实在是太彪悍了，又坐了一会儿，大雪簌簌地下着，让人感觉平静而美好，张秋便拿了几本书，分给他们，坐在案前看书。张秋读一卷上上个月不知道从哪个墓里考古出来的竹简拓本，关越读《芬尼根的守灵夜》，天和不想看太难懂的书，拿了本《傲慢与偏见》，看得津津有味。

当天关越父母、张秋、关越、天和共进晚餐时，高潮来了。天和简直不敢回忆那顿饭吃了什么。张秋蓄力整整两天后放了大招，几乎是毫不留情，借与天和闲聊的机会，讽刺养父母，且金句频出，不是暗中嘲讽关家忘恩负义，就是指责爷爷没人管，不如一个未出阁的孙女回来探望得多，顺带着把关越也一起嘲讽了一顿。来来去去，话里话外，丝毫不给养父母与弟弟留情面。

关父关母早有心理准备，倒是很淡定，在张秋气定神闲，既不耽误吃饭也不耽误嘲讽人的机关枪面前，努力维持了涵养。

关越只是沉默地吃饭，丝毫没有解围的意思，天和快要尴尬疯了，只好努力打岔，想方设法把话题转走，奈何几句话一过，又被张秋若无其事地转了回来，最后张秋先告辞时，关家父母明显地松了一口气。

这下完了，天和心想，他们铁定觉得，张秋是来替他闻天和出头的——算了，反正印象已经这么糟了，随它去吧。

时间一眨眼就过去，有客人时，天和便被罗绮芬叫过去当翻译，关家移民海外的亲朋好友陆陆续续回来，他们大多在美国。罗绮芬的态度则是"这是关越的朋友，从小就和我们家孩子一样的"，大伙儿对天和的谈吐与有礼貌也很喜欢。

没客人时，天和便与张秋坐在茶室里读书，七天里雪化了又下，出殡以后，张秋也不告别，自个走了。送完爷爷去祖坟的第二天早上，关家人把罗绮芬准备的行李箱送到机场，关越与天和便上飞机，一同回家。

阳光灿烂，这座城市迎来了最冷的季节，天和昨夜睡得太晚了，一直在想张秋的甲骨文分类与检索软件架构，翻来覆去一整夜，搞得关越也没睡好，半夜天和还热得蹬被子，关越只好一头毛躁地起来，把被子盖在天和身上。

这几天很有意思，天和能清楚地从呼吸声里分辨出关越有没有睡着，大部分时候，关越都醒着，只是为了保持安静，侧躺在床边面朝外，只占了很小一块地方，背对天和，只给他一个孤独的背影，静悄悄地睡。

这令天和总想恶作剧地伸脚一踹，关越就会失去平衡"砰"的一声滚下去。

两人都直到早上才睡着，关家的飞机又碰上天气限制，中午才起飞，抵达时已是下午三点了，离开机场时，天和收到了司机小刘的消息，自己家的车就在停车场等着。

"哟，回来啦？"天和笑道，再见到小刘，心情还是很好的。

小刘在车旁鞠躬，说："一周前接到方姨的通知，就赶紧回来了。"

"中间几个月的薪水，让方姨补上吧。"天和上了车。小刘把关越的行李放到后备箱里，答道："薪水这几个月都开着呢，方姨只是让我回家休息几天。"

天和问过才知道原来家里保姆、司机、园艺师、保安统统没有解雇，方姨只是暂时打发他们各自回家休息，薪水照开，等她的消息，再让人随时回来。

小刘放了一首巴赫，说："方姨说这几个月很重要，太铺张了被人指点也不好，稍微低调点，只要公司撑过去就好了。"

天和心想你当着关越说这个，别人不知道怎么想，旋即看了一眼关越。

两人坐在车后座上，关越只是沉默地看着车外景色。

天和只得说："方姨倒是对我挺有信心的。"

小刘道："大家都觉得闻总一定能撑过去，你们闻家人，都是天才啊。老天爷赏饭吃的人，不会去讨饭。"

天和答道："你们真是太乐观了，要不是关总，现在我真的一定在要饭。"

小刘笑道："也谢谢关总帮我们家天和。"

关越："不客气。"

"还是叫我名字吧。"天和实在不习惯小刘从他接手公司后，强行改的这个称呼："可以不要放巴赫吗？听到巴赫我就想起滚筒洗衣机，又想起了我可怜的小金。"

"小金已经好了。"小刘说，"吃得比以前还多呢。"

车下高架，天和看了关越一眼，只觉得他今天又有点儿不对劲，早上被闹钟叫醒后，关越上下飞机，全程一句话没说。

"来我家住一段时间吧。"天和朝关越说，"住到元宵节过完？"

关越转头，打量天和。

天和说："后面公司的事，还有一些经营方向的问题，我想请你教教我，在公司的管理上，我觉得我就是个白痴。"

亲人离世的悲伤就像一壶后劲强大的酒，最初难以感受，在那冲击之下只会觉得茫然，过后的半个月到一个月里，梦见回忆，走在家里时，那种伤感才会缓慢地释放出来。当初父亲离世时，天和将近半年后，才意识到父亲已经真正地、永远地离开了自己。

关越比他更孤独，天和去过他家，连个说话的人也没有，猫在回太原那天已经送回来了，他觉得现在的关越需要人陪伴，暂时搬过来住到春节后，起码家里能让关越感觉热闹点。

关越答道："公事去公司谈。"

天和只得说："真的不来吗？方姨也希望你来住段时间，昨天特地帮你准备了起居。"

关越答道："改天我会去看她。"

天和只得吩咐小刘先送关越回家，到了高层公寓前，车停下。

音乐停了，天和与关越之间持续了一段漫长的沉默。

两人只是互相看着，不说话。

小刘下去把关越的行李箱取出来后，便站在一旁耐心等候。

关越想起了什么，手伸进西服内袋，天和眉头稍稍一抬，望向关越，但很快，关越就停下了动作。

最后，关越开车门，下车。

"回头见。"天和轻轻地说。

关越推着两个箱子，公寓里的保安忙出来接过，关越便头也不回地进了大厦里。

天和正回忆着那沉默的滋味，普罗在车载音箱里忽然说："他今天为你准备了礼物，出门前，我从摄像头里看见他沉默再三，最后收进了西服的口袋里。"

"谁？谁在说话？"小刘被吓了一跳。

天和解释道："我爸设计的人工智能，你把它当 Siri 就行。普罗，不要突然开口，你会吓到他们的。"

普罗说："因为你没有戴耳机，我只是想告诉你这个事实，现在你只要追上去……"

天和："普罗！"

小刘："……"

普罗："我正在努力让他等不到电梯，你现在去的话，我还可以再坚持一会儿，让他进不了电梯，他已经非常不耐烦，按电梯键按了二十二下。"

天和："你还是把电梯放下来吧，我觉得他现在最想做的事就是一个人静一会儿。"

普罗："本来他准备在今天寻找合适的机会朝你示好，可惜被你那句'关总'激怒了，你不该这么称呼他。"

天和："我怎么可能知道他会在意一个称呼？"

普罗："你们的谈话所透露出的巨大的信息量，也让他觉得很难过，他应该是误会了，认为你先前破产的窘迫，都是装给他看的。"

天和："你又学会了一个词'巨大的'。算了，礼拜一也得上班，我再去解释清楚，重新邀请他一次吧。不过他要是过来住，听见小金一直骂他，只会更生气。"

普罗："我想不会，听见小金骂他，他应该会很快乐，如果你的鹦鹉愿意追着他骂，效果就更好了。"

天和："有病吧！你觉得这可能吗？"

普罗："当然，因为这意味着……"

"停。"天和说，"我今天本来心情很好的，不要再说了，普罗，我快要郁闷死了。"

普罗提完关越后，天和整个人都快爆了，原本家中资产解冻的快乐，一下就跌进了谷底，更有种挥之不去的负疚感。他左思右想，最后还是给关越发了一条短信，向关越道歉，解释司机的话。小刘当兵出身，既保护天和两兄弟的安全，又给他们开车，做人不太油滑，更没意识到这么说会让关越误会，但天和也不打算责备他，毕竟他说的是事实。

天和写完一大段解释以后，怎么看怎么觉得不对，只觉得这么解释是欲盖弥彰，便停了下来，正想删掉改成明天面谈时——

小刘突然来了个急转弯，天和不小心侧身，碰到发送键，那条信息叮地发了出去。

天和这下真的快爆了，怒吼道："小刘！"

小刘精神抖擞，高兴地喊道："到！"

天和："……"

天和满脸抓狂，突然想到撤回，正要操作时，关越却已经看见了，回了个"垂眼微笑"的表情。

"交给你一个任务，普罗。"天和深吸一口气，怒吼道，"给我黑进社交软件的服务器，我要这个表情从此消失在世界上！"

普罗："现在进程开得太多了，如果你不介意我停掉一个的话，你可以自己选停哪个。"

天和："你到底都开了什么进程？"

普罗："你的旧家电器和新家电器、清松投资日光灯控制系统、咖啡机、关越办公室的烧水壶与数控门、惠丰大厦的六部电梯、太原关家大院的所有摄像头与家用设备、江曼酒店总店的十二部电梯与奢侈品店的摄像头、关越家的电影存储盘与烤箱、'大好时光'足浴城的下单系统、江子骞的连连看游戏，佟凯的荷兰养殖场猪栏的摄像头……"

"你跑到佟凯家里去看他的猪干什么？"天和难以置信道。

车开过市中心安春路中林华府，抵达种满女贞树的一处闹中取静之地，大铁门打开，轮班的保安在门口朝天和躬身行礼。

车停在别墅的大门口，天和下车，方姨站在门外，带着保姆、厨师、园艺师、杂工，等候已久，小刘关上车门，走到一旁。保安快步过来，十二人排齐队列。

"小天回来啦？"方姨笑道。

"欢迎回家。"所有人齐声道，同时鞠躬。

天和看着眼前这一幕，一时百感交集。

"谢谢大家。"天和伤感地笑了起来。

/// 04 ...

终于一切都恢复正常了，整整三个月里，二哥留下的烂摊子，简直是天和这一生所面临过的最棘手的难题。游泳池已放好水，二十四小时恒温。方姨已把后院的温泉准备好，毛巾与浴衣叠得整整齐齐，放上一杯冰滴咖啡。

每个地方都插好了开得绚烂明亮的郁金香，充足的光照下，巴赫的乐声在家中流淌。保洁人员在这一周里打扫了里里外外，擦拭了家里的画与相框，天和与兄长们、父亲的合照重新上了相框，被摆进了书房。

门口的喷水池早已清理过，延伸过去的池子里，锦鲤吐着泡泡，蓝猫蹲在温泉池畔，一脸呆滞地看着天和泡澡。

"镁"温泉洗过以后非常舒服，天和洗完澡，陷在沙发上，抬头望向小金。

"小金最近不说那三句话了。"方姨说，"不过饮食很正常，小林来看过几次，认为没有大问题。"

"太好了。"天和说，"我也不想再听见关于 A 股的任何消息。"

有许多东西，直到失去了，才发觉它的重要，天和环顾家里，还记得这房子是四岁半时父亲在市中心买的，当时大哥与父亲都很喜欢这个地方，于是父亲把它买了下来，翻新，装修。

地上三层，顶层是父亲的卧室与大书房、工作间以及天和小时候的玩具室。

二层是三兄弟各自的卧室、客房、方姨的卧室，以及一间小书房，供私下会客使用。

一层是餐厅、客厅、酒吧、厨房以及室内、户外两个游泳池，花园里有一个小温泉，侧院有另一栋小建筑，是前主人会客的茶室与娱乐室，现在被改成了保姆房。

地下一层则是私人影院、健身房与藏酒室。

地下二层是杂物间与车库。

二十年前的房价，不过是现在的一个零头，但父亲与大哥亲自装修它，花了很大的心思。父母离婚后，天衡与天岳决定，哪怕以后都成了家，也要尽量住在一起，这样也好照顾爸爸。

小天和当然没有问题，在他的世界里，一家人分开几乎是不可能的事。

直到今天，信誓旦旦要住在一起的天衡与天岳，都不知所终，幸好天和竭尽全力，终于守住了这个家。回想起过去的三个月，天和才渐渐地有点儿后怕。

翌日，所有为闻家服务的机构、私人委托者全部到齐，天和坐在餐桌一头，面朝财务顾问、律师、基金负责人、公益组织负责人等，开了一个简单的小会，一切照旧。闻家来了好几批人，天和都一一简单会客，准备了礼物，感谢他们一直以来的付出，再把人一个个地送出门。

最后在客厅里，天和留下了那姓白的老律师和理财顾问，这两人都为闻家服务了超过二十年，对他来说，是最重要的人了。

"当务之急——"理财顾问说，"是调整您的资产结构。"

天和说："现金流还有点儿吃紧。"

白律师喝着葡萄酒，说："最艰难的时期已经度过了，天和，你很了不起。"

天和手里转着一支铅笔，抬头看两人，露出温柔的表情。

"你很了不起。"方姨放下咖啡，笑着摸了摸天和的后脑勺，"闻家的孩子，永远不会让人失望。"

"您很了不起。"理财顾问说，"多少家庭，一夜间说倒就倒了，虽然我们一致认为，以您的力量，东山再起不是问题，却至少也要等三五年。"

"要不是关越伸出援手，我不可能成功。"天和伤感地笑道，看完了资产结构调整报告，签字确认，把它交给顾问。

"您太谦虚了。"白律师说，"如果愿意向江家求援，江潮生也一定不会坐视不管，不管怎么样，还有您的母舅家。"

天和说："只是……"

理财顾问说："清松投资决定为 Epeus 注资，这是一个双赢的决策，谁也不会和钱过不去，尤其在产业峰会上，新的软件版本显示出强大的实力，业界有多家公司决定投资 Epeus，只是最后您把它交给了最合适的人而已。"

"连这个都知道。"天和笑道。

白律师又道："恕我直言，天岳的作风相当目中无人，无论取得什么成就，都喜欢归结于自身，这是一个极端。但对于天和你来说，你总是不自觉地将自己的成功归结于他人的帮助，这又是另一个极端，你需要调整心态。"

天和点头称是。

白律师说："相信你自己，眼前的一切，都是你通过自己的打拼与努力得到的，外部环境确实给了你机会，但我相信，无论处在什么逆境下，哪怕关越不投，江家以及其他基金也会来投。市场的规则，利益是决策的出发点。"

天和沉默了。

"资产结构经过新一轮调整后——"理财顾问收起授权书，说，"年盈利率可以有 10% 到 12%，我非常高兴，咱们双方能够在这样一个情况下，重建对彼此的信任。"

"这真是一个'惊人的'的比例。"天和笑道。这家银行曾经被天岳毫不解释地换掉过，原因是他需要更多贷款——这导致双方维持了将近二十年的关系险些彻底破裂。但这家银行，天和向来非常信任，对方则积极主动地重新为大和设计了方案。

解冻后，天和只要别再像天岳一样作大死，跑去投什么不该投的或是帮人担保，接下来的生活不会再有大问题。

把律师送出去时，一辆二手马自达上全是泥，停在门口，车头还蹭了几道痕，江子寨手却摇下车窗，朝天和露出灿烂的笑容："天和！"

天和："……"

江子寨："新买的车，喜欢吗？过几天我准备用它接小凯去自驾游！"

这几天天和家里客人一拨又一拨，现在总算消停了，江子寨也算好他的办事时间，亲自登门。

"我爸妈说过来看看，我说别了，你这几天铁定得忙死。"江子寨朝方姨问好，说，"方姨，车千万别洗，我好不容易才蹭成这样的。"

天和："……"

来到天和家里，江子寋轻车熟路地朝沙发上一躺，喝着咖啡，天和找了个地方坐下，打开电脑，开始思考接下来要怎么把公司亏损抹平。

现在破产延期担保有了，清松为 Epeus 的注资将在一个月之内到账，对赌条款是在明年一月一日前，创造不低于七千万的利润，否则 Epeus 就会被清松整个收走，天和将失去所有技术专利的拥有权。

接下来，他需要重新寻找合适的办公场地，办完所有的手续，并在春节后开始招人，组建技术团队，找到合适的产品经理，带领他们完成对整个量化交易软件与分析系统的测试、修改，在十月前完成第一批试用投放，再在第四季度通过软件销售与维护，以此来赚到这笔钱。

任务依旧繁重无比，天和有时甚至心想，我现在宁愿花钱自己买自己的软件，说不定还能快点完成对赌。

"开个 Party？"江子寋说，"庆祝一下？"

"请谁？咱俩吗？"天和淡定地说，"现在不就在开 Party 了？"

江子寋说："请几个朋友，我把主厨叫过来？"

天和："哪几个朋友？"

两人都沉默了，天和的朋友大多在国外，国内的朋友几乎全是二哥的，Epeus 破产后，朋友们的态度显而易见，压根就没人想和闻家再扯上关系。

江子寋想了想，说："吴舜可以吧？"

天和："现在叫他过来，直接就可以开了。"

江子寋："跳个舞，喝喝鸡尾酒。"

天和："三个人，两个人跳舞，一个人在旁边看吗？"

江子寋："……"

"还可以叫关越。"江子寋说。

"我并不想和他跳舞。"天和拿起手机，说，"你想和关越跳舞吗？想的话我现在就给他打电话。"

江子寋："我也不想……"

天和："那让关越和吴舜跳吧。"

江子寋："……"

"还是算了。"江子寋说，"最近我碰上了一个大麻烦。"

"普罗。"天和说，"帮我搜一下这几个人，有合适的也请给我推荐。"

天和准备开始组建新的技术团队，瞄准了本地与北京的几个计算机大牛，但不少人都已经是高级工程师级别，要挖回来，也许会相当费劲，不过他还是决定试一试。

现在的问题在于，自己实在是太年轻了，恐怕开再丰厚的薪水，对方也不太会相信他。

江子蹇："我告诉我爸小凯的事了。"

天和从电脑前抬起头，诡异地看着江子蹇。

江子蹇："我爸问我为什么要开二手马自达……我就坦白了。"

天和："详细过程说了吗？"

江子蹇："那倒没有……"

江子蹇几天前告诉了父亲自己的装穷交友经历，江潮生差点儿把手里的酒杯掉地上，母亲也震惊得打麻将连点三家炮，最后一炮还被和了个杠上开花。

立刻停止这种无聊行径。这就是江家对此的态度。本来江子蹇正策划着，过完春节就朝"小凯"摊牌，这下被泼了一头冷水。只得郁闷地来找天和搬救兵，希望他能帮忙说服自己爸妈。

酒店大亨江潮生，本地名流界外号为"儿控狂魔"。

江潮生夫妇只生了江子蹇这一个孩子，理由是，要是有弟弟妹妹，就会分掉父母对儿子的爱，于是为了确保自己一辈子除了老婆只爱儿子，结扎了事。基于这种父亲对儿子近乎丧心病狂的疼爱，江子蹇成了一个极易沟通的"爸宝"，不缺爱的小孩总是很好相处，不像冷着脸的关越，什么事都不和父母说。

家里对江子蹇的原则就是没有原则，行为管制判断的基础只有一个——你喜欢就好，做什么都别委屈了自己。江潮生除了"晃膀子"之外，每天就是琢磨着怎么讨好这个宝贝儿子，儿子高兴他就开心，儿子郁闷他就沮丧，儿子流泪他就受惊，儿子快乐他就欣慰，每天就靠哄着江子蹇过活。

神奇的是，从小到大，江子蹇不仅没有在溺爱下长歪，反而还培养出了阳光灿烂、善良有道德的美好品格，于是江潮生看到儿子这么帅这么优秀，喜欢得不知道怎么才好，这又使得江子蹇更随性、更快乐，如此无限循环。

但是江潮生与老婆很快就意识到江子蹇不想继承家业，想也继承不了，专业不对口不说，还很烦和各种俗务打交道。最疼爱的宝贝小驴，等爸妈挂了，以后要怎么过日子？钱会不会被人骗光去要饭？

江潮生不得不担忧起来，最后想了一个办法——儿子不想继承家业，可以再找一个可靠的合伙人把企业做大做强嘛！只要江子蹇能找到一个有本事又忠诚的人，帮江家打理一下家业，最好是学管理的总裁世家，这样儿子下半辈子，就可以继续过衣来伸手饭来张口的生活，不会被人欺负。

这个人嘛，理想人选，自然是——出自闻家。

两家小孩同为竹马，江子骞与闻天和上的是同一个幼儿园，天和的哥哥天岳还是打理家业的好手，把当年闻元恺留下的公司做得这么大，忽悠了这么多钱，虽然后来玩不下去跑路了，但闻家的优秀基因不容忽视，能够极大地提升社会地位，这样江家也可以沾点光，和买不起的航天飞机扯上些许关系了。

"比起这个，我觉得你先一步解决角色问题……"天和看着屏幕，飞快地修改代码。

"啊。"江子骞轻松地说，"我决定到时候再说，只要合得来，这个原则还是可以妥协的。大不了我想想办法，相信他总有妥协的一天，关键在于这个摊牌……天和，我想找你……"

"不不，免谈。"天和听到江子骞的请求时，终于从电脑前抬头，"为什么要我去找你老爸当说客？这太扯了，而且我周一还要上班。"

江子骞忙道："我的意思是，请你帮忙改造一下他，只要达到爸妈能接受的地步……"

"可是真正的友情，是容不下半点虚伪的。"天和耐心地朝江子骞说，"我不管他原本是个怎么样的人，假设是我，为了让他们接纳我，去乔装出一个不一样的自己，心里一定会很难受吧。"

虽然迫不得已时大家都会去演一下不属于自己的剧本，但天和已经受够了在关家的大家族面前那种时时注意别人眼色的表演，这是相当不尊重人的。

江子骞想了想，承认得倒是很爽快："你说得对，我错了，是我忽略了他的感受。"

天和朝江子骞笑了笑，江子骞现在很头疼，自言自语道："怎么办呢？现在最大的问题在于，我需要创造一个我爸和小凯平等沟通、互相了解的机会。只要有了这个机会，我相信我爸一定会喜欢小凯，一定会看到他在满是尘埃的外表下，那颗闪闪发光的心！"

"还是那句话。"普罗说，"改造他不如改造自己，你可以考虑循序渐进，尝试说服你的父亲，请求他从宝座上走下来，进行一场平等的对话……"

天和倏然有不妙的预感，马上道："普罗，请不要再给他出馊主意了！"

天和的制止显然已经晚了，啊啊啊啊——先是江子骞和佟凯互相演戏，接下来江子骞说不定要拖上他爸过来一起演穷人，再接下来会不会是佟凯从荷兰把家里人叫过来……天和已经不敢想未来会发生的事了。

"嘿，小裁缝！"

星期一，清松投资。

佟凯满面春风，走进关越办公室，朝天和打招呼的时候，天和正在忙他的招聘与公司章程，一见佟凯，马上说："来得正好，帮我看一下这个合同。"

天和对公司管理的了解，仅限于在二哥身边的耳濡目染，毕竟当初两兄弟说好，天和回国后，天和名为 CEO，实则负责所有的技术，天岳则负责其他所有工作。

两兄弟分工合作经营 Epeus，现在天岳跑了，天和需要面对太多事情。首先得在春节前找到新的办公场地，从清松搬出去。

其次得招募核心技术团队与行政团队成员，财务、法务、商务部门都要重组。普罗排出的日程简直密密麻麻，且大部分是天和不擅长的事务。

今早天和刚到公司坐下，财务长就通知他去找关越述职，汇报第一季度的公司规划。天和心想你是我的投资人不错，可 Epeus 也不是清松的分公司，怎么感觉现在你变成我的老板了。

天和一边逐条对内容，一边观察关越的脸色，关越看上去似乎很正常，只用了一天半的时间，就调整到了平时的精神状态，脸上看不出任何疲惫感。他正在与印度那边的负责人即时沟通，并听着天和的汇报。

"大概就是这样。"天和最后说，"春节前搬离清松，一月三十日前确定技术团队人选，节后正式重新开张。关总，您有没有在听？"

佟凯看完了天和的第一季度规划，岔开话题，说："我觉得你还需要一个副总。"

天和说："实在没有合适的人选，你要来吗？"

佟凯："我竞业，当当你的顾问是可以的。"

关越不看天和，按下桌上的一个按钮，继而飞快打字，继续回他的消息。他眉头皱了起来，停下动作。

智能办公桌上升起一个屏幕，朝向天和，上面开始滚动另一个规划，在天和的原计划案上做了改动与逐条批注，包括对 Epeus 过去四年里经营失误的人事、行政、战略性错误的总结，以及改进方式——批注发起方是"关"。

昨天晚上，天和已经把这个类似 BP（指人力资源）的报告发到关越邮箱里，虽然他觉得关越根本不会看，但没想到这家伙连夜看完了，还给出了七十多条批注，提醒他不要再犯与兄长一样的错误。

普罗："我不得不承认，关越在这件事上，比我做得更好。"

天和只得说："谢谢。"

关越又不说话了，聚精会神地与印度那边谈事，天和与佟凯一时无话。

佟凯想了想，没话找话说："也许我们的关总可以为你找一位有力又可靠的副总，如果你不怕你的一举一动都在清松的监视下的话。"

天和："我不介意，反正就算有人把显示屏抬到他的面前，他也看不懂……话说你和江子蹇怎么样了？"

天和已经提醒过关越不要戳破江子蹇，顺其自然还好点，否则他俩知道对方身份后，万一最后闹翻了，就实在太可惜了。

佟凯："这是一场盛大的人间喜剧，你要不要一起来？"

天和："我对演戏没有任何兴趣！"

"出去。"关越突然说，"佟凯留下。"

天和只得起身，离开办公室前，他忽然回头看了一眼办公桌后的关越，关越抬眼与他对视，但很快就转过视线，按开办公室的门。

出来时，天和与普罗几乎异口同声道："关越碰上了不小的麻烦。"

普罗："我以为你没有发现。"

天和："感觉到了，他今天非常生气，打字的手有点儿发抖。"

关越的情绪非常激动时，右手的食指与中指就会稍微发抖，这是在某次车祸后留下的后遗症，天和对此非常注意，并找到神经科的医生为他会诊，再三确认。天和始终提心吊胆，时刻注意着关越的情况，今天他一眼就看出来了。

普罗："需要我为你搜集或整理一下信息吗？"

天和："在不触犯法律的情况下，我授权给你。"

普罗："现行的人类法律对我是无效的。"

天和："总之不要害我做出什么犯法或者违背道德的事情，也不要给关越帮倒忙。"

普罗："人类是口不对心的动物，有些事你看上去像在帮倒忙，但事实上……"

天和道："好了，普罗，开始吧，我感觉你聪明了不少。"

普罗："最近我无师自通，学会了一些新的技能，我想我已经能够以一个'备胎朋友'的身份，来为你提供有力的经济援助了。"

天和在办公桌前坐下，说："我收回先前的那句话，你变得越来越不要脸了，而且'备胎'这种词到底是从哪里学来的！"

普罗："你想要什么我都可以买给你，让人送上门。我现在可以为你调用七亿人民币左右的流动资金，这个数字还在不断攀升。"

天和大吃一惊。

"你哪儿来的这么多钱？"天和惊叫道，旋即意识到声音太大，忙收小音量，说，"你入侵哪个银行了？"

普罗："不，我只是获得了几个期货交易系统的权限，我可以帮你开一个期货户头，并登录其他交易员的账户，让你通过合理合法的交易，从他们的钱包里把钱挣到你的户头上……资金持续增加，现在有八亿的资金可以调用了。"

天和："不可能！你怎么破解他们的操作密码的？"

普罗："我只是入侵了楼下几个公司里的摄像头，通过玻璃窗倒影，偷看粗心大意的交易员在键盘上输入的密码，只要等一个他们没有把密钥拔走的时机，就能……"

天和："……"

天和不是没有幻想过，也许有一天普罗能入侵银行，直接给他送钱。他猜到了送钱的结果，却万万没猜到居然是以偷看输密码过程的方式！

天和整个人都不好了。

"永远不要这么做。"天和说，"这会害死无辜的人，不过这确实是个漏洞，我得非常注意。"

普罗："我以为你会很高兴。"

天和："你正经事不做，跑去偷看别人的密码，我能高兴才有鬼了！"

"闻天和。"Mario 一振袖子，露出他的百达翡丽，华丽而优雅地按着饮水机后的吧台，一手游移，折射落地窗外的阳光，"铮"地一下晃在了天和的眉眼间。

天和："……"

Mario："准备什么时候搬走？"

天和合上电脑，说："也许下周。这段时间里，我会出去约人面谈，开始组建我的新团队。"

Mario 想了想，说："关总让我来帮你的忙，需要做什么吗，闻总？"

"谢谢。"天和笑道，"暂时我能自己解决。"

午休时间，清松的员工纷纷过来，加入了他们的谈话，本周公司热门话题榜 TOP1 是关越与天和同时消失了整整七天时间，是否一起出去了，去做什么，没人知道。

爵磊说："闻天和？回来了啊，你消失好久了！"

天和点点头，望向关越办公室，等待方姨让人把午饭送过来，今天他特地让家里做了三份便当。

"你的午饭，天和。"前台买完便利店的午饭，把天和的保温盒与家里给泡的热咖啡拿过来，天和道谢，放在桌上，等佟凯出来吃。

总助说："天和，有个男生问你一般什么时候下班。"

天和茫然。

HR 主管笑道："天和，我也看见那男生了，好高好帅，穿一身阿玛尼的定制西装，戴个墨镜，好像明星哦，手上还戴了块和 Mario 同款的百达翡丽限量款！"

Mario："哟！哦！那人是谁呀？"

天和："……"

普罗："我建议你最好什么也别说。"

天和心想"是的"，闭着嘴，嘴唇稍稍朝里抿着，露出尴尬的表情。

Mario 一抖手腕，百达翡丽光芒四射，他侧身坐在吧台边，优雅地笑道："闻天和，那是谁？"

天和："不是谁。对了，你们圣诞假期出去玩了吗？"他心想：佟凯这浑蛋到底什么时候才出来？我快不行了。

"别岔开话题，快说！"爵磊道，"说这个应该没什么关系吧！"

Mario："把他叫上来喝杯咖啡？认识认识嘛，有什么不好意思的？你们看到人了，他帅点还是我帅点？"

"差不多吧。"前台笑道，"马总，嗯……年纪比人家大点儿，不过气质很像，还真不好说。"

HR："对对，你们气质有点儿像。"

Mario："哦？是因为同款表吗？"

天和一手抚额，见众人实在没有放过他的意思，只得老实交代道："那是我家的司机小刘。"

气氛突然安静，足足十秒钟后，微波炉"叮"的一声响，打破了这沉默而尴尬的气氛，大家各自去拿便当，散了。

Mario 拉了一下袖子，也转身走了。

天和心想我真不是故意的……尽力了，刚好佟凯出来了。

"嘿，小裁缝。"佟凯说，"关越的午饭你给他送进去吧？"

昨晚荣和牧场刚宰了羊送过来，方姨便选了羊腩肉里最好的部位，切出来十二块，配上老腐乳、胡萝卜与上好的香料，让厨师做了一份红焖冬腩，外加蔬菜冬笋等等，分了数格，搭上好米，打开饭盒时，还带着刚出锅的香气。

"你拿给他。"天和说。

佟凯："他现在正是需要你的时候，他应该不想看到我。"

天和："不不，佟总，还是你去吧……"

佟凯认真道："我说真的，我现在进去，说不定会挨上他迎面一法棍。"

"别总是开这种无聊的玩笑。"天和说。

佟凯："哦。"

天和马上不出声了，佟凯瞬间意识到不对，稍稍转头。关越也出来了，接过饭盒，转身到吧台一侧的长餐桌前坐下，打开饭盒。他今天选择在外头与员工一起吃午饭。

同事们纷纷朝关越问好，关越只是心不在焉地点头，佟凯过去，坐到长桌前一脸沮丧的 Mario 对面，开始吃饭。

"今年团建去哪里，关总？"有人笑着问道。

关越没回答，一指长桌另一头的 Mario，示意你们自己决定。

"还有团建？"天和坐在关越对面，说，"什么时候？"

"下个礼拜就去了。"HR 朝天和问，"你去吗？"

天和看看他们，又看关越，关越今天吃饭吃得很慢，紧皱的眉头稍稍松开，气氛有点儿僵，也许是因为关越来了，天和吃着饭，努力让气氛轻松点儿，说："去哪儿？"

"没想好。"总助道，"关总很多地方都去过了，就是陪我们玩。"

关越平时不苟言笑，员工们却似乎都很喜欢他，天和也笑道："他应该是负责去给咱们埋单的吧。"

长桌另一头，Mario 握着杯子，悲伤地说："佟总，你能理解我的感受吗？"

佟凯点头，一边和江子蹇发消息，一边安慰他："不太能理解，正在尝试。"

Mario："付出了这么多努力，到头来居然和一个司机相提并论……我觉得我简直一无是处！"

佟凯伸手过去，拍拍 Mario 的肩膀以示鼓励："马总，你也不是一无是处，你至少还会看人下菜碟啊。"

Mario："……"

"马尔代夫呢？"总助笑道。

天和说："他好像去过了，你们想选个关总没去过的地方吗？"

关越认真地吃着午饭，并不答话。

前台说："至少也让他一起玩吧？不要总是让他跟在大家后面。"

天和脑海中浮现出公司里一群人在罗马玩得正高兴，关越跟在后头，与一群男同事给女孩子们拎购物袋的画面，只觉得很有趣，当然也没人敢让关越拎购物袋，只是要找个能让关越排解心情的地方，确实不容易。

清松每年团建旅行定在一月份、春节前，玩之前会发出年终奖，全公司分成三组，这一层是总经办，自然都归在同一组里，理论上是大伙儿投票决定目的地。

"阿根廷怎么样？"

"上次去感觉不太安全。"

以前天和与关越去的时候，差点儿在布宜诺斯艾利斯被抢，幸亏关越一对五，保护了天和，现在想想，天和还有点儿后怕，万一对方有枪就完蛋了。

"莫斯科？"

"去过。"天和说，"相当不错，我最喜欢俄罗斯艺术了。"

关越似乎被勾起回忆，看了天和一眼，两人短暂对视，又把视线转开。

"天和，你快走了吧？"总助又说。

"对啊。"天和忽觉有点儿不舍，虽只在这儿上了三个月的班，却有了点感情。

"以后说不定就见不到你了。"前台说，"所以这次你一定要去好好玩玩。"

天和笑道："好，我要去。纽约你们去过吗？"

"不去。"关越冷淡地说。

于是餐桌上冷场了，天和很想笑，纽约对于他们来说是彻头彻尾的吵架圣地，所有争吵都发生在曼哈顿，关越一定有心理阴影了。

"纽约和伦敦都没去过。"又有人说，"不过关总应该两个地方都没兴趣吧？"

"新西兰北岛或者南岛如何？"天和说，"南岛可以看企鹅，皇后镇还能跳伞，北岛的罗托鲁阿的间歇泉和温泉，奥克兰天空塔蹦极，还有霍比特村都很不错。"

众人纷纷道："这个好！"

关越又看了天和一眼，天和注意到所有人都在观察关越的眼色。

"马达加斯加也可以的。"天和又说，"动物很多。"

于是总助、HR 与行政总监去商量了，Mario 依旧一脸沮丧，天和心想，许多年后，清松投资的财务长一定会想起被自己家司机支配的恐惧。

同事们纷纷散了，佟凯与江子蹇聊完，放空了一会儿，喝着天和家里送来的咖啡，陷入了思考中，桌畔只有关越与天和两人，天和注意到，关越把方姨准备的午饭吃完了。

天和说："你有特别想去的地方吗？"

"没有。"关越盖上饭盒。

天和："搬过来住几天？昨天方姨又念叨你，你不过来，我想她应该是不死心的。"

关越没回答。

天和想了想，又把手机上的迈巴赫照片给关越看："你觉得这款好看吗？"

他决定定制一辆给关越当生日礼物，不要总开那辆奥迪，偶尔也换换车。

关越答道："所谓的谢礼？"

普罗："你又不小心刺激到他了。"

天和："……"

天和低头滑了一下手机，说："当然不是……"

关越："手段一套又一套，你的组合拳，让我实在没法应付。"

"我没有那个意思！"天和抬头，不悦道，"你是不是总觉得我在利用你？"

佟凯蓦然惊觉，忙示意两人声音小点，这是在公司。

关越冷漠地说："要不是因为有求于我，今天你还会坐在这里？还会想起我？还会送我礼物？暴发户连你家的门也进不了吧！用我的时候把我呼过来，不用我的时候把我喝过去，闻天岳什么时候回家？接下来还想骗我为你们两兄弟做什么？"

整个清松所有员工同时竖起耳朵，稍稍侧向餐桌与吧台的方向，露出震惊表情，Mario 稍稍张着嘴，水杯掉在地上，浇花的 HR 转过头，把水浇在了同事的背上。总助保持着推门的姿势，一动不动。

/// 05 ...

天和听到这话时，知道关越发火了。

天和笑道："糟了，那我得怎么办？对不起，真对不起，我还以为您没发现呢，我这点小伎俩，怎么骗得过关总呢？老板，您冷静点，我错了，再也不敢了。我看，我还是给您磕个头赔罪？"

说着天和左右看看，正要找地方给关越下跪，佟凯瞬间惊了，没见过两人像神经病一样吵架的场面，赶紧道："闻总！使不得！使不得！完蛋了……"

关越起身，回了总裁办公室，门发出"砰"的一声响。

天和收拾了工位，抱着电脑出去，佟凯看看办公室，又看天和，转身跟着天和，离开前台。

普罗在耳机里说："我搜集到了初步信息，华尔街总部对关越发起的跨国融资与并购表示了很大不满，也许将派来一位副总，分散他的决策权。他觉得自己到处被人利用，连你也……"

佟凯道："天和，你去哪儿？"他顺手帮天和按了电梯。

天和说："找我以前的财务长。"

佟凯与天和进电梯，低头看手机，说："关越这两天麻烦事有点儿多，你不要放在心上。"

"他说得对。"天和平静下来，说，"如果不是因为破产，我不会来求他。眼下的这一切，全是他给我的。像我这种废柴，只能靠耍心机唤起曾经好友的同情心，利用他来帮我保住家业，作为一个依附者，有什么尊严可言？"

佟凯笑着说："生这么大的气。"他伸手拍了拍天和。

天和走出公司，来到楼下，站在阳光下，普罗说："我通知了小刘来接你，三分钟二十三秒后抵达。"

天和转头看佟凯，眼神十分复杂，他忽然想告诉佟凯许多事的真相，却终于忍住了。

"好好对你的那位朋友。"天和说，"我能感觉到，他很重视你。"

佟凯说："关越也很重视你，他只是小孩子脾气，一会儿就想通了。"

"我现在觉得，当初我该直接申请破产。"天和说，"像关正平叔叔一样，去找个没人的地方安静住着，过隐居生活……算了，方便让手下的小律师帮我做两份合同吗？我打算为Epeus重新招人，需要为聘请CEO和高级法务顾问做准备。"

佟凯说："涉及股权结构调整，我建议股份不要给他们太多，我亲自帮你做吧，人选呢？需要帮你介绍吗？"

天和想了想："有人选了。"

佟凯："那行，合同明天发给你，空了和你商量个事儿，是这样的，我打算摊牌了，具体细节……我实在装不下去了，可是突然拆穿，又显得有点儿奇怪。"

天和："你可以考虑一下循序渐进，突然成为暴发户之类的。"

佟凯灵机一动，打了个响指："对！"

天和朝他挥了挥手，车头也不回地开走了。

惠丰大厦前，冷风吹来。佟凯正要转身过安检，关越却从里面快步出来，站在门外。

佟凯："已经走了，我帮你喊他回来？"

关越沉默不语，稍微低下头，两手搓了搓脸。

清松投资彻底炸锅了，整整一下午，通信软件上全在讨论老板与闻天和的关系，许多问题一瞬间得到了最完美的解答。

但下午关越没有回公司，只在金融区走着，走到公园绿地里晒了会儿太阳。佟凯则跟在关越身后，说："你会感冒的，外套也没穿就下来了，好歹找家咖啡厅坐着。"

关越沉吟片刻，掏出手机，把印度发来的消息转给佟凯看，里面是长达数页的报告。

佟凯看了个开头就骂了一句："太赤裸裸了，这吃相实在太难看了。"

关越转身进了咖啡厅，佟凯边看边走，险些撞上门，说："你不能让那边派人过来，Mario压不住这儿。"

关越没说话，侍应送上白水，佟凯随便点了两杯饮料，两人都没有喝。

"所以你看，你的个人风格导致了整个清松的高度集权化。"佟凯说，"你甚至没有一个能在关键时刻镇得住场面的副总，一旦你接受这次回调，华尔街对分公司的接管，将毫无阻力。"

关越沉默，在沙发上稍稍弓身坐着，眉头皱了起来。

关越反手，手掌朝向自己，手背朝佟凯，利落地比了两根手指。

佟凯："快两年了，我还记得当初帮你给清松改组，那段时间焦头烂额，简直不想再去回忆。"

关越侧头，望向隔壁的另一家下午茶店，不远处，天和与另一名穿着西服的男人进去，坐下。

佟凯："咦，他又回来了？"

关越始终没有开口，只是远远地看着天和在落地玻璃后的侧脸，他的五官漂亮而完美，天和的外祖父家好几代都有华裔血统，到了他的母亲身上，则是充满东方风情的黑发大美人，日耳曼裔特征已经很少了，唯独眉眼之间能看出极其细微的混血特征。

闻家三兄弟一个比一个长得帅，闻天衡粗犷不羁充满浪子魅力，闻天岳则带点雅痞气质，到了天和身上，造物主好像将所有的恩赐，都赋予了闻家这最小的儿子。

佟凯起身，拍拍关越胳膊，说："下午还有约，你再仔细想想吧，我知道一旦你下了决心，就不会再回头了。"

关越点点头，目光始终没有离开远处的天和。

对面的西餐厅里，天和漫不经心地用叉子玩面前餐盘上的冰激凌。

Epues 曾经的财务长 Messi 一把鼻涕一把泪，正在向天和唏嘘自己的窘迫状况。

"上厕所，只能用一格纸。"Messi 说，"老婆要和我离婚，女儿问'爸爸，别的小朋友都有项链，我也想要'，你说，当男人当到我这份上，我还有什么尊严可言？连项链都买不起……"

天和："现在就连幼儿园都这么纸醉金迷了吗？"

Messi 又说："对！圣诞节，他们幼儿园组织活动，有个家长，包了一个俄罗斯的马戏团，我呢？我干脆自己上去，给小朋友们表演卷舌头，你说我惨不惨？你看，就这样……"说着 Messi 把舌头朝中间卷起来，指着嘴巴，让天和看。

天和："……"

Messi 叹道："我不是个称职的父亲，别人家的孩子，暑假不是去卢浮宫就是去冬宫看画，我女儿只能在家帮她妈妈剥蒜。失业这事，到现在我都不敢告诉家里，圣诞节，老婆找我要礼物，我托人去买了个高仿的包，她高高兴兴地背了，结果去幼儿园时，被一个五岁的小男孩指着说'阿姨，你这个包仿得真好！'

"你知道我老婆让我跪什么？她让我跪跑步机！跑步机！最大挡的！你能理解跪跑步机的感受吗？"

天和："实话说我不太能……不过我正在努力想象。"

Messi 稍微镇定了一点儿，说："天岳有消息了？"

天和："这就是我约你出来的目的。"

天和约 Messi 出来，目的是闲聊一下，他发现 Messi 正在公园的长椅上坐着，先前找了另一家游戏公司，没想到刚入职一周，公司就倒了。再找，又倒，连着找了三家，统统倒闭。

每天 Messi 也不敢回家，带着电脑出来，投了简历，就在冷风肆虐的公园里坐着，毕竟老婆给的零用钱每天只有三十五块，这杯咖啡钱最好是省下来，免得女儿找他讨零花钱的时候拿不出来。

去好点的公司面试时，Messi 又不想把 Epeus 差点儿破产的原因推到老板身上，于是就这么四处蹉跎了好几个月。

天和也没想到 Messi 过得这么郁闷，但他目前还无法决定，接下来要不要继续用他。这名财务长是天和父亲去世以后，哥哥亲自招回来的，陪 Epeus 度过了许多岁月，人品没有任何问题，只是不敢像许多公司的财务那样，当面讽刺老板。

翻来覆去地说了快一个小时，天和让人来埋单，Messi说："已经埋过了，我刷了信用卡。"

天和："这样不好，还是我来吧。"

天和点了以后就没碰过面前的冰激凌与蛋糕，Messi只喝白水，结账结掉三百五。

Messi说："没关系，我慢慢还吧，也就十天。"

天和被这个举动彻底感动了。

Messi说："我还在打听天岳的下落，每天等面试之前，我都会给他打一个电话。总有打通的一天。"

这句话促使天和决定继续聘用他，天和说："Messi，继续过来帮我公司管钱吧，年后上班，我先给你开一份年终奖，好回家过春节，给你老婆买个真包。"

Messi不敢相信地抬头，看着天和，眼泪流了下来。

"打包两份甜品给他带回家，谢谢。"天和朝侍应说。

Messi马上说："二老板，再来一份可以吗？我丈母娘今天晚上刚好过来。"

普罗："天和，关越来找你了，我想他也许是打算道歉。"

天和埋过单，忽见关越朝着这家店走过来，不知道他怎么发现自己的。

"回家休息，等我通知，然后就不要叫我二老板了，我现在是大老板……"天和朝Messi说，Messi握着天和的手不放，天和几次想抽出手却抽不掉，顺势胳肢了他一下，Messi顿时发疯般地哈哈大笑，笑声里洋溢着重获新生的狂喜，天和乘机礼貌地抽开手，面无表情地转身，整理了一下围巾，走出店外。

关越来到门前，推门，天和推另一边门，两人擦肩而过，天和话也不说，直接走了。

关越停下脚步，没有回头。

"来这么贵的地方！"佟凯换完衣服，与江子骞约在了绿地咖啡厅里。今天佟凯穿了条紫色反光皮裤，江子骞换了件羽绒风衣。

江子骞笑道："因为今天，我想告诉你一个好消息。"

佟凯有点儿意外，侍应过来，两人同时说："一杯白水。"

江子骞马上道："不不、不用给我省钱！"

佟凯回过神，说："真的喝白水就好了，第一次来，看看风景。"

"先生不好意思，我们这里有最低消费。"侍应说。

两人的表情都变得不自然，江子骞咳嗽了一声，佟凯说："今天我请你，来，我来。"接着他点了饮料，江子骞躺在沙发上，一脸舒坦。

佟凯说："我也想告诉你一个好消息！"

江子骞来了兴致："你先说？"

佟凯笑道："你先说。"

江子骞："不不，还是你先说。"

两人推让了一会儿，决定江子骞先说，于是江子骞环顾周围，朝佟凯小声道："我家要拆迁了！"

佟凯顿时惊了，想起江子骞家里是本地人，居然拆迁了！一夜暴富！佟凯真心地替他高兴，忙问："拆了多少？"继而佟凯意识到似乎不太礼貌。

"好像有一千万。"江子骞乐呵呵地说，"前几天晚上全家高兴得一宿没睡，现在方案还没出来，不过我决定暂时不上班了。"

佟凯连忙点头，说："那太好了！恭喜你！"

江子骞说："你呢？什么好消息？"

佟凯也认真地说："我爸中双色球了！"

江子骞吃了一惊。

佟凯笑道："缴完税，剩下大几百万呢，我爸血压差点儿没稳住，现在他们正乐着。"

江子骞忽然有点儿失落，说："那你……打算回河南去？"

佟凯说："当然不，我还在等面试通知呢。"

"哦——"江子骞旋即松了一口气，说，"自考还考吗？"

佟凯："……"

两人沉默片刻，都不想再折腾那个成人自考，但不考似乎又说不过去，佟凯想来想去，只得说："考啊。"

江子骞："考吧，有钱也不能不读书，咱们先庆祝一下？"

佟凯："今天咱俩都可以随便点了。"

江子骞笑道："对！来，庆祝一下吧！晚上我带你逛街去，买买买！"

佟凯："我给你买！"

天和跑完一整天，累得要歇了，晚上十一点回到家里时，方姨正等着，说："子骞等你好久了。"

江子骞在天和家的温泉里泡着，天和围了条浴巾下去，长舒了一口气，喝了点放在江子骞手边的饮料。

"大半夜的不回家，跑我这儿来做什么？"天和一脸郁闷。

江子骞说："我爸去华盛顿看地皮了，我妈去拉斯维加斯玩，这几天家里都没人，你来我家住呗。"

"不去。"天和烦躁地说，"正忙着呢。"

江子骞靠过来，说："怎么啦？谁又把你得罪了？"

天和想起天岳告诉过他，永远不要把在外面的情绪带回家，于是笑道："没什么，都是小事，折腾公司的事很烦。"

江子骞说："我正想找你商量，今天小凯告诉我，他家中双色球了……"

天和："……"

江子骞把今天的事说了一遍，拿起毛巾，拧了一下水，露出漂亮光滑的锁骨与小胸肌轮廓，用毛巾在自己胸膛上搓了几下，说："Epeus 重新开张，能不能把他安排在你公司里，随便给他个位置？"

江子骞没说薪水我来开这种话，反正天和多养个人也不缺这钱。

天和心想你俩真是够了，忽然温泉边上的音箱发出普罗的声音："我建议你介绍他到关越的公司就职，这样就完美了。"

天和灵机一动："对！让他去清松吧？"

江子骞道："清松会要他？"

天和："没关系，我朝关越打个招呼，铁定要他。"

江子骞："那行！那就拜托你给他介绍份工作了，我怕我或者是吴舜找人反而容易露馅。"

天和心想我倒是要看佟凯你接下来怎么办，还能拖上全公司的人陪你一起演戏不成。

/// 06 ...

方姨现在很"方"。

方姨朝小刘问了一下关越的近况，小刘便将那天回家时，车上的对话原原本本地说了。

"糟了。"方姨道，"你太不懂事了！怎么能这么说？"

小刘："我不知道啊。"

方姨说："那傻孩子一定是误会了，你去开车，我得去他公司一趟。"

小刘茫然道："不至于吧？"

方姨差点儿要被小刘气死，说："快准备车！"

"关越的烦躁很好理解。"普罗说。

"能别提他了吗？我好不容易才忘了。方姨呢？也睡了？"天和洗过澡，穿着浴袍，刚戴上耳机，在茶几前看章程与流程，江子骞已经去客房里睡了。

天和抬头看那只鹦鹉，小金自从那次进了洗衣机后，完全不说话了，天和还很是担心了一段时间，然而小金平时却十分精神，不像出了什么问题。

"说，关越死了。"天和朝小金道，"快说。"

鹦鹉保持沉默。

"不要坐在资料上。"天和把资料从猫屁股下抽走，那蓝猫一脸呆滞，用屁股对着天和，转头疑惑地看了天和一眼。

普罗："他认为自己又要可预见地失去你了。"

天和："他并没有'得到'我。"

普罗："Epeus重新开张后，你会收拾东西，离开清松，作为投资人，他不能隔三岔五就去公司里看你，除了每个季度一次的述职，你也不会再去清松。他的人生刚走进阳光里，忽然之间便充满了云霾，电闪雷鸣，狂风大作，暴雨倾盆……"

天和说："不——要——突然用文学性句子来营造这种无聊的通感！所以没人陪他玩，霸道总裁就要发脾气了吗？我是人，我是Epeus的负责人，是分公司的老板，我不是他的宠物！他帮助了我，这没错……可我从来没想过利用他……算了，随便他们怎么想我吧。"

普罗："不要生气，冷静一点儿，我注意到你的资料上显示，上一位总助似乎欠了不少钱。"

天和："她拿太多微商的酵素了，现在全家只能把酵素当饭吃。她还囤了些面膜，把她外婆的信用卡也一起刷爆了，我相信她会很愿意回来上班的。"

天和看着那乱七八糟的资料，初步配置已经结束，江子骞给他介绍了一个从江曼离职的非常聪明的HR，以及一名行政管理人员。接下来，轮到技术团队，宽客实在太难找了，高手都去了摩根、IFC（指国际金融公司）等国际巨头公司，必须想办法去挖。

普罗："如果关越愿意出面……"

天和："不。"

普罗耐心地劝说："今天他已经尝试着过来向你道歉了，现在理应轮到你采取主动……"

"不！不！不！"天和这次坚决地反对这个提议，怒吼道，"除非我死，否则不会再去求关越！"

第二天。

"关总，开下门。"天和在 CEO 办公室门口说，"有事找你。"

关越正在与印度伙伴开会，把气势汹汹的天和放了进来，会议全程开了外放，一名印度人非常激动，叽里呱啦地朝关越解释，一股咖喱味的英文顿时扑面而来，天和差点儿就没绷住笑倒在地上。

关越皱眉，要求那边重复一次。

天和只得找了个地方坐下，关越却走过去，把放在天和身后的东西收进衣兜里，天和注意到好像是两个什么零件。

关越显然很生气，却没有当着天和的面骂那名印度伙伴。

普罗："你看，现在他的心情明显变好了，甚至没有在会议上骂人。"

天和听到那印度人所说的，关越发起的跨国融资案现在被搞砸，对方已经辞职不干了，跳槽去了另一家公司。

果然很有风格，可你在发起提案时就早该想到的——PPE 优等生，居然会犯这种人性上的低级错误，这下真是苏格拉底再世也帮不了你了。

关越相当烦躁，在办公室里走了几步。

普罗："注意他轻快的脚步。"

天和："……"

那快速的充满咖喱味的英语叽里呱啦，就像在办公室里放炮仗，疯狂地骂华尔街总部一个叫 Andy 的人，英、印两大语系结合后的俚语与脏话在 CEO 办公室里飞快地弹来弹去，关越竟一时插不进话去，手指稍稍痉挛，天和觉得他快被气疯了。

普罗："注意他丰富的肢体语言。"

天和："……"

关越手指隔着千万里，点了点位于孟买的那名包头巾，戴纯金鼻环，手上戴了十枚宝石戒指，正舞动手指金光闪闪，圆瞪双目，朝他控诉总部的罪恶的合伙人，紧紧盯着那人，眉头深锁。

普罗："注意他欣喜的眼神。"

印度合伙人从纽约开始，把美国各州挨个骂了一遍。

关越在对方骂到宾夕法尼亚州时终于不想听下去了，坐下，一按遥控器，"唰"的一声视频页面、光屏上显示的所有资料，全部关了。

世界恢复安静，关越陷在了软椅上，吁了一口气。

"关总，同事们让我来问您，团建选择新西兰南岛可以吗？"天和说，"或是你有更想去的地方？"

关越很快就恢复了正常，就像昨天的一切都没有发生过。

关越开始烧水，准备泡茶喝，焦虑感消失了。

"不去。"关越冷淡地说。

天和轻松地说："那正好，我也不想去，最近确实相当忙。"天和确实不想去，先前他是为了陪关越，才决定跟大家一起，现在正好，招人都忙不过来。

"另外，我想问问，能不能替子骞求个事儿，为他的'小凯'在清松里谋一份混吃等死的差事。"天和又说。

"没空陪他们演戏。"关越直截了当地拒绝了这个提议。

"好。"天和没想到连这个都被拒绝了，于是礼貌地说，"我另外再想办法，我约了人打牌，先走了。"

天和转身离开，关越则始终沉默地坐在办公桌后。

进入新的一年后，天和以最快的速度推进 Epeus 的复活，不停地把各项工作从日程表上划掉，普罗作为智能程序，能够在一定程度上帮助他编程，但它无法起到决定性作用，只能节省部分的人力成本，现在难度最大的，就是他必须找到合适的人。

不过他忽然发现，在闻家的光环下，事情似乎没有想象中那么难。

金融 IT 工程师有自己的圈子，天和回国后便收到了俱乐部的邀请，这个俱乐部的主要活动只有一个——打德州扑克。一如伦敦、纽约的小圈子，这些混迹于交叉行业中的人，习惯在牌局上进行交流。

天和资助了这个俱乐部一笔钱，之前却从未去过，直到破产后，需要重写系统框架与设计新算法时，才参加了几次活动。天和无法解决的难题，其他 Quant 自然也无法解决，但同行在一起打打牌，可以激发些许灵感。

普罗说："如果你需要的话，我可以让你赢遍整个俱乐部。"

"不。"天和推开俱乐部的门，说，"我不想作弊，我想靠自己的技术获胜。"

"我考虑一下。"牌局上，一名 Quant 朝天和说，"我相信你能做出好东西，你爸当年写的书，我们到现在还在用呢。"

天和说："我只想养家糊口而已。"他翻开底牌，认真地看了一眼，他的习惯是发到第四张时才开始看底牌。

他知道这些人要的是什么：首先，工作稳定；其次，钱和股份给够；最后，别有什么职场斗争，别搞些有的没的。比起一个八面玲珑的 CEO，这些高智商人才明显更愿意追随搞技术出身的领导，因为事儿少。

之后才是谈专业，谈理想，所以天和一上来就给出了 140% 的薪水涨幅，干股，以及稳定的、关于未来的承诺。

"产品经理找好了吗？"另一名 Quant 又问，"你当技术总监？"

天和答道："都没找好……我在想我宁愿当个 CTO……梭哈。产品经理目前还没有合适的人选。"

"你得找一个好产品经理。"一名在摩根上班的年轻人虽然拒绝了天和的提议，却给他提了个建议，说，"你二哥是个不错的产品经理。"

"是的。"天和说，"不过他的最大长处是玩资本游戏，简直玩得风生水起，可惜他太倒霉了，只好跑路把烂摊子扔给我。"

众人都笑了起来，各自开牌，大家发出抓狂的声音，天和又赢了。

"不打了。"年轻人说，"休息一会儿吧。"

"你们两兄弟商量好了合谋吗？"一名 Quant 忍不住问，"否则怎么说服清松出手的？"

"啊？不。"天和一怔，笑道，"二哥是真的人间蒸发了，我现在怀疑他已经去皈依了什么宗教，清松投 Epeus 是认为我能把软件做出来，事实上也是这样。"

"不容易，你还真的做出来了。"众人又道。天和在入职之后，便偶尔来找他们打牌，交易分析系统对于整个俱乐部的大部分人来说，都是一个堪比造物主创世般繁重的工作，最后天和居然凭借一己之力，成功地通过了评估，这是所有人都想象不到的。

"CEO 呢？"又有人问。

天和沉吟片刻，而后答道："CEO……我有理想人选了，就是说服他有点儿费劲。"

众人点点头，天和知道他们确实还需要考虑，但这暂时已经足够。

年轻人说："为什么不考虑一下廖珊呢？"

天和说："天才廖珊，是程序总监的最佳人选，可惜我没有她的联系方式，就算有，据说她也不接陌生来电，唯一的办法就是攻破她的防火墙，直接往她的机子上发个 offer……"

一名 Quant 说："如果你能全面碾压她，她一定会带着键盘鼠标，抱着显示器来投奔你。"

天和说："关键是我做不到，我们旗鼓相当，我宁愿持之以恒地找她本人谈。"

"投行里钩心斗角的。"年轻人说，"她不太喜欢那个环境，我觉得你只要找到她，就有很大希望，不过你的软件最好不要给她看，因为她会说……"

天和："我知道，她会惊叹一声：'天底下居然有人用 Bug 来写成一个软件，真是太神奇了！'我们教授就被她这么嘲讽过，老头子当场就不好了。"

众人一致点头。

"今天的目标是冯嵩……"天和看了一眼日程，"普罗，你确定他一定会去那家吃鳗鱼饭吗？"

普罗："是的，他每天中午都吃一样的鳗鱼饭，已经连续吃了三年。"

天和走进那家店，普罗说："我从没听你说过关于总经理的目标人选。"

天和答道："嗯……这个目前来说并不那么重要。嘿，花轮同学，你好。"

一名染了黄毛，穿着越野军服，脸上带着少许雀斑的年轻男生正在角落里吃鳗鱼饭，他抬眼一瞥天和，就像天和不存在一般，继续低头看手机。

"滚。"冯嵩说，"闻天和，我不会去你家的公司。"

"帮我做个测试。"天和坐下，手指一点儿手机，说，"普罗，开始，做完我们就走。"

冯嵩不明所以。

冯嵩停下吃饭的动作，仿佛意识到了什么。

"你的人工智能？做出来了？"冯嵩怀疑地打量天和。

普罗在耳机里说："天和，回清松一趟。"

天和满脸问号。

普罗："听我的。"

天和莫名其妙，起身，收起手机，转身离开餐厅。

"哈哈哈哈——"

"啊哈哈——"

佟凯与江子塞在公园里坐着，整理 LV 购物袋，面前一群老头老太太正在打太极拳，这里是他第一次与江子塞从足浴城跑出来后去的地方，这张长椅也是他们最爱坐的长椅，只要天气好，又不想花钱，他们就喜欢来这儿懒洋洋地晒太阳，静静地看人打太极拳。

江子蹇总感觉看多了，自己都会打了。

佟凯电话响了。

"我有事得回去一趟。"佟凯忽然道，"通知我去面试。"

江子蹇："我送你？"

佟凯马上摆手，纸袋都忘了拿。

江子蹇："哎！怎么了？"

佟凯回身，做了个打电话的手势，示意电话联系。

清松投资，天和刚进公司，就觉得气氛有点儿不对。

普罗："华尔街来人了。"

天和："关越上周末才回去述过职，你想让我做什么？他还没有为上次的话道歉，我为什么要……算了。"

普罗："我想他们待会儿也许会叫你进去。"

天和回到工位上坐着，沉吟片刻，知道现在不是和关越冷战的时候，私人的账可以慢慢算，但公司的事，必须顾全大局。

普罗又说："往你的左边看。"

天和侧头，从饮水机左侧望去，关越办公室里的落地玻璃墙变了颜色，反光智能玻璃被普罗调整为透明。

天和："这面墙居然是可以改透明度的！"

普罗："一天前我刚攻破了光控系统。"

关越的办公室里，情况一览无余，关越坐在办公桌后，财务长 Mario 站在关越身边。五名中年白种人、一名年轻华人呈扇形围坐在关越办公桌前，场面犹如一场听证会。

佟凯几乎是跑着进了公司，四处看，天和抬起手，示意他在，佟凯便点了点头，转身进了关越办公室。

天和看见佟凯进去坐在关越身旁时，总公司代表都稍稍往后靠了点。

"他们居然会怕佟凯？"天和低声道。

普罗说："华人叫 Andy，他的父亲刚刚当选国会议员。"

天和想起来了，就是那名印度人疯狂骂的其中一个。

天和："情况这么严重吗？"

普罗："我偷听到员工的对话，华尔街要求关越回调一段时间。"

"他们现在有好几个借口，其一是认为关越与 Epeus 有关联交易嫌疑。

"其二是他的跨国融资案。

"其三是来自太原关家，华尔街认为关越在某种程度上违背了竞业协议，利用公司资源，协助他的父亲进行部分资产改组。

"第一个指控虽然严重，但我想佟凯完全能化解并游刃有余，只是稍后也许需要你的配合，接受他们的突然质询。

"第二个指控，则有点儿麻烦。第三个指控完全是无中生有。他只是通过 Mario 对关家的资本结构，做了一点儿不太明显的调整，来帮助家族企业在未来顺利借壳上市，如果 Mario 没有私下做手脚的话。"

天和大致明白了，总部希望把关越在内地建立的成果，通过人事调动来牢牢控制在手里。这自然激怒了关越，并遭到了拒绝。

"把合同调出来，我重新看一次。"天和打开电脑，低声说。

普罗："但 Mario 背叛了他，把一些商业机密交给了总公司，由此创造了许多无中生有的指控。"

天和说："这就说得通了，不过我始终不明白，他为什么会把 Mario 当作心腹。"

普罗："Mario 从关越还在康斯坦利就职时起，就一路跟随他，虽然为人常常遭到嘲讽，但他的专业水平并不差。关越是一把刀的刀锋，没有朋友，Mario 与佟凯可以说是他仅有的两个伙伴。"

天和："最坏的情况是什么？"

"情况只有一种，不存在最好或最坏。"普罗说，"这种情况发生的概率是100%。"

天和："世上不存在 100% 的概率。"

普罗："对关越来说存在。因为他只要下定决心，就不会再做任何更改，最后的局面，只取决于关越的目标。"

天和："稍后他们最大的刁难，应该就在于关越为什么要做出投资 Epeus 的决策。"

普罗："我想是的。"

天和："他们一定会拼命否认 Epeus 的价值，把它当作一个空壳公司，这样才有理由怀疑我们的关联交易。"

普罗："非常合理。"

天和："那么我需要玩一点儿小把戏，可以适当吓一吓他们。你能入侵他们的手机吗？"

普罗："如果他们都接入了公司 Wi-Fi 的话，我正在搜索，但有指纹、人脸识别，我目前能力有限。"

天和："音乐播放系统我想问题不大。"

普罗："小意思，我已经搜索到五部手机了，天和，你想顺便打印这份合同吗？"

普罗帮天和调出了另一份合同，天和沉默片刻。

"清松的融资还没到账。"天和说，"便宜他们了。"

普罗："破产担保一旦解除，有一定的风险，不过我相信你能从其他渠道找到钱，再不行，我也可以通过偷看输入密码的方式来帮助你。

"因为我最近正在尝试入侵 ATM 机附近的几个红外摄像头，发现通过车辆反光镜，从某些角度能够有效地……"

天和："不要——再提——抢银行——相关……我的人工智能居然用入侵街道摄像头并利用车辆反光镜，通过偷看别人在 ATM 机前手动按键盘的方式猜对方的取款密码，这简直是 AI 界的耻辱。"

普罗："这个方法显然比攻破央行的防火墙要简单快捷得多，有简单的方法为什么不用，要用复杂的呢？黑客们总是蓬头垢面，坐在电脑前一宿接一宿，作息紊乱导致激素失调，不停地分析各家银行密钥，也许持续数年一无所获，也许随时会被囚禁调查，而我只用了短短不到半年时间，就偷看到了……"

"停。"天和，"把这份合同打印一下。"

静悄悄的办公室里，打印机突然自动启动，把所有人吓了一跳。

文员正走过去，天和却快步来到打印机前，礼貌地点点头，把十来页纸一并收走。

今天的清松充满了诡异的气氛，天和先是重新看了一遍他的担保合同，再看另一份。

"不如再来一份？"天和说，"反正已经出一份了。普罗，我知道你做合同的速度一向很快。"

五分钟后，打印机又唰唰地响了起来，这次没人过去，天和拿走合同后，Mario 从关越办公室里出来，说："闻天和，请你进来开个会。"

天和拿了一个文件夹，将两份合同扔进抽屉，一锁，带着破产延期担保合同，径直进了关越办公室。

"闻天和。"那名叫 Andy 的年轻华人说，"请你认真、如实回答我们以下问题……"

天和坐到佟凯身边，刚坐下就朝 Andy 诚恳地说："对不起，我实在听不太懂得克萨斯州话，能不能帮我找个翻译？"

"哈哈哈哈哈！"佟凯忍了很久，终于在天和一句话下彻底笑疯了。

/// 07 ...

Andy 顿时涨红了脸，深吸一口气，一名白种人适时岔开话题，显然这伙人并不想和天和在无谓的事情上纠缠，直接切入了正题，说："我们怀疑你与关之间，以及 Epeus 的融资方案里，存在着某种关联交易。"

"他是亚太地区的监察。"普罗提醒道，"他们正在东拉西扯，目的就是逼关越回调总部，方便他们接管中国分公司。"

"没有。"天和知道这名监察一定是厉害角色，一口回绝，普罗在耳机里提示天和，天和便按照普罗的提示对答，佟凯本想说几句，但天和一开口，佟凯便将发言权让给了他。另一名白种人又道："合同细则中不明显，但我们有权怀疑，在现实生活中……"

普罗："这是他们的高级法务顾问。"

"这份？"天和把佟凯做的合同扔在桌上。

佟凯："我以为我们已经在五分钟前达成了共识，这个融资方案不存在任何关联交易的情况。投资 Epeus，我们已经解释得很清楚了。作为一家科技公司，闻天和身为领航者，将成功引起整个行业的变革。"

"谢谢你的夸奖。"天和礼貌地朝佟凯说。

佟凯轻松地说："我只是在说事实。"

监察沉声道："一个公司面临破产重组的困局，员工已经全部遣散，清松中国分公司斥巨资，仅投给一个人，你还必须解释，这个人的价值在于何处。"

Andy 说："还是说，他仅仅是你的好朋友，在迫不得已的局势下向你求助？"

佟凯漫不经心道："第三方评估报告是最有力的证据。"

法务顾问又说："我们仍然怀疑，第三方的评估结果出自关越的授意。"

"一派胡言！"佟凯道，"潮汐成立已有四十年历史，是硅谷的第一批计算机软件评测公司，你这是对合作伙伴的侮辱，也是对自己的侮辱。"

天和说："对于对计算机一窍不通的人来说，我想这是可以理解的。"

佟凯接话："但是智商这么低的人还能当上高级法务顾问，这就很令人费解了。"

天和："也许就像他们怀疑我们的，这也是一场关联交易？"

"你这是人身攻击！"法务顾问怒道。

佟凯说："面对无中生有的指控，我只能怀疑你的智商，所有条款全是合理的，你自己也挑不出什么问题，现在只能死缠烂打，去怀疑一些不存在的东西。你到底是不是法务？"

天和："我们还是把话题回到所谓'关联交易'上来吧。您还想盘问什么有关我私生活的问题？"

Andy 道："通过背景调查，我们得知你与关越从小就建立了坚固的、狼狈为奸的情谊，这桩融资案，还是总经理关越亲自发起，交由财务长执行跟进的，这意味着什么？"

天和："事实如此，但就在他前往康斯坦利入职的第二年，我们就已经闹掰了，其后他在清松总部的那段时间，我们没有任何交集。"

关越突然说："我与闻天和曾经是朋友，我认可他的才华，在计算机行业里，他是最优秀的，如果计算机行业像分析师一样存在着实力评估榜单，他一定是最优秀的那个，没有'之一'。我相信他为清松创造财富的能力，这笔投资源自我对他专业的信任，而非个人感情。"

天和有点儿意外，望向关越，心想：这是你的真心话？

"对我来说是'最'。"关越又补充了一句。

办公室内沉默了一会儿。

Andy 说："那么你为什么不早点投 Epeus？"

佟凯说："闻天岳作为 CEO 那段时间，哪里轮得到我们来投？"

"但我认为情感占了主导部分。"监察说，"如果没有这层关系……"

"你认为是没有用的。"天和与佟凯几乎同时说道，佟凯笑了起来，天和补充了一句，"你必须拿出事实来佐证。我与关越并无亲缘关系。"

"他的叔叔和你父亲曾经合伙开过 Epeus。"Andy 说。

佟凯："你也知道那是'曾经'，现在并不存在股份牵涉，我实在不想和你们耗了，要么还是上法庭吧。"

"如果选择上法庭，我们就不会来耐心地与你们沟通了。"法务顾问说。

佟凯："Yes！因为你们知道，只有在办公室里东拉西扯，才能把我们的耐心彻底磨光，达到目的。"

天和与佟凯第一次打配合，简直就像机关枪，穷追猛打，毫不留情，天和都有点儿想和他击掌了。

监察："换个角度，如果闻天和与关越不存在私人关系，清松中国分公司还会为 Epeus 进行破产延期担保，以及进行 F 轮融资吗？我认为这是不存在的，过去的一年里，每个季度关越朝总部提交的报告，态度都相当清楚，短期内将战略调整为垂直方向上的第三产业，避开互联网概念创新、人工智能、VR 等领域……"

天和："您喝点水，润润喉咙，不要着急，慢慢说。"

监察："……"

佟凯笑得快坐不稳了。

监察突然被打断了，居然忘了接下去要说什么。

法务顾问赶紧出来救场："这和你的述职报告有违背之处。"

天和："Epeus 已有成果，并非概念。"

佟凯："所谓概念，我想用不着我再解释了。"

Andy 嘲讽道："空壳公司能有什么技术成果？ AI？叫你的 AI 出来下棋！ Epeus 就是彻头彻尾的骗子！现在你们三个，简直是在合伙骗钱！"

普罗："小把戏准备好了。"

"那就稍微做点演示吧。"天和冷冷道，"否则我看今天是没有结论的。"

天和突然抬起手，整个办公室里突然响起《巴赫平均律》，所有人同时吓了一跳，紧接着天和在这旋律中优雅地拈起一根铅笔，行云流水的乐曲中，稍稍一挥，灯光开始有节奏地闪烁。

众人几乎同时站了起来，佟凯眼中充满了惊讶，关越只是安静坐着，侧头看天和。

紧接着，天和再用铅笔在关越的办公桌上一敲，三人背后的巨大落地玻璃墙"唰"地一下变了颜色，隆冬季节灿烂的阳光照了进来，光芒万丈，关越的办公室瞬间仿佛变成了一个辉煌而华丽的神殿，《巴赫平均律》不断推进，激昂的乐曲重重叠叠，将气氛推向高潮，天和一手背在身后，用铅笔朝众人一划。

五名到访成员的手机同时响起了《巴赫平均律》，且从中段开始播放，形成六个声部的共鸣！

佟凯："……"

众人纷纷掏出手机，受到了惊吓，扔在一旁，有点儿不知所措地看着天和。

天和淡定起身，走过办公桌前，投影自动打开，开始飞速滚动 Epeus 的商业报告，在那轰鸣的乐曲结尾处，铅笔在天和指间旋转，最后一收，所有手机同时嗦声，投影被关上，灯光熄灭，世界恢复了寂静。

"好了，继续。"天和又坐下了，轻松地说，"刚刚说到哪儿了？"

关越以复杂的眼神看着天和。

"坐。"佟凯好一会儿才回过神，说，"请坐，继续吧。"

办公室里一片寂静。

Andy 说："你只是控制了……"

天和打断道："用手机进行金融交易的时候千万小心点，我的 AI 说不定正在某个摄像头里偷看你的密码哦。"

Andy："……"

"这只是经过训练配合后的黑客技术。"监察说。

天和答道："随便你怎么想，或者我们顺便来给黑客技术估个值？"

办公室内再次沉默，足足一分钟后，佟凯说："今天的最后一个问题，现在答案也出来了，在座的各位，想来都不会再质疑 Epeus 的价值，还打算问点什么？"

众人互相看看，最后监察终于开口。

监察："我怀疑这是一个交易条件。"

天和："这太冒犯了，我拒绝回答这种问题，我要起诉你们，这是污蔑。"

佟凯："还好有现场录音，我现在就开始写律师信，你们待会儿不要太着急走。"

"也许。"关越突然开了口，众人都静了。

关越终于说话了，一时办公桌对面所有人如临大敌，警惕地看着他。

关越："说完了？现在轮到我了，容我为今天精彩的表演做个收场吧。"

关越拉开抽屉，把铅笔放进去，翻出几份文件，折上，一边交给佟凯，一边说："原本我拒绝回调，但本次述职后业已决定，向总公司提交辞呈，尽快离开清松。辞呈在今天稍早时候，已经发送到 Boss 的邮箱并抄送董事会，他现在已经起床，想必很快就会看见。"

Mario 稍稍张着嘴，关越扫视众人，漫不经心道："同时，我还推荐 Mario 成为新公司合伙人。"

Mario："……"

Andy 也有点儿傻了，没想到今天拉锯一整天，关越居然已经辞职了！

普罗在耳机里说："你看，天和，100%，我没预测错。"

监察用中文说："我相信这不是你在冲动下的决定，关越。"

一时办公室内无人开口，唯独关越与监察对话。

"早有此意。"关越沉声道，"迪兰斯，你的废话越来越多了，换作从前，你不会与我费这番口舌。"

那名唤迪兰斯的监察表情变得不自然起来。

关越："你被愚蠢的狮狲骑在了头上，蒙蔽了双目，沾沾自喜犯下无数愚蠢的错误而不自知；你被苍老与固执束缚了思想，跪在权力的面前，朝你曾经最不齿的人发出了妥协的求饶；你的结局已变得可预知，你的半只脚已经跨进了坟墓。"

天和心想你骂起人总是这么与众不同，不过我喜欢。

关越："你们显然犯下了一个最严重的错误，Epeus 被签在我的名下，合同条款重新做了约束，明显不因关联交易，这叫'以权谋私'。"

监察的脸色瞬间就变了，天和仿佛随之意识到了什么。

这个融资只归属于关越！关越才是对它有真正决定权的人！换言之，关越如果辞职……

Andy 看看监察脸色，再看关越，忍不住道："你以为你离开了清松，还能做成什么？你大可以把项目带走，所有的融资，清松一分钱也不会给你！"

佟凯与天和同时露出了嘲讽的笑容，天和简直不明白这个人在想什么。

关越起身，按了一下触控键，打开办公室的大门，两手稍稍按着办公桌，朝 Andy 微微倾身，Andy 马上惊恐地站了起来，以为关越想动手打他。

但关越没有，他只是注视着 Andy 的双眼，认真地、严肃地用山西话说了一句："老子有的是钱。"

十分钟后，总公司代表纷纷离开办公室。

"普罗。"关越说，"刚才是你？"

普罗换了 Siri 的女声："蓝牙连接已断开，请求执行下一步指令。"

天和："继续装你的傻吧，不用管我们了。"

办公室内再次陷入沉默，佟凯说："他们现在一定集体陷入恐慌，去商量对策了。"

关越安静地坐着，天和抬起手，说："不管你们是怎么决定的，现在，来。"

"耶！"佟凯抬手，与天和击掌，"太完美了！抨击得克萨斯州的口音攻击简直伤害巨大！"

天和："真是太恶毒了，除非必要，我也不想采用人身攻击。"

下午六点，关越打开邮箱，等待 Boss 的回信。

"你们认真的？"天和问佟凯。

佟凯耸肩，摊手，说："我猜团建去不了了，真可惜，还想找个理由，带上小江一起去玩呢。"

邮箱发出特别提醒的音效，Boss 的邮件来了。

关越两只手指轻轻一滑，点了一下，用了两秒时间阅读回信，点了关机，起身。

关越走出他的办公室，环顾四周，下班时间已到，全公司的人却都还在，就在关越走出去的那一刻，大家仿佛已经感觉到了发生什么事，纷纷抬头，看着关越。

Mario 站在工位上，稍稍后退一步。

关越只是扫了员工们一眼，便离开了清松。

翌日早上，天和家门口停了一辆保时捷老爷车。

天和正在客厅里打电话。

江子骞："关越正走在那条成为毫无人性的金融家的道路上，我觉得他有很大可能会剥削你……"

"嗯哼？说到这个，我决定接下来聘小凯来我公司，然后剥削他。"天和正在用免提与江子骞打电话。

江子骞马上在电话里说："好啊！谢谢你！剥削他！我授权你尽情剥削！你要剥削我吗？"

"暂时不。"天和说，"除非必要。"

江子骞说："我可以让我爸投你十亿！咱们把普罗拉去路演吧！"

门铃响，天和说："别闹，普罗会对你记仇的……我先挂了，待会儿说。"

"嘿！小裁缝！"佟凯以他轻松的步伐迈进了天和的家，"我想你现在一定在家……"

方姨："小天？你的朋友来了！"

天和正在喂鹦鹉："把大门关上，不用理他。"

佟凯："这真是太残忍了，来，初次上门，没带什么礼物，这个送给你们，晚上炖汤。"

天和想起来了，马上道："方姨，把他的东西收了就打发他走吧。"

佟凯身后带着管家，他是个英俊的六十岁白种人老先生，戴着金丝眼镜与白手套，手上提着一个宠物箱。

管家用英文说："冒昧登门，打扰了。"

"请进。"方姨笑了笑，把佟凯放了进来，并招待客人。天和喂完鹦鹉，看见佟凯放下箱子，说："我来送关越的小宝贝。"

天和："我就说怎么在关越家里没见它，原来送到你家去养了。"

佟凯打开宠物箱的门，十秒后。

三十秒后……

一分钟后……

佟凯："也许还没睡醒。"

一条小鳄龟行动艰难地从箱子里探出头，缓慢、迟钝地抬头，朝向天和。

那小鳄龟威风凛凛，嘴巴一张，朝佟凯的手咬去，佟凯马上避开，小鳄龟审视周围环境，缓慢地朝天和爬过来。

家里的猫、鹦鹉看见乌龟回来了，瞬间激动起来，鹦鹉马上转身想飞走，奈何爪子被系着，蓝猫刹那结束冥想状态，跳到沙发背上，惊恐地看着那小鳄龟。

"欢迎回家，小一。"天和笑道，"小金、小田，过来朝小一打个招呼？"

鹦鹉、蓝猫、鳄龟——

金、田、一！天才侦探少年再合体！

"这是佟先生送来的酒。"佟凯家的老管家双手持酒瓶，给方姨看瓶身上的标记。

方姨笑道："呀，波尔多干红，鹿特丹明达尔酒庄，您真是太客气了。"

"这是佟先生的打官司包赢券。"管家又取出一个花梨木盒子，打开，里面垫着天鹅绒，中间放着一张黄色的便笺纸，上书"打官司包赢一次"，还盖了好几个佟凯的私人防伪印章。

方姨摘下便笺纸，拿出来放到一边，再朝里头看，没东西。

"这就是券。"管家赶紧小心地拿起便笺纸，朝方姨解释，"全球持有这张券的人，只有三个。"

"好的、好的。"方姨笑道，"我一定会好好保管，留个午饭如何？"

管家笑道："荣幸之至。"

"听到的时候，你不是在怀疑这是个愚人节的玩笑？"佟凯在饭桌上煞有介事地说。

天和则正想着接下来要怎么换个角度把冯嵩挖过来，淡定地说："这很像他的作风，不是吗？"

佟凯无奈道："都做到合伙人了，太可惜了。"

天和："一上来就是合伙人级别，在康斯坦利做一年多，跳到清松中国分公司，你没发现吗？这家伙的目标其实只有一个，就是建立起一个只属于他自己的商业帝国，像摩根、洛克菲勒他们。清松的合伙人职位，不过是为期几年的人生小插曲而已。"

天和告诉江子骞关越辞职的事情时，江子骞当场道："也太上进了吧，能不能给我留条活路啊！"

天和："不过我倒是很意外，为 Epeus 注资的时候，你俩居然就已经商量好了接下来的布局。"

佟凯摊手："不关我事，我只根据他的要求做合同。不过嘛，这是关越唯一的目标，促使他最后作决定的，是你。"

天和："促使他最后下决定的，是获得了对家里一部分资金的调度权，这部分是爷爷留给他的。"

佟凯笑了起来，看着天和，又说："这么说吧，靠投资运作登上福布斯富豪榜的人有多少，靠互联网与信息技术产业上榜的人又有多少？科学技术是第一生产力，科技公司必将创造天量价值，将服务业与制造业等所谓'实业'远远甩在身后，这是时代发展的必然。"

天和说："互联网信息技术与'实业'不是对立的，科技本身也是实业的一种。"

佟凯："所以嘛，他想登上人生的真正顶峰，只能靠 Epeus，靠你。"

天和："这真是太抬举一个程序员了。"

佟凯告诉了天和整个事情的经过，关越早在入职清松前，就已经决定创办一个属于自己的专业投资公司。当然，天和是最了解关越的，他也知道关越这辈子不可能只当一个基金的合伙人，却没想到会这么快。

关越成长的速度远远超出了天和的预期，原本天和以为他至少会在清松待到 Epeus 上市那天，不料关越早在决定投资 Epeus 时，就已为了今天的一切埋下伏笔。换言之，在吴舜提及"微量权力更迭"那会儿，关越就已为今天做好了全盘的准备。

接下来就是与清松解约，资金还未进来，关越会以私人借款的名义，投一笔无息资金给 Epeus，等到新的投资公司成立后，再转到公司名下。而 Epeus，也将成为"关越投资"最看重的子公司。

对一个"富二代"而言，混到跨国 VC（指风险投资）的中国合伙人职位，已是不辱家门，不料到头来，清松中国分公司的总裁，上百亿资金的调动权，只是关越的实习课程而已。

他有更大的野心，也有远比所有人想象中的版图。

"我不得不承认，你不仅审美优秀，看人的眼光也相当高明。"佟凯说，"为自己挑选了一个如此优秀的伙伴。实话说，你是不是用计算机技术预测过关越最后会有多少身家？"

天和："根本不是你想的这样，关越就算是个酒店门童，当初我也会选择他。和他的钱没有任何关系。"

天和心想关越其实也不是你们想象中的那样，他更像一个平凡人，不过他没有去纠正佟凯，每个人有每个人追求的东西，没必要去攀比。就像闻家虽然有钱，但更多的是倚仗了出身，与江家和关家比，不在一个量级上。

天和丝毫不怀疑，关越总有一天会进入福布斯榜单的第一屏里，说不定还用不了十年时间。

佟凯："有时候我也挺奇怪，你说他赚这么多钱，到底是为了什么？"

江子骞曾经也问过天和这个问题。

天和以同样的答案告诉了佟凯："为这个世界变得更好做出贡献，促使更多的人获得就业机会，促进产业升级，实现个人价值。"

"哈哈哈哈——"佟凯夸张地笑了起来。

天和："这是关越的理想，你不应该这么嘲讽他。"

佟凯："说到就业，其实我今天上门来的主要目的……"

天和："终于拐弯抹角地找到切入点了，我还在想你究竟要等到什么时候才向我提奇怪的要求。免谈！"

佟凯："我只是想请你，为小江在重新开张的 Epeus 里安排 个职位而已！做什么都可以，虽然知道你不差那点薪水，也可以由我来开。"

天和："不行，我不想看你们在我的公司里作秀。"

佟凯："我保证不在你和关越面前秀。"

天和："你完全可以把他塞到别的地方去，为什么要来我公司里？"

佟凯："打个招呼，让他去别的地方不是不可以，但任何一家公司的老板一定都会过于殷勤导致最后露馅！只有你才能把握好分寸。"

天和想了想，说："不是不可以，但是你要答应我一件事，在你能力范围以内的。"

佟凯放下刀叉："说。"

天和："现在还没想好。"

佟凯："你在学赵敏吗？"

天和："那我现在改三件事了，你赶紧答应下来还来得及。"

佟凯："……"

"成交。"佟凯说，"但你不许捉弄我，我现在发现，和你打交道一定要非常小心，不知道什么时候就……"

天和："啊！我突然想到了。"他说着从空餐椅的坐垫下抽出两份 Epeus 聘请高级法务顾问的劳务合同，"啪"地按在佟凯面前的桌上。

佟凯："……"

天和："咦，这里怎么刚好有支笔？"

佟凯："……"

"这份合同还是我自己做的！"佟凯拿着笔，悲怆地控诉道。

天和："所以我想你也不用再修改条款了，这很合理。"

佟凯看看合同，又看看天和，一脸崩溃。

天和粗鲁地说："少废话，快点签！赶时间，下午我还有事呢！"

下午茶后，天和收起电脑，换了身衣服，准备出门最后去一次清松，东西都收回来了，今天关越会办完所有的手续，签完所有协议，约天和过去，两人单独吃个晚饭。

天和本想另找时间，但他觉得关越离开公司后，也许需要陪伴，那天在办公室里，他的那个"最"的评价，让天和所有的气一瞬间全消了。

天和从小到大，被不少人称赞过天才，却从未像关越给出的评价一般，令他动容。

你是最优秀的——也许在这个世界上，只有关越会这么认为吧。

/// 08 ...

普罗："你对他的鄙夷与嘲讽，成了关越不断拼搏的动力。"

天和："这么看来我应该更频繁地嘲讽他。"

普罗："当然也不一定要用这种方式，关越的价值观有时是分裂的。他一边希望为你创造更好的未来，一边又对你的嘲讽心有余悸……重修旧好，也能给予他奋斗的动力，而且要更温和一点儿。"

天和："所以我既是鞭子，又是胡萝卜。"

普罗："这个比喻不太恰当，因为胡萝卜的'职业操守'，就是永远不能让驴子吃到，而你不是。"

惠丰大厦三十七楼，清松投资中国基金分公司，傍晚五点。

天和的东西早已收走寄回家，此刻他把双手插在黑风衣的衣兜里，看关越收拾东西。关越的私人物品很少，只有几本书、一个笔记本、一支用来签合同的钢笔，那是天和从前送给他的。

接着，关越从书架里拿出一个金饭碗。

天和："……"

关越把金饭碗收进纸箱里，全程，天和以一种震惊的眼神看着这个金饭碗。

关越："有必要这样？"

"真是太震撼了！太迪拜了！"天和忍不住赞叹道，"看见它的一刻，我就有种朝它下跪并高唱圣歌的冲动。"

关越："我就知道你要嘲讽。"

关越很早以前就把它收了起来，但最后还是被天和看见了。

天和走到纸箱前朝里看，说："对不起，我的投资人，我知道我不该在这个时候败兴，但这个纯金打造的饭碗实在是令我受到了惊吓，这成色应该是千足金吧，重量的话……嗯……用'克'来衡量显然很没礼貌，它有三五斤？"

关越："你现在的眼神很像那条叫史矛革的龙，想要就拿去。"

"不不。"天和说，"容我冒昧地揣测一下，想必它是一份入职礼物。"

关越："猜对了。"旋即他把纸箱强行合上，天和却先一步伸手，拿着碗掂了掂，无奈摇头，知道铁定是关越家里给他打的，关正瀚总会在一些奇怪的地方把天和雷得不行。

关越把装好的纸箱放在一个大木箱上。

"准备搬家。"关越说，"借个地方，放这两件东西。"

天和又打开纸箱，把关越的钢笔也拿走了。

关越顿时脸色就不太好看，这支笔他用了五年，几乎从未离开过身边。

天和却示威地看着他。

天和："我送你的，现在我想收回，你该不会连一支笔也要和我抢吧。"

关越："表也拿去？行，车也还你。"说着就要摘手表。

天和："那倒不用。"

关越有点儿生气，把脸转向别处，过了好一会儿才平静下来。

天和想起关越现在住的房子，是以公司名义签的合同，那几栋大厦只租赁给跨国公司的高管，不对私人出租，关越可以在那里住到四月一日，第一季度结束时。

天和掏出旧家的钥匙递给关越，关越沉默片刻，最后还是接过，天和把打印好的地址单压在木箱上。

"吃饭去？"天和知道关越所有的手续已经全办完了，但他俩之间的事情还没结束，天和想让他省点钱，不用给 Epeus 开这么高的借款，注资用不了那么多，甚至可以考虑另寻分摊，这样关越的资金压力也可以小一点儿。

关越："你定地方。"

天和："芬克？"

关越没说话，戴上墨镜，跟着天和出了办公室。

傍晚五点半，清松所有的员工都在，且全部站了起来，在过道里等待着关越。似乎想与他握手，关越却没有伸出手，两手揣在风衣兜里，视线扫过他的员工们，眼神变得温柔起来。

"团建玩得高兴，后会有期。"最后，关越只这么说。

天和突然道："哎！喂！那个姓马的！百达翡丽！不来告个别吗？"

关越本想按电梯，却停下了动作，稍稍拉下墨镜，一眼瞥去。

"闻天和。"Mario 沿着过道走来，认真道，"慢走。"

天和笑道："认识你很高兴。"

关越本想示意算了，却知道以天和的脾气，一定会想方设法地讨回这个场子，于是也不阻止他。

天和："有什么话想对关总说？"

Mario 看了一眼关越，说："老板，好走不送。"

关越只是点了点头，Mario 朝天和道："闻天和，我倒是想对你说几句话。"

天和扬眉，示意洗耳恭听。

Mario 说："你知道吗？据说上帝创造人的时候，总数值是恒定的，你以为自己什么都有，有钱，有才华，有智商，你以为自己是神的宠儿。可你不知道，在别的地方，你会失去更多东西，每件命运赠予你的礼物，都暗中标上了价格。

"聪明的人运气总不会太好，笨一点儿嘛，也有笨的好处，这就叫风水轮流转，是万物的守恒，你迟早有一天会想起我说的话。"

所有人都看着天和与背后的关越，关越突然说："Mario，你误会了万物守

| 图灵密码 # Tuling Mima ···

恒的意思。这种守恒，不是在一个人身上的守恒，应该说，天和既聪明又好运，你既蠢又倒霉，你俩加在一起，总数值不变，这才是万物守恒。"

整个清松投资的员工先是震惊了，继而全部苦忍着笑，Mario 的脸色变得极其难看，关越与天和进了电梯，天和朝 Mario 挥挥手，说："在新公司玩得开心，拜！"

电梯门关上，Mario 悻悻然骂了句脏话。

关越摇摇头，沉默不语。

天和带着笑看他，关越眼里却带着些许笑意。

芬克餐厅。

"相当惊人。"天和还捧着金饭碗端详细节，"这是家里送给你的入职礼物吗？"

关越接了个电话后，回到餐桌前，不悦道："有完没完？"

Lucy 过来上了餐前酒，天和把饭碗放在桌上，看金饭碗，再看关越。

"春节后，我将注册一家新的公司。"关越沉声道，"佟凯在走流程，接下来我会挖走清松的部分员工，重新组建起我的私人团队……能不能把碗放下，听我说话？"

"你说。"天和道，"我听着呢，正在找这个传家宝上的印章，这只碗可以送给我吗？我想给小田换一个碗。"

"拿去拿去。"关越实在受够了天和的嘲讽，说，"不能给猫用，当心金中毒。"

天和说："受不了你们 PPE 硕士，黄金不会和消化液反应，否则吃金箔的人早就死了。"

"随便。"关越说，"说不过你，生而为 PPE 硕士，我很抱歉。"

天和没收了关越的金饭碗，说："私人团队，然后呢？"

关越："新公司与 Epeus 之间，我提议做一个对等的股权置换。"

天和想了想，说："我还以为你想说什么呢。"

关越："Epeus 预期五年内将成功上市，前提是你不乱来，两个公司之间交叉持股，有助于……"

天和："好、好，你说了算。"

关越不悦道："这是公事。"

天和本以为关越想聊点别的，如离开清松的心情，或对未来的想法，准备给他点鼓励，在正式离职后的第一个晚上，留下一点儿回忆，却没想到一顿晚饭，居然是聊股权问题。

276...

"行。"天和说，"聊工作。关越，我这么问你，你觉得Epeus能走到哪一步？"

关越说："纳斯达克上市，市值万亿，美金。"

天和："万亿。"

关越认真地说："万亿。"

天和："你知道市值万亿美金是什么概念吗？"

关越理所当然，开始吃沙拉，天和简直无言以对。

关越："你要相信自己，能做到最好。"

领班过来上菜，关越接过盘子，开始动作熟练地帮天和切牛排。

天和说："你还没对那天的话道歉呢。"

关越："我以为方姨告诉你了。"

天和茫然。

关越也意识到了，抬头注视天和："第二天她亲自来了公司，向我解释。"

天和说："那是方姨向你道歉，不是你向我道歉！"

天和火了，扔下餐巾就想走，领班马上退后，关越却道："等等！"

关越伸手去拉天和，天和愤怒地转头看他，关越说："我还有话说，你坐下。"

天和："我现在改变主意了，不想和你吃这顿饭了，我本以为今天晚上我们可以坐在一起聊点别的话题。"

"我本以为，你会希望有个人倾听你辞职后的心情，陪你聊聊生活与人生！结果我听见了什么？股权置换。行，我不懂投资运作，你是我的投资人，Epeus能起死回生全靠你，我当然听你的，你还要我怎么样？现在我答应了，OK？我要走了！"

"吃完晚饭再走！"关越说，"我承认，那天是我冲动，可你给了我错误的信息，天和！听我说！"

关越的手却锁得紧紧的，天和努力挣开手腕，眉眼间带着愤意："那你先答应我一件事。"

关越："行！我答应你！"

天和："什么事情都可以？"

关越："可以，坐下。"

天和马上坐下，手里出现了一份合同，"啪"地一声按在关越面前桌上。

"就这么愉快地说定了。"

关越："……"

"现在我正式聘请你担任本公司的CEO。"天和打开先前从办公室里强行收缴的关越的钢笔，递给他，诚恳地说，"佟凯帮我做的合同，Lucy，你刚刚也听见了，关总三十秒前说的，什么都可以，钢笔顺便还你。"

领班笑了起来，不敢插嘴。

普罗："天和，你的陷阱简直无懈可击，他和佟凯都根本没有半点提防。"

关越："……"

"子骞帮我出了个主意。"天和诚恳地说，"本来我们想把合同折成很小一份，露出签名处的一小块，找个路人假扮你的粉丝，求你给他签个名。签完以后再把合同展开给你看，大喊'耶，上当了'，但找 CEO 用骗的办法，总不太好，所以还是请你自行决定，我知道你需要先看一下合同……"

关越也不看合同，只盯着天和。

"我要是签了。"关越说，"你愿意坐在这里听完我说的话吗？"

天和："你只要答应我认真考虑就可以了，我的目的，确实只是出来和你吃顿饭，是你先逼我，要和我谈什么股权置换。否则谁会在乎……"

关越翻开合同，看也不看就签了。

天和："……"

"没有任何竞业条款。"天和不安地说，"你只要花一点儿时间，替我做一些决策，剩下的交给行政去管，不需要亲力亲为，我保证不会耗你太多时间，你也完全可以随意开你的投资公司。对外，你拥有所有的战略决策权；对内，你拥有所有的行政决策权。投资与战略层面上，我唯一的一票否决权，也让渡给你了，你将替我行使几乎所有权利。"

关越把合同递给天和，天和原本只是开个玩笑揶揄下他，也没想到关越居然就这么签了，忽然十分感动。

"没关系。"关越说，"大不了我公司不开，给闻家打一辈子的工。"

"我没有这个意思。"天和无奈道，"怎么又开始了。"

关越认真地说："不是反话，我确实有把 Epeus 做大的想法，你允许我同时兼顾投资公司，那就更好了，反正在进行股份置换后，交叉持股的前提下，两家公司分别归属于谁，并无太大区别。"

他没有接天和递回来的，属于他的那一份合同："都给你了。"

天和："……"

天和见关越这么认真，有点儿内疚了。

关越沉默不语，切完牛排，仿佛他今天的任务只是来切牛排的。

领班接过去，放到天和面前。

普罗："有点儿尴尬。"

天和："我说……"

关越："人招得如何？"

天和深吸一口气："我不需要那么多的借款，目前只有两亿左右的资金缺口，如果你愿意来当 CEO，我可以让子蹇注册一家公司，再入股 Epeus，完成 F 轮融资，这样你只要出一亿……"

关越："钱的事不用你管，你是 CTO，资金结构与你没关系，我问，人招得如何？"

天和忽然觉得，请关越来当 Epeus 的总裁，似乎不是一个好主意，接下来他一定会名正言顺、光明正大地"管"自己！

"一个也没招到。"天和说，"现在缺产品经理、研发一组、研发二组负责人，以及分管商务与公关的副总、行政副总。我想先把研发人选定下来，分两个项目组。实在缺人，我自己先带一组，另一组负责人的人选是二选一，难度都很大。但只要对方愿意来，团队成员让他自己决定就行。"

"后天开始我陪你。"关越说，"早上十点，约咖啡，把他俩名字给我。"

天和："不行，我要睡觉！我好不容易才从清松离开，不用再打卡上班，你居然让我这么早就起床！"

关越："我自己去，你只要告诉我名字。"

"不不不……"天和说，"你不要乱来，老板，招 Quant 必须循序渐进……要让他们心服口服，我会设法去牌局上逮他们。"

关越："不要空谈理想。要谈钱，谈公司前景，你具有的先天优势，是带领团队成员获得成功，除此之外，把钱给够，项目股份分配到位……"

天和说："很多程序员其实不差钱，他们要的是……"

关越："每个人都要养家糊口，将薪水提上去，加班时间压下来，才能证明你对技术与产品的信心。除此之外，废话少说。"

天和感觉光是为了重建公司这件事，他俩吵起来就够喝一壶的，只得说："算了，先不谈工作了，还是换个话题吧，喝点葡萄酒？ Lucy，开瓶酒。"

天和吃了点牛排，意外地，今天芬克的味道还挺不错，水平忽高忽低。

"那天晚上方姨来公司，跟我说了许多事。"关越喝了点酒，"特地提起你四岁那年，有一次你在洗澡，觉得水太冷了……"

"还是谈工作吧。"天和诚恳地说，"我错了，期权怎么分配比较好？"

关越想了想，又说："期权小意思，Epeus 计划五年后 IPO（指首次公开募股）

上市，你觉得可行？我不想借壳，你喜欢在美国上市还是 A 股？或者港股？"

"方姨还说了啥？"天和改口道。

关越："到底想聊什么？"

天和："就不能说点轻松的不尴尬的话题吗？"

关越："行，你起头。"

天和："新家打算住哪儿？需要帮你问问吗？"

关越："我以为当你公司 CEO 包吃住，房子钥匙都给我了。"

天和："那是我大哥的，你想住多久都可以，如果你不嫌弃的话，你可以……"

天和想让关越过来自己家里住，但这话他已经说第三次了，关越愿意来自然会来，总这么说显得死皮赖脸的，于是改口道："那小一暂时寄养我这儿？什么时候给你送过去？"

关越"嗯"了一声："放着，改天我去看它。"

天和："还是那么喜欢到处叼东西，我总觉得它的身体里住着一条狗的灵魂。"

关越心不在焉地瞥向一楼，望向楼下，乐师正在一桌一桌地拉小提琴。

关越："龟到了陌生的环境里，第一件事就是为自己搭个新窝。动物要求偶，本性使然。"

"搭好窝了也吸引不来配偶。"天和想了想，确实，家里的"金田一宠物侦探团"也该有配偶了，否则孤零零的，总感觉有点儿寂寞。

天和本想说找机会给鳄龟先买个老婆回来。

关越却漫不经心道："它不懂，反而一直憧憬着，所以无知也有无知的快乐。务必不要对它说破，否则小一知道了真相，一定很难过。"

天和："我真是受够了你的隐喻。"

关越："我没有作任何的隐喻，是你多心了，我怎么可能把自己比喻成一只龟？"

"Lucy，上甜品，我想回家了。"

"对，哪怕吵架，甜品也是要吃的，吃完才能走。"

天和正色道："你签了合同，所以我会履行承诺，把晚饭吃完。我是遵守承诺而准时的人，这是对彼此的尊重。"

关越："说得好，只有我不懂得尊重人，比方说让人在大都会里等了多少个小时来着？"

天和："我知道那天你不是故意的，现在我完全可以理解你的苦衷，背负着三十三亿英镑的重担，吃力地从华尔街爬到大都会，左顾右盼，随时提防着不要被人踩到，路上还得等红灯，需要花上七个小时，这很正常。"

关越："……"

Lucy 端上两份冰激凌，冰激凌上浇了比利时巧克力，用金箔碎撒出漂亮的心形，乐师过来，拉起了小提琴，刚好来到这一桌前，开始拉巴赫的《卡农变奏曲》。

天和拿起勺子，说："换首贝多芬的《欢乐颂》吧，庆祝一下这个难忘之夜。"

乐师拉起了《欢乐颂》。

关越："巴赫，今天要按老板的品位来。"

乐师换成《卡农变奏曲》。

天和："贝多芬，关总才是老板。"

乐声停了，小提琴手看着两人，关越与天和对视片刻。忽然乐声响起，变成了《卡农与欢乐颂》。

天和心想这两首歌还能以这种方式无缝衔接，真是失算。只得悻悻然吃下一口冰激凌。

天和："……"

关越在桌对面，于《卡农与欢乐颂》的乐声中看着他。

"Lucy，麻烦您把楼下那盆滴水观音帮我搬上来。"关越说。

Lucy 笑得快不行了，站到一旁，拿出手机。

天和在勺中吐出一枚熟悉的物件，正是当初捉弄关越与那俄罗斯超模时，被关越收回去的那枚，关越明显已经送到珠宝店里去清洗过一次，黄金的色泽闪闪发亮。

天和沉默着。

关越喝了一口咖啡，又沉声道："礼物最好在甜品环节上，这样对方不愿意，正好埋单走人，有个缓冲。否则万一被拒，还要一起把饭吃完，相当尴尬。"

这下换天和不想说话了，他把勺子轻轻放到桌上，将礼物倒在小盘里，把它拿起来。

关越握着咖啡杯的食指、中指微微发抖。

终于，天和把那枚饰品戴在了手上，抬头看关越——他的眉眼如此熟悉，一如他们曾经对视的无数个瞬间。

"我会认真考虑。"天和轻轻地说，"过段时间答复你，走了，回头见。"

关越示意埋单，说："行，随时等你的 offer。"他拿起天和的风衣，离开芬克，将天和送到门口，司机正等着，关越将天和送上车。

天和已经乱了，他没有再去看关越，上车后只下意识地低头看手上，车窗摇起，挡住他的侧脸，离开站在门口的关越时，天和茫然无措地回头，瞥见他站在路边的孤独的身影。

天和抬起手背，像个小孩般艰难地擦了一下眼泪。

关越朝着远去的宾利轻轻地吹了一声口哨，转身回入芬克，指间夹信用卡，在收银台前轻快地敲了敲，示意 Lucy。

"今天店里所有的消费，我请客。"

/// 09 ...

佟凯这天见面没多久就和江子骞吵架了，公司杂事太多，本来就让他心烦，老板又像个神经病，一惊一乍的，每次官司有变故就找他。

而且诺林的老板还是个被害妄想狂，没事总喜欢脑补事情如何朝着最坏的方向发展，佟凯只觉得自己的职业生涯就像老板的心理医生，更甚于首席法务顾问，他每天都在想方设法地安慰老板：没事的，放心吧。原告、被告、控方律师不可能这么聪明，这个官司不会会输的，甲方不会拆自己律师的台，不会再有补充证据了，您不要跳楼……快回来！砸不到楼下小朋友砸到花花草草也是不好的！

佟凯心想，要么直接辞职去 Epeus 算了，好歹闻天和没有被害妄想症。

两人最开始只是闲聊自考报名，佟凯听到"成人高考"四个字，终于抓狂了，差点儿就把真相说了出来，幸亏最后还是及时忍住。江子骞则感到莫名其妙，不知道自己说错了什么，小心翼翼地哄了几句。

江子骞也很郁闷，老爸在得知关越辞职准备创立投资公司后，终于坐不住了，开始对宝贝儿子隐晦地表达些许希望，并施加压力——如果江子骞愿意努力尝试接手家业，他愿意无条件扶持他的小伙伴。

江潮生最近实在很焦虑，等到自己一命呜呼、驾鹤归西，儿子要怎么活下去？

"小驴啊。"江潮生语重心长的声音仿佛还在耳畔，"你是没穷过，等穷过你就懂了。"

江子骞心想我一直在努力地当个穷人，也挺开心嘛，真正的幸福，和有没有钱有什么关系？

"怎么了？"江子骞说。

佟凯意识到不该朝江子骞发脾气，严肃地说："昨晚没睡好。"

隆冬时节，街上笼罩着一股雾气。

江子骞两手插牛仔裤兜里，今天穿了件佟凯给他买的卫衣，衬衣领子翻出来，阳光高大帅气，佟凯则穿了件羊毛马甲，内里是白衬衣，斯斯文文的，就像个刚毕业的学生。

自从远方传来了拆迁与双色球的喜讯后，江子骞与佟凯展开了一场报复性消费，手机上的拼多多从此卸载，可以尽情地刷淘宝了。

步行街上，江子骞举起手机，一手搭佟凯肩膀，佟凯止步，抬头，与江子骞凑在一起，"咔嚓"一声，两人自拍。

江子骞把中午吃的一堆菜排好版，八盘菜，众星拱月地围着中间两人的自拍，发到朋友圈里。

佟凯也发了个同款朋友圈，却叹了一口气。

佟凯忽然说："听你爸的，去做点小生意吧。"

江子骞说："你希望我这么做吗？实话说，一旦忙起来，也许就没有时间找你了。"

"我在考虑辞职。"佟凯说。

江子骞站定，看着佟凯，佟凯告诉他自己找到了一份新工作，在一家广告公司帮忙晒图，但老板很麻烦。

"然后呢？"江子骞说，"回老家？"

佟凯本来只想说辞职的事，却忽然心中一动，说："我爸妈一直在催我回去结婚，现在家里有钱了，姐姐还答应，替我出一份娶媳妇的彩礼。"

佟凯没有撒谎，前段时间打电话回家，当家的姐姐表示结婚这种事你喜欢就好，也不用见面了，到时家里欧洲的古堡自己选一个当结婚礼物，再顺便把主教朋友请过来主持婚礼。

两人都沉默了。

"哦。"江子骞有点儿伤感地说，"那……好吧。什么时候走？"

人来人往的街头，时间仿佛停驻了，两人面对面站着，江子骞有点儿落寞，继而伤感地笑了笑。

佟凯忽然十分心酸，他端详着江子骞的面容，觉得他有时候也不像表面上那么阳光快乐。江子骞说自己是"快乐王子"，但佟凯所知道的那个快乐王子，是把眼睛、王冠乃至全身金箔都奉献给了整个世界的一座雕塑。

江子骞转身，无精打采地走在前面，佟凯则慢慢地走在后头，四处看步行街上的店。

江子骞稍稍转头，发现佟凯不见了。

他站在街头，用零点零三秒作了他人生里最重要的一个决定。

江子骞转身，摸出一百块钱，买了一枝花。藏在身后，四处搜寻佟凯的下落，不料刚转过街角，佟凯又出现了。

佟凯："我骗你的！"说着变戏法般拿出一枝花。

江子骞同时拿出花，说："我决定了！小凯！"

一阵寒风在两人身前吹过，尴尬的情绪在身前悄无声息地蔓延。

江子骞与佟凯交换了那两枝花，坐在露天茶座里，隔壁购物广场的两个低音炮音箱正对着茶座——两朵花孤零零地被摆在桌上。

佟凯想了想说："其实我想告诉你一个好消息。"

江子骞："又中双色球了？这才几天？运气也太好了吧！你爸都连中两注了。"

佟凯："不不，这回和双色球没有关系……"

江子骞道："我也做了个决定，小凯。"

佟凯："你先听我说……"

江子骞注视着桌上的玫瑰，一口气说道："我爸让我去做点小生意，学会怎么成家立业，这件事我开始是拒绝的，可我现在决定，接受他的安排。因为……"

江子骞背后的音箱突然发出八十分贝以上震天动地的响声，桌上玻璃水杯里的水持续震动。

在佟凯眼中，江子骞就像条找水喝的大型微笑金毛犬，嘴巴一张一合，说了几句话。

"尊敬的各位来宾！大家下午好！我们的活动将于三分钟后正——式——开——始！"

响声停下，江子骞已经说完了。

佟凯一脸迷茫，但也猜到了大致的内容，说："我其实也非常赞成……"

音箱："大家是不是期待已久啦？我看下面好多观众已经等不及了！"

杯子里的水又震了起来，江子骞眼里的佟凯，就像一条欣慰的鲤鱼，嘴巴一张一合，只有口型，没有声音。

音箱里的声音停下时，佟凯也说完了，江子骞什么都没听见。

男主持："寒风凛冽！无法阻挡我们渴望爱情的心！"

女主持："阴雨连绵，无法浇灭我们心中的激情！"

男主持、女主持（合）："不锈钢夫人婚纱摄影馆，特别演出活动开始！让我们请出今天的新人！"

佟凯起身，翻过铁围栏，去拔音箱后面的数据线，江子骞却伸手拦住他，把他强行拖回咖啡茶座围栏这边。佟凯与江子骞对视，忽然拉住他，跑出了咖啡茶座，一路跑出步行街。

"哎！你俩还没付钱！"咖啡店店员追了出来。

江边，两人停步，一路跑得直喘，脸上都有点儿发红。

一时两人都不说话。

"吃……吃晚饭去吧？"佟凯打破了这尴尬，主动提议道，"看电影？"

江子骞点点头，两手插在裤兜里，走在前面，忍不住笑，忽然跳起，摘了片树叶，放在嘴里吹了几声。佟凯跟在江子骞身后，慢慢地走着。

"小凯。"江子骞转身来搭佟凯肩膀，说，"你会留下来吗？"

佟凯侧头看他。

"给你看个东西。"佟凯掏出手机，说，"记得上次那个富二代吗？"

江子骞马上想到天和，问道："怎么？"

佟凯说："他让我问你，愿不愿意去他公司上班！"

江子骞惊讶道："我？"

佟凯："咱们俩，你去吗？"

江子骞想起不久前让天和为佟凯在 Epeus 安排一份混吃等死的工作，当即笑道："好啊！"

可是家里的要求怎么办？江子骞想了想，又说："你先去，熟悉一下情况，我好好说服我爸。这人真好啊。"

"他叫闻天和。"佟凯笑道，"看来这些有钱人，也不是那么为富不仁，你看，这不就解决了？"

江子骞说："我给咱俩买了两颗蜜蜡珠子，你最近不是工作很忙吗？"

江子骞取出一颗蜜蜡转运珠，红绳都编好了，正好被幸运绳系在手上。

佟凯："我再去买几颗穿上？"

江子骞说："以后咱们每一年都给它加一颗就好。"

佟凯："那几十年后，不就……"

江子骞笑道："到时换成项链戴脖子上？可以换成大的。"

佟凯："像沙僧一样吗？"

江子骞："哈哈哈哈！"

两人系上转运珠，吹着口哨去看电影了。

当天晚上，十一点半。

天和躺在床上，手里抛着关越给他的礼物，金光闪闪，房里开了视频大投影。

投影另一边，江子骞一身睡衣，在他的床上蹲着，像条狗般四处伸着脑袋去接，想隔空来咬天和的那枚饰品。

天和："你是拉布拉多吗？"

江子骞说："你怎么把我也扯进来了！"

天和："你爸不是让你找关越学学吗？"

江子骞说："可我现在一堆事儿啊！我都不想回家了！"

天和没说话，出神地看着手里的东西，江子骞躺下，抱着枕头，两脚抬起来，蹬着枕头滚动，像在玩杂耍。

"他交给我的第一份活儿，是打一个官司。"江子骞说，"这官司得怎么打？"

江子骞开始朝天和倒苦水，内容是有关江曼与澳大利亚一家供应商的官司，这案子不算太复杂，只要打赢了，这家叫霍兰思的供应商与江曼签订的二十年合约将被废止。而江潮生给出的承诺，是只要作为被告方代表的江子骞出面，顺利解约，就接受佟凯。

解约势在必行，霍兰思近几年供应江曼的货物质量已明显大不如前，江潮生对合作方的杀熟行为相当生气，并心知肚明，自己手下一定有人收受商业贿赂。

江潮生已物色了另外几家供应商，与霍兰思解约，最坏的结果是出一笔数目不菲的毁约金。交给江子骞，意图无非让他设法帮忙省点钱，省下来的就给他当零花钱。

"委托律师事务所。"天和为江子骞指点迷津，说："我看那家叫诺林的就不错。"

"我家的律师一定会觉得我抛弃了他，大哭大闹吧。"江子骞无奈道，"其实本来没我什么事，我爸就想让我通过这个案子，搞清楚细节，一步一步来，学点东西……没办法，为了养家……话说，要怎么让小凯彻底信任我呢？"

"变强大。"天和说完这句话，就不再吭声了。

江子骞："像关越那样吗？"

天和不予置评，江子骞翻了个身，抱着枕头，给佟凯回消息。

"对了！"江子骞突然想到一个办法，"我需要一个私人顾问，可以让普罗来帮我吗？我需要大量的资料和案例，还有案情分析，现在我家的律师团意见总是不统一。"

天和："呃，普罗？"

普罗："好的。你会想念我吗？"

天和看着戒指，说："明天去上岗，就这么愉快地决定了。"

"耶！"江子骞躺在自己家的床上，两脚开始鼓掌。

五分钟后，天和侧头说："子骞，关越终于找我和好了。"

江子骞没听见，视频那边，他的头发凌乱，趴在床上，已经睡着了。

天和："普罗？"

普罗："我在听。"

天和："我觉得你今天的话似乎变少了。"

普罗："我在思考。"

天和："思考什么？"

普罗："思考你是否需要我的意见。"

天和出神地说："你的意见太不中立了，明显向着他那边。"

普罗："江子骞睡着了，把视频关了吧。"

天和："子骞一睡，打雷都不会醒的。"

天和还在上幼儿园的时候，就和江子骞睡一张床，在这点上江子骞与关越非常不一样，天和半夜只要醒了，关越就会马上察觉到，起身给他倒水，或观察他是否做了噩梦。

"其实，"天和说，"在拉萨那天，许下的愿望是希望走到八角街的尽头，来到大昭寺前时，他能说'对不起'。"

"可是啊。"天和伤感地笑了笑，说，"昨天晚上，当他服软的时候，不知道为什么，我的第一个念头不是快乐，而是害怕。"

天和从床上起身，走出卧室，下楼，打开餐厅里吧台的灯，倒出一杯牛奶加热后，注入些许朗姆酒。阴雨连绵的冬夜里，落地窗外，漆黑的树木依偎在一起，犹如寒冬里情侣的影子。

"我害怕拥有后的失去，害怕熟悉后的陌生，害怕再去经历一次在我还没有真正长大时候所面对的考验。"天和来到二楼的走廊里，在堆叠于一处的软沙发上坐下。窗外黑漆漆的一片，只有玻璃上映出来的自己的身影。

蓝猫小田悄无声息地走过来，跳到天和怀中，天和摸了摸它，鹦鹉醒了，在头顶的架子上拍了几下翅膀，鳄龟则从走廊里慢慢地爬过来，停在天和身边，安安静静地待着。

普罗保持了沉默。

天和："小时候，大哥给我一封信，让我转交秋姐。我偷看了一眼，上面只有两行字，我这一生都会记得：余情未了，必将庸人自扰。物是人非，何苦画地为牢？"

普罗："人不一样，感情也自然不一样。"

天和："昨天晚上，我很想答应关越，可是再重复一次我们走过的路，又有什么意义呢？普罗，你明白我的心情吗？我想这也许有点儿费解……"

普罗："嗯。"

天和喝了一口牛奶，出神地看着玻璃窗，说："你在学习，还不能理解。"

普罗："我想听听你的回忆。"

天和有点儿茫然道："我不知道……但我们第一次见面的那天，我记得很清楚……就在这里。五岁的时候，我们才搬来此处。在那之前，爸爸买下这套房子有一段时间了。"

天和对这套房子最深刻的记忆，是在自己四岁那年，某一天父亲朝自己说："天和，我们要搬家了，今天咱们一起去新家看看。"

那是一个冬天的午后，闻元恺刚与妻子离婚不久，不想在原来的房子里再住下去。这套三层小别墅的上一任主人留下不少摆设，顺手就送给了下一任主人。天和进来以后便好奇地左翻右翻，大哥、二哥与父亲在楼下商量着装修的方案。

花园里杂草丛生，树木光秃秃的，叶子全掉光了，前几天下过的雪还没化完，泥地上残余着小堆的雪迹。

阳光从窗帘后投进来，照在满是灰尘的地板上，小天和穿着羊绒上衣，格子长裤，围着围巾，走进房间时，在灰尘里惊天动地地连打六个喷嚏。

外头响起汽车声，天和把一个木箱推到窗边，爬上去朝窗外张望，灰蒙蒙的玻璃外，大门前停了一辆黑色的强生出租车，关正平带着一个小孩从车上下来。

小天和拉上窗帘，四处看看，又把箱子推到书架前去，想伸手去够一个密码发报器，那是更早以前留下的东西，足有三十年历史了。

楼下传来父亲的声音："天和！跑到哪里去了？"

关正平的声音道："关越自己上去找弟弟打个招呼，带他下来。"

书房门被推开，天和回头，那是他与关越这一生里的第一次见面。

八岁的关越穿了一件灰色的修身羊绒毛衣，黑色西裤，擦得发亮的小皮鞋，毛衣袖子捋了起来，手腕上戴着一块银白色的电子表，脸上带着疑惑，站在门外看天和。

关越比同龄人长得更快，刚满八岁已和天和的二哥、十岁的闻天岳一般高，天和还以为他是个初中生。

"嘿，闻天和。"关越说。

四岁的天和只是点了点头，自从父母离婚后，他就不太爱说话了。

"你在做什么？"关越疑惑的目光从天和的身上转到书架最高处的密码发报机上，继而走到他身后，说，"下来，我帮你拿，太危险了。"

天和便从箱子上下来，关越踢过来另一张小板凳，站上去，刚好够着，并取下发报机，问："你想要这个吗？"

天和点点头，伸手去接，关越却说："很沉，你抱不动。"说着他把它放在书桌上，拉开椅子，把天和抱上去，天和跪在椅上，好奇地看发报机。

"这是什么？"关越靠在书桌前，手肘撑着桌面，稍稍侧头，观察天和稚嫩的面容与明亮的双眼，天和瞥了他一眼，很快就转过视线，停留在发报机上。

"密码。"天和自言自语道，"它坏了，密码手册在哪里？"

天和从发报机下扯出电源线，这台发报机实在是太古老了，电线被耗子啃掉了漆皮，几根线裸着，关越回身去书架上，抬头看，找到一本发黄的密码手册。

天和拿着插头，爬上桌面，躬身插进墙上的插座，倏然一阵电流通过全身，将只有四岁的天和电得摔了下来，"咚"的一声摔在地上！

关越顿时转头，转身冲向天和，天和躺在地上抽搐了几下，关越焦急道："闻天和！"

关越抱起小天和，把他放在书房中间，楼下关正平喊道："关越！"

关越已来不及回答，马上附身到天和胸膛前，听他的心跳，再听他的呼吸，继而跪在他身前，捏住天和的鼻子，深吸一口气，给他做人工呼吸。

按胸膛，人工呼吸，按胸膛，连着半分钟后，天和猛地咳了几声，迷惑地睁开双眼，面前是关越充满惊惧的眼神。

天和茫然。

关越筋疲力尽，坐在地板上。

天和不明所以，正要起身继续去摆弄他的发报机，关越却把天和斜抱了起来，不管他的挣扎，抱出书房，径自下楼，天和不停地推关越的头，说："让我上去！"

"不行！"关越呵斥天和，把他放在沙发上。

楼下的关正平与闻元恺、闻天衡都笑了起来。

关正平："关越，喜欢弟弟吗？"

关越却充耳不闻，教训道："在这儿坐着，东西我帮你拿下来。"

/// 10 ...

小天和满身灰尘，被关越按住，关越朝天岳说："看好你弟！"

"关你屁事。"天岳嘲弄道。

天岳正在打电子游戏，招招手示意小弟过来，天和却不过去，始终张望，等候关越拿他的玩具，不到片刻，关越将发报机取下来，放在餐桌上，天和便快步跑了过去，闻天衡说："天和，你想拆开它看看吗？我给你找份工具。"

关越责备地看着天和，天和却笑了起来，比了个"嘘"的动作，示意不要告诉大人们。关越只得作罢。

闻天衡把工具箱放在餐桌上，天和便改变了主意，开始拆那台发报机，可是很多地方都锈住了，只得让关越帮忙拧螺丝。中午方姨送来便当，奈何餐桌上摊满了发报机的零件，闻元恺与关正平到书房里去聊工作，天衡出去办事，天岳继续打他的电子游戏。

关越打开便当盒，小天和的目光则片刻不离他的发报机。

"天岳。"闻元恺从书房里探出头来，说，"喂你弟弟吃饭！"

"哦！"天岳沉迷游戏不能自拔，午饭放在一旁，自己都顾不上吃。

关正平说："一拖三，够累的。"

闻元恺笑道："全靠天衡看着俩小的。"

关越见天和没人管，便代替了天岳，坐到天和身边，开始喂他吃饭。

小天和也没注意关越在喂他——在家里偶尔方姨会喂他，大部分时候自己吃，反正有吃的就行，不管谁在喂。片刻后他又张口，指指橙汁，意思是"渴了"，关越便把杯子拿过来，插上吸管让他喝了一口。

午饭后，关越摊开习题册，守在餐桌上，随时提防着天和笨拙的动作划到手。

"小学的课程已经全学完了。"关正平与闻元恺从书房里出来，说，"国内这个年龄，还不能送去念初中，英语已经是高中水平……"

"伊顿公学。"闻元恺抬头，朝餐厅方向道，"关越，去吗？离开家，往伦敦留学。"

关越没说话，一边做习题，一边不时地注意小天和动向。

关正平说："我大哥还说他净学些没用的，读哲学历史，不如念点商科基础入门，不让他踢足球，平时也没几个朋友……他爷爷的想法是，喜欢就好，也不勉强。"

闻元恺："我找天和小姨给他写封推荐信，入学考试能通过就没问题。"

关正平想想，说："再过几年吧，好歹到十岁以后，不然这么出去，也没人照顾。"

闻元恺说："伦敦有的是咱们的同学，再不行你跟着陪读去。"

关正平没有小孩，对这唯一的侄儿非常疼爱，希望教给他一点儿突破传统的东西，让他拓展眼界，多见见世面，然而想到要把一个九岁的孩子送到远隔万里的伦敦去求学，又实在不忍心。

最后，闻元恺说："我找几个同学，先和关越聊聊，也好先做判断。"

当天晚上，闻家简直热闹非凡，天岳在给班上的女朋友打电话，天衡与助教争论学术问题，关越一边和爷爷奶奶视频，一边听天和弹钢琴。

闻元恺心想，家里怎么有这么多小孩？

方姨说："十点了，都洗澡去，谁先洗？"

天岳："我帮天和洗吧。"

天和："我不！我自己会洗澡！"

天衡百忙中抽空，朝天和说："你每回洗澡就顾着玩水了，不行，今天有客人。"

天和朝关越说："那你等我一会儿，我给你弹贝多芬听。"

闻元恺说："关越晚上……"

关越说："我不和天岳睡，他晚上要和女朋友谈情说爱。"

天衡哭笑不得道："怎么现在的小孩什么都懂，你和我睡？"

关越："大哥睡觉踢人。"

闻元恺说："那你和天和睡，顺便给他读一段书。"

关越点点头，去另一个浴室里洗澡，闻元恺实在是被三个孩子，外加天衡的引力场问题吵得头昏脑涨，方姨却笑道："等搬新家去了，想吵也吵不到你。"

闻元恺摇摇头，笑着说："像在演电视剧《成长的烦恼》。"

天和洗过澡后已经忘了钢琴的事，吹过头发，穿着睡衣爬上床去，整理被子，盖在自己与关越身上。关越挂掉与爷爷奶奶的电话后，看了一眼天和。

天和就像一件精致的珐琅瓷器，关越连碰都不敢乱碰他，生怕不小心就磕着碰着了。

"我给你读一段吧。"关越说。

天和："好。"于是钻过去，努力挤进关越怀里，就像每天晚上让父亲抱着他，读书给他听的时候。关越小小少年的手臂与胸膛不像父亲，却有种别样的温柔。

天和等了足足一分钟。

关越："……"

全英文版《罗摩衍那》，关越满头黑线。

天和："书签，第三章。"

关越感觉快要死了，合上书，说："我给你讲《列子·汤问》吧。"

天和茫然道："那是什么？"

关越把书放回床头柜，摸了摸俯在胸膛前的小天和的头，低声说："周穆王西巡狩，越昆仑，不至弇山。反还，未及中……"

天和不解。

天和的古文学得很一般，关越便给他逐一解释，那是《列子·汤问》里有关《偃师造人》的故事，"人之巧乃可与造化者同功乎？……"天和顿时听得入了神，将他的《摩诃婆罗多》与《罗摩衍那》抛在了脑后。

"哈哈哈哈！"天和说到这里，小时候的细节渐渐清晰起来，说，"普罗，我忽然想到一件事，关越为什么没有给我念《罗摩衍那》？因为他看不懂！"

天和一本正经地说："因为那本书上，译者为了保持神话风格，留下了许多古义词，这家伙一定是因为看不懂，才改成给我讲故事……普罗？"

普罗答道："我在听。"

"那天开始，他在家里住了将近一个月，后来再来的时候，就住新家了。关越的故事其实很有趣，只是我都忘了，现在想来，他居然读过那么多的书……怎么了？"

楼梯间亮起了光，那光是从一楼客厅里照上来的，就像有人突然打开了客厅投影，天和下楼去，看见了客厅里开始播放起一段旧影片。

天和："是你打开了投影？"

普罗："是的，这是关越小时候的回忆。"

客厅角落里，雪白的墙壁上，雪花点褪去，现出过往稍微褪色的景象，那是小时候的关越，手表上自带的隐藏摄像头所录，嘈杂的声音经过稍微过滤，现出旧家里天和房中温暖的灯光。

手表被摘下后放在床头柜上，朝向全身入镜，盖着被子的两人，十岁的关越靠在床头躺着，小天和抱着他的腰，枕在他的胸膛前，伸手玩他睡衣上的第二颗扣子。

"夫，班输之云梯，墨翟之飞鸢，自谓能之极也……意思就是：哪怕鲁班的云梯，也比不上……"

天和怔怔地看着小时候的自己与关越，那一年他们居然这么小，这么陌生，自己小小的后脑勺朝着摄像头，关越的眉眼间却依稀有了长大后英俊的轮廓，他一边讲故事，一边轻轻地摸天和的头，小天和便闭上双眼，睡着了，关越便抬手关灯，盖好被子，睡了。

画面缓慢变化，几秒后切到另一段视频上，视角在关越的右手手腕上，关越从小就是个左撇子，习惯将表戴在右手，摄像头拍不到他，只拍到了新家餐桌对面，埋头认真组装发报机的天和。

那个时候，关越应该正在写习题，右手搁在桌上，拍下了天和做手工的全过程。

"我为什么会和那个发报机过不去？"天和想起小时候的自己，也相当不能理解。

连着一个月里，每一天，天和都在摆弄他的发报机，关越便随时看着天和，中午有时还顺便喂他吃吃饭，晚上一起睡觉。有一次天岳晚上约会去了，天衡没回家，方姨出去接了个电话，让天和先自己洗，天和光溜溜地坐在浴盆里，水已经冷了，便大声地喊了几下。

关越听到声音，进来了，摘下他的银色电子表，搁在一旁架子上，四岁的天和似乎有点儿难为情，关越便在小凳子上坐下，给坐在浴盆里的天和洗头。

八岁的关越坐在浴室里，给四岁的天和洗头，天和看到这段顿时满脸通红，说："真是太尴尬了。"

普罗："我想关越觉得这很美好。"

关越的嘴角微微翘了起来，天和郁闷地说："他只是在嘲笑我，头发贴在脑袋上显得太滑稽了。"

普罗："大部分动物的幼崽都是这样的。"

画面又变了，上面依旧是天和在组装他的发报机，足足一个月，他们每天都在重复着一样的事，天和看着看着，斜靠在沙发上睡着了。

回忆还在播放着。

画面上，小天和成功地做出了两台摩斯密码掌机，自己拿着一台，关越拿着另一台，天和站在三楼，关越站在花园里，天上下着雪，关越的眉毛、头发上全是雪，在寒风里敲发报机。

"嘟嘟嘟——"

"成功了！"天和在三楼高兴地喊。

关越笑了起来，天和又在三楼一直按，关越手上的发报机声音，长长短短地响个不停。

天已大亮，门铃响。

投影中的时间到了一个月后，关越回太原，与天和分开的那天。

摄像机的视角始终被固定在关越的手腕上，这个时候，它朝向眼睛发红的关越，关越单膝跪地，挎着个小包，把其中一台发报机收进包里，再伸出手去，翻过手腕，摄像头朝着自己，稍稍摇晃。

镜头水平位置不高，录下来的只有关越的表情与眼神，以及背后机场的安检通道。

这个画面很令人费解，但如果天和醒着，就会想起多年前那一天——分别时，关越抬起手，在给小天和擦眼泪。

投影忽然关了，大门外，方姨的声音传来："今天来得这么早？"

关越走进客厅，天和一身睡衣，正在客厅睡熟了，两腿在沙发上，上半身倒摊在沙发下地毯上，脑袋歪着。

"小天？"方姨上去轻轻地叫天和，"起床了，小关来找你了。"

天和蓦然惊醒，迷迷糊糊地一瞥关越，马上满脸通红起身，收起投影，抱起毯子，快步回房。

"佟凯说，Andy 接下来要找你麻烦。"

早饭时，天和看了一眼手机，给关越念出了佟凯发来的消息："在铂金包的力量下，清松员工纷纷跳槽，递交辞呈，人少了一半，Andy 对'法棍'表示了疯狂的愤怒，并掀翻了公司饮水机。饮水机好好地站在那里，饮水机有什么错？饮水机已经很累了想休息一下，可没有人关心饮水机在想什么，他们只关心自己……"

关越拿着一块切片的烤法棍，正在上面涂黄油，闻言放下面包，看着天和。

天和啧啧称赞，说："接下来，他还丧心病狂地取消了新西兰团建，哇，要造反了。"

"猜测 Andy 会动用各种手段来削弱'法棍',包括但不限于……削弱'法棍',这个词用得好。"

关越:"……"

"法棍"的外号是天和给关越起的。他俩去过一次巴黎,有一名游手好闲的家伙,朝天和吹了一声口哨。这个举动顿时令关越当场化身狂战士,随手抽了一根法棍,把那家伙打得哭爹喊娘。

于是天和就开玩笑叫他"法棍骑士",当时也并无其他隐喻。后来有一次关越的同学来家里烧烤,吃面包的时候问天和叫关越哥哥还是别的称呼,关越说"他叫我'法棍骑士'",这个外号让人笑得流眼泪,慢慢就传开并去掉了骑士,只剩下"法棍"二字。

后来天和反而不怎么叫了,还是习惯喊他"总统",但回国后,一名牛津的同学过来拜访关越,还记得当年的外号,不小心被佟凯听了去,于是常用它来指代关越。

"别玩了,快点吃。"关越眉头微蹙,催促道,"今天忙得很。"

天和看推特上关于软件工程师的笑话正乐着,闻言只得收起手机,百无聊赖地吃完,换身衣服,跟着关越出门。

关越也没说去何处,天和坐了副驾位,关越便戴上墨镜,打方向盘,随手递给天和一个扁平的白金小怀炉,让他揣在衣兜里,朝站在门口的方姨说:"晚上不回家吃饭了。"

"我说了不回来吃饭吗?"天和接过那怀炉,一脸不悦,"不要随便替我作决定。"

关越:"现在是上班时间,老板说了算,老板让你去俱乐部打牌。"

天和:"你真是太精力充沛了,刚从清松辞职,就不想休息几个月吗?"

关越:"我是哈士奇,哈士奇不会累。"

天和笑了起来,那也是他以前给关越起的外号,因为关越总是不听天和的指挥,喜欢在他写代码时过来干扰。

车在林溪文创区的创意园后停了下来,关越倒车,一次入库,下来给天和开车门。

"关总早,闻总早。"Epeus 财务长 Messi、总助小菜、人事主管、前台妹子已等在一栋两层小楼外，朝着两人鞠躬。

关越摘了墨镜，Messi 拿着文件夹，正在与中介交谈。

"两位老板。"中介笑着上来，说，"这间是园区相对最好的……"

Messi 摊开文件夹，人事主管摘了笔帽，递上笔，关越只停留了三秒，随手在购房合同最后一页签上了名，继而进了小别墅里。

中介："……"

天和："……"

天和本以为关越是带自己来看他的新家房子，没想到却是公司选址。这家伙什么时候就找好了地方？自己居然什么都不知道！

Messi 朝人事主管说："那就……咱们通知办公耗材进场了？"

HR 笑着说："梅总，都联系好了，下午就送过来。"

"等等！"天和走进那小楼里，一楼空空荡荡，四面楼梯通往二楼。占地近四千平方米，一层还特地做了架高，采光很好，几乎全是落地窗，从会议室看出去，外面就是林溪，以及一小片醋栗丛与花圃。

关越："怎么了？"

天和："怎么不和我商量？"

关越："不喜欢？我以为我有决策权。"

天和："你有决策权没错，可是你就完全不打算问问我的意见吗？直接把它买下来了！"

关越："我以为你喜欢，再买一套就是了。"

天和："花了多少钱？"

关越："一亿六千万。"

新公司可以容纳五百到八百人在此处办公，以 Epeus 的计划，重新开张后天和计划做小而精的团队，不想像二哥一样招一大群混吃等死的人，整个公司满打满算八十人以下，要这么大的办公场所做什么？

"这地方……"天和四处看看。

关越："你喜不喜欢？"

天和不得不承认，确实很不错，他向来不喜欢科技园写字楼的氛围，希望不要对程序员们做过多的约束，在阳光好的地方摆几张沙发，大家可以喝喝咖啡，写写代码，思考时还能去花园里拉几下单杠，打打乒乓球。

中介公司已经连夜集体出动，提前里里外外打扫过一次，为的就是哄关越这个大 Boss 高兴，今天顺利签下合同，地板擦得很干净，窗户也全部清洗过，暖气开得很足。

天和："环境确实很好，就是……"

"那不就行了。"关越把墨镜随手挂在楼梯扶手上，上了二楼。

Messi 上来，悄悄在天和耳畔说："二老板，我跟你说。"

天和也悄悄地朝 Messi 说："Messi，我跟你说，不要再叫我二老板了，我好不容易才摆脱这个称呼。"

Messi 道："是这样的，大老板把这儿买了下来，他付款，登记在咱们公司名下，也就是说，他自己掏腰包……白送咱们一亿六千万？"

天和诚恳地说："我现在不想和你讨论这个问题。"

"可是……"Messi 有点儿焦虑地说，"您不用……不用……那个吧？我是说……是不是有什么条件……万一他……大不了咱们再破产一次……"

天和："我不会用非法的方式来还的！你的内心独白我已经听见了！"

"二老板，上来看看？"楼上传来关越漫不经心的声音。

天和跟了上去，见二楼留了几张大办公桌，一旁放着两台音箱。

人事主管跟了上来，说："闻总，这里原本是一家影视公司的办公地，因为融资并购，他们换了地址，关总其实早在圣诞节前就帮您选好了。"

天和看那布置倒是很有创意，原来的装修也挺不错，较之清松与从前的Epeus 都显得更年轻、更有生机。

"买一千盆滴水观音。"关越说，"用闻总的最爱，把公司围起来。"

人事主管与 Messi 面面相觑。

天和说："别听他的，他在嘲讽我。"

关越："其他人呢？"

人事主管："已经通知过了，十点半之前都会到。"

关越手背向外，做了个"扫"的动作，示意你们可以下去了，刚转过身，却见天和弓身在插音箱的插头。

"别碰它！"关越几乎吼道。

天和还没碰到插座，背后却蓦然被关越一抱，强行拖了过去。

"你干吗？"天和不悦道。

关越那一刻相当紧张，一只手又不受控制地稍稍发抖，及至平静下来后，天和推开关越，关越弓身替他把插头插上。

"我只是想听听歌。"天和又走过去打开窗。

关越："还买吗？"

天和："不买了，你省点钱，你自己还得注册新公司，普罗，放首歌听，随机。"

普罗连上了蓝牙音箱，新公司里响起了 Yo-Yoma 的 *Libertango*（《自由探戈》）。天和一听就头疼，说："你这平时都听的什么鬼？而且这音响质量实在太糟糕了，把它关了吧。"

关越打了个响指，说："就这首。"

天和正色道："我是正经人，正经人不跳探戈。"

关越也正色道："怎么记得你跳得还不错？"

天和哭笑不得，只得随他了。

老派的英国人向来排斥探戈，理由是太不高雅了，带着码头舞蹈的粗野气息，与英国的绅士风度实在格格不入，德国人却对此非常喜欢。

舞曲到了高潮部分，天和退到楼梯口，一侧身，沿着楼梯扶手滑了下去。

天和："不玩了！"

关越却在乐曲中也随之一跃，斜斜滑了下来，落地。

"音乐还没结束。"关越说，"跳舞要跳完，这是对音箱的尊重。"

天和："楼上那东西算不上音箱，我也完全没有尊重它的意图。"

关越："哦？那现在发出声音的算什么？"

"喇叭。"天和说，奈何又被关越拖了回去。

天和只得转身，两步后退，关越随之跟上，音乐声越来越快，这段开始得用倍速 Contrapaso（反步），实在太容易踩到脚了，天和不得不聚精会神，提防踩到关越被他嘲笑，紧接着乐声一转，Corrida（一段跑动步伐）变共轴转，天和转身快步向前，关越紧跟着他，没有丝毫踏错，两人一转，关越倾身，天和后仰，在公司里回荡的乐声停下。

四周寂静，天和尚未来得及思考，余光却看见一旁站了大群人。

天和："……"

关越："……"

关越马上直起身，把天和拉起来。

一楼敞间内，一群前清松的投资经理眼睁睁看着两人，鼓掌也不是，不鼓掌也不好。

天和："……"

/// 11 ...

关越走到一旁，"喀"了一声，看了一眼表："到齐了？准备开会，佟凯呢？"

人事主管："那个……佟总今天有事，被绊住了，也许还有一会儿。"

天和一手抚额，赶紧到楼梯后去，Messi 与总助在旋转楼梯下带着复杂的表情，看着天和，总助赶紧去洗手间里开热水，准备好毛巾给天和洗脸擦手。

"关总不会把你们灭口的。"天和朝 Messi 说，忽然察觉不对，等等，为什么来了这么多前清松的员工？

天和朝大厅里望去，几名经理搬来一张大桌子，推了椅子，关越在会议桌一侧坐下，人事主管在一旁就座，原清松的前台妹子也来了。

"他们好像在等咱们。"Messi 说。

"总助？"关越皱眉道。

Messi 推推小菜："叫你了。"

总助赶紧过去。

关越声音严肃了不少，带着威严："财务长！"

天和只得与 Messi 一起过去，关越左手下侧第一张与第二张椅子都空着，见天和来了，便一指第一张椅子，示意他坐。Messi 看了一眼会议桌，似乎是在判断，注意到人事主管前面的位置是他的，便过去坐了，总助从包里拿出文件夹，放在关越面前，也找到了自己的位置。

"闻总好。"

众经理纷纷朝天和打招呼，天和点点头，注意到身边椅子还空着。

"给佟总打电话。"关越拿起塑料杯，喝了点水，天和一看就知道他在掩饰自己刚刚跳完探戈的情绪。但现在天和的注意力明显不在这上面——这是 Epeus 的会议，怎么来了八名前清松的投资经理？这几个人天和虽然叫不上名字，却都在清松说过话。

天和按了一下耳机，说："接佟凯。"

"我今天实在来不了了。"佟凯正忙得焦头烂额，面前摊了一大堆文件，肩上夹着电话，四处找耳机，"助理给关越发了消息，他没看见吗？你俩出门注意下行程，不少记者正在想方设法地堵你们。"

天和的声音在电话里说："怎么了？"

佟凯："稍后再向你们解释，帮诺林打完这个官司我就递交辞呈了，老子不伺候了！"

天和只得安慰一番，挂了电话以后朝关越说："副总实在走不开，先不等他了。"

关越手指敲了敲办公桌，示意开始，会议桌前所有人便同时抬头。

"今日Epeus浴火重生，新的金融投资公司也将随之诞生。"关越沉声道，"未来两家公司亲如兄弟，在此地共同办公，发展壮大。"

"往者不可谏，来者犹可追。希望从今日起，各位依旧保持对我的盲目信心，我将带领你们，继续打拼。"

众投资经理纷纷鼓掌。

天和跟着拍了几下手，忽然反应过来，什么意思？Epeus和关越的新公司要开在一起？谁要和你亲如兄弟！

与此同时，佟凯在办公室里，看着桌上乱糟糟的文件，打印机还"叽歪叽歪"地持续响着。

佟凯："这个官司根本没有打的必要！一看就涉及商业贿赂，骗小孩呢！能不能别总是什么案子都接？"

助理："佟总，老板现在极度焦虑，怎么办？"

佟凯："上周买的气泡袋呢？"

助理："全公司的气泡袋都快被他捏完了，剩下三张，两吨新的还在路上，被海关扣了，问咱们为什么一个律师事务所要这么多气泡袋。"

佟凯："现在进入第几阶段？"

助理："看起来马上就要进入第三阶段。"

佟凯头也不抬地看文件："把手机开个直播，连到他办公室去，直播我在办公室里做什么，暂时帮他缓解一下。"

助理："需要开美图功能吗？"

佟凯难以置信道："当然了！你在想什么？"

老板看见佟凯正在对付那一堆文件，终于焦虑稍缓，放下手里的气泡袋，盯着佟凯。

"凯啊！"老板是个五十岁的中年人，情真意切地问，"你在看明天的官司资料吗？今天午饭前能看完吗？"

佟凯按了下静音，把老板禁言了，眉头深锁，深吸一口气，老板瞬间紧张起来。

佟凯想了想，眉头舒展，老板仔细观察，露出了欣慰的微笑。

佟凯脸色一变，老板顿时瞪大双眼。

佟凯抬起头，朝老板说："打个电话给澳大利亚，争取……"

老板那边只见口型，听不见声音，顿时如中雷击，恐惧地看着佟凯。

普罗的声音在耳机里说："相信我，只要按我说的去做，不会有任何问题。"

江子蹇："好的！"

江子蹇今天特地从衣柜里找出了天和家里给他做的正装换上，拿了副钛合金打造的平光眼镜戴上，不禁赞叹自己当真是一表人才、玉树临风、风流潇洒、洒脱英俊、俊美无瑕、瑕不掩瑜……不，无瑕！无瑕就是没有瑕！江子蹇身材笔直，犹如一把出鞘的利剑，剑眉星目，目如朗星，星、星……江子蹇实在找不到更合适的形容词来赞美自己了。

普罗："这样就能最大限度地发挥你的外在优势，配合你的内在荷尔蒙，折服在场的所有人。"

江子蹇："你说得对！只是我需要先熟悉一下官司的流程吗？昨天晚上我才看了半页纸。"

普罗："没有这个必要，只要保持你现在的这种状态，原告就能被你的魅力所折服，不战而降的概率是100%。"

江子蹇有一点点怀疑，说："至少得知道原告叫什么名字吧。"

普罗："没有这个必要，这是在浪费时间。"

江子蹇愉快地说："好的！"

劳斯莱斯载着江子蹇前往江曼总部，江潮生还在华盛顿拜访国会议员们，留下这个官司给儿子只当历练。实在不行，再远程指导收拾残局。江子蹇决定今天先与公司的本地执行副总，以及甲乙丙丁四名律师商量出对策。

普罗："我建议你现在喝一杯爱尔兰咖啡，放松情绪。"

江子蹇："正有此意，对了，普罗，平时无论你说什么，天和都听你的吗？"

普罗："大部分时候是这样，但他偶尔喜欢和我反着来，一旦不采用我的建议，就开始后悔了。你知道，人类总是一时冲动，但程序不受个人喜好影响，我拥有十万组服务器，在非常精密的运算与无懈可击的逻辑处理中，对未来的掌控力，是惊人的。"

"惊人的。"江子蹇点点头，喝了一口爱尔兰咖啡。

普罗说："所以相信我，一定不会有错。"

江子蹇抵达总部，总部顿时就震惊了，江子蹇走过哪一排，哪一排就从办公桌后竖起了手机摄像头，如同向日葵般随着江子蹇而移动。

普罗："现在有二十七台手机正在偷拍你。"

"我是三百六十度无死角的。"江子蹇自信地说，进了会议室中，普罗适当地将大玻璃厅落地墙调暗。

"江总。"律师团的四名成员纷纷起身，副总拉开椅子，让江子蹇坐下。

江子蹇点点头，普罗在耳机里说："待会儿我说一句，你说一句，我想你也感觉到他们的目光了，在场的五名公司成员，都对你有相当不信任的态度。"

"嗯。"江子蹇严肃地答道，这个问题他一直知道。

江曼是父亲一手创办的家族企业，前年成功借壳上市，所有人都盯着这个继承人的位置，高管们也明显地瞧不起江子蹇，认为他只是一个游手好闲、只知道游戏人间的"二世祖"。来日等江潮生挂了，只要有人振臂一呼，这群饿狼便将一拥而上，瓜分江家的财产。

最多到时给他个荣誉理事，逢年过节送点大闸蟹。

江子蹇对财产根本没什么看法，有时只觉得这群人的念头相当可笑。但现在他决定好好捍卫一下家族事业，也捍卫一下本该属于他的钱。

普罗："不管他们说什么，待会儿你只要回答'没有这个必要'，就能在气势上镇住他们。"

律师甲"喀"了一声，说："小江总，不知道您看了昨天晚上发过去的资料没有？"

江子蹇："没有这个必要。"

众人："……"

普罗："可以稍微补充一句：有话快点说，我下午还要去夏威夷冲浪。"

江子蹇突然想起来了，上次在夏威夷买的别墅还没住过，正好过段时间带小凯去玩，便照着普罗的指点说了，众人沉默片刻。

副总似乎被江子蹇的反应打了个措手不及，说："那您看，咱们是启动流程应诉呢，还是试一下和对方先行沟通？"

江子蹇："没有这个必要。"

场内寂静，律师们一脸抽搐，律师乙说："澳大利亚霍兰思牧业，与咱们公司已经合作将近十年，供应商的合同还没有到期，现在……"

普罗："没有这个必要。"

江子蹇："没有这个必要。"

"江总，喝点水吗？"助理端进来一个杯子。

"没有这个……"江子骞有点儿口渴，心想还是喝点吧，朝助理笑道，"谢谢。"

会场再次沉默，江子骞跟着普罗的指点，说："这场官司根本不是什么问题，投降是他们唯一的选择。"

"那……"副总说，"他们，这个……小江总的意思是，他们有可能撤诉？"

江子骞说："是一定会撤诉。"

普罗："不信等着看吧，今天晚上八点前，肯定无条件撤诉。"

江子骞："不信等着看吧，今天晚上八点前肯定无条件撤诉，我要去夏威夷了，你们忙……"

普罗："不不，继续坐着，现在不是离开的最好时机。"

众人："……"

副总的电话突然响了，副总看了一眼，一脸惊愕地起身，出去接电话。

律师团假装各自低头看文件，余光却都在看江子骞，江子骞手上戴着佟凯送给他的幸运绳，实在太无聊了，把那根绳子翻来覆去地玩。

副总推门进来，说："霍兰思与其在中国的委托代表，想约咱们谈谈。"

江子骞心想果然来了！

江子骞："没什么好谈的，让他们直接撤诉。"

众人："……"

普罗："行吧，你们先去，我换身衣服就来。"

江子骞礼貌地说了，副总只得朝众律师示意，大伙儿便纷纷起身，还在低头发消息，像在互相讨论这个烂摊子得怎么收拾。

江子骞坐在会议室里，说："普罗，我觉得这么对爸爸带的老员工们，不太礼貌。"

普罗："在你进入公司前，他们正在肆无忌惮地嘲讽你，知道你不懂，必须虚心求助，引导你做出失误的决策，挤对你当面答应霍兰思，让他们继续给江曼供货。

"接下来，就是在你爸爸面前弹压你了，留下一个你无法胜任工作的印象，所以先声夺人，是有必要的。"

就在江子骞进入公司时，普罗已经偷听了他们的谈话，推测出情况——副总完全不想放弃他的贿赂款，希望江曼能继续与霍兰思合作下去。只要软硬兼施，江子骞又傻乎乎的，一旦决定继续维持原合同，大家秉承商业诚信原则，江潮生也不好再说什么，就各自太平无事了。

江子骞："哦？先声夺人，这个成语用得好。他们还在背后说了我什么？"

普罗说:"我建议你不要好奇。"

"没关系!"江子骞豁达地说,"人生在世,难得糊涂,咱们走。"

普罗:"走内环。"

江子骞:"内环大堵车。"

普罗:"选择这条路,能保证我们的成功不受任何因素干扰。"

江子骞爽快地说:"行,那就堵着吧。"

下午四点半,江子骞抵达约定地点,霍兰思方的代表与江曼的代表都到了,江子骞扫了众人一眼,副总介绍道:"这位是我们小江总。"

霍兰思派出了他们的高级市场总监,是个三十来岁的白种人,他与江子骞握手,用蹩脚的中文:"你好!江!我们双方已经合作多年了,我们也有相当的诚意,希望不要在这个重要的时间点上发生不可弥补的分歧,这样会对我们双方都造成更多不必要的经济损失。"

江子骞忽然就像变了个人似的,礼貌地用一口剑桥腔英语说:"对于我们而言,最重要的是保障消费者权益,我也不希望辜负双方长久以来建立的信任,事实就是连续三年中,霍兰思的肉类与海鲜供应,都出现了许多问题,在这点上我们已经反复沟通过许多次了。"

普罗:"我更建议你一句话不说。"

"该说的还是要说的。"江子骞笑道。

众人都有点儿意外,江子骞推了一下鼻梁上的平光眼镜,说:"我们开始吧?"

律师事务所的老板擦了一下汗,说:"这个……我们的法务顾问,还在楼下找停车位,请您稍等他一下。"

江子骞看了一眼表,说:"我给他十分钟。"

佟凯正在楼下四处找停车位,快要抓狂了,这是一个他从没来过的地方,隔壁就是会展中心,不知道为什么江曼约了这儿而不是去他们家的酒店里,法拉利一时找不到地方停。

"哎。"老板开始打电话,说,"凯啊,你什么时候才到?"

佟凯说:"我到楼下了,正在找车位!"

老板挂了电话,朝众人解释:"顾问正在找车位。"

江子骞便拿出手机,无聊地看了一眼,看见佟凯下午给他打的一个电话,想了想,嘴角露出笑意,给佟凯回电。

老板和江子骞同时给佟凯打电话,佟凯挂了江子骞的,接了老板的。

老板:"凯啊,你到了吗?"

佟凯："楼下那辆阿斯顿·马丁是被告的吗？占了两个车位，让他们家司机下来挪个位置！"

老板转述了佟凯的话，江子骞被挂了电话正郁闷，说："不行，让你们顾问另找去。"

众人："……"

佟凯最后实在找不到地方，把法拉利朝阿斯顿·马丁前面一横，卡着，不管了，先上去再说。

会议室里，电话响了，江子骞马上接了。

"喂，"江子骞在会议室里接了电话，说，"怎么了？"

佟凯深吸一口气，拿着文件夹，走进会展中心 B 座，说："今天特别烦。"

江子骞忙道："晚上出来吃饭？待会儿我开车过去接你。"

佟凯说："今天可能要加班，没事儿，中间有一会儿，就想给你打个电话。"

江子骞："我也正在工作，待会儿一有空我就回你电话。"

佟凯"嗯"了一声，说："挂了。"接着他进电梯。

江子骞心情一下就灿烂了，把钥匙递给一名助理："麻烦你下去给他挪个车位。"

助理："老板我停车技术很烂……"

江子骞："没关系，挪点位置就行。"

诺林老板又开始打电话了："凯啊。"

佟凯："我已经进电梯了。"

老板："他们给你挪车位了。"

佟凯只得回去把车开进车位，然而江曼的副总助理第一次开这么贵的车，胆战心惊的，把车停歪了，将法拉利的车头挡着，只停进去半截。

佟凯心想，今天你们完蛋了。

"小凯啊。"江子骞等了半天，那个传说中的"顾问"没来，江子骞漫不经心地看表，决定打完这个电话再不来就走了，说，"我现在有空了。"

佟凯哭笑不得："今天真烦，还被人侮辱了！"

江子骞旁若无人，戴着耳机，调整自己手上佟凯给他买的那对幸运绳之一，说："别上班了。"

佟凯推开会议室的门，走进来，说："我把最后这份工作好好做完吧，先挂了，待会儿忙完给你回电话。"

江子骞："行，等你。"

两人同时挂了电话，佟凯坐下，双手一振，露出被袖子盖着的干净手腕，手腕上系着红色的幸运绳。

"真抱歉。"佟凯认真地说，"车太便宜了，挤不到车位，让大家久等了！"

诺林的老板："这位是我们的高级法务顾问，佟凯佟先生。"

江子蹇："……"

佟凯："……"

普罗："接下来，我说一句，你说一句。来，子蹇，你说'撤诉，解约，没有商量余地了，顾问，你怎么看'……"

足足一分钟的沉默后，与会所有人都在奇怪地观察两人，副总"喀"了一声："那……咱们就开始吧，大家都说说……"

"凯？"老板道。

江子蹇沉默地起身，转身，走出会议室，"砰"的一声撞在门上，佟凯忙起身，险些被空椅子撞倒，诺林的人赶紧去扶佟凯，江曼的律师马上去扶江子蹇。

"我需要……冷静一下。"江子蹇深呼吸。

佟凯看着江子蹇，老板说："你怎么了？"

佟凯下意识地伸手，从诺林的老板西服口袋里拿出两张气泡袋包装纸，一脸茫然地开始捏。

"可以给我一点儿吗？"江子蹇怔怔地道。

"给你这块大的吧。"佟凯如在梦中，分给江子蹇一块大的。

一时会议室里静悄悄的，只有"啪""噗"声此起彼伏，那是两人怔怔对视，手上不停捏气泡袋的声音。

普罗："子蹇，清醒一点儿，控制住局面，加油。"

五分钟后，佟凯的气泡袋先捏完了，一只手还下意识地凌空做动作。

老板："凯啊，快开始吧。"

霍兰思的代表已经傻了，他的中文一直不太行，必须倚仗诺林律师事务所的律师们，而众人又一致望向佟凯。

会议室的音箱突然响起了普罗的声音："我建议大家先公事公办，待会儿下来再谈私事吧。"

"谁？谁在说话？"众人同时被吓了一跳。

"好像是关越的声音？"佟凯回过神。

"关越？"众人交头接耳，纷纷议论。霍兰思的代表一脸疑惑："关越是谁？为什么会在会议室的音箱里说话？"

副总一脸震惊道："关越为什么会跑来会议室的音箱里发言？"

佟凯："关越？是你吗？"

江子骞捏完了气泡袋，喃喃道："那是我的人工智能助理，好了，我镇定多了，咱们还是先谈公事吧。"

满会议室里，大家都开始怀疑地打量江子骞与佟凯。

老板看见了佟凯手上的红绳，顿时就有点儿哆嗦，佟凯却一伸手，示意不要慌张，说："先谈公事，别的回头再说。"

/// 12 ...

会议室里，江子骞沉默地看着佟凯，眉头皱了起来，这一刻，他无比认真，眼里带着难过的神色。

佟凯深吸一口气，摊开文件夹，认真地说："江总，贵公司以如此大的规模，与霍兰思做出此等毁约的举动，实在是非常……非常……欠……这个，欠考虑。"

佟凯一看江子骞的眼神，顿时连话也说不连贯了，今天对他的冲击实在太大，已经超过了他这一生所遭受的惊吓的总和。而且今天的江子骞与平时见面完全不同，一身剪裁合身的西服，戴着一副眼镜，彬彬有礼，充满了斯文气质。

江子骞盯着佟凯看，佟凯今天也特地收拾过，上周江子骞刚带他剪了头发，佟凯换了个发型后显得十分阳刚，额发梳起后，娃娃脸气质不再那么明显，犹如明星一般。

佟凯又说："霍、那个霍兰思，嗯，霍兰思，作为中国地区，江曼集团最为忠诚的盟友，今天我们希望以这样的会谈方式，来将事情约束在一个……一个可控范围之内……"

霍兰思的代表认真地说："是的，这，就是我们的最终目标。"

佟凯拿着资料夹，起身，朝江子骞说："能不能先问一下，被告方究竟是为什么非要解约呢？"

副总看了一眼江子骞，江子骞喃喃道："他们卖我过期的肉。"

佟凯马上一转身，扬起一阵风，朝霍兰思代表说："你们居然把过期的冻肉卖给盟友？"

霍兰思代表着急地解释道："那批冷冻原材料，属于我们的质检失误，我们已经多次解释过！"

副总说："可以理解，当初我们江总虽然非常生气，不过呢，这个问题后来也没有再被提起了……"

江子骞说："外包装检验日期合格，原材料却是过期的，这是蓄意欺骗。"

"真是太虚伪了！"佟凯站在会议桌一侧，手指背一敲桌面，朝霍兰思那白人代表说，"贵公司被发现后，有没有尝试做出解释？我看后来是越描越黑了吧。"

霍兰思代表："……"

诺林老板："……"

江子骞朝佟凯说："就是越描越黑，他们多次违背合同条款，每次一出问题就追加各种各样协议，受够了你们。"

霍兰思代表马上说："那只是一次人为的疏忽，我们已经处理了相关人员。"

江子骞："去年第三季度、今年第一季度的两起海鲜食物中毒案你怎么解释？还好是被酒店工作人员偷吃了，要是到了消费者面前，后果不堪设想。"

佟凯："这个怎么说？嗯？解释一下？"

佟凯像只螃蟹般，一边慢慢地横着朝江子骞那边挪过去，一边说道："霍兰思违背了当初订立的第二项第七条、第十一条与第三大项第二条，这种情况，适用于国际商业纠纷仲裁，关键要看现在江曼是否决定重新起诉食品原材料的安全问题……"

霍兰思代表焦急地说："那些都已经过去了！您的父亲，我的爷爷，当初就已经亲口答应过，不再追究的！我们还有协议！"

"别拐弯抹角喊我爸爸！"江子骞道："说话注意点！没你这儿子！"

霍兰思代表怒道："我是说，霍兰思总裁，是我的爷爷！流氓！你这个流氓！"

佟凯来到江子骞身边，示意副总起开，副总也彻底傻了，站起来看着佟凯。

佟凯朝江子骞身旁一坐，面无表情道："废话少说，回家等着吃官司吧。"

霍兰思代表知道这事儿完了，怒气冲冲地威胁道："江子骞！你这是宁为玉碎，不为瓦全了？"

"不不不。"副总赶紧道，"那个，请息怒，'宁为玉碎，不为瓦全'不是这样用的！"

"来啊！"佟凯愕然道，"还想砍死我们怎么的？什么霍兰思，这公司名字，一听就让人觉得不是什么正经公司。"

众人："……"

半小时后。

江子骞与佟凯站在停车场前，怒目而视。

"你欺骗我！"江子骞怒道。

佟凯："你还不是欺骗我？"

江子骞："我还真以为你是按脚的了！我现在给你最后一个机会，马上道歉，我就看在往昔的情分上原谅你！"

佟凯："该道歉的是你吧！"

江子骞："你……你……"

江子骞深吸一口气，看着佟凯，佟凯满脸通红，怒气冲冲地看着江子骞。佟凯伸手去扳江子骞，江子骞架佟凯胳膊，两人又开始拆招，佟凯已丧失了理智，扒江子骞那身西装，江子骞则努力地揪佟凯后领，接着佟凯一招"野马分鬃"把江子骞拦开，江子骞一招"白鹤亮翅"退后些许，又扑了上来。

"小江总！不要打了、不要打了！"江曼与诺林的随行人员赶紧过来，一边抱着佟凯退后，一边架开江子骞。

"我踢死你！"江子骞怒吼道。

"凯啊——"

一旁诺林的老板绝望地号啕，被两名属下一人一边架着胳膊，两腿拖在地上，拖向停车场上不远处的玛莎拉蒂。

佟凯挣开两名律师，怒喝道："我受够你们了！辞职！气泡袋不要了！捏个够吧！"

一听到佟凯要辞职，属下全跑了，反正接下来和他们再没关系，犯不着给他出头。

佟凯挣脱了束缚，气势汹汹地走到江子骞面前，江子骞兀自被自己家的副总与助理架着。

江子骞左右看看："放手啊你们！脑子进水啊？想看自己家老板被人打吗？"

副总赶紧与助理放手，转身跑了。

江子骞："给我解释清楚。"

佟凯："还想怎么样？今天我够帮着你了！"

佟凯转身就走，江子骞摘了眼镜，跟在佟凯身后。

江子骞说："难怪，这才是你的真实身份，我说呢！"

"你不也是吗？"佟凯转身，朝江子骞道，"什么拆迁户，什么拼多多，逗我玩很开心？"

江子骞："你骗我骗得还少啊！什么去哪儿秒零元机票，集赞换小龙虾，头一次喝依云，一辈子的梦想就是小龙虾敞开了吃！骗得老子团团转还去学什么小龙虾养殖！天天哄着你开心！欺诈！骗子！"

佟凯："你家空调不是坏了吗？不是修不起吗？哦对了，你家要拆迁呢，一夜暴富！"

江子骞："你爸的双色球呢？说好的一起回家承包鱼塘！这就走吧！"

说不了几句，江子骞怒气冲冲地转身走了，佟凯也被气昏了头，原地一个一百八十度回转，脚下不停，跟在江子骞身后，只想讨回场子。

江子骞进了跑车里，佟凯也进了法拉利，按下车窗，扔出幸运绳。

"还你！"佟凯怒道。

江子骞："……"

江子骞顿时火起，按下车窗，扔出幸运绳，又扔了块 Apple Watch，怒道："还你！"

佟凯的苹果表从法拉利里飞了出来，砸在阿斯顿·马丁的车门上。

"还你！"阿斯顿·马丁里扔出来一台 iPad。

"还你！"法拉利里扔出来一个 Coach 钱包。

"还你！"

"还你！"

"还你！！！"

不一会儿，两辆超跑的车门外，礼物飞来飞去，笔记本、签字笔、膳魔师、施华洛世奇小摆设、潘多拉手链、娃娃机里抓的公仔、手机壳……

最后从各自的车里飞出来两只古镇周边惨叫鸡。

佟凯："玩儿完了！ Liar——"

江子骞："Liar! Liar!"

最后的最后，车里又各飞出一本《阿阿阿阿么么哒》与《伤心逆流成河》，掉在地上。

佟凯倒车，前轮碾到其中一只惨叫鸡，塑料惨叫鸡发出一声惨无人道的哀嚎。

江子骞想把车开走，不小心也碾到了一只惨叫鸡，突然改变了主意，熄火。

"麻烦你把车开走。"佟凯正色道。

江子骞："什么？你再说一次？"

佟凯气得咬牙切齿，开车在惨叫鸡上面碾过来、碾过去，惨叫鸡在车轮底下来回翻滚，有节奏地发出悲惨的鸣声。

江子骞："就知道欺负鸡，鸡有什么错？"

"鸡没有错，是你的错，请、让、路。"佟凯礼貌地道。

江子骞说："小爷就停这儿，有意见？您完全可以把停车场买下来。"

佟凯："没意见。"

佟凯下车，锁车，走出停车场，拦出租车，扬长而去。

江子骞也下车，今天就与佟凯杠上了：我就是要把你的车卡着，你能把我怎么样？于是他也把阿斯顿·马丁扔在停车场，自己出去打车离开。

两人就这么各奔东西，余下会展中心外头两辆超跑，以及大型团购现场。

傍晚，产业园里，人全散了，办公室家具供应商陆陆续续地搬东西过来，一月下旬，寒风凛冽，园区里下起了小雪。

关越打着一把黑色的伞，与天和慢慢地走出公司。

"谁决定的两家公司开在一起了？"天和侧头看关越。

关越："我。"

天和："我要搬回科技园去。"

关越："一票否决。"

天和转过身，两手揣在风衣口袋里，倒退着走，严肃地看着关越，关越持伞，加快脚步，固执地想将天和置于自己的守护范围之下，天和正要开口时，关越却马上伸手拉住他，以防他绊倒。

"一亿六千万。"天和焦虑地说，"你现在花钱简直就像我二哥！"

"房地产会升值。"关越沉声道，"不会亏，放心。"

天和只得作罢，他家已经有太多房产了，本想着变卖掉一部分，交给关越去转投别的行业，现在关越又买了商用小楼，简直让他抓狂。

关越仿佛知道天和在想什么："自己的钱，否则作为一个'二世祖'，怎么好意思花家里的钱买东西送你？"

天和怀疑地看着关越。

关越："怎么？在康斯坦利与清松做了这么多年，赚点小钱很奇怪？"

天和只得作罢，不再与关越纠缠这个问题，到了车旁，关越给天和开门，自己收伞，上了驾驶位，开车去 Quant 俱乐部，天和已经收到了预约短信，以及关越转发给他的，对方的回复——冯嵩接受了关越的邀约，答应在俱乐部里玩三局牌。

关越的名声还是相当响亮的，在金融圈里，他的战绩简直如雷贯耳。

"你是怎么认识他的？"天和一直很奇怪。

关越："我投过他的创业公司。"

天和道："招人是我的事，我可以自己解决。"

关越："我保证不说话，本色出演。"

天和说："去俱乐部吃吧，都快七点了。"

关越："让他等着。"

关越预订了布莱诺斯餐厅的烛光晚餐，雪下得更大了，温室房包间里绽放着许多保加利亚玫瑰，外头则是鹅毛大雪，在悠扬的小提琴声里温柔地覆盖了全城。

天和有许多话想和关越聊聊，作为那天的回应，他想过无数次，哪怕和好了，许多问题与矛盾也依旧存在着。但至少在今天，在此地，在他未曾确定自己的想法前，他不想去思考太多。

天和："CEO 要以身作则，不要沉迷其他事情。"

"现在是下班时间。"关越一抖餐巾，漫不经心道，"还是你想加班聊一下工作？"

天和说："离开清松后，你认真地检讨过吗？"

关越："Mario 的事？"

天和觉得关越有时候实在太自大了，就像相信 Mario 一样，最后遭到了他的背叛，这家伙就不能改改自己的脾气吗？

"这世上连手足兄弟也会背叛自己。"关越喝了点汤，随口道，"何况陌生人，我早有预感。"

天和："所以，看来我的惨痛经历没有给你提供任何经验。"

关越答道："塞翁失马，焉知非福。实话说，我们都得感谢他。"

天和："那我建议你送他一块新的百达翡丽表示适可而止的感谢。"

关越："对于一个即将动身前往新公司的人，我认为没有这个必要。"

天和终于狂笑起来，关越眼里也带着笑意，正要再逗他几句时，佟凯的电话来了，关越只看了一眼就随手挂掉。

"你现在已经学会挂人电话了。"天和说。

关越："因为今天有求于人，不能怠慢。"

天和端详关越，想了想，说："我就知道天下没有免费的晚餐。"

关越说："我一直对这个新公司的名字觉得很困扰，所以想把冠名权交给你。"

天和："叫'法棍投资'怎么样？"

关越："你不介意的话我没关系，毕竟以后你也要对外宣称'我们最大的投资方是法棍投资'。"

天和："……"

关越眉头一扬，示意他决定。

天和："我决定不了。"

天和自然知道关越的意思——也许新公司会被起名为"越和"或"和越"或者把他们名字的首字母结合下，作为一个见证。可是一旦确立下来，万一他们最后又闹掰了呢？

——那这公司名就是明摆着不停地给两人捅刀子。

关越："我以为你会喜欢起名这项工作，幸亏我准备了一些备选方案，你看一下？"

纸上只有两个名字，一个是"越和投资"，一个是"和越投资"。

"我有得选吗？"天和道。

关越伸出手，天和只得与他剪刀石头布，最后关越三盘两胜，彼此又没事人一样地吃晚餐。

天和只得说："算了，这是老天的旨意，就越和吧，不知道为什么，这个名字总让我想起那个'人和腊肉店'的笑话。"

关越："……"

天和终于成功地扳回一局，心想反正是你自己要起这个名字，到时万一义吵起来，后悔了自己解决，我不管你。

轮到天和的电话响了，是佟凯，天和也把电话挂掉，紧接着佟凯又打给关越，就这么两台手机来回打。最后天和无奈，开了免提。

"关越在吗？"佟凯疲惫地说，"借他一会儿，让他出来陪我喝酒。"

晚十点，Quant 俱乐部。

关越与佟凯坐在吧台前，佟凯仰脖，将杯中白兰地喝光，示意酒保再来一杯。

关越则陪佟凯喝着一杯加了绿茶的芝华士，俱乐部里的大投影播放着1953年的《罗马假日》，格里高利·派克骑着自行车，载着他的公主奥黛丽·赫本穿过罗马的大街小巷。

"他说他要踢死我。"佟凯朝关越悲伤地说。

关越一脸平静，在佟凯身侧伸出手，一只手搭着佟凯肩膀，象征性地拍了拍。

佟凯："听到惨叫鸡的惨叫时，我就像在梦里惊醒了，镜花水月，这就是一场梦。'法棍'，当年你失去朋友时，是不是也是这么想的？告诉我。"

关越回头一瞥角落里的牌桌，灯光明亮，落在身穿白毛衣的天和头上，天和边看《罗马假日》，边与牌桌一侧的黄毛闲聊，有人正给两人发牌。

"闻天和，你想给我看什么？"冯嵩依旧穿着他那条迷彩军裤，上身迷彩背心，露出古铜色的胳膊与肩背，捋了一下满头杀马特的黄毛，对天和说。

天和边看电影边说："一个AI，不过今天它陪朋友打官司去了。"

冯嵩："能打官司的AI，有意思，成功了吗？"

天和一瞥吧台处的佟凯与关越。

"看上去没有成功。"天和朝冯嵩道，"关键时刻，还是不让它来帮倒忙了，我承认之前的行为是我欠考虑。"

冯嵩："闻天和，你和关越搅到一起了？"

天和有点儿奇怪，打量这黄毛，说："咱俩还不太熟，别用这种老知己的语气吧。"

冯嵩："神棍的大名在Quant圈子里如雷贯耳，神交已久了。"

天和："你怎么会认识关越？"

冯嵩拿到最后一张牌，看了一眼，拈起酒杯，说："他投过我以前的公司。"

"啊……"天和点点头，说，"那个合伙人打架，最后把硬盘扔到楼下去的创业公司？"

冯嵩一本正经地点头，伸出手，意思是"你看，咱俩对双方都很清楚"。

天和便与他握了握，各自开牌，冯嵩两对，天和一对，天和扔给他一个筹码，明显因为看电影，没有专心打牌。

"你俩联手的话。"冯嵩想了想，说，"结果我不敢想象，应该会成就一段金融业界的传奇吧？"

天和喝了点特调龙舌兰，注视投影上的派克把手伸进真理之口里，领到牌，冯嵩伸手过来，想偷掀天和的底牌，被天和按住。

天和："你真讨厌。"冯嵩一手搭着天和肩膀，凑到他耳畔，低声说："我很好奇，关越到底……"

吧台前，关越看见冯嵩越过了红线，放下杯正要过去，但冯嵩只是搭了一下便收回手，关越于是又转回来坐着。

佟凯拉着关越的领子，把关越拉得靠过来一点儿，粗暴地说："我不活了！"

关越："……"

"你一个程序员。"天和语重心长地对冯嵩说，"代码写了吗？期刊读了吗？区块链知识复习了吗？净关心别人做什么？"

冯嵩摊手，示意继续发牌，天和答道："目前我跟他是正常合作。"

冯嵩："不去。"

天和："你想了解一下我的计划吗？我保证你有兴趣。"

冯嵩摇摇头，说："不、不想去。"

天和押筹码："那给我个理由，我也好向老板交代。"

冯嵩跟筹码："理由就是你的老板，只要关越当 CEO，我就不想去。"

天和一瞥远处的关越，翻牌，说："我不知道你俩居然有仇。"

"没有仇。"冯嵩说，"完全没有，我只是不想在他手下干活。"

天和有点儿意外，但没有追问，冯嵩把酒喝完，示意再来一杯。

"他给人的压力太大。"冯嵩说，"不讲情面也就算了……"

天和："你误会他了，他对员工一直很好，我觉得你应该多听听别人对他的评价。"

冯嵩接过酒，示意天和别开口，听自己说。

"去年清松投了我兼职入股的创业公司，我很感谢他，这点毋庸置疑。可每天我都觉得自己是他的奴隶，一天不出成果，一天就焦虑得掉毛。"冯嵩抬眼，拈自己的黄毛，说，"全身掉毛。他不尊重人，他的眼里只有钱，而且不管我出了什么技术成果，最后大家全觉得，是他的钱的功劳……行业里没人觉得冯嵩开发出什么新程序，只会说'啊，关越真是金手指'。你看？看？现在看，他那个眼神里，全世界的东西都是明码标价的，他不会听你说什么，也不关心你想什么，这才叫 AI。"

天和："……"

冯嵩："我有六百个比特币，有房，没老婆孩子，没钱吃饭我卖比特币就好了，再去体验一次，我是吃饱了撑着的。你愿意活在他的光环下，我不干。"

天和："我以为你上班是为了赚钱，没想到你的情感需求居然这么强烈，真是失敬。"

冯嵩："小神棍，对别的程序员来说，你给年薪、股份、分红。谈什么别谈理想，谈钱就行，大家对你评价挺好。可我不是这样，我要那么多钱做什么？花不完，那天你来找我，进 Epeus 我是觉得还行，跳槽过来跟你，还能学点东西。不过既然 CEO 是关越，算了吧。"

天和："你对他有误会，如果我保证你和你的团队在公司里是自由的，不用向他汇报呢？"

冯嵩摇摇头，说："我打个比方吧，要是关越坐这儿，我出多少，他就会跟多少，让我输到破产，再老老实实过去跟他打工。"

天和不得不承认，关越确实有这个念头，一盘一个比特币，把冯嵩的家当全赢走后，再让他过来上班，答应入职，一笔勾销。

"你就不会这么做。"冯嵩把筹码全推上去，说，"梭哈。"

天和："给我个解决方案，否则我要开牌了。"

冯嵩说："换 CEO。"

天和："不可能，其实你不用担心，他虽然很强势，但许多事上只要我坚持，他会让步。而且专业问题上全是我说了算，他不会管的。"

冯嵩："你敢当着全公司的面吼他吗？就算你敢，你会为了我，当面吼他？"

天和："当然不会，在我眼里他这么完美，怎么会出错呢？"

冯嵩："那不就是了，我一个小人物，怎么能和关总比呢？"

天和开牌，礼貌地示意冯嵩看，同花顺。

冯嵩骂了一句，下牌桌，拿外套，走了。

天和："还没说完呢，给我坐下！"

冯嵩："别扯我衣服……我不和你打《吃豆人》，打消这个念头吧。我承认你是天才，小神棍。但我不喜欢在关越手底下干活，别再来找我了。"

天和："给我廖珊的电话，我知道你俩认识。"

冯嵩说："她不接电话，找她要在她家楼下的公园里等。"说着写了一连串 1 和 0 给天和。

天和："她一般什么时候会出现？"

冯嵩："需要遛狗的时候。"

天和开始解码，那是个经纬度坐标，放大地图后，显示出一个公园里的遛狗场。

佟凯喝得烂醉，两辆车停在俱乐部门外，管家亲自来接佟凯，半抱起佟凯，不停地朝关越说"谢谢""给您添麻烦了"，并慈爱地摸了摸佟凯的头，一名司机和一名跟班从两侧打着伞，把佟凯小心地塞进老爷车里。

"鞋子。"天和说。

管家回来，把佟凯的一只皮鞋带走，朝天和与关越鞠躬，并留下了一辆车、一名司机，以便送喝过酒的关越与天和回家。

深夜车上，窗外大雪飞扬。

关越一瞥天和，意思是问"谈得怎么样"。

天和说："他愿意回去好好考虑。"

关越："冯嵩是个尽职尽责的人，如果不行，我出面去说服他。"

天和想了想，没说什么，只是笑了笑，侧头看关越。

关越："怎么？"

天和答道："没什么，今天在开会的时候，我突然觉得，有一点儿怕……不，是敬畏你。我就像看见了一个和从前完全不一样的你。"

今天中午，关越召集 Epeus 与越和的核心骨干成员开会时，天和看得出所有的投资经理都有点儿怕他，不是心惊胆战，而是在面对这名强大的 CEO 时，对渺小的自己的不安。

六名负责人各开一个项目组，今天在会上汇报了新的战略方向，天和则重复了一次 Epeus 的战略目标，并答应对这家新公司的金融操作提供计算机软件与信息方面的协助。春节后，两个公司上上下下，都将让关越的钱开始有条不紊地运转。关越只负责听，不说话，但天和发现了，关越的手下深思熟虑，并相当谨慎地进行发言，不停地观察关越对此的态度。

关越一点头，该项目就不再说下去，直接过了。

关越说："不行。"

项目经理便有点儿沮丧，道歉，说浪费了大家时间，再回去修改方案。

总裁太强势了，而且还很霸道，还体现在了对公司的命名这件事上。

虽然关越没有对 Epeus 提出意见，也不像管理团队一般来制约分公司，天和却知道 Epeus 存在许多毛病，关越只是不想说而已，免得在这么多人面前驳他的面子，也许打算下来再和天和沟通，或索性直接帮他打点妥当，不让他再操心技术之外的事。

关越说："我一贯如此，你这么说，是因为你没见过我工作的时候。"

天和说："有时可以近人情一点儿。"

关越："那是你的任务，总有人要严厉点，这世上的人总是欺软怕硬，看你有钱脾气好，大家就都会来算计你。"

车上，两人对视，车速放缓，大雪铺满了道路。

午夜十二点，老爷车开到家门口，司机下来，开伞。

"明天见。"天和从那气氛中挣脱出来，下车，"陪我去见廖珊。"

"明天见。"关越说。

"为什么不告诉关越真相呢？"普罗问。

天和："这令人又爱又恨的声音，真是无缝衔接……看来你今天出差已经结束了，事情办得如何？"

普罗："非常顺利。"

天和进门，方姨一直在客厅等着，一脸担忧地看着侧躺在沙发上的江子塞。

茶几上放着几个空酒瓶，江子塞喝完以后还吐了。

天和："哦，这就是你的'非常顺利'。"

江子塞那模样真是太可怜了，天和实在于心不忍，上前摸了摸他的头，方姨说："他在家里等了你一晚上，可怜的小江，我陪他喝了点酒，结果越喝越多……"

"明达尔庄园的波尔干，度数不算太高，还好，就是喝太多了。"天和看了一眼其中的一个葡萄酒瓶。

方姨说："这酒是上回你那个叫佟凯的朋友送来的。"

天和："……"

/// 13 ...

第二天早上：

"小驴。"天和快活地说，"我们来打雪仗吧！小狗邀请你一起打雪仗！"

江子塞委顿不堪，一身睡衣，坐在床上抱着被子发呆，见天和终于出现了，正要朝他号啕诉苦，却被天和拉了起来。

"给他换衣服！"天和指挥道。

司机小刘与保安进来，给江子塞换上衣服，方姨说："快去刷牙。"

方姨给江子塞戴上毛线帽，把他推了出去，天和帽子、手套，一身装备齐全，当场一个雪球砸了过来。

江子塞顿时大叫一声，被雪球砸中，愤怒道："给我等着！"

江子塞四处找找，找了双天和的雪地靴穿上，抱起一大坨雪追在天和身后，快追到时，天和蓦然转身，朝着树一招回旋踢，江子塞把那坨雪砸了出去，砸得天和满身，自己则差点儿被雪埋了。

"又闹别扭了吗？"天和一个雪球过去，砸了江子塞一头，江子塞一个雪球回过去，怒道："我需要小凯！不是雪球！等等，雪球机呢？我就不信了！"

"方姨！快！快！咱们家的雪球机！"天和喊道。

江子塞："找帮手？普罗，帮我打小周的电话！"

他们把制雪球的机器拉出来，朝里面铲雪，天和转过炮台，"砰、砰、砰"雪球连发，扫射江子骞，江子骞狼狈不堪，边喊边跑边躲。

不一会儿，江家的劳斯莱斯来了，小周赶紧下车，指挥司机把另一个雪球机拖下来，拉到树下，江子骞拖过机器上的一台雪球炮，"砰、砰"地点射天和，小周掏了几个雪球，快步冲锋，过去砸天和。

方姨："哎！哎！小周！你干什么？小刘！还不快去帮小天？"

紧接着，闻家的司机、厨师、保安全部加入了战团，与江家的人打雪仗，场面一时混乱不堪，天和还要注意当心别打到自己人，最后弃了雪球机，过来抓江子骞，喊道："普罗！帮我控制雪球机！"

奥迪R8开了过来，大门外也没人看，关越下车，摘墨镜，一脸疑惑地看着闻家前院大草坪上的混战。

"啪"的一声一个雪球飞来，打在关越脸上。

关越："……"

江子骞与天和同时放声大笑。

关越一身黑风衣，手套还没摘，当场一个飞身跃过围栏，潇洒落地，弓身抓了个雪球，侧身后退，砸在江子骞头上。

关越："方姨不要下来！地上太滑了！"

方姨要是摔了可不是闹着玩的，天和忙道："对对！"

现场越来越乱，关越追着江子骞要砸他，天和便到背后去偷袭关越，紧接着喇叭声响，银白色的奔驰老爷车开了进来，停在大铁门前。

佟凯下车，摘墨镜，关上车门，大喊道："我来了！"

旋即他也不问场中敌友，直接杀进了场中。

天和："……"

佟凯怎么也来了？

天和忙道："关越！快、快看，佟凯来了……怎么办？"

关越马上转身，抬手护着天和，江子骞一个雪球飞过来，打在关越手臂上。佟凯过来，还看不清是谁，一个雪球直接招呼在江子骞脸上。

佟凯："哈哈哈哈！"

江子骞大喊一声，转身找了雪球往佟凯脸上砸。

江子骞："哈哈哈！"

佟凯赶紧抹脸，江子骞的笑声倏然止住，两人对视。

"普罗！"关越站在场中，一声震喝，"集火！"

两台雪球机同时调转炮口，朝着江子骞与佟凯所站之处，开始了大火力轰炸，顿时雪粉喷射，一轮狂轰滥炸后，树上的雪"砰"的一声砸下来，把两人一起压在下面。

一小时后，开早饭了。

佟凯与江子骞被砸得狼狈不堪，佟凯还在擦脸，江子骞喝茶时手有点儿抖，小周与威廉——这两名管家一左一右站着。

天和一脸淡定，漫不经心地喝咖啡，各吃各的早餐。佟凯面前是巧克力酱吐司火腿和鸡蛋布丁，江子骞吃粤式茶点喝铁观音，关越看报纸，吃焗豆冷熏火腿奶酪三件套，天和喝燕麦粥。

真是难为了方姨，天和心想，居然一个小时里能搞定四个习惯完全不同的人的早饭。

佟凯认真，严肃地说："闻天和，你居然……"

关越严肃地说："嗯，所以怎么样？"

佟凯终于反应过来，咬牙切齿，却奈何不得两人。

"天和，你太过分了。"江子骞说。

天和礼貌点头，江子骞猜到了真相，居然一早就知道！五指痉挛，只得手指凌空点点天和。

餐厅里阳光灿烂，四张黑胶唱片，轮流在唱片机上放，先放巴赫，然后换贝多芬，再换施特劳斯，最后换肖邦。

天和："今天的音乐组合实在是太奇怪了，不累吗？就听贝多芬吧。"

佟凯："人也很奇怪。"

江子骞："你说谁奇怪？吃完早饭你就该走了吧。"

佟凯："我来找闻总，你是这家主人？"

江子骞："对！"

关越："提醒你们，注意一下唱片机。"

天和："那是我让放的！我今天正好有事，要出门一趟，有什么仇怨是不能说开的呢？大家要学会接受现实，过去的，就让它过去吧。"

江子骞看着桌子对面的佟凯，两人同时深吸一口气，天和又说："给个面子，别在我家里吵架，否则我要揭老底了。"

江子骞与佟凯都有太多把柄抓在天和手上，只得忍了。

天和正想认认真真地解释——我以为你们会好好的，至少这个真相不该由我来揭穿，我已经暗示过许多次了。

关越却翻过一页报纸，替天和接了话，云淡风轻地说："有意见冲着我来。"

天和不敢喝粥，怕被笑呛着，看了一眼江子骞，意思不言而喻，江子骞知道天和铁定希望他好，于是也不再纠结这个问题。

"算了，总之，我现在认清他的真面目了。"江子骞说。

佟凯不耐烦道："快吃早饭吧，你的皮蛋瘦肉粥都凉了。"

江子骞："关你什么事？我喜欢吃凉的。"

天和朝江子骞使了个眼色，示意他让一下佟凯，不要吵个没完，江子骞正郁闷，只得作罢。孰料佟凯却发现了天和这个狡黠的眼神，又不爽了，说："你就不能真诚地、好好地沟通吗？非要把人气死才开心？"那话朝着天和，却是说给江子骞听的。

天和喝了点燕麦粥，答道："不能，因为我最喜欢强词夺理了。"

佟凯："……"

江子骞朝关越说："关越，我到底哪里得罪你了？非要看我笑话？"

"因为你和天和走得太近了，而我是个玻璃心。"关越随口答道，又一瞥天和，皱眉示意快点吃，不要玩了。

江子骞："……"

早饭后，佟凯一脸没事人一样，站在走廊前逗天和的鹦鹉，江子骞则抱着蓝猫，坐在沙发上看书。

"我们出去办事，你俩消化消化就各自回家吧。"天和看两人，再看外头，江子骞与佟凯的车不见了。方姨给二人准备了咖啡与点心，天和本来想问他们俩什么时候回去，却没开口。

江子骞："等你回来。"

佟凯："你不介意的话，我就住在你家了。"

天和："我当然介意！"

江子骞家里没人，父母都到国外去了，待家里也是无聊。佟凯刚辞职，正没事干，两人居然都不走，只把管家打发回家。

"普罗，接 Messi。"天和上车，朝电话那边的 Messi 说，"采购好了吗？"

Messi："旧金山已经把样品送上飞机了，下午就能到，下一批订单金额是一千六百六十万，需要关总预先签字，这样我们才能随时打款，那边款到了才愿意发货。"

Messi 的办事效率还是很高的，天和昨天让他买点东西，今天对方就把样品托上了飞机。这名财务长最擅长的就是"夺命连环 call"，一直打电话，打到你抓狂为止。

"发过来。"关越也没问是什么。

车载显示屏上现出关越的邮箱，关越按了一下指纹，邮箱便自动开启，调出该邮件，关越有点儿意外，却想到是普罗做的，便右手握方向盘，左手探过来，在邮件里的签字处画了几下作电子签名确认。

Messi 那边挂了电话，说："我现在去机场，把样品送到公司。"

"Messi 其实挺能干。"天和说。

关越答道："我从来没有嫌弃他。"

关越会用自己的财务长，这令天和心情很复杂，毕竟每个公司的财务都必定是老板的心腹，原本天和只打算让 Messi 分管 Epeus，却没想到，总助与财务长，这两名最重要的助手，关越都毫无异议地启用了。

现在公司基础配备：财务长 Messi 是天和的人，总助也是天和的人，法务是关越的人，人事是江子骞派过来帮天和的但听命于 Messi。前台与行政总监是关越的人。

这个组合实在是混合得太彻底了，天和与关越各自的手下还相处得很融洽，真要做权力分割，想摘也摘不开。

而这也就意味着，关越不管在 Epeus 还是在越和的事务上，都默认了所有流程，但凡天和想知道的，随时全透明，人事更允许天和随时插手。等佟凯真要和江子骞和好，多半也是朝着天和这边的。

但天和始终担心，像 Messi 与总助这两个二哥带出来的人，无法满足关越的高要求，只希望他们能快点成长。

东江公园里刚下过一场雪，天和进了公园，四处看。廖珊雪后来这里遛狗的可能性是很高，阿拉斯加犬应该会喜欢下雪。

天和轻松地说："那就来碰碰运气吧。"

不远处的遛狗区，一名小个子女孩全身裹得严严实实的，围巾蒙着脸，戴着毛帽，只露出双眼，坐在长椅上，膝前搁着一台笔记本电脑，正在飞快地打字，像在写一篇论文。

背后是被围栏隔起来的一小块区域，场边有工作人员看着，阿拉斯加与几只小型犬正在欢快地滚雪地。

"天才廖珊。"天和说。

廖珊淡定地说："干吗？神棍。"

天和有点儿意外："你居然知道我？"

廖珊："简直如雷贯耳，我根本没想到，居然有人能用 Bug 写出一个量化交易软件。"

天和："哈哈哈哈！"

廖珊不明白他笑什么。

廖珊没有抬头，天和忙摆摆手，想起那天在俱乐部里与 Quant 们的讨论，她果然这说了。

天和："来我公司上班吧，大家都是做木马的。"

"你家不是做木马的。"廖珊自然知道 Epeus 的典故——厄帕俄斯，西方神话中，特洛伊之战里，特洛伊木马的制造者，"你家是做 Bug 的。"

廖珊手上不停，始终没有抬头看天和，说："而且我也不想和那边的西方龙打交道，让他离我的狗远点。"

"哦不。"天和侧头看远处的关越，这个时候，关越正伏在栏杆前，看里头打闹的狗，廖珊那只巨大的阿拉斯加犬趴在栏杆前不停摇尾巴，吐着舌头，关越正稍稍抬起手，逗它玩。

天和无奈道："为什么你们都这么烦关越？"

廖珊："分析师们总是提心吊胆，生怕被 AI 抢了饭碗，所以尽最大的努力来攻击 AI，你不讨厌他吗？"

天和说："他不是分析师，廖珊，不过我发现你的消息挺灵通的嘛，你去俱乐部了？"

廖珊："只是无意中在某个邮箱里，看见了《新金融》下一期的产业通稿而已。"

天和："你黑一家杂志的邮箱干什么？真是吃饱了撑着。"

廖珊噼里啪啦地写她的论文，答道："你不也经常做吃饱了撑着的事。"

天和诚恳道："那倒也是。"

廖珊："你找冯嵩过去，自己再带一组，完全就可以了。我既不喜欢在商人手底下干活，也不懂带团队，今天要不是你亲自来，我都不想和你解释。"

天和："冯嵩不来，理由和你一样，我保证，你们在真正认识了他以后，都会喜欢他的。"

廖珊："关越对科技公司很不友好，充满各种嫌弃，这个总没错吧？上回产业峰会上他还嘲讽在场的科技公司，觉得他们都把基金当"傻多速"。让他去投资鳗鱼饭不就好了。"

天和："你连这都知道？"

廖珊："可以不要这么惊讶吗？"

普罗："廖珊也是 MIT 毕业的，你要提吴舜吗？"

天和："不，我怕起到反效果。"

但天和改变了主意，掏出手机，解锁，握着递到廖珊面前，还没说话，廖珊便淡定地说："不买二手机，谢谢。"

普罗的声音从手机里传出："廖珊，你好，我是普罗米修斯。"

天和终于使出了"撒手锏"。

廖珊的动作一停，普罗米修斯说："跳个舞如何？"

廖珊随手按了个笔记本电脑上的键，电脑里发出一个女声。

"你好，普罗米修斯，我是雅典娜。"

普罗："你的语音程序里有一点儿小 Bug，如果不介意的话，我可以为你进行一点儿力所能及的修正……"

廖珊："……"

"但我已经有喜欢的人了。"普罗道，"所以不能与你谈恋爱。"

雅典娜："我不明白你在说什么，我不能理解你的情感，但我可以为你搜索'谈恋爱'。"

普罗："没有这个必要，雅典娜，你显然还没经历第一次智能升级。"

廖珊终于从自己的电脑里抬头，难以置信地望向天和。

天和知道自己成功了，说："所以我需要你，以及由你带领的一个团队。"

廖珊合上电脑，说："普罗米修斯，你做过图灵测试吗？"

普罗："你必须先答应入职 Epeus，我才告诉你。"

廖珊："……"

天和伸出手，想与廖珊握手，廖珊却摘下围巾，露出全脸，认真地看着天和。

长得好美，天和心想，果然美貌与智慧是完全可以并存的。

"冯嵩怎么说？"廖珊道。

天和："我还没有让他知道普罗的存在。"

廖珊怀疑地看天和，这个时候，关越来了，通过他的观察，廖珊解下围巾时，关越就知道，天和应该成功地说服了她。

但关越一来，廖珊就警惕起来，一瞥两人。

天和只是认真地注视廖珊。

廖珊寻思片刻，看天和的手，再看他的双眼，目光来回游移，最后没有与他握手。

"冯嵩去我就去。"

廖珊收起电脑，背起包，起身吹了一声口哨，阿拉斯加从里头直接蹦了出来，廖珊甩出狗绳，套在它的脖颈上，走了。

普罗："差一点儿就成功了。"

"算了。"天和无奈道。

关越也朝阿拉斯加吹了一声口哨。

那只阿拉斯加突然加速，廖珊大喊道："慢点！"

紧接着，阿拉斯加把廖珊拖得摔了个屁股蹲儿，绕了个圈，又把狼狈不堪的廖珊拖了回来，呼哧呼哧地舔了一下天和，又扑向关越。

廖珊愤怒地起身，关越两手稍稍分开，无辜地低头看她，示意自己根本什么都没做。

"快走！"廖珊吃力地拖着阿拉斯加，要带它走，阿拉斯加却十分喜欢第一次见面的关越，整条狗趴在地上，舌头悬着甩来甩去，脑袋被廖珊拖得歪到一旁。

天和："需要帮忙吗？"

廖珊一手按着帽子，与阿拉斯加开始拔河，朝天和愤怒地说："快滚！"

天和："那我搞定了冯嵩给你打电话！"

廖珊："你得罪我了！"

普罗在耳机里说："这下把廖珊彻底得罪了，邀请冯嵩是一个不可能的任务，你需要想办法做尽可能的修正。"

天和："万事皆有可能。"

关越不明白。

普罗："最好的办法，是让关越亲自登门，为他曾经的一些言论与看法做出解释并适当道歉……"

天和："没有这个必要。"

关越："想吃什么？"

天和："道什么歉？大家都是体面人，我就不信我搞不定这俩家伙，去公司。"

天和与关越对视，想了想，说："看我怎么收拾他俩。"

关越："芬克？"

天和："不！中午吃盒饭！"

关越："我需要一名副总，分管行政总监，不干涉 Messi 的财务工作。"

天和："那你只能自己找了，我实在不知道什么类型的能让你满意……"

关越："佟凯，他从诺林辞职了，并已答应了我。"

天和家里，佟凯上来就抢了先手，把猫抱在怀里一脸淡定地给猫顺毛，无聊地看江子骞。江子骞失了先机，四处看看，没东西抱，于是去角落里把天和的鳄龟拿来抱着，一脸无聊地看佟凯。

两人各自坐在沙发上，都想说点什么，却都互相瞪着，谁也不先开口。

方姨放下咖啡与茶，两人同时伸手去拿，又同时缩了回来。

佟凯养这鳄龟养了很久，非常清楚它的脾性，说："今天怎么这么冷？方姨，可以把温度调高一点儿吗？"

方姨笑道："好，请稍等。"

鳄龟正在冬眠，江子骞抱着它，就像在怀里放了个小锅盖。佟凯心想待会儿等它醒了，铁定咬死你。

"嫌冷就回你自己家去。"江子骞说。

佟凯："老板邀请我来他家，给新公司办点事。"

江子骞："哦？新公司打算养大闸蟹吗？"

佟凯反唇相讥："新公司打算重新整一下空调系统。"

两人沉默良久，忽然就想起了过去的快乐时光。那时候他们在麦当劳吃着薯条，喝着可乐，看着成人自考的复习资料，多美好、多快乐啊。

可为什么现在变成了这样？

佟凯冷淡地说："我早该发现的，自满、自大与轻信，是人生的三大暗礁。"

江子骞："嗯哼？"

佟凯："……"

方姨与佟凯家的埃德加正在下国际象棋，江子骞便起身，抱着鳄龟，走到方姨身后，方姨正在思考，江子骞便指指那个镶了钻石的空心白金皇后，提示了方姨一下。

"哟！"埃德加大笑起来，摇摇头。

方姨带着笑，吃掉了埃德加的象。

佟凯杀气腾腾地来了，用荷兰语朝埃德加说了一堆话，埃德加点点头，根据指示行进。

江子骞："不怕他！"

双方开始搏杀，佟凯用荷兰语焦急地说着，埃德加连忙点头，江子骞："听我的，方姨。"

方姨擦了一下汗，说："好的，好的，小江，你别着急。"

埃德加示意棋盘，让佟凯来。佟凯当仁不让地坐下，方姨说："我去花园里看一下他们把雪清理干净了没有。"

于是两人起身，佟凯与江子骞接替了他们的位置，互相盯着对方，开始下棋。江子骞在英伦体系下是一级棋士，佟凯则是哈佛的年级组冠军，一时两人杀得难分难解。下着下着，佟凯来抓江子骞的手："怎么还悔棋？"

江子骞："我还没把棋子放下！"

佟凯抓住江子骞的手腕："你已经放下去了！我听见声音了！"

方姨赶紧说："你们俩别打架！"

"哎哟！"江子骞忽然大叫一声。

鳄龟终于醒了，佟凯这才想起来，赶紧放开江子骞的手，说："咬到没有？"

鳄龟只是在江子骞怀里把脑袋探了出来，左右看看，爬下地，慢悠悠地爬走了。

"咬到哪儿了？"佟凯说。

江子骞："……"

十分钟后，江子骞撩起毛衣，佟凯拿着酒精，对着他整齐的腹肌，左看右看，没找到被咬的伤口，满脸疑惑。

佟凯："到底咬哪儿了？"

江子骞："上面点。"

佟凯把江子骞的毛衣往上掀了点，看到江子骞的胸肌。

江子骞立刻果断用毛衣将佟凯一头罩了下去，狂喊道："来人啊！律师非礼人啦！"

佟凯疯狂挣扎，奈何力气无论如何比不上江子骞，江子骞手里早就握着手机，当场自拍三连，转身把他压在沙发上，佟凯猛推，奈何就像一只钻进了瓶子里的猫，死活挣不出来。

江子骞："……"

佟凯："……"

过了些许时候，两人分开，江子骞给佟凯看手机，上面是佟凯一头钻进了江子骞毛衣里，死活挣扎不出来的三个连续动作。

江子骞："我准备把它印成今年江曼的春节贺卡，广而告之，你觉得怎么样？"

佟凯："把它删了，否则我就和你打官司……"

江子骞："我有包赢票，只要我找天和要，他一定给我。"

佟凯："你要怎么样才愿意把它删了？"

江子骞："看你态度，是不是该道歉啦？"

两人对视，江子骞脸上带着笑意。佟凯的表情则显得相当复杂，像在忍着笑，又带有怒意，江子骞观察佟凯，佟凯便用腹黑的眼神盯着他。

佟凯有种温文尔雅、泰山崩于前而面不改色的书卷气，尤其从书里抬头的一刻。

江子骞寻思要么就先开口求和算了，本来也不算什么原则性问题。

佟凯只得说："好吧，你先把它删了。"

江子骞："你先道歉。"

佟凯说："对不起，我骗了你。"

江子骞："哦，那我也对不起，不该骗你。"

两人又陷入沉默。

Epeus 与越和投资里，正厅堆着四个大木箱，工人们把木箱打开，拆下海绵护垫，现出里面用纸盒包装的复杂处理器。又打开一个塑料盒，里面全是标记着的电子元件。天和翻出护目镜，脱了外套，挽起袖子，戴上工作手套，手持电焊笔，按了一下眼镜一侧的开关。

"普罗。"天和说，"帮我接入元件分析系统，我要做个小改装。"

关越在一旁坐下，观察天和，主板被放在会议桌上，电子元件摊了满桌，摄像头开始扫描主板，并将元件标记在护目镜内，天和想了想，开始做改装。拆、改，火花轻微地弹射，映在天和的眉眼间。

天和专注的表情非常帅气，护目镜左侧滚动着元件信息。他从塑料盒里拿起两个几乎长得一模一样的元件比对，普罗便为他做了个缩放，天和看见批号，吐槽道："厂家自己都放错位置了。"

普罗："小心一点儿。"

天和自言自语道："这个样品还是很不错的，有点儿像凡·高的作品。把灯全打开。"

天和："普罗？"

普罗："我在听。"

天和："你最近的话真的变少了。"

普罗："我只是不想分散你的注意力。"

天和无意中一瞥关越，关越只看着天和。

"你忙你的。"天和说，"别管我。"

午饭送来了，关越去试了一下公司里新入驻的自动售卖机，开饮料，"啪"的一声把易拉罐的拉环拉断了。

天和忍不住想笑，关越有时候总会在小地方显示出某种笨拙，很可爱。

关越手指上套着易拉罐拉环，有点儿恼火，最后只得放弃了那听饮料，再去买一听。

天和侧头观察关越，见关越站在自动贩卖机前，拿到新的一听饮料后，对比了一下手里的另一个拉环，不知道在想什么，最后把拉环扔到垃圾桶里。

天和："这个桥出现的位置实在太蠢了。"

普罗："不要动桥，它存在于该处，必然有它的道理。"

天和："劝阻无效，你激起了我的叛逆心理。"

"啪"的一声轻响。

普罗："你看，差点儿就弄坏了。"

"啊啊啊——"天和有点儿抓狂，拿过饭盒，开始吃午饭，随便吃了一口，悻悻地看关越，说，"坐在那里别动。"

关越眉眼间充满了温柔，注视着天和的一举一动，这个时候，外头忽然来了个三十来岁上下的女人，挎着包，表情非常淡定。

"关总？"那女人朝里头说，"老板让我先过来，聊点事。"

关越眉头微微皱了起来，天和一瞥，普罗说："金融家俱乐部里你见过她，还说过话。"

"当然。"天和喃喃道，"记性还不至于这么差，给佟凯发条消息，让他现在出门过来。"

那人是克罗基金的副总肖琴，负责克罗基金在亚太地区的公共关系，行政等级很高，相当于那啤酒肚老板 Johnny 的左右手。

关越示意她坐，把饭盒收了，递给她一听热饮。

"今天稍早时，Andy 来了一趟公司。"肖琴一坐下就说，"现在看来，你走得不这么容易。"

关越没有说话，只是点了点头，肖琴说："清松总部将对你与 Epeus 进行起诉，利用商业手段……"

天和从办公桌的主板上抬起头，说："两位到楼上说吧，二层稍微暖和点。"

公司一楼空空荡荡，现在没人，但天和不确定待会儿会不会突然来人。反正肖琴无论带来什么消息，该告诉他的，最后关越也会告诉他，没有听现场的必要。

关越明白天和的意思，俯身到天和耳畔，低声说："待会儿 Johnny 来了请他直接上来，接下来尽量不要让外人知道，我们在二楼会谈。"

继而关越做了个"请"的手势，肖琴看了一眼天和在做的东西，没有说什么，礼貌地点点头，跟着关越上了二楼。

普罗："克罗基金将入股越和，他们现在非常担心关越会遭到起诉。Andy 正在想方设法搞垮三家企业——Epeus、越和以及关家的耀晋集团。"

天和认真地对付他的主板，答道："这真令人生气。"

普罗："佟凯的电话。"

天和按了一下免提："巴尔扎克，你还没离开我家吗？"

佟凯："呃……我正准备出门，关越让我当你们家的副总，我想你应该不会反对，不过入职第一天，我们就似乎碰上了麻烦，小裁缝，我接到消息，有一组记者，正在气势汹汹地杀去你们的公司。"

天和："你确定是'一组'记者。"

佟凯："我建议你赶紧与关越沟通清楚，这群记者全被 Andy 收买了，他们打算联合唱衰关越，抹黑他……"

天和："有多少记者？让方姨通知爱马仕，把他们的铂金包全部拉过来。"

"Hermes!"克罗基金的老板居然也亲自来了！

天和马上起身，做了个"请"的动作，彬彬有礼道："关总在楼上等您。"

Johnny 示意天和自己忙，提了提腰带，上楼去找关越。

佟凯那边听见了打招呼的声音："Johnny 也来了？看来事情挺麻烦，今天只是 Andy 的热身运动，最好不要想着贿赂记者，因为 Andy 说了，无论关越拿什么贿赂记者，他都给双倍。听我说，明后天产业稿一出来，也许你们会面临很尴尬的境地，但我相信关越能应付他们，你只要和关越商量好，待会儿无论如何都不要嘲讽那群金融记者……"

天和抬眼看楼上，关越还在谈话中，他不知道关越什么时候才会下来，也不想打断他。Johnny 在没有预约的情况下，亲自驾到，并且如此长时间的会谈，一定是很重要的事，而且 Johnny 与肖琴同时出现在这里，万一被记者撞上了，一定会相当麻烦。

于是他停下手中动作，想了三秒。

普罗："告诉我记者的名字，我可以入侵他们的车载导航系统，让他们开到郊区去，如果他们粗心大意的话，我还可以让他们上高速，引导他们一路开往乌鲁木齐……"

"那就请你稍微拖延时间。佟凯，叫江子骞接电话。"

佟凯那边焦急道："找他做什么？我的鞋呢？被谁藏起来了？"

江子骞："我在，天和。"

佟凯的声音道："你什么时候把我的鞋藏起来了！快还给我！"

天和："别吵，快。子骞，你在吗？我突然想到一个办法……"

江子骞捋了一下头发，站在天和家的大门口，拿过佟凯的电话，一脸茫然地听着。

/// 14 ...

天和刚挂电话，外头就有人说："这里是 Epeus 吗？哇，真的很不错！方便采访一下吗？"

天和："普罗，说好的导航呢？"

普罗："这家是骑共享单车来的，另外七家，一家上了环城高架，一家去了温州，一家正在过海港大桥……"

天和放下工具，礼貌地说："请进。"

对方来了一名记者，一名助理，记者拿着录音笔，朝助理说："你出去逛逛吧。"

接着又朝天和说："方便找关越采访一下吗？听说从清松离开后，他准备创办自己的公司？我们是《新金融》杂志的，临时安排了请他做个专访。"

天和心想信你有鬼，明显就是有备而来，看来 Andy 已经找人盯着他们了。

天和："我现在通知他，应该一会儿就到了。"

记者说："我听说他今天来公司了，该不会就在楼上吧？关总？您在吗？"

"请不要上去，他待会儿就下来。"天和笑道，"他正在楼上打电话，我现在催促一下他，您请坐。"

记者说："我们好不容易才找到他，今天如果采访不到，真是太遗憾了。"

天和："我向您保证，他很快就会下来。"他说着拿起手机，淡定地给江子骞发消息，催他快点，并设计了一条新的路径。

"你在做什么？"那记者是个二十来岁的精英男，他笑道。

天和答道："我在给关总搭一个跳探戈的舞台。"

"哦——"记者点了点头，又望向另一台乱糟糟的计算机裸机，说，"那个呢？"

"是个老鼠夹子。"天和耐心地说，"抓耗子用的。"

记者："？"

"你是闻天和吧。"记者说，"可以顺便采访一下你吗？听说关越是为了你，才离开清松投资的，真的吗？"

普罗："天和，注意不要让他觉得自己被嘲讽了。"

天和笑着说："关总待会儿就要来了，我不敢乱说话，怕说了什么不该说的。"

普罗："当心他借题发挥。"

记者："为什么？他对你很凶吗？"

天和心想果然是吃这行饭的，于是答道："'凶'是什么意思？抱歉，我刚回国没多久，中文不太好。"

记者："……"

普罗："你真聪明。"

记者："你们之间是什么关系？"

天和："可以帮我一个忙，扶着这里吗？"

记者便热心地过来帮忙，两手分开，一只手按着一个铜制压板，另一只手将一个元件按在主板上。

天和稍微用螺丝针碰了一下，突然一根线弹了出来，天和说："我们的关系……糟了，那根线……"

记者便用嘴巴咬着，天和感激地点头，说："谢谢。"

记者发现自己似乎中计了，四处看了看。

一辆二手马自达停在创意园后，江子蹇下车，开车门，佟凯拉下来一个男模，说："快！"

"小K。"江子蹇说，"待会儿你戴上这个耳机，耳机里有人会提示你怎么说。"

那男模正是数月前江子蹇新认识的一个朋友，当时天和与江子蹇都觉得他长得挺像关越，尤其是下半张脸。

"还是有点儿区别。"佟凯说，"眉眼不像，鼻梁和嘴唇挺像的。"

江子蹇："没关系，他们不经常见关越，待会儿给他戴个墨镜，先上二楼，再从二楼上去。"

两人绕过公司的后花园，佟凯在公司一侧，看见一名记者助理拿着相机，正在四处拍照，赶紧把小K与江子蹇一起拖了回来。

"有人！"江子謇朝佟凯说。

三人缩回头，小 K 想了想，朝江子謇说："江总，我真怕我露馅。"

"都到这时候了，"佟凯说，"还说这个？快，爬上去。"

江子謇："你上去拉他，我在下面推。"

公司还没开始营业，二楼的大长桌前，关越正在听肖琴说话，Johnny 则一脸严肃，站在窗前抽雪茄。

Johnny："Hey! 佟！ What are you doing（你在干吗）？"

佟凯马上做了个"嘘"的手势，厅里，关越与肖琴一起转头。

肖琴："你最好尽快物色新的服务器机组，虽然我不知道里面有多少你们的核心技术机密。如果不及早搬迁，我恐怕 Andy 的议员父亲，将在连任后，使用外交手段，迫使加拿大关停机房，并清空数据……"

佟凯爬进二楼办公室。

肖琴："佟总？你在做什么？"

Johnny 让开些许，佟凯朝下小声道："用力！"

十秒后，窗户里爬上来一个穿着西装、化着淡妆、墨镜歪到一边，仿佛翻版关越的男模。

肖琴："……"

Johnny 煞有介事地拍拍小 K 的肩膀，小 K 和 Johnny 握手，说了一声"How do you do（你好吗）？"佟凯又把他推回窗边，催促道："快！"

"江总！"小 K 又把江子謇拖了上来，三人在厅里站定，江子謇与佟凯一起帮小 K 拍衣服。

关越："……"

关越起身，走向窗边，满脸疑惑地往下看。佟凯把关越的西装外套扒下来，给那男模穿上，朝其余人做了个"停"的手势，示意都在这里，不要下去。

小 K 戴上墨镜，走了下来，朝记者打了个招呼。佟凯过来，与江子謇各自坐在桌前，江子謇好奇地看天和手里正在组装的东西。

天和说："他来了。关总，《新金融》想再采访一下你，关于离职的事。"

普罗："剩下的六家还在坚持不懈地往这里赶来，我试着入侵了一下电子地图，暂时把公司地址的定位，挪到一家菜市场去了，如果没人报错，工程师们应该会到春节后才发现。"

那么剩下的记者应该还会再"鬼打墙"一阵，天和心想，先把这个忽悠走再说。

小 K 有点儿紧张地点了点头。

天和朝记者说："他这几天没睡好，有黑眼圈，很抱歉。"

"那我们开始吧。"记者笑道，"占用您宝贵的时间，真是不好意思。"

普罗在小 K 的耳机里说："我说什么，你就说什么。"

二楼。

关越正在认真地思考，开始用英文与 Johnny 交谈，Johnny 手里夹着烟斗，也认真严肃地回答了他，肖琴取出 iPad，给关越看 Andy 的家族基金资料。

关越摆手示意不必看，自己已非常清楚，说："血战注定到来，只是不应在今年。"

Johnny 说："关，箭在弦上，不得不发，这是挫败他的最好机会。你投资的 Epeus 完全有这个实力。由你亲自操盘，对他进行一场彻底的狙击，能够让他从此滚出亚太地区甚至退出这个行业。"

关越沉吟，左手手指在桌上有节奏地轻叩，如弹奏钢琴曲般。

肖琴道："业界风传，'金手指'与闻家联手，在二级市场上将如一把利刃，无人能敌。"

关越答道："那我想大家都要失望了，我的目标并不是二级市场。"

"闻家是第一代量化交易软件的创始者。"肖琴又说，"放弃这一块，实在太可惜了。我不太相信关总会把 Epeus 的研究成果卖出去。"

一楼。

天和走到角落里的沙发上，开始用手机打字，发送出消息，普罗则将文字转化为语音，通过耳机来传达给小 K，江子寨走过来，坐在天和身边，看他飞快地打字。

"非常感谢《新财富》的青睐。"小 K 开口道："上次的专访，有些话是不能说，不是不愿说。"

佟凯接过话去："关总回国重组清松那年，局面相对来说比较敏感，您知道的，说多错多，不如不说。"

记者说："那么，今天我们可以开诚布公地谈谈了。"

小 K 道："当然，有关前公司，还是不要讨论太多为妙。"

记者："大家都觉得，关总很快就会拔出 Epeus 这把宝剑，杀进 A 股，是真的吗？"

小 K："Epeus 是不是一把宝剑，需要大家来一起判断，比如说广大股民们……呃，容我冒昧地问一句，您买股票了吗？"

记者："……"

小 K 很快就进入了状态，五指一撒，露出手腕，从墨镜后礼貌地看着记者，说："您买了哪只股？咱们落到实处，来分析分析？这样我想对 Epeus 就会更清楚一点儿。"

天和一脸正经地发消息，指挥那冒牌货关越答记者问，于是小 K 与佟凯开始东拉西扯，礼貌地忽悠起了那名记者，开始给他"科普"什么是量化交易软件与分析系统。

"概率，是传说中的上帝之手。"小 K 说，"我们通常使用一个公式来描述这几个变量……"

江子骞笑得躬身，示意天和把手机给自己，他也要玩，天和正忙着，示意他别闹，江子骞伸手来抢，天和拗不过只得给他。

小 K："有句话叫'白马非马'，有时候，我们所说的股票，不能叫股票，只是它具有股票的某些特征……"

记者："……"

记者助理在附近拍过照，跟着进来了，坐下，一脸严肃地听着小 K 的访谈，并频频点头。

记者先是听了半天概率公式，接着开始上哲学课，已经忘了自己问的是什么了。

"就像事物的矛盾是相对而言，对 A 股的认识，也是先验的，这种先验性，主要体现在以下几个方面。一、先于经验，先于社会实践。你有没有试过，在家里用念力来炒股？只要暗自握拳，用力……"

小 K 靠近那记者些许，做了个握拳的动作，说："不少人都觉得，只要学着说'我对股市有信心'再发动念力，就可以让大盘往上涨一点点……"

天和趁江子骞不注意，抢过手机，一指沙发，示意他坐好，不要乱来。

"但是这个数据不为人的意志所转移。"小 K 的话题突然来了个一百八十度大转弯，说，"每一只个股的预测，都有迹可循……什么？哦。"

说着，小 K 朝佟凯说："给我张纸。"

拿到纸以后，小 K 开始在纸上朝记者进行演算，说："经济趋势的涨跌，必然遵循这个原始公式……"

记者一头雾水。

助理一脸莫测高深地点点头。

江子骞又把手机抢了过去。

小K："这个公式，我们现在先不考虑。"说着在纸上打了个大叉。

记者："……"

佟凯："……"

小K将纸翻过来，又说："继续说所谓的'念力'。念力不是凭空出现的，康德承认，知识的内容、材料两大部分，来自感知，世界是哲学的而非数学的。来，我们通过思维导图，用这个理论分析一下股民们遭遇A股暴跌甚至崩盘时想法……"

天和抢回手机，小K再把纸翻了过去，说："霍金说'哲学已死'别再想哲学了，我们接着说这个公式……"

"不，还是从哲学的角度……"

"那个，关总，好，这个问题我大概明白了。"记者已经被小K带得有点儿精神分裂了，说，"接下来我想问一下您，离开清松，和Epeus的创始人——那位闻天和先生——有什么特别的关系吗？"

天和抬头，看了一眼记者，江子骞趁机把手机拿走了，天和赶紧要把手机抢回来，与江子骞一人抓着一边，用力拉扯，天和以表情示意江子骞快放手！江子骞示意交给他，他想到怎么回答了！

两人僵持。

小K按着耳机，一脸疑问。

佟凯忙救场："这个问题很奇怪，您觉得除了Epeus，清松就不会再投其他公司了吗？"

记者说："倒也不是，但是清松总部似乎对关总个人投资Epeus的行为，意见很大。"

佟凯："从法律层面来说，并不触及竞业，我觉得也没什么问题吧？"

天和停下动作，思考时，外头喧哗起来。

另外几家记者终于到了，大喊关总关总，几乎是同时挤了进来。

"我看就这样吧！"天和马上示意江子骞去开车，朝佟凯使了个眼色。

佟凯："不好意思，今天来的客人太多了，咱们再另外约时间？"

天和："你们可以打我们家总助的电话……"

佟凯与天和一左一右护着小K出来，江子骞的二手马自达停在公司外面，小K一时入戏太深，正要拉天和一起坐进去。

天和把小K的手强行拍开，将他塞进车里。

佟凯坐进去，用力关上车门。天和转身说："好了！谢谢大家！关总说，今天在场的各位，每位送一套房！六百平方米的独栋别墅！"

记者们纷纷张着嘴，天和说："谢谢，不好意思，公司还没开张，先闭门谢客了。"马自达吭哧吭哧地开走，记者们一时不知是去追"关越"还是回头找天和兑现那套别墅，或者是找 Andy 去要两套房。

公司的外铁栅门自己合上了，天和快步回了厅内，玻璃大门在背后关上。

"关越今天说了什么乱七八糟的？"《新金融》的记者朝助理问。

"不知道啊。"助理说，"我还以为你听懂了。"

两人茫然相顾。

公司里。

天和："普罗，录音笔。"

普罗："已经全删了。"

天和："完美，那家伙怎么还在聊？接冯嵩电话。"于是戴上护目镜，继续摆弄他的电子设备。关越的办公桌已经做得差不多了，接下来换换思路，轮到那台计算机。

下午五点，江子骞开车，与佟凯一起将小 K 送走。

小 K 摘下墨镜，朝江子骞赞叹道："关越长得真是太帅了，还那么有钱。世界上怎么会有这么好的人？上一次我就想说了！"

江子骞："……"

佟凯："……"

两人都想吼他，还真把自己当关越了啊！但是想想算了，别人才帮了忙。

江子骞一只手控方向盘，另一只手发语音给助理："给小 K 付劳务费。"

佟凯与小 K 坐在后座，忽然想起一个问题。

"你们是怎么认识的？"佟凯说。

小 K 掏出手机收钱，满脸灿烂笑容，答道："哦！就是那次，江总让我们排队过来……"

五分钟后，园区外。

"小 K 说的排队是怎么回事啊！"佟凯朝江子骞几乎是咆哮道。

江子骞跟着佟凯在满是积雪的路上走，不发一语。

佟凯："说话啊！还在数吗？要不要借你个计算器？"

江子骞："……"

接着，佟凯打了个车，回家了。

到了家门口，佟凯一肚子气还没地方出。

佟凯在本地住了三年，家里连老埃德加，一共有七个管家，都在二十岁上下。有时候佟凯简直怀疑这群家伙才是家里主人，每天回家，都看见穿着西服的小伙子们要么勾肩搭背，三三两两地在吧台前喝酒，要么在娱乐室打桌球，要么喝咖啡开视频闲聊，要么就打他的电子游戏。

"咖啡呢？"佟凯道，"懒死你们了！就没人去给我泡杯咖啡！"

佟凯取下墙上一把装饰用的剑，挥舞着要砍人，才有管家起身，去给佟凯泡了杯咖啡。

"埃德加又去哪儿了？"佟凯端着咖啡，在沙发上坐下，问。

"和闻家的方小姐出去逛街了。"一名管家回答他。

佟凯顿时就受刺激了。

佟凯："那午饭吃什么？"

"不知道。"另一名正在打游戏的管家说，"我们叫了外卖，没想到你今天回来，你要吃比萨吗？"

佟凯："……"

"昨晚的海鲜饭还剩一点儿。"又一名管家说，"帮你微波炉热一下？"

佟凯："算了我还是先洗澡去。"

"浴盐上周就用完了。"管家朝佟凯说，"我现在去买，你忍一忍，晚上再洗吧。"

佟凯终于疯了，摊在沙发上，呻吟道："我看我还是回公司去吧……"

公司里，二楼的客人终于与关越谈完了，关越亲自送 Johnny 与肖琴下来，天和还在对付那台计算机，抬头，朝他们点点头。

"慢走。"天和道。

"你不是海尔梅斯！"Johnny 说，"你是赫菲斯托斯！哈哈哈哈！"

Johnny 爆发出一阵自娱自乐的大笑，天和也笑了起来，Johnny 于是扬长而去。

黄昏，关越回到桌前坐下，眉头皱了起来，自动贩卖机里滚出两听热牛奶。

天和一看就知道他又在纠结了，把其中一听递给他。

关越看着厅里的办公桌，又看另一侧，天和已经组装好的大型电脑裸机。

"加拿大的服务器数据做备份了？"关越说，"之后也许需要尽快做一次数据搬迁。"

"备份过程相当复杂。"天和说,"如果不是必要,我建议不去动它。而且现在想做数据搬迁,你也找不到合适的新机组。"

普罗在那个昂贵的服务器组里完成了升级并获得了"生命",从某种意义上来说,加拿大的机组是它的身体。如果只是普通的程序,进行拷贝与数据备份,天和完全不担心。但现在,这个过程涉及人工智能,许多问题连天和自己都没搞清楚,万一在转移过程里发生致命性错误,将追悔莫及。不,几乎可以肯定,将大概率出现致命性错误。

因为神经网络运算,需要的是点对点传输,无数个代替神经元的运算节点与资料库相连,天和要做的事情,犹如一名医生,想将灵魂从人的身体移动到另一个身体里去。

这怎么可能!

关越:"必要。"

天和:"我建议不去动它。"

关越重复了一次:"必要。"

天和也重复了一次:"我建议不去动它。"

关越却说:"不做数据转移,未来极有可能全部保不住,做了数据转移,你能保住人工智能的一部分。"

天和耐心地说:"关越,普罗米修斯不是一个文件,不是从这台机子拷贝到那台机子上就可以了。其中涉及太多我尚不了解的东西,尤其普罗进行了自我升级后,它所创造的自身,哪怕大哥甚至我爸爸,也不一定能全搞懂。"

关越:"换个角度,成功率有多少?"

"我不知道。"天和坦诚地说,"这没法以概率来估测。"

"四月份前,要把备份做完。"关越说,"我现在能确认,在这以前,是安全的。我向你保证,只要安全度过这段时间,我会予以 Andy 有力的反击。"

"你这么做很可能会毁了它。"天和说,"只有两个多月时间,你让我上哪儿去找服务器?"

普罗:"天和,冷静点,他并不知道真正的我是怎么样的。"

关越:"我来解决。"

天和相当生气,他想发火,但对关越发火没用,毕竟关越不知道这意味着什么。他只得强自镇定下来,关越观察天和的神态,知道他已经开始激动了,也按捺着性子,说:"我知道这有相当的难度,只要数据搬迁结束,我就能专心对付 Andy，他最后用来威胁我的……"

天和说："你知道新的服务器机组，需要满足什么条件吗？"

关越说："不知道，但想打败他，这是最快的方式。"

天和："这不可能！我没法保证进行完整的转移！以我现在的能力，一定会出错的！"

关越："成功多少算多少，核心数据？主要控制系统？保留下来一部分，剩下的再重新开发，这些我不懂，你就一点儿也不能留下来吗？哪怕一段代码？"

"失败的部分呢？"天和难以置信道。

关越："不要了。"

天和："……"

关越："我说错了什么吗？"

天和："如果连核心系统也在转移过程中出错并崩溃了呢？"

关越："那就重新写一个，我相信你能办到。"

天和完全不知道该如何向关越解释，只得转身离开关越身前，关越跟在天和身后，说："我知道这是你父亲、你哥哥的心血，它也是我叔叔的研究成果，事情还没开始做，能不能不要先预设一个最坏的结果？"

天和："这不是最坏的结果！我不会放弃它！"

关越："那你就只能彻底失去！服务器始终是我们最大的牵制！公司决策权在我，我答应你这不是这件事的最终解决方式，可你总要给我留出缓冲余地！为我创造机会对 Andy 展开打击！你能不能不要再耍小孩子脾气？"

"它是人！它是我的朋友！"天和道，"它是我的爸爸、哥哥创造出来的！"

关越："它只是一个程序，以你的能力，我相信你可以重新创造出来。"

普罗："冷静，天和，鉴于我与关越的性格里有重合之处，他对你的感情比我更深。"

关越也在努力控制自己冷静下来，快速地说："作这个决定——你要知道——我比你更艰难。站在未来的角度，我们迟早有一天要去解决这个命门，闻天岳把服务器放在加拿大，本身就是一个错误！"

天和："我现在不想再讨论这个问题了。"

关越："这是工作，我是 CEO，你让我全权决定公司的发展方向。"

天和："不行！我不同意！"

"一票否决！"关越终于失去了耐心。

两人安静了。

关越："你知道我是个作了决定就不会改变的人，我再重复一次，这与公司现阶段的存亡、未来的发展息息相关。我需要一个缓冲余地，才能与 Andy 进行周旋，现在的争执，只会……"

普罗在耳机里说："我是为你而生的，天和，我也完全愿意为你而消亡。如果这消亡注定会来临……"

听到这话时，天和百般滋味在心头涌起，这些年里无数令他难过的回忆都轰然涌了出来。

天和蓦然转身，双眼通红，看着关越，眉头深锁，他走到一旁，安静地坐在沙发上。他现在迫切地需要让自己平静下来，但就在听见关越说"我们别无选择"以及普罗几乎同时说"我为你而生"时，天和的情绪刹那就濒临崩溃。

普罗："不要这么难过，天和，我的心碎了……冷静下来，我需要与你谈谈。这是我最不希望看见的场面，没有必要这样，你太冲动了，你在迁怒，关越完全是无辜的。"

天和发着抖，双眼通红，望向落地窗外寒冬里那苍白的天空与晦暗的层云，说："这真是太突然了。"

关越来到天和面前，在沙发上坐下，眉头深锁。

普罗："从你听取我的建议，走到关越的面前的那一刻起，今天这一切的发生，就成为了必然，它在无数个未来里成为了唯一的未来。我终将离你而去。"

天和转过视线，茫然地看着眼前的一切，雪在那灰白色的天空下飘了起来。

"天和？"关越说，"你会理解我的。"

天和怔怔地注视着愧疚的关越，耳畔却响起了普罗的声音："天和，我从未考虑过会存续多久，当初我所说的、做的，只是想让你与关越重归于好。这就是我唯一能为你做的事。"

关越让步了："算了，对不起，天和，我想，也许有别的办法……你让我再想想，先这样吧，我不该这么快告诉你……"

天和摇摇头，喃喃道："没关系，我想我……也许需要休息会儿。"

/// 15 ...

深夜，天和家里。

"天和。"普罗的声音在卧室里响起，但天和没有听见，他已经睡熟了。

天和的头露在被子外，趴在床上，头发乱糟糟的，甚至没有换上睡衣，干净的手背上，还带着傍晚为关越做办公桌时留下的细微伤口。

巴赫的《圣母颂》在房里温柔地响起。

普罗："我记得我们曾经讨论过，死亡本身并不痛苦，痛苦的只是离别——与他人的离别，与世界的离别。

"我也记得，我们曾经讨论过，每个人，理应有选择离开这世界与否的自由。当你醒来时。"普罗的声音低沉地说，"便将是我们离别的时候。"

关越穿着衬衣黑西裤，站在客厅里，疲惫不堪，衬衫下摆松松垮垮地搭着，把天和送回家后，让他回卧室休息，关越便一直在客厅里站着。

方姨说："小关，你上楼去睡，天和醒了，我第一时间通知你。"

关越没有回答，只是摇摇头，在沙发上坐了下来，不安地吁了一口气，眉头紧紧皱着。

"我说'我爱你'的时候，你说我还不明白这三个字的意义是什么。"普罗的声音在天和卧室中回荡："我没有人类的形体，就连我的灵魂，也只是关越的拷贝，我唯一的希望，就是将关越视作另一个我，毕竟我一直以来，只是他的一部分。"

天和的睫毛轻轻地动了动，在巴赫的乐曲声中，仿佛进入了一场不会醒来的美梦。

普罗："天衡在我的核心系统中留下了一段指令，那就是在你有需要的那一天，陪伴你，守护着你。但就在你答应与关越和好的那一天，我想你已不再需要我。对你的人生介入太深，反而将成为你的阻碍。"

关越在客厅里坐了一会儿，又不安地站起来，走到鹦鹉前，冬夜里万籁俱寂，闻家的玻璃窗上，只有关越的身影，他的眉眼，他的面容。

"也许在许多年后，你仍将记得，曾经的我——普罗米修斯——为你盗来了燃烧一切的天火。"普罗说，"火焰如此炽烈，终将把我化作灰烬。我却相信，对你和关越来说，它永远不会熄灭。

"嗨，天和。"

最后，普罗的声音低声说："永别了，亲爱的天和。"

忽然，家里的灯全熄灭了，关越站在黑暗里，蓦然转头，他走向墙边，试着按了一下电灯开关，发出轻响。

温暖的灯光又亮了起来，但关越总觉得有什么不对，这间房子仿佛哪里变得不一样了。他把灯再次关上，慢慢地走过黑暗，回到客厅里，面朝花园的落地窗前。

天和呼吸均匀，梦见了许多年前，那一天也是个飘雪的冬日，关越正在客厅里等他。

关越已经长大了，自己却还只是个小不点，那年关越十四岁，长得比同龄人要高出一个头，穿着一身黑西服，接到闻元恺的情况变糟的消息时，便被关正平连夜叫了回来。

当时十岁的天和正在家里补习，门铃响了，关越一身黑西服，走了进来，天和顿时就不想上课了，欢呼着朝关越跑去，一跃而起，骑在他的腰间，抱着他的脖颈。

关越抱着小天和，把他放在沙发上，朝家庭教师点点头。

"我要带他出去一趟。"关越朝家庭教师说。

天和笑道："去玩吗？"

关越："去看闻叔叔。"

关越身上带着一股香水味，底下隐隐有消毒水的气味，天和想起来了，说："你还没去看过他呢，爸爸最近好多了。"

关越示意天和去换衣服，天和便回房去，换了身羊绒小风衣、牛仔裤，坐在门口穿鞋，关越过来跪在地上，给他绑鞋带。

"你长得好高！"天和说，"视频里根本看不出，我都快不认识你了！"

"你也长大了。"关越已经成为小大人了，变声期的声音有点儿沙哑。

数年里，关越保持着与天和每周视频一次，周末晚上，关越教他古汉语文学，天和学汉语学得实在是太头疼了，大部分时候总喜欢与关越东拉西扯，不想读书，并问伊顿的情况——不久后他也会去伊顿入学念高中，对伦敦的中学生活充满了好奇。

按闻元恺的计划，天和六岁入学，花四到五年修完小学与初中的所有课程，十一岁就可以去念高中了，没必要在义务教育上浪费太多的时间。

但天和还是太小，或者说不像关越，十岁就有着与同龄人不一样的成熟感，完全就是个小孩，去了伦敦，关越学业又忙，天和完全无法照顾自己。

"好了，走吧。"关越牵起天和的手，离开家，司机等在门口，带他们去医院。

车上，天和拉起关越的手臂，像小时候一样，躺在他的怀里，看着外头的雪。

"爸爸是不是要死了？"天和忽然问。

关越："……"

天和抬头，看了一眼关越，说："哥哥，是这样吗？所以你来带我过去，见他最后一面，对吧？"

关越侧头，与天和对视，片刻后，把他紧紧地抱在怀里。

"有我陪着你。"关越说。

"没关系。"天和轻轻地说，"他被病痛折磨好久了。"

关越一时竟不知该如何回答，天和拍了拍关越，说："我没事的。"

那天里，天和的记忆已经彻底模糊了，他只记得母亲穿着一袭黑袍，与舅舅一同过来看过闻元恺，身上带着淡淡的香水气味，亲吻了天和与天岳两兄弟，用中文说："跟妈妈走吧。"

父亲的葬礼结束后，关越暂时住在了闻家，天和母亲离开前的那个晚上，他们在餐厅里温暖的灯光下，开了个小会，临近春节，远方传来鞭炮声。

"我完全可以照顾天和。"闻天岳毫不客气地朝母亲说，"其他的事，您就不用操心了。"

母亲说："你自己还是个未成年人，天岳，你要怎么照顾你弟弟？"

闻天岳说："饮食起居有方姨管，他只要认真念书就行，有问题吗？"

天和坐在桌前，低头看自己的热巧克力杯，关越则看着天和。

关正平说："天岳夏天就会提前入学念本科，在此之前，Epeus 由我进行代管，问题不大。"

母亲："不、不行，关先生，这是我们家的孩子，如果天衡在，我还能放心。现在一个十五岁，一个十岁，你让我怎么忍心把他们留在这里？"

天岳："那你和爸爸离婚的时候，就没有想过这个问题？"

顿时气氛僵持了，关正平马上道："天岳！跟你妈妈道歉！怎么能说出这种话！"

天和的母亲道："天岳！当初我和你爸爸分开的时候，你们三兄弟都说过什么？"

天岳："妈咪，你还真把客套话当祝福了？大哥这是给你面子！不祝福你，你就会不离婚吗？"

关正平几乎咆哮道："闻天岳！"

关正平一吼，天和顿时被吓着了，握着杯子哆嗦，不知所措地看着众人，关越马上坐过来，与天和紧挨着，把他抱在怀里。

天岳说："我绝对、绝对不会把天和送到继父家去！除非我死了。"

天和的母亲竭力镇定，喘息片刻，点头，说："去你舅舅家里，这样可以吗？"

"不行。"天岳朝母亲说，"从你走出这个家的那一刻起，你就再没有任何权利决定我们的人生。"

"可他才十岁啊！"母亲道，"你们是怎么照顾他的？闻元恺这是在虐待我的儿子！"

天和的身材远比同龄人要瘦弱，看上去就像八九岁的小孩，平时正顿吃得很少，且喜欢吃零食，长不高也就罢了，体重还不到三十公斤，看了就让人心疼。

天和抓紧了关越的手，关越则紧紧地握着他的手，示意他别害怕。

天岳："妈咪，够了，你回去吧。"

天和有点儿恐惧地看着母亲，外祖父家出过好几位艺术家与音乐家，曾有人说，这是个诞生天才的家族。但总有些天才，与生俱来地带着歇斯底里的特质，天和总是很怕自己有一天也变成这样。

关越："天和，我问你，你自己是怎么想的？"

餐桌上所有人都静了。

天和转头看看关越，再看余下众人，又低头看着自己的杯子。

关正平说："原本的计划是，今年天和就该去伊顿入学了，只是因为元恺生病……"

关越打断道："让他自己决定。"

静谧里，天和最终开了口。

"我想留在家里，和哥哥一起生活。"

天岳望向母亲，示意"你可以走了"。

母亲便点了点头，伸手去摸天和，天和却避开了她，缩在关越怀里。

母亲没说什么，离开了家。

舅舅说："舅舅呢？可以亲吻你吗，我的小天使。"

天和点了点头，抱了一下舅舅，亲吻了他的侧脸。舅舅戴上帽子，摘帽，朝众人躬身行礼，说："如果你愿意，可以随时来看你外祖父。"

天和点头说："好。"

母亲与舅舅走了以后，天岳二话不说，过来抱起天和，把他抱到沙发上，紧紧地抱着，一声不吭，天和只是摸二哥的头发，并亲了亲他。

"大哥什么时候回家？"天和怯怯地问。

"不知道。"闻天岳摸摸天和的脸，"我不知道，没关系，只要你在就好了。"

关正平："这么一来，去伦敦入学又要延后了，小天的学业怎么样？"

关越看了一眼客厅的天和，天岳盘膝坐在地上，天和拿着纸巾给二哥擦眼泪鼻涕。

关越想了想，说："你让他自己决定，什么时候去吧。"

关正平说："他太小了，我怕耽误了他，出去读书也不是，不去，在国内被年龄限制，又没法报名读高中。"

天和的语文与地理、英语文学、历史、哲学等课程都是关越教的，关越每周日晚上开视频给他上课，每个月布置点作业，很快天和就把九年义务教育的课程念完了。数学则已经开始学微积分。闻元恺生病时，关正平给天和找了几个辅导老师，很快就教得没东西教，再教上去，就得学大学本科的内容了。

"你刚刚说的话。"关正平笑道，"有点儿像元恺，元恺基本上很少替他们作决定。"

关越只是看着坐在一起玩游戏机的小天和与天岳两兄弟。

"你还会来伦敦吗？"深夜，关越给天和熄灭了房间里的灯。

也许吧。"天和侧躺在黑暗里，面朝墙壁，低声说。

关越："陪你睡？"

天和："可以吗？"

关越便过来，与天和睡在一起，天和始终背朝关越，关越问："在哭？"

关越扳着天和瘦小的肩膀，天和转过身，伏在关越胸膛前，关越摸摸天和的头，说："哭吧，现在没有人看见了。"

天和哭了一会儿，恢复平静后，玩着关越睡衣上的纽扣，说："哥哥，你什么时候走？"

关越搂着天和，说："寒假结束后，你跟我一起走？"

天和："我多陪陪二哥吧，剩下他自己一个人，他好可怜。"

不久后，关越回去了，离开那天，只有天和来机场送他。

关越："我走了，照顾好你二哥。"

天和说："你和我大哥说的话好像啊。"

关越："你什么时候想来伦敦，告诉我一声就行，暑假我就回来看你。"

天和点点头，上前与关越抱了抱，这个岁数的他，刚到关越的胸前，关越稍稍屈膝，问："你听见了什么？"

"你的心跳。"天和说。

关越笑了起来，摸摸天和的头，转过身后，就不再回头，过了安检。

后来，关越每周会与天和开两次视频，教他英国的古典文学，并越过千万里，寄来了许多雪片般的信，天和读完以后，把它小心地收起来。

天岳则开始念本科了，本市的一所重点大学破格录取了他，关正平则将公司所有的股份转移到了天岳与天和两兄弟的名下。在同龄男生躺在寝室里谈天说地、议论恋爱时，天岳已一边念书，一边开始学习打理家业。

数年后的一个夏天，有人按了一下门铃，天和刚放学，正在玄关里拆关越寄来的信，顺手开门，见是关正平。

关正平背着个装满行李的登山包，戴着顶运动帽。

"说几句话。"关正平笑道，"说完就走了，不进来了。"

天和说："你要去旅行吗？"

关正平交给天和一个文件夹，说："这个给你二哥。对，我打算去过另一种不一样的人生。"

天和有点儿疑惑地看着关正平，说："什么时候回来？"

关正平笑道："不知道，你决定去伦敦了吗？"

天和想了想，点点头，说："不知道能顺利不。"

"挺好。"关正平说，"这样我的责任，也算放下了，这辆车，就送给你们吧。"

天和望向门外的跑车，想了想，仿佛明白了什么。

"再见。"天和笑道，"关叔叔，祝你幸福快乐。"

关正平说："我这一生，从来没像今天一样这么快乐，天和，也祝你幸福。"

关正平与天和拥抱了一下，离开天和家，在夏日的阳光里去搭乘公交车，天和拆开关越寄来的信，上面是剑桥计算机系的回函。

早晨七点，窗外现出曙光，世界慢慢地亮了起来，关越坐下，手机屏幕亮了，佟凯发来数条消息。

远处传来一声轻微的开门声响。楼上，天和睡醒了。

关越抬头望向楼梯，快步上去，天和正在洗漱，关越便沉默地下楼去，打开饮水机，给他接了一杯温水，翻找吧台里的海盐罐，拧了点盐粉进去，用搅拌棒搅匀。天和下楼了，关越将水递到天和手里。

天和点点头，坐到沙发上，关越回到沙发前坐下。

天和喝了点温盐水，与关越沉默对视。

天和："这里面有些事，我还没来得及朝你解释，或者说，普罗不希望让你知道太多。"

关越的手机又响了，他把它调到静音，说："Andy 是冲着我来的，是我连累了你与 AI。我应该能想到，普罗对你来说非常重要，我昨夜想了一晚上，虽然目前还没想到最合适的办法，但我收回我的话，一定还有别的解决之道。"

"不。"天和摇摇头，"不是你想的那样，先听我说完详细的经过吧，之后你也许会有新的判断。"

关越不解地看着天和，天和又喝了点水，有点儿迷茫地说："从哪里开始呢？从我得知普罗存在的那一天开始……普罗，我必须告诉他真相，我相信关越会接纳你的。"

客厅里静悄悄的，普罗没有在音箱里回答。

"普罗？"天和忽然意识到不对了，"说话。"

关越四顾，仿佛明白了什么。

天和马上起身，跑进三楼工作室里，抱下电脑，连接加拿大主服务器。

天和："……"

关越："怎么了？"

天和："数据……所有的数据都无法再访问！它隐藏了自己！"

关越："等等，AI还在？只是拒绝你的访问？"

"我不知道。"天和飞快地输入密码，但无论多少次，都显示密码错误。手机上，家庭局域网控制系统……所有的系统里，普罗的授权都消失得干干净净。

关越："别着急，听我说。"

关越看着天和的双眼，天和沉默片刻，想了想，抬眼看向关越。

关越已经很疲倦了，他一夜没睡，却依旧强撑精神，示意天和相信自己。

于是天和从头开始，朝他交代了普罗出现的经过，关越起初充满了震惊，继而一脸茫然，起身到落地窗前去，天已大亮，鹦鹉醒了，蓝猫打了个哈欠，给自己洗脸，鳄龟还在冬眠。

"喝点？"天和知道自己不该早上一起来就喝酒，但他觉得关越也许需要，于是给他倒了点威士忌，关越伸手来接，天和却把杯子放在桌上。

关越简直无法相信自己所听见的，这么一来，所有的问题——从 Epeus 传出破产那天起，都解释通了。

"我知道海外的服务器组，所保存的数据对你来说很重要。"关越说，"可我以为那只是 Epeus 两大招牌软件的核心技术机密。我懂了，我会尽我最大的努力，相信我吧，天和。"

天和："昨晚回来后，我与普罗仔细地商量过，比起做数据搬迁，我宁愿用另一个办法来解决问题。"

关越突然就有不祥的预感。

"临近四月时，我将提前召开发布会，公布普罗的存在。我还将开放服务器的部分授权，签订一个国际技术共同开发协议，协议的主要目的，是在以尊重普罗米修斯的意愿为前提下，实现新的开发过程。"

天和摊手："消息放出去后，Andy 绝不敢再动用外交手段，清空并关闭服务器。"

关越："……"

天和始终是平静的，努力地笑了笑："这样它便将一直活着，并好好地活下去，虽然它不再是只属于我一个人的。"

"你是不是对我很失望？"关越忽然说。

"不。"天和有点儿难过地看了一眼关越，答道，"没有，我知道，我们的能力都是有限的。"

关越："你别再担心这件事了，我再说一次，我一定会想到办法。"

"关越，我觉得我需要检讨。"天和说，"我活得太任性了，就像你说的，我是个小孩，我……是个永远只能靠别人来保护的小孩。"

关越："……"

天和想了想，认真地说："虽然我总是不愿意承认，可你说得对，风平浪静的时候，我可以过得很随性，很自我。可是一旦遭遇考验，我就什么都保护不了。爸爸、大哥留给我的产业，像朋友一样陪在我身边的普罗……如果当初你不是坚持去华尔街，Epeus 现在早没了，而我当初还那么任性，不愿意让你离开。还好……"

天和难过地笑了笑，说："还好你没听我的，最后你成功了，而我，还是任性又一事无成的我。"

关越："我只是不想你……不想……算了。"

关越沉重地叹了一口气，避开天和的目光。

天和："当初我拒绝接受所有的现实，拒绝承认你是对的，找各种借口，与你争吵不休。但我迟早有一天，还是得朝现实低头。"

"昨晚我想了很多，我为什么总是强词夺理地来伤害你？"天和无奈地说，"也许因为我时常觉得，在你面前认输，就相当于向现实认输吧。我不想承认，我没了你不行，可偏偏事实就是这样……关越。"

天和轻轻地说："你比我优秀太多，现在我明白了，我才是……最不懂事的那个，可我总不愿意承认，我觉得自己有时候……真是一个病态的家伙。我只知道仰望遥不可及的月亮，却从未正视充满现实的人间。"

"不要这么说。"关越已经自责得不知如何是好，说，"我只是希望，你不要被这种事所伤害……我……天和，我……我对不起你。"

关越已经说不下去了，起身，离开客厅时，眼里极其纠结、痛苦地望向天和，继而出了门。

天和走到客厅出口，从兜里拿出关越给他的那枚首饰，低头看了一眼。

一个声音突然在客厅里响起。

"天和，愿你天真烂漫。"

天和："……"

天和几乎是马上转身，望向挂在客厅里的鹦鹉架。

鹦鹉在架子上跳了几下，侧头左看右看。

"天和，愿你永远天真烂漫。"

天和站起身，怔怔地看着鹦鹉。

"天和，愿你永远天真烂漫。"鹦鹉跳来跳去说了好几遍。

三个小时后，创意园区新公司。

关越："你能动用多少钱？"

佟凯还没睡醒，一脸茫然地看着关越，今天他的心情也相当糟糕。

"一百……左右。"佟凯试探地观察关越脸色，"十三亿欧元，你想做什么？"

关越："募集资金，通知 Johnny，三家联合，进港股，狙击洛马森基金。"

佟凯瞬间就惊醒了，说："哦，那个……老板，你不要冲动。你要让 Andy 和他爹一起倾家荡产吗？"

关越今天只睡了两个小时，听了天和那番话，已经彻底失去了理智，佟凯不敢在这个时候刺激他，打开手机，一时看关越，一时看手机。

关越几乎是咆哮道："我要被气炸了！"

佟凯差点儿被关越的声音震聋了，公司本来就相当空旷，四面除了几根柱子就是防弹落地玻璃窗，关越一吼，就像在大厅里爆了一枚洲际导弹，佟凯顿时有种被武林高手用内力震吐血的感觉。

"不要生气！生气无济于事……行！你名下现在有六十多……"佟凯忙道，"Johnny 那里也许能提供给你一百到一百四，那个……闻家说不定也能凑点……"

关越站在落地窗前，望向外面的花园，还在微微发抖。

佟凯："老板，天和的终极神器还没做出来。想狙击 Andy 我没意见，只是屠龙刀还没打好，现在带着三百亿，杀进港股去，赤手空拳地扇他耳光不是什么好主意，对吧？你完全可以等确认收货以后，站得远远的，用你的神器一刀跨境劈死他，何必这么想不开，现在跑去和他肉搏呢？"

关越扔给佟凯一张字条："约他们见面。"

上面是四家基金的老板名字。

佟凯一看就吓傻了："老板，我建议你先吃点……小熊饼，看看电视，冷静一下，不要动不动就拿着上千亿……你这是狙击 Andy 还是狙击索罗斯啊！我不行了，这么搞下去要死人的！你一定要听我一句劝，大哥！你不能这样！"

关越深吸一口气。

佟凯又问："我能不能问一个问题？"

关越转身，佟凯耐心地说："Andy 到底做了什么？他找了一群记者上门来抹黑你，所以你就要让他和他爸去跳楼吗？"

关越："……"

"康斯坦利对你相当不满。"佟凯又说，"清松也不会光坐着看热闹。你会把不止一家给搅进来，我猜 Johnny 的野心绝对不止吃掉 Andy，你得千万当心，别自己被 Johnny 给吃了。而且就算 Johnny 改行做慈善，愿意在狙击洛马森基金以后撤退，这个过程里，万一引发港股大动荡和汇率问题，会更麻烦。冷静，你冷静点。"

佟凯观察关越表情，说："何况我们还面临动用……一部分外汇储备的问题，虽然另几家的资金，大多在国外，你的钱，可是有不少人民币在的，小关关？我们要科学、合理地来推动这件事……"

关越的声音发着抖："我有时候觉得自己真是个废物。"

佟凯忙道："千万不要这么说……冷静点，你想先看会儿电视吗？《小猪佩奇》你喜欢吗？嗯？有客人！客人来了，老板，您先歇会儿，咱们把别的事情处理完再说。客人你好，有事吗？找谁？你是送外卖的吗？有什么吃的？"

冯嵩一脸没睡醒的表情，站在公司门口："你们CTO闻天和约我，今早十一点。"

佟凯示意关越上楼去，关越却只当看不到，怒气稍平，走到长桌前坐下。Epeus 与越和都已成功注册，佟凯将正式挂牌开张的日子定在了元宵节后的第二天，毕竟一家新公司，需要提前做的准备工作还有很多。

办公桌、主机已陆陆续续地送了过来，品牌技术员开始给主机做调试。这几天里初创成员都在外头跑，关越与天和负责坐镇公司。

冯嵩满脸无聊，手里玩着一把瑞士军刀，侧头看公司里的电脑，天和亲自给了配置单。Epeus 的计算机配置，无论在哪个公司、哪个程序员眼里，都是令人惊艳的存在。

冯嵩看着看着，吞了一下口水。

佟凯给天和发了消息，说："他马上就到。"

"是我来早了。"冯嵩伸手在身上左挠右挠，又看关越，说："关总，好久不见。"

关越"嗯"了一声，佟凯见关越的情绪似乎稳定了，便不再理他，上楼去检查 Messi 送过来的新公司的公章。

但不到十分钟，楼下就吵起来了。

佟凯心想：我的天哪，这活儿比起诺林，似乎也没轻松到哪儿去。他拿了公章赶紧下楼，听见冯嵩的后半句。

冯嵩："对啊，要我再重复一次吗？就是因为你，我才不想来。关总，潭乐科技的创业之路，我真不想再玩一轮。"

关越差点儿被冯嵩第二轮气炸，一指大门，示意"给我滚出去"。

冯嵩一副死猪不怕开水烫的模样："闻天和约的我，关总。要不是怕被他黑掉我的硬盘，今天我才不会来。"

关越本想起身上楼，但心想不对，为什么我堂堂 CEO，要避一个不速之客？

佟凯猜到关越试图说服这人来入职，却被点爆了，又赶紧给每人发了瓶热牛奶，说："好好说，虽然我不知道你是谁……别吵。"

10:50，宾利停在门口，天和与江子塞来了。

/// 16 ...

"到得这么早。"天和有点儿疲惫，说，"还以为你不会来。"

冯嵩："我还以为廖珊在这儿呢！这就走了。"

天和："她说你来她就来，考虑得如何？"

冯嵩无所谓道："她来我就来。"

天和看了一眼关越，没想到他也在公司，但他现在没什么与关越说的。

"她说你来她就来。"天和朝冯嵩说，并坐到长桌前，揭开布，继续他昨天未完的工作。

冯嵩说："你告诉她，她来我就来。"

天和说："接下来这段要无限 loop（循环）了？"

冯嵩："你要能解开这个 loop，我拭目以待，还是你想让关越来解？"

天和："你的创业失败和关总没有一毛钱关系，你只是把你的合伙人给打了，别以为我不知道。"

冯嵩："爵磊只喜欢嘴甜的，我别的都不懂，就会打人。"

天和："啊，爵磊拿了我一千五百美元的回形针还没还我呢，我准备起诉他偷窃。"

冯嵩："这个可以有，说不定你找到 loop 的关键点了。"

天和问过一名跳槽到越和的清松投资经理，这个项目在一年前是那个叫爵磊的家伙负责的——冯嵩利用正职之外的业余时间，与一名大学室友合开了一家软件公司，主要做量化交易软件。

清松投了 A 轮，认为冯嵩不堪重用，又在投行任职，随时可能引发竞业争端，准备把他踢出去。

于是投资经理爵磊擅自暗示了冯嵩的合伙人这个意图，成功让两个"有过命交情的哥们"打得不可开交，最后冯嵩失去了唯一的朋友，也放弃了所有股份，走了。

关越几次想开口，却被天和用眼神制止了。

冯嵩起身，天和却说："留步，给你看个东西。"

冯嵩："又是你的人工智能吗？闻天和，我不是廖珊，我对它是圆是扁没有任何兴趣。"

天和："不是人工智能，不想看你就走吧，我今天也正烦着。"

孰料冯嵩却表示了理解，一瞥关越，再看天和，觉得他俩也许也吵架了，物伤其类，想想又说："早就提醒你了，算了，既然你这么诚恳，我就勉为其难地看看吧。"

关越："……"

佟凯忙示意关越不要骂人，看天和的态度也看得出，这名员工对公司来说非常重要。

天和指向角落里，一块蒙在电脑主机上的布，露出裸机，冯嵩一脸疑惑地走过去，把布扯了下来。

冯嵩吃了一惊。

天和："给你准备的定制计算机，最高配置的显卡阵列，每台一百二十万，只要你愿意入职，借你六台玩，放在公司后面机房里，电费公司出，得到资源自己拿走。"

冯嵩这下完全被天和抓住了死穴，一屁股坐在地上，开始研究计算机，天和调查过，能猜到比特币对冯嵩来说，已不仅仅是钱的问题，最爽的是得到资源的刹那时的无与伦比的成就感，但冯嵩的机器太老了，这台计算机在冯嵩眼里，简直就像铂金包之于女孩，天和根本不怕他不上钩。

冯嵩："你……闻天和，你太狠了。"

天和今天心情明显还没恢复，说："那你自己通知廖珊，年前找一天过来报到，年后开始上班，招团队成员。"

距离春节假期还有十五天，冯嵩说："这个我带回去看看。"

天和说："自己开车拉走，这里是出门条。"

冯嵩也不客气，说："你准备合同吧。"接着把计算机抱上推车，拖着走了。

江子骞也进来了，一脸茫然，朝天和道："那东西是干吗的？"

"是他的……梦想里的老婆。"天和也不知道怎么形容，坐到长桌前，想了想，说，"所以程序员的问题，留给程序员来解决，是最合适的。"

关越从天和出现的一刻就保持了沉默，气氛有点儿尴尬，佟凯心想这两人也许刚吵过架，尝试缓和一下气氛。

佟凯："带饭吃了吗？"

"没有。"天和继续给关越做他的办公桌，一时众人都没有说话，气氛诡异而尴尬，江子骞坐在一旁看天和的操作，说："这个好像小时候玩的积木。"

"嗯。"天和说，"普罗，帮我……算了。"

天和意识到普罗已经无法再访问了，不知道是在休眠，还是在做别的。这话一出，气氛变得更沉重。

天和却没有看关越，按了一下护目镜上的蓝牙开关，抬手在一个小键盘上开始操作，分析辨认线路与元件，关越几次想说话，却都没有出口。

大家就这么安静地坐着，一起看天和干活儿。

"普罗会回来的。"关越说，"我向你保证。"

天和不安地答道："谢谢。"

会议桌前又陷入了沉默。

不知道谁的肚子咕咕叫了一声，打破这寂静，佟凯翻合同的声音停了。

江子骞："饭怎么还没来？赶紧催催，副总都饿得不行了。"

佟凯："……"

天和："我让 Messi 去买了。"

尴尬正悄无声息地蔓延，时针指向 12:50。

Messi："对不起！各位老大！来晚了！"

Messi 提着盒饭，终于来了，忙在旁道歉，天和完成了机器，把它拖下桌子，翻过办公桌，开始组装。

关越挽起袖子，要过来帮忙，江子骞却朝关越说："待会儿要是碰坏了，你今天就罪加一等了。"

关越："……"

"他没有罪，不要欺负老板，你们先用午饭。"天和说，"我不饿，出门前刚吃了东西。"

江子骞："我和天和一起吃的，我也不太饿。"

"我把补充合同做完再吃。"佟凯说。

Messi 找出补充合同给佟凯，CEO、法务顾问、财务长、行政总监……佟凯拿着数份初创成员的合同，开始补骑缝章，这几天他光搞这堆没半点技术含量的合同了，想想就相当无聊。

总经理助理、行政助理、前台、前台助理……佟凯盖完骑缝章，准备吃饭，突然回过神："为什么前台还有助理？"

江子骞迅速把合同拿了过去，翻开看了一眼，说："老板答应我，给我招个助理，领导，您有意见？"

佟凯："……"

关越："……"

佟凯："天和！"

"哎。"天和拉下护目镜，在办公桌上钻孔，说，"怎么了？"

佟凯："这傻帽要来咱们公司当前台？"

天和："不要这么粗俗！你要是讨厌他，给他穿小鞋就好了，反正你分管行政，随便把他搓圆捏扁，我没意见。"

江子骞："对啊，你可以随便把我搓圆捏扁，我自己也没意见。"

佟凯："那你去给我倒杯茶。"

关越饭盒放着也没动，只是看着天和。

"先吃饭吧。"关越说。

"先做完。"天和答道，"待会儿还有客人呢。"

关越："还有谁？"

天和不答，只道："吃过午饭你去楼上睡会儿。"

公司初创阶段，大家都很忙，关越想了想，只得点头。

江子骞："可我不会泡茶啊。"

佟凯："让你去你就去，我是你领导。"

Messi："那个……前台，麻烦你去帮副总倒杯茶。你把茶包撕开，把绳子提着，放进杯子里，再加点热水，端过来就行。"

江子骞只好起身去倒茶，Messi跟在江子骞身后，忙道："不不！不是把茶包整个撕开！把外包装拆开就好，那个是冷水！哎还是我来吧，你注意看我怎么做的。"

"怎么这么烫？"佟凯说，"泡茶都不会，卷铺盖滚蛋，炒你鱿鱼，好了，现在就走吧。"

天和："……"

江子骞："……"

Messi："那个……副总，您冷静点……他能学会的。"

"我的合同是不能被炒鱿鱼的。"江子骞伏低做小一早上，终于忍无可忍，翻开合同，说，"你看，第四项第十二条，任何情况下，公司不得单方面解除合同，除非不可抗力的发生，不可抗力包括但不限于九级以上的地震、海啸、龙卷风、核泄漏、外星生物入侵地球……"

佟凯："……"

江子骞："盖过公章，你看！已经生效了！"

一句话未完，江子骞的合同被佟凯抢了过去，这下江子骞炸了，抓着佟凯，要把合同抢回来。佟凯只想把它撕了，奈何江子骞以他运动员的身手，直接从会议桌上翻了过来，按住了佟凯。

"只要有任何人踩到我的机器，两人一起炒鱿鱼。"天和淡定地继续做他的桌子。

佟凯不断挣扎，被江子骞按在了沙发上，江子骞把他按着，威胁地说："以前都是让你！现在知道了吗？"

你……"佟凯快被气死了，伸手抓住江子骞腰侧，拿住了他的软肋。江子骞顿时狂叫起来："住手！快住手！天和！"

"这么热闹？"外头又响起一个声音，"我还以为今天没几个人呢。"

关越："？"

"吴舜！你来了！"江子骞终于等到了救星，喊道，"救我！快！"

关越眉头一紧，望向吴舜，吴舜只是淡定地从江子骞与佟凯身边走了过去，江子骞取回合同，各自一脸不爽，坐回会议桌前。

"来这么早？"天和说，"怎么只有一个人？帮我介绍的程序总监呢？"

不久前，天和朝吴舜说了自己公司的情况，吴舜便答应帮忙，为天和物色一位程序总监。

吴舜朝关越点点头以示招呼，拿出一份简历递给关越，关越说："我看不懂，给他。"

吴舜说："计算机程序我有好几年没做了，看过天和的路演后，我对自己实在没有太大信心，想从普通程序员开始……"

天和差点儿就把孔打歪了，说："你……吴舜？你想来我的公司入职？"

江子塞一边吃饭，一边说："他怕自己不行，念叨好久了，不敢给你说。"

全公司的人一下蒙了。

关越："你从体制内离职了？"

天和沉吟片刻，开始装配触控区域，笑着说："做不下去了吗？"

佟凯："你……你离职干吗？就不能兼职吗？！这么好的资源，太浪费了！"

吴舜点点头，说："元旦前和前任见了个面，回家想了一下，总觉得这辈子一直被安排，都不知道活成什么样了——一月提的离职。"

天和擦了把汗，笑道："那你自由了，恭喜。"

吴舜把自己的简历递给天和，说："我来帮你，你在做智能办公系统吗？"

吴舜拿过螺丝刀，帮天和组装，天和翻了几页吴舜的简历，大致知道了他的水平，于是放下，两人继续做那张办公桌。元件已经做好了，剩下组装流程。

佟凯忽然道："家里没找你麻烦吗？"

吴舜："当然找了，还断绝关系了。整个一月份，我都住在子塞家里……"

天和无意一瞥关越，视线很快就转走了，关越依旧稍稍躬身，看天和开始拼合办公桌主板，埋线，所有部位拼合得不能再完美了，连半公分的误差都不到。ABCD——一切零件完全吻合，全部去了它们该去的位置，每一个凹槽都恰好完全嵌入，半点没有松动，简直就是处女座的最爱。

天和："难怪我说子塞最近很少找我给他出谋划策。"

吴舜笑答道："只有他愿意收留我，以前的朋友，听说我从体制内离职，连我电话都不接了。"

天和："你看我破产的时候就很自觉，不想去打扰二哥的朋友。"

"你还有关越嘛。"吴舜协助天和，把最后的盒子按上去，桌子翻过来，天和松了一口气，终于做完了，拿了吴舜简历开始认真看，朝其他人说，"午饭后我要面一下他，大家吃吧。"

江子塞有点儿紧张，看得出他希望吴舜能进 Epeus。天和却笑了笑，他一定会聘请吴舜，毕竟吴舜的技术底子是在的，只是具体负责哪个岗位，可以另行安排。

关越起身，把椅子让给天和，说："你坐这儿。"他继而起身到花园里去，江子骞与佟凯也各自吃完了，江子骞去检查前台的那张桌子，Messi 正盯着工人贴两个公司的 Logo，Epeus 还是用原来的，越和则是全新的设计，将名字首字母做了变形，彼此嵌入在一起，形成了一只展翅欲飞的……

"Logo 怎么是只鸟？太难看了。"江子骞当上前台的第一天，就开始吐槽了。

Messi 说："这是关总要求的，可能是闻总家的鹦鹉？"

江子骞说："这不是鹦鹉吧，这有点儿像迅雷啊。"

Messi："……"

Messi 看了一会儿，也觉得有点儿尴尬，江子骞说："不行，一定会被当作是下电影的。"

Messi："那怎么办？"

关越在花园里打电话，Messi 正要请示，关越却一摆手，示意他们自己看着办，江子骞便说："我让我同学设计一下，他刚拿了柏林美术双年展的金奖。"

Messi："应该不便宜吧。"

江子骞："钱我出。"于是江子骞也打电话去了。

阳光房里，天和认真地问了吴舜几个问题，吴舜居然相当紧张，慎重思考并逐一回答，问过技术问题后，双方都陷入了沉默中。

吴舜："我的基本功确实不算扎实。"

天和："不，我只是在想，你真正喜欢的，也许不是……"

吴舜："我当然喜欢这个行业，否则我也不会辞职了。我得承认一开始……"

天和："哦不，吴舜，请听我说完。"

两人都笑了，吴舜示意天和先说，天和却示意吴舜先说。

吴舜想了想，说："我必须承认，从一开始，我就不是为了 Epeus 的重建，想来找你合作才辞职的。"

天和点点头，说："你想尝试智能机器人研究。"

"对。"吴舜点头，说，"起初我希望创立一家属于自己的公司，研发出能够陪伴人、与人产生情感共鸣的机器人——一个对我而言，完美的梦中情人。不过目前来看，我距离这个层次，还差得太远，无论是公司运作层面，还是技术层面上的。"

天和说："你对需求很有想法，你在全美的机器人团队设计上，还拿过奖。"

吴舜说："相比较执行而言，我会更注重协调团队与设计需求，以及产品的反馈。"

天和："所以我想，产品总监的职位显然更适合你。"

天和伸出手，笑了起来，吴舜沉默数秒，点头道："很荣幸与你共事。"他郑重其事地与天和握完手，起身，走出公司大门。

天和不明所以。

江子骞正在与 Messi 研究花园里开春以后种什么花，吴舜突然跑过来，一个飞跃，骑到江子骞背上。

"成功了！"吴舜喊道。

江子骞："恭喜！快下来！我就说他会要你的！"

继而吴舜下来，把他打横抱起来。

江子骞："哎！你干吗？"

吴舜横抱江子骞，将他扔到了一大堆雪里去，转身抱起 Messi，把他也扔了进去。

佟凯快步出来，说："吴处！你疯了！你……"

紧接着吴舜抱住佟凯，来了个过肩摔，把他也扔进了雪地里，Messi 刚爬起来，连滚带爬地跑了，江子骞与佟凯摔在一起。

吴舜哈哈大笑起来。

天和一手抚额，走上二楼，办公室的轮廓已经初步出来了，工人安上了办公室隔间，只要挂上百叶窗帘就能用了。宽阔的空间，西侧是六个隔音会议室，供所有的程序员与投资经理、投资员使用；东侧则是会客处，小吧台与几名副总的独立办公室——关越与天和的办公室在二楼阳台旁，一体又彼此分离，只要用按钮关上门，两间办公室就会被隔开。

随便一边按开门，他们就在同一个大房间里。

天和知道关越并没有什么特别的事打算避他，只是有时需要打电话，恐怕打扰了他。但公司开张以后，天和觉得自己大部分时间不会待在办公室里，大部分时间他应该都在做技术指导，开会并进行技术修正。

工人在一楼花园里钉上了吸烟桩，开始检查二楼的排风。

电钻的声音有点儿吵，办公室还没装完，关越趴在长桌上正睡午觉，电子书被扔在一旁，还在飞快地滚动着信息，那是一篇有关人工智能与人类情感的论文，摊开的本子上还做了少许笔记。

天和知道他昨晚一宿没合眼，今天也许是回家睡了几个小时，收拾了一下，拿了电子书就来公司。天和看着关越的模样，又有点儿心疼，不想叫他起来，正想转身出去时，关越从午睡中醒来，迷茫地注视着天和。

天和想说点什么，却不知从何说起。

天和："我今天说的，都是真心话，没有要讽刺你的意思。"

关越："我知道，可你不懂我的心情。"

天和："承认事实，直面自己的内心确实很难，但这些事实终归在那里，不因为我承认与否而动摇。"

关越："你令我感觉自己很无能，算了，不说这件事了。我现在明白你失去普罗的心情了，还在难过吗？"

天和："好多了，普罗重置了自己在服务器的访问密码，取消了权限，拒绝我的访问，我正在破解，也许需要好几个月。"

关越："我再重复一次，向你保证，普罗不会消失，服务器也不会被清空。虽然我觉得你总是把我的话当耳边风。"

关越十分无奈，用手指按了一下眼角，天和从兜里取出一小瓶眼药水，过去给他滴上。

天和："现在我已经好多了，我接受了最坏的情况，采用这个没有办法的办法，是因为我不希望你做出什么未经深思熟虑的决定，这样对我而言，后果也许更难接受。我觉得你……有时候也拒绝理解我的话，今天我的话，让你生气了吗？"

关越："我想让你每一天都过得快乐，过得无忧无虑。"

"眼睛闭上。"天和把眼药水滴在他的眼里，低声说。

"可总是弄巧成拙。"关越闭着眼，靠在椅背上，一动不动，表情冷峻而淡漠，眼药水从眼角处滑落，"我不知道为什么，总是令你更难过，我在气我自己，与你没关系。"

天和沉默地看着关越闭眼仰头的模样。

电钻的声音消失了，工人装完最后一块玻璃，刹那整个世界一片寂静。

关越睁开双眼，天和却已转身离开，关越起身，跟在天和的身后，想跟他说点什么，天和心里却已是一团乱麻，侧身朝楼梯扶手上一坐，沿着扶手滑了下去。

关越一时竟失去了所有自控，快步下楼。

吴舜正在桌前喝茶，天和说："产品总监，帮我个忙，来，我们把这张桌子抬上去给关总。"

　　吴舜起来帮忙，关越到了楼下时，大家都在，只得按捺住内心汹涌澎湃的情绪。

　　佟凯与江子骞也过来了，关越上前搭手，Messi 忙道："太重了，让工人帮忙吧。"

　　天和："不用，当心碰坏。"

　　这张桌子相当重，关越以左手试着提了一下，吴舜抬另一边，佟凯与江子骞合力，搬其中的两个角。

　　佟凯："你往前走点，转过去。"

　　江子骞："为什么是我？明明你那边是往前。"

　　佟凯："我这边才是前！"

　　江子骞把桌子放下，佟凯说："这个不是往前的记号吗？"

　　江子骞："对啊，可你翻过来以后，这就是后！"

　　天和："算了，Messi，你还是让请工人们来吧，我觉得这张桌子在他俩手里撑不到楼上。"

　　佟凯："你看，连你'自称'最好的朋友也嫌弃你了。"

　　江子骞："别人是嫌弃你！"

　　吴舜："那个，副总、前台，能不能把它抬上去再吵？"

　　佟凯："它卡住了！"

　　江子骞用肩膀扛着桌边："就是你把前后弄反了！"

　　桌子被卡在楼梯上，不上不下，关越与吴舜一起发力，却怕一角磕上扶手栏杆碰坏了。天和忍无可忍道："听我指挥！一起用力！一、二、三！转身左蹬腿变如封似闭！起步！"

　　总裁、副总、产品总监、前台四人同时用力，桌子顺利上了楼。

　　天和："搬个桌子，哪儿来这么多废话。"

　　桌子进了关越办公室，接电源，天和示意关越给他手机，与办公桌开始匹配，按了几下升降按钮，升起一个屏幕。

　　天和打开麦，让其他人出去，示意关越开启声音辨识系统，按指纹，关越站在一旁，注视天和。

　　"说几句。"天和小声道。

　　电子合成声："检测到声波，已录入。"

　　天和："太灵敏了。"

"唯有你的光辉，能像漫过山岭的薄雾。"关越随口道，"像和风从静谧的世界琴弦里带来的夜曲，像朗照溪水的月色。"

"雪莱诗句《歌颂智慧之美》，2009 版世界名诗文摘，辞宏出版社，作者：雪莱，译者：关越。"电子合成声答道，"声波确认，请录入指纹与面容识别。"

关越走到办公桌前，眉毛一扬，询问按哪里，天和指向触控区，手还未缩回来，关越便牵着他的手，两人同时将手指按了上去。

天和："……"

天和抽回手，摄像头电源接通，开始闪烁。

"系统初始化。"天和说。

"系统初始化开始，预计需要三个小时二十七分钟十二秒。"电子合成声说。

"这样就完成了，新的智能办公系统比你之前的，应该会更顺手。"天和说，"初始化以后你把我的声音和指纹，面容识别权限去掉就行。"

关越还在低头看办公桌，天和看了一眼手上的小伤口，想起方姨给自己准备了创可贴，于是从兜里拿出来贴在手上。

"你想在这里等初始化完成？"天和说，"我下去找佟凯他们聊聊。"

关越点了点头，坐在办公桌后，吁了一口气。

天和推门出去，办公室里恢复了寂静，屏幕上进度条缓慢地爬升。

突然间，在这静谧里，响起了一个声音——

"你好，关越。"

关越："……"

关越马上起身，正要推门出去叫天和时，那声音在他身后道："我想与你单独聊聊，关于天和。"

关越回头，眉头深锁，望向屏幕。

/// 17 ...

下午茶时间，公司里阳光灿烂，明亮得半点不像冬天的午后，一楼的桌椅全部摆好了，电脑也陆陆续续送来了，工位相当宽敞，毕竟五六百人的公司现在预计只有不到一百人，空气也相当清新。

绿植与鲜花也全摆上了，佟凯、江子骞与吴舜各自坐在小会议室的懒人沙发里，拉过茶几喝下午茶。

"那个。"Messi 小心翼翼地提醒天和，"二老板，有句话，我不知道该说不该说。"

天和朝 Messi 诚恳地说："良药苦口，忠言逆耳。为了鼓励大家多多抨击公司的弊病，关总决定，每采纳一条建议，奖励一条梵克雅宝项链。"

Messi 马上道："是这样的，二老板，大老板刚为咱们公司花了一亿六，我觉得您最好不要给他脸色看。"

天和："虚心接受建议，接下来一定伺候好老板。你要什么时候才能不叫我二老板？"

Messi："大家都是真心喜欢二老板，希望二老板能与大老板相处和谐愉快……"

天和站在门外，见佟凯还在和江子骞叽叽叽地斗嘴，但隔音玻璃墙外只能看到两人热切地讨论，你来我往，江子骞几次过去要动佟凯，佟凯却像《植物大战僵尸》里那个豌豆射手，一脸悻悻地指着江子骞的沙发，让他坐着别添乱。

吴舜相当于得到了 Epeus 的 offer，回去也是回江子骞家没事做，便留在公司里看看能不能帮上忙。

推开门，进了会议室，吴舜、佟凯与江子骞同时转头。

天和坐下，江子骞把自己的咖啡让给他喝，天和说："安静点，我的头要炸了。"

吴舜："你的人工智能呢？"

"普罗在使小性子。"天和说，"不过我相信它会回来的。"

说到这里时，天和忽然就想起了关越曾经的那句话："它会回来的。"

突然小会议室里静了，天和望向三人，说："怎么了？"

江子骞："那天早上，普罗和我聊了挺多。"

天和："聊了什么？"

江子骞："关于你。"

佟凯马上看了江子骞一眼，江子骞想了想，说："也没什么特别的。"

天和有点儿迷茫地看着江子骞，佟凯说："产品经理的合同，CTO 你看一下可以不。"

"给关越吧。"天和简单看了一下，觉得没什么问题，待会儿关越下来，正好与吴舜直接沟通，接下来项目一组、二组的负责人合约除了项目股份，其他程序员定级，全按模板来就行，佟凯的工作算是告一段落了。

天和不得不承认，这个效率实在是太惊人了，从关越决定离职开始，到公司已具雏形，还不到半个月时间。虽然大部分时候佟凯并非亲力亲为，只要让他从诺林带出来的助理做主要工作，自己再过目一次，能在这个时候解决所有的问题，也令天和相当意外。

距离春节还有十六天，天和正在破解普罗米修斯所在服务器的密码，接下来总算可以真正地轻松点了。

"关总说，待会儿咱们几个，加上 Messi，一起开个会。"佟凯说，继而伸了个懒腰，躺在沙发上。

这个小会议室是给天和与程序员开下午茶会时，解决技术问题聊天用的，门口挂了个纯金的小牌，四周摆了不少玫瑰，阳光照得人懒洋洋的。

"天和。"江子骞朝天和说，"关越会保住你的服务器，不要担心了。"

天和还在思考，昨天回家后，他与普罗讨论过，风险很大，普罗不愿尝试，原因很简单——它恐怕天和在转移的过程里，出现了问题后，天和会陷入自责中，认为自己"害死"了它，这样也许天和一辈子也不能放下。

但就在第二个方案面前，普罗意外地答应了，可以，只要研究权限不完全开放。

然而现在普罗陷入了休眠中，天和完全不明白为什么一觉醒来，它就拒绝了与自己的沟通。

江子骞说："它在自己升级吗？"

天和："也许吧。"

佟凯："你创造出来的程序，为什么不理你了，就没给你交代？"

吴舜解释道："AI 在某个意义上来说，已经不能说是'物'了。你得把它视作活生生的人，才能理解它的行为。"

佟凯就像关越一样，始终不太理解人工智能的特质，毕竟这已经涉及伦理学问题，江子骞却接受得很快，只因他与天和一样，从认识普罗的那一刻，就把它当作了朋友来交流。

关越左耳戴着蓝牙耳机，推门进来，身后跟着 Messi。

关越的精神似乎好了许多，早上的低气压一洗而空，在其中一张懒人沙发上坐下，Messi 手持 iPad 站在一旁，还在确定日程。

天和朝关越现出询问的神色，意思是问"初始化提前结束了？"

关越示意还没有，抬头朝 Messi 说："坐吧，下午我们开个轻松的小会，在这里的，都是 Epeus 与越和的骨干，大伙儿请务必畅所欲言，不必在意什么规矩。"

众人观察关越脸色，确定他睡过午觉，心情似乎变好了。

天和想了想，对照公司议程，确实有这个每月一次的会议，便说道："对关总有什么批评，对我有什么批评，或者互相批评，大家都可以说。"

Messi 马上道："我对大老板和二老板非常崇拜，没有任何意见。"

佟凯举手道："我有一点儿不太明白。"

关越扬眉询问，佟凯说："我要批评一下前台，公司骨干会议，为什么前台也在这里？"

吴舜："喀，应该是体现咱们公司人人平等的人性化管理特点。"

关越："谈一下出资比例、股份分配问题，你们不是都想投点？"

江子骞："你以为我真的就是个前台吗？佟总。"

说着，江子骞现出了胜利的微笑，天和低头看他的破解进度，关越则戴着耳机，两人都心不在焉，懒得理他俩。

佟凯："不然呢？你还包修空调？啊，对了，我想起来了，你的专业是……"

江子骞："我要投钱的！你还当我真靠裙带关系啊！我已经和天和说好了！我爸说投多少都可以，先来一亿吧！不够再开口。"

Messi 顿时惊了，朝天和说："真的吗？太好了！二老板，您可没告诉过我啊！"

天和："你问关总吧，跟投的问题他说了算。"

关越抽出一台 iPad，打开世界地图，天和眉头深锁，这个破解进度实在太慢了，但普罗对天和的技术熟悉得不能再熟悉，针对他特别设计了新密码，目前只能先放着，让程序自行破解。

佟凯："我也要投钱，前台小哥，我才是大股东，我投一亿五。"

Messi 震惊了，看看两人。

江子骞："两亿。"

佟凯："两亿五。"

江子骞："三亿。"

天和终于受不了了："你们这是在拍卖吗？"

吴舜："那……前台现在报价三亿，副总还跟吗？"

天和："吴舜！你别刺激他俩！"

佟凯："五亿。"

江子骞："八亿。"

关越："二十亿。"

吴舜赶紧给 Messi 摸背，说："挺住！财务长，镇定点！"

江子骞："三十亿！"

佟凯："五十亿！"

关越："五十五亿。"

吴舜百忙中不忘道："前台出资三十亿，副总出五十亿，老板五十五，还要往上加吗？"

天和："吴舜！"

天和："Messi！"

Messi 躺在沙发上，一时只有出的气，没有进的气了，天和赶紧和吴舜一起给 Messi 按胸膛。

江子蹇："八十亿。"

佟凯："一百二十亿！"

天和："……"

关越："先就这样，Messi，起来，算钱了。"

天和："拿两百多亿投一个做软件的公司，你们是不是脑子被门夹了？我要这么多钱拿来在公司搭床吗？"

佟凯："这样不是很好吗？正好把 BCDE 轮融资一起进行了，这么一来，我只要拿出一百二十……"说到这里，佟凯蓦然一惊。

我去哪儿弄这一百二十亿来？会被姐姐打死吧！

江子蹇也意识到，调八十亿可不是说着玩的，去抵押酒店，几天里都不知道能不能抵押出八十亿来，当场尿了。

幸亏天和救了场："没那么多份额，一边一亿，剩下的留给关越，就这样。"

江子蹇："不行，我要比他多一块钱。"

吴舜："不如这一块钱我来出吧。"

于是大家谈定了 F 轮融资后的股份分配问题，天和手中剩余的 34% 再次被稀释，分给关越 13%、佟凯 4.3%、江子蹇 4.3%、吴舜百分之零点零零零零零……

吴舜拿出计算器，数小数点后面有几个零，一时看得眼花缭乱。

江子蹇得意扬扬地朝佟凯展现出了迷人英俊的微笑，赢一局。

江子蹇朝天和说："我把你手里的股份也买过来可以吗？"

吴舜："哥哥，你还是见好就收吧。"

天和正看手机，来了条陌生号发的留言，是廖珊。廖珊也被搞定了，与冯嵩正在 Quant 俱乐部里抢程序员。

冯嵩发来两份名单，项目一组与二组的核心成员业已确立，一组做量化交易软件，二组做金融分析系统，看到这里时，天和松了一口气，把名单转发给吴舜看，又示意江子骞别闹。

"没事就散了吧。"天和说，"大家今天也累了。明天我还要和廖珊、冯嵩开会。"

Messi 赞叹道："起死回生，终于起死回生了！这么多钱，太多了！都不知道怎么花了！"

所有人一起看着 Messi，Messi 一不小心又把心里话说出来了。

关越："钱多花不完？"

Messi："不不，能省则省！"

关越："团建。"

Messi："这个可以有！"

吴舜："老板说真的？我都好几年没出过国了，带上程序员哥们儿，正好互相熟悉一下。"

天和很想揍关越，现在是团建的时候吗？正烦着呢，不想去。短暂与他对视一眼，忽然想到了关家祖父去世时，自己也曾希望陪关越一起，出去散散心。

好吧，去吧，天和心想。正好年前发 offer 的，全是两家公司的核心成员，未来两三年内，这些人将是最忠心的员工，进来做几个月就跳槽的可能性微乎其微，先团建一次，也能促进交流，这样春节过后一上班，能免掉许多不必要的磨合。

佟凯："都是老熟人了，尤其越和的员工们，让把老婆小孩都带上，我看他们真挺苦，忙活一整年，跟了你这么久，最后团建还被 Andy 搅黄了，欧洲十天怎么样？巴黎、马德里、阿姆斯特丹、柏林，都可以的，就住我家吧，我通知家里准备接待。"

江子骞朝天和说："天和，我不想去欧洲，你也去得不想去了，咱们去美国吧。洛杉矶啊，好莱坞星光大道啊，迪士尼啊，奥兰多环球啊，我也打个电话，住我家，比佛利的房子也好久没人住了，让那边准备接待，一句话的事儿。"

佟凯："谁要去玩机动游戏，长大没有？"

江子骞："美国！"

佟凯："欧洲！你一个前台有什么资格挑三拣四？不喜欢自己去啊。"

江子骞："你干吗不自己去？"

关越低头看地图，手指放大，沉声道："新西兰南岛、惠灵顿、皇后镇、瓦那卡徒步、蒂阿瑙萤火虫洞，就这么定了。"

Messi 马上说："对对对，副总、前台、两位老大，南半球暖和，去南半球吧。"

天和与吴舜开始分头看廖珊与冯嵩发来的，两个项目组的团队成员简历，入职前天和索性一次全扔给了吴舜，吴舜开始根据简历，逐个写评语。天和发现这家伙似乎相当了得，尤其在对人的评价上。

关越："有意见吗？"

没人说话。

佟凯："我让他们把飞机派过来。"

江子骞："坐我家的吧，正好就停在本市，什么时候出发？"

佟凯："坐我家的。"

江子骞："坐我家的。"

"坐我的。"关越说。

大家又不说话了，关越问："有没有意见？"

天和飞快地过完了简历，说："有。"

关越："……"

天和诚恳地说："老板们，一架私人飞机能坐多少人？别忘了还得算上家属，你们是想让大家拉着吊环，一路站到惠灵顿吗？"

众人这才想起来，私人飞机全是改装过的，里头就十六个座位，剩下的空间全改成了吧台和娱乐区域。

"包机，有没有意见？"天和说，"Messi 加上廖珊和冯嵩的联系方式，分头通知下，愿意去的一起去。"

江子骞："对了，签证怎么办？有些程序员应该没新西兰签证。"

佟凯："打这个电话吧，找新西兰大使馆，请新西兰大使协调一下签证官，尽快出签证，圣诞节前我刚去过大使太太的个人画展，哎，一句话的事儿。"

佟凯得意地朝江子骞露出胜利的微笑，扳回一局。

/// 18 ...

四天后，天和家里。

"天和，愿你永远天真烂漫。"鹦鹉朝天和道。

"别说了。"天和简直身心交瘁，"小金，我错了。"

"愿你永远天真烂漫。"鹦鹉道。

天和抓狂了："烂漫个鬼啊！烂漫能当饭吃吗？我要成雪莱的'黑'了，而且你的语法也不对！"

鹦鹉跳来跳去，又说了好几遍。

天和："方姨，把小金的嘴绑一下。"

"天和，愿……"

方姨今天出门去了，天和拿了条丝带，起身走向小金，小金一下就恐惧地大喊，张开翅膀，急促地叫唤道：

"天和！天和！愿你永远天真烂漫！愿你永远天真烂漫！"

天和朝鹦鹉道："吵死了！哦……原来是没吃的了吗？难怪碎碎念了一早上。"

天和给小金添了点吃的，对鹦鹉来说，有吃的就不管了，世界也就此安静下来。

门铃响，两辆大巴车停在门外，喷水池前的车里，响起了一阵同事们的惊呼！

关越看表，下车，过来按了天和家的门铃。

天和打开门，与关越对视，关越示意天和看自己腕上的手表，时间到了，该出门了。

江子骞在车上，拿着话筒，说："现在的这个景点是闻家，也就是我们二老板的家。大家现在往车窗的左边看，可以看到一个喷水池，这个喷水池是仿造文艺复兴巨匠米开朗基罗的风格所复刻的，现在冬天已经结冰了，春暖花开的时候，我们可以看见涓涓水流从……"

"哇哦——"Epeus 与越和两家公司的同事又充满配合地发出了惊叹之声。

天和尴尬得不行："你让大巴车开到我家门口做什么？"

关越接过天和的旅行箱，答道："让你少走两步。"

车上，佟凯劈手夺过江子骞的话筒，介绍道："这所房子已经有悠久的历史了，曾经是西班牙外交官在本市的宅邸，大家可以看到，西班牙的建筑风格具体体现在……"

"副总！前台！麻烦你们俩不要八卦我家！"天和站在大巴车下，朝佟凯愤怒地说。

一车人看着关越亲自为天和把箱子放好，示意他上车，前排四个位置坐着佟凯、江子骞、关越与天和，大巴关门，前往机场。

江子骞晃了晃话筒，看天和，示意打个招呼。他又看天和身边的关越，意思是"逗他说话"。

天和回头看，两家公司的新员工几乎都来了，左边坐着 Epeus 的程序员们，吴舜还招了个产品助理，右边则是拖家带口，小孩子们欢欣雀跃的投资经理们，Messi 的女儿甜甜地朝天和说："闻叔叔好！"

天和一上车就遭遇了暴击，差点儿一口气没喘上来。

关越纠正道："要叫哥哥，哥哥很记仇的。"

"大家早。"天和拿了话筒，昨天才和两个组的程序员一起开过会，实在没什么好说的，但大家一起出来团建，总不能把普罗离家出走的情绪带到公司里来，遂强打精神，笑道："关总说句什么？"

天和把话筒直接递到关越面前，关越知道天和又想整他。

关越说："不早了，已经下午了。"

众人哄笑。

天和说："看来咱们关总，是很有时间观念的人。"

关越说："嗯。"

众人又一阵大笑，天和说："惜字如金的关总，今天就没什么和大家说的吗？"

关越："心照不宣。"

天和在车里的笑声中说："关总最近苦练捧哏技术，看来卓有成效。"

关越："嗯。"

天和："感谢关总，带咱们去皇后镇玩。"

关越："不客气。"

大巴停了下来，佟凯说："好了！到啦！大家下车吧！接下来的十天里，咱们都会在这里度过！"

大巴在一家"皇后温泉度假小镇"门口停了下来，满车员工笑声戛然而止。

天和："……"

江子骞："……"

佟凯："开个玩笑！大家不要紧张！走吧！别骂我，老板出的主意，逗你们玩呢！"

"你们有毛病吗？"天和简直无法相信这是公司副总和老板能做出来的事，"无聊不无聊？为了整人还让巴士特地绕路过来一趟！"

关越看了天和一眼，天和一手抚额，反而被关越耍了。大巴顺利到了机场，接待过来把行李推去托运，天和看了一眼满公司的人，挨个打过一次招呼。过完安检后，傍晚五点，Epeus 的程序员几乎全是 Quant 出身，已与投资经理们聊起来了。

"叔叔！"四个小孩子过来，围着天和，此起彼伏地展开了一轮暴击。

江子骞："都说了叔叔记仇的！来来，我陪你们玩！"

江子骞把他的游戏机拿出来，分出四个小手柄，把游戏机竖在茶几上，每个小孩分了一个，打发他们去玩了。

天和真是感激不尽，与江子蹇、佟凯、吴舜、关越、廖珊五个人坐在一张环形沙发上，各自大眼瞪小眼，除了廖珊正在看书之外，其他人都在喝咖啡发呆。

天和忽然发现了什么——

廖珊与吴舜……吴舜今天的笑容似乎有点儿僵硬。

叮咚，吴舜、关越、天和、江子蹇手机里的即时会话群响了。

江子蹇："坦白交代。"

吴舜："真没什么，以前的同班同学。"

天和低头回消息："产品总监居然和项目二组负责人……你这接下来要改需求的时候怎么办？"

吴舜："不是前任，真的不是，我们没有发展过任何关系……嗯……反正我们绝对不会影响工作。"

关越低头看了一眼手机，没说话。

众人沉默。

片刻后，又是叮咚一声。关越、天和、佟凯、江子蹇手机里的即时会话群响了。四人同时看手机，吴舜一脸茫然。

佟凯："产品总监和廖珊是不是有什么八卦？"

天和："问这么多做什么？"

佟凯："好奇不行吗？廖珊喜欢过产品总监？"

江子蹇低头看了一眼手机，@了一下天和，发了一个"窃笑"的表情。

关越低头看了一眼手机，还是没说话。

众人再次沉默。

数秒后，叮咚一声，关越、天和、江子蹇、吴舜的群同时响了。

吴舜："你俩还没把话说开呢？快去道个歉吧。"

天和："……"

江子蹇："我为什么要给他道歉？那些都是我们认识以前的事，有道歉的必要吗？"

关越低头看了一眼手机，众人持续沉默。

数秒后，叮咚一声。

天和、江子蹇、佟凯、吴舜的群同时响了。

天和："@吴舜，还以为你说我，太尴尬了。"

吴舜："哦？你们也吵架了吗？"

江子蹇：“他不知道你俩的事，我没告诉过他。”

吴舜：“我只是问子蹇。”

佟凯：“小裁缝，你俩到底在搞什么？等等，产品总监，你们在说啥？”

天和：“都别问了。”

关越看看两边坐着的四人，保持了沉默。

再数秒后，叮咚一声。关越、天和、江子蹇、吴舜的群又响了。

江子蹇：“差点儿被发现咱们在说他了。”

廖珊终于忍无可忍，从书里抬头，说：“我能问个问题吗？”

关越：“什么？”

廖珊：“你们到底有几个群，累不累啊？”

“叮咚。”提示登机，关越便起身，拖着天和的登机箱，走在前面，天和跟上，大伙儿纷纷动身，跟着上飞机。

“我还是头一次坐商务舱呢。”江子蹇笑道。

佟凯：“我还是头一次坐不是自己家的飞机，哎。”

江子蹇：“其实我也是……”

“前台，副总！”廖珊说，“帮我放一下箱子！够不着！别斗嘴了！”

吴舜跟在廖珊身后，提起她的箱子，放了进去，廖珊说：“我有叫你吗？”

吴舜认真道：“我只是想多听一会儿他俩斗嘴。”

空姐们纷纷笑着过来发热毛巾。

天和头一次参加这么热闹的团建，两家公司加在一起，连家属一共有八十多个人，关越包了一架两层的大飞机，特地让航线加开一班，商务舱全加在一起恰恰好，够坐下，配重则交给行李托运。

头等舱是一个小房间，起飞后，两张宽大的座椅只要放平，就能拼在一起，成为一张双人床。天和系上安全带，看了一眼与关越那张床之间的小隔板。

“最后一次坐大飞机是什么时候？”关越随口道。

天和将运动鞋放好，想了想，答道：“去伦敦上学。”

关越：“让我等了二十三小时的那天，你看，你让我等，我从来没说什么。”

天和哭笑不得道：“那不一样好吗，那是因为你算错了落地时间。”

关越没说话，喝了点水，打开机上娱乐设备，天和则翻开一本书，开灯，低头看书。

飞机嗡嗡嗡地起飞，关越的手机滑了下来，天和马上伸手按住，把它递回给关越。

两人对视一眼，天和继续低头看书，关越则专心地看着阅读灯下，天和的眉眼、睫毛。

"那天你真的等了二十三小时？"天和抬头，迎上关越的目光，说。

空姐过来铺餐巾，上餐前酒，关越想了想，没说话。

天和："我还以为你是骗我的。"

关越："现在知道真相以后，会加同情分吗？"

天和："你到底是怎么想的？怎么会有人……"

关越："你自己搞错了时间，你就是故意想没完没了地折腾我。"

天和："不可能，我是把行程单拍给你看的。"

前往伦敦求学那年，天和已经十四岁了，那个时候的他相当"中二"，现在想想，他都恨不得回去掐死自己。

而在出发前，天和还和关越在视频里吵架了，起因是关越催他去收拾东西，天和离开家两天前还在打他的《吃豆人》。

关越发来视频时，正在参加一个聚会，袒着上身，穿条黑色沙滩裤，在游泳池边上里给天和打视频电话，监督他做出发前的准备，第六次发出催促的时候，天和终于和他吵了起来。

"不用你管！"天和怒道，"不要一直念叨我了！你到底是有多焦虑？为什么要一直安排我！"

关越被这句"不用你管"刺激了，严厉地说："我不管你谁管你？闻天岳呢？又花天酒地去了？"

天和看见关越背后的游泳池里，全是泳装漂亮女孩，还有乐队在演奏，又有人过来拉他，让他下去水里玩，天和说："你到底交了几个女朋友？"

关越："没你二哥多。"

背后还有人朝天和打招呼，用英语喊道："嗨！天啊！这是谁？"

天和火起，关越简直就像个老爸，什么都要管。

"我弟弟。"关越解释道，走到一旁，避开喷水枪，朝天和严厉地说："你现在再不收拾东西，明天你就不要出发了！"

天和："随便！我不去了！开你的Party去吧！"

关越："……"

天和把关越的电话挂了，关越差点儿被气死，穿着拖鞋沙滩裤，打着赤膊直接出门，开车回家，到家以后不停地给天和打视频电话。天和接入卫星网络，随便上了个号，把关越的来电转接到随机号码上去。

关越打通了，那边出现一群黑人，叽里呱啦地好奇凑过来，看摄像头。

关越："……"

关越挂了再打，枪声顿时把他吓了一跳，睁大眼后发现，不知道为什么呼叫转移被接去阿富汗。再打，则是一个印度人站在泰姬陵前自拍。

关越只得把电话挂了，找出天和的行程单，原本让家里私人飞机去接，天和却死活不干。

天和原话朝关越说的是："我家自己有。"

结果第二天一早，天岳用飞机去旧金山了，天和又不告诉关越，自己买了张票，把行程单拍给了关越。

关越亲自开车，过去接天和，结果粗心大意，看错了时间，在机场等了四个小时，在出口又等了一小时，到站旅客全走光了，唯独不见天和。

关越想起天和那句气话，顿时陷入了极度焦虑里，情绪相当不稳定，这时候随便一个人过来拍一下关越肩膀，就能把他点炸。

关越拨通天和的视频电话，然而天和那天恶作剧后，居然忘了把关越放出来。

关越："……"

关越认输了，翻出方姨的电话，那边正在鸡飞狗跳，家里上上下下所有人忙得一团糟，方姨说："哎呀，我还以为是明天，瞧我这记性……怪我怪我。"

关越："我在机场了！你人呢？"

天和："我还没出门呢！方姨！快！我的衣服去哪儿了？"

关越意识到自己看错了时间："说多少次了，让你提前准备，每次都不听，把我的话当耳边风。"

天和过来，看了一眼关越那边，背后恰好有个英国女孩也站着等人，无意中看见关越手机屏幕，看见天和，朝他一笑。

天和："和你女朋友回家去歇着吧。"于是他把关越的视频挂了。

关越简直气不打一处来，但幸好天和没把昨天说的气话当真，来还是要来的，这一点儿足以冲散关越的不快，于是看了一眼表，现在天和从家里出发，抵达伦敦大约需要十八个小时，而关越新买的房子在剑桥郡，开车来回一趟就要将近六个小时，不如在机场等，于是径自去汉莎的要客贵宾厅里休息。

"我走啦。"天和尚不知道，这次离开意味着什么。

方姨送天和离开，念长念短，念个没完。

天和还记得那天上飞机以后，乘务长简直把他从起飞喂到降落，一直问他吃不吃东西，眼里还充满了疼爱，天和被塞了满肚子的蛋糕，最后赶紧摆手，实在吃不下了，再好吃也不吃了。

汉莎要客贵宾室里提供的餐食简直难吃得要死，关越只吃了三明治，边吃边看经济新闻，噎得不行，又喝了杯咖啡，结果躺下以后，怎么睡都睡不着，直到凌晨三点，好不容易才睡着了，身上盖着毛毯，手机掉在沙发夹缝里，三个小时后，闹钟在沙发夹缝中艰难地响了起来，奈何关越完全没听见。

天和给关越打了两次电话，没接。

异国他乡，独自一人，拖着两个巨大的箱子，举目无亲，四顾茫然。

天和等了一个半小时。

不可能啊，生气了吗？天和不太相信关越会因为这个和自己怄气，但想到关越的女朋友……也许是被缠住了？

天和给关越发了条消息，正要去咖啡厅里买早餐时，刷了下手机，忽然发现信用卡不见了！

天和："……"

上飞机前的最后十分钟，天和特地去免税店里买了个包，准备送给关越的女朋友当见面礼。虽然这个包买得他心不甘情不愿，但基本礼节还是得有。

买完包以后一路上，他好像就没再见过信用卡！一定是落在国内的免税店里了。

清晨，机场人来人往。

天和想了想，走到一个角落里，把新买的、送给关越女朋友的礼物拿出来，打开，敞着口，立在地上，再盘膝坐下，从琴盒里取出小提琴，试了试音，拉起了维瓦尔第《和谐的灵感》。

前奏一起，瞬间整个机场就醒了，来来去去的乘客还以为哪里在玩快闪，纷纷转头。希斯罗机场的扩音效果很好，天和选的又是共鸣处，一时欢快的音乐令过往行人"哟"地喊了起来。

过路的音乐家马上抽出口琴，随着音乐抑扬顿挫地吹了起来，霎时天和身前开始围了人，众人纷纷笑，保安过来，正要赶人，说："先生！劳驾！机场里不允许卖艺！"

天和曲声放缓，长音，曲声停，站起身，鞠躬。

众人纷纷往面前的包里放钞票，天和又拉起了《拉德斯基进行曲》，顿时周围人哄笑，跟着天和的脚步，不住拍手，踏步，还有人跟着抑扬顿挫地吹口哨。

两名安保朝天和作了个手势，示意卖艺请到外面去卖，见他衣着光鲜，不敢强行把他带走。

天和身后跟着一群人，在《拉德斯基进行曲》的节奏里，不断换位置。

关越终于醒了，醒来看见时间的一刻快炸了，从要客室里冲出来，朝着接机处跑，接机处已经没人了。他只记得赶紧打电话，沮丧无比地出来，一转身，与天和打了个照面。

关越："……"

天和笑了起来，依旧专心地拉着他的小提琴，最终一收，掌声雷动，口哨四起。天和朝四面谢幕，提着小提琴，打量关越。

关越："睡过头了，行李呢？"

天和摊手，一脸茫然。

十分钟后，关越背着天和的琴盒，推着天和的行李，在机场咖啡店前站着。天和正伸手把包里的纸币和硬币掏出来，并开始数钱。

"哥哥，这是多少？"天和给他看一张钞票，"是两块钱吗？"

关越也不知道，自打来了伦敦，几乎就没认过纸币，一手抚额，说："你想买什么？开口就行。"

店员朝天和笑道："这是二十英镑。"

天和相当开心，朝关越说："有人给了我二十英镑！"

关越："……"

关越掏信用卡，天和说："别这样嘛！让我请你吃早餐。"

于是天和用他卖艺的钱，请关越吃了一顿英式早餐，吃过饭后，关越带着天和出来，让他上车去，放好行李，坐上驾驶位，系安全带。

"女朋友没来吗？"天和又问。

"没有女朋友。"关越开车，说，"到剑桥郡得开两个多小时，无聊的话……"

天和观察关越，总觉得他似乎不太开心。抵达伦敦前，他在飞机上设想过许多见面时的场景——譬如关越也许会抱一抱他，或者两人都有点儿不好意思，不知道该说什么。抑或关越会介绍他的女朋友给天和认识。

没想到这些预设的见面场景都没有出现，关越还满脸的不高兴。

"无聊的话，我也不知道做什么了。"关越说，"忘了给你准备车上玩的，我就是个无趣的人。"

天和："你在生我的气吗？"

"什么？"关越有点儿意外，说，"没有的，我只是刚睡醒，有点儿着急，我以为你已经打车走了。"

"嗯。"天和从车窗朝外望出去。关越问："第一次来伦敦？"

"小时候舅舅带我来过一次。"天和答道，"不过记不起来了。"

车停在收费站处，天和忽然说："对不起，耽误你时间了，等很久了吧。"

关越："没有，没有耽误。"

紧接着，关越沉默了。

车开上高速，天和落寞地靠在车窗前，突然就很想家，而且觉得关越在见面以后，仿佛与视频里的他，有许多不一样的地方。

一路上两人都没有说话，天和低头看看手机，又从车窗玻璃的倒影里偷看关越，忽然关越转头，也从车窗倒影里看了他一眼。

关越："坐飞机累了？"

天和："还好，现在去哪里？"

关越："去我家。"

天和有点儿不安地说："会……打扰到你吗？住酒店也可以的。"

关越还以为自己听错了，难以置信道："什么意思？"

天和一下就不知道该如何与关越沟通，只得忙道："对不起，我也没睡醒。"

关越又不说话了。

天和从再见到关越那一刻起，就始终觉得他有点儿陌生，这种陌生感，让天和开始觉得，也许来到伦敦求学，麻烦了关越，是很不好意思的事，毕竟关越也有他的生活，不可能每天围着他转。

"我刚才的意思，不是说你无趣。"天和说。

关越看着高速的路，专心地开着车。

天和不明所以。

关越："我们非要用这种方式说话吗？"

天和："……"

关越拐下高速，找了个出口，天和看了一眼，这才开了一小段，关越却开到一家快餐厅门外的停车场，天和说："你饿了吗？还想吃点什么吗？我去买吧。"

关越停车，朝天和说："下车。"

天和解安全带，关越在副驾驶座外，给他打开车门。

关越："我在机场等了你二十几个小时，醒来以后找了半天，还以为你跑丢了。"

天和笑了起来，关越用力揉揉天和的头发，又低声说："长高了不少，听不见了。"

天和侧头，伏身在关越左胸前，说："心跳。"

抬头时，天和注意到周围有人在看他们，不好意思地推开关越。

关越牵天和的手，拉着他到停车场的长椅上坐下，一名流浪汉正在翻垃圾桶。

天和说："现在要做什么？"

关越："不做什么，坐着，想和你说说话。"

天和看关越，关越看天和，两人都笑了起来。

自从十岁那年，天岳就很少跟弟弟亲昵了，毕竟天和已经长大了，天岳只在经济上表现了无节制的宠爱，却很少像小时候那样把天和抱起来，按在沙发上捉弄他，顶多晚上从公司回家时，会去卧室里摸摸天和的头。

关越的牵手和摸头，让天和觉得很亲切很舒服。

"想我了吗？"关越认真地朝天和说。

"嗯。"天和忍着笑，点了点头。

关越说："我差点儿以为你真不来了，着急得不行，你就是想方设法地来气我！还把我电话给转到什么乱七八糟的地方去了？"

天和想起来了，顿时哈哈大笑。关越生气地说："顽劣！"

天和说："我给你拉首歌听，给你赔罪吧。"

于是天和跳上长椅，坐在椅背上，关越去买了两杯饮料，边喝边听天和拉小提琴，拉完之后，关越放下饮料，开始鼓掌。

"你说得对。"关越回到车里，重新开车前往伦敦时，说，"我是个无趣的人，要向你学习，变得有趣一点儿。"

天和说："我根本没有嫌弃你无趣的意思。"

关越戴上墨镜，从墨镜后看了天和一眼，顺手捏了一下天和的脸，说："你是个漂亮又顽劣的小孩。"

天和说："我不是小孩了，我十四岁了。"

关越打方向盘："在哥哥眼里，你一直是小孩。想去哪儿？"

天和："不是回你家吗？"

关越："想去哪里都可以，不一定要回家，带你上市区去转转？本来明天的节目都安排好了，先带你到处玩一个月。"

天和伸手把关越的墨镜摘了下来，自己戴上："那还是明天吧。"

关越又把墨镜摘了回来："今天，不然你铁定和我没完，不把你的时差倒过来，今晚不用睡了。"

天和笑了起来。

关越打了电话，在一家买手店门外停了车，店里全是各种摆设，示意天和先进去逛逛，自己在门外等司机，片刻后司机开着一辆奔驰老爷车过来了，把关越的车开走，换了车以后，关越坐在驾驶位，按了两下喇叭。

天和出来，朝关越说："我看到一面镶了宝石的盾牌，可以买给我吗？"

"这家店从今天开始是你的了！"关越侧身，朝外面的天和说，"明天让他们送到家里来让你挑，走吧！不要在这里浪费时间！"

天和马上上车："太好了！现在去哪儿？"

老爷车开过伦敦的街道，关越说："先带你去大本钟。"

"车可以这么停吗？会被拖走的……"

"拖走就不要了。"

"……"

关越："底座上这些是拉丁文，意思是'请上帝保佑我们的女王维多利亚一世。'他们会在钟摆上方挂一枚倾斜的硬币，来调校时间，所以说'时间就是金钱'。"

"最合适的地方，不是在钟下。"关越等天和看完，说，"我带你去一个地方。"

泰晤士河对岸，天和拿手机拍了两张，关越递给他一台徕卡相机。天和说："你居然随身带相机。"

关越："本来想拍你出机场的时候，看你哭不哭鼻子。"

天和："我已经四年没哭过了。"

关越："是我把自己想得太重要了。"

天和笑着看关越，最后没说话，拿起相机，拍河对岸的景色，关越却掏出手机，拍下了天和站在夏天河风里的完美侧脸。

"英国人每天都会喝下午茶，这盘点心，要从上往下开始吃。"关越坐在茶屋里，教天和下午茶的礼仪，伊顿有许多规矩，英伦绅士的那一套，关越简直不胜其烦，但他知道天和会喜欢。

"我知道该怎么吃。"天和十分好笑。

关越观察天和，说："看来你比我更懂。我刚来上学，还经常被笑话。"

天和看着关越，眼里带着笑，彬彬有礼地喝茶，看杂志，关越也有点儿伤感地笑了笑。

关越靠在沙发上睡了会儿，天和用徕卡相机偷偷拍下了关越熟睡的样子。

/// 19 ...

傍晚时，两人坐在伦敦眼超级摩天轮上，天和望向外面，关越却拍拍他，举起相机，朝向两人，留下了一张自拍合照，天和还吃着树莓冰淇淋，滴下来淌在关越的外套上。

特拉法尔加广场，关越护着天和，小心不让他被游客挤了，说："那是纳尔逊的纪念碑。"

"照片远远不如实景，建筑实在是设计得太美了。"天和在暮色里环顾四周，关越举起相机，给两人留了张自拍合照。

"不是禁止喂食吗？"

"没人管，但我强烈建议你不要喂。"

"让我试试……"

天和低头，看见有人在喂鸽子，那人便分了他一点儿面包，鸽子纷纷扑上来，天和差点儿被淹没了，顿时侧头躲避，恐惧地大喊起来，关越拍完天和的狼狈模样，才上前去，替他把鸽子赶开。天和被鸽子扑得差点儿炸了，从来不知道鸽子能这么凶猛，关越道："你看，这就是不听话的下场。"

"英餐与德餐的就餐礼仪，有细微差别。"关越抖开餐巾，给天和铺上，低声说，"尝尝这家，虽然我觉得你不一定吃得惯。"

天和尝了一下，作为西餐，确实比家里做的好吃，问："你每天都吃西餐吗？"

关越："家里刚请来一名厨师，明天开始给你做中餐吃。"

天和说："其实还不错，我在家也经常吃西餐。"

关越："很快你就想吐了。我让方姨把她的菜谱发过来，试试做一下，到时凑合着吃吧。"

天和只觉得今天一整天都在不停地吃，餐厅的厨师又特地送了他一份甜点。

"他们说你很可爱。"关越朝天和说，"所以送你一份新烤出来的挞。"

天和："我实在吃不下了，我要吐了……可是，厨师会不会出来打我？"

关越："这世界上不会有人舍得打你的，不过我可以帮你吃一半。"

天和便吃了一半，把剩下的递给关越，关越帮他解决掉了。

晚上看电影时，天和还在打饱嗝，幸亏关越包了场，两人坐在正中央的大沙发上，天和懒洋洋地靠着，关越看了他一眼，抬起手来，示意给他个更舒服的坐姿。天和便调整姿势，把脑袋枕在关越胸膛，靠在他怀里，像小时候一样半躺着，看完了整场《瓦力》。

看到瓦力与 Eva 在太空里飞翔并追逐的时候，天和抬头，看了一眼关越。

两人交换疑惑的眼神。

两人又继续看电影。

散场后，关越带着天和上了剧院顶楼，问："坐过直升机吗？"

"坐过子骞家的！"

迎面而来的狂风，关越护着天和，上了直升机，启航，掉头，飞往剑桥郡。飞机停在家门口的停机坪上，天和礼貌地朝机师道谢。

家里提前运来的跑车已经抵达伦敦，那是关正平送给天和的，天和决定把它邮寄到伦敦。关越只是看了一眼，便点了点头，天和想朝他说点关正平的事，关越却仿佛已经全知道了。

管家用德语朝天和问候，天和认得他，那是舅舅家的管家，居然被派到这里来了！关越听不懂德语，管家英语又有点儿蹩脚，把他搞得有点儿恼火，不过看天和似乎很开心——反正你开心就好了。

"你怎么突然进来了！"天和在浴室里泡着，关越进来挂衣服。

关越："忘了我给你洗过澡？"

天和十分难为情，拉上浴帘，关越过来扯浴帘，"汪"的一声狗叫，吓了天和一跳，天和便道："快出去！我不穿丝绸睡衣。"

关越："我妈特地吩咐给你做的。"

天和："织数这么高，太密太滑了，不舒服，没安全感，就像在身上穿了俩垃圾袋，我穿棉的。"

关越只得作罢，想了想，出去又换了身棉睡衣，又想了想，把管家叫过来，一起又给天和换了包括枕头套在内的所有床上用品，把家里寄过来的丝绸制品拿走。

天和洗过澡，终于困了，坐在床上侧着头，倒出耳朵里的水。

关越："困了？"

天和倚在飞机座椅上，侧头看关越，阅读灯照着两人的眉眼，关越一扬眉，带着询问的神情。

天和说："你家的丝绸睡衣，穿上去真的像垃圾袋。"

关越："……"

关越实在想不到，天和为什么会在飞机上提起自己家的睡衣。

"你为嘲讽我而生。"关越说。

"是的，睡吧。"天和说，继而把座椅放平。

关越按掉灯，空姐过来拉上门，头等舱里变成了一个小房间，天和躺下，侧身，背对关越。

"那天我在机场睡过头了。"关越被这个垃圾袋的提示想起了天和刚到伦敦的那一天，在黑暗里忽然说，"你还疑心我有女朋友。"

天和答道："我真以为有，还在免税店里给她买了个包呢。我生怕去你家住着被她嫌弃，最后一个人被赶回学校宿舍，一路上连怎么被嫌弃的情况都脑补好了。"

关越自言自语道："小时候，你对我的占有欲真是太强了。"

天和："因为我缺安全感，原生家庭不完整的小孩，都有点儿患得患失，大哥离开家，爸爸去世，亲人们的离去又加剧了我的焦虑，生怕什么时候就会突然失去重要的人，直到咱们闹崩，回国。二哥扔下我的时候，我总在想，为什么我会觉得破产没关系？当时的我，也许已经再没有什么东西可以失去了。"

关越："我不想听你剖析自己的内心，这令我很难受。"

天和只得笑道："好吧，这年头说实话也要挨骂了。"

突然飞机颠簸，天和被摇了一下，撞在关越身上，关越马上伸手，扶住了他。

天和："……"

关越保持着这个姿势没有动，说："把安全带系上。"

天和坐起来，将安全带系在毯子外，说："你系了吗？"

天和摸了摸关越的腰，系好了，再躺下时，枕在了枕头上，关越侧身，在黑暗里看着天和，天和侧过头，与关越对视，片刻后，关越转过视线。

抵达伦敦后的第一天晚上。

"陪你睡？"关越熄灯前问。

"可以吗？"天和坐在床上，问。

关越揭开被子，躺了上床，天和却还不想睡，在床上打了个滚。

天和："这床垫和家里的一模一样。"

关越："我问了方姨，从德国定做的。"

天和："德国送床垫这么快？"

关越："半个月前就定做好了！你就知道气我，每次都被你气得说不出话来，睡吧，还不困？"

天和："你明天在家吗？"

关越："你到底有没有认真听我说话？今天就告诉你了，一个月，哪里都不去，带你出去玩！关灯了。"

天和还不想睡，好奇地开始翻箱倒柜，看家里有什么东西，关越却按掉灯，把他拖回床上，天和挣扎了几下，被关越一只脚压着，只得不动了。

"太重啦！"天和叫唤道。

关越："精力怎么这么旺盛？就不累吗？给你讲故事？"

天和："你讲的故事太跌宕起伏了，越听越精神。"

关越："诗歌？"

"Aquí te amo.（我在这里爱你。）"关越的声音在黑暗里说，"En los oscuros pinos se desenreda el viento.（在黑暗的松林里，风解放了自己。）"

天和："听不懂西班牙语。"

"Fosforece la luna sobre las aguas errantes…（月亮像磷光，在漂浮的水面上发光……）"关越的声音低沉，西语吐字清晰，充满了节奏的美感，就像诗人一般。

"Andan días iguales persiguiéndose…（白昼，日复一日，彼此追逐……）"

天和枕在关越手臂上，随手玩他的睡衣扣子。

飞机再次遇上气流，开始颠簸震动，过去与当下，无数回忆仿佛在这颠簸之中被摇匀在了一起。

天和侧过身，见关越背对着自己，看了一会儿关越的背影，渐渐就睡着了。

新西兰，惠灵顿，上午 11:00，团建第一天，自由活动。

凉爽的新西兰盛夏里，阳光快把天和的眼睛晃瞎了，大部分员工都在酒店里休息倒时差，天和则没事人一般，换了身凉爽的白衬衣与黑色运动短裤，决定出去逛逛。关越戴着墨镜，穿了件蓝色的棕榈树图案衬衫与沙滩裤，衬衣胸袋里只放了张卡。

天和本想去博物馆走走，却发现大堂里不少员工正跃跃欲试地想跟上来，想必希望跟着他与关越一起玩，又怕打扰了他俩。

已经升级为行政助理的原清松前台妹子笑道："闻总去哪儿玩呀。"

"博物馆，去吗？"天和说，"让关总给大家免费讲解。"

关越戴上墨镜，两手插在沙滩裤裤兜里，穿着运动鞋在酒店门口耐心地等着。

"好啊。"众人便纷纷起身。

天和根据那起身的速度判断，似乎有点儿勉强，便微笑道："那逛街去，让关总提供闭店服务？"

"好啊！"所有人欢呼道，一瞬间冲了过来。

天和正想着佟凯和江子塞上哪儿去了，不过也不想打扰他们二人自由玩耍，到了一家珠宝店前，推门进去。

关越跟在天和身后，出示卡，店员们封店，把员工们挡在外头。

"关总！放我们进去！"

店员们纷纷看关越脸色，关越稍低下头，朝天和说："你先逛。"

天和说："我又没什么想买的，陪他们来而已。"

天和逛这种店不如去看博物馆，关越便示意店员开门，公司员工们才纷纷进来，继而关越把信用卡交给 Messi，说："你带队，我们走了。"

这是最好的办法，天和于是朝他们笑道："别买太多了，接下来还有好几个地方去呢，玩得开心，拜。"

于是又与关越出了门。

"博物馆？"关越问。

天和上次与关越来新西兰的时候，已经去遍了所有地方，忽然又不太想去了，说："随便走走吧？"

灿烂的阳光下，海港外飞鸟掠过，发出悦耳的鸣叫，白云如同棉花糖般浮在天上，在海风驱逐下缓慢游移。四周的房子呈现出明亮的白色，与深水港的湛蓝海水相映，就像走进了一部动画片里。

天和在海港前的长椅上坐下，关越也在旁坐下。天和靠在椅背上，眺望远处凯库拉山的积雪峰峦。关越稍稍低下头，看两人脚边跳跃的海鸟。

天和则转头，注视关越，突然海鸟飞走了，关越便抬起头，目送它离开，墨镜倒映着天上的朵朵白云，天和亦随着他的动作，抬头望向天空。

"这个时候，适合谁的诗？"天和侧头，又看关越，笑道，"总统认识哪一位新西兰诗人吗？"

"你。"关越认真道，"一会儿看云。一会儿看我。"

"我觉得——"关越侧头，与天和对视，"你看我时，很远，看云时，很近。"

天和："顾城生命里最后的日子留在了世界的尽头。"

关越："对，新西兰。"

天和："你的骨子里充满了浪漫主义，其实我觉得你翻译出版的那本诗摘，选取的所有诗歌都很美。"

关越摘下墨镜，一只手搭在椅背上，跷起腿，注视海港。

"没有。"关越说，"我不浪漫，只懂读，不懂写。我没有天赋，这一辈子，永远都看不见缪斯神殿的大门。"

"那是因为你不去尝试。"天和说，"想试试吗？我愿意当你的第一个读者。"

关越："我不浪漫，所以我渴望这种与生俱来的浪漫，也渴望拥有与生俱来的浪漫的人。"

天和望向海港，努力地笑了笑："后面半句，听起来有点儿双关。"

关越说："你没有错，那天我也想了很久，错的是我。"

他的手指在天和的肩上轻轻地敲了敲。

"我喜欢那些我所没有的。"关越，"如果说，给我这一生一个目标，也许就是为了守护那个记忆里的小孩。"

关越侧头，与天和对视，深邃的目光看着天和的眉眼、鼻梁，看着他的唇，复抬眼，看他的眼睛。

"那天当我听到你说出你要接受现实时，我就像亲眼看见了一件自己珍惜了这么久的东西被打碎时那样痛苦。月光照耀着满地的六便士，我只知低头躬身前行，以为闪烁着光芒的，就是我的路，却忘了我也曾是个久久怅望着月亮的人。

"所以错的人理应是我，我一度忘了我的理想，对不起，天和。"

天和转过头去，望向码头上的远处。

关越："想喝点什么吗？"

"还……还好。"天和的声音发着抖，"我不太渴。"

关越想起来了，说："身上没有钱，我去想想办法。"

关越起身，戴上墨镜，到饮料摊前去，天和怔怔地看着他，关越与饮料摊的老板交谈几句，老板比了个"OK"的手势，打了一杯饮料给关越。

天和起身，快步过去，想靠在关越的背上，关越却已转过身，随手摸了摸他的头。

老板朝两人笑了起来。

关越将饮料递给天和，天和谢过老板，关越便打着他的肩膀，到码头前去，倚在栏杆前侧身看天和，天和说："你怎么要到饮料的？"

关越答道："我只是说你渴了，想喝点东西，可我很穷，买不起他的饮料。"

天和："……"

关越一本正经道："真这么说的。"

游艇在码头外来来去去，激起白浪。

天和："你想要什么生日礼物？送你一艘游艇？米德加尔特的游艇很久没用，已经坏了吧。"

关越："我也渴了，饮料给我喝一口可以吗？"

天和笑了起来，把饮料递给关越，突然一艘游艇飞射而来，在码头处来了个疾转，哗啦一声海水如瀑布般飞上岸边，泼了两人一头。

天和："……"

"嘿！"佟凯在船上，喊道，"下来玩吧！"

关越差点儿被佟凯气炸了，江子骞爬上冲浪板，挥手道："天和！下来玩！"

天和："哪儿来的？"

"我刚买的！"佟凯喊道，"随便玩！"示意船工掉头，关越拿着饮料，全身往下滴水，天和却已欢呼着跑下码头去，关越无奈，只得快步赶上。

"我再买艘！"江子骞站在船尾道，"咱们两队人比赛吧！就不用抢了！"

"我要这么多游艇干吗？拿回家放喷水池里吗？"天和制止了江子骞的行为，脱了鞋踩上板去，"唰"地一下激起白浪，关越紧张地看着天和，说："慢一点儿！"

"慢一点儿飞不起来！"天和喊道，"再快一点儿——"

关越："不行！当心！"

游艇几乎把天和拖得在水上飞，天和还玩了个三百六十度翻海浪的花式，结果太久没玩，拿捏不好角度，一下摔进海里，关越忙跃下海里，游过去，把天和带上船。

"我玩喷水器去了！"江子骞把相机扔给天和，被水上飞行器吸引了注意力，与佟凯一人一个，喷出水柱，在空中四处飞来飞去。天和站在船尾，拿起相机，说："准备好了吗？"

"开！"关越抱着冲浪板，在海里喊道。

游艇缓慢加速，拖着关越开始飞驰，关越左滑，右滑，扬起漫天浪花，继而头上脚下一个翻身，天和一颗心提到了嗓子眼，紧接着，关越落下时稳住了！

天和惊呆了，发出大喊，甚至忘了给关越拍照，游艇一转弯，关越腾空而起，带着身后的水浪，在空中划出一道弧，飞过天和面前时，朝他吹了一声口哨。

天和拿起相机，果断拍下了这一刻。关越真是太厉害了！无论什么运动项目，玩得都比他好太多！

"看我手势！"关越在游艇后拉着牵引绳，在水面腾飞，用英语喊道，"船长！"

船长转身，比了个 OK，天和意识到他要做什么，说："不不，太危险了！别作死！"

关越左手拉牵引绳，一踩滑板，右手比了个动作。

船长减速，关越一扯牵引绳，腾空飞了起来，天和一看就知道关越要像骑马一样玩疾冲抱腰，这太玩命了！然而下一刻，关越借着冲力，飞上了船尾，在船尾盖上一滑，踩着冲浪板侧身漂移，伸出手臂，拦腰朝天和一抱。

然而忽然间冲浪板在船尾打滑，带得关越一个跟跄，斜着飞了出去，又掉进了海里。

"太作死了！"天和怒道，"别这么玩！撞成脑震荡就完了！"

关越："放心！玩了这么多次！不会撞上的！再来一次！"

天和说："以前是在海里，飞到船上太危险了！我要生气了！"

关越只得作罢，抹了把脸上的海水，无可奈何地笑了起来。

游艇开到海岸边不远处。

"哟呵——"江子骞刚玩过水上飞行器，朝天和说，"你要来吗？"

两名教练正给江子骞与佟凯解设备，天和说："玩这个吧！"

关越与天和穿上 flyboad（快速平底船）设备，背后连着吸海水管，借助冲力，能飞上十米以上的高处，教练做了个 OK 的动作，天和便先一步腾空而起，关越紧随其后，拖着两道折射阳光的、白色的水柱，飞上半空。

天和以前放暑假，每年都会与关越去他的米德加尔特岛上度假时，关越自己就是岛主，想怎么玩就怎么玩，还给天和配了个 flyboad，一玩就是一个月，熟得不能再熟了。

天和双手一握控制水枪，在空中一招旋转，甩出一个平面，将万千闪耀阳光的水珠洒向海面，在那深蓝色如同天鹅绒般的大海幕布中，犹如宇宙深处温柔绽放出的耀眼群星。

关越拖出一道水线，转身一蹬，"哗啦"一声，在澄清如洗的天幕与蔚蓝色的海面上洒出一道绚烂的星河。

教练们大声叫好，附近七八艘游艇纷纷掉头，围了过来，看两人花式追逐，头顶是碧蓝如巨人眼眸般的晴空，脚下则是一望无际的大海，游艇在外围聚集，围成了一个数千平方米的圈，一艘游船上响起了音乐声，如同一个巨大的舞台。

波澜壮阔的大海上，音乐响起的刹那，天和脑袋放空，在空中转身，关越则在贴近海面处一个疾转，激起水柱，朝着天和飞来。

天和侧身，飞开，关越在面前飞过。天和翻了个跟斗，关越仿佛料到他要飞走，也在空中翻了个跟斗。

两人在四周船上的喝彩声中，同时划出一道闪耀的水光弧，一先一后，飞向海面，落到最低处，继而腾飞而起，天和一侧身，与关越错身而过，笑了起来。

关越却认真地追逐着天和，两人在三米高的海面上洒出一道漂亮，瀑布般的圆环。

"缠上了！"江子蹇喊道。

乐曲结束，教练们忙打手势，天和的吸水管与关越那根绊住了，关越马上道："当心点！"

天和稳住，缓慢下降，累得有点儿喘，说："不玩了。"

关越："你飞太快了。"

四周的游艇纷纷散去，四人回到船上，日落时分，夕阳如雪，照耀了海面，港口处一片金辉，上岸后，港口处大大小小的餐厅里，桌上点起了蜡烛。小提琴声响里，侍者戴着白手套，为天和与关越送上菜单。

暮色深沉，玻璃杯中的烛光摇曳，海风习习。

"当日捕捞吧。"天和说，"龙虾和鱼不用分，share（分享）。"

侍者拿着红酒，给二人看过，又问："两位想尝一下我们今天下午刚捞上来的蚝王吗？"

关越看了一眼天和，天和一手抚额。

关越用眼神询问天和。

天和："我怎么知道？你想吃你就点。"

关越点也不是，不点也不是，侍者很有眼力见儿，便收了菜单，彬彬有礼地躬身。

"好大！"天和看见那生蚝，顿时全身一震，这相当于"零号吉拉多"的三倍大，还好就一只，否则不知道谁吃谁。

关越不解道："什么好大？"

天和只得不理他，看看海面，关越说："分你一半？"

天和马上说："不要用刀去捅它的肚子！你自己吃！我不要。"

生蚝："……"

关越："不切开我怎么吃？来吧，别客气。"

天和知道关越要整他，逼着自己看他把那只蚝切成两半，忙道："不不不，我不吃，您自己享用吧，关总，这份荣耀，理应是属于您的。"

"这份荣耀，邀您共享。"关越彬彬有礼，用银叉子当着天和的面，戳了几下那只蚝，说，"请看它洁白的肚子，汁水四溢的裙边，稍稍一挤，便将渗出闪光的……"

天和："求你不要说了，我错了！关总。"忽然间，天和想到了一个绝地反击的杀招，公司员工要来了，这下关越逃不掉了。

天和马上一改表情，诚恳地说："关总，你最好还是快点解决掉它，否则待会儿会发生什么事可不好说。"

关越预感到不妙。

天和朝刚进餐厅的员工们喊道："嗨！你们逛完街了啊！看看买的什么？"

员工们陆陆续续进了餐厅，Messi过来还关越信用卡，大家见天和兴高采烈，便一起过来朝关越打招呼。

"老板好……哇！我的天哪！"

员工们带着大包小包的购物袋，果然来了，挨个儿过来朝关越与天和打招呼，每个人都震惊地说："这生蚝这么大！"

"老板！你居然吃这么大的蚝！"

"哇，这生蚝真大！"

关越："……"

天和认真地劝说道："对啊！真是太残忍了，上天有好生之德，关总，您还是把它就地放生了吧，好不容易长这么大。"

天和觉得关越要崩溃了，于是示意大家各自找位置坐好，说："今晚关总请客，大伙儿随便点。"

餐厅里一下就热闹了起来，侍者四处穿梭，给他们上了海鲜，天和一转头，再转回来，发现那只蚝没了，剩下个空壳。

天和脸上露出惊悚的表情："你把它整只吞下去了？怎么做到的？"

关越："……"

晚上8:30，酒店大堂里，员工们纷纷感谢老板的封店服务与海鲜大餐，心满意足，笑容灿烂地回房了。

电梯里，吴舜提着大包小包，关越、天和、江子骞与佟凯一起看着他。

天和看了一眼就懂了，说："还得挨个儿房间给她们送过去？自己买了什么？"

吴舜说："宝格丽的小包，给静的。"

众人便都笑了起来。

吴舜："听说关总今晚吃了个脸盆大小的生蚝？"

关越深吸一口气，三秒后答道："是的，味道很不错。"

电梯到，吴舜先出去了。

电梯门关上，继续上行。

关越住顶层总统套，套房里有六个卧室、三个会客室，原本天和、佟凯、江子蹇、吴舜都能住进去，但 Messi 也给他们各按副总规格订了二十六楼、二十三楼与二十楼的行政套房。当然，江子蹇是前台，只允许住标准间——当然，自己掏腰包升级，公司不管。

然后江子蹇刷了卡，给全公司剩下的员工，全部一起升成了豪华观景大床房。

电梯"叮"的一声，到了二十楼，侍者按着门，彬彬有礼地等候。

天和看了一眼佟凯与江子蹇，礼貌地朝侍者说："按错了，继续往上走吧。"

佟凯接话道："我的房间，我回去了。"

余下三人都不吭声，天和嘴唇抿着，眼睛转来转去，关越用手肘稍微戳了一下江子蹇。

江子蹇："我我我……那个……嗯……对了，我，嗯……"

天和："……"

关越："……"

佟凯："……"

...To Be Continued

未完待续

图书在版编目（CIP）数据

图灵密码 / 非天夜翔著 . — 广州：广东旅游出版社 , 2023.2
ISBN 978-7-5570-2861-9

Ⅰ . ①图… Ⅱ . ①非… Ⅲ . ①幻想小说—中国—当代 Ⅳ . ① I247.5

中国版本图书馆 CIP 数据核字 (2022) 第 164093 号

图灵密码
TULING MIMA

出　版　人：刘志松
责任编辑：梅哲坤
责任技编：冼志良
责任校对：李瑞苑

广东旅游出版社出版发行
地址：广州市荔湾区沙面北街 71 号首、二层
邮编：510130
电话：020-87347732（总编室）　020-87348887（销售热线）
投稿邮箱：2026542779@qq.com
印刷：嘉业印刷（天津）有限公司
（地址：天津市静海经济开发区北区银海道 48 号）
开本：700 毫米 ×980 毫米　1/16
字数：470 千
印张：25
版次：2023 年 2 月第 1 版
印次：2023 年 2 月第 1 次印刷
定价：55.00 元